LA LITTÉRATURE FRANÇAISE
DU MOYEN ÂGE

*La littérature du Moyen Âge
dans la même collection*

Aucassin et Nicolette (édition bilingue).
BODEL, *Le Jeu de saint Nicolas* (édition bilingue).
La Chanson de Roland (édition bilingue).
CHRÉTIEN DE TROYES, *Cligès* suivi de *Philomena* (édition bilingue). – *Érec et Énide* (édition bilingue). – *Lancelot ou le Chevalier de la charrette* (édition bilingue). – *Perceval ou le Conte du graal* (édition bilingue). – *Yvain ou le Chevalier au lion* (édition bilingue).
PHILIPPE DE COMMYNES, *Mémoires sur Charles VIII et l'Italie* (édition bilingue).
Chansons de geste espagnoles (*Chanson de Mon Cid.* – *Chanson de Rodrigue*).
COUDRETTE, *Le Roman de Mélusine*.
Courtois d'Arras. L'Enfant prodigue (édition bilingue).
DANTE, *La Divine Comédie* (édition bilingue) : *L'Enfer.* – *Le Purgatoire.* – *Le Paradis*.
Fables françaises du Moyen Âge (édition bilingue).
Fabliaux du Moyen Âge (édition bilingue).
Farces du Moyen Âge (édition bilingue)
La Farce de Maître Pathelin (édition bilingue).
HÉLOÏSE ET ABÉLARD, *Lettres et Vies*.
LA HALLE, *Le Jeu de la Feuillée* (édition bilingue). – *Le Jeu de Robin et Marion* (édition bilingue).
Lais féeriques des XIIe et XIIIe siècles (édition bilingue).
La Littérature française du Moyen Âge (édition bilingue, deux volumes).
GUILLAUME DE LORRIS, *Le Roman de la Rose* (édition bilingue).
MARIE DE FRANCE, *Lais* (édition bilingue).
Nouvelles occitanes du Moyen Âge.
ROBERT DE BORON, *Merlin*.
Robert le Diable.
Le Roman de Renart (édition bilingue, deux volumes).
RUTEBEUF, *Le Miracle de Théophile* (édition bilingue).
VILLEHARDOUIN, *La Conquête de Constantinople* (édition bilingue).
VILLON, *Poésies* (édition bilingue).
VORAGINE, *La Légende dorée* (deux volumes).

LA LITTÉRATURE FRANÇAISE DU MOYEN ÂGE

II. THÉÂTRE ET POÉSIE

Présentation, traduction, choix de textes, notices et notes, chronologie et bibliographie par

Jean DUFOURNET
et
Claude LACHET

GF Flammarion

© Éditions Flammarion, 2003.
ISBN : 2-08-07-1172-5

I
RÉCITS BREFS

Marie de France

LES LAIS

Marie de France a sans doute vécu en Grande Bretagne, à la cour royale d'Henri II et d'Aliénor d'Aquitaine, brillant foyer intellectuel et artistique du monde occidental dans la seconde moitié du XII° siècle. Fort cultivée, connaissant le latin, le français, l'anglais et le breton, la poétesse semble avoir composé ses *Lais* entre 1160 et 1170. Elle est aussi l'auteur du premier recueil de fables françaises, pour la plupart animalières, écrites dans la lignée d'Ésope, entre 1167 et 1189. Après cette date, elle rédigea un récit didactique et édifiant, *L'Espurgatoire saint Patrice*, une traduction du *Tractatus de Purgatorio sancti Patricii* d'Henri de Saltrey.

Les douze lais en octosyllabes sont assez divers par la longueur (*Éliduc* est le plus long avec 1 184 vers et *Le Chèvrefeuille* le plus court avec 118 vers), par le caractère épisodique ou biographique voire généalogique (*Milon* et *Yonec*) du récit, par le dénouement heureux ou malheureux, par l'absence ou la présence du merveilleux (songeons à la biche blanche aux paroles prophétiques et à la nef magique de *Guigemar*, à la fée de *Lanval*, au loup-garou du *Bisclavret* et à l'oiseau-chevalier dans *Yonec*). Toutefois ces poèmes narratifs, qui relèvent d'une esthétique de la brièveté, de la suggestion et de l'émotion, sont tous des histoires d'amour réciproque mais contrarié. La poétesse, prenant ses distances avec les idéologies féodale, ecclésiastique et courtoise de son époque, prône un amour naturel, fidèle, mesuré, fondé sur l'égalité des partenaires ; cet amour triomphe de tous les obstacles, des préjugés, des règles sociales et religieuses, de la séparation, de l'absence, de la fuite du temps et de la mort. La seule morale préconisée par Marie de France est d'aimer. C'est cette vérité profondément humaine qui continue d'émerveiller ses lecteurs.

Le *Lai du Chèvrefeuille*, que nous citons en intégralité, relate un épisode de la légende de Tristan et Yseut.

Bibliographie

Lais de Marie de France, éd. de J. Rychner, Paris, Champion, 1973 ; trad. de P. Jonin, Paris, Champion, 1977 ; éd. bilingue de L. Harf-Lancner, Le Livre de poche, 1990, et de A. Micha, GF-Flammarion, 1994.

Amour et merveille. Les Lais de Marie de France, études recueillies par J. Dufournet, Paris, Champion, 1995 ; E. Hoepffner, *Les Lais de Marie de France*, Paris, Nizet, 1966 ; Ph. Ménard, *Les Lais de Marie de France*, Paris, PUF, 2e éd. 1995 ; E. Sienaert, *Les Lais de Marie de France. Du conte merveilleux à la nouvelle psychologique*, Paris, Champion, 1978.

Notes

Le texte est établi d'après le manuscrit H du British Museum, Harley 978, (anglo-normand, milieu du XIIIe siècle) et l'édition de A. Micha.

Le récit de cette brève rencontre entre les amants offre comme un rayon de soleil dans une histoire plutôt sombre et tragique, marquée par la souffrance et la mort. Marie de France, qui connaît bien la légende, qui rappelle l'exil de Tristan chassé par son oncle à la suite d'une dénonciation, qui reprend le motif du message secret préludant à une étreinte clandestine (voir l'épisode des copeaux rapporté par Eilhart d'Oberg et Gottfried de Strasbourg), et l'image des végétaux entrelacés (voir les épilogues de *Tristrant* d'Eilhart d'Oberg, de la *Deuxième Continuation* de Heinrich de Freiberg et de la *Saga de Tristram et d'Isönd* de frère Robert), choisit un moment de bonheur intense, un instant d'harmonie idyllique. Au bannissement, à la solitude, à la séparation succèdent de joyeuses retrouvailles, et le lai s'achève sur l'espoir d'une réconciliation.

La poésie de l'aventure tient surtout au symbole des deux végétaux entrelacés, le chèvrefeuille et le coudrier, vivant l'un par l'autre, l'un pour l'autre, périssant l'un sans l'autre ; il illustre parfaitement l'amour à la fois naturel, absolu et indissoluble qui unit Tristan et Yseut.

bani : dérivé du francique *bannjan et rattaché au substantif *ban* (issu lui-même d'un terme francique signifiant « ordre sous menace »), le verbe *ban(n)ir* offre plusieurs acceptions : « annoncer, proclamer publiquement » ; « convoquer, rassembler » ; « condamner à l'exil, chasser, exclure ». Cette dernière acception a éliminé les autres emplois dès la fin du Moyen Âge.

Tintagel : cette cité, située sur la côte nord-ouest, est un lieu de séjour habituel de Marc, souverain des Cornouailles anglaises. C'est dans cette citadelle que, selon la légende, le futur roi Arthur serait né.

Ceo fu la summe de l'escrit : ce vers a suscité maints commentaires. Quelle est la teneur du message gravé par Tristan sur le bâton de coudrier ? Inscrit-il seulement la devise amoureuse des vers 77-78 ou la totalité du message ? Selon certains critiques, celui-ci serait alors gravé en runes ou en écriture ogamique. À notre avis, Tristan se contente de marquer son nom sur la baguette de noisetier. Par ce rameau de coudrier nommé *Tristram* (triste rameau en quelque sorte), déposé seul, privé du chèvrefeuille qui s'attache habituellement à lui, le chevalier veut dire à la reine qu'il ne peut vivre sans elle. Yseut, remarquant sur son chemin ce bâton, en devine toute la signification : la présence de son amant dans la forêt, son impatience, sa souffrance d'être séparé d'elle. La connivence entre Tristan et Yseut est le fondement de la *fin' amor* (v. 8), de cet amour délicat et parfait qui se comprend à demi-mot, qui vit de signes et de symboles.

chievrefoil [...] codre : le chèvrefeuille représente la reine et le coudrier Tristan. L'absence du chèvrefeuille autour de la branche de noisetier exprime la solitude désespérée de Tristan, l'absence insupportable d'Yseut qui n'est d'ailleurs jamais nommée par Marie de France.

Bele amie, si est de nus : / *Ne vus sanz mei, ne jeo sanz vus* : le discours, d'abord indirect (v. 63-67) puis indirect libre (v. 68-76), devient direct pour rendre l'intimité du message. Au demeurant ce sont les seules paroles de ce style qui figurent dans le lai. La reprise de la conjonction de coordination *ne* et de la préposition *sanz* affirme à la fois l'impossibilité de la séparation et la nécessité de l'union, deux thèmes constamment entrelacés dans le poème, tandis que le chiasme des pronoms personnels traduit l'attachement indissoluble des deux amants.

meschine : emprunté à l'arabe *miskin* (« pauvre, petit »), le substantif *meschine* désigne une adolescente de condition modeste, une servante. Toutefois il peut aussi qualifier une jeune fille noble qui se révèle faible, fragile et pitoyable. Voir G. Gougenheim, « Meschine », *Le Moyen Âge*, t. LXIX, 1963, p. 359-364.

Brenguein : suivante et confidente d'Yseut, Brangien est la complice des amants ; elle connaît l'origine de leur passion dont elle est l'instigatrice involontaire. En effet, chargée de garder le philtre d'amour pour la reine d'Irlande, elle a failli à sa mission en laissant verser par un tiers ou en versant elle-même, selon les versions, le vin herbé à Tristan et Yseut.

Si cum la reïne l'ot dit : pour les différentes interprétations de ce vers, voir l'éd. de J. Rychner, p. 280. J. Frappier, qui voit « un datif dans *la reïne* », comprend les vers 109-110 de la manière suivante : « [...] et à cause de ce qu'il avait écrit ainsi (de la façon) qu'il l'avait dit (exprimé, fait comprendre) à la reine – c'est-à-dire : [...] et à cause de son message, le bâton de coudrier où son nom était gravé, où il exprimait ainsi à la reine, en un langage elliptique et symbolique, toute la force de leur amour » (« Contribution au débat sur le *Lai du Chèvrefeuille* », *Mélanges I. Franck*, Sarrebrück, 1957, p. 215-224).

Tristram, ki bien saveit harper : la tradition présente Tristan comme un harpiste talentueux. Voir *Les Deux Poèmes de La*

Folie Tristan, éd. de F. Lecoy, Paris, Champion, 1994, *La Folie de Berne*, v. 395-396 et *La Folie d'Oxford*, v. 356 : « ke mult savoie ben harper » ; v. 361 : « *Bons lais de harpe vus apris.* »

1. Chievrefoil

Asez me plest e bien le voil,
Del lai qu'hum nume Chievrefoil,
Que la verité vus en cunt
Pur quei fu fet, coment e dunt.

5 Plusurs le me unt cunté e dit
E jeo l'ai trové en escrit
De Tristram e de la reïne,
De lur amur ki tant fu fine,
Dunt il eurent meinte dolur,
10 Puis en mururent en un jur.
Li reis Marks esteit curucié,
Vers Tristram sun nevuz irié ;
De sa tere le cungea
Pur la reïne qu'il ama.
15 En sa cuntree en est alez,
En Suhtwales u il fu nez.
Un an demurat tut entier,
Ne pot ariere repeirer ;
Mes puis se mist en abandun
20 De mort e de destructïun.
Ne vus esmerveilliez neënt,
Kar cil ki eime lealment
Mut est dolenz e trespensez
Quant il nen ad ses volentez.
25 Tristram est dolent e pensis,
Pur ceo s'esmut de sun païs.

1. Le Chèvrefeuille

Je suis très heureuse et désireuse
de vous narrer la véritable histoire
du lai qu'on nomme *Le Chèvrefeuille*,
pourquoi et comment il fut composé et quelle fut son
 origine.

Plus d'un me l'a racontée, 5
et je l'ai moi-même trouvée écrite dans un livre,
cette histoire de Tristan et de la reine,
de leur amour qui fut si parfait
et leur valut bien des souffrances,
avant de causer leur mort le même jour. 10
Le roi Marc était courroucé
et furieux contre son neveu Tristan ;
il le bannit de sa terre
à cause de son amour pour la reine.
Tristan a regagné son pays natal, 15
le sud du Pays de Galles.
Il y demeura une année entière
sans pouvoir revenir.
Mais ensuite il s'exposa
à la mort et à l'anéantissement. 20
Ne vous étonnez pas,
car qui aime loyalement
est triste et anxieux
quand il n'a pas ce qu'il désire.
Tristan est affligé et soucieux ; 25
c'est pourquoi il a quitté son pays.

En Cornuaille vait tut dreit
La u la reïne maneit.
En la forest tut sul se mist :
30 Ne voleit pas que hum le veïst.
En la vespree s'en esseit,
Quant tens de herberger esteit.
Od païsanz, od povre gent,
Perneit la nuit herbergement ;
35 Les noveles lur enquereit
Del rei cum il se cunteneit.
Ceo li dïent qu'il unt oï
Que li barun erent bani*,
A Tintagel* deivent venir :
40 Li reis i veolt sa curt tenir ;
A Pentecuste i serunt tuit,
Mut i avra joie e deduit,
E la reïne i sera.
Tristram l'oï, mut se haita :
45 Ele n'i purrat mie aler
K'il ne la veie trespasser.
Le jur que li rei fu meüz,
Tristram est el bois revenuz.
Sur le chemin quë il saveit
50 Que la rute passer deveit,
Une codre trencha par mi,
Tute quarreie la fendi.
Quant il ad paré le bastun,
De sun cutel escrit sun nun.
55 Se la reïne s'aparceit,
Ki mut grant garde s'en perneit –
Autre feiz li fu avenu
Que si l'aveit aperceü –
De sun ami bien conustra
60 Le bastun, quant el le verra.
Ceo fu la summe de l'escrit*
Qu'il li aveit mandé e dit
Que lunges ot ilec esté
E atendu e surjurné
65 Pur espïer e pur saver
Coment il la peüst veer,

LES LAIS 17

Il va tout droit en Cornouailles,
là où vit la reine.
Il s'engage tout seul dans la forêt,
ne voulant pas qu'on le voie.
Il en sort le soir,
quand vient le moment de trouver un gîte.
Chez des paysans, chez de pauvres gens,
il loge pendant la nuit ;
il leur demande des nouvelles
du roi, de ses faits et gestes.
Ils lui rapportent ce qu'ils ont entendu dire :
les barons sont convoqués,
ils doivent se rendre à Tintagel :
le roi veut y tenir sa cour ;
ils y seront tous à la Pentecôte,
il y aura de grandes réjouissances,
et la reine sera présente.
Cette nouvelle remplit Tristan de joie :
la reine ne pourra pas s'y rendre
sans qu'il la voie passer.
Le jour du départ du roi,
Tristan revient dans la forêt,
sur le chemin que le cortège, il le sait bien,
doit emprunter,
il coupe par le milieu une branche de coudrier
et l'équarrit entièrement.
Quand il a préparé le bâton,
avec son couteau il y grave son nom.
Si la reine le remarque,
elle qui est très attentive à ce genre de signal,
(il lui était déjà arrivé une autre fois
de remarquer sa présence de cette manière)
elle reconnaîtra bien le bâton de son ami,
dès qu'elle le verra.
Voici le sens du message
transmis ainsi par Tristan :
il était resté longtemps dans la forêt,
il y avait attendu et séjourné,
à épier et à guetter
l'occasion de la voir,

Kar ne poeit vivre sanz li.
D'euls deus fu il tut autresi
Cume del chievrefoil esteit
70 Ki a la codre* se perneit :
Quant il s'i est laciez e pris
E tut entur le fust s'est mis,
Ensemble poënt bien durer,
Mes ki puis les voelt desevrer,
75 Li codres muert hastivement
E li chievrefoil ensement.
« Bele amie, si est de nus :
Ne vus sanz mei, ne jeo sanz vus*. »

La reïne vait chevachant.
80 Ele esgardat tut un pendant,
Le bastun vit, bien l'aparceut,
Tutes les lettres i conut.
Les chevaliers ki la menoent
E ki ensemble od li erroent
85 Cumanda tuz a arester :
Descendre voet e resposer.
Cil unt fait sun commandement.
Ele s'en vet luinz de sa gent ;
Sa meschine* apelat a sei,
90 Brenguein*, ki mut ot bone fei.
Del chemin un poi s'esluina,
Dedenz le bois celui trova
Que plus amot que rien vivant ;
Entre eus meinent joie mut grant.
95 A li parlat tut a leisir
E ele li dit sun pleisir ;
Puis li mustra cumfaitement
Del rei avrat acordement,
E que mut li aveit pesé
100 De ceo qu'il l'ot si cungeé :
Par encusement l'aveit fait.
A tant s'en part, sun ami lait.
Mes quant ceo vint al desevrer,
Dunc comencierent a plurer.

car il ne pouvait vivre sans elle.
Il en était d'eux
comme du chèvrefeuille
qui s'enroule autour du coudrier : 70
une fois qu'il s'y est enlacé et attaché
et qu'il entoure la tige,
ils peuvent vivre longtemps ensemble,
mais si on veut ensuite les séparer,
le coudrier meurt bien vite 75
et le chèvrefeuille aussi.
« Belle amie, ainsi en est-il de nous :
ni vous sans moi, ni moi sans vous. »

La reine s'avance à cheval,
regarde tout le long du talus, 80
voit le bâton, le remarque bien,
reconnaît toutes les lettres.
À tous les chevaliers de son escorte,
ses compagnons de route,
elle donne l'ordre de s'arrêter : 85
elle veut descendre de cheval et se reposer.
Ils lui obéissent.
Elle s'éloigne de ses gens ;
elle appelle auprès d'elle sa suivante,
Brangien qui la servait fidèlement. 90
Elle s'écarte un peu du chemin,
et trouve dans le bois celui
qu'elle aime plus que tout au monde :
leurs retrouvailles les transportent de joie.
Il lui parle tout à loisir 95
et elle lui dit ce qu'elle désire ;
puis elle lui explique comment
se réconcilier avec le roi
et combien elle fut peinée
de le voir ainsi congédié : 100
une dénonciation en fut la cause.
Sur ce elle le quitte, laissant là son ami.
Mais au moment de se séparer,
ils se mirent à pleurer.

105 Tristram en Wales s'en rala
Tant que sis uncles le manda.

Pur la joie qu'il ot eüe
De s'amie qu'il ot veüe
E pur ceo k'il aveit escrit
110 Si cum la reïne l'ot dit*,
Pur les paroles remembrer,
Tristram, ki bien saveit harper*,
En aveit fet un nuvel lai ;
Asez brefment le numerai :
115 Gotelef l'apelent Engleis,
Chievrefoil le nument Franceis.
Dit vus en ai la verité
Del lai que j'ai ici cunté.

Tristan retourna au Pays de Galles 105
jusqu'au jour où son oncle le rappela.

Pour la joie qu'il avait eue
de revoir son amie,
et pour garder le souvenir
du message qu'il avait écrit, 110
dans les termes où la reine l'avait lu,
Tristan, qui savait bien jouer de la harpe,
composa un nouveau lai ;
je le nommerai d'un seul mot :
les Anglais l'appellent *Goatleaf*, 115
et les Français *Chèvrefeuille*.
Telle est la véritable histoire
du lai que je viens de vous raconter.

LES LAIS FÉERIQUES

Composition musicale à l'origine, le lai désigne un récit plutôt bref d'octosyllabes à rimes plates, relatant une aventure plus ou moins merveilleuse dans un cadre breton (Angleterre, Écosse, ou Bretagne armoricaine). Les lais dits « féeriques » ou « anonymes » sont postérieurs à ceux de Marie de France puisqu'ils furent créés entre le dernier tiers du XIIe siècle et le premier quart du XIIIe siècle.

Le thème principal est la rencontre d'un être humain et d'un être surnaturel, une fée-maîtresse dans *Graelent*, *Guingamor* et *Desiré*, ou un chevalier venu de l'autre monde dans les lais de *Tydorel*, de *Tyolet* et de l'*Espine*. Un amour instinctif, spontané, parfois brutal (Graelent viole la demoiselle découverte près de la fontaine) mais durable naît entre eux. Le décor se structure entre deux pôles, d'une part l'univers réel et quotidien de la ville, du château et de la cour, de l'autre le pays mystérieux marqué par les vergers, les forêts, les landes et les « frontières humides » (rivière, gué, lac et source), un domaine où le temps est aboli, un royaume vers lequel un animal guide (cerf, biche, sanglier ou braque, de couleur blanche) conduit le héros prédestiné.

Divers motifs, empruntés aux traditions folkloriques, mythiques et celtiques, se greffent sur ce canevas : la *niceté* de Tyolet, la chasse, le voyage en bateau, le vol des habits d'une baigneuse nue, les somptueux cadeaux offerts par la fée, l'anneau d'or aux pouvoirs magiques, les prédictions, les métamorphoses (le protagoniste éponyme de *Melion* se transforme en loup), l'interdit, la transgression du pacte, la naissance d'un enfant. Bien que les tonalités changent d'une œuvre à l'autre (*Doon* se révèle ainsi plus « réaliste », *Trot* didactique, le *Lecheor* est une parodie, proche du fabliau), le plaisir de conter est le dessein essentiel des auteurs des lais féeriques.

Nous avons choisi un extrait de *Guingamor*. Furieuse d'avoir été éconduite par le héros, la reine le met au défi de chasser le sanglier blanc, une aventure périlleuse qui a déjà provoqué la mort de dix chevaliers. La bête traquée emmène Guingamor près d'une rivière, puis vers une fontaine.

Bibliographie

Les Lais anonymes des XIIe et XIIIe siècles, éd. critique de P. Mary O'Hara Tobin, Genève, Droz, 1976 ; *Lais féeriques des XIIe et XIIIe siècles*, éd. bilingue de A. Micha, GF-Flammarion, 1992.

L. Harf-Lancner, *Les Fées au Moyen Âge*, Paris, Champion, 1984 ; J.-Cl. Aubailly, *La Fée et le chevalier. Essai de mythanalyse de quelques lais féeriques des XIIe et XIIIe siècles*, Paris, Champion, 1986.

Notes

Le texte est établi d'après le manuscrit S de la BN, fonds fr. nouv. acq. 1104 (fin du XIIIe siècle ou début du XIVe siècle) et l'édition de P. Mary O'Hara Tobin.

Le lai de *Guingamor* suit le schéma narratif d'un conte morganien. L'animal guide qui conduit le héros éponyme vers le royaume de la fée se dédouble puisque le chevalier est aidé par un braque dans sa chasse au porc blanc. Poursuivant le sanglier et le chien, il pénètre peu à peu dans l'Autre Monde, s'enfonce au cœur de la forêt, puis gagne la lande (v. 421) où il découvre une demoiselle se baignant nue dans une source (v. 422-429).

L'auteur introduit ainsi dans la rencontre du héros et de la fée le conte mélusinien des femmes-cygnes, mais dans *Guingamor* la jeune fille dévêtue, loin d'exprimer ses craintes et de supplier le ravisseur de lui rendre les habits dérobés, se montre impérieuse en exigeant la restitution immédiate de ses vêtements (v. 445-456). Le chevalier lui obéit d'ailleurs aussitôt (v. 457-458).

La demoiselle de la fontaine n'est pas désignée par le terme de fée, mais les éléments merveilleux qui l'entourent ne laissent aucun doute à son sujet : l'animal surnaturel, le décor aquatique, le gravier d'or et d'argent, la présence d'une suivante, la beauté de la baigneuse (v. 430-433) ainsi que ses pouvoirs magiques (elle connaît Guingamor et lui promet de lui livrer le sanglier et le chien dont il a perdu la trace).

escouter : provenant du bas latin *ascultare*, forme altérée du latin classique *auscultare*, *escouter* est, parmi les verbes relatifs à l'ouïe, tels que *oïr* (v. 412) et *entendre* (v. 414), celui qui exige la plus grande attention. Il signifie « prêter l'oreille », « épier ».

olivier : dans son ouvrage *Villon : ambiguïté et carnaval* (Paris, Champion, 1992), J. Dufournet précise que l'olivier « était lié à Minerva-Athéna, déesse guerrière, mais aussi déesse de la Raison, présidant aux arts, à la littérature et à la philosophie, déesse de l'activité intelligente, appliquée en particulier aux arts de la paix » (p. 182). Selon la tradition littéraire, cet arbre sacré représente la sagesse, la justice, la paix, la réconciliation, la charité, l'humilité, la miséricorde ainsi que la victoire. Emblème de la sérénité, de l'hospitalité et de l'amour, il symbolise aussi le « Paradis des élus ».

despoille : déverbal de *despoillier*, lui-même dérivé du latin *despoliare* (« dépouiller, spolier »), le substantif *despoille* désigne non seulement le butin mais encore tout vêtement enlevé. Dans le texte, le terme convient parfaitement aux *dras* (v. 437) de la demoiselle, puisqu'elle a dévêtu ses habits avant que Guingamor ne les dérobe.

retret : issu du latin *retrahere* (« tirer en arrière »), le verbe *retraire* offre plusieurs acceptions : 1) « retirer, enlever, éloigner » ; 2) « se retirer », « s'éloigner », « renoncer à » ;

3) « reculer » ; 4) « se gâter » ; 5) « raconter » ; 6) « reprocher » ; 7) « ressembler ».

herbergiez : dérivé du francique **heribergon* (« camper en parlant d'une armée »), le verbe *herbergier* signifie « loger », « donner l'hospitalité, accueillir ». Il s'agit le plus souvent d'un abri temporaire pour passer la nuit dans un bâtiment en dur (grange, manoir ou château), à la différence de *logier* qui s'applique en général à une habitation précaire, située en pleine nature (hutte de feuillage ou tente).

baillerai : sur le substantif *bajulus* (« portefaix »), le latin avait créé un dérivé verbal *bajulare* (« porter sur le dos ») qui est à l'origine de *baillier*. Ce verbe présente diverses significations : 1) « porter », « avoir à sa charge », « manier » ; 2) « apporter », d'où, par extension, « procurer », « fournir », « confier », « donner » ; 3) avec changement de point de vue et passage du destinateur au destinataire : « recevoir », « accepter », « saisir » ; 4) « gérer », « gouverner » (cf. le *bailli*), « protéger ». Par suite de la vitalité du verbe *donner*, *bailler* est sorti de l'usage dès le XVIIe siècle.

palefroi : venant du bas latin *paraveredus* (« cheval de poste »), formé d'une préposition grecque *para* (« auprès de ») et d'un terme francique latinisé *veredus* (« cheval »), le *palefroi* est un cheval de promenade, de voyage et de parade dont l'allure douce convient bien aux dames et aux demoiselles. Sur le cheval, voir J. Dufournet, *Cours sur La Chanson de Roland*, Paris, CDU, 1972, p. 77-89, et *Le cheval dans le monde médiéval*, Senefiance, n° 32, Aix-en-Provence, 1992 ; B. Prévot et B. Ribémont, *Le Cheval en France au Moyen Âge*, Orléans, Paradigme, 1994.

druerie : dérivé de l'adjectif *dru*, le substantif *druerie* désigne : 1) « les rapports amoureux », « le plaisir des ébats amoureux » ; 2) « l'amitié, l'affection, la tendresse, l'amour, le plus souvent hors du cadre conjugal » ; 3) « le gage d'amour », « le cadeau galant ».

2. [La fée de la fontaine]

    Guingamor estoit molt pensis,
410 el haut de la forest s'est mis
et conmença a escouter*
se le brachet oïst crier ;
a destre de lui l'a oï.
Tant escouta, tant entendi,
415 Qu'il l'oï loing et le sengler.
Donques reconmence a corner,
a l'encontre lor est alez.
Li pors s'en est outre passez
et Guingamor après se met,
420 semont et hue le brachet,
enz el chief de la lande entra.
Une fontaine illec trova
Desoz .I. olivier* foillu,
vert et flori et bien branchu ;
425 la fontaingne ert et clere et bele,
d'or et d'argent ert la gravele.
Une pucele s'i baingnoit
et une autre son chief pingnoit ;
el li lavoit et piez et mains.
430 Biaus membres ot, et lons et plains,
el siecle n'a tant bele chose,
ne fleur de liz, ne fleur de rose,
conme cele qui estoit nue.
Desque Guingamor l'ot veüe,
435 commeüz est de sa biauté,

2. La fée de la fontaine

Absorbé dans ses pensées, Guingamor
gagna les hauteurs de la forêt 410
et tendit l'oreille
pour entendre crier le braque ;
il l'entendit à sa droite.
Il écouta si attentivement
qu'il l'entendit au loin ainsi que le sanglier. 415
Alors il recommence à sonner du cor
et va à leur rencontre.
Au passage du sanglier,
Guingamor se lance à sa poursuite,
excitant le braque par ses cris, 420
et atteint l'extrémité de la lande.
Là il trouva une source
sous un olivier feuillu,
vert, fleuri et bien branchu ;
la source était claire et belle, 425
le gravier d'or et d'argent.
Une jeune fille s'y baignait
et une autre lui peignait sa chevelure ;
elle lui lavait les pieds et les mains.
La demoiselle avait de beaux membres, longs et potelés : 430
rien n'était aussi beau au monde,
ni fleur de lys, ni fleur de rose,
que cette femme nue.
Dès que Guingamor l'aperçut,
il fut bouleversé par sa beauté ; 435

le frain du cheval a tiré ;
sor .I. grant arbre vit ses dras,
cele part vint, ne targe pas,
el crues d'un chiesne les a mis.
440 Qant il avra le sengler pris,
ariere vorra retorner
et a la pucele parler ;
bien set qu'ele n'ira pas nue.
Mes ele s'est aparceüe,
445 le chevalier a apelé
et fierement aresonné :
« Guingamor, lessiez ma despoille*.
Ja Deu ne place ne ne voille
Qu'entre chevaliers soit retret*
450 que vos faciez si grant mesfet
d'embler les dras d'une meschine
en l'espoisse de la gaudine.
Venez avant, n'aiez esfroi,
herbergiez* vos hui mes o moi.
455 Toute jor avez traveillé,
si n'avez gueres esploitié. »
Guingamor est alez vers li,
ses dras li porta et tendi,
de son offre le mercïa
460 et dist pas ne herbergera,
car il avoit son porc perdu
et le brachet qui l'a seü.
La damoisele li respont :
« Amis, tuit cil qui sont el mont
465 nu porroient hui mes trover,
tant ne s'en savroient pener,
se de moi n'avoient aïe.
Lessiez ester vostre folie,
venez o moi par tel covent
470 et je vos promet loiaument
que le sengler pris vos rendrai
et le brachet vos baillerai*
a porter en vostre païs
jusqu'à tierz jor ; je vos plevis.
475 — Bele, ce dit li chevaliers,

LES LAIS FÉERIQUES   29

il tira les rênes du cheval ;
il vit ses vêtements près d'un grand arbre,
vint de ce côté sans tarder
et les déposa au creux d'un chêne.
Quand il aura pris le sanglier,   440
il reviendra sur ses pas
pour parler à la jeune fille ;
il est persuadé qu'elle ne partira pas toute nue.
Mais elle s'en rendit compte,
interpella le chevalier   445
et lui adressa fièrement la parole :
« Guingamor, laissez mes habits.
Qu'à Dieu ne plaise et qu'Il ne permette pas
qu'on raconte parmi les chevaliers
que vous commettiez un délit aussi grave   450
que de dérober les vêtements d'une jeune fille
au cœur de la forêt !
Approchez, n'ayez pas peur,
venez aujourd'hui vous loger chez moi.
Toute la journée vous avez peiné   455
sans grande réussite. »
Guingamor s'approcha d'elle,
il lui apporta et lui tendit ses vêtements ;
il la remercia de son offre
et dit qu'il ne pouvait accepter son hospitalité,   460
car il avait perdu son sanglier
et le braque lancé à sa poursuite.
La demoiselle lui répond :
« Ami, nul homme au monde
ne pourrait désormais le trouver,   465
malgré tous ses efforts,
s'il ne recevait mon aide.
Abandonnez votre folie,
venez avec moi à cette condition :
je vous promets loyalement   470
que je vous livrerai le sanglier, une fois pris,
et je vous donnerai le braque
pour l'emporter dans votre pays,
d'ici trois jours ; je vous le jure.
— Belle, dit le chevalier,   475

je herbergerai volentiers
par tel covent con dit avez. »
Descenduz est et arestez.
La pucele tost se vesti,
480 et cele qui fu avec li
li a une mule amenee
de riche ator, bien afeutree,
avec son oes .I. palefroi*,
meillor n'en ot ne quens ne roi.
485 Guingamor sivi la pucele,
qant levee l'ot en la sele,
puis est montez, sa resne prent.
De bon cuer l'esgarde sovent,
molt la vit bele et longue et gente,
490 volentiers i metoit s'entente
qu'ele l'amast de druerie* ;
doucement la regarde et prie
que s'amor li doint et otroit.

je logerai volontiers chez vous
à la condition que vous avez exprimée. »
Il descendit de cheval et s'arrêta.
La jeune fille s'est vite habillée,
et celle qui l'accompagnait   480
lui a amené une mule
richement équipée, bien sellée,
avec pour elle-même un palefroi,
ni comte ni roi n'en eut de meilleur.
Guingamor suivit la jeune fille ;   485
après l'avoir mise en selle,
il monta à cheval et prit les rênes.
La regardant souvent avec plaisir,
il la trouva très belle, élancée, gracieuse,
et désira de tout cœur   490
qu'elle l'aimât d'amour.
Il la contempla tendrement et la pria
de lui donner et de lui accorder son amour.

LES FABLES

Les recueils français de fables utilisent le titre d'*Isopets*, du nom du fabuliste Ésope, considéré comme l'inventeur du genre. Au Moyen Âge les fables ésopiques connurent en effet un immense succès à partir d'une transmission complexe dont on distingue deux branches majeures : tandis que la première est une version en vers latins composée au Ier siècle par Phèdre et d'où dérive la collection en prose du IVe siècle appelée *Romulus*, source de nombreux remaniements ultérieurs en vers et en prose, la seconde date du IIe siècle ; il s'agit d'une rédaction en vers grecs due à Babrius et traduite en vers latins au IVe siècle par Avianus, à l'origine de recueils de fables intitulés *Avionnet*.

La fable est un récit court, allégorique dans la mesure où les personnages évoqués représentent d'autres êtres qu'eux-mêmes, didactique et destiné à inculquer « des leçons de morale pratique et d'éthique ». Parce qu'elle met en scène des animaux avec un dessein édifiant, elle se différencie du fabliau, « conte à rire en vers », relatif aux humains ; relevant de la fiction et de l'enseignement moral, elle se distingue aussi de l'*exemplum* qui ressortit à la réalité et à l'édification religieuse. La fable comprend en général deux parties : la narration d'un conflit opposant un fort et un faible, un innocent et un méchant, un rusé et un naïf, est suivie d'une moralité.

Les 102 *Fables* de Marie de France constituent le plus ancien recueil de fables écrites en français, entre 1167 et 1189. Si la plupart sont animalières, mettant en scène le loup, le renard, le lion, le chien et l'aigle, certaines relatent des aventures humaines, comme « La Femme et son amant », « Le Paysan et son épouse querelleuse » ou « Le Vieillard et le chevalier ». Soucieuse de vraisemblance, réussissant à camper en quelques vers un décor ou un portrait, à créer des dialogues vifs, à inscrire l'action dans une temporalité précise, la poétesse est « la digne devancière de La Fontaine ».

Pour illustrer ce genre, nous citerons deux fables, la première de Marie de France, la seconde extraite de l'*Isopet de Lyon*.

Bibliographie

Les Fables de Marie de France, éd. et trad. de C. Brucker, Louvain, Peeters, 1991 ; *Fables françaises du Moyen Âge*, éd. bilingue de J.-M. Boivin et L. Harf-Lancner, Paris, GF-Flammarion, 1996 ; *Recueil général des isopets*, Paris, SATF, t. I et II, éd. de J. Bastin, 1929-1930, t. III et IV, éd. de P. Ruelle, 1982-1999.

G. Ashby-Beach, « Les Fables de Marie de France : essai de grammaire narrative », *Cahiers d'études médiévales : Épopée animale, fable, fabliau*, Paris, PUF, 1984, p. 13-28 ; C. Brucker, « Société et morale dans la fable ésopique du XIIe et du XIVe siècle », *Mélanges Jean Dufournet*, Paris, Champion, 1993, t. I, p. 281-292 ; A. Strubel, « Exemple, fable, parabole », *Le Moyen Âge*, t. XCIV, 1988, p. 341-361.

Notes

Le Corbeau et le Renard

Le texte est établi d'après le manuscrit A (Londres, British Library, Harley 978, milieu du XIIIe siècle, avec des traits d'anglo-normand) et l'édition de C. Brucker. Nous avons corrigé *que* en *qui* aux vers 3 et 5, *desur* en *sus* (v. 6), *Ceo* en *Ce* (v. 29), et supprimé *e* en tête du vers 24.

Cette fable est construite à partir d'une opposition entre deux animaux, l'un qui évolue dans les airs, l'autre qui a les pieds sur terre, le corbeau, vaniteux et naïf, le renard flatteur et rusé, comme le révèlent les termes *engin* (début du v. 11) et *enginner* (fin du v. 12). Maître de la parole, le goupil, qui est d'ailleurs le seul à s'exprimer au style direct (v. 13-18), réussit à tromper l'oiseau en lui adressant des louanges (adjectifs mélioratifs tels que *gentilz* ou *bel*, tournures négatives, modalité exclamative) dont le corbeau ne perçoit ni l'excès ni la fausseté, rendue dans la moralité (v. 29-34) par les mots *losenger, mentir, faus losenge*. Il discerne seulement une restriction dans l'éloge à propos de son chant, exprimée par le système hypothétique ambigu des vers 17-18 (*Fust* et *vaudreit*) à valeur de potentiel (pour le corbeau) ou d'irréel (pour le renard).

Entre l'ouverture du récit et l'épilogue, on observe aussi un complet renversement de situation. Alors qu'au début du récit le corbeau possède le fromage (v. 7 : *Un en ad pris*), à la fin c'est le renard qui s'en est emparé (v. 26 : *e li gupil le vet seisir*). On pourra comparer cette fable avec celle intitulée « Du Renart et du Corbel », dans *Fables françaises du Moyen Âge*, p. 222-225, avec le *Roman de Renart*, branche II, v. 843-1024, et avec « Le Corbeau et le Renard » de La Fontaine, livre I, 2 ; lire également l'article de J. Subrenat, « Du Renart et du Corbel », *Mélanges Roger Duchêne*, Tübingen, 1992, p. 65-71.

despense : déverbal du verbe *despendre*, ce terme offre trois significations principales : 1) « action de dépenser », d'où « somme dépensée », « budget » ; 2) par métonymie, « provision » ; 3) « endroit où l'on garde les provisions, cellier, cave ou office ».

gupil : provenant du bas latin *vulpiculus*, diminutif de *vulpes*, le vocable *gupil/goupil*, dont le *g* initial est dû à une influence germanique, est remplacé à partir du XIIIe siècle par le nom propre *Renart*, devenu nom commun à la suite du succès du *Roman de Renart*.

engin : issu du latin *ingenium* (« qualités innées, spécialement intellectuelles », « talent, génie »), le substantif *engin* possède en ancien français des valeurs abstraites et concrètes : 1) intelligence, esprit ; 2) avec une nuance méliorative : ingéniosité, habileté, adresse ; 3) avec une nuance péjorative : ruse, tromperie, perfidie ; 4) bon tour, moyen ingénieux, artifice, procédé, façon d'agir ; 5) machine de guerre, piège pour la chasse et la pêche. À partir du XVIIᵉ siècle, seuls les sens concrets se sont maintenus.

enginner/engignier : il convient de distinguer deux emplois : 1) avec un complément d'objet non animé : « trouver, inventer, imaginer » ; « fabriquer avec art » ; « obtenir par ruse » ; 2) avec un complément d'objet animé : « tromper, abuser ».

cure : du latin *cura*, le terme *cure*, outre sa signification étymologique (« soin, souci, application »), présente plusieurs sens dérivés : « désir » ; « charge, office », en particulier « charge ecclésiastique, bénéfice » ; « fonction du curé » et par suite sa « résidence », depuis le XVᵉ siècle. De surcroît, à partir du XVIᵉ siècle, il s'applique à un traitement médical d'une certaine durée.

losenge : dérivé du mot *los* (« louange, réputation, gloire »), qui provient lui-même du latin *laus*, *losenge/losange* est le plus souvent péjoratif puisqu'il qualifie « la fausse louange », « le mensonge », « la flatterie insidieuse », puis « la tromperie, la ruse, la supercherie ».

Le Cerf mécontent de ses jambes

Le texte est établi d'après l'édition de J.-M. Boivin et L. Harf-Lancner.

Dans « Dou Cer qui besmoit ses jambes », le conflit, inhérent à toute fable, n'est pas extérieur mais intérieur. En effet, pourvu de traits physiques antithétiques (de superbes bois ramifiés mais des jambes et des pieds fluets), le cerf éprouve des sentiments contradictoires : d'une part il est très fier de la beauté de ses cornes (v. 7-12), d'autre part il a honte de ses pattes maigres et noires (v. 13-16). L'arrivée de chiens de chasse provoque un total renversement des valeurs : dans sa fuite, l'animal loue désormais la vivacité de ses pieds et la légèreté de ses jambes qu'il méprisait auparavant (v. 21-26) et qui lui permettent de se sauver (v. 35-38), alors qu'il maudit maintenant ses bois qu'il chérissait précédemment (v. 27-34).

Le cerf représente l'homme aveuglé par son orgueil et incapable de dépasser les apparences pour discerner l'utile du nuisible. Il peut symboliser en outre le pécheur infatué de lui-même à qui Dieu accorde le salut parce qu'il se repent juste à temps.

Cette fable de l'*Isopet de Lyon* se caractérise par son heureux dénouement qui contraste avec l'épilogue de la source latine et des autres versions françaises où le cerf est pris par les chasseurs. Voir aussi « Le Cerf se voyant dans l'eau » de La Fontaine, livre VI, 9.

Li Cers soffre de soi destrace : mot à mot : Le cerf endure la souffrance (*destrace/destrece* : détresse) de la soif (*soi* : soif). Aristote souligne que, échauffé par sa course, le cerf a l'habitude de rechercher une eau pure. Dans son *Livre du Trésor*, Brunetto Latini donne une autre explication de ce besoin de s'abreuver : « Lorsque le cerf veut se débarrasser de sa vieillesse ou d'une maladie qui l'atteint, il mange le serpent, et par crainte du venin, il se précipite vers une source et boit abondamment » (*Bestiaires du Moyen Âge*, trad. de G. Bianciotto, p. 223). C'est l'image du pécheur repentant qui, après avoir absorbé le venin du serpent diabolique, court vers la fontaine des Écritures, s'y désaltère, s'y purifie et s'y régénère.

aigue : plusieurs formes phonétiques proviennent du latin *aqua* : *aigue, eve* (cf. *évier*), *iaue/eau(e)*. La forme *aigue*, disparue vers le XV⁰ siècle, survit dans des mots provençaux comme *aigue-marine, aiguière*, et dans quelques toponymes tels que *Aigues-Mortes* ou *Chaudes-Aigues*.

samblance : dérivé du verbe *sembler*, le substantif *samblance/ semblance* présente plusieurs acceptions : 1) apparence (en particulier du corps), « forme extérieure » ; 2) « ressemblance » ; 3) « manière d'être, conduite » ; 4) « pensée, opinion » ; 5) « mine, visage » (cf. *semblant*) ; 6) « image » ; 7) « symbole », « signification ». Le terme a vieilli dans tous ses emplois, éliminé par *ressemblance*. Seule subsiste dans un usage littéraire la locution *à la semblance de*.

Il se regarde et se remire : le cerf qui, désireux d'étancher sa soif, se mire dans l'eau de la fontaine, évoque Narcisse dont l'histoire est narrée notamment par Ovide dans les *Métamorphoses* (livre III, v. 356-503) et par Guillaume de Lorris dans *Le Roman de la Rose*, éd. de J. Dufournet, Paris, GF-Flammarion, 1999, v. 1425-1506.

esmaier : issu du latin vulgaire **exmagare* (« priver quelqu'un de ses forces »), formé du germanique **magan* (« pouvoir ») et du préfixe privatif *ex-*, le verbe signifie « inquiéter », « effrayer », « troubler ». Employé pronominalement, il prend le sens de « s'inquiéter », « craindre », « se tourmenter, se désoler ». S'il a disparu aujourd'hui, demeure le déverbal littéraire *esmai/esmoi/émoi* qui désigne un « trouble provoqué par une émotion vive ».

laidure : dérivé de l'adjectif *lait/laid*, le nom féminin *laidure* ne revêt que des acceptions péjoratives : « humiliation » ; « ignominie » ; « outrage, tort, préjudice » ; « injure, insulte ».

ignales : l'adjectif d'origine germanique *ignal/ignel/isnel* signifie « rapide, agile, prompt, léger ».

henuit : par suite de son origine, le déverbal d'*enoier/enuier*, le substantif *henuit/en(n)ui*, possède au Moyen Âge des sens beaucoup plus forts qu'à notre époque : 1) grande contrariété, peine très vive, tourment intolérable, mal ; 2) inquiétude, angoisse, profonde tristesse, violent chagrin ; 3) graves difficultés, malheurs, désagréments ; 4) injure, insulte. À la suite d'un affaiblissement sémantique, il désigne depuis le XVIIᵉ siècle de simples contrariétés, un malaise, « une impression de lassitude provoquée par l'inaction », le désintérêt, « une mélancolie vague ».

ainz : provenant d'une forme **antius*, formée de *ante* et d'un suffixe *-ius*, ce mot offre trois acceptions majeures : 1) l'antériorité dans le temps : si la préposition se traduit par « avant » et l'adverbe par « auparavant », la locution conjonctive *ainz que* équivaut à « avant que » ; 2) la préférence : « plutôt », « plus volontiers » ; 3) l'emploi adversatif : situé en général après un premier élément négatif, il marque une forte opposition, « mais, mais au contraire ».

3. Del Corp e del Gupil

Issi avient, e bien pot estre,
que par devant une fenestre,
qui en une despense* fu,
vola un corf, si ad veü
5 furmages qui dedenz esteient,
e sus une cleie giseient.
Un en ad pris, od tut s'en va.
Un gupil* vient qui l'encuntra.
Del furmage ot grant desirer
10 qu'il en peüst sa part manger ;
par engin* vodra essaier
si le corp purra enginner*.
« A ! Deu sire ! », fet li gupilz,
« Tant par est cist oisel gentilz !
15 El mund[e] nen a tel oisel !
Unc de mes oilz ne vi si bel !
Fust teus ses chanz cum est ses cors,
il vaudreit meuz que nul fin ors. »
Li corps se oï si bien loër
20 që en tut le mund n'ot sun per.
Purpensé s'est qu'il chantera :
ja pur chanter los ne perdra.
Le bek overi, si chanta :
li furmages li eschapa,
25 a la tere l'estut cheïr,
e li gupil le vet seisir.
Puis n'ot il cure* de sun chant,

3. Le Corbeau et le Renard

Il arriva, comme c'est possible,
que devant une fenêtre
d'un cellier
passa en volant un corbeau qui vit,
à l'intérieur, des fromages   5
posés sur une claie.
Il en prit un et repartit avec sa proie.
Un renard survint, qui le rencontra,
très désireux
de pouvoir manger sa part de fromage ;   10
par la ruse, il veut essayer de voir
s'il pourra tromper le corbeau.
« Ah ! Seigneur Dieu ! » dit le renard,
« Quelle noblesse possède cet oiseau !
Au monde il n'a pas son pareil !   15
De mes yeux, je n'en ai jamais vu de si beau !
Si son chant était aussi beau que son corps,
il vaudrait plus que de l'or fin. »
Le corbeau entendit ces louanges
selon lesquelles il n'avait pas son pareil au monde.   20
Il se décida à chanter :
jamais, à chanter, il ne perdra sa gloire.
Il ouvrit le bec et chanta :
il laissa échapper le fromage,
qui tomba à terre inéluctablement,   25
et le renard de s'en emparer.
Il ne se soucia plus du chant du corbeau,

del furmagë ot sun talant.

Ce est essample des orguillus
30 ki de grant pris sunt desirus ;
par losenger [e] par mentir
les puet hum bien a gré servir ;
le lur despendent folement
pur faus losenge* de la gent.

4. Dou Cer qui besmoit ses jambes

Li Cers soffre de soi destrace*,
Vers une fontainne s'adresce.
La fontainnë est clere et bele,
D'argent samble estre la gravele.
5 Quant li Cers boit par grant delit,
En l'aigue* sa samblance* lit.
Il se regarde et se remire*,
Ses cornes lo cuer li font rire.
Longues furent et bien ramees,
10 Mout li samblent estre honorees.
Con plus regarde en la fontainne,
Plus s'esjohit per gloire vainne.
D'autre part li fait grant destrace
Quant de ses piez voit la magrece :
15 Ses chambes trop li desplasoient,
Quar noires et maigres estoient.
A grant esbaïs chiens soreviegnent,
Vers lui tout droit la trace tiegnent.
Quant il les sentit abaier,
20 Il s'am prist fort a esmaier*,
Ses piez mat en ovre por fuire,
Qu'il tenoit devant en laidure*.
Des chambes la legeretey,
Cele lo moinne a sauvetey.
25 Quant il les sent forz et ignales*,
Si les tient et bones et bales.
Ses cornes qu'il ot chier tenues,

possédant le fromage qu'il convoitait.

C'est l'histoire des orgueilleux
qui désirent une grande renommée :　　　　　　　　30
par des flatteries et des mensonges
on peut gagner leurs bonnes grâces ;
ils gaspillent follement leurs biens
à cause des flatteries mensongères des gens.

4. Le Cerf mécontent de ses jambes

Le cerf, souffrant de la soif,
se dirige vers une fontaine
dont l'eau est claire et belle,
le sable semble être d'argent.
Quand le cerf à boire se délecte,　　　　　　　　5
il distingue son reflet dans l'eau.
Il se regarde et se contemple,
ses bois remplissent son cœur de joie.
Ses longs et magnifiques andouillers
lui semblent mériter de vifs éloges.　　　　　　　　10
Plus il regarde dans la fontaine,
plus il se réjouit par vaine gloire.
D'un autre côté il se désespère
à voir la maigreur de ses pieds :
ses jambes lui déplaisaient fort,　　　　　　　　15
car elles étaient noires et maigres.
Avec de bruyants abois surviennent des chiens
qui filent vers lui, le suivent à la trace.
Dès qu'il les entendit aboyer,
il commença à se tourmenter.　　　　　　　　20
Pour fuir il met en action ses pieds
qu'il méprisait auparavant.
La légèreté des jambes,
elle, assure son salut.
Comme il les sent fortes et agiles,　　　　　　　　25
il les tient pour bonnes et belles.
Ses bois qu'il avait chéris

Qu'erent si grant et si forchues,
Vosist que fussent esraigies
30 De sa teste, ou erent fichies.
Car mout a grant henuit* li vienent,
Quant per l'espés bois lo retiegnent.
Chose sanz profit por son asme
Sont ses granz cornes, mout s'an blasme.
35 Des chambes loue la bontey,
Don se tenoit ainz* por ontey.
Por son bien corre est eschapez,
Qu'il ne fust pris ne atrapez.

Ce qui aide aïr, et amer
40 Ce qui nuit, fait mout a blasmer.
En mal volontier se delite
Nostre cuers, et lo bien despite.

pour leur taille et leur belle ramure,
il aurait voulu qu'ils fussent arrachés
de sa tête, où ils étaient plantés.
Car ils le gênent terriblement,
le retenant dans l'épaisseur du bois.
Aucun salut à attendre, selon lui,
de ses grands bois : il se critique vivement.
Il loue la vigueur de ses jambes
dont il avait honte auparavant.
Par sa course rapide, il s'est échappé,
sans être pris ni rattrapé.

Haïr ce qui aide et aimer
ce qui nuit est fort blâmable.
Notre cœur se délecte volontiers
du mal et méprise le bien.

Guillaume le Clerc de Normandie

LE BESTIAIRE DIVIN

Emprunté au latin médiéval *bestiarium*, le terme *bestiaire* apparaît pour la première fois sous la plume de Philippe de Thaon (entre 1121 et 1135). Le prologue du *Bestiaire* en prose de Pierre de Beauvais (début du XIIIe siècle) définit ainsi ce genre littéraire : *Chi commence li livres c'on apele Bestiaire. Et por ce est il apelés ensi qu'il parole des natures des bestes.* Les *Bestiaires* désignent donc des ouvrages didactiques en vers ou en prose qui interprètent les propriétés réelles ou légendaires de certains animaux d'une manière symbolique, en vue d'un enseignement moral ou religieux ; ils évoquent en priorité des bêtes que nous appelons exotiques et fabuleuses ; chaque animal mentionné représente le Christ ou le diable, le Bien ou le Mal, les vertus ou les vices. Les *Bestiaires* médiévaux sont inspirés non seulement par la Bible, l'*Histoire naturelle* de Pline l'Ancien et les *Étymologies* d'Isidore de Séville, mais surtout par le *Physiologus*, un traité composé en grec à Alexandrie au IIe siècle après Jésus-Christ et connu par de multiples versions latines du Ve au IXe siècle, sur les animaux (quadrupèdes et serpents), les oiseaux, les plantes et les pierres.

Guillaume le Clerc de Normandie exerça son activité littéraire dans le premier tiers du XIIIe siècle. Il composa notamment une *Vie de sainte Marie-Madeleine*, le *Besant de Dieu*, un poème moral, et le *Bestiaire divin*, écrit vers 1210-1211, qui constitue le plus long des *Bestiaires* en vers français (3 944 octosyllabes dans l'édition de C. Hippeau). Dans les vers 1493-1500, l'auteur précise les desseins de son ouvrage : *Moult est a dire et a retraire / Es essamples del Bestiaire, / Qui sont de bestes et de oiseaus, / Moult profitables, boens et beaus. / Et le livre si nos enseigne / En quel guise le mal remaigne, / Et la veie que deit tenir / Cil qui a Deu veut revertir.*

Bibliographie

Le Bestiaire divin, de Guillaume le Clerc de Normandie, éd. de C. Hippeau, Caen, 1852, réimpr. Genève, Slatkine Reprints, 1970 ; *Bestiaires du Moyen Âge*, trad. de G. Bianciotto, Paris, Stock, « Moyen Âge », 1980.

F. McCulloch, *Medieval Latin and French Bestiaries*, Chapel Hill, 1960, 3e éd. 1970 ; P. Ruelle, *Le Besant de Dieu de Guillaume le Clerc de Normandie*, Bruxelles, 1973 ; J. Bichon, *L'Animal dans la littérature française au XIIe et au XIIIe siècle*, Lille, Université de Lille III, 1976, 2 vol.

Notes

Le texte est établi à partir du manuscrit de la BNF, n° 273*bis* du fonds Notre-Dame (il porte la date de 1267) et de l'édition de C. Hippeau.

La structure des articles des *Bestiaires* est traditionnellement binaire : l'énoncé de la propriété de l'animal (v. 1309-1346) est suivi de son commentaire spirituel et théologique (v. 1347-1360).

Comme Pierre de Beauvais et Brunetto Latini, l'auteur du *Livre du Trésor*, Guillaume le Clerc de Normandie souligne la cruauté de la licorne, cet animal fabuleux, pourvu d'une longue corne rectiligne au milieu du front. Sa férocité se traduit par tout un champ lexical de la violence et du combat dont la plupart des locutions sont placées à la rime : *osee* (v. 1312), *conbatant, hardie* (v. 1313), *envaïe* (v. 1314), *egre* (v. 1315), *dur et trenchant* (v. 1317), *se conbat* (v. 1318), *agu* (v. 1319), *feru* (v. 1320), *perce, fende* (v. 1321), *deffende* (v. 1322), *requiert* (v. 1323), *fiert* (1324), *trenchant cum alemele* (v. 1325), *esboele* (v. 1326), *vigor* (v. 1327), *a force ou a desrei* (v. 1346).

Pour la capture de l'animal, c'est toujours la même tactique qui est adoptée. Ainsi Pierre de Beauvais indique : « les chasseurs conduisent une jeune fille vierge à l'endroit où demeure la licorne, et ils la laissent assise sur un siège, seule dans le bois. Aussitôt que la licorne voit la jeune fille, elle vient s'endormir sur ses genoux. C'est de cette manière que les chasseurs peuvent s'emparer d'elle et la conduire dans les palais des rois » (éd. de G. Bianciotto, p. 38-39) ; de son côté, Brunetto Latini, dans son *Livre du Trésor*, écrit : « les chasseurs envoient une jeune fille vierge dans un lieu que fréquente la licorne ; car telle est sa nature : elle se dirige aussitôt tout droit vers la jeune vierge en abandonnant tout orgueil, et elle s'endort doucement dans son sein, couchée dans les plis de ses vêtements ; et c'est de cette manière que les chasseurs parviennent à la tromper » (éd. de G. Bianciotto, p. 239). Guillaume le Clerc de Normandie relate une scène de chasse analogue dont il interprète ensuite symboliquement les différents acteurs : si la licorne symbolise le Christ et la pucelle la Vierge, les chasseurs qui épient l'animal, le saisissent et l'attachent sont les Juifs qui lièrent Jésus et le conduisirent devant Pilate.

Le mythe de la licorne renvoie à l'image de la dame à la licorne, popularisée par l'iconographie et la célèbre tapisserie du musée de Cluny. Voir B. d'Astorg, *Le Mythe de la Dame à la licorne*, Paris, Le Seuil, 1963.

unicorne : issu du latin chrétien *unicornis*, calque du grec *monokéros* (c'est-à-dire « qui a une seule corne »), le terme *unicorne* apparaît en langue française avant le substantif *licorne*, attesté pour la première fois en 1349 dans *Le Roman de la Dame à la licorne et du Beau chevalier au lion*, emprunt à l'italien *l'alicorno* avec mauvaise coupure de l'article défini élidé.

A l'olifant porte envaïe : cette caractéristique montre chez Guillaume le Clerc de Normandie une confusion entre la licorne imaginaire et le rhinocéros unicorne, bien réel, dont des auteurs tels que Pline l'Ancien, Élien et Isidore de Séville ont évoqué l'inimitié à l'égard de l'éléphant et leurs fréquents affrontements.

egre : du latin *acer/acris* (« pointu, perçant, violent »), l'adjectif *egre/aigre* offre plusieurs significations : 1) « piquant, acide » ; 2) « féroce », « ardent au combat », « impétueux », « redoutable » ; 3) « vif », « passionné » ; 4) « pénible », « désagréable », « acariâtre ». Plus péjoratif à notre époque qu'au Moyen Âge, le mot qualifie une saveur, une odeur, une voix, un vent, un comportement déplaisants.

veneor : provenant du latin *venatorem*, le mot *veneor/veneur* désigne un chasseur qui pratique la chasse à courre avec des chiens et s'attaque d'ordinaire au gros gibier.

convers : déverbal de *converser*, lui-même dérivé du latin impérial *conversari* (« vivre avec »), le substantif *convers* présente les acceptions suivantes : « habitation, fréquentation » ; « séjour » ; « demeure », « gîte » ; « commerce charnel ». Ne pas confondre ce mot avec *convers* au sens de « religieux ». Voir P. Bretel, *Les Ermites et les moines dans la littérature française du Moyen Âge (1150-1250)*, Paris, Champion, 1995.

mers : le terme *merc*, emprunté à l'ancien norrois *merki* (« marque, borne »), possède diverses valeurs : « signe », « marque », « trace », « limite ». Le vocable *marque* n'apparaît qu'au XVe siècle.

recet : le mot *recet* définit un refuge pour les hommes et les animaux, d'où ces différents sens : « habitation » ; « asile » ; « lieu fortifié » ; « repaire, terrier ». Lors d'un tournoi, il qualifie un abri, peu éloigné du champ des combats, où les chevaliers peuvent se reposer, changer de destrier et d'armure, prendre de nouvelles lances ou envoyer les adversaires vaincus et faits prisonniers. Signalons aussi l'expression *en recet*, qui signifie « en cachette ».

desrei : déverbal de *desreer*, antonyme de *conreer*, lui-même formé sur un radical gothique **reps* (« provisions »), le substantif *desrei/desroi* signifie toute rupture d'un ordre, tout manquement à une règle, tout ce qui porte atteinte aux lois, aux normes ou aux codes, que le désordre soit physique (« impétuosité, agressivité, précipitation, violence »), militaire (« attaque, déroute »), matériel (« dommage, ravage »), moral (« inconduite, incorrection ») ou rationnel

(« trouble, folie »). Le substantif *désarroi* a remplacé *desroi* à partir du XVe siècle. S'il a conservé le sens général de « désordre, désorganisation et confusion », il s'est surtout spécialisé dans le domaine psychologique et équivaut à la détresse.

5. [De la licorne]

Or vos diron de l'unicorne* :
1310 Beste est qui n'a fors une corne,
Enz el meleu de front posee.
Iceste beste est si osee,
Si conbatant et si hardie
A l'olifant porte envaïe*,
1315 La plus egre* beste del mont,
De totes celes qui i sont.
Tant a le pié dur et trenchant
Bien se conbat o l'olifant,
Et l'ongle del pié si agu
1320 Que riens n'en peut estre feru,
Qu'ele nel perce ou qu'ele nel fende.
N'a pas poor que se deffende
L'olifant, quant ele requiert ;
Quer desoz le ventre le fiert,
1325 Del pié trenchant cum alemele,
Si forment que tot l'esboele.
Ceste beste est de tel vigor
Qu'ele ne crient nul veneor*.
Cil qui la veulent essaier
1330 Prendre par engin et lier,
Quant ele est en deduit alee
Ou en monteigne ou en valee,
Quant il ont trové son convers*
Et tres bien assigné son mers*,
1335 Si vont por une dameiselle

5. De la licorne

Nous allons vous parler de la licorne :
c'est un animal qui ne possède qu'une seule corne, 1310
placée au beau milieu du front.
Cette bête est si téméraire,
si agressive et si hardie
qu'elle s'attaque à l'éléphant,
le plus redoutable de tous les animaux 1315
qui existent au monde.
La licorne a le sabot si dur et tranchant
qu'elle se bat volontiers contre l'éléphant,
et l'ongle de son sabot est si aigu
que rien ne peut en être frappé 1320
sans qu'elle le perce ou le fende.
L'éléphant n'a pas le pouvoir de se défendre
quand elle l'attaque,
car elle le frappe sous le ventre si fort,
de son sabot tranchant comme une lame, 1325
qu'elle l'éventre complètement.
Cette bête a une telle force
qu'elle ne craint aucun chasseur.
Ceux qui veulent tenter
de la prendre par ruse et de la lier, 1330
quand elle est partie s'amuser
dans la montagne ou la vallée,
une fois qu'ils ont découvert son gîte
et relevé ses traces avec soin,
ils vont chercher une demoiselle 1335

Qu'il sevent qui seit pucelle ;
Puis la font seier et atendre
Au recet*, por la beste prendre ;
Quant l'unicorne est venue
1340 Et a la pucelle veüe,
Dreit a li vient demaintenant,
Si se chouche en son devant ;
Adonc sallent cil qui l'espient ;
Ileques la prennent et lient,
1345 Puis la meinent devant le rei,
Trestot a force ou a desrei*.
Iceste mervellose beste,
Qui une corne a en la teste,
Senefie nostre Seignor
1350 Jhesu-Crist, nostre Sauveor.
C'est l'unicorne esperitel,
Qui en la Virge prist ostel,
Qui est tant de grant dignité ;
En ceste prist humanité,
1355 Par quei au munde s'aparut ;
Son pueple mie nel quenut.
Des Jeves einceis l'espierent,
Tant qu'il le pristrent et lierent ;
Devant Pilatre le menerent,
1360 Et ilec a mort le dampnerent.

qu'ils savent vierge ;
puis ils la font s'asseoir et attendre
au repaire de la bête pour la capturer.
Dès que la licorne est arrivée
et a vu la jeune fille, 1340
elle vient aussitôt droit vers elle
et se couche sur son giron ;
alors surgissent les chasseurs qui l'épient ;
là, ils s'emparent d'elle et la lient,
puis ils la conduisent devant le roi, 1345
de force ou avec impétuosité.
Cette bête extraordinaire,
qui possède une seule corne sur la tête,
représente Notre-Seigneur
Jésus-Christ, notre Sauveur. 1350
Il est la licorne céleste,
qui se logea dans le sein de la Vierge,
qui est si digne de vénération ;
en elle, il prit forme humaine
et apparut ainsi aux yeux du monde ; 1355
son peuple ne le reconnut pas.
Bien au contraire, des Juifs l'épièrent
et finirent par s'emparer de lui et le lier ;
ils le conduisirent devant Pilate,
et là, ils le condamnèrent à mort. 1360

AUCASSIN ET NICOLETTE

Aucassin et Nicolette (début du XIIIe siècle) est le seul échantillon d'un genre littéraire appelé *chantefable* (le mot se trouve à la fin du texte), parce que, tour à tour, on le chante et on le récite (*fable*). Vingt et une strophes assonancées (*or se cante*), terminées par un vers orphelin, alternent avec vingt morceaux de prose (*or dient et content et fablent* ou *fabloient*). De cette œuvre, qui a pu être un mime à un ou plusieurs personnages, il n'existe qu'un seul manuscrit : en a-t-on fait disparaître les autres copies parce qu'on la jugeait trop subversive ?

L'auteur s'est plu à récrire des scènes connues en un style elliptique et fin qui ne s'appesantit jamais, même dans la parodie, et qui ne retrouve toute sa saveur et son originalité que par comparaison avec ses modèles. Ainsi, par exemple, Aucassin rencontre-t-il un bouvier comme Calogrenant et Yvain dans *Le Chevalier au lion* de Chrétien de Troyes, de même que, comme Lancelot dans *Le Chevalier de la charrette*, il oublie sa propre existence en pleine bataille jusqu'à se faire capturer sans se rendre compte de rien. Du *Tristan* de Béroul, l'auteur a repris la crainte du bûcher, la hutte dans la forêt, le rôle de la femme. Il a aussi emprunté au folklore et aux traditions populaires force éléments, quelquefois à tonalité burlesque (comme la couvade au royaume de Torelore), le plus souvent poétiques : le lis dans la forêt, le carrefour des sept chemins, l'étoile du soir attirée par la lune, la rose épanouie, le rayon de lune dans la hutte, la bête précieuse qui assure le salut du chasseur, le malade guéri après avoir vu la jambe de Nicolette, la promenade dans la rosée... La chantefable, qui présuppose une tradition déjà longue, a le charme équivoque et exquis d'une œuvre raffinée, à une époque où l'on s'interroge sur la courtoisie.

C'est surtout un hymne à la femme – source de beauté et de miséricorde, parée d'un halo de mystère et de gloire, entourée de symboles poétiques – et à l'amour qui mérite qu'on lui subordonne tout : liens familiaux, grandeur et honneur chevaleresques, éclat de la vie sociale, voire salut éternel, puisque Aucassin, qui, dans une tirade d'un humour désinvolte, choisit l'enfer avec Nicolette plutôt que le ciel sans elle, se suiciderait si sa bien-aimée partageait la couche d'un autre.

La vivacité de la langue pétillante d'esprit et de verve, la finesse de la parodie et la délicatesse du pastiche, le bon goût dans la dérision et la malice souriante qui perce sous l'émotion, la gaieté teintée de tendresse et l'humour du conteur mettent en valeur le lyrisme et la poésie de ce petit chef-d'œuvre qui n'a cessé d'exercer sa séduction jusqu'à aujourd'hui, à en juger par la « comédie-opérette », *La Belle Sarrasine*, jouée avec un grand succès en 1979-1980 par la Compagnie de l'Élan au Théâtre 13 de Paris.

Nous avons choisi, pour son humour et son originalité, l'épisode où Aucassin et Nicolette découvrent un monde à l'envers dans le royaume de Torelore.

Bibliographie

Éd. de M. Roques, Paris, Champion, 1re éd. 1925 ; éd. et trad. de J. Dufournet, Paris, GF-Flammarion, 1re éd. 1973 ; éd. et trad. de P. Walter, Paris, Gallimard, « Folio », 1999 ; trad. de Cl. Lachet et M. Lagarde, Paris, L'École des Lettres, 2000.

« Aucassin et Nicolette », textes réunis par C. Lachet, Paris, *L'École des lettres*, n° 9, janvier 2001 ; Ch. Méla, « C'est d'Aucassin et de Nicolette », *Blanchefleur et le saint homme ou la Semblance des reliques*, Paris, Le Seuil, 1979, p. 47-73 ; A. Micha, « En relisant *Aucassin et Nicolette* », *De la chanson de geste au roman*, Genève, Droz, 1976, p. 465-478 ; S. Monsenego, *Étude stylo-statistique du vocabulaire des vers et de la prose dans la chantefable Aucassin et Nicolette*, Paris, Klincksieck, 1966 ; R. Pensom, *Aucassin et Nicolette. The Poetry of Gender and Growing Up in the French Middle Ages*, Berne, Peter Lang, 1999 ; B.N. Sargent-Baur et R.F. Cook, *Aucassin et Nicolette : A Critical Bibliography*, Londres, Grant and Cutler Ltd, 1981.

Filmographie

In the Days of Chivalry, 1911 ; *Aucassin et Nicolette*, de L. Reiniger, 1976.

Notes

Texte établi d'après le manuscrit unique (Paris, Bibliothèque nationale, fonds fr. 2168) et l'édition de J. Dufournet, Paris, GF-Flammarion, 1973.

En débarquant dans le royaume de Torelore, Aucassin et Nicolette découvrent un monde *bestourné*, à l'envers, où, quand la femme accouche, c'est le mari qui garde le lit pendant un mois, où l'on fait la guerre, sous le commandement d'une femme, à coups de pommes blettes, d'œufs, de fromages frais et de champignons, et où l'on proclame prince des chevaliers celui qui trouble le mieux l'eau des gués. Pour Aucassin, il s'agit de « mauvaises coutumes », qu'il décide d'abolir, fort actif alors, sage au milieu de fous et brute guerrière parmi des gens pacifiques, substituant les injures aux propos courtois et une bastonnade au combat à l'épée. Des dits et des fabliaux, comme celui de *Cocagne*, et plus tard les tableaux de Bosch et de Bruegel ont continué à exploiter ce thème du monde à l'envers.

Aucassins : prince chrétien, Aucassin porte le nom d'un roi maure de Cordoue, Alcazin, qui régna de 1019 à 1021, tandis que Nicolette, au nom bien français, est d'origine sarrasine. Mais il est possible de voir dans ces deux noms un second jeu de mots, fondé sur la langue de Beaucaire, le provençal : Aucassin serait un diminutif d'*aucassa*, dérivé d'*auca*, « oie », et ce serait un oison un peu niais mais sympathique (comme le *nice* Perceval) ; de son côté, Nicolette viendrait de *nicola*, diminutif de *nica*, qu'on retrouve dans l'expression populaire *faire la nica* « se moquer, être plus rusé qu'un autre » : elle serait donc la « petite futée ».

entre lui et s'amie : ce tour littéraire, assez fréquent en ancien français, joue ici le rôle d'une apposition qui présente le sujet principal avec un compagnon.

[*Et Aucassins vit passer* [...] *le rive*] : les mots entre crochets ont été restitués par Suchier.

acena : le verbe *acener*, où l'on reconnaît le moderne *assener* (de *sen*), signifiait en ancien français « désigner, faire un signe », comme dans cette phrase, « attribuer, partager, assigner », « viser, se diriger vers », « viser et toucher, frapper, donner un coup violent, bien appliqué » : c'est ce dernier sens qui a survécu en français moderne.

vers aus qu'i lé missen : entre *aus* et *missen*, on lit dans le manuscrit *qui le*, où nous proposons de voir *qu'i lé*, *i* étant une forme réduite du pronom *il* et *lé* une graphie du pronom personnel *les*. À la ligne suivante, le *f* de *furent* est effacé.

estragne, estrange : c'est ce qui est différent de la norme (étranger) et ce qui étonne (étrange). Le mot marque un déplacement de la référence vers un ailleurs conjectural.

Torelore : sans doute est-ce à l'origine une onomatopée du même type que *tirelire, turelure, turlurette, turlutaine, turlututu*..., à rapprocher des refrains de pastourelles tels que « Guios i vint qui turuluruta, valuru valura valuraine va », ou encore « dorenlot ». Refrain de chanson dérisoire, le mot désigne tout ce qu'on ne prend pas au sérieux.

gissoit d'enfent : *gesir* en ancien français signifiait aussi bien « être en couches, accoucher » qu'« être couché », « avoir des relations sexuelles », « être malade », « être mort ».

vint en le canbre : dans le manuscrit, on a *vint e le canbre*.

se gist... gis d'un fils : l'auteur joue sur le double sens de *gesir*.

que dist : ce que dit...

sarai : serai. Dans sa chantefable, l'auteur emploie au futur et au conditionnel des formes issues du latin classique *ero*, *eris*, *erit*... *iert* et *ert*, *ere* ; d'autres formées sur **esserayo*, avec aphérèse de *es-* ; *serai/sarai*... enfin, des formes refaites sur l'infinitif *ester* : *esteroie*, *esteroit*...

le messe : la messe des relevailles par laquelle une accouchée venait remercier Dieu.

anc[estre fist] : le texte de cette fin de vers a été rétabli par Gaston Paris.

esbaudir : l'emploi transitif de ce verbe est assez rare. Il signifie « donner de la joie ou du courage ou de la vigueur », « ranimer, exciter ».

Sur le thème de la couvade, où l'homme simule la féminité, voir en particulier J. Vendryès « La couvade chez les Scythes », *Comptes rendus des séances de l'Académie des inscriptions et belles lettres*, 1934, p. 328-339 ; G. Cohen, « Une curieuse et vieille coutume folklorique, la « couvade », *Studi Medievali*, t. XVII, 1951, p. 114-123 ; B. Bettelheim, *Les Blessures symboliques*, Paris, Gallimard, 1971, et les références données par Ph. Ménard, *op. cit.*, p. 389. Attribué par Strabon aux Ibères, retrouvé chez les Scythes, signalé par Marco Polo dans la province de Zardandan, cet usage de la couvade existe encore dans les tribus indiennes de la Guyane comme le signale Bruno Bettelheim, qui propose d'y voir une recherche de la féminité, un hommage rendu par l'homme à la femme et à la mère riches des secrets les plus magiques de leur univers.

fabloient : dans le manuscrit on a *faboient*.

dervé : le mot, qui dans *Le Jeu de la Feuillée* désigne un fou furieux, vient de **de-ex-vagare*, « délirer, devenir fou » ; il est à rapprocher de *rêver* (*resver*), qui signifiait en ancien français « rôder », « délirer », et qui ensuite a remplacé *songer* pour désigner les visions du sommeil, et du régional et désuet *endêver* (*faire endêver* « faire enrager »).

gerra : futur du verbe *gesir*.

waumonnés : « blet, pourri ». Ce mot existe encore dans des parlers de l'est de la France.

durement : ici adverbe intensif, devenu un des mots favoris de l'époque ; ailleurs, il garde son sens originel de « rudement ». *Rudement* a connu la même évolution sémantique, de *tomber rudement* à *rudement beau*.

or se cante : nous avons *or se cant* dans le manuscrit.

canpel : les locutions *bataille campel* ou *estor campel* désignaient une grande bataille en rase campagne. Mais, dans ce contexte, au contact de *canpegneus canpés*, « champignons des prairies », *canpel* garde le sens de « champêtre ».

aportés : l's du participe passé nous rappelle que celui-ci était à l'origine, dans le passé composé, un attribut du complément d'objet : « ils avaient des fromages [qu'ils avaient] apportés ».

En volés : *en* est une forme de *enne, ene* qui, composé de *et* et de *ne*, est un interrogatif qu'on employait lorsqu'on attendait une réponse affirmative.

il cast Aucassins : *Aucassins*, complément d'objet, a une forme de cas sujet.

6. [Aucassin au royaume de Turelure]

XXVIII

OR DIENT ET CONTENT ET FABLOIENT

Aucassins* fu descendus entre lui et s'amie*, si con vous avés oï et entendu. Il tint son ceval par le resne et s'amie par le main, si conmencent aler selonc le rive.

[Et Aucassins vit passer une nef, s'i aperçut les marceans qui sigloient tot prés de le rive*.] Il les acena* et il vinrent a lui, si fist tant vers aus qu'i lé missen* en lor nef. Et quant il furent en haute mer, une tormente leva, grande et mervelleuse, qui les mena de tere en tere, tant qu'il ariverent en une tere estragne* et entrerent el port du castel de Torelore*. Puis demanderent ques terre c'estoit, et on lor dist que c'estoit le tere le roi de Torelore ; puis demanda quex hon c'estoit, ne s'il avoit gerre, et on li dist :

« Oïl, grande. »

Il prent congié as marceans et cil le conmanderent a Diu. Il monte sor son ceval, s'espee çainte, s'amie devant lui, et erra tant qu'il vint el castel. Il demande u li rois estoit, et on li dist qu'il gissoit d'enfent*.

« Et u est dont se femme ? »

Et on li dist qu'ele est en l'ost et si i avoit mené tox ciax du païs. Et Aucassins l'oï, si li vint a grant mervelle ; et vint au palais et descendi entre lui et

6. Aucassin au royaume de Turelure

XXVIII

PARLÉ : RÉCIT ET DIALOGUE

Aucassin était descendu en compagnie de son amie, comme vous l'avez entendu ; il tenait son cheval par la bride et son amie par la main. Ils commencèrent à longer la rive.

Aucassin vit passer un navire où il aperçut des marchands qui faisaient voile à proximité de la rive. Il les héla, ils vinrent à lui. Il les pria tant qu'ils les embarquèrent. En haute mer, une tempête s'éleva, violente, effrayante, qui les poussa de terre en terre, si bien qu'ils atteignirent un pays étranger et pénétrèrent dans le port du château de Turelure. Ils demandèrent quel pays c'était : on leur répondit que c'était le pays du roi de Turelure ; puis Aucassin demanda quel homme c'était et s'il était en guerre : on lui répondit :

« Oui, il soutient une guerre terrible. »

Il prit congé des marchands qui le recommandèrent à Dieu. Il monta sur son cheval, l'épée au côté, son amie devant lui et, à force de chevaucher, il parvint au château. Comme il s'enquérait du roi, on lui répondit qu'il était au lit : il venait d'être père.

« Et où est donc sa femme ? »

On lui répondit qu'elle était à la guerre, à la tête de tous les habitants du pays. Cette nouvelle stupéfia Aucassin qui se dirigea vers le palais où il descendit en

25 s'amie. Et ele tint son ceval et il monta u palais, l'espee
çainte, et erra tant qu'il vint en le canbre* u li rois gissoit.

XXIX
OR SE CANTE*

En le canbre entre Aucassins,
li cortois et li gentis.
Il est venus dusque au lit,
alec u li rois se gist* ;
5 par devant lui s'arestit,
si parla ; oés que dist* :
« Di va ! fau, que fais tu ci ? »
Dist li rois : « Je gis* d'un fil.
Quant mes mois sera conplis
10 et je sarai* bien garis,
dont irai le mésse* oïr,
si com mes anc[estre fist]*,
et me grant guerre esbaudir*
encontre mes anemis :
15   nel lairai mie. »

XXX
OR DIENT ET CONTEN ET FABLOIENT*

Quant Aucassins oï ensi le roi parler, il prist tox les
dras qui sor lui estoient, si les houla aval le canbre. Il vit
deriere lui un baston, il le prist, si torne, si fiert, si le bati
tant que mort le dut avoir.
5 « Ha ! biax sire, fait li rois, que me demandés vos ?
Avés vos le sens dervé*, qui en me maison me
batés ?
— Par le cuer Diu ! fait Aucassins, malvais fix a
putain, je vos ocirai, se vos ne m'afiés que ja mais hom
10 en vo tere d'enfant ne gerra*. »

compagnie de son amie. Tandis qu'elle tenait son cheval, il monta au palais, l'épée au côté, et, à force de marcher, il parvint à la chambre où le roi était couché.

XXIX

CHANTÉ

Dans la chambre entre Aucassin
le courtois et le noble.
Parvenu au lit,
à l'endroit où est couché le roi,
il s'arrête devant lui
et lui parle. Mais écoutez plutôt ses propos :
« Allons ! fou que tu es, que fais-tu ici ? »
Le roi lui répondit : « Je suis couché, je viens d'avoir un fils.
Quand mon mois sera accompli,
et que je serai complètement rétabli,
alors j'irai entendre la messe,
comme le fit mon ancêtre,
puis je reprendrai avec énergie la grande guerre
que j'ai contre mes ennemis :
je ne la négligerai pas. »

XXX

PARLÉ : RÉCIT ET DIALOGUE

À ces mots, Aucassin empoigna tous les draps qui recouvraient le roi et les lança à travers la chambre. Apercevant derrière lui un bâton, il alla le prendre, s'en revint et frappa : il battit le roi si dru qu'il faillit le tuer.

« Ah ! Ah ! cher seigneur, dit le roi, que voulez-vous de moi ? Avez-vous l'esprit dérangé pour me battre en ma propre maison ?

— Par le cœur de Dieu ! répondit Aucassin, sale fils de putain, je vous tuerai, si vous ne me promettez pas que jamais plus homme de votre terre ne restera couché après la naissance d'un enfant. »

Il li afie ; et quant il li ot afié,
« Sire, fait Aucassins, or me menés la u vostre fenme est en l'ost.
– Sire, volentiers », fait li rois.
15 Il monte sor un ceval, et Aucassins monte sor le sien, et Nicolete remest es canbres la roine. Et li rois et Aucassins cevaucierent tant qu'il vinrent la u la roine estoit, et troverent la bataille de poms de bos waumonnés* et d'ueus et de fres fromages. Et Aucassins les
20 commença a regarder, se s'en esmevella molt durement*.

XXXI

OR SE CANTE*

Aucassins est arestés,
sor son arçon acoutés,
si coumence a regarder
ce plenier estor canpel*.
5 Il avoient aportés*
des fromage[s] fres assés
et puns de bos waumonés
et grans canpegneus canpés.
Cil qui mix torble les gués
10 est li plus sire clamés.
Aucassins, li prex, li ber,
les coumence a regarder,
    s'en prist a rire.

XXXII

OR DIENT ET CONTENT ET FLABENT

Quant Aucassins vit cele mervelle, si vint au roi, si l'apele.

Le roi le lui promit. La promesse faite,

« Seigneur, reprit Aucassin, menez-moi donc là où votre femme commande l'armée.

– Bien volontiers, seigneur », lui répondit le roi.

Il monta sur un cheval, et Aucassin sur le sien, tandis que Nicolette restait dans l'appartement de la reine. Le roi et Aucassin, à force de chevaucher, parvinrent à l'endroit où se trouvait la reine et tombèrent en pleine bataille de pommes des bois blettes, d'œufs et de fromages frais. Aucassin commença à les regarder, au comble de l'étonnement.

XXXI

CHANTÉ

Aucassin s'est arrêté,
appuyé à l'arçon de sa selle,
et il commence à contempler
cette violente bataille rangée.
Les combattants s'étaient munis 5
de nombreux fromages frais,
de pommes des bois blettes
et d'énormes champignons des prairies.
Qui trouble le plus l'eau des gués
est proclamé le prince des chevaliers. 10
Aucassin le vaillant et le noble
commence à les regarder
 et se met à rire.

XXXII

PARLÉ : RÉCIT ET DIALOGUE

À la vue de cette scène étonnante, Aucassin vint au roi qu'il interpella :

« Sire, fait Aucassins, sont ce ci vostre anemi ?
— Oïl, sire, fait li rois.
— Et vouriiés vos que je vos en venjasse ?
— Oie, fait il, volentiers. »
Et Aucassins met le main a l'espee, si se lance en mi ax, si conmence a ferir a destre et a senestre, et s'en ocit molt. Et quant li rois vit qu'i les ocioit, il le prent par le frain et dist :
« Ha ! biax sire, ne les ociés mi[e] si faitement.
— Conment ? fait Aucassins. En volés* vos que je vos venge ?
— Sire, dist li rois, trop en avés vos fait : il n'est mie costume que nos entrocions li uns l'autre. »
Cil tornent en fuies ; et li rois et Aucassins s'en repairent au castel de Torelore. Et les gens del païs dient au roi qu'il cast Aucassins* fors de sa tere, et si detiegne Nicolete aveuc son fil, qu'ele sanbloit bien fenme de haut lignage. Et Nicolete l'oï, si n'en fu m[i]e lie, si conmença a dire […].

« Seigneur, fit-il, sont-ce là vos ennemis ?
— Oui, seigneur, répondit le roi.
— Voudriez-vous que je vous en venge ?
— Oui, dit-il, bien volontiers. »

Aucassin met la main à l'épée, se lance au milieu des combattants, commence de frapper à droite et à gauche, tuant beaucoup de gens. Mais le roi, quand il s'en rendit compte, le saisit par la bride de son cheval en disant :

« Ah ! cher seigneur, ne les tuez pas de cette manière !
— Comment ? dit Aucassin, ne voulez-vous pas que je vous venge ?
— Seigneur, fit le roi, vous avez été trop loin : nous n'avons pas l'habitude de nous entretuer les uns les autres. »

Les adversaires en fuite, le roi et Aucassin s'en reviennent au château de Turelure où les habitants du pays disent au prince de chasser de sa terre Aucassin et de retenir Nicolette aux côtés de son fils car elle semblait bien femme de grande famille. Ces propos que Nicolette entendit ne la réjouirent pas, et elle commença à dire […].

LES FABLIAUX

Écrits entre 1160 et 1340, les fabliaux, dont beaucoup ont disparu (il en resterait environ cent cinquante sur un millier), sont des contes à rire, des récits courts et autonomes en vers octosyllabiques, sans valeur symbolique ni référence à l'essence des choses, dont les agents sont des êtres humains et qui relatent, sur un ton trivial, une aventure digne d'être racontée parce que plaisante ou (et) exemplaire. Ces œuvres qui ont touché tous les milieux (il est abusif de les qualifier de « littérature bourgeoise ») constituent le contrepoint de la littérature courtoise, mettant en scène, avec un humour cynique ou tendre, des épisodes de la vie quotidienne dont on ne tente pas de faire des signes, mais qui n'ont pas été jugés indignes du travail de l'écrivain.

Si à l'origine beaucoup de ces récits étaient destinés au même public aristocratique que les chansons de geste et les romans arthuriens, on en trouve aussi d'un niveau moins élaboré, plus fruste. Les auteurs et les adaptateurs, au talent inégal, ont écrit pour des publics divers, rencontrés dans les grandes salles des châteaux et sur les places publiques. Les mêmes sujets ont pu être représentés, dans le même temps, à des niveaux différents.

Né sans doute de la fable dont il est proche par le nom, contemporain du *Roman de Renart*, fondé, comme lui, sur la ruse et versant, à l'occasion, dans la satire du clergé et de la femme, il se confond parfois avec d'autres genres brefs au milieu desquels il a évolué : lai, conte, nouvelle courtoise, *exemplum*, dit, débat, fable. Il a fleuri surtout dans les provinces du nord et du centre de la France. Les plus grands auteurs s'y sont essayés : Jean Bodel, Jean Renart, Huon le Roi, Jacques de Baisieux, Gautier Le Leu, Rutebeuf, Jean de Condé...

L'image du fabliau est foisonnement, diversité, mutation, plaisir dans la profusion des textes et l'efflorescence de l'imagination. Soumis à de nombreux remaniements aux différents moments de son existence, parfois parodique, le fabliau recherche le contraste, le décalage et la surprise, en quête d'un comique qui peut se déployer de l'humour le plus fin à l'obscénité et à la scatologie. Œuvre ludique par excellence, texte « pressé », fortement lié, il se joue de tout, des personnages et des motifs littéraires, des mots et des proverbes, des croyances et des règles morales, sans d'ailleurs remettre en cause l'ordre social. Il exprime le rêve persistant d'une vie libre et joyeuse, et conserve des liens avec la culture populaire, le folklore et la tradition carnavalesque dont il reprend force éléments : l'obscénité, les jurons et la grossièreté, l'exaltation du « bas corporel », les bombances et les repues franches, les permutations et les détrônements bouffons, la caricature et l'outrance.

Si l'éventail social des fabliaux est largement ouvert puisqu'on y trouve des chevaliers, des prêtres, des clercs et des vilains, les personnages sont en général conventionnels, sans profondeur psychologique, encore qu'il faille se garder d'uniformiser un genre assez complexe et protéiforme pour produire à la fois des œuvres rudimentaires et d'autres raffinées, brillantes, voire profondes. Ce sont des textes fuyants comme le poulpe, rusés, qui nous laissent le plus souvent à des frontières.

Nous avons choisi deux fabliaux représentatifs du genre, *Le Prêtre crucifié*, que nous donnons en totalité, et la fin de *Boivin de Provins* (v. 280-380).

Bibliographie

Éditions de W. Noomen et N. Van Den Boogaard, Assen, 1983-1996, 9 vol., de Ph. Ménard, Genève, Droz, 1979, et de G. Raynaud de Lage, Paris, Champion, 1986 ; éd. et trad. de L. Rossi et R. Straub, Paris, Le Livre de poche, 1992 ; éd. et trad. de R. Brusegan, Paris, 10/18, 1994 ; éd. et trad. de J. Dufournet, Paris, GF-Flammarion, 1998.

J. Bédier, *Les Fabliaux, études de littérature populaire et d'histoire littéraire du Moyen Âge*, Paris, Champion, 1893 ; D. Boutet, *Les Fabliaux*, Paris, PUF, 1985 ; O. Jodogne et J.-Ch. Payen, *Le Fabliau et le lai*, Turnhout, Brepols, 1975 ; Ph. Ménard, *Les Fabliaux, contes à rire du Moyen Âge*, Paris, PUF, 1983 ; P. Nykrog, *Les Fabliaux, étude d'histoire littéraire et de stylistique médiévales*, 2e éd. Genève, Droz, 1973 ; J. Rychner, *Contribution à l'étude des fabliaux. Variantes, remaniements, dégradations*, Genève-Neuchâtel, Droz, 1960, 2 vol.

Notes

Le Prêtre crucifié

Texte établi d'après le manuscrit A (Paris, Bibliothèque nationale, fonds fr. 837) et l'édition de J. Dufournet (Paris, GF-Flammarion, 1998).

L'amant des fabliaux est souvent un prêtre qui, malgré son vœu de chasteté, s'adonne à la débauche, obsédé par sa virilité et emporté par son instinct, rebelle à toute contrainte sociale et morale. Il cherche à satisfaire sa luxure par tous les moyens : il utilise son pouvoir social ; il se sert surtout de l'argent, tentant de réduire sa proie à la misère, ou abusant de sa pauvreté.

Un example : ce mot « qualifie, en ancien français, toute illustration concrète d'un discours moral, qu'il s'agisse d'une anecdote édifiante ou de la traduction imagée d'un concept » (J.-Ch. Payen, « Genèse et finalités de la pensée allégorique au Moyen Âge », *Revue de métaphysique et de morale*, t. LXXVIII, 1973, p. 468).

Un franc mestre : un maître sculpteur, une sorte de chef d'atelier.

ymages : ici, « statues ». Ailleurs, le mot désigne des peintures.

chiere : ce mot (du latin *kara*) désignait le visage en ancien français dans toutes sortes d'emplois. *Faire bonne chère*, c'était à l'origine accueillir les gens avec un visage souriant ; il s'appliqua ensuite à un accueil chaleureux, puis à la bonne vie, et de là au repas qui traduit cet accueil et cette bonne vie ; pour finir, il a désigné le repas en général (sous l'influence du mot *chair*, du latin *carnem*).

achoison, acheson, ochaison, etc. : « motif, cause, raison, occasion ».

a dangier : « avec répugnance », « à contrecœur », « en traînant les pieds ». Le mot *dangier* (*dongier, doingier, danger*), issu du latin *dominiarium*, « pouvoir du maître », a eu les sens suivants : 1) domination ; 2) orgueil, attitude hautaine ; 3) répugnance, difficulté à obéir ; 4) danger, péril (couru par le sujet ou l'inférieur), captivité, prison. Voir S. Sasaki, « *Dongier*. Mutation de la poésie française au Moyen Âge », *Études de langue et de littérature françaises*, Tokyo, 1974, p. 1-30.

que ferai ? : quand l'amour est menacé, par exemple par le retour inopiné du mari, l'amant, pétrifié, laisse à sa maîtresse le soin de trouver une solution. La femme, jamais décontenancée et toujours efficace, répond par des actes à l'urgence de la situation.

une grant kex : « une grosse pierre ».

vit et coilles li trencha : la répression de l'adultère se fait ici par la castration qui rétablit l'honneur de l'époux et rend impossible toute nouvelle transgression de l'éthique conjugale. Elle se fait aussi par le dédommagement financier, une sorte de rançon (v. 90), qui détruit le pouvoir de l'argent, et par l'humiliation publique.

jarle, gerle : grande cruche ; grand vaisseau de bois à deux oreilles trouées, dans lesquelles on peut passer un bâton et qui sert à mesurer la vendange ; cuve.

calengage : « querelle ». Nous comprenons ainsi : « quelle que fût la personne qui prît part à la querelle, qui fût en cause », c'est-à-dire « quelle que soit la profession du mari ».

pendans : on peut le rendre par « pendeloques, pendentifs » ; le mot désigne les parties viriles.

Boivin de Provins

Texte établi d'après le manuscrit A (Bibliothèque nationale, fonds fr. 837) et l'édition de J. Dufournet (Paris, GF-Flammarion, 1998).

Boivin de Provins, qui est à la fois l'auteur, le protagoniste et le récitant du fabliau, s'est déguisé en paysan riche et joue le rôle d'un veuf qui a perdu tous ses enfants et qui est parti à la recherche de sa nièce Mabile dont il entend faire son héritière. Par cette mystification, il trompe une tenancière de maison close appelée Mabile, qui, pour le déposséder de sa bourse après l'avoir enjôlé, le régale d'un festin et lui donne une de ses filles. Pour n'avoir rien à payer, Boivin, qui a surpris le manège de la maquerelle, crie qu'on lui a dérobé sa bourse. Le fabliau suggère que le jongleur, qui ne trompe que des trompeurs, est un être divertissant et dangereusement malin, plus habile que la plus habile des femmes.

Qui bien cuide que ce soit voir : Mabile pense que sa protégée Ysane, comme elle le lui a demandé, a dérobé la bourse du vilain pendant qu'ils faisaient l'amour.

Dant vilain : *dant* est employé ici avec une valeur agressive. Voir Ph. Ménard, *op. cit.*, p. 716-719.

baudrai : première personne du futur du verbe *bailler*.

provost, prévôt : à la tête d'une prévôté, sous la dépendance d'un bailli ou d'un sénéchal, il rendait la justice, faisait rentrer les revenus du trésor royal, avait des attributions administratives, militaires, financières. À l'ordinaire, il est présenté dans les fabliaux sous de sombres couleurs : c'est un voleur qui abuse de son pouvoir (*Le Prévôt, Constant du Hamel, La Vieille qui oint la paume*).

les deux pendanz : dans tout ce passage, l'auteur joue sur le sens érotique des mots *bourse* et *pendants*.

le cors : « au pas de course, en courant ». C'est un complément circonstanciel de manière sans préposition.

Lors veïssiez emplir meson : ce tour appartient au style épique et courtois pour décrire une mêlée, un combat.

la lecherie : le mot prend ici un sens positif. Ce terme, qui fait partie de la famille de *lechier*, *lekier*, « faire bonne chère », « vivre dans la débauche et la gourmandise », signifiait « amour désordonné du plaisir », « luxure », « sensualité », « gourmandise », et aussi « tromperie », « bon tour ».

fablel : forme de cas régime dont le cas sujet était *fableaus/fabliaus*. C'est un dérivé du mot *fable*. Nous enregistrons les formes de *fableau* (formé à partir de *fableaus*), *fabler* (avec passage de *l* à *r*), *flablel* (croisement de *fablel* avec *flabel* où il y a eu métathèse du *l*), *flabliaus*, *fabelet* (avec insertion de *e*).

Provins : Provins en Champagne était au Moyen Âge un grand centre commercial où se tenaient trois grandes foires annuelles, en mai, en septembre et en novembre-décembre. Voir F. Bourquelot, *Études sur les foires de Champagne*, Paris, 1865, p. 81-92 et 102-103.

7. Du prestre crucefié

Un example* vueil conmencier
Qu'apris de monseigneur Rogier,
Un franc mestre* de bon afere,
Qui bien savoit ymages* fere
5 Et bien entaillier crucefis.
Il n'en estoit mie aprentis,
Ainz les fesoit et bel et bien.
Et sa fame, seur toute rien,
Avoit enamé un provoire.
10 Son seignor li ot fet acroire
Qu'a un marchié devoit aler,
Et une ymage o lui porter
Dont il avroit, ce dist, deniers ;
Et la dame bien volentiers
15 Li otria, et en fu lie.
Quant cil vit la chiere* haucie,
Si se pot bien apercevoir
Qu'el le beoit a decevoir,
Si conme avoit acoustumé.
20 Lors a desus son col geté
Un crucefis par achoison*,
Et se parti de la meson.
En la vile va, si demeure,
Et atent jusques a cele eure,
25 Qu'il cuida qu'il fussent ensamble.
De mautalent li cuers li tramble ;
A son ostel en est venuz,

7. Le prêtre crucifié

Je veux commencer une histoire
que j'ai apprise de monseigneur Roger,
qui était passé maître
dans l'art de sculpter des statues
et de tailler des crucifix. 5
Loin d'être un apprenti,
il y excellait.
Mais sa femme n'avait en tête
que l'amour d'un prêtre.
Son mari lui fit croire 10
qu'il devait aller à un marché
pour y porter une statue
dont il tirerait, dit-il, de l'argent.
La dame l'approuva bien volontiers,
elle en fut toute joyeuse. 15
À voir son visage s'éclairer,
il comprit aisément
qu'elle brûlait de le tromper,
comme elle en avait l'habitude.
Pour cette raison, il chargea alors 20
sur son cou un crucifix,
et il quitta la maison.
Il alla jusqu'à la ville où il resta
pour attendre le moment
où il croyait que les deux amants se retrouveraient. 25
Le cœur frémissant de colère,
il revint chez lui,

Par un pertuis les a veüz :
Assis estoient au mengier.
30 Il apela, mes a dangier*
I ala l'en por l'uis ouvrir.
Li prestres n'ot par ou fuïr :
« Diex ! dist li prestres, que ferai* ? »
Dist la dame : « Jel vous dirai :
35 Despoilliez vous, et si alez
Leënz, et si vous estendez
Avoec ces autres crucefis. »
Ou volentiers ou a envis
Le fist li prestres, ce sachiez.
40 Toz s'est li prestres despoilliez ;
Entre les ymages de fust
S'estent, ausi con s'il en fust.
Quant li preudom ne l'a veü,
Erraument s'est aperceü
45 Qu'alez est entre ses ymages ;
Mes de ce fist il molt que sages,
Qu'assez a mengié et beü
Par loisir, ainz qu'il soit meü.
Quant il fu levez du mengier,
50 Lors conmença a aguisier
Son coutel a une grant kex*.
Li preudom estoit fors et preus :
« Dame, dist il, tost alumez
Une chandoile, et si venez
55 Leënz o moi, ou j'ai afere ! »
La dame ne s'osa retrere :
Une chandoile a alumee,
Et est o son seignor alee
En l'ouvrëoir isnelement.
60 Et li preudom tout esraument
Le provoire tout estendu
Voit, si l'a bien aperceü ;
Voit la coille et le vit qui pent.
« Dame, dist il, vilainement
65 Ai en ceste ymage mespris.
J'estoie yvres, ce m'est avis,
Quant je ceste chose i lessai.

et, par un trou, il les vit
assis en train de manger.
Il appela, mais ce fut à contrecœur
qu'on alla lui ouvrir la porte.
Le prêtre ne savait par où s'enfuir.
« Mon Dieu, dit-il, que ferai-je ?
— Je vais vous le dire, fit la dame :
déshabillez-vous, et allez
là-bas, dans cette pièce, et étendez-vous
parmi les autres crucifix. »
Bon gré mal gré,
le prêtre obéit, soyez-en sûrs.
Il eut tôt fait de se déshabiller
et, parmi les statues de bois,
il s'étendit comme s'il était l'une d'elles.
Le brave homme, ne le voyant pas,
comprit vite
qu'il s'était réfugié parmi les statues.
Mais il fit preuve de beaucoup de sagesse :
il mangea et but copieusement,
en prenant son temps, avant de bouger.
Une fois levé de table,
il commença à aiguiser
son couteau avec une grosse pierre.
Le brave homme était fort et courageux.
« Madame, allumez vite
une chandelle et venez
avec moi là-bas où j'ai à faire. »
La dame n'osa refuser :
elle alluma une chandelle
et accompagna son mari
dans l'atelier sans perdre une minute.
Le brave homme, tout aussitôt,
vit le prêtre étendu :
il le reconnut parfaitement
à voir les couilles et la bite qui pendait.
« Madame, dit-il, j'ai fait
un sale travail en sculptant cette statue.
Ma foi, j'étais saoul
pour y laisser ce machin.

Alumez, si l'amenderai. »
　　　Li prestres ne s'osa movoir ;
70　Et ice vous di je por voir,
　　　Que vit et coilles li trencha*,
　　　Quë onques rien ne li lessa
　　　Quë il n'ait tout outre trenchié.
　　　Quant li prestres se sent blecié,
75　Lors si s'en est tornez fuiant ;
　　　Et li preudom demaintenant
　　　Si s'est escriez a hauz criz :
　　　« Seignor, prenez mon crucefiz
　　　Qui orendroit m'est eschapez ! »
80　Lors a li prestres encontrez
　　　Deus gars qui portent une jarle* ;
　　　Lors li venist miex estre a Arle,
　　　Quar il i ot un pautonier
　　　Qui en sa main tint un levier,
85　Si le feri desus le col,
　　　Qu'il l'abati en un tai mol.
　　　Quant il l'ot a terre abatu,
　　　Es vous le preudomme venu
　　　Qui l'enmena en sa meson :
90　Quinze livres de raënçon
　　　Li fist isnelement baillier,
　　　C'onques n'en i failli denier.

　　　Cest example nous moustre bien
　　　Que nus prestres por nule rien
95　Ne devroit autrui fame amer,
　　　N'entor li venir në aler,
　　　Quiconques fust en calengage*,
　　　Qu'il n'i lest ou coille ou gage,
　　　Si con fist cil prestres Constans
100 Qui i lessa les siens pendans*.

8. De Boivin de Provins

　　　Ses braies monte, s'a veü
　　　De sa borse les deus pendanz.

Allumez, je vais arranger ça ! »
Le prêtre n'osa pas bouger,
et ce que je vous dis, c'est la vérité : 70
il lui coupa la bite et les couilles
sans rien lui laisser ;
il lui coupa absolument tout.
Quand le prêtre se sentit blessé,
il prit alors la fuite, 75
et notre brave homme, tout aussitôt,
de crier à tue-tête :
« Seigneurs, arrêtez mon crucifix
qui vient de m'échapper ! »
Le prêtre rencontra alors 80
deux gaillards qui portaient une cuve.
Il aurait mieux valu pour lui être en Arles,
car il y avait un voyou
qui tenait en main un levier,
et qui l'en frappa sur le cou, 85
l'abattant dans un bourbier.
Après qu'il l'eut abattu,
voici que survint notre brave homme
qui l'emmena dans sa maison :
il lui fit payer aussitôt 90
une rançon de quinze livres
sans lui faire grâce d'un denier.

Cet exemple nous démontre
qu'aucun prêtre, pour rien au monde,
ne devrait aimer la femme d'autrui, 95
ni rôder autour d'elle,
quelle que soit la personne en cause,
de peur d'y laisser les couilles ou un gage,
comme ce fut le cas de ce prêtre Constant
qui y laissa ses pendants. 100

8. Boivin de Provins

Le paysan remonta ses braies et vit
les deux cordons de sa bourse qui pendaient :

« Hai las ! fet il, chetiz dolanz !
285 Tant ai hui fet male jornee !
Niece, ma borse m'est copee,
Ceste fame le m'a trenchie ! »
Mabile l'ot, s'en fu mout lie,
Qui bien cuide que ce soit voir*,
290 Qu'ele covoitoit mout l'avoir.
Maintenant a son huis desclos :
« Dant vilain*, fet ele, alez hors !
— Dont me fetes ma borse rendre !
— Je vous baudrai* la hart a pendre !
295 Alez tost hors de ma meson,
Ainçois que je praingne un baston ! »
Cele un tison prent a deus mains :
Adonc s'en va hors li vilains,
Qui n'ot cure d'avoir des cops.
300 Aprés lui fu tost li huis clos.
Tout entor lui chascuns assamble,
Et il lor moustre a toz ensamble
Que sa borse li ont copee.
Et Mabile l'a demandee
305 A Ysane : « Baille ça tost,
Que li vilains va au provost*.
— Foi que je doi saint Nicholas,
Dist Ysane, je ne l'ai pas,
Si l'ai je mout cerchie et quise.
310 — Par un poi que je ne te brise,
Pute orde vieus, toutes les danz !
Enne vi je les deux pendanz*
Que tu copas ? Jel sai de voir !
Cuides les tu par toi avoir ?
315 Se tu m'en fez plus dire mot... !
Pute vielle, baille ça tost !
— Dame, comment vous baillerai,
Dist Ysane, ce que je n'ai ? »
Et Mabile aus cheveus li cort,
320 Qui n'estoient mie trop cort,
Que jusqu'a la terre l'abat ;
Aus piez et aus poins la debat,
Qu'ele le fet poirre et chier.

« Hélas ! fit-il, pauvre de moi,
quelle mauvaise journée j'ai faite aujourd'hui !
Ma nièce, on m'a coupé ma bourse :
c'est cette femme qui me l'a tranchée ! »
Mabile, quand elle l'entendit, en fut toute joyeuse,
car elle s'imaginait que c'était la vérité,
tellement elle guignait le magot !
Ouvrant aussitôt la porte :
« Sale péquenot, fit-elle, dehors, ouste !
– Faites-moi donc rendre ma bourse !
– Je vous donnerai une corde pour vous pendre !
Ouste, sortez de chez moi,
avant que je prenne un bâton ! »
Comme elle prenait un tison des deux mains,
le paysan sortit :
il n'avait pas envie de recevoir des coups.
On lui claqua la porte au cul.
Les gens s'attroupèrent autour de notre homme
qui montra à tout un chacun
qu'on lui avait coupé sa bourse.
Quant à Mabile, elle demanda
à Ysane : « Donne-la-moi vite,
car le péquenot va chez le prévôt.
– Par la foi que je dois à saint Nicolas,
répondit Ysane, je ne l'ai pas ;
ce n'est pas faute de l'avoir cherchée.
– J'ai une sacrée envie de te briser
toutes les dents, sale vieille putain.
Est-ce que je n'ai pas vu pendre les deux cordons
que tu as coupés ? J'en suis sûre et certaine.
Tu t'imagines les garder pour toi ?
Si tu me forces à dire un mot de plus...
Vieille putain, donne-moi ça, et vite !
– Madame, comment vous donner,
dit Ysane, ce que je n'ai pas ? »
Et Mabile de se précipiter sur ses cheveux
qui étaient loin d'être courts,
et de la jeter par terre,
et de la battre à coups de pied et de poing
au point de la faire péter et chier.

« Par Dieu, pute, ce n'a mestier !,
325 — Dame, or lessiez ! Je les querrai
Tant, se puis, que les troverai,
Se de ci me lessiez torner.
— Va, fet ele, sanz demorer ! »
Mes Mabile l'estrain reborse,
330 Qu'ele cuide trover la borse.
« Dame, or entent, ce dist Ysane,
Perdre puisse je cors et ame
S'onques la borse soi ne vi !
Or me poez tuer ici !
335 — Par Dieu, pute, tu i morras ! »
Par les cheveus et par les dras
L'a tiree jusqu'a ses piez,
Et ele crie : « Aidiez, aidiez ! »
Quant son houlier dehors l'entent,
340 Cele part cort isnelement ;
L'uis fiert du pié sanz demorer,
Si qu'il le fet des gons voler.
Mabile prist par la chevece,
Si qu'il la deront par destrece ;
345 Tant est la robe derompue
Que dusqu'au cul en remest nue.
Puis l'a prise par les chevols :
Du poing li done de granz cops
Parmi le vis, en mi les joes,
350 Si qu'eles sont perses et bloes.
Mes ele avra par tens secors,
Que son ami i vient le cors*,
Qui au crier l'a entendue.
Tout maintenant, sanz atendue,
355 S'entreprenent li dui glouton.
Lors veïssiez emplir meson*
Et de houliers et de putains !
Chascuns i mist adonc les mains.
Lors veïssiez cheveus tirer,
360 Tisons voler, dras deschirer,
Et l'un desouz l'autre cheïr !
Li marcheant corent veïr
Ceus qui orent rouge testee,

« Par Dieu, putain, rien à faire !
— Madame, arrêtez donc ! Je les chercherai
tant, de tout mon possible, que je les trouverai,
si vous me laissez partir d'ici.
— Va, fit-elle, ne perds pas de temps ! »
Mais Mabile tournait et retournait la litière,
car elle s'imaginait y trouver la bourse.
« Madame, écoutez-moi donc, dit Ysane,
puissé-je perdre le corps et l'âme
si jamais j'ai su ou vu où était la bourse !
Vous pouvez me tuer sur place.
— Par Dieu, putain, tu en mourras ! »
Par les cheveux et les vêtements,
elle la traîna à ses pieds.
« À l'aide, à l'aide ! » cria Ysane.
Quand au-dehors son marlou l'entendit,
il fonça de ce côté-là,
il frappa du pied la porte sans attendre
et la fit voler de ses gonds.
Il saisit Mabile par le col de sa robe
si bien qu'il le lui déchira sans douceur.
Toute sa robe mise en pièces,
elle se retrouva nue jusqu'au cul.
Puis il l'attrapa par les cheveux
et lui donna de si grands coups de poing
sur le visage, sur les joues,
qu'elles furent couvertes de bleus.
Mais la voici bientôt secourue,
car son ami survint au pas de course,
l'ayant entendue crier.
Aussitôt, sans attendre une minute,
les deux chenapans en vinrent aux mains.
Ah ! si vous aviez vu la maison s'emplir
de marlous et de putains !
Chacun alors d'y prêter la main.
Ah ! si vous aviez vu tirer les cheveux,
balancer les tisons, déchirer les vêtements,
et tomber l'un sur l'autre !
Les marchands coururent les voir
la tête en sang,

Que mout i ot dure meslee ;
365 Et se s'i mistrent de tel gent
Qui ne s'en partirent pas gent :
Teus i entra a robe vaire
Qui la trest rouge et a refaire.
Boivin s'en vint droit au provost,
370 Se li a conté mot a mot,
De chief en chief, la verité ;
Et li provos l'a escouté,
Qui mout ama la lecherie*.
Sovent li fist conter sa vie
375 A ses parens, a ses amis,
Qui mout s'en sont joué et ris.
Boivin remest trois jors entiers,
Se li dona de ses deniers
Li provos dis sous à Boivins,
380 Qui cest fablel* fist a Provins*.
Explicit le fablel de Boivin.

car ce fut une rude mêlée,
et certains s'en mêlèrent, 365
qui, en repartant, n'étaient pas beaux à voir,
et tel rentra dans la bagarre avec une robe fourrée de vair
qu'il remporta rouge et à refaire.
Boivin alla tout droit chez le prévôt
à qui il raconta dans tous les détails, 370
d'un bout à l'autre, toute la vérité.
Le prévôt l'écouta
et apprécia fort la plaisanterie.
Souvent il lui demanda de raconter sa vie
à ses parents et à ses amis 375
qui s'en amusèrent et s'en divertirent beaucoup.
Boivin resta trois jours entiers,
et le prévôt donna dix sous
de ses deniers à Boivin
qui écrivit ce fabliau à Provins. 380

Fin du fabliau de Boivin.

LA CHÂTELAINE DE VERGY

La Châtelaine de Vergy est un récit tragique de 958 octosyllabes, écrit au milieu du XIIIe siècle par un auteur demeuré anonyme ; appelé conte ou roman dans certains manuscrits, il est aujourd'hui qualifié de nouvelle.

La matière narrative de ce beau texte peut sembler peu originale puisqu'on y retrouve des thèmes déjà utilisés dans les lais de *Lanval* (de Marie de France), de *Graelent* et de *Guingamor*, tels que le contrat du secret absolu, exigé par la châtelaine de Vergy sans motif explicite, ou les accusations d'une grande dame qui conduisent le héros à rompre son serment pour se défendre (ce thème de la femme de Putiphar vient de la Genèse, 39). D'autres épisodes rappellent les romans de Tristan : la longue plainte de la dame qui se croit trahie et meurt de désespoir comme Iseut ; le duc de Bourgogne, caché derrière un arbre, assiste au rendez-vous des amants, comme le roi Marc se dissimule dans un arbre pour épier Tristan et Iseut. Le suicide de l'amant fait penser à celui de Piramus après la mort supposée de Thisbé.

Ce qui constitue la trame du récit, c'est la *fin' amor* des chansons et des romans courtois, cet amour parfait que la châtelaine évoque à plusieurs reprises avant de mourir, désespérée que son ami s'en soit montré indigne, et qui, placé hors de toute morale vulgaire, est la source d'un bonheur ineffable, sensuel et spirituel : l'amant doit le protéger par une discrétion absolue. L'auteur traite ce thème avec une sorte d'ascèse qui n'en retient que l'essentiel et qui, de ce fait, exalte une forme de bonheur intime, acquis au départ et comme immobile, sans autre contenu que l'échange des sentiments : rien ne subsiste du merveilleux ni des aventures des lais. Dans cette œuvre dépouillée, sans qualificatifs ni figures ornementales ni débats allégoriques, la femme aimée n'est plus glorifiée pour sa beauté, et son aspect physique n'est même pas évoqué, bien qu'il ne s'agisse pas d'un amour platonique ; elle n'est plus un objet d'adoration : les amants font jeu égal, chacun célébrant en l'autre la raison unique de sa joie. L'ensemble de la matière narrative et l'évocation du bonheur d'aimer se trouvent ainsi épurés jusqu'à la plus extrême simplicité – qui n'est pas pauvreté –, jusqu'à l'abstraction, en une sorte de rationalisme courtois.

Sans doute est-ce l'une des causes d'une certaine plasticité de l'œuvre qui a pu être lue, appréciée et interprétée par des publics très différents, à en juger par les nombreuses copies des XIIIe-XVe siècles, par ses traductions, par une version en prose de la fin du XVe siècle et surtout par la soixante-dixième nouvelle de *L'Heptaméron* de Marguerite de Navarre.

Le texte que nous avons choisi exprime le mortel regret d'un amour brisé.

Bibliographie

Éd. bilingue de J. Bédier, Paris, Piazza, 1927 ; éd. bilingue de R.E.V. Stuip, Paris, UGE, « 10/18 », 1985, et de J. Dufournet et L. Dulac, Paris, Gallimard, « Folio », 1994.
J. Frappier, « *La Chastelaine de Vergi*, Marguerite de Navarre et Bandello », *Du Moyen Âge à la Renaissance. Études d'histoire et de critique littéraire*, Paris, Champion, 1976, p. 393-473 ; P. Lakits, *La Châtelaine de Vergy et l'évolution de la nouvelle courtoise*, Studia romanica II, Debrecen,

1966 ; A. Maraud, « Le lai de *Lanval* et *La Chastelaine de Vergi* : la structure narrative », *Romania*, t. XCIII, 1972, p. 433-459.

Notes

Texte établi d'après le manuscrit C (Paris, Bibliothèque nationale, fonds fr. 837) et l'édition de J. Dufournet et L. Dulac, Paris, Gallimard, « Folio », 1994.

Ce long monologue de la châtelaine est structuré en trois temps selon les pronoms personnels qu'elle emploie : c'est d'abord le temps de la stupéfaction où le chevalier est évoqué par le pronom *il* (v. 733-754) ; ensuite, il est pris à partie sous la forme d'un *vous* (v. 755-783) ; enfin, il redevient *il* : c'est l'appel à la mort de la châtelaine qui n'a plus de raison de vivre (v. 784-831). La châtelaine passe au premier plan dans ce monologue qui s'apparente à une chanson courtoise par son aspect affectif et ses références à la plénitude passée.

Iluec se plaint : la châtelaine vient d'apprendre que son ami a révélé le secret de leur amour.

mon chienet : « mon petit chien », qui rappelle le chien Husdent, compagnon de Tristan et Iseut dans la forêt du Morois. Il a été dressé (*afetié*) à sortir dans le jardin pour servir de signal au chevalier. Messager du bonheur, il devient le véhicule de la révélation. L'allusion de la duchesse (v. 717-718 et 735-736) implique qu'il y a eu trahison, car le chien n'est un signal que pour celui qui en connaît la signification.

Nis, neïs : *neis, nois, nes, nis* (du latin *ne ipse*) est à l'origine un indéfini négatif, « pas même », « même pas », qui a pu s'employer dans des phrases positives au sens de « même » (v. 775, 908). Il a pu être renforcé par *un*. Voir. F. de La Chaussée, *Initiation à la morphologie historique de l'ancien français*, Paris, Klincksieck, 1977, p. 93.

delis : de *delitier* (du latin *delectare*), comme *deduit*, exprime le plaisir ou l'agrément ; mais il s'agit d'une attitude plus réceptive ou plus intellectuelle. « Plus d'un trouvère évoque, par exemple, le *delit* de ses pensées tout entières occupées par l'image de la femme aimée et où, parfois, s'insinue le désir » (G. Lavis, *op. cit.*, p. 261). Les deux mots peuvent faire référence au plaisir physique de l'amour : *avoir son deduit entier, mener son deduit* ou *son (ses) delit(s), avoir son (ses) plaisant(s) delit(s)*.

mes depors : *deport*, dérivé de *deporter* formé sur *porter*, comme *deduire* sur *duire*. « En ancien français, *deduit, deport, distraire, esbanoier* s'opposaient à *jouer* et à *jeu* par un trait représentatif qui leur est commun et que marque leur préfixe : c'est celui de quitter la vie régulière et monotone du droit chemin et de se soustraire à la routine » (R.L. Wagner, *op. cit.*, p. 33-34). *Deport* et *solaz*, qui manifestent par rapport à *joie* la plus grande proximité sémantique, peuvent être utilisés au pluriel et dénoter une manière d'être ou un comportement, et en particulier la conduite de l'amant courtois à l'égard de la dame.

conseil : « secret ». C'est le motif essentiel qui structure toute l'œuvre ; il se compose de trois éléments qui se succèdent dans l'ordre suivant : 1) le héros promet à son amie de garder secret leur amour ; 2) il trahit sa promesse ; 3) l'amie est informée de la trahison du héros. Chacun des éléments se retrouve trois fois dans le récit avec des personnages différents (le chevalier, le duc et la duchesse de Bourgogne).

leece : proche de *joie*, ce mot garde de son origine cléricale et religieuse une coloration particulière qui le rend adéquat à traduire de préférence une exaltation spirituelle ou sentimentale, mais inadéquat, par exemple, à la désignation de la jouissance amoureuse.

desroi : « désordre (dû souvent à l'orgueil) », « manquement », « faute ».

v. 816-818 : nous avons conservé le texte du manuscrit C, en comprenant qu'au vers 816 *puis* est employé absolument au sens de « pouvoir quelque chose, avoir de la force », et qu'au vers 817 *que* a le sens de « car ».

la chastelaine : femme du châtelain qui est un personnage important de la hiérarchie féodale, puisque, dépendant directement du roi, du duc ou du comte, il gouverne, de père en fils, un château, disposant de pouvoirs de commandement sur les manants d'un certain nombre de villages et entouré de chevaliers qui l'aident à défendre le château où ils vivent parfois avec lui.

« Douz amis, a Dieu vous commant ! » : la mort de la châtelaine est une mort d'amour et non pas de chagrin : elle montre que l'amour est plus que la vie même.

9. [Les plaintes mortelles de la châtelaine]

Iluec se plaint* et se gaimente
Et dist : « Ha ! sire Dieus, merci !
Que puet estre que j'ai oï,
735 Que ma dame m'a fait regret
Que j'ai afetié mon chienet* ?
Ce ne set ele par nului,
Ce sai je bien, fors par celui
Qui j'amoie et trahie m'a ;
740 Ne ce ne li deïst il ja
S'a li n'eüst grant acointance,
Et s'il ne l'amast sanz doutance
Plus que moi qui il a trahie.
Bien voi que il ne m'aime mie,
745 Quant il me faut de couvenant.
Douz Dieus ! et je l'amoie tant
Comme riens peüst autre amer,
Qu'aillors ne pooie pensser
Nis* une eure ne jor ne nuit !
750 Quar c'ert ma joie et mon deduit,
C'ert mes delis*, c'ert mes depors*,
C'ert mes solaz, c'ert mes confors.
Comment a lui me contenoie
De pensser, quant je nel veoie !
755 Ha ! amis, dont est ce venu ?
Que poez estre devenu,
Qui vers moi avez esté faus ?
Je cuidoie que plus loiaus
Me fussiez, se Dieus me conseut,

9. Les plaintes mortelles de la châtelaine

Elle se plaint alors et se lamente :
« Ah ! Seigneur Dieu, dit-elle, pitié !
Qu'est-ce donc que j'ai entendu ?
Madame m'a reproché   735
d'avoir dressé mon petit chien.
Elle ne peut le savoir de personne,
j'en suis sûre, sinon de l'homme
que j'aimais et qui m'a trahie ;
et il ne le lui aurait jamais dit   740
s'il n'était pas très intime avec elle
et s'il ne l'aimait, c'est certain,
plus que moi qu'il a trahie.
Je vois bien qu'il ne m'aime pas,
puisqu'il manque à notre accord.   745
Doux Dieu ! et moi qui l'aimais autant
qu'on pourrait aimer quelqu'un !
Je ne pouvais penser à rien d'autre
à toute heure du jour et de la nuit !
C'était ma joie et mon bonheur,   750
ma volupté et mon ravissement,
ma consolation et mon réconfort.
Comme je le suivais par la pensée
quand je ne le voyais pas !
Ah ! mon ami, comment est-ce arrivé ?   755
Qu'êtes-vous donc devenu
pour que vous me soyez infidèle ?
Je vous imaginais plus loyal
à mon égard, que Dieu m'assiste !

760 Que ne fu Tristans a Yseut ;
Plus vous amoie la moitié,
Se Dieus ait ja de moi pitié,
Que ne fesoie moi meïsmes.
Onques avant ne puis ne primes
765 En penssé n'en dit ne en fet,
Ne fis ne poi ne grant mesfet
Par qoi me deüssiez haïr
Ne si vilainement trahir
Comme a noz amors depecier
770 Por autre amer et moi lessier,
Et descouvrir nostre conseil*.
Hé ! lasse ! amis, mout me merveil,
Que li miens cuers, si m'aït Dieus,
Ne fu onques vers vous itieus,
775 Quar, se tout le mont et neïs
Tout son ciel et son paradis
Me donast Dieus, pas nel preïsse
Par couvenant que vous perdisse,
Quar vous estiiez ma richece
780 Et ma santez et ma leece*,
Ne riens grever ne me peüst
Tant comme mes las cuers seüst
Que li vostres de riens m'amast.
Ha ! fine Amor ! et qui penssast
785 Que cist feïst vers moi desroi*,
Qui disoit, quant il ert o moi
Et je faisoie mon pooir
De fere trestout son voloir,
Qu'il ert toz miens et a sa dame
790 Me tenoit et de cors et d'ame ?
Et le disoit si doucement
Que le creoie vraiement,
Ne je ne penssaisse a nul fuer
Qu'il peüst trover en son cuer
795 Envers moi corouz ne haïne,
Por duchoise ne por roïne ;
Qu'a lui amer estoit si buen
Qu'a mon cuer prenoie le suen.
De lui me penssoie autressi

que Tristan envers Iseut.
Je vous aimais,
que Dieu me prenne en pitié !
deux fois plus que moi-même.
Jamais auparavant ni à aucun moment,
en pensée, en parole ou en action,
je n'ai commis la moindre faute
qui dût me valoir votre haine
et cette ignoble trahison,
au point de détruire notre amour
pour en aimer une autre et me délaisser
en divulguant notre secret.
Hélas ! mon ami, je m'en étonne fort,
car jamais mon cœur, Dieu merci,
ne se comporta ainsi envers vous :
quand bien même Dieu m'aurait donné
la terre entière, et aussi tout son ciel
et son paradis, j'aurais refusé
s'il eût fallu que je vous perde,
car vous étiez ma richesse
et ma force et mon bonheur,
et rien n'aurait pu me blesser
tant que mon pauvre cœur eût su
que le vôtre avait pour moi quelque amour.
Ah ! parfait Amour ! qui donc eût cru
qu'il m'infligeât cet outrage,
lui qui disait, quand il était avec moi
et que je faisais mon possible
pour combler ses désirs,
qu'il était tout à moi et que corps et âme
il me tenait pour sa dame ?
Et il le disait si tendrement
que j'avais en lui toute confiance :
pour rien au monde je n'aurais pensé
qu'il pût éprouver envers moi
de la rancune ou de la haine
pour l'amour d'une duchesse ou d'une reine.
Car c'était si bon de l'aimer
que mon cœur ne faisait qu'un avec le sien.
Lui aussi, je croyais

800 Qu'il se tenoit a mon ami
Toute sa vie et son eage ;
Quar bien connois a mon corage,
S'avant morust, que tant l'amaisse
Que aprés lui petit duraisse :
805 Estre morte o lui me fust mieux
Que vivre si que de mes ieus
Ne le veïsse nule foiz.
Ha ! fine Amor ! est ce donc droiz
Que il a ainsi descouvert
810 Nostre conseil ? Dont il me pert,
Qu'a m'amor otroier li dis
Et bien en couvenant li mis
Que a cele eure me perdroit
Que nostre amor descouvreroit.
815 Et quant j'ai avant perdu lui,
Ne puis, aprés itel anui,
Que sanz lui por qui je me dueil
Ne puis vivre ne je ne vueil* ;
Ne ma vie ne me plest point ;
820 Ainz pri Dieu que la mort me doinst,
Et que, tout aussi vraiement
Com je ai amé lëaument
Celui qui ce m'a porchacié,
Ait de l'ame de moi pitié,
825 Et a celui qui a son tort
M'a trahie et livree a mort
Doinst honor, et je li pardon.
Ne ma mort n'est se douce non,
Ce m'est avis, quant de lui vient ;
830 Et quant de s'amor me sovient
Por lui morir ne m'est pas paine. »
Atant se tut la chastelaine*,
Fors qu'ele dist en souspirant :
« Douz amis, a Dieu vous commant* ! »
835 A cest mot de ses braz s'estraint,
Li cuers li faut, li vis li taint ;
Angoisseusement s'est pasmee,
Et gist pale et descoloree
En mi le lit, morte, sanz vie.

qu'il se considérait comme mon ami 800
pour toute la durée de sa vie.
Je sais bien, mon cœur me le dit,
que, s'il était mort avant moi,
je ne lui aurais guère survécu, tant je l'aimais :
j'aurais préféré mourir avec lui 805
que de vivre sans que mes yeux
le vissent jamais.
Ah ! parfait Amour ! est-il juste
qu'il ait ainsi divulgué
notre secret ? Il me perd donc, 810
car, en lui accordant mon amour,
je mis comme condition
qu'il me perdrait dès le moment
où il dévoilerait notre amour.
Puisque, la première, je l'ai perdu, 815
je suis sans force, après un tel malheur,
car, sans lui à qui je dois ce tourment,
je ne puis vivre ni ne le veux.
La vie n'a plus d'attraits pour moi,
mais je prie Dieu de m'accorder la mort 820
et que, au nom même de l'amour
loyal que j'ai porté
à celui qui m'a causé ce mal,
il ait pitié de mon âme,
et que celui qui injustement 825
m'a trahie et livrée à la mort,
il le couvre d'honneurs ; moi, je lui pardonne.
Et la mort n'est que douceur
à mes yeux, puiqu'elle vient de lui ;
au souvenir de son amour, 830
mourir pour lui ne m'est pas pénible. »
Alors la châtelaine se tut,
disant seulement dans un soupir :
« Cher ami, je vous recommande à Dieu. »
À ces mots, elle serre ses bras sur sa poitrine, 835
le cœur lui manque, son visage blêmit.
De douleur elle s'évanouit,
et elle gît, pâle et livide,
en travers du lit, morte, sans vie.

Huon le Roi

LE VAIR PALEFROI

Huon le Roi qui composa *Le Vair Palefroi* est-il le même auteur que le poète dévot, Huon le Roi de Cambrai, qui écrivit peu avant la première croisade de Saint Louis, *Li Regrés Nostre Dame*, et dédia à Philippe III *La Vie de saint Quentin* en quatre mille vers, et à qui l'on doit sans doute, sous le nom de Le Roi de Cambrai, *Li Abacés par ekivoche et li signification des lettres* (jeu sur les lettres de l'alphabet), *Li Ave Maria en Romans*, *La Descrissions des religions ou la Devision d'ordres et de religions*, revue des ordres monastiques ? Faut-il le confondre avec Huon de Cambrai qui écrivit le fabliau moralisant de *La Male Honte* ? On en discute encore.

Dans *Le Vair Palefroi*, beaucoup d'éléments ressortissent à la tonalité courtoise et à l'atmosphère merveilleuse du lai (v. 24) : amour profond et contrarié de *la pucele de grant lignage*, belle, jeune et sage, et de Guillaume, *le gentil chevalier et preu* ; analyses psychologiques et débats contradictoires ; vestiges de l'aventure : dans une forêt *pereilleuse et molt obscure et tenebreuse*, le vair palefroi, le cheval pie, qui rappelle la monture de l'héroïne d'*Érec et Énide* de Chrétien de Troyes et les chevaux surnaturels des contes, fait traverser à la demoiselle *une eve qui la coroit grant et obscure* par un gué qui *pou estoit parfont et lé* (c'étaient, à l'ordinaire, les frontières de l'Autre Monde) et lui permet d'accéder au bonheur supérieur auquel aspire leur amour. Mais c'est un lai rationalisé qui abonde en éléments explicatifs et à visée morale et didactique : le palefroi n'est pas guidé par la providence, mais il connaît très bien, pour l'avoir souvent emprunté, le chemin qui conduit à la maison de son maître Guillaume. Ce lai est de surcroît critique à l'égard de l'oncle, parjure et laid, et du père trop cupide ; il est aussi plein d'humour, surtout quand nous est présentée la troupe des vieillards qui dodelinent de la tête et dont le rôle est important dans l'œuvre, en sorte que deux sphères continuent à s'opposer, dans la tradition des laïs, l'une sublime et idéale où se place le bonheur des amants, l'autre commune et vile dont le groupe des vieillards constitue la caricature.

Plus profondément, l'auteur semble avoir été tenté par une sorte de démythification de la courtoisie ; mais ne veut-il pas tout autant suggérer que l'amour du père, qui séquestre littéralement sa fille et refuse d'abord toute rencontre, n'est pas seulement un amour paternel ?

Réveillés en pleine nuit par un guetteur ivre, de vieux chevaliers accompagnent à travers la forêt, jusqu'à la vieille chapelle du moûtier, l'héroïne promise malgré elle à un vieillard. Somnolant sur le cou de leurs chevaux, ils ne s'aperçoivent pas que le vair palefroi, qui porte la jeune fille, a suivi un autre chemin.

Bibliographie

Éd. de A. Långfors, Paris, Champion, 1957 (« Classiques français du Moyen Âge », n° 8), et trad. de J. Dufournet, Paris, Champion, 1977.

G. Gougenheim, « Étude stylistique sur quelques termes désignant les personnes dans *Le Vair Palefroi* », *Études de grammaire et de vocabulaire français*, Paris, Picard, 1970 ; L. et G. Dulac, « Lire un lai : *Le Vair Palefroi* entre morale et merveilleux », *Et c'est la fin pour quoy sommes ensemble*.

Hommage à Jean Dufournet, Paris, Champion, 1993, p. 503-512.

Notes

Texte établi d'après le manuscrit A (Paris, Bibliothèque nationale, fonds fr. 837), et l'édition de A. Långfors, Paris, Champion, 1957.

Li vairs palefrois : il existe beaucoup de palefrois dans les œuvres médiévales, où ils servent à suggérer l'atmosphère courtoise et concourent à l'éclat des chevaliers. La plupart sont blancs. Mais nous avons un *vair palefroi* (rouan, pommelé ou pie selon M. Roques) dans *Érec et Énide* de Chrétien de Troyes : c'est celui qu'Énide reçoit de sa cousine, lorsqu'elle quitte ses hôtes pour se rendre à la cour du roi Arthur ; c'est la monture d'Énide avant et pendant la crise. Huon le Roi s'est inspiré en plusieurs endroits du roman de Chrétien. Par le rôle qu'il joue, le vair palefroi fait penser au cheval pie du *Pays où l'on n'arrive jamais* d'André Dhôtel.

Un grant tertre : en ancien français, *tertre* est synonyme de « colline » ; accompagné de *grant*, il évoque une hauteur importante. Ce sens ancien s'est conservé dans les toponymes, comme Saint-Martin-du-Tertre dans le Val-d'Oise et dans l'Yonne.

ombrages : forme ancienne, attestée du XIIe au XVIe siècle, de l'adjectif *ombrageux* : « ombreux, obscur, sombre, mélancolique, taciturne ». Sans doute a-t-on ajouté le suffixe *-eux* pour distinguer l'adjectif du nom *ombrage*, « ensemble de feuillages et de branches qui produit de l'ombre ».

li grans boschages : *boschages*, *boscage*, où le suffixe *-age* a une valeur de collectif comme dans *feuillage*, *plumage*, n'a pas le sens moderne : il peut s'appliquer, comme ici, à une large étendue de bois et alterner avec *forest* (v. 1025).

route : le mot *route* a tantôt le sens de « troupe », tantôt le sens actuel. Dans notre texte, il faut le traduire par « troupe ».

v. 1075-1076 : les adjectifs indiquent ce que représentait la forêt pour les gens du Moyen Âge. À la fois par ce qu'elle évoque sur le plan de l'imaginaire et par les dangers réels qu'elle recèle, elle est, selon J. Le Goff, « l'horizon inquiétant du monde médiéval. Elle le cerne, l'étreint, l'isole ».

la guete : la *gaite* est le veilleur de nuit qui joue un rôle important dans les chansons d'aube et dans *Aucassin et Nicolette*.

10. [La marche dans la forêt]

Li vairs palefrois* savoit bien
Cel estroit chemin ancïen,
Quar maintes foiz i ot alé.
Un grant tertre* ont adevalé
1025 Ou la forest ert enhermie,
C'on ne veoit la clarté mie
De la lune ; molt ert ombrages*
En cele part li granz boschages,*
Que molt parfons estoit li vaus.
1030 Granz ert la friente des chevaus.
De la grant route* des barons
Estoit devant li graindres frons.
Li un sor les autres sommeillent,
Li autre parolent et veillent ;
1035 Ainsi vont chevauchant ensamble.
Li vairs palefrois, ce me samble,
Ou la damoiselle seoit
Qui la grant route porsivoit,
Ne sot pas le chemin avant
1040 Ou la grant route aloit devant,
Ainz a choisi par devers destre
Une sentele, qui vers l'estre
Mon seignor Guillaume aloit droit.
Li palefrois la sente voit,
1045 Qui molt sovent l'avoit hantee ;
Le chemin lest sanz demoree
Et la grant route des chevaus.

10. La marche dans la forêt

Le vair palefroi connaissait bien
ce vieux et étroit sentier
qu'il avait maintes fois emprunté.
Ils descendirent une haute colline
où l'épaisseur de la forêt   1025
masquait la clarté de la lune.
En cet endroit, le grand bois
était d'autant plus sombre
que la vallée était très profonde.
Quel vacarme faisaient les chevaux !   1030
De l'imposante troupe des barons
la majeure partie précédait la jeune fille.
Les uns dormaient contre les autres,
les autres, éveillés, parlaient.
Ainsi avançait leur cortège.   1035
À ce qui me semble, le vair palefroi
que montait la demoiselle
et qui suivait l'imposante troupe,
ne connaissait pas plus avant le chemin
où le grand cortège le précédait.   1040
Mais, sur la droite, il aperçut
un petit sentier qui conduisait droit
à la maison de monseigneur Guillaume.
À la vue du sentier
qu'il avait souvent emprunté,   1045
il abandonna sans tarder le chemin
et le long cortège des chevaux.

Si estoit pris si granz sommaus
Au chevalier qui l'adestroit
1050 Que ses palefrois arrestoit
D'eures en autres en la voie.
La damoisele ne convoie
Nus, se Dieus non ; ele abandone
Le frain au palefroi et done ;
1055 Il se mist en l'espesse sente.
Il n'i a chevalier qui sente
Que la pucele ne le siue ;
Chevauchié ont plus d'une liue
Qu'il ne s'en pristrent onques garde ;
1060 Et cil qui en fu mestre et garde
Ne l'a mie tres bien gardee :
Ele ne se fu pas emblee,
Ainz s'en ala en tel maniere
Con cele qui de la charriere
1065 Ne de la sente ne savoit
En quel païs aler devoit.
Li palefrois s'en va la voie
De la quele ne se desvoie,
Quar maintes foiz i ot esté,
1070 Et en yver et en esté.
La pucele molt adolee,
Qui en la sente estoit entree,
Sovent se regarde environ,
Ne voit chevalier ne baron,
1075 Et la forest fu pereilleuse,
Et molt obscure et tenebreuse*,
Et ele estoit toute esbahie
Que point n'avoit de compaignie.
S'ele a paor n'est pas merveille,
1080 Et neporquant molt se merveille
Ou li chevalier sont alé
Qui la estoient assemblé.
Lie estoit de la decevance,
Mes de ce a duel et pesance
1085 Que nus fors Dieu ne le convoie
Et li palefrois, qui la voie
Avoit par maintes foiz hantee ;

Le chevalier qui accompagnait la jeune fille
était si profondément endormi
que son palefroi s'arrêtait 1050
par moments sur la route.
Personne ne conduisait la jeune fille
hormis Dieu : elle abandonna
les rênes au cheval qui, livré à lui-même,
prit le sentier feuillu, 1055
sans qu'aucun chevalier s'aperçût
qu'elle ne les suivait plus.
Ils ont chevauché plus d'une lieue
sans se rendre compte de rien :
celui qui avait la garde de la jeune fille 1060
n'a vraiment pas très bien veillé sur elle.
Elle ne s'est pas enfuie,
mais elle s'est éloignée à la manière
d'une personne qui ignorait
vers quel pays conduisaient 1065
la voie charretière et le sentier.
Le palefroi suit son chemin
dont il ne se détourne pas,
pour l'avoir maintes fois emprunté
hiver comme été. 1070
Dans son affliction, la jeune fille,
après avoir pénétré dans le sentier,
regarde souvent autour d'elle :
comme elle ne voit chevalier ni baron
dans cette forêt dangereuse, 1075
fort obscure et ténébreuse,
elle est tout effrayée
de n'avoir point de compagnie.
Il n'est pas surprenant qu'elle ait peur ;
en même temps, elle se demande avec étonnement 1080
où sont passés les chevaliers
qui étaient rassemblés autour d'elle.
Si la méprise la remplissait de joie,
elle s'affligeait et souffrait
que personne ne l'accompagnât sauf Dieu 1085
et le palefroi qui maintes fois
avait suivi ce chemin.

Ele s'est a Dieu commandee,
Et li vairs palefrois l'en porte.
1090 Cele, qui molt se desconforte,
Li a le frain abandoné,
Si n'a un tout seul mot soné ;
Ne voloit pas que cil l'oïssent,
Ne que pres de li revenissent :
1095 Mieus aime a morir el boscage
Que recevoir tel mariage.
Ainsi s'en va penssant adès,
Et li palefrois, qui engrès
Fu d'aler la ou il devoit,
1100 Et qui la voie bien savoit,
A tant alee s'ambleüre
Que venuz est grant aleüre
Au chief de cele forest grant.
Une eve avoit en un pendant
1105 Qui la coroit grant et obscure ;
Li vairs palefrois a droiture
I est alez, qui le gué sot ;
Outre passe plus tost que pot.
N'ot gueres esloingnié le gué,
1110 Qui pou estoit parfont et lé,
Quant la pucelle oï corner
Cele part ou devoit aler
Li vairs palefrois qui le porte :
Et la guete* ert desus la porte,
1115 Devant le jor corne et fretele.

LE VAIR PALEFROI

Elle se recommanda à Dieu,
et le cheval pie l'emporta.
Toute à son désespoir, 1090
elle lui a rendu la bride,
sans prononcer un seul mot,
car elle ne voulait pas que les chevaliers l'entendissent
et revinssent auprès d'elle :
elle préférait mourir dans le bois 1095
plutôt que subir un tel mariage.
Ainsi s'en va-t-elle, toujours en proie à ses pensées ;
quant au palefroi, ardent
à se rendre où il devait
et habitué au chemin, 1100
il a si rapidement avancé
qu'il est arrivé à vive allure
à l'extrémité de cette grande forêt,
où, au flanc d'un coteau,
une rivière courait large et profonde. 1105
Le vair palefroi, qui connaissait le gué,
s'y rendit directement
et le traversa le plus tôt qu'il put.
À peine s'était-il éloigné du gué,
qui n'était ni profond ni large, 1110
que la jeune fille entendit sonner un cor
du côté où devait aller
la monture qui la portait.
Le guetteur, en faction au-dessus de la porte,
sonnait du cor avant le jour, menant grand tapage. 1115

LE ROMAN DE RENART

Le Roman de Renart est un vaste chantier sur lequel plus de vingt auteurs plus ou moins talentueux ont travaillé pendant presque un siècle, de 1175 à 1250. En perpétuelle métamorphose, sans cesse modifié par la transmission orale et par l'écriture qui s'est très vite emparée des contes du goupil, objet de nombreuses manipulations, c'est une œuvre mouvante, dans une constante interaction du langage, de l'imaginaire et de la réalité, si bien qu'il est difficile d'en dater les composantes.

Il n'y a pas un seul *Roman de Renart* : dès son apparition, il existe plusieurs collections qui diffèrent par l'ordre, le contenu et la longueur. L'on a découpé de multiples manières ce roman à jamais ouvert, dont les chapitres n'ont pas une forme ni une place définies et uniques. On a désigné chacune de ses parties par le terme *branche*, qui apparaît pour la première fois, dans son sens littéraire de « conte », juste avant l'aventure du puits (branche IV). Chaque épisode sort du tronc renardien comme les branches de l'arbre, et l'on peut y voir une malice, car jusqu'alors la comparaison était utilisée dans la littérature religieuse et morale pour désigner les qualités qui sortent d'une vertu principale ou les défauts d'un vice majeur.

Ce principe de l'arborescence, qui consiste à greffer sur le tronc commun une nouvelle histoire, est demeuré vivace jusqu'à nos jours, puisque Louis Pergaud a raconté *La Tragique Aventure de Goupil* (1910) et que Maurice Genevoix, à sa version moderne du roman (1958), a ajouté dans son *Bestiaire sans oubli* (1971) un ultime chapitre, la capture du renard par des chasseurs qui jouent sur son instinct paternel.

Mais *Le Roman de Renart* est tout autant le texte du ressassement par un travail constant de réécriture qui évolue entre la variante et la répétition. D'ordinaire, il s'agit pour les auteurs de ne pas dépayser les lecteurs et les auditeurs. Ainsi mentionne-t-on d'emblée le nom de Renart et sa longue rivalité avec le loup Isengrin. Toutefois, si, dans la branche IX, le goupil n'apparaît que tardivement et si le paysan Liétard occupe le devant de la scène du début à la fin, dans la branche XII au contraire, le trouvère enchaîne très vite sur un motif stéréotypé du cycle, le retour de la belle saison et la famine dans le terrier de Renart, puis sur la rencontre avec le chat Tibert, l'un des principaux acteurs du roman, qui se met à *gaber* son compère (autre élément de la tradition), si bien que le goupil se promet une belle vengeance en menaçant à voix basse son interlocuteur comme il le faisait dans la branche I avec le même Tibert.

Ce roman protéiforme évolue entre la fable ésopique (avec les épisodes de Chantecler le coq et de Tiécelin le corbeau) et l'épopée héroï-comique qui relate la guerre entre le goupil et le loup, tandis qu'ailleurs peuvent prédominer l'exotisme et la magie (branche XXIII) ou la satire violente et obscène d'un moine défroqué (branche VII).

C'est la ruse qui donne une certaine unité au roman. Renart, dont on rappelle sans cesse la *guile*, l'*engin*, le *barat*, est le maître du bon tour par d'habiles machinations dont il *se porpense*. Il connaît l'art de dissimuler et de simuler. Maître du beau parler, du mensonge et du double langage, il endort ses victimes et les humilie ensuite par ses *gabs*, ses moqueries, les meurtrissant dans leur corps, leurs biens, leur amour-propre et leur dignité, ébranlant l'autorité du roi et de la cour. La ruse est l'élément constitutif du personnage, stratège habile, capable de réagir rapidement et de monter de subtiles tromperies, toujours prêt à innover, avocat redoutable, comédien consommé qui organise des mises en scène, simule la mort, jouant avec le feu et conscient de sa maîtrise au point d'être parfois pris en défaut par de moins habiles et de plus faibles. La ruse, indispensable pour se nourrir, pour se venger, pour se défendre, mais parfois gratuite, participe autant de l'instinct de l'animal que du calcul retors du grand féodal toujours prêt à affronter l'autorité du roi.

Nous avons retenu un épisode de la branche II, où Renart affronte le chat Tibert, et un passage de la branche IX, où le goupil rappelle quelques-uns de ses exploits au paysan Liétard.

Bibliographie

Éd. de M. Roques (collection B), Paris, Champion, 1948-1963, 6 vol., et, pour la dernière branche, éd. de F. Lecoy 1999 ; éd. de N. Fukumoto, N. Harano et S. Suzuki (collection C), Tokyo, France-Tosho, 1983-1985, 2 vol. ; éd. et trad. de J. Subrenat et M. de Combarieu du Grès (collection A), Paris, UGE, « 10/18 », 1981, 2 vol. ; éd. et trad. de J. Dufournet et A. Méline (collection A), Paris, GF-Flammarion, 1985, 2 vol. ; éd. et trad. de A. Strubel, R. Bellon, D. Boutet et S. Lefèvre (manuscrit H), Paris, Gallimard, « Bibliothèque de la Pléiade », 1998.

J. Batany, *Scènes et coulisses du Roman de Renart*, Paris, SEDES, 1989 ; M. de Combarieu du Grès et J. Subrenat, *Le Roman de Renart. Index des thèmes et des personnages*, Aix-en-Provence, CUERMA, 1987 ; J. Dufournet, *Du Roman de Renart à Rutebeuf*, Caen, Paradigme, 1993 ; J. Flinn, *Le Roman de Renart dans la littérature française et les littératures étrangères au Moyen Âge*, Paris-Toronto, 1963 ; L. Foulet, *Le Roman de Renard*, Paris, Champion, 1914 ; J.-R. Scheidegger, *Le Roman de Renart ou le Texte de la dérision*, Genève, Droz, 1989 ; E. Suomela-Härmä, *Les Structures narratives dans le Roman de Renart*, Helsinki,

Suomalainen Tiedeakatemia, 1981 ; K. Varty, *Reynard the Fox, Study on the Fox in Medieval English Art*, Leicester University, 1967, et *À la recherche du Roman de Renart*, New Alith, Lochee Public, 1988.

Filmographie

Le Roman de Renard, de L. Starevitch (1937 et 1941) ; *Signé Renart*, de M. Soutter (1986).

Notes

À malin malin et demi, Renart et Tibert

Texte établi d'après le manuscrit A (Paris, Bibliothèque nationale, fonds fr. 20043) et d'après l'édition de J. Dufournet et A. Méline, Paris, GF-Flammarion, 1985.
Renart, après avoir échoué dans ses entreprises contre le coq Chantecler et contre la mésange, affronte le chat Tibert, qui l'emporte dans les branches les plus anciennes, comme c'est le cas dans cette branche II ou dans la branche XV où Tibert réussit à extorquer à Renart l'andouille qu'ils ont trouvée. Ils sont à égalité dans la branche XIV, encore que le chat remporte le dernier round, puisqu'il conseille au goupil de se saisir d'un coq qui, par ses cris, alerte un paysan et ses chiens : le goupil est malmené. Par la suite, Renart triomphe régulièrement : ainsi dans la branche I, il précipite dans un piège Tibert *qui n'entent barat ne gile* et qui, pourtant, avait défendu Renart. Dans la branche XII, le goupil laisse d'abord le chat dans une situation difficile face aux chasseurs ; puis, sous prétexte de lui apprendre à sonner les cloches, il fait pendre Tibert dans un nœud coulant et s'enfuit. Roué de coups par les vilains, le chat s'échappe par miracle et renonce définitivement à la prêtrise.
Sur le chat dans les croyances populaires et dans la littérature médiévale, voir J. Dufournet, *Le Roman de Renart : les vêpres de Tibert le chat*, Paris, Champion, 1989, p. 63-148. Voir aussi L. Vax, *La Séduction de l'étrange*, Paris, 1965, p. 106 : « Gracieux pour Bayer, gouailleur ou nostalgique pour Colette, petit-bourgeois et faux romantique pour Hoffmann, mystique pour Baudelaire, justicier pour Poe,

criminel pour Ghelderode, le chat n'était rien en particulier mais susceptible de tout devenir…, motif indéterminé en premier lieu, le chat se détermine dans la grâce ou dans l'horreur. »

De sa coe se vet joant : l'image du chat est composite, animal mi-sauvage mi-familier, baron influent et rusé, cavalier émérite, démon, gabeur. Le monde animal ne perd jamais ses droits ni ne disparaît entièrement. Il y a identification, non pas substitution ; l'animal n'est pas vidé de sa substance qui serait remplacée par une réalité intérieure purement humaine : on oscille continuellement entre le pôle animal et le pôle humain ; d'autre part, le passage au français dans le conte animal s'accompagne d'une accentuation du réalisme.

se regarde : « Et si *veoir* qui note le simple exercice de la faculté visuelle est généralement actif et transitif, *regarder* s'emploie souvent absolument et avec un pronom réfléchi : il signifie alors "promener ses regards", afin de recueillir des images intéressantes, voir pour être frappé d'un spectacle qui en vaille la peine » (J. Stefanini, *La Voix pronominale en ancien et en moyen français*, Aix-en-Provence, Ophrys, 1962, p. 387).

mater : de *mat*, « vaincu, abattu », « triste », « éreinté », « affaibli par la chaleur », ce verbe signifie « vaincre, dompter ».

asaudré : première personne du futur du verbe *assaillir*. Voir A. Lanly, *Morphologie historique des verbes français*, Paris, Bordas, 1977, p. 306-308.

acordé : plutôt qu'*acordé*, il faudrait lire *amusé*.

carere, charriere : chemin de campagne assez large pour qu'une charrette puisse y passer.

recuiz : du verbe *recuire*, « fin, rusé, retors ». Cet adjectif, selon le contexte, est positif ou négatif.

engien : le mot *engien, engin* (du latin *ingenium*) signifia d'abord « intelligence, talent » ; puis, se dépréciant, le terme a pris le sens de « ruse ». D'autre part, il a pu désigner le produit concret de l'intelligence ou de la ruse, tant des machines de guerre que des pièges pour la chasse ou la pêche (v. 792), voire nos engins modernes. Voir N. Andrieux-Reix, *Ancien français. Fiches de vocabulaire*, Paris, PUF, 1987, p. 64-67.

Porpense soi : ce verbe pronominal est celui de la réflexion, du calcul orienté le plus souvent vers l'action. Employé d'abord par Pierre de Saint-Cloud dans l'expression *Dont*

[Renart] *se commence a porpanser / comment il pourra Chantecler / engingnier...*, ce verbe glissera dans le champ sémantique de la ruse et sera utilisé comme un signal pour indiquer aux lecteurs que Renart prépare un bon tour et que la situation va très vite évoluer.

vezïé : cet adjectif, issu du verbe *vezïer* (du latin *vitiare*), signifie « avisé », « fourbe », « rusé ». Appartenant au vocabulaire de la ruse, il peut être laudatif ou péjoratif, au contraire de *voiseus*, toujours laudatif. Voir G. Raynaud de Lage, « De quelques épithètes morales », *Mélanges Félix Lecoy*, Paris, Champion, 1973, p. 499-505.

Renart se vante de ses exploits

Texte établi d'après le manuscrit A (Paris, Bibliothèque nationale, fonds fr. 20043) et l'édition de J. Dufournet et A. Méline, Paris, GF-Flammarion, 1985.

Dans ce passage de la branche XII, Renart, en un exposé bien construit avec prologue et épilogue, rappelle quelques-uns des bons tours dont Isengrin a été la victime afin de convaincre le paysan Liétard de recourir à ses services. C'est une manière de rattacher au reste du cycle renardien cette branche originale dans laquelle le paysan est au premier plan du début à la fin. Voir le volume *Le Goupil et le Paysan*, éd. de J. Dufournet, Paris, Champion, 1990 (« Unichamp », n° 22).

Qui se dementoit en plorant : le vilain Liétard, dans un moment de colère, a promis de donner son bœuf Rougel à l'ours Brun qui entend bien lui faire tenir parole.

Je sui bon mestre de plaider : Renart le montre surtout dans la branche VI. Voir E. Nieboer, « Le combat judiciaire dans la branche VI du *Roman de Renart* », *Épopée animale, fable et fabliau*, Rouen, Publications de l'Université de Rouen, 1984, p. 59-67.

Foi que doi seint Panpalïon, ou *Pantalïon* : saint Pantaléon. Il existait à Troyes, dès 1189, une chapelle succursale de l'église Saint-Jean-au-Marché qui était dédiée à ce saint.

Qui sovent rendent le musage : *muser* c'est perdre son temps à des riens, aller le nez en l'air ; *musart* signifie « sot, nigaud, étourdi ». Colin Muset est le poète qui se plaît à flâner, à musarder. On peut comprendre aussi : des avocats « que j'ai fait devenir chèvres ».

vers 498-516 : rappel de la branche IV.

a blanc moines : moines de l'ordre de Cîteaux, Voir M. Pacaut, *Les Moines blancs. Histoire de l'ordre de Cîteaux*, Paris, Fayard, 1993. Pour la valeur de l'adjectif *blanc*, voir P. Bretel, *Les Ermites et les moines dans la littérature française du Moyen Âge (1150-1250)*, Paris, Champion, 1995, p. 347-352 et *passim*.

vers 517-523 : rappel de la branche III.

barat : ce mot appartient surtout au vocabulaire de la ruse. D'un noyau sémantique comportant l'idée de « bagarre, tapage, désordre » (du celtique **bar*, « bagarre »), sont sortis les sens de « querelle », « tromperie », « ruse », « marchandage » d'une part, d'autre part de « tapage d'une foule en liesse », et par suite de « fête », « foule », « élégance qu'on manifeste un jour de fête ».

vers 524-557 : rappel de la branche III.

Renart : vient de *Reginhart*, « conseiller ».

11. [À malin malin et demi : Renart et Tibert]

665 Que qu'il se pleint de s'aventure,
Garde et voit en une rue
Tiebert le chat qui se deduit
Sanz conpaignie et sens conduit.
De sa coe se vet joant*
670 Et entor lui granz saus faisant.
A un saut qu'il fist se regarde*,
Si choisi Renart qui l'esgarde.
Il le conut bien au poil ros.
« Sire, fait il, bien vegnés vos ! »
675 Renars li dist par felonie :
« Tibert, je ne vos salu mie.
Ja mar vendrez la ou je soie,
Car, par mon chef, je vos feroie
Volentiers, se j'en avoie aise. »
680 Tibert besoigne qu'il se taise,
Qar Renars est molt coreciez.
Et Tibers s'est vers lui dreciez
Tot simplement et sanz grant noise.
« Certes, fait il, sire, moi poisse
685 Que vos estes vers moi iriez. »
Renars fu auques enpiriez
De jeüner et de mal traire ;
N'a ores soing de noisse fere,
Car molt ot joüné le jor,
690 Et Tieberz fu pleins de sojor,
S'ot les gernons vels et cenuz

11. À malin malin et demi : Renart et Tibert

Tandis que Renart déplore sa mésaventure, 665
il finit par découvrir, dans une rue,
Tibert le chat qui se divertit
sans suite et sans escorte.
Il joue avec sa queue,
tourne en rond, multiplie les gambades. 670
Au beau milieu d'un saut, il regarde autour de lui
et remarque Renart qui l'observe.
Il le reconnaît à son poil roux.
« Seigneur, dit-il, soyez le bienvenu ! »
Et l'autre de répliquer brutalement : 675
« Tibert, je ne vous salue pas.
Ne vous trouvez jamais sur mon chemin,
car, soyez-en sûr, je vous frapperais
avec plaisir, si l'occasion m'en était donnée. »
Tibert a intérêt à se taire, 680
car Renart est fort en colère :
Le chat se tourne vers le goupil,
l'air affable, sans chercher querelle :
« Seigneur, lui dit-il, je suis vraiment navré
que vous soyez irrité contre moi. » 685
Comme le jeûne et les mauvais traitements
avaient passablement affaibli Renart,
il renonça pour le moment à chercher querelle,
d'autant qu'il n'avait rien mangé de la journée
et que Tibert était frais et dispos, 690
moustaches blanchies par l'âge,

Et les denz trencans et menus,
Si ot bons ongles por grater.
Se Renars le voloit mater*,
695 Je cuit qu'il se vouldroit desfendre ;
Mais Renars nel velt mie enprendre
[Envers Tibert nule meslee
Qu'en maint leu ot la pel aree].
Ses moz retorne en autre guise :
700 « Tibert, fait il, je ai enprise
Guerre molt dure et molt amere
Vers Ysengrin un mien compere ;
S'ai retenu meint soudoier
Et vos en voil je molt proier
705 Qu'a moi remanés en soudees,
Car, ains que soient acordees
Les trives entre moi et lui,
Li cuit je fere grant ennui. »
Tieberz li chaz fet molt grant joie
710 De ce dont dan Renars le proie,
Si li a retorné le vis :
« Tenés, fait il, je vos plevis
Que ja nul jor ne vos faudré
Et que volontiers asaudré*
715 Dant Ysengrin, qu'il a mesfet
Vers moi et en dit et en fet. »
Or l'a Renars tant acordé*
Qu'entr'aus dous se sont acordé.
Andui s'en vont par foi plevie.
720 Renars qui est de male vie,
Nel laissa onques a haïr,
Ainz se peine de lui traïr :
En ce a mis tote s'entente.
Il garde en une estroite sente,
725 Si a choisi pres de l'orniere
Entre le bois et la carere*
Un broion de chesne fendu
C'uns vileins i avoit tendu.
Il fu recuiz*, si s'en eschive,
730 Mes danz Tibers n'a nule trive,
S'il le puet au braion atrere,

petites dents pointues
et longues griffes prêtes à égratigner.
Si Renart cherchait à le terrasser,
je crois qu'il ne se laisserait pas faire ; 695
mais Renart ne veut pas engager le combat
contre Tibert,
car il a la peau déchirée en plus d'un endroit.
Il tient donc un autre langage.
« Tibert, fait-il, j'ai entrepris 700
une guerre terrible et implacable
contre mon compère Isengrin.
Aussi ai-je enrôlé beaucoup de soldats
et je voudrais vous prier
de rester à ma solde, 705
car, avant que nous n'en arrivions,
lui et moi, à une trêve,
j'ai dans l'idée que je lui causerai bien des tracas. »
Tibert le chat ne se sent plus de joie
à la proposition de sire Renart, 710
et, le regardant droit dans les yeux :
« Tenez, lui dit-il, je m'engage
à ne jamais vous faire faux bond
et à attaquer bien volontiers
le seigneur Isengrin qui m'a fait du mal 715
en paroles et en actes. »
Renart l'a tellement amadoué
que tous deux sont tombés d'accord
et s'en vont liés par un serment.
Renart, qui est d'une nature méchante, 720
ne cesse pour autant de haïr Tibert,
il s'emploie à le trahir,
il s'y applique de toutes ses forces.
Comme il parcourait du regard un étroit sentier,
il aperçut, près de l'ornière, 725
entre le bois et le chemin charretier,
un piège de chêne fendu
qu'un paysan y avait disposé.
Comme il est rusé, Renart l'esquive,
mais aucune trêve n'empêchera Tibert, 730
si l'autre peut l'attirer dans le piège,

Qu'il ne li face un mal jor traire.
Renars li a jeté un ris :
« Tibert, fait il, de ce vos pris
735 Que molt estes et prous et baus
Et tis chevaus est molt isnaus.
Mostrez moi conment il se core,
Par ceste voie ou a grant poure,
Corez tote ceste sentele !
740 La voie en est igax et bele. »
Tibers li caz fu eschaufez
Et Renars fu un vis maufez,
Qui le vost en folie enjoindre.
Tibers s'apareille de poindre,
745 Cort et racort les sauz menuz
Tant qu'il est au braion venuz.
Quant il i vint, s'aperçut bien
Que Renars i entent engien*,
Mes il n'en fet semblent ne chere,
750 En eschivant se tret arere
En sus du braion demi pié.
Et Renars l'a bien espïé,
Si li a dit : « Vos alés mal,
Qui en travers corez cheval. »
755 Cil s'est un petit esloigniez.
« A refere est, or repoigniez !
Menés l'un poi plus droitement !
— Volentiers : dites moi conment !
— Conment ? si droit qu'il ne guenchisse
760 Ne hors de la voie n'en isse. »
Cil lait core a col estendu
Tant qu'il voit le braion tendu ;
Ne guenchit onques, einz tresaut.
Renars qui a veü le saut,
765 Sot bien qu'il s'est aperceüz
Et que par lui n'iert deceüz.
Porpense soi* que il dira
Et conment il le decevra.
Devant lui vint, si li a dit
770 Par mautalant et par afit :
« Tibert, fait il, bien vos os dire,

LE ROMAN DE RENART   119

de passer un bien mauvais quart d'heure.
Le goupil lança un rire :
« Tibert, fit-il, si je vous apprécie
c'est que votre bravoure et votre hardiesse sont grandes,   735
et que votre cheval est d'une exceptionnelle rapidité.
Montrez-moi donc comment il sait courir
par ce chemin couvert de poussière.
Courez donc la longueur de ce sentier !
Quel beau chemin sans creux ni bosse ! »   740
Voici Tibert le chat tout excité
Et Renart, un vrai démon,
qui le pousse à commettre cette folie !
Tibert s'apprête à piquer des deux,
il court, il court à petits sauts   745
si bien qu'il arrive au piège ;
alors, il comprend
que Renart prépare un mauvais tour,
mais il ne fait mine de rien
et, pour éviter le piège, recule   750
d'un demi-pied.
Mais Renart, qui ne l'a pas quitté des yeux,
lui dit : « Tibert, ce n'est pas fameux !
Vous menez votre cheval de travers. »
L'autre s'étant un peu éloigné,   755
« C'est à refaire, continue Renart, allez,
chargez de nouveau en le guidant un peu plus droit !
– D'accord ; mais comment m'y prendre ?
– Comment ? Allez tout droit sans faire d'écart
ni sortir du chemin. »   760
Tibert laisse courir son cheval ventre à terre
jusqu'au piège :
il ne fait pas d'écart, mais saute par-dessus.
Renart, qui l'a vu faire,
se rend compte que l'autre n'est pas dupe   765
et qu'il ne parviendra pas à le tromper.
Il se creuse la tête :
comment l'embobeliner ?
Il va au-devant de lui, et lui lance
sur un ton de colère et de défi :   770
« Tibert, je me permets de vous le dire :

Vostre cheval est asés pire
Et por vendre en est meins vaillanz,
Por ce q'est eschis et saillanz. »
775 Tieberz li chas forment s'escuse
De ce dont danz Renars l'acuse.
Forment a son cors engregnié
Et meinte fois recomencié.
Que qu'il s'esforce, es vos tant
780 Deus mastinz qui vienent batant,
Renart voient, s'ont abaié.
Andui s'en sont molt esmaié ;
Par la sente s'en vont fuiant
(Li uns aloit l'autre botant)
785 Tant qu'il vindrent au liu tot droit
Ou li braions tendus estoit.
Renars le vit, guencir cuida,
Mais Tibers, qui trop l'anguissa,
L'a si feru del bras senestre
790 Que Renars ciet enz del pié destre,
Si que la clés en est saillie,
Et li engins ne refaut mie,
Si serrent li huisset andui
Que Renart firent grant anui :
795 Le pié li ont tres bien seré.
Molt l'a Tibers bien honoré,
Quant el braion l'a enbatu
Ou il aura le col batu.
Ci a meveise conpaignie,
800 Car vers lui a sa foi mentie.
Renart remeint, Tibers s'en toce,
Si li escrie a pleine boche :
« Renart, Renart, vos remaindrez,
Mes jei m'en vois toz esfreez.
805 Sire Renart, vielz est li chaz :
Petit vos vaut vostre porchaz.
Ci vos herbergeroiz, ce cuit.
Encontre vezië* recuit. »
Or est Renars en male trape,
810 Car li chen le tienent en frape.
Et li vileinz qui vint aprés,

votre cheval est un vrai tocard,
et il perd sa valeur marchande
à faire des écarts et des sauts. »
Tibert le chat repousse avec force 775
les accusations du seigneur Renart.
Il accélère l'allure,
recommence sa course plusieurs fois.
Tandis qu'il est en plein effort, voici qu'arrivent
à vive allure deux mâtins. 780
À la vue de Renart, ils se mettent à aboyer,
effrayant les deux compagnons
qui s'enfuient par le sentier,
l'un poussant l'autre,
si bien qu'ils parviennent juste 785
à l'endroit où le piège était tendu.
Renart le voit, croit l'éviter,
mais Tibert, qui le serrait de près,
l'a frappé du bras gauche si bien
que l'autre tombe du pied droit dans le piège : 790
la clé saute
et, en parfait état de marche,
les deux trappes se referment,
au grand dam de Renart,
lui emprisonnant le pied. 795
Tibert l'a couvert de gloire
en le précipitant dans le piège
où il sera roué de coups !
C'est un bien mauvais compagnon
qui n'a pas craint d'être parjure. 800
Renart reste, tandis que Tibert s'éclipse,
en lui criant à tue-tête :
« Renart, Renart, c'est vous qui resterez.
Moi, l'inquiétude me force à partir.
Seigneur Renart, le chat n'est pas né d'hier : 805
vous n'avez pas gagné grand-chose avec vos manigances.
Vous passerez la nuit ici, je crois.
À malin malin et demi. »
Renart est maintenant dans de mauvais draps,
car les chiens le tiennent à leur merci. 810
Le paysan qui les suivait

Leva sa hace, s'ala pres
A poi Renars n'est estestez ;
Mais li cous est jus avalez
815 Sor le braion qu'il a fendu.
Et cil a son pié estendu :
A soi le tret, molt fu blechiez.
Fuiant s'en vet dolans et liez,
Dolenz de ce qu'il fu quassiez,
820 Liez qu'il n'i a le pié laissié.

12. [Renart se vante de ses exploits]

Del bois ist, a l'essart va droit
La ou le vilein ester voit
465 Qui se dementoit en plorant*.
Vers le vilein en vint corant
Et prés de lui vint le grant saut,
Si li dit : « Vilein, Dex te saut !
Que as tu ? por quoi fez tel doil ?
470 — Sire, nel saurois ja mon voil,
Que, se gel vos avoie dit,
S'i conquerroie molt petit.
Se mon grant dol vos descovroie,
Ja par vostre conseil n'auroie
475 Ne nul confort ne nule aïe.
— Foux vileins, que Dex te maudie !
Tant par es fous, je le sai bien,
Que tu ne me conois de rien.
Certes, se tu me coneüsses,
480 Ja si desconseilliés ne fusses
Ne de nule riem esmaiés,
Que tost ne fusses apaiés,
Por quoi ge te voussise aider.
Je sui bon mestre de plaider*,
485 Foi que doi seint Panpalïon* :
En la cort Noble le lïon
Ai ge meü meint aspre plet

leva sa hache, passa si près de Renart
qu'il faillit le décapiter,
mais le coup glissa sur le piège
qui se fendit. 815
Alors Renart de bouger la patte
et de la ramener à soi. Grièvement blessé,
il s'enfuit à la fois affligé et heureux,
affligé d'être blessé,
mais heureux de ne pas avoir perdu la patte. 820

12. Renart se vante de ses exploits

Quittant le bois, il fila directement
à l'essart où il vit le paysan, debout,
qui gémissait et pleurait. 465
Il se précipita vers lui
par bonds rapides
et lui dit : « Manant, que Dieu te garde !
Qu'as-tu ? Pourquoi te désoler ainsi ?
– Seigneur, je ne veux pas vous le dire 470
car si je me livrais à vous,
je ne serais guère plus avancé.
Si je vous confiais mon désespoir,
vous seriez incapable, par vos conseils,
de me réconforter ou de m'aider. 475
– Crétin de paysan, Dieu te maudisse !
Tu es si stupide, je le sais bien,
que tu n'as jamais entendu parler de moi.
En vérité, si tu me connaissais,
tu saurais que je peux te tirer facilement 480
du désespoir
et du plus profond découragement
pour peu que je veuille m'en donner la peine.
Je suis passé maître dans l'art de plaider
par le grand saint Pampalion : 485
à la cour de Noble le lion,
j'ai eu à soutenir bien des causes difficiles,

Et meintes fois de droit tort fet,
Et molt sovent de tort le droit :
490 Ensi covient sovent que soit.
Meint plaideor tient l'en a saje
Qui sovent rendent le musage*.
A meint ai fait brisier la teste,
(De moi ne se puet garder beste)
495 L'autre le col, l'autre la cuisse.
Tu ne seis pas que fere puisse.
Tant mal tant bien, con fere puis.
Je fis ja avaler el puis
Dan Ysengrin mon cher compere ;
500 Si feïsse je lors mon pere.
Nel doit om tenir a merveille :
Jel fis entrer en une selle
El puis ou avoit seals deus
(Ce fu bone gile et bon jeus)
505 En une abaie a blanc moines*.
D'iloc escapai a grant poines.
Ou mors o retenus i fusse,
Se Isengrin trové n'oüsse
Qui ert apoiés a l'encastre
510 Del puis qui ert vouté de plastre.
De pité li fis le cuer tendre,
Que je li fis croire et entendre
Que g'ere en paradis terrestre,
Et il dist qu'il i voudroit estre,
515 Et ses voloirs li fist doloir,
En l'eve l'apris a chaoir.
Lui meïmes devant Noël,
Conme l'en met bacons en sel,
Fis ge pescher en un estan
520 Par mon barat* et par mon sen ;
Car ençois i fu saelee
La coe en la glace et gelee
Que il s'aperçut de ma guille.
Maint bon pesson et meinte anguille
525 Oi jo, qui molt en fui joiant,
En la carete au marcheant,
Que mort me fis enmi la voie

j'ai souvent converti le droit en tort
et plus souvent encore le tort en droit :
c'est là une pratique courante.　　　　　　　　　　490
On admire beaucoup d'avocats
qui ne font qu'amuser la galerie.
J'ai fait briser bien des têtes
(aucune bête n'est à l'abri de mes coups),
à l'un le cou, à l'autre la cuisse.　　　　　　　　　495
Tu ignores ma puissance
dans le mal comme dans le bien.
Un jour, je fis descendre dans le puits
sire Isengrin mon cher compère ;
je l'aurais, alors, aussi bien fait à mon père.　　　500
Ce ne fut pas bien difficile :
je le fis mettre
dans l'un des deux seaux d'un puits
– ah ! la bonne farce, ah ! le bon tour ! –
lequel se trouvait dans une abbaye de moines blancs.　505
J'eus toutes les peines du monde à en sortir.
Je risquais la mort ou la capture,
si je n'y avais rencontré Isengrin
qui s'était appuyé au treuil
du puits, protégé par un toit maçonné.　　　　　　510
Je réussis, par des propos pieux, à attendrir son cœur,
lui faisant croire et comprendre
que je me trouvais au Paradis.
Il répliqua qu'il aimerait bien y être
et il eut à souffrir de ce souhait,　　　　　　　　　515
car je lui appris à tomber dans l'eau.
C'est le même Isengrin qu'avant Noël,
au temps où l'on sale les jambons,
j'ai fait pêcher dans un étang,
à force d'ingéniosité et d'habileté.　　　　　　　　520
La queue était déjà
scellée dans la glace et gelée
qu'il ne s'était pas encore aperçu de ma ruse.
J'ai pris, à ma grande joie,
des quantités d'anguilles et de poissons　　　　　　525
dans la charrette du marchand,
en faisant le mort au milieu du chemin,

Por ce que trop grant fain avoie.
En la charete fui jetez,
530 Des pessons fui bien saolés.
D'anguilles fresces et salees
Enporta ge deus hardelees,
Dont je fis puis molt delecher
Ysengrin mon conpere chier.
535 Aprés moi vint a mon manoir,
Si senti les poissons oloir.
Simplement, a vois coie et basse,
Me pria que jel herbergasse.
Et je li dis ce ert noiens,
540 Que entrer ne pooit çaiens
Nus hom qui ne soit de nostre ordre.
Por alecher et por amordre
Li donai d'anguille un tronçon
Dont il delecha son gernon ;
545 Dist qu'il voloit corone avoir
Et ge li fis large por voir.
Onques n'i ot rasoir ne force :
Les pous li esrachai par force
A pleine ole d'eve boillie.
550 La corone fu si faitie
Que cuir et poil en devala
Par iloc ou l'eve avala,
Et teste et vis ot escorché,
Que il sambla chat escorcié.
555 A Ysengrin mui ceste sause :
Ce ne fu pas parole fause,
Ainz est de meint home soü.
Meint prodome a ge deceü
Et meint sage abriconé,
560 Si ai meint bon conseil doné :
Par mon droit non ai non Renart*. »

poussé par une faim terrible,
et on me jeta dans la charrette
où je pus me rassasier de poissons.
J'emportai deux colliers
d'anguilles fraîches et salées
que j'utilisai ensuite pour allécher
Isengrin, mon cher compère.
Après mon retour, il me suivit chez moi
où il sentit l'odeur du poisson.
Humble, d'une voix douce et basse,
il me supplia de lui accorder l'hospitalité.
Je refusai tout net :
personne ne pouvait entrer
s'il n'était membre de notre communauté.
Pour l'allécher et pour l'appâter
je lui donnai un morceau d'anguille
dont il se pourlécha les babines.
Il demanda à recevoir la tonsure
et je lui en fis une immense, c'est vrai,
sans utiliser ni rasoir ni ciseaux.
Je lui arrachai brutalement le poil
avec un grand seau d'eau bouillante.
Quelle belle tonsure ce fut là !
Cuir et poil, tout fut entraîné
par l'eau qui ruisselait.
Avec sa tête et son visage à vif,
on aurait dit un chat écorché.
J'ai accommodé Isengrin à cette sauce-là,
je ne mens pas,
c'est de notoriété publique.
J'ai trompé plus d'un habile homme,
j'ai embobeliné plus d'un sage
et j'ai distribué plus d'un bon conseil :
je mérite bien mon nom de Renart. »

II
LA CHANSON DE GESTE

LA CHANSON DE ROLAND

Texte fondateur de notre littérature, de notre culture et de notre histoire, première manifestation créatrice de notre langue, *La Chanson de Roland* est née vers 1100, entre 1087 et 1095 selon André Burger, de la synthèse d'éléments anciens, indéfinissables, et d'éléments nouveaux, dans l'esprit d'un poète qu'on peut appeler Turold (sans doute Turold de Fécamp, neveu ou fils d'Odon de Bayeux, demi-frère de Guillaume le Conquérant) et qui a su maîtriser les possibilités d'un style traditionnel, réélaborant des fragments épars avec une singulière habileté dont témoigne, en particulier, le souci d'une composition symétrique (scènes du gant, du cor, de la mort du héros...) à un moment où l'épopée française, fluide et mobile, ne connaissait pas, à proprement parler, de *chansons* de Roland ou de Guillaume.

La Chanson de Roland a d'abord été un poème de la croisade, tout pénétré des rêves et des préjugés des seigneurs et des guerriers qui allèrent lutter en Espagne autour de Saragosse, destiné à renforcer l'enthousiasme pour la guerre sainte, prônant un choc total entre deux mondes antagonistes, au moment où la société guerrière, fortement hiérarchisée, prenait conscience d'elle-même et se définissait dans le culte de ses héros. La chanson de geste, contemporaine de la diffusion du monachisme clunisien et de l'architecture romane, de l'émergence d'une poésie sacrale en langue vulgaire, est une des plus hautes expressions de ce mouvement créateur, miroir de la société féodale, de ses conflits et de ses tensions entre la justice et le droit, entre le service du suzerain et l'exaltation de soi ; la défense de la foi et la fidélité au contrat vassalique s'y enrichissent de la glorification des relations familiales (entre l'oncle Charlemagne et le neveu Roland), guerrières (entre Roland et Olivier), amoureuses (entre Roland et Aude).

La Chanson de Roland se développe sur trois niveaux. Le premier met en scène l'affrontement de deux mondes, de deux civilisations, de deux religions, incarné par le duel décisif des deux chefs, le chrétien Charlemagne et le Sarrasin Baligant. Le deuxième oppose des frères d'armes, Roland et Ganelon, et débouche sur la trahison qui peut atteindre les plus grands en des cheminements subtils. Cette tension fondamentale, qui anime toute l'œuvre, s'intériorise dans le couple amical des deux héros, Roland et Olivier, qui a repris un vieux lieu commun de la poésie épique, opposant ou associant le courage et la sagesse : *Rollant est proz e Oliver est sage* (v. 1093).

Ce qui fait la force et la grandeur de ce chef-d'œuvre inaugural, c'est peut-être que Turold, sur bien des points, nous met et nous laisse face à des données diverses dont toutes ont un rôle à jouer : l'œuvre reste à jamais ouverte et riche d'une extraordinaire complexité.

Nous avons retenu deux des passages les plus fameux : celui où Roland refuse de sonner du cor pour appeler à l'aide l'empereur Charlemagne et celui de la mort du héros.

Bibliographie

Éd. et trad. de J. Bédier (6e éd. Paris, Piazza, 1937), de G. Moignet (3e éd., Paris, Bordas, 1972), de P. Jonin (Paris, Gallimard, « Folio », 1979), de I. Short (Paris, Le Livre de poche, « Lettres gothiques », 1990) et de J. Dufournet (Paris, GF-Flammarion, 1993) ; éd. de C. Segre, Genève, Droz, 2003.

A. Burger, *Turold, poète de la fidélité*, Genève, Droz, 1977 ; J. Dufournet, *Cours sur La Chanson de Roland*, Paris, CDU, 1972 ; H.-E. Keller, *Autour de Roland. Recherches sur la chanson de geste*, Paris, Champion, 1989 ; R. Lafont, *La Geste de Roland*, Paris, L'Harmattan, 1991, 2 vol. ; P. Le Gentil, *La Chanson de Roland*, Paris, Hatier, 1955 ; R. Lejeune et J. Stiennon, *La Légende de Roland dans l'art du Moyen Âge*, Liège, 1965, 2 vol. ; I. Siciliano, *Les Chansons de geste et l'épopée*, Turin, Società Editrice Internazionale, 1968.

Filmographie

Roland à Roncevaux, de L. Feuillade (1913) ; *Roland prince vaillant*, de P. Francisci (1958) ; *La Chanson de Roland*, de F. Cassenti (1978) ; *I Paladini* (*Le Choix des seigneurs*), de G. Battiato (1984).

Notes

Roland refuse de sonner du cor

Texte établi d'après le manuscrit d'Oxford (Bibliothèque bodléienne, ms. Digby 23), et l'édition de J. Dufournet (Paris, GF-Flammarion, 1993).

Roland, qui, sous le vernis chrétien, demeure un héros d'épopée primitive, refuse d'abord de sonner du cor parce que ce serait une honte d'appeler au secours ; il le fait ensuite parce qu'il se tient justifié cette fois par une mort certaine : il ne demande plus d'aide, mais la vengeance et la victoire de Charlemagne et de la chrétienté. Il n'éprouve pas de remords, car il ne juge pas avoir commis de faute. Roland possède cette déraison sacrée que doit avoir le combattant au moment des grandes actions, la *virtus* des Celtes. Voir R. Guiette, « Les deux scènes du cor dans le *Roland* et les *Conquestes de Charlemaine* », *Le Moyen Âge*, t. LXIX, p. 845-855.

En dulce France : la formule est employée aussi bien par les Sarrasins que par les Français. L'auteur insiste-t-il sur la douceur de vivre d'un pays en développement ? Le mot *France* est ambigu : c'est tantôt la vaste région qui va des Pyrénées au Rhin (Aix-la-Chapelle est le meilleur séjour de France), tantôt une partie de ce tout qui ne comprend ni les Bretons, ni les Normands, ni les Poitevins, ni les Auvergnats : c'est la partie la plus glorieuse et la plus chère de toutes, celle des *Francs de France*, élite de l'armée qui accomplit les plus dangereuses missions et garde l'empereur.

as porz : *port*, qui désigne « un défilé dans les montagnes » et qui n'a survécu que dans *passeport* et en géographie (*Saint-Jean-Pied-de-Port*), n'a jamais connu une grande extension géographique, concurrencé par *col* dès le IXe siècle et utilisé surtout dans les Pyrénées centrales et occidentales. L'emploi de ce mot, si étroitement délimité, indique-t-il une origine méditerranéenne pour *La Chanson de Roland* ? On peut tout aussi bien penser que Turold a fait le voyage de Roncevaux. Voir P. Aebischer, *Rolandiana borealia*, Lausanne, 1954, p. 32, et R. Lejeune, « Les ports et les Pyrénées dans *la Chanson de Roland* », *Études... offertes à Jules Horrent*, Liège, 1980, p. 247-253.

AOI : que représentent ces trois lettres, qui reviennent 180 fois dans le texte, le plus souvent en fin de laisse, mais 21 fois ailleurs, et qui ont été l'objet de nombreuses hypothèses (voir éd. de J. Dufournet, GF-Flammarion, 1993, p. 376) ? Peut-être est-ce une invitation à l'ensemble des musiciens : *Adsonant Omnia Instrumenta*.

si ferrunt vassalment : *ferir vassalment* est un doublet de *cume vassal i fiert* (v. 1870). Pour le sens, on peut hésiter entre « vaillamment » et « en bons vassaux ».

lariz : il s'agit d'un terrain en pente, d'une colline. Voir G. Tilander, *Remarques sur le Roman de Renart*, 1923, p. 156.

venget : troisième personne du subjonctif présent du verbe *venir*. Sur cette désinence en *-ge(t)*, « que l'on trouve dans le Sud-Ouest, l'Anjou, le Maine, la Bretagne, le Perche, la Normandie, la partie moyenne de la Picardie, le Hainaut, la région de Tournai et de Namur », voir P. Fouché, *Morphologie historique du français. Le Verbe*, Paris, Klincksieck, 1967, p. 208.

Rollant est proz e Oliver est sage : c'est le vers le plus connu du poème. Voir W.L. Hendrickson et J. Misrahi, « L'idéal du héros épique : prouesse et sagesse », *VIIIe Congrès de la Société Rencesvals*, Pampelune, 1981, p. 223-231.

vasselage : *La Chanson de Roland* est une longue variation sur le motif de la vassalité, dont il est question à propos de Roland et d'Olivier, mais aussi de Naimes, de Ganelon, de Pinabel et des païens, et dont elle nous présente une fine et profonde défense et illustration adressée à la haute noblesse (voir J. Dufournet, *Cours sur La Chanson de*

Roland, Paris, CDU, 1972, p. 142-158), en sorte que Charlemagne, souverain et suzerain, domine tout le poème du début à la fin, dans son conseil comme à la guerre, dans les pensées et les propos des chevaliers chrétiens comme dans ceux des ennemis sarrasins.

La mort de Roland

Texte établi d'après le manuscrit d'Oxford (Bibliothèque bodléienne, ms. Digby 23), et l'édition de J. Dufournet (Paris, GF-Flammarion, 1993).

La mort de Roland est celle d'un prestigieux capitaine, dans un décor grandiose, sur un tertre, dans un cirque de haute montagne, avec des gestes sublimes et de nobles paroles. Le poète veut pour Roland une mort oratoire, triomphante, exemplaire, presque christique. Il meurt en vainqueur, la tête tournée vers l'Espagne, et Dieu lui manifeste sa grâce en envoyant saint Gabriel chercher le gant qu'il lui tendait – après avoir été jusqu'au bout de son destin, sans démesure coupable ni repentir autre que celui des justes. Olivier n'a pas cette mort consolante, mais celle, simple, pitoyable, d'un soldat devenu aveugle, d'un bon chrétien et d'un loyal sujet. Voir M. Roques, « L'attitude du héros mourant dans *La Chanson de Roland* », *Romania*, t. LXVI, 1940, p. 355-366.

pui : le mot *podium*, qui désignait une sorte de mur assez large qui entourait l'arène où se donnaient les jeux et sur lequel se trouvaient les sièges des spectateurs éminents, a déjà, au IVe siècle, le sens de « colline ». *Pui* est souvent une hauteur peu importante d'où l'on peut voir les mouvements des armées et d'où l'on peut descendre rapidement. Mais, dans notre vers, Turold en fait une montagne impressionnante. Voir L.S. Crist, « *Halt sunt li pui* : remarques sur les structures lyriques de *La Chanson de Roland* », *VIIIe Congrès de la Société Rencesvals*, Pampelune, 1981, p. 93-1000. Le mot *puy* désigne aujourd'hui les seuls monts d'Auvergne.

perruns : ce sont les bornes marquant la limite entre la chrétienté et le monde païen.

de grant vasselage : qu'a voulu mettre en évidence le poète par cette expression ? Faut-il être d'un *courage* exceptionnel pour oser s'approcher de Roland, même mourant ? Ou bien insiste-t-il sur le *dévouement vassalique* du Sarrasin qui, pour assurer le triomphe de son suzerain, cherche à s'emparer de la personne et de l'épée de Roland, bras droit de Charlemagne ?

saisit : « [...] *saisir* apparaît en tout et pour tout dans les situations où un personnage revendique dûment ou indûment la propriété de quelque chose » (R.-L. Wagner, *Les Vocabulaires français*, Paris, Didier, 1967, p. 75).

En cel tireres : infinitif substantivé, accompagné d'un adjectif démonstratif et pourvu de la marque du cas sujet.

tienget : troisième personne du présent du subjonctif de *tenir*. Pour *-ge(t)*, voir la note du vers 1091.

v. 2304 : c'est la rencontre de Roland et de son épée Durendal qui est à l'origine de prouesses exceptionnelles. Sur le regret de Durendal, voir J. Dufournet, *Cours sur La Chanson de Roland*, Paris, CDU, 1972, p. 56-59.

ki la barbe ad canue : la barbe était un signe de virilité, de puissance, de majesté. On comprend que, pour un serment solennel, on jure par sa barbe et que ce soit une humiliation de l'arracher à Ganelon. Rappelons que ni la barbe ni la haute taille de l'empereur Charlemagne ne sont des traits authentiques, à en juger par la biographie d'Éginhard, le familier de l'empereur.

France l'asolue : « France la purifiée » (qui a reçu l'absolution), « France la sainte ». Le jeudi saint, en ancien français, était le jeudi *absolu*.

ne briset ne n'esgrunie : « ne se brise ni ne s'ébrèche ». L'épée de la chrétienté ne peut se briser, car sa tâche ne sera jamais achevée.

v. 2322-2333 : il faut remarquer que c'est Guillaume le Conquérant, et non Charlemagne, qui a conquis l'Anjou, la Bretagne, l'Angleterre et l'Écosse.

sa cambre : la « chambre » contenait les trésors des princes. C'est une manière de dire que l'Angleterre constituait au XIe siècle le trésor de l'empereur.

reliques : ces vers témoignent du culte des reliques aux XIe-XIIe siècles. Voir A. Frolow, *Recherches sur la déviation de la IVe croisade vers Constantinople*, Paris, PUF, 1955.

Desuz un pin : formule fréquente dans le poème. Le pin marque et solennise la majesté dans ses expressions majeures. C'est aussi l'arbre de la connaissance. Voir A. Planche, « Comme le pin est plus beau que le charme », *Le Moyen Âge*, t. LXXX, 1974, p. 58.

lo guant : « Par un geste non liturgique, mais tout féodal, il [Roland] tend son gant vers Dieu, en signe qu'il lui rend le fief qu'il a reçu de lui, le fief du martyre sans doute et de la bonne mort, et qu'il s'abandonne tout entier à son seigneur.

Il y a dans cette invention une hardiesse étrange, en ce sens que saint Gabriel prend en effet le gant » (J. Bédier, *La Chanson de Roland commentée*, Paris, Piazza, 1968, p. 313). C'est une manière de demander pardon à Dieu comme le fait le vassal qui a offensé son seigneur ; voir W.M. Hackett, « Le gant de Roland », *Romania*, t. LXXXIX, 1968, p. 255. Sur la symbolique (importante) du gant dans *La Chanson de Roland*, voir J. Bédier, *op. cit.*, p. 398, et J. Le Goff, « Le rituel symbolique de la vassalité », *Pour un autre Moyen Âge*, Paris, Gallimard, 1977, p. 348-420.

Veire Patene : credo épique de la prière du plus grand péril. *Patene, paterne*, du latin *paternus*, est ici un adjectif substantivé. Cette prière est une reprise du rituel des agonisants (*Ordo commandationis animae*) : *Libera, Domine, animam ejus, sicut liberasti Danielem de lacu leonum./Libera, Domine, animam ejus, sicut liberasti tres pueros de camino ignis ardentis./Libera, Domine, animam ejus, sicut liberasti Lazarem de monumento*. Voir J. de Caluwé, « La prière épique dans les plus anciennes chansons de geste françaises », *Olifant*, t. IV, 1976, p. 4-20, et « La prière épique dans la tradition manuscrite de *La Chanson de Roland* », *La Prière au Moyen Âge, Senefiance*, t. X, 1981, p. 147-188.

Seint Gabriel : il assiste le roi Charles. C'est l'ange des bonnes nouvelles : il annonça à Zacharie la naissance de Jean-Baptiste, à Marie l'Incarnation ; il apporte à chaque chrétien la nouvelle de sa mort prochaine, c'est-à-dire de sa naissance à la vraie vie. Voir J. Bédier, *op. cit.*, p. 311.

Cherubin : ici le mot désigne un ange parmi les plus grands. En général, c'est le nom collectif d'un des neuf chœurs des anges : Séraphins, Chérubins, Trônes, Dominations, Vertus, Puissances, Principautés, Archanges, Anges.

E seint Michel del Peril : saint Michel, vainqueur de Satan, soutient les hommes dans leur dernier combat ; il guide leurs âmes vers le Paradis. L'on s'est interrogé sur ce que représente l'expression : est-ce Saint-Michel du Péril de la Mer, le Mont-Saint-Michel (voir M. Delbouille, *Sur la genèse de la Chanson de Roland*, Bruxelles, 1954), ou Saint-Michel des Ports de Cize, mentionné par *Le Guide du Pèlerin de Saint-Jacques-de-Compostelle*, Saint-Michel des Pyrénées (voir R. Lejeune, « Le Mont-Saint-Michel Au Péril de la Mer. *La Chanson de Roland* et le pèlerinage de Compostelle », *Millénaire monastique du Mont-Saint-Michel, II. Vie montoise et rayonnement intellectuel*, Paris, Lethielleux, 1967, p. 411-433) ?

1. [Roland refuse de sonner du cor]

LXXXIII

Dist Oliver : « Paien unt grant esforz ;
De noz Franceis m'i semblet aveir mult poi !
Cumpaign Rollant, kar sunez vostre corn ;
Si l'orrat Carles, si returnerat l'ost. »
Respunt Rollant : « Jo fereie que fols !
En dulce France* en perdreie mun los.
Sempres ferrai de Durendal granz colps ;
Sanglant en ert li branz entresqu'a l'or.
Felun paien mar i vindrent as porz* :
Jo vos plevis, tuz sunt jugez a mort. » AOI*.

1050

1055

LXXXIV

– « Cumpainz Rollant, l'olifan car sunez ;
Si l'orrat Carles, ferat l'ost returner,
Succurat nos li reis od tut sun barnet. »
Respont Rollant : « Ne placet Damnedeu
Que mi parent pur mei seient blasmet
Ne France dulce ja cheet en viltet !
Einz i ferrai de Durendal asez,
Ma bone espee que ai ceint al costet :
Tut en verrez le brant ensanglentet.
Felun paien mar i sunt asemblez :
Jo vos plevis, tuz sunt a mort livrez. » AOI.

1060

1065

1. Roland refuse de sonner du cor

83

Olivier dit : « Les païens viennent en force,
et nos Français, il me semble qu'ils sont bien peu.   1050
Roland, mon compagnon, sonnez donc votre cor :
Charles l'entendra et l'armée reviendra. »
Roland répond : « Ce serait une folie !
En douce France j'en perdrais ma gloire.
Aussitôt, de Durendal, je frapperai de grands coups ;   1055
sa lame en saignera jusqu'à la garde d'or.
Les païens félons ont eu tort de venir aux cols :
je vous le jure, tous sont condamnés à mort.

84

— Roland mon compagnon, l'olifant, sonnez-le donc !
Charles l'entendra, il fera retourner l'armée,   1060
le roi nous secourra avec tous ses barons. »
Roland répond : « Ne plaise à Notre Seigneur
que mes parents, par ma faute, soient blâmés
et que la douce France soit déshonorée !
Mais je frapperai tant et plus de Durendal,   1065
ma bonne épée que j'ai ceinte au côté.
Vous en verrez la lame tout ensanglantée.
Les païens félons ont eu tort de se rassembler :
je vous le jure, tous sont livrés à la mort.

LXXXV

1070 – « Cumpainz Rollant, sunez vostre olifan,
Si l'orrat Carles, ki est as porz passant.
Je vos plevis, ja returnerunt Franc. »
– « Ne placet Deu, » ço li respunt Rollant,
« Que ço seit dit de nul hume vivant,
1075 Ne pur paien, que ja seie cornant !
Ja n'en avrunt reproece mi parent !
Quant jo serai en la bataille grant
E jo ferrai e mil colps e .VII. cenz,
De Durendal verrez l'acer sanglent.
1080 Franceis sunt bon, si ferrunt vassalment* ;
Ja cil d'Espaigne n'avrunt de mort guarant. »

LXXXVI

Dist Oliver : « D'iço ne sai jo blasme
Jo ai veüt les Sarrazins d'Espaigne :
Cuverz en sunt li val e les muntaignes
1085 E li lariz* e trestutes les plaignes.
Granz sunt les oz de cele gent estrange ;
Nus i avum mult petite cumpaigne. »
Respunt Rollant : « Mis talenz en est graigne.
Ne placet Damnedeu ne ses angles
1090 Que ja pur mei perdet sa valur France !
Melz vœill murir que huntage me venget* .
Pur ben ferir l'emperere plus nos aimet. »

LXXXVII

Rollant est proz e Oliver est sage* ;
Ambedui unt me[r]veillus vasselage* .
1095 Puis que il sunt as chevals e as armes,
Ja pur murir n'eschiverunt bataille.
Bon sunt li cunte e lur paroles haltes.

85

– Roland mon compagnon, sonnez votre olifant : 1070
Charles l'entendra, lui qui passe les cols.
Je vous le jure, oui, les Francs reviendront.
– Ne plaise à Dieu, lui répond Roland,
qu'il soit jamais dit par personne au monde
que pour un païen je sonne du cor ! 1075
Jamais on ne le reprochera à mes parents !
Quand je serai au fort de la bataille
et que je frapperai des coups par milliers,
de Durendal vous verrez l'acier sanglant.
Les Français sont braves, ils frapperont en vrais vassaux ; 1080
jamais ceux d'Espagne n'éviteront la mort. »

86

Olivier dit : « À cela je ne vois aucun blâme.
Moi, j'ai vu les Sarrasins d'Espagne :
les vallées et les montagnes en sont couvertes,
et les collines et toutes les plaines. 1085
Grandes sont les armées de ce peuple étranger,
et nous n'avons qu'une bien petite troupe. »
Roland répond : « Mon ardeur en redouble.
Ne plaise à Dieu ni à ses anges
que jamais, par ma faute, la France perde son honneur ! 1090
Je préfère mourir plutôt que subir la honte.
C'est pour nos coups que l'empereur nous aime. »

87

Roland est vaillant et Olivier est sage :
tous deux sont de merveilleux vassaux.
Une fois sur leurs chevaux et en armes, 1095
jamais, dussent-ils mourir, ils n'esquiveront la bataille.
Les comtes sont braves et leurs paroles fières.

Felun paien par grant irur chevalchent.
Dist Oliver : « Rollant, veez en alques !
1100 Cist nus sunt prés, mais trop nus est loinz Carles.
Vostre olifan, suner vos nel deignastes ;
Fust i li reis, n'i oüssum damage.
Guardez amunt devers les porz d'Espaigne ;
Veeir poez, dolente est la rereguarde ;
1105 Ki ceste fait, jamais n'en ferat altre. »
Respunt Rollant : « Ne dites tel ultrage !
Mal seit del coer ki el piz se cuardet !
Nus remeindrum en estal en la place ;
Par nos i ert e li colps e li caples. » AOI.

2. [La mort de Roland]

CLXIX

Halt sunt li pui* e mult halt les arbres.
Quatre perruns* i ad luisant de marbre.
Sur l'erbe verte li quens Rollant se pasmet.
Uns Sarrazins tute veie l'esguardet,
2275 Si se feinst mort, si gist entre les altres ;
Del sanc luat sun cors e sun visage.
Met sei en piez e de curre s'astet.
Bels fut e forz e de grant vasselage* ;
Par sun orgoill cumencet mortel rage ;
2280 Rollant saisit* e sun cors e ses armes,
E dist un mot : « Vencut est li niés Carles !
Iceste espee porterai en Arabe. »
En cel tireres* li quens s'aperçut alques.

CLXX

Ço sent Rollant que s'espee li tolt.
2285 Uvrit les oilz, si li ad dit un mot :
« Men escïentre, tu n'ies mie des noz ! »

Les païens félons, furieusement, chevauchent.
Olivier dit : « Roland, en voici quelques-uns !
Ceux-ci sont près de nous, mais Charles est trop loin. 1100
Votre olifant, vous n'avez pas daigné le sonner.
Le roi présent, nous n'aurions pas de pertes.
Regardez là-haut, vers les cols d'Espagne.
Vous pouvez le voir : l'arrière-garde est à plaindre.
Qui en est aujourd'hui, ne sera d'aucune autre. »
Roland répond : « Ne dites pas ces folies ! 1105
Maudit le cœur qui dans la poitrine prend peur !
Nous tiendrons ferme ici sur place :
nous porterons les coups et ferons la mêlée. »

2. La mort de Roland

169

Hauts sont les monts et très hauts les arbres.
Il y a là quatre blocs de marbre brillants.
Sur l'herbe verte le comte Roland s'évanouit.
Un Sarrasin longuement le regarde.
Il fait le mort, couché parmi les autres ; 2275
de sang il a souillé son corps et son visage.
Il se redresse et se précipite.
Il était beau et fort et d'une grande bravoure.
En son orgueil il commet une folie fatale :
il se saisit de Roland, de son corps et de ses armes, 2280
et dit seulement : « Le neveu de Charles est vaincu.
Cette épée, je l'emporterai en Arabie. »
Comme il tirait, le comte reprit un peu ses esprits.

170

Roland sent qu'il lui enlève son épée.
Il ouvrit les yeux et lui dit seulement : 2285
« À mon avis, tu n'es pas des nôtres. »

Tient l'olifan, que unkes perdre ne volt,
Sil fiert en l'elme, ki gemmet fut a or :
Fruisset l'acer e la teste e les os,
2290 Amsdous les oilz del chef li ad mis fors ;
Jus a ses piez si l'ad tresturnet mort.
Aprés li dit : « Culvert paien, cum fus unkes si os
Que me saisis, ne a dreit ne a tort ?
Ne l'orrat hume ne t'en tienget* por fol.
2295 Fenduz en est mis olifans el gros,
Caiuz en est li cristals e li ors. »

CLXXI

Ço sent Rollant la veüe ad perdue ;
Met sei sur piez, quanqu'il poet s'esvertuet ;
En sun visage sa culur ad perdue.
2300 Dedevant lui ad une perre byse :
.X. colps i fiert par doel e par rancune.
Cruist li acers, ne freint, ne ne s'esgruignet.
« E ! » dist li quens, « sainte Marie, aiue !
E ! Durendal, bone, si mare fustes* !
2305 Quant jo mei perd, de vos n'en ai mais cure.
Tantes batailles en camp en ai vencues,
E tantes teres larges escumbatues,
Que Carles tient, ki la barbe ad canue* !
Ne vos ait hume ki pur altre fuiet !
2310 Mult bon vassal vos ad lung tens tenue :
Jamais n'ert tel en France l'asolue*. »

CLXXII

Rollant ferit el perrun de sardonie.
Cruist li acers, ne briset ne n'esgrunie*.
Quant il ço vit que n'en pout mie freindre,
2315 A sei meïsme la cumencet a pleindre :
« E ! Durendal, cum es bele, e clere, e blanche !

Il tient l'olifant qu'il n'a pas voulu lâcher
et le frappe sur le casque aux pierres serties dans l'or ;
il brise l'acier et le crâne et les os,
il lui fait sortir les deux yeux de la tête, 2290
et à ses pieds il l'a abattu mort.
Alors il lui dit : « Canaille de païen, comment as-tu osé
te saisir de moi, à tort ou à raison ?
Personne ne le saura sans te tenir pour fou.
J'en ai fendu mon olifant par le bout, 2295
le cristal et l'or en sont tombés. »

171

Roland sent qu'il a perdu la vue,
il se redresse et fait tous ses efforts.
Son visage a perdu sa couleur.
Devant lui il y a une roche grise. 2300
Il y frappe dix coups, de chagrin et de dépit.
L'acier grince, mais il ne se brise ni ne s'ébrèche.
« Ah ! dit le comte, sainte Marie, aide-moi !
Ah ! Durendal, ma bonne épée, quel malheur pour vous !
Puisque je suis perdu, de vous je perds la charge. 2305
Combien de batailles par vous j'ai remportées,
combien j'ai conquis de terres immenses,
que tient Charles, dont la barbe est chenue !
Ne soyez pas à quelqu'un qui fuie devant un autre !
Un valeureux vassal vous a longtemps tenue ; 2310
jamais il n'en sera de pareille à vous dans la sainte France. »

172

Roland frappe sur le bloc de sardoine.
L'acier grince, mais il ne se brise ni ne s'ébrèche.
Quand il voit qu'il ne peut la rompre,
en lui-même il commence à la plaindre : 2315
« Ah ! Durendal, comme tu es belle, claire, éclatante !

Cuntre soleill si luises e reflambes !
Carles esteit es vals de Moriane,
Quant Deus del cel li mandat par sun a[n]gle
2320 Qu'il te dunast a un cunte cataignie :
Dunc la me ceinst li gentilz reis, li magnes.
Jo l'en cunquis e Anjou e Bretaigne*,
Si l'en cunquis e Peitou e le Maine ;
Jo l'en cunquis Normendie la franche,
2325 Si l'en cunquis Provence e Equitaigne
E Lumbardie e trestute Romaine ;
Jo l'en cunquis Baiver e tute Flandres,
E Burguigne e trestute Puillanie,
Costentinnoble, dunt il out la fiance,
2330 E en Saisonie fait il ço qu'il demandet ;
Jo l'en cunquis e Escoce e Vales Islonde,
E Engletere, que il teneit sa cambre* ;
Cunquis l'en ai païs e teres tantes,
Que Carles tient, ki ad la barbe blanche.
2335 Pur ceste espee ai dulor e pesance :
Mielz voeill murir qu'entre paiens remaigne.
Deus ! Perre, n'en laise(i)t hunir France ! »

CLXXIII

Rollant ferit en une perre bise :
Plus en abat que jo ne vos sai dire.
2340 L'espee cruist, ne fruisset ne se brise,
Cuntre ciel amunt est resortie.
Quant veit li quens que ne la freindrat mie,
Mult dulcement la pleinst a sei meïsme :
« E ! Durendal, cum es bele e seintisme !
2345 En l'oriet punt asez i ad reliques* :
La dent seint Perre e del sanc seint Basilie,
E des chevels mun seignor seint Denise,
Del vestement i ad seinte Marie.
Il nen est dreiz que paiens te baillissent ;
2350 De chrestiens devez estre servie.
Ne vos ait hume ki facet cuardie !

Comme au soleil tu brilles et flamboies !
Charles était dans les vallées de Maurienne
quand Dieu, du ciel, lui fit savoir par son ange
qu'il te donnât à un comte capitaine : 2320
alors il me la ceignit, le noble roi, le grand.
Avec toi je lui conquis l'Anjou et la Bretagne,
et lui conquis le Poitou et le Maine ;
avec toi je lui conquis la libre Normandie,
et lui conquis la Provence et l'Aquitaine 2325
et la Lombardie et toute la Romagne ;
avec toi je lui conquis la Bavière et les Flandres
et la Bourgogne et toute la Pologne,
Constantinople dont il reçut l'hommage ;
et sur la Saxe il règne en maître. 2330
Avec toi je lui conquis l'Écosse et l'Irlande
et l'Angleterre qu'il appelait son domaine ;
avec toi je lui conquis tant et tant de pays
que tient Charles dont la barbe est blanche.
Pour cette épée j'éprouve douleur et peine. 2335
Mieux vaut mourir que la laisser aux païens !
Dieu ! Père, ne laissez pas déshonorer la France ! »

173

Roland frappe sur une pierre grise.
Il en abat plus que je ne sais vous dire.
L'épée grince, mais elle ne se rompt ni ne se brise. 2340
Vers le ciel elle a rebondi.
Quand le comte voit qu'il ne la brisera pas,
tout doucement il la plaint en lui-même :
« Ah ! Durendal, comme tu es belle et très sainte !
Dans ton pommeau d'or, il y a bien des reliques, 2345
une dent de saint Pierre et du sang de saint Basile
et des cheveux de monseigneur saint Denis,
et du vêtement de sainte Marie.
Il n'est pas juste que des païens te possèdent :
c'est par des chrétiens que tu dois être servie. 2350
Ne soyez pas à un homme capable de couardise !

Mult larges teres de vus avrai cunquises,
Que Carles tent, ki la barbe ad flurie.
E li empereres en est ber e riches. »

CLXXIV

2355 Ço sent Rollant que la mort le tresprent,
Devers la teste sur le quer li descent.
Desuz un pin* i est alet curant,
Sur l'erbe verte s'i est culchet adenz,
Desuz lui met s'espee e l'olifan
2360 Turnat sa teste vers la paiene gent ;
Pur ço l'at fait que il voelt veirement
Que Carles diet e trestute sa gent,
Li gentilz quens, qu'il fut mort cunquerant.
Cleimet sa culpe e menut e suvent ;
2365 Pur ses pecchez Deu en puroffrid lo guant*. AOI.

CLXXV

Ço sent Rollant de sun tens n'i ad plus.
Devers Espaigne est en un pui agut ;
A l'une main si ad sun piz batud :
« Deus, meie culpe vers les tues vertuz
2370 De mes pecchez, des granz e des menuz
Que jo ai fait des l'ure que nez fui
Tresqu'a cest jur que ci sui consoüt ! »
Sun destre guant en ad vers Deu tendut :
Angles del ciel i descendent a lui. AOI.

CLXXVI

2375 Li quens Rollant se jut desuz un pin ;
Envers Espaigne en ad turnet sun vis.

J'aurai par vous conquis tant de terres immenses
que tient Charles dont la barbe est fleurie !
Et l'empereur en est puissant et riche. ».

174

Roland sent que la mort le prend tout entier 2355
et que de sa tête elle descend vers son cœur.
Sous un pin il est allé en courant ;
sur l'herbe verte il s'est couché face contre terre.
Il met sous lui son épée et l'olifant,
il tourne sa tête du côté du peuple païen : 2360
il l'a fait parce qu'il veut coûte que coûte
que Charles dise, ainsi que tous ses gens,
du noble comte, qu'il est mort en conquérant.
Il bat sa coulpe à petits coups répétés.
Pour ses péchés il tend à Dieu son gant. 2365

175

Roland sent que son temps est fini.
Il est tourné vers l'Espagne sur un mont escarpé.
D'une main il s'est frappé la poitrine :
« Dieu, pardon, par toute ta puissance,
pour mes péchés, les grands et les menus, 2370
que j'ai commis depuis l'heure que je suis né
jusqu'à ce jour où je suis terrassé ! »
Il a tendu vers Dieu son gant droit.
Des anges du ciel descendent jusqu'à lui.

176

Le comte Roland est étendu sous un pin. 2375
Vers l'Espagne il a tourné son visage.

De plusurs choses a remembrer li prist :
De tantes teres cum li bers cunquist,
De dulce France, des humes de sun lign,
2380 De Carlemagne, sun seignor, kil nurrit.
Ne poet muer n'en plurt e ne suspirt.
Mais lui meïsme ne volt mettre en ubli,
Cleimet sa culpe, si priet Deu mercit :
« Veire Patene*, ki unkes ne mentis,
2385 Seint Lazaron de mort resurrexis,
E Daniel des leons guaresis,
Guaris de mei l'anme de tuz perilz
Pur les pecchez que en ma vie fis ! »
Sun destre guant a Deu en puroffrit ;
2390 Seint Gabriel* de sa main l'ad pris.
Desur sun braz teneit le chef enclin ;
Juntes ses mains est alet a sa fin.
Deus tramist sun angle Cherubin*,
E seint Michel del Peril* ;
2395 Ensembl'od els sent Gabriel i vint.
L'anme del cunte portent en pareïs.

De bien des choses le souvenir lui revient,
de tant de terres que le baron a conquises,
de la douce France, des hommes de son lignage,
de Charlemagne, son seigneur, qui l'a formé. 2380
Il ne peut s'empêcher de pleurer et de soupirer.
Mais il ne veut pas s'oublier lui-même.
Il bat sa coulpe et demande pardon à Dieu :
« Père véritable qui jamais ne mentis,
toi qui ressuscitas saint Lazare 2385
et qui sauvas Daniel des lions,
sauve mon âme de tous les périls
pour les péchés qu'en ma vie j'ai commis ! »
Il a offert à Dieu son gant droit,
saint Gabriel de sa main l'a pris. 2390
Sur son bras il tenait sa tête inclinée ;
les mains jointes, il est allé à sa fin.
Dieu envoya son ange Chérubin
et saint Michel du Péril ;
et avec eux vint saint Gabriel. 2395
Ils emportent l'âme du comte en paradis.

FIERABRAS

Chanson de geste de la fin du XIIe siècle (entre 1170 et 1190), *Fierabras*, qui comprend 6 195 alexandrins dans la rédaction A, appartient au Cycle du Roi. Elle relate des événements situés trois années avant le désastre de Roncevaux, à savoir la conquête de l'Espagne entreprise par Charlemagne, désireux de rapporter en France les reliques de la Passion, dérobées par les Sarrasins lors de *La Destruction de Rome*, une œuvre épique, de 1 507 alexandrins, qui sert de préface à *Fierabras*.

Le récit, alerte et varié, se compose de deux parties principales, le duel entre Olivier et le géant Fierabras, le fils de l'émir Balan, et les combats menés autour du donjon d'Aigremore où les chevaliers français trouvent refuge, bénéficiant de l'aide de Floripas, la sœur de Fierabras, très éprise de Gui de Bourgogne, qu'elle épouse après la défaite des païens. L'unité de la chanson qui combine une intrigue amoureuse à des épisodes guerriers est assurée par l'importance accordée aux reliques du Christ que Floripas, la dépositaire de ce trésor sacré, remet en définitive à l'empereur.

L'Espagne envahie, Fierabras vient lancer un défi aux barons de Charlemagne. Comme, mortifié par les railleries des vieux chevaliers, Roland refuse de le relever, Olivier, malgré ses blessures, se déclare prêt à affronter le champion sarrasin. Au cours de la bataille, la bravoure, la courtoisie et la générosité des deux adversaires suscitent, en leur cœur, une estime réciproque. Comment cette terrible lutte va-t-elle s'achever ?

Bibliographie

Fierabras, éd. de A. Kroeber et G. Servois, Paris, 1860, (« Anciens Poètes de la France », n° 4) [ms. A] et de M. Le Person, Paris, Champion, 2003 (« Classiques français du Moyen Âge, n° 142) [ms. E].

J. Bédier, « La composition de la chanson de *Fierabras* », *Romania*, t. XVI, 1888, p. 22-51 ; H.R. Jauss, « Chanson de geste et roman courtois, analyse comparative de *Fierabras* et du *Bel Inconnu* », *Chanson de geste und höfischer Roman*, Heidelberg, 1963, p. 61-77 ; A. de Mandach, *Naissance et développement de la chanson de geste en Europe*, t. IV, *La Geste de Fierabras. Le jeu du réel et de l'invraisemblable*, Genève, Droz, 1987 ; *Le Rayonnement de Fierabras dans la littérature européenne*, textes réunis par M. Le Person, Lyon, CEDIC, 2003.

Notes

Nous reproduisons le texte de la rédaction A (Paris, BN, fonds fr. 12603, début du XIVe siècle).

À l'instar du combat entre David et Goliath, le duel entre Olivier, affaibli par ses blessures, et le gigantesque Fierabras illustre la toute-puissance de Dieu qui protège le chevalier chrétien du violent coup assené par le colosse (v. 1472), lui donne la force de riposter efficacement en profitant d'une erreur tactique de son adversaire (v. 1475-1484) et exauce sa prière en permettant la conversion du Sarrasin (v. 1490-1492).

Diex en otroit briement ce que j'ai enpensé ! : dans les vers 1399 à 1409 de la laisse XXXVII, Olivier, admiratif de la vaillance de Fierabras, a supplié Dieu et sainte Marie de faire baptiser le païen dont il souhaite, non pas la mort, mais l'amitié.

haume, ki a or est gemmé : issu du francique **helm*, le terme *heaume* désigne le casque d'acier couvrant la tête et le visage ; pourvu, sur le devant, d'une pièce métallique nommée *nasal* qui protège le nez, il s'attache au haubert par un lacet de cuir. Soit orné d'or et de pierreries, soit doré ou peint, le heaume est toujours étincelant. Sous le heaume, le chevalier porte une *coiffe* (v. 1470), sorte de capuchon de mailles, ultime protection pour le crâne.

Le blanc hauberc trellis a rout et dessaffré : provenant du francique **halsberg* (« ce qui protège le cou »), le haubert est une cotte de mailles descendant jusqu'aux genoux, munie de manches et d'un capuchon doublé d'étoffe pour atténuer le frottement. Cette tunique métallique à mailles, parfois doubles ou triples, le plus souvent fines, serrées, entrelacées en forme de treillis, constitue la principale armure défensive des chevaliers. Qu'il soit peint, verni ou orné de fils d'or (*saffré*), le haubert est en général brillant.

Et dou saint Esp[er]it tous fu enluminés : le Sarrasin qui lève les yeux au ciel et se souvient du Seigneur est illuminé, c'est-à-dire éclairé de la lumière de la vérité, touché par la grâce divine. De même dans la chanson de geste *Otinel*, au cours du combat qui oppose le héros éponyme à Roland, Dieu envoie sur le païen le Saint-Esprit sous forme d'une colombe : « A ces paroles vint .I. colon [volant] ;/Karles le vit et tote l'autre gent./Saint Espirit sus Otinel descent,/Le cuer li mue par le Jhesu commant » (v. 574-577 de l'édition de F. Guessard et H. Michclant, Paris, Vieweg, 1859). Otinel jette son épée puis embrasse la foi chrétienne.

les dignes relikes : *Fierabras* fait partie, avec *La Destruction de Rome* et *Le Voyage de Charlemagne à Jérusalem et à Constantinople*, du cycle des reliques de la Passion. Lors du sac de Rome, épisode inspiré par la prise de la ville en 846 par des Sarrasins qui dévastèrent Saint-Pierre, Fierabras, meurtrier du pape, et ses coreligionnaires s'emparent de la couronne, des clous et du suaire du Christ, ainsi que de deux barils contenant le baume dont son corps fut oint. À son retour en France, Charlemagne partage les reliques, offrant notamment le suaire à Compiègne, une partie de la couronne et un clou à Saint-Denis où il instaure la foire du Lendit. Les visiteurs peuvent y vénérer les objets sacrés (v. 6165-6182).

3. [La conversion de Fierabras]

XXXIX

Moult fu fors la bataille, longuement ont caplé ;
N'i ait celui d'angoisse n'ait le cors tressué.
Fierabras d'Alixandre a le conte escrïé :
1460 « Par Mahom, Oliviers, trop avés hui duré ;
De vous prendrai la teste a mon branc aceré.
– Certes, dist Oliviers, se Dieu venist en gré,
Pieça euissiens nous, mon voel, cest canp finé ;
Diex en otroit briement ce que j'ai enpensé* ! »
1465 Or en soit Diex au droit par la soie bonté !
Fierabras d'Alixandre trait le branc aceré ;
Vait ferir Olivier un cop desmesuré,
Amont parmi son haume, ki a or est gemmé* ;
Les pierres et les flours en a jus avalé,
1470 Un quartier de la coiffe li a parmi copé,
Et des chaveus du cief grant partie rasé.
Damediex le gari, en car ne l'a navré.
Et li quens refiert lui par grant nobilité ;
Il asma pardesus dou vert elme gemmé.
1475 Fierabras voit le caup que li quens a esmé ;
Ce qu'il tint de l'escu a contremont levé.
Si haut a Fierabras amont son brac geté
Ke tout a descouvert le flanc et le costé.

3. La conversion de Fierabras

39

Le combat est très âpre et long,
l'ardeur des deux adversaires les fait transpirer abondamment.
Fierabras d'Alexandrie s'est adressé au comte d'une voix forte :
« Par Mahomet, Olivier, vous avez bien résisté aujourd'hui ; 1460
mais je vous couperai la tête de mon épée tranchante.
– Assurément, rétorque Olivier, s'il avait plu à Dieu,
nous aurions terminé la bataille depuis longtemps, selon mon désir ;
que Dieu accorde rapidement ce à quoi j'ai songé ! »
Qu'à présent Dieu, dans sa bonté, agisse équitablement ! 1465
Fierabras d'Alexandrie dégaine son épée tranchante ;
il va donner un violent coup à Olivier,
sur le sommet de son heaume aux gemmes serties d'or ;
il a fait tomber à terre pierreries et fioritures,
lui a tranché le quart de la coiffe, 1470
et lui a rasé, sur la tête, une grande partie des cheveux.
Le seigneur Dieu l'a protégé, car il ne l'a pas blessé dans sa chair.
À son tour, le comte frappe son adversaire avec beaucoup de vaillance,
et vise le sommet du heaume brillant et gemmé ;
voyant le coup ajusté par le comte, Fierabras 1475
lève ce qui reste de son bouclier.
Il hausse son bras à tel point
qu'il a entièrement découvert tout son flanc.

Oliviers l'aperchoit, si l'a bien droit visé,
1480 A retraite le fiert du branc d'acier tempré ;
Par desous la mamele li a grant cop donné,
Le blanc hauberc trellis a rout et dessaffré*.
Li quens s'i apoia, qui ot le cuer iré ;
Toute i a sa vertu et son branc abouté ;
1485 Enfresi a l'eskine l'a trencié et copé,
Pour poi que li boiel n'en sont tout fors volé,
Mais ains n'i ot boiel malmis ni entamé ;
Li sans a grant randon li ist hors del costé.
Oiés de Fierabras con fu de grant fierté :
1490 Contremont vers le ciel a li rois resgardé ;
De Damediu li menbre, le roi de maïsté,
Et dou saint Esp[er]it tous fu enluminés*.
Olivier apela, merci li a crié :
« Gentix hom, ne m'ochi, mais vif me pren, pour Dé,
1495 Si me rent a Karlon, le fort roi couronné ;
Et je te creant bien, desor ma loiauté,
Je rendrai la couronne et le signe honneré,
Et les dignes relikes*, dont j'ai mon cuer iré.
Pour coi les pris je onques, caitis, maleürés ?
1500 Honte m'ont consenti, bien sai de verité.
Oliviers, gentiex hom, aiés de moi pité ;
Se je muir Sarrazins, il vous ert reprouvé.
Bers, se tu ne me tiens, ja me verrés versé. »
Quant l'entent Oliviers, s'a de pité plouré ;
1505 Desor l'erbe le couque belement et soué.

Olivier s'en rend compte et le vise directement.
En retirant l'arme, il lui assène, de son épée d'acier trempé, 1480
un violent coup sous le sein,
et brise le treillis du blanc haubert dont il a enlevé l'orfroi.
Furieux, le comte a frappé
et abattu son épée de toutes ses forces ;
il l'a entaillé et blessé jusqu'au dos ; 1485
peu s'en faut que les entrailles ne lui sortent du corps,
mais en définitive elles ne sont ni meurtries ni entamées ;
le sang jaillit à flots de son flanc.
Apprenez de quelle noblesse le roi Fierabras fait alors preuve :
ayant levé les yeux vers le ciel, 1490
il se souvient du Seigneur Dieu, le roi de majesté,
et reçoit l'illumination du Saint-Esprit.
Il interpelle Olivier et implore sa pitié :
« Noble guerrier, ne me tue pas, mais par Dieu prends-moi vivant
et livre-moi à Charles, le puissant roi couronné ; 1495
je te promets solennellement, au nom de ma loyauté,
je rendrai la couronne, le suaire vénéré
et les saintes reliques dont j'ai le cœur affligé.
Pourquoi les ai-je jamais prises, pauvre malheureux ?
Elles m'ont valu la honte, j'en suis certain. 1500
Olivier, noble guerrier, aie pitié de moi ;
Si je meurs Sarrasin, on te le reprochera.
Vaillant chevalier, si tu ne me soutiens pas, tu vas me voir tomber. »
À ces mots, Olivier a pleuré de compassion ;
il couche Fierabras sur l'herbe avec douceur et délicatesse. 1505

LE VOYAGE DE CHARLEMAGNE
À JÉRUSALEM ET À CONSTANTINOPLE

Appartenant au Cycle du Roi, cette chanson de geste anonyme de 870 alexandrins assonancés est plus vraisemblablement postérieure à la deuxième croisade (1146-1149) qu'antérieure à la première (1096-1099). Vexé par l'opinion de son épouse estimant que le roi Hugues de Constantinople porte la couronne avec plus de prestance que lui-même, Charlemagne décide de se rendre en Orient pour vérifier ce jugement. Il arrive tout d'abord à l'église de Jérusalem, provoquant l'effroi d'un Juif qui, voyant l'empereur et ses douze pairs assis, croit au retour de Jésus et de ses apôtres. Après un séjour de quatre mois, Charles quitte la Ville sainte avec de nombreuses reliques offertes par le patriarche. À Constantinople, le roi Hugues, qui laboure avec une charrue d'or et d'argent, semble le surpasser par sa richesse et sa munificence. En tournoyant, son palais merveilleux précipite à terre les Français. Au terme d'un dîner bien arrosé, ceux-ci se retirent dans leur chambre et, enivrés, lancent tour à tour des vantardises dont le roi Hugues, averti par un espion, exige la réalisation le lendemain. Avec l'aide de Dieu, trois « gabs » sont accomplis. Hugues préfère alors devenir le vassal de Charlemagne dont la supériorité est unanimement reconnue.

L'auteur de cette œuvre facétieuse et parodique prend le contre-pied des traditions épiques, délaissant les combats guerriers au profit d'amusantes hâbleries, transforment les héros de la geste en hérauts du verbe et en fanfarons avinés. La question de la suprématie de l'Occident sur l'Orient, posée lors d'une querelle de ménage entre Charlemagne et sa femme, se résout pacifiquement grâce à l'exécution de quelques galéjades. Par jeu, le trouvère transpose le sujet grave, parfois tragique de la croisade dans un registre badin, cocasse, héroï-comique.

Dans la chambre où ils boivent et plaisantent, l'empereur est le premier à « gaber » : il se targue de trancher d'un seul coup d'épée un adversaire recouvert de deux heaumes et de deux haubers puis invite son neveu Roland à formuler une galéjade.

Bibliographie

Le Voyage de Charlemagne à Jérusalem et à Constantinople, éd. de P. Aebischer, Genève, Droz, 1965 ; trad. critique de M. Tyssens, Gand, Éditions Scientifiques E. Story-Scientia, 1978.

J. Horrent, *Le Pèlerinage de Charlemagne. Essai d'explication littéraire*, Paris-Liège, Les Belles Lettres, 1961.

Notes

Le texte retranscrit est celui du manuscrit 16.E VIII de la Bibliothèque royale du British Museum disparu en 1879, à partir de la reproduction diplomatique de E. Koschwitz et de l'édition de P. Aebischer (Genève, Droz, 1965).

Ces quatre laisses parallèles sont composées d'éléments analogues : l'annonce de la galéjade avec la présence du verbe *gaber* et du nom du nouveau locuteur dans le vers d'intonation ; la mention de Charlemagne précédant celle du roi Hugues sauf pour Guillaume d'Orange qui, plus indépendant, n'évoque ni l'un, ni l'autre ; l'exposé de la vantardise ; la réaction de l'espion scandalisé par ces forfanteries, sauf par celle de Turpin.

Gabbez : provenant sans doute de l'ancien scandinave *gabba* (« ouvrir grand la bouche », « railler »), le verbe *gaber* présente trois significations majeures en ancien français : 1) « plaisanter », « se divertir » ; 2) « se vanter » ; « galéjer » ; 3) « se moquer ». Ce verbe, très vivant au Moyen Âge, est sorti de l'usage au XVIIe siècle. Sur *gaber* et *gab*, voir Ph. Ménard, *Le Rire et le sourire dans le roman courtois en France au Moyen Âge*, Genève, Droz, 1969, p. 21-25.

Dans son ouvrage, *Le Pèlerinage de Charlemagne. Essai d'explication littéraire*, J. Horrent note : « dans l'esprit du poète, les gabs sont de joyeuses et irréalisables vantardises, lancées à qui mieux mieux par des héros qui se distraient en "blaguant" et sont persuadés du caractère fantaisiste de leurs hâbleries. » (p. 64).

sun olivant : du latin *elephantem*, le substantif *olifant* désigne soit l'animal, soit l'ivoire ou un cor de cette matière. On se souvient que dans *La Chanson de Roland*, malgré les exhortations répétées d'Olivier, Roland refuse obstinément de sonner du cor (v. 1049-1109). Dans son édition, P. Jonin commente ainsi ce passage : « Dans l'épopée le recours au cor a lieu le plus souvent dans une situation désespérée au cours d'une bataille. Pour celui qui l'accepte, il représente un signe de renoncement et un espoir de vie, pour celui qui le refuse un sursaut d'énergie et l'orgueilleux mépris de la mort » (p. 402). Quand enfin Roland embouche l'olifant, on entend le son du cor à plus de trente lieues ; mais cet effort surhumain est fatal au neveu de Charlemagne (v. 1753-1766). Voir A. Rosa Magnusdottir, *La Voix du cor. La relique de Roncevaux et l'origine d'un motif dans la littérature du Moyen Âge (XIIe-XIVe siècles)*, Amsterdam-Atlanta, Rodopi, 1998.

ferge : il s'agit de la troisième personne du singulier du présent du subjonctif du verbe *ferir*. Cette désinence en -ge est fréquente dans les *scriptae* de l'Ouest, dans les textes normands et picards. Issu du latin *ferire*, le verbe *ferir* signifie « frapper, donner des coups » ; seul ou avec le complément *des esperons*, il désigne l'action d'éperonner ; employé pronominalement, il prend le sens de « se précipiter ». Usuel jusqu'au XVIe siècle, *ferir*, supplanté par *frapper* au XVIIe siècle, n'est conservé aujourd'hui que dans la locution figée « sans coup férir » et dans le participe passé *féru* : frappé, blessé, puis blessé d'amour, enfin passionné en général.

Si jo n'ai testimonie anut de li cent feiz : le « sage » Olivier est métamorphosé en un personnage luxurieux, prêt à accomplir un exploit non pas héroïque, mais érotique. Bien que le chevalier ne possède la fille du roi Hugues que trente fois (v. 726), la princesse avoue à son père qu'Olivier s'est parfaitement acquitté de son engagement. C'est le miracle de l'amour !

covent : du latin *conventum*, le terme *co(u)vent* offre plusieurs acceptions dans l'ancienne langue : l'accord ; la promesse ; la condition ; la règle observée par les membres d'un ordre monastique ; par métonymie, la maison où se réunissent ces religieux ou la communauté qu'ils forment. C'est cette dernière signification qui subsiste à notre époque.

recrerez : le verbe *recroire* signifie, selon le point de vue, soit « vaincre », soit « renoncer à la lutte », « s'avouer vaincu » ; il s'applique aussi au reniement (« abjurer sa foi ») et à l'épuisement (« se lasser, se décourager, tomber de fatigue » ; voir l'adjectif moderne *recru*. Le participe présent substantivé *recreant* désigne un chevalier qui abandonne le combat et se rend à la merci de son adversaire, un être harassé ou un lâche.

Se pume m'en escapet : l'archevêque Turpin, qui, dans *La Chanson de Roland*, incarne « la mystique de la croisade », devient, sous la plume du trouvère, un écuyer acrobate, capable de jongler avec quatre pommés sur un cheval lancé au galop. Ce numéro de haute voltige transforme le moine-chevalier en un artiste de cirque !

teises : du latin vulgaire *tensa* signifiant « étendue », la toise est une mesure de longueur valant six pieds (environ deux mètres). J, Horrent souligne avec justesse que « Guillaume d'Orange reste mieux dans la ligne de son personnage épique. Son gab est un exploit d'haltérophile et d'athlète, digne du Guillaume Fierebrace qu'il est aussi, une preuve surhumaine de force physique » (*op. cit.*, p. 70).

4. [Les gabs]

XXV

    E dist li emperere : « Gabbez*, bel neis Rolland ! »
470 « Volenters, dist il, sire, tut al vostre comand !
Dites al rei Hugun me prest sun olivant*,
Pus si m'en irrai jo, la defors en cel plain :
Tant par ert fort m'aleine, e li venz si bruant,
Qu'en tute la cité, que si est ample e grant,
475 N'i remaindrat ja porte ne postis en astant,
Ne quivre ne acer, tant seit fort ne pesant,
Ke l'un ne ferge* al altre par le vent qu'iert bruant !
Mult est forz li reis Hugue s'il se met en avant,
Ne perdet de la barbe les gernuns en brulant
480 E les granz peaus de martre qu'a al col en turnant,
Le peliçun d'ermin del dos en reversant ! »
« Par Deu, ço dist li eschut, ci ad mal gabement,
Que fouls fist li reis Hugue, qu'il herbergat tel gent ! »

XXVI

    « Gabbez, sire Oliver ! », dist Rolland li curteis.
485 « Volenters, dist li quens, mais que Carle l'otrait !
Prenget li reis sa fille, qui tant ad bloi le peil,

4. Les gabs

25

Et l'empereur dit : « Galéjez, cher neveu Roland !
— Volontiers, sire, répond ce dernier, tout à vos ordres ! 470
Dites au roi Hugues de me prêter son olifant
puis je me rendrai là-dehors, dans cette plaine :
mon haleine sera si puissante et le souffle si tumultueux
que dans toute la cité, qui est si vaste et grande,
il ne restera debout ni porte ni poterne, 475
de cuivre ou d'acier, aussi solides et lourdes soient-elles,
toutes se heurteront sous l'effet de ce souffle violent.
Le roi Hugues sera très fort s'il s'avance
sans perdre les poils brûlés de sa barbe,
les grandes peaux de martre, attachées au cou, qui vont tournoyer, 480
et la pelisse d'ermine, portée sur le dos, qui va se retourner ! »
« Par Dieu, murmure l'espion, voilà une méchante galéjade :
Le roi Hugues a commis une folie en logeant de telles gens ! »

26

« Galéjez, seigneur Olivier ! » dit le courtois Roland.
« Volontiers, réplique le comte, à condition que Charles le permette ! 485
Que le roi mène sa fille aux cheveux si blonds,

En sa cambre nus metet en un lit en requeit ;
Si jo n'ai testimonie anut de li cent feiz*,
Demain perde la teste, par covent* li otrai ! »
490 « Par Deu, ço dist li eschut, vus recrerez* anceis !
Grant huntage avez dit, mais quel sacet li reis,
En trestute sa vie més ne vus amereit ! »

XXVII

« E vus, sire arcevesque, gaberez vus od nus ?
— Oïl, ço dist Turpin, par le comant Carlun !
495 Treis des meillurs destrers qui en sa cité sunt
Prenget li reis demain, si'n facet faire un curs,
La defors en cel plain. Quant melz s'esleserunt,
Jo i vendrai sur destre, curant par tel vigur
Que me serrai al terz, e si larrai les deus,
500 E tendrai quatre pumes, mult grosses, en mun puin,
Sis irrai estruant e getant cuntremunt,
E lerrai les destrers aler a lur bandun :
Se pume m'en escapet*, ne altre en chet del poin,
Carlemaine, mi sire, me cret les oilz del frunt ! »
505 « Par Deu, ço dist li escut, cist gas est bel e bon ;
N'i had huntage nul vers lu rei, mun seignur ! »

XXVIII

Dist Willemes d'Orenge : « Seignors, or gaberai !
Veez cele grant pelote ? Unc greinur ne vi méis :
Entre or fin e argent, gardet cum ben i ad !
510 Meinte feiz i sunt mis. XXX. humes en assai :
Ne la porent muër, tant fud pesant li fais.
A une sule main, par matin, la prendrai,
Puis la larrai aler trés par mi cel palais :
Mais de quarante teises* del mur en abatrai ! »
515 « Par Deu, ço dist li escut, ja ne vus en crerai ;
Trestut sait fel li reis, s'asaier ne vus fait !
Ainz que seiez calcet, le matin le dirrai ! »

LE VOYAGE DE CHARLEMAGNE À JÉRUSALEM 167

et nous laisse tout seuls en sa chambre, dans un lit :
si je ne lui ai pas témoigné cent fois mon amour, cette nuit,
que je sois décapité demain, j'y consens, je le promets. »
« Par Dieu, susurre l'espion, vous renoncerez avant cela ! 490
Vos propos sont honteux, mais que le roi l'apprenne,
et il vous haïra toute sa vie ! »

27

« Et vous, seigneur archevêque, galéjerez-vous avec nous ?
– Oui, répond Turpin, puisque Charles l'ordonne !
Que le roi prenne demain trois des meilleurs destriers de sa cité 495
et les fasse courir,
là-dehors dans cette plaine. Quant ils seront au triple galop,
j'arriverai sur la droite en courant si vigoureusement
que j'enfourcherai le troisième, lâchant la bride aux deux autres.
Je tiendrai dans ma main quatre pommes très grosses 500
que je lancerai et jetterai en l'air
en laissant les chevaux filer à toute allure :
si je laisse échapper une pomme, si une autre tombe de ma main,
que Charlemagne mon seigneur me crève les yeux ! »
« Par Dieu, chuchote l'espion, cette galéjade est excellente : 505
elle n'outrage en rien le roi, mon seigneur ! »

28

Guillaume d'Orange déclare : « Seigneurs, je vais galéjer !
Voyez-vous cette grosse boule ? Jamais je n'en ai vu de plus grosse.
Regardez quelle masse d'or fin et d'argent !
Trente hommes ont souvent tenté l'épreuve : 510
ils ne purent la bouger, tant elle pesait lourd.
Demain matin, je la soulèverai d'une seule main
puis je la laisserai rouler à travers le palais :
j'abattrai ainsi plus de quarante toises du mur ! »
« Par Dieu, dit l'espion à voix basse, je ne vous crois pas du tout : 515
honte au roi s'il ne vous soumet pas à cette épreuve !
Je le lui dirai demain matin, avant que vous ayez mis vos chausses ! »

LES ENFANCES GUILLAUME

Composée au début du XIIIe siècle, cette chanson de geste de 3 425 décasyllabes assonancés appartient au cycle de Guillaume d'Orange dont elle constitue en quelque sorte le prologue, puisqu'elle relate les premiers exploits du héros. Aymeri et ses quatre fils aînés quittent Narbonne pour se rendre à la cour de Charlemagne. En chemin, ils affrontent sept mille païens de retour d'Orange où ils ont demandé la main d'Orable pour leur roi Tibaut. Au cours des combats, Guillaume délivre son père un instant prisonnier, s'empare du cheval Baucent que la princesse destinait à son fiancé, tombe amoureux de la Sarrasine en entendant vanter sa beauté et lui fait présent d'un épervier. La jeune femme, éprise à son tour, le prévient d'une embuscade. Mais Tibaut précipite la célébration de ses noces. Soucieuse de préserver sa virginité pour celui qu'elle aime, Orable multiplie alors des enchantements effrayants et métamorphose son époux en une petite boule d'or. Cependant Guillaume se distingue à Saint-Denis où il est adoubé chevalier par l'empereur. Les Aymerides regagnent Narbonne assiégée par Tibaut et les siens. Grâce à de nouvelles prouesses de Guillaume, les Sarrasins sont rejetés à la mer.

Les Enfances Guillaume illustrent plusieurs modes de renouvellement du genre épique. L'œuvre se teinte de merveilleux, d'exotisme, de magie, de comique, de folklore et de romanesque autour de l'amour unissant Orable et Guillaume. Bien que le récit soit proche de celui des *Narbonnais*, le trouvère glorifie moins le lignage que les valeurs individuelles.

L'extrait proposé se situe juste après le mariage d'Orable et de Tibaut. Commencent les festivités nuptiales dont la dame annonce le programme : *C'est uns des jués d'Orange/Ancui vairés* [aujourd'hui vous verrez] *les deduis de ma chambre* (v. 1882-1883).

Bibliographie

Enfances Guillaume, éd. de P. Henry, Paris, SATF, 1935.
B. Guidot, *Recherches sur la chanson de geste au XIIIe siècle d'après certaines œuvres du cycle de Guillaume d'Orange*, Aix-en-Provence, Publications de l'université de Provence, 1986, 2 tomes ; N. Andrieux-Reix, « Des *Enfances Guillaume* à la *Prise d'Orange* : premier parcours d'un cycle », *Bibliothèque de l'École des Chartes*, t. CXLVII, 1989, p. 343-369 ; J. Grisward, « Les jeux d'Orange et d'Orable : magie sarrasine et/ou folklore roman ? », *Romania*, t. CXI, 1990, p. 57-74.

Notes

Le texte retranscrit est celui du manuscrit D de la BN, fonds fr. 1448 qui date du milieu du XIIIe siècle. Nous l'avons corrigé quatre fois :
v. 1903 : *vairines* corrigé en *nairines* ;
v. 1924-1925 : dans le manuscrit ces deux vers terminent la laisse précédente ;
v. 1959 : ajout de *et* ;
v. 1986 : *petrait/antre oelz* corrigé d'après l'édition de P. Henry.
Ces trois laisses partiellement similaires (voyez par exemple les vers 1884-1888, 1926-1930 et 1952-1958 ; 1913-1923, 1944-1949 et 1965-1972) relatent quatre enchantements successifs, trois diurnes et un nocturne. Mais il

ne s'agit pas seulement de simples tours de magie ou des fantasmagories créées par une Sarrasine experte en jeux d'illusions. J. Grisward souligne avec justesse que « sous leur allure de féerie orientale, les jeux d'Orange et d'Orable se laissent déchiffrer comme un charivari » (*op. cit.*, p. 67). En effet, le texte rassemble la plupart des éléments constitutifs d'un charivari : la situation d'Orable, mariée contre son gré à un époux beaucoup plus âgé qu'elle, le spectacle de la « chasse sauvage », l'animalisation, la présence du monstrueux, du gigantesque et du macabre, la procession de moines noirs, le vacarme constant, les implications d'ordre sexuel, enfin le désir de ridiculiser, d'humilier et de châtier le mari coupable.

loiemier/Et chien et vetre et brochait et livrier : tous ces termes définissent des chiens de chasse à courre. Le *loiemier/limier*, dérivé de *lien*, qualifie à l'origine « un chien tenu en laisse » puis un chien « dressé à guetter et à lancer le gibier », un animal que sa grandeur et sa robustesse prédisposent à traquer le cerf et le sanglier. Si le *vetre/vautre*, substantif provenant du latin impérial *vertragus* (« sorte de lévrier »), désigne un chien courant, utilisé pour poursuivre le sanglier et l'ours, le *brochait/brachet*, variété de *braque*, mot lui-même issu du germanique **brakko*, s'applique à « un chien de chasse à poils ras et oreilles pendantes », très apprécié pour son flair, alors que le *livrier/levrier*, dérivé de *lièvre*, dénomme un chien à longues pattes, « avec la tête et le corps menus et allongés », entraîné à forcer le lièvre. Quant au *mastin/mâtin* (v. 1961), venant du latin populaire **masuetinus* (« apprivoisé »), c'est un chien de garde, gros et puissant.

neif : du latin *navem*, *neif/nef* offre dans l'ancienne langue, outre sa signification principale de « navire », plusieurs autres acceptions : 1) partie centrale d'une église entre le portail et le transept (par comparaison avec la coque d'un bateau) ; 2) une pièce d'orfèvrerie (en forme de vaisseau), où l'on mettait les assaisonnements et les épices ; 3) un grand vase à boire, une coupe.

angoisié : issu du latin ecclésiastique *angustiare*, le verbe *angois(s)ier* présente les sens suivants : serrer de près, presser, harceler ; tourmenter ; pousser à, exhorter à ; intransitif, il se traduit par « être dans la peine », tandis que dans son emploi pronominal, il signifie « s'activer, s'efforcer ».

pautonier : parfois adjectif (signifiant « méchant », « insolent » ou « lâche »), *pautonier*, en tant que substantif, désigne un vagabond, un gueux, un individu de basse origine, capable des pires vilenies. C'est souvent un terme d'insulte que l'on traduit par « voyou », « scélérat », « brigand ».

Braies : issu du gaulois **braca*, le mot désigne « une ample culotte serrée aux jambes par des lanières », « des caleçons courts ».

Traient : provenant du latin populaire *tragere*, réfection du latin classique *trahere*, le verbe *traire* est polysémique en ancien français. Si, d'une manière générale, il veut dire « tirer », il possède aussi de nombreux emplois extensifs et figurés : 1) *trere* l'épée (dégainer), *trere* du vin (soutirer), *trere* à l'arc ou à l'arbalète (lancer des flèches ou des traits), *trere* d'un cheval (obtenir de lui toute sa vitesse) ; 2) « tirer vers soi avec effort », d'où « attirer », « traîner », « entraîner », « retirer » ; 3) « endurer », « supporter » ; 4) « différer » ; 5) « transposer, traduire » ; 6) « tracer, dessiner » ; 7) « ressembler » ; 8) « produire », « citer, exposer en justice » ; 9) verbe de mouvement en construction intransitive ou réfléchie : « aller, se diriger vers », « se retirer, sortir, disparaître ». Sans doute victime de sa polysémie, *traire* s'est restreint au XVIe siècle pour ne plus signifier que « tirer le lait d'une femelle en lui pressant le pis », remplaçant ainsi le verbe *moudre*, du latin *mulgere*, homonyme de *moudre* issu de *molere*.

Mahon et Tervagan : le poète épique présente à tort les Sarrasins comme polythéistes. Soucieux de créer, à l'instar de la trinité chrétienne, une triade de divinités païennes, il ajoute au prophète Mahomet tenu pour un dieu, *Tervagan* puis *Apolin* (v. 1966). Sur les diverses hypothèses relatives à ces deux noms, voir P. Bancourt, *Les Musulmans dans les chansons de geste du Cycle du Roi*, Aix-en-Provence, 1982, t. I, p. 376-383, et M. Zink, « Apollin », *La Chanson de geste et le mythe carolingien, Mélanges René Louis*, Saint-Père-sous-Vézelay, Musée archéologique régional, 1982, t. I, p. 503-509.

deporteiz et deduis : les deux verbes *deporter* (du latin *deportare*) et *deduire* (du latin *deducere*), qui ressortissent au divertissement, à l'amusement, suggèrent ici les plaisirs sensuels, les ébats amoureux, la jouissance érotique.

cuidoit : venant du latin *cogitare* (« songer, méditer »), *cuidier* signifie en ancien français « penser ». Mais à l'inverse du verbe croire (du latin *credere*), qui dénote une opinion digne de confiance, il révèle plutôt une pensée incertaine, voire erronée (v. 1956 et 1993), sauf à la première personne du présent de l'indicatif, et se traduit alors par « (s')imaginer », « supposer ». Le verbe a deux autres valeurs : « vouloir, prétendre » ; « faillir, manquer de, être sur le point de » (v. 1913 et 1965). S'il sort de l'usage à partir du XVIIe siècle, deux dérivés subsistent encore dans la langue moderne : « outrecuidant » et « outrecuidance ».

5. [Les jeux d'Orange]

XLVI

    Grans sont les noces sus el palais plainnier.
1885 Thiebaus d'Araibe fut assis au maingier,
    A trante mil Sarrasins et paiens.
    Quarante roi le servent au maingier.
    Per mi la saule vint uns sers eslaissiez ;
    Adonc s'esmuevent quatre cens loiemier
1890 Et chien et vetre et brochait et livrier*.
    Li veneour sor les corans destriez
    Huchent et cornent et semonent les chienz.
    De toutes pars ont le cerf enchaucié ;
    Desor la table sailli a quatre piez,
1895 Devant Thiebaut le riche roi prosié.
    Hurteit des cornes et mort et brait et fiert,
    Froise la neif* si espant le maingier.
    Desor les tables saillirent tuit li chien ;
    Li veneour sor les corans destriers
1900 Huent et cornent et semonent les chienz.
    De toutes pars ont le cerf angoisié* ;
    Fronche del neis kant il fut couresié.
    Per les nairines saillent cent pautonier* ;
    Trestoz li moindres ot de loig quinze piez,
1905 Mais il n'avoient ne chause ne chaucier,
    Braies* vestues ne bliaus entailliez ;

5. Les jeux d'Orange

46

Grandioses sont les noces, là-haut, dans le vaste palais.
Tibaut d'Arabie était assis à table, 1885
avec trente mille Sarrasins et païens.
Quarante rois le servent lors du repas.
Un cerf surgit au milieu de la salle.
Aussitôt quatre cents limiers s'élancent,
des chiens, des vautres, des braques et des lévriers. 1890
Les chasseurs, montés sur des destriers rapides,
crient, sonnent du cor et excitent les chiens.
De tous côtés ils poursuivent le cerf
qui bondit de ses quatre pieds sur la table,
devant Tibaut, le roi puissant et estimé. 1895
Il donne des coups de ses bois, mord, brame, frappe,
brise la coupe et renverse la nourriture.
Tous les chiens sautent sur les tables ;
les chasseurs, montés sur les destriers rapides,
crient, sonnent du cor et excitent les chiens. 1900
De tous côtés ils harcèlent le cerf ;
plein de fureur, l'animal fronce le nez.
De ses naseaux jaillissent cent scélérats ;
même le plus petit a quinze pieds de haut,
mais aucun ne porte de chausses ni de chaussures, 1905
de braies ni de tunique brodée ;

Comme guenon sont velu et forchié
Se n'ot chascuns ke un poig et un pié
Et trois mentons et quatorze oelz el chief.
1910 Et chacuns porte une tor de mostier,
Dedanz chascune ait cent arboulestrier,
Traient* quarelz de venin antochiés.
Voit le Thiebaus, le san cuide chaingier ;
A vois escrie : « Mahomet, c'or aidiez !
1915 Ai ! dame Orable, car t'an praigne pitié !
Car fai le geu remenoir et laisier !
Trestote Araibe vos an donrai an fié. »
Respont Orable : « Por noiant an plaidiez ;
Ancor ne sont nostre jeu commancié.
1920 Tant an vairés ainz le seloil couchié
Bien poreiz dire, si vos en estordiez,
K'ains mais nus hom ne fu si justiciez. »
L'enchantemans est feniz et laissiez.

XLVII

Se fut avis Sarrasins et Persanz
1925 Et a Thiebaut que ce ne fust noianz.
Granz sont les noces sus en el palais leanz.
Thiebaus d'Araibe mainjue dureman
Et trante mil Sarrasin et Persan ;
Quarante roi le servent dureman.
1930 Per mi la saule revient l'enchanteman :
Trois mile moines couroneiz et chantan,
Et sont plus noir ke poix nen aireman,
Et lancent flames et les grans feus ardan,
Et chacuns porte un mort homme en sa main.
1935 Per le palais s'apardent li auquan ;
Sarrasins brulent les grenons per devan.
Chascuns strangloit trois paiens an un ran
Voire quatorze, n'i n'arestent noian.
Dient paien : « C'est maus confesseman. »
1940 Devant Thiebaut an vienent plus de cent
Ke des mors hommes le debatirent tant,

LES ENFANCES GUILLAUME

ils sont velus et fourchus comme des guenons ;
chacun n'a qu'un seul pied et un seul poing,
mais trois mentons et quatorze yeux sur le visage.
Et chacun porte une tour d'église   1910
d'où cent arbalétriers
tirent des carreaux empoisonnés.
À ce spectacle, Tibaut manque perdre la raison ;
il s'écrie d'une voix forte : « Mahomet, au secours !
Hélas ! Dame Orable, prends donc pitié de moi !   1915
Fais donc cesser complètement ce jeu !
Je te donnerai en fief l'Arabie tout entière. »
Orable lui répond : « Votre supplication est inutile ;
nos jeux n'ont pas encore commencé.
Avant le coucher du soleil, vous en verrez tellement   1920
que vous pourrez bien dire que, si vous en réchappez,
personne n'a jamais été aussi tourmenté. »
L'enchantement cesse et disparaît.

47

Les Sarrasins, les Persans,
et Tibaut ont le sentiment que ce n'est pas une blague.   1925
Grandioses sont les noces, là-haut, à l'intérieur du palais.
Tibaut d'Arabie s'empiffre,
ainsi que trente mille Sarrasins et Persans ;
quarante rois le servent avec zèle.
Dans la salle reprend l'enchantement :   1930
trois mille moines tonsurés et chantant,
plus noirs que la poix ou l'encre,
surviennent, lancent de grandes flammes ardentes,
et portent chacun un cadavre dans la main.
Certains se répandent à travers le palais ;   1935
ils brûlent les moustaches des Sarrasins.
Chacun étrangle trois païens à la file,
voire quatorze, sans s'arrêter.
Les païens disent : « Voilà une douloureuse confession ! »
Plus de cent moines s'approchent de Tibaut   1940
et le rossent à coups de cadavres,

Per les cousteiz, per le piz, per les flan
Desor le maibre le laiserent gissan.
Illuec reclame Mahon et Tervagan* :
1945 « Ahi ! Orable, geteiz moi de sean !
Se jou astoie a Nerbone la grant,
Ja mais nul jor n'antreroie sean. »
Respont la dame : « Vos parleiz de noiant ;
Ancor ne sont fait nostre anchanteman. »
1950 Ce fut avis Sarrasins et Persans
Nes a Thiebaut ke ce ne fust noian.

XLVIII

Grans sont les noces el palais signori.
Thiebaus d'Araibe est au maingier assis
A trante mil paiens et Sarrasins ;
1955 Quarante roi se poinent dou servir.
Thiebaus cuidoit adonc estre garis,
Mais dame Orable nel metoit en obli.
Per mi la saule l'enchantemans revint ;
Ors et lieons quarante [et] quatre vins
1960 Crient et braient et moinent male fin
Et se despescent si com autre mastin.
Sus el palais en est leveiz li cris.
Lai veïssiez tant bliaut de chainsil
Rompre et coper ses peliçons hermins.
1965 Voit le Thiebaus, le san cuide marir ;
A vois reclame Mahon et Apolin :
« Hé ! dame Orable, car me geteiz de ci !
Se je astoie a Nerbone la cit,
Ja maix Oranges ne querroie veïr. »
1970 Respont Orable : « Por noiant l'aveiz dit. »
Vait s'an li jors et li vespres revint,
L'anchantemans est remeiz et fenis,
Et an la chambre firent faire les leiz.
Orable en moinent trante roi sarrasin,
1975 Thiebaus d'Araibe i alait li gentis.

sur les côtés, la poitrine et les flancs,
tant et si bien qu'ils l'abandonnent étendu sur le marbre.
Alors il invoque Mahomet et Tervagan :
« Hélas ! Orable, tirez-moi de là ! »   1945
Si j'étais à Narbonne, la grande cité,
jamais de ma vie je ne voudrais revenir ici. »
La dame lui répond : « Vos paroles sont vaines ;
nos enchantements ne sont pas encore achevés. »
Les Sarrasins, les Persans,   1950
et même Tibaut ont le sentiment que ce n'est pas une blague.

48

Grandioses sont les noces dans le palais seigneurial.
Tibaut d'Arabie est assis à table
avec trois mille païens et Sarrasins ;
quarante rois s'appliquent à le servir.   1955
Tibaut croit alors être tiré d'affaire,
mais dame Orable ne l'oublie pas.
Dans la salle reprend l'enchantement :
cent vingt ours et lions
hurlent, rugissent, mènent grand tapage   1960
et s'entre-déchirent comme des mâtins.
Là-haut, le palais résonne du vacarme.
Ah ! si vous aviez vu déchirer nombre de tuniques de lin
et lacérer les pelisses d'hermine !
À ce spectacle, Tibaut manque devenir fou ;   1965
d'une voix forte, il invoque Mahomet et Apolin :
« Eh ! Dame Orable, tirez-moi donc de là !
Si j'étais dans la cité de Narbonne,
je ne chercherais plus à voir Orange. »
Orable lui répond : « Vos paroles sont vaines. »   1970
Le jour s'en va et tombe le soir,
l'enchantement cesse et disparaît,
et on fait préparer les lits dans la chambre.
Trente rois sarrasins emmènent Orable,
accompagnée du noble Tibaut d'Arabie.   1975

Mais dame Orable les partint miex ausi :
Ainz el palais ne sorent revenir,
Toute nuit hulent ausi comme mastin.
Et de Thiebaut fist un pomel d'or fin ;
1980 Desor un paile a son chavais l'ait mis,
Tresc'al demain ke li selouz revint
Ke dame Orable l'enchantemant defist.
Li trante roi sont a repaire mis,
Truevent Thiebaut gissant dejoste li,
1985 Ne se remuet nes ke fait uns grepis
Ke li chien ont antre oelz a terre mis.
Et dame Orable l'apelait se li dist :
« Thiebaus d'Araibe, car leveiz de cest lit !
Asseis vos estez deporteiz et deduis*,
1990 Au pucelaige ait Guillames falli,
Maintes foieiez l'aveiz anuit requis. »
Thiebaus l'oï, a grant honte li vint,
Ke il cuidoit* k'elle voir li deïst.
Isnelement c'est chauciez et vestiz,
1995 Si en montait el palais signori,
Si appellait paiens et Sarrasins :
« Adoubeiz vos, franc Sarrasin gentil,
Si m'en irai a Nerbone la cit,
A la fort ville ke ma gent ont assis, »
2000 Et cil respondent : « Tot a vostre plaisir. »

Mais dame Orable les a bien dupés :
loin d'être capables de revenir au palais,
les rois hurlent toute la nuit comme des mâtins.
Quant à Tibaut, elle le transforme en une petite boule d'or
qu'elle pose à son chevet sur un tissu de soie, 1980
jusqu'au lendemain, au lever du soleil,
où dame Orable rompt l'enchantement.
Les trente rois reprennent leur chemin
et trouvent Tibaut couché auprès d'elle,
tout aussi immobile qu'un renard, 1985
jeté à terre et entouré par les chiens.
Dame Orable l'interpelle et lui dit :
« Tibaut d'Arabie, levez-vous donc du lit !
Vous avez pris tout votre plaisir.
Guillaume n'a pas eu mon pucelage, 1990
mais vous l'avez attaqué maintes fois cette nuit. »
À ces mots, Tibaut devient tout honteux,
car il croyait qu'elle lui disait la vérité.
Rapidement il s'est chaussé et vêtu,
puis est monté au palais seigneurial 1995
et a interpellé les païens et les Sarrrasins :
« Équipez-vous, très nobles Sarrasins !
Je vais partir vers la cité de Narbonne,
la puissante ville, assiégée par mes hommes. »
Et ils lui répondent : « À vos ordres ! » 2000

LE COURONNEMENT DE LOUIS

Cette chanson de geste, qui comprend 2 670 décasyllabes dans la rédaction AB, est la plus ancienne du cycle de Guillaume d'Orange, exception faite de *La Chanson de Guillaume*. Composée entre 1131 et 1150, elle relate, en cinq épisodes, comment Guillaume Fierebrace défend le royaume et la chrétienté face aux ennemis et aux traîtres. Après avoir couronné Louis, le fils de Charlemagne, à Aix-la-Chapelle, il secourt le pape, assiégé dans Rome par les Sarrasins et, lors d'un combat singulier, il tue le géant Corsolt qui lui avait coupé le bout du nez. Il réprime ensuite la sédition d'Acelin contre le jeune roi et triomphe d'un guetapens préparé par le père de ce factieux, Richard de Normandie. Puis il délivre Rome d'un usurpateur, Gui d'Allemagne, avant de châtier une nouvelle rébellion.

Ce récit très politique mêle à des souvenirs carolingiens (le couronnement en 813 de Louis le Débonnaire) des faits plus contemporains (le sacre à Reims en 1131 de Louis VII, un enfant de douze ans). Partisan de la monarchie héréditaire de droit divin, l'auteur magnifie non la personne du roi mais le principe même de la royauté que doit soutenir et exalter le fidèle chevalier. Tandis que plusieurs feudataires (Hernaut d'Orléans qui propose à Charlemagne d'exercer la régence pendant trois ans, Richard de Normandie et son fils Acelin) cherchent à profiter des faiblesses du souverain pour s'emparer du trône, Guillaume sacrifie toute vie personnelle pour protéger Louis contre les félons, durement châtiés par le comte, et glorifier son seigneur en le couronnant roi de France puis empereur de Rome et de la chrétienté. C'est la parfaite illustration de l'idéologie capétienne.

Le texte choisi se situe au cours du deuxième épisode. Le pape, qui vient d'appeler Guillaume à son aide, offre au roi païen Galafre le trésor de l'arche s'il accepte de quitter la ville sainte avec ses troupes. Galafre refuse mais suggère qu'un duel entre deux champions règle la destinée des deux communautés. Le souverain pontife, d'abord joyeux de ce projet, ne tarde pas à s'inquiéter en découvrant le terrible adversaire sarrasin.

Bibliographie

Le Couronnement de Louis, éd. de E. Langlois, Paris, Champion, 1921 ; trad. de A. Lanly, Paris, Champion, 1969 ; *Les Rédactions en vers du Couronnement de Louis*, éd. de Y. Lepage, Genève, Droz, 1978.

J. Frappier, *Les Chansons de geste du cycle de Guillaume d'Orange*, Paris, SEDES, t. II, 1965, p. 47-178 ; J. Dufournet, « Note sur *Le Couronnement de Louis* », *Revue des langues romanes*, t. LXXVII, 1966, p. 103-118.

Notes

Le texte est établi d'après le manuscrit A2 (Paris, BN, fonds fr. 1449, milieu du XIIIe siècle) et l'édition de Y. Lepage. Nous avons procédé aux corrections suivantes :

v. 509 : *elz* corrigé A1 et cf. v. 511 *eulz* ;

v. 518 : *chier* corrigé BC *chiés* ;

v. 526 : *oses ici* corrigé B *oses de Deu* ;

v. 535 : *Ait f.* corrigé A1A4 BC *Ai* ;

v. 545 : *en braisier* corrigé BC *en foier* ;

v. 546 : *el foier* corrigé BC *el brasier*.

Comme le remarque J. Frappier, « Corsolt appartient à l'imagerie épique du Moyen Âge. Le type du Sarrasin monstrueux, grotesque et terrifiant à la fois, d'une laideur horrible, d'une force prodigieuse, instrument ou incarnation du démon, n'est pas rare dans les chansons de geste » (*op. cit.*, p. 83). Le portrait physique du géant Corsolt est assez conventionnel avec l'insistance sur la hideur (v. 508 et 513), la comparaison avec un diable (v. 508), la mention des yeux louches et rouges, signe d'un manque de droiture et d'une ascendance démoniaque (v. 508 et 509), des cheveux hirsutes, preuve de sauvagerie (v. 510). Mais le Sarrasin est encore plus effrayant lorsqu'il roule des yeux, menace le pape et déclare la guerre à Dieu qu'il juge responsable de la mort de son père, frappé par la foudre. Animé par la haine et un esprit féodal de solidarité du lignage, Corsolt veut tirer vengeance de ce crime odieux. Comme il ne peut combattre le Seigneur dans le ciel, il s'acharne ici-bas contre tous ses fidèles serviteurs. Avec un orgueil démesuré, il revendique le partage du monde, se réservant, à l'instar du diable, la souveraineté sur la terre. Cet avatar de Lucifer, prince des démons, ce rebelle satanique, lié au feu comme l'attestent plusieurs termes relevant de ce champ lexical, tels *ardoir, brasier, charbon, feu, foier*, est plus que l'adversaire de Guillaume, du pape ou de la chrétienté : il s'érige en ennemi et rival de Dieu.

hideus : l'adjectif est dérivé du substantif *hisde* qui signifie « horreur, frayeur ». De sens plus fort que « laid », « hideux » insiste sur le caractère repoussant et effrayant du Sarrasin.

La teste [...] le chief : si le mot *teste*, issu du latin *testa* (« coquille », puis « vase en terre cuite », « pot », « cruche », d'où, par plaisanterie, à basse époque, « crâne », « tête »), traduit, de manière expressive et pittoresque, une vision concrète, une blessure, une décapitation, et s'applique surtout aux animaux et aux monstres, le terme *chief*, provenant du latin classique *caput* (« tête », « bout », « personnage principal », « partie capitale »), connote souvent la beauté, la noblesse, la solennité (voir la locution *par mon chief* lors d'un serment). Il peut désigner la chevelure (v. 510) et offre aussi des sens abstraits : « extrémité », « celui qui dirige » (v. 518), « point principal d'une chose ». Si depuis le XVIIe siècle ces deux dernières acceptions sont les plus usuelles, en revanche les emplois de *chef* au sens de « tête » et d'« extrémité » se sont limités à quelques locutions consacrées : « le chef de saint

Jean-Baptiste », « un couvre-chef », « le chef d'une étoffe », « le chef d'un écu ».

denier : issu du latin *denarium* (« pièce d'argent valant dix as »), le denier constitue la base de tout le système monétaire à partir de l'époque de Charlemagne. Dans une livre d'argent on taillait 240 deniers ; c'est pourquoi la livre vaut vingt sous et un sou douze deniers. À l'époque moderne, il ne subsiste que dans son dérivé *denrée* et dans des expressions figées comme « les trente deniers de Judas », « les deniers publics », « acheter de ses propres deniers », « le denier du culte », « le denier de Saint-Pierre ».

apareillier : du bas latin **appariculare*, le verbe *ap(p)areiller* signifie en général « préparer », « disposer », et s'emploie pour l'équipement d'un chevalier ou à propos d'un repas, d'une nappe, d'un lit, d'une tente, d'une chambre et d'un navire. Il est probable que l'homonymie avec l'autre verbe *apareiller*, formé sur l'adjectif *pareil*, ait contribué à la désuétude de ce terme, fort usuel en ancien français mais réservé aujourd'hui au langage de la marine (appareiller un bateau, c'est le garnir de son gréement, le disposer à la navigation ; intransitivement, appareiller, c'est quitter le port, lever l'ancre) et de la chirurgie (appareiller un handicapé, c'est le munir d'un appareil de prothèse).

plaidier : le verbe est dérivé du substantif *plaid* qui offre plusieurs acceptions (« accord », « convention » ; « assemblée de justice » ; « jugement », « procès » ; « paroles, discours » ; « discussion, querelle » ; « affaire, situation, état ») liées en partie à la valeur juridique prise à l'époque médiévale par le latin *placitum* (étymologiquement « ce qui plaît », et au pluriel « principes »). *Plaidier* signifie « faire siéger la cour » ; « défendre une cause devant des juges », « soutenir un procès » ; « rendre la justice » ; « dire », « exposer », « parler », « discuter ».

repairier : issu du bas latin *repatriare* (« rentrer dans sa patrie »), *repairier* équivaut à « retourner, revenir dans un endroit familier », puis, par extension, « demeurer, séjourner ». Il est également employé en vénerie pour l'animal sauvage qui se trouve au gîte.

terrier : dérivé de *terre*, *terrier* désigne dans l'ancienne langue une levée de terre marquant parfois la limite d'une propriété, un terrain, un territoire, « un droit perçu sur les produits de la terre » et « un registre où sont consignés ces droits ». Le seul sens usuel en français moderne (trou, galerie creusée par certains animaux) date du XIVe siècle.

6. [Corsolt défie Dieu]

L'en li ameine le roi Corsolt en piez,
Lez et anchés, hideus* comme aversier ;
Les eulz ot roges com charbon en brasier,
510 La teste lee et herupé le chief* ;
Entre .II. eulx ot de lé demi pié,
Une grant toise d'espaules au braier ;
Plus hideus home ne puet de pain mengier.
Vers l'apostoile commence a rooillier ;
515 A voiz escrie : « Petiz hom, tu que quiers ?
Est ce tes ordres que hauz es reoigniez ?
– Sire, fet il, servir doi au mostier
Deu et saint Pere, qui devant nos est chiés.
De seue part vos vorroie proier
520 Que vos voz olz retorner feïssiez :
Ge vos dorrai le tresor del mostier ;
N'i remaindra calice n'encensier,
Or ne argent qui vaille un seul denier*,
Que ne vos face ça hors apareillier*. »
525 Respont li rois : « N'es pas bien ensaigniez,
Qui devant nos oses de Deu plaidier* ;
C'est l'ome el monde qui plus m'a fet irier :
Mon pere ocist une foldre del ciel :
Toz i fu ars, ne li pot home aidier.
530 Quant Dex l'ot ars, si fist que ensaigniez ;
El ciel monta, ci ne volt repairier* ;
Ge nel pooie sivre ne enchaucier,
Mais de ses homes me sui ge puis venchiez :

6. Corsolt défie Dieu

On lui amène le roi Corsolt à pied ;
il louche et il est laid, hideux comme un démon :
ses yeux sont rouges comme des braises,
sa tête large, ses cheveux hérissés ; 510
ses deux yeux sont distants d'un demi-pied
et une grande toise sépare ses épaules de sa ceinture ;
un homme mangeant du pain ne peut être plus hideux.
Il se met à rouler des yeux en direction du pape
et s'écrie à pleine voix : « Petit homme, que veux-tu ? 515
Est-ce ton sacerdoce qui te vaut cette tonsure ?
– Seigneur, dit le pape, je dois servir, à l'église,
Dieu et saint Pierre qui est notre chef.
De sa part, je voudrais vous prier
de faire repartir votre armée : 520
je vous donnerai le trésor de l'église ;
il n'y restera ni calice ni encensoir,
ni objet d'or ou d'argent de la valeur d'un denier,
que je ne vous fasse livrer dehors. »
Le roi répond : « Tu n'es pas bien informé, 525
toi qui oses parler en faveur de Dieu ;
c'est l'être au monde qui a le plus excité ma colère :
une foudre tombée du ciel a tué mon père ;
il fut brûlé vif, sans secours possible.
Après l'avoir brûlé, Dieu agit sagement : 530
il monta au ciel et ne voulut pas demeurer ici-bas ;
je n'ai pas pu le suivre ni le pourchasser,
mais je me suis ensuite vengé sur ses hommes ;

De ceus qui furent levé et baptisié
535 Ai fet destruire plus de .XXX. millier,
Ardoir en feu et en eve noier.
Quant ge lasus ne puis Deu guerroier,
Nul de ses homes ne vueil ça jus lessier,
Et moi et Deu n'avons mes que plaidier :
540 Moie est la terre et suen sera le ciel.
Se ge par force puis prendre cel terrier*,
Quanqu'a Dieu monte ferai tot essillier,
Les clers qui chantent a couteax escorchier,
Et toi meïsme, qui sire es del mostier,
545 Ferai ardoir sor charbons en foier,
Si que li foie en cherra el brasier. »

LE COURONNEMENT DE LOUIS

j'ai causé la mort de plus de trente mille baptisés
qui avaient été tenus sur les fonts,
en les faisant périr par le feu et par l'eau.
Puisque je ne peux faire la guerre à Dieu là-haut,
je ne veux laisser en vie aucun de ses hommes ici-bas ;
Dieu et moi n'avons plus rien à discuter :
à moi est la terre, à lui sera le ciel.
Si je puis prendre ce territoire par la force,
je ferai détruire tout ce qui appartient à Dieu,
écorcher au couteau les clercs qui célèbrent la messe,
et toi-même qui es le seigneur de l'église,
je te ferai brûler sur des charbons ardents,
jusqu'à ce que ton foie tombe dans le brasier. »

LE CHARROI DE NÎMES

Avec ses 1486 décasyllabes, *Le Charroi de Nîmes*, œuvre transitoire entre *Le Couronnement de Louis* et *La Prise d'Orange*, est la plus courte chanson de geste appartenant au cycle de Guillaume d'Orange ; elle en est aussi l'une des plus anciennes puisqu'elle fut composée vers le milieu du XIIe siècle. Dès qu'il apprend que Louis, le fils de Charlemagne, l'a oublié lors de la distribution des fiefs à ses barons, Guillaume se rend, furieux, au palais pour rappeler au roi les exploits accomplis à son service. Après avoir repoussé les offres insensées d'un souverain pusillanime, il revendique l'investiture de terres païennes. Entraînant une armée de bacheliers pauvres, il se dirige vers la cité sarrasine de Nîmes. Travesti en marchand, il introduit dans la ville un convoi de chariots où se trouvent, dissimulés à l'intérieur de tonneaux, armes et guerriers et, par cette ruse digne du cheval de Troie, il réussit à s'emparer de la place forte.

Ce poème mêle plusieurs tonalités : pathétique lors de la scène initiale de colère ; réaliste avec des toponymes précis le long de la voie Regordane ou le tableau des enfants du paysan, jouant aux billes ; comique par le déguisement des chevaliers en vilains et les quiproquos que cette situation provoque ; héroï-comique avec des formules pompeuses pour décrire l'accoutrement de Fierebrace ; burlesque dans l'évocation d'un bric-à-brac à la fois religieux et culinaire. Prônant une idéologie féodale et chrétienne, fondée sur la fidélité du chevalier à l'égard du suzerain et sa participation à la croisade, le trouvère n'hésite pas à se servir du rire pour transmettre son message.

Le texte choisi constitue la première laisse du *Charroi de Nîmes*, autrement dit son ouverture narrative. Contrairement à d'autres œuvres épiques, telles que *La Chanson de Roland*, *Le Voyage de Charlemagne à Jérusalem et à Constantinople* ou *Aliscans*, qui commencent *in medias res*, ici le poète reprend d'abord le traditionnel prologue.

Bibliographie

Le Charroi de Nîmes, éd. de D. McMillan, Paris, Klincksieck, 1978 ; éd. bilingue de Cl. Lachet, Paris, Gallimard, « Folio classique », 1999.

J. Frappier, *Les Chansons de geste du cycle de Guillaume d'Orange*, Paris, SEDES, t. II, 1965, p. 179-253.

Notes

Le texte retranscrit est celui du manuscrit A2 de la BN, fonds fr. 1449 qui date du milieu du XIIIe siècle. Nous l'avons corrigé quatre fois :
– v. 6 : *charroi monté* corrigé B *mener* ;
– v. 63 : *bien savez escouter* corrigé BC *serez escoutez* ;
– v. 65 : *Molt t'ai servi* corrigé BCD *Ne t'ai servi* ;
– v. 84 : *ou ge en doi* corrigé C 116 *ou grain en doi*.

Cette première laisse composite du *Charroi de Nîmes* regroupe plusieurs séquences assez différentes :
– le prologue (v. 1 à 13) destiné à retenir l'attention de l'auditoire auquel le jongleur présente la chanson et son héros ;
– la « reverdie » (v. 14 à 16), évocation lyrique du retour de la belle saison qui sert d'intonation narrative ;
– le retour de la chasse et la rencontre avec Bertrand (v. 17 à 50), écho de la scène initiale du *Couronnement de Louis*

(v. 114-118) où Guillaume, au sortir d'une forêt giboyeuse, est informé par son neveu qu'Arneïs d'Orléans veut s'emparer de la couronne ;
– le début de la colère de Guillaume (v. 51 à 87) qui rappelle au roi les services rendus et son dénuement actuel.

v. 7 à 11 : le trouvère évoque le sujet de *La Prise d'Orange*, la double conquête territoriale et sentimentale, la prise d'Orange et le mariage de Guillaume et d'Orable, la femme païenne de Tibaut, baptisée sous le nom de Guibourc, puis il mentionne l'épisode le plus frappant du *Couronnement de Louis*, le duel entre Guillaume et le géant sarrasin Corsolt (v. 683 à 1165).

Par Petit Pont sont en Paris entré : le Petit Pont qui relie l'île de la Cité à la rive gauche de la Seine est le plus ancien pont de Paris.

s'en a un ris gité : le rire constitue un trait caractéristique de Guillaume. Selon J. Frappier, il « exprime la vaillance, la franchise, l'énergie supérieure à l'adversité [...], le mépris des bassesses et parfois l'ironie à l'égard de lui-même. On peut saisir encore d'autres nuances dans la gaieté de ce personnage humain et très vivant : le goût de la moquerie, tantôt sarcastique, tantôt voilée d'humour, tantôt affectueuse, le plaisir de la ruse, de la mystification, des bons tours joués aux païens... » (*op. cit.*, p. 97).

Ronpent les hueses del cordoan soller : par un effet de distanciation humoristique, l'auteur réserve le procédé de l'agrandissement épique à un détail relatif aux souliers du héros. J.-Ch. Payen explique bien le comique de la scène : « [...] quand il entre en scène, Guillaume rompt les jambières de sa chaussure. Voilà qui couperait ses effets à un acteur tragique ! La colère de Guillaume pourrait être pathétique : or, nous sourions, et la tragédie est un peu désamorcée, au moment même où elle se noue » (« *Le Charroi de Nîmes*, comédie épique ? », *Mélanges Jean Frappier*, Genève, Droz, 1970, t. II, p. 892).

tastonner : il s'agit d'une habitude médiévale consistant à masser et à gratter le corps du chevalier pour favoriser son sommeil. Ainsi dans *Aliscans* (v. 4518), Guibourc masse son beau-père Aymeri de Narbonne. Sur ce sujet, voir C. Cazanave, « Étude de mœurs et de vocabulaire : "Grater" et "Tastoner" au XIIe et au XIIIe siècle », *Pratiques du corps. Médecine, hygiène, alimentation, sexualité*, Publications de l'université de La Réunion, 1985, diffusion Didier Érudition, p. 41-71.

Dont le pechié m'en est el cors entré : ces remords d'avoir provoqué la mort de jeunes gens témoignent de la sensibilité et de la complexité psychologique de Guillaume. Des sentiments analogues l'inciteront à se retirer dans un couvent puis dans un ermitage après le décès de son épouse. Voir *Le Moniage Guillaume II*, v. 45-48.

7. [Une entrée fracassante]

I

Oez, segnor, Dex vos croisse bonté,
Li glorïeus, li rois de maiesté !
Bone chançon plest vous a escouter
Del meillor home qui ainz creüst en Dé ?
5 C'est de Guillelme, le marchis au cort nes,
Comme il prist Nymes par le charroi mener ;
Aprés conquist Orenge la cité
Et fist Guibor baptizier et lever
Que il toli le roi Tiebaut l'Escler ;
10 Puis l'espousa a moillier et a per,
Et desoz Rome ocist Corsolt es prez.
Molt essauça sainte crestïentez.
Tant fist en terre qu'es ciels est coronez.
Ce fu en mai, el novel tens d'esté :
15 Fueillissent gaut, reverdissent li pré,
Cil oisel chantent belement et soé.
Li quens Guillelmes reperoit de berser
D'une forest ou ot grant piece esté.
Pris ot .II. cers de prime gresse assez,
20 Trois muls d'Espaigne et chargiez et trossez.
.IIII. saietes ot li bers au costé ;
Son arc d'aubor raportoit de berser.
En sa conpaigne .XL. bacheler :

7. Une entrée fracassante

1

Écoutez, seigneurs, que Dieu accroisse votre valeur,
le glorieux, le roi de majesté !
Voulez-vous écouter une bonne chanson
sur le meilleur homme qui ait jamais cru en Dieu ?
Elle raconte comment Guillaume, le marquis au court nez,   5
prit Nîmes en conduisant le charroi,
puis conquit la cité d'Orange
et fit tenir sur les fonts baptismaux Guibourc
qu'il avait enlevée au roi Tibaut le Slave.
Il la prit ensuite pour épouse légitime.   10
Il tua Corsolt, sous les murs de Rome, dans un pré.
Il glorifia vraiment la sainte chrétienté.
Il fit tant sur terre qu'il est couronné dans les cieux.
C'était en mai, au retour de la belle saison :
les bois se couvrent de feuilles, les prés reverdissent,   15
les oiseaux entonnent de beaux et doux chants.
Le comte Guillaume revenait de chasser
d'une forêt où il était resté longtemps.
Il avait pris deux cerfs de bonne graisse,
dont il avait chargé avec soin trois mulets d'Espagne.   20
Le baron avait quatre flèches au côté ;
il rapportait de la chasse son arc de cytise.
Il était accompagné de quarante jeunes nobles,

Filz sont a contes et a princes chasez,
25 Chevalier furent de novel adoubé ;
Tienent oiseaus por lor cors deporter,
Muetes de chiens font avec els mener.
Par Petit Pont sont en Paris entré*.
Li quens Guillelmes fu molt gentis et ber :
30 Sa venoison fist a l'ostel porter.
En mi sa voie a Bertran encontré,
Si li demande : « Sire niés, dont venez ? »
Et dist Bertran : « Ja orroiz veritez :
De cel palés ou grant piece ai esté ;
35 Assez i ai oï et escouté.
Nostre emperere a ses barons fievez :
Cel done terre, cel chastel, cel citez,
Cel done vile selonc ce que il set ;
Moi et vos, oncle, i somes oublié.
40 De moi ne chaut, qui sui un bacheler,
Mes de vos, sire, qui tant par estes ber
Et tant vos estes traveilliez et penez
De nuiz veillies et de jorz jeünez. »
Ot le Guillelmes, s'en a un ris gité* :
45 « Niés, dit li cuens, tot ce lessiez ester !
Isnelement alez a vostre hostel
Et si vos fetes gentement conraer,
Et ge irai a Looÿs parler. »
Dist Bertran : « Sire, si con vos conmandez. »
50 Isnelement repere a son hostel.
Li quens Guillelmes fu molt gentis et ber ;
Trusqu'au palés ne se volt arester ;
A pié descent soz l'olivier ramé,
Puis en monta tot le marbrin degré.
55 Par tel vertu a le planchié passé
Ronpent les hueses del cordoan soller* ;
N'i ot baron qui n'en fust esfraez.
Voit le le roi, encontre s'est levez,
Puis li a dit : « Guillelmes, quar seez.
60 — Non ferai, sire, dit Guillelmes le ber,
Mes un petit vorrai a vos parler. »
Dist Looÿs : « Si con vos conmandez.

LE CHARROI DE NÎMES

fils de comtes et de princes fieffés ;
ils venaient d'être adoubés chevaliers.
Ils tenaient des oiseaux pour se divertir,
et emmenaient des meutes de chiens.
Ils sont entrés dans Paris par le Petit Pont.
Le comte Guillaume était très noble et vaillant :
il fit porter sa venaison chez lui.
Ayant rencontré Bertrand en chemin,
il lui demande : « Seigneur, mon neveu, d'où venez-vous ? »
Bertrand répond : « Vous allez apprendre la vérité :
je viens de ce palais où je suis resté longtemps ;
j'y ai beaucoup entendu et écouté.
Notre empereur a pourvu de fiefs ses barons :
à l'un il donne une terre, à l'autre un château, à celui-ci une cité,
à celui-là une ville, selon sa compétence ;
mon oncle, vous et moi, nous sommes oubliés.
Peu importe pour moi qui suis un jeune homme,
mais pour vous, seigneur, qui êtes si vaillant
et qui n'avez point ménagé votre peine
en veillant la nuit et en jeûnant le jour. »
À ces mots, Guillaume a éclaté de rire :
« Mon neveu, dit le comte, laissez tout cela !
Allez vite chez vous
et équipez-vous noblement,
moi, j'irai parler à Louis. »
Bertrand répond : « Seigneur, à vos ordres. »
Il retourne rapidement chez lui.
Le comte Guillaume était très noble et vaillant ;
jusqu'au palais, il ne voulut pas s'arrêter ;
là, il descendit de cheval sous l'olivier branchu
puis monta l'escalier de marbre.
Il a marché sur le plancher de la salle avec une telle vigueur
qu'il brise les tiges de ses souliers en cuir de Cordoue ;
tous les barons en sont effrayés.
À sa vue, le roi s'est levé à sa rencontre
puis lui a dit : « Guillaume, asseyez-vous donc.
– Non, sire, rétorque Guillaume le vaillant,
mais je veux vous dire quelques mots. »
Louis répond : « À vos ordres.

Mien escïent, bien serez escoutez.
– Looÿs, frere, dit Guillelmes le ber,
65 Ne t'ai servi par nuit de tastonner*,
De veves fames, d'enfanz desheriter ;
Mes par mes armes t'ai servi conme ber,
Si t'ai forni maint fort estor chanpel,
Dont ge ai morz maint gentil bacheler
70 Dont le pechié m'en est el cors entré*.
Qui que il fussent, si les ot Dex formé.
Dex penst des armes, si le me pardonez !
– Sire Guillelmes, dist Looÿs le ber,
Par voz merciz, un petit me soffrez.
75 Ira yvers, si revenra estez ;
Un de cez jorz morra uns de voz pers ;
Tote la terre vos en vorrai doner,
Et la moillier, se prendre la volez. »
Ot le Guillelmes, a pou n'est forsenez :
80 « Dex ! dist li quens, qui en croiz fus penez,
Con longue atente a povre bacheler
Qui n'a que prendre ne autrui que doner !
Mon auferrant m'estuet aprovender ;
Encor ne sai ou grain en doi trover.
85 Dex ! con grant val li estuet avaler
Et a grant mont li estuet amonter
Qui d'autrui mort atent la richeté ! »

À mon avis, vous serez bien écouté.
– Louis, mon frère, dit Guillaume le vaillant,
je ne t'ai pas servi en te massant la nuit, 65
ni en déshéritant des veuves ou des enfants ;
mais je t'ai servi en vaillant chevalier, les armes à la main,
j'ai livré pour toi nombre de combats acharnés
où j'ai tué nombre d'hommes jeunes et nobles,
péché dont je porte le poids. 70
Quels qu'ils fussent, Dieu les avait créés.
Que Dieu prenne soin de leurs âmes et me le pardonne !
– Seigneur Guillaume, répond Louis le vaillant,
s'il vous plaît, patientez un peu.
L'hiver passera et l'été reviendra ; 75
un de ces jours, un de vos pairs mourra ;
je vous donnerai alors toute sa terre
et sa femme, si vous voulez l'épouser. »
À ces mots, Guillaume manque de devenir fou furieux :
« Dieu, dit le comte, toi qui fus crucifié, 80
quelle longue attente pour un pauvre jeune homme
qui n'a rien à prendre ni à donner aux autres !
Je dois nourrir mon cheval ;
je ne sais pas encore où lui trouver son avoine.
Dieu ! quelle grande vallée il doit descendre 85
et quelle haute montagne il doit gravir
celui qui attend la richesse de la mort d'autrui ! »

LA PRISE D'ORANGE

Cette chanson de geste, composée vers la fin du XIIe siècle, comprend 1 888 décasyllabes dans la rédaction A. Elle relate la conquête d'Orange et d'Orable dont un prisonnier évadé, nommé Guillebert, a vanté les charmes à Guillaume. Ce dernier quitte Nîmes avec son neveu Guiélin et le fugitif. Travestis tous trois en émissaires sarrasins, ils pénètrent dans la cité et sont accueillis par Aragon, le fils de Tibaut. Bientôt démasqués, ils se retranchent à l'intérieur de la tour de Gloriette où la reine, très éprise du comte, les aide à repousser ses coreligionnaires. Lorsqu'ils sont capturés, elle les délivre du cachot et leur indique un souterrain qu'empruntent Bertrand et ses hommes, prévenus par Guillebert. À la victoire des Français succède le mariage de Guillaume et d'Orable, baptisée sous le nom de Guibourc.

Bien que le récit demeure épique par son sujet principal (la prise d'une ville aux Infidèles), le trouvère innove en y introduisant un cadre luxueux et exotique, des thèmes et des sentiments romanesques ainsi que des traits appartenant à la poésie lyrique (en particulier la reverdie et les chansons de malmariée). De surcroît il s'amuse à « bestourner » des topiques tels que la prison, le siège, le regret funèbre, le combat à la lance ou la bataille finale, à renverser les rôles et à transposer de manière courtoise les clichés et les personnages traditionnels : tandis que les Sarrasins s'affinent, Guillaume, le farouche guerrier, se métamorphose en un amoureux timide et plaintif, et Orable ressemble plus à une dame courtoise qu'à une Amazone. *La Prise d'Orange* représente une parodie courtoise de l'épopée.

Guillaume, qui désire conquérir la cité d'Orange et sa reine Orable, se rend dans la ville sarrasine avec son neveu Guiélin et son informateur Guillebert, déguisés en messagers païens. Une fois reconnu, le comte se réfugie dans le donjon de Gloriette où la dame lui offre des armes et son cœur. Après plusieurs assauts et le départ de Guillebert chargé de solliciter l'aide de Bertrand resté à Nîmes, les chrétiens sont contraints de se rendre et sont emprisonnés en compagnie de la reine.

Bibliographie

La Prise d'Orange, éd. de C. Régnier, Paris, Klincksieck, 6ᵉ éd. 1983 ; trad. de Cl. Lachet et J.-P. Tusseau, Paris, Klincksieck, 5ᵉ éd. 1986.
Cl. Lachet, *La Prise d'Orange ou la Parodie courtoise d'une épopée*, Paris, Champion, 1986.

Notes

Nous avons adopté le manuscrit A1 (Paris, BN, fonds fr. 774 du milieu du XIIIᵉ siècle) et procédé à une correction au vers 1569 : *dist la dame*/corrigé C 1764 et D 1242 *dist li cuens*.

Ce huis clos entraîne les réflexions personnelles de chacun, le dépit amoureux d'Orable qui rend Guillaume en partie responsable de sa détention, les moqueries de Guiélin soulignant, non sans ironie, les avantages d'une situation dont son oncle et la reine devraient profiter, les plaintes et la colère du comte fort désemparé. Car l'auteur se plaît à inverser les rôles. Le public s'attend à ce qu'au milieu des périls Fierebrace accomplisse des exploits, soutienne et rassure ses compagnons. C'est le contraire qui se produit : ce n'est plus l'oncle qui réconforte le neveu, mais le neveu qui rassérène l'oncle. Aux lamentations et aux inquiétudes d'un Guillaume troublé par l'amour et étrangement passif, Guiélin réplique par des railleries mordantes, des leçons d'énergie et de vivacité. Le trouvère transforme aussi la prison, d'ordinaire horrible, humide, nauséabonde, infestée d'animaux répugnants et cruels, en un *locus amoenus*, propice aux entretiens galants, aux étreintes et aux baisers. Dans cette « prison amoureuse », Guillaume « Fierebrace » devient Guillaume « l'Amïable ».

Or fu Guillelmes trebuchiez en la chartre : ce vers d'intonation composé de l'adverbe *or*, du verbe *estre* à la troisième personne du passé simple de l'indicatif, du sujet inversé et d'un complément circonstanciel de lieu est construit selon un schéma topologique d'aspect statique. Voir à ce sujet Cl. Lachet, « Les vers d'intonation dans la chanson de geste d'*Ami et Amile* », *Ami et Amile. Une chanson de geste de l'amitié*, Paris, Champion, 1987, p. 93-105.

Que n'a baptesme receü ceste lasse ? : ce premier regret d'Orable témoigne d'une foi plus profonde et sincère que la nouvelle croyance des autres Sarrasines dont l'abjuration est la condition nécessaire à leur mariage avec le chevalier chrétien. Voir Cl. Lachet, *La Prise d'Orange ou la Parodie courtoise d'une épopée*, Paris, Champion, 1986, p. 116-123.

v. 1549-1552 : en dame courtoise, Orable fait preuve de mesure et se garde de reproches excessifs envers Guillaume. Ainsi elle tempère les griefs formulés par de tendres éloges, insistant sur la distinction et la vaillance du comte qu'elle ne cesse d'admirer. Ses propos révèlent également combien elle est soucieuse de sa réputation et du qu'en-dira-t-on.

Ot le li cuens, s'enbronche le visage : ce vers de conclusion décrit l'attitude résignée et dépitée de Guillaume, confus d'être brocardé par son neveu devant celle qu'il aime. Sur le fait de baisser la tête, voir Ph. Ménard, « *Tenir le chief embronc, croller le chief, tenir la main a la maissele*, trois attitudes de l'ennui dans les chansons de geste du XIIe siècle », *Société Rencesvals, Quatrième Congrès international, Actes et Mémoires*, Heidelberg, 1969, *Studia Romanica* 14, p. 145-155.

v. 1566-1568 : les laisses LIV et LV sont liées par reprise initiale, procédé que J. Rychner définit en ces termes : « Le jongleur entonne la laisse suivante par la reprise d'un thème qui a figuré déjà à l'intonation de la laisse précédente » (*La Chanson de geste. Essai sur l'art épique des jongleurs*, Genève, Droz, 1955, p. 82). Notons toutefois que le premier vers de la strophe LV relève du schéma psychologique.

v. 1574-1578 : Guillaume songe à l'aide que pourraient lui apporter le roi Louis qui avait promis à son vassal un secours en sept ans (voir *Le Charroi de Nîmes*, v. 589-593), deux de ses frères – à savoir l'aîné des Aymerides, Bernard de Brubant, sage conseiller aux cheveux blancs, et Garin d'Anseüne –, enfin Bertrand, neveu de Fierebrace et fils de Bernard, s'ils étaient informés de son emprisonnement.

8. [Guillaume au cœur tendre]

LIV

Or fu Guillelmes trebuchiez en la chartre*
Et Guïelin et la cortoise Orable ;
1545 Sovent se claime maleüreuse lasse :
« Dex, dist la dame, beau pere esperitable,
Que n'a baptesme receü ceste lasse* ?
Gel cuidai prendre et estre en Deu creable.
Sire Guillelmes, mar vi vostre barnage,
1550 Vostre gent cors et vostre vasselaige,
Quant por vos sui gitee en ceste chartre,
A tele angoisse comme fust par putage. »
Dist Guëlins : « Vos parlez par folage.
Vos et mes oncles estes ore en grant ese :
1555 Par grant amor devez or cest mal trere. »
Ot le Guillelmes, a pou d'ire n'enrage,
Par maltalent en a juré saint Jaque.
« Se n'estoit or por honte et por viltage,
Ge te dorroie une colee large. »
1560 Dist Guëlins : « Vos feriez folage.
Huimés dirai, ne me chaut qui le sache,
L'en soloit dire Guillelme Fierebrace,
Or dira l'en Guillelme l'Amïable :
En ceste vile par amistié entrastes. »
1565 Ot le li cuens, s'enbronche le visage*.

8. Guillaume au cœur tendre

54

Guillaume fut alors jeté en prison
ainsi que Guiélin et la courtoise Orable
qui se plaint d'être fort malheureuse : 1545
« Dieu, dit la dame, cher Père spirituel,
pourquoi l'infortunée que je suis n'a-t-elle pas reçu le baptême ?
Je comptais me faire baptiser et croire en Dieu.
Seigneur Guillaume, c'est pour mon malheur que je vis votre bravoure,
votre gracieuse personne et votre vaillance, 1550
puisque, à cause de vous, j'ai été jetée dans cette prison,
aussi douloureusement que si j'étais une putain. »
Guiélin déclare : « Vous dites des sottises.
Mon oncle et vous êtes à présent bien aises ;
vous devez maintenant endurer ce malheur de très bon gré. » 1555
À ces mots, Guillaume manque de devenir enragé,
avec colère, il a juré par saint Jacques.
« Si je ne craignais la honte ni l'opprobre,
je te donnerais un bon coup. »
Guiélin réplique : « Vous feriez une bêtise. 1560
Désormais je dirai à tous ceux qui voudront le savoir,
on vous appelait d'habitude Guillaume aux bras terribles,
on va maintenant vous nommer Guillaume au cœur tendre :
vous êtes entré dans cette ville par amour. »
À ces mots, le comte baisse la tête. 1565

LV

Or fu Guillelmes dolanz et correciez
Et dame Orable et Guïelin ses niés
Dedenz la chartre ou il sont trebuchié.
« Dex, dist li cuens, glorïeus rois del ciel,
1570 Com somes mort, traï et engignié !
Par quel folie fu cist plez commenciez
De quoi nos somes honi et vergoignié,
Se cil n'en pense qui tot a a jugier !
Las ! qu'or nel set rois Looÿs le fier,
1575 Bernarz mes freres, li chanuz et li velz,
Et d'Anseüne dans Garins li proisiez,
Et dedenz Nymes Bertran li enforciez ;
De lor secors avrïons nos mestier.
— Oncle Guillelmes, dist Guïelin le fier,
1580 Lessiez ester, que ice n'a mestier.
Vez ci Orable, la cortoise moillier ;
Bien la poëz acoler et besier,
Plus bele dame ne demant ne ne quier.
— Dex, dist li cuens, ja serai enragiez ! »

55

Guillaume était donc plein d'affliction et de colère,
ainsi que son neveu Guiélin et dame Orable,
dans la prison où ils furent jetés.
« Dieu, dit le comte, glorieux roi du ciel,
comme nous sommes trahis, trompés et perdus ! 1570
Par quelle folie fut entreprise cette affaire
qui provoque notre honte et notre déshonneur,
si Celui qui doit tout juger ne s'en soucie pas !
Hélas ! Quel dommage que le roi Louis le fier,
Bernard mon frère, le vieillard à la tête chenue, 1575
messire Garin d'Anseüne, le renommé,
et à Nîmes, Bertrand, le fort, ignorent notre situation ;
nous aurions besoin de leur secours.
– Oncle Guillaume, réplique Guiélin le fier,
cessez d'en parler, car c'est inutile. 1580
Voici Orable, l'épouse courtoise ;
vous avez tout loisir de l'embrasser et de la couvrir de
   baisers,
je ne souhaiterais pas connaître une plus belle dame.
– Dieu, dit le comte, je vais devenir enragé ! »

LA CHANSON DE GUILLAUME

Bien que par la tradition manuscrite *La Chanson de Guillaume* ne soit pas intégrée au cycle de Guillaume d'Orange, elle présente la forme la plus ancienne de la légende. Composée vers le milieu du XIIe siècle, cette œuvre de 3 554 vers relate la terrible bataille de Larchamp opposant les Français aux Sarrasins. Vivien, le neveu de Guillaume, refuse de reculer devant l'ennemi pour rester fidèle à l'engagement solennel qu'il a pris lors de son adoubement, mais il succombe bientôt devant le nombre. Au cours des combats postérieurs, s'illustrent le frère cadet de Vivien, Guiot, qui tue Déramé, et le géant Rainouart, un marmiton du roi Louis auquel Guillaume est venu réclamer de l'aide. Armé de son « tinel », une énorme massue, Rainouart massacre ses anciens coreligionnaires et assure la victoire du camp chrétien. Guibourc, l'épouse de Guillaume, le reconnaît comme son frère, après qu'il a reçu le baptême.

Ce récit, sans doute inspiré par des faits historiques, à savoir la défaite subie sur les bords de l'Orbieu, un affluent de l'Aude, par Guillaume de Toulouse, le modèle du héros épique, rappelle aussi le schéma narratif de *La Chanson de Roland* où Charlemagne venge la mort de son neveu. Malgré quelques contradictions internes (il existe ainsi deux versions de la mort de Vivien), le poème ne manque ni de souffle ni d'intérêt, alternant tour à tour le lyrique avec la présence d'un refrain (*Lunsdi al vespre*), le pathétique, le sublime avec le martyre de Vivien, véritable figure christique, le grotesque et l'héroï-comique avec un personnage digne des contes populaires, Rainouart, le géant simple, étourdi mais généreux et vaillant.

Dans l'extrait proposé, Vivien, après le massacre de ses derniers compagnons, se retrouve seul face à une multitude de Sarrasins.

Bibliographie

La Chanson de Guillaume, éd. de D. Mac Millan, Paris, Picard, SATF, 1949-1950, 2 vol.; éd. bilingue de F. Suard, Paris, Bordas, 1991.

J. Frappier, *Les Chansons de geste du cycle de Guillaume d'Orange*, Paris, SEDES, t. I, 1955, p. 113-233.

J. Wathelet-Willem, *Recherches sur La Chanson de Guillaume. Études accompagnées d'une édition*, Paris, Les Belles Lettres, 1975, 2 vol.

Notes

Le texte retranscrit est celui du manuscrit unique, Additional 38663 du British Museum de Londres et de l'édition de F. Suard. Nous avons procédé aux corrections suivantes :
– v. 841 : *nel poet* corrigé *ne la poet* ;
– v. 872 : *Tant en l'abatent* corrigé *Tant en abatent* ;
– v. 875 : *formen* corrigé *forment*.

L'agonie de Vivien, seul, supplicié et suppliant, rappelle la Passion du Christ. Comparant ce texte, empreint de « réalisme pathétique », avec le récit de la mort de Roland dans *La Chanson de Roland*, J. Frappier écrit avec justesse : « Rien n'atténue l'horreur physique et la cruauté morale du sort de Vivien : tourmenté par la soif, vomissant l'eau immonde qu'il a absorbée, un voile de brume sur les yeux, criblé de coups, les entrailles traînant jusqu'à terre, ne pouvant plus se déplacer qu'en s'appuyant sur son épée sanglante, il est cerné et abattu misérablement comme une bête ; son agonie se prolonge dans la détresse des abandons, sans autre présence que celle de ses ennemis, sans la certitude que son oncle approche pour le venger (tandis que Roland a entendu sonner les clairons qui répondaient à l'appel de son olifant), sans le cérémonial, cette sorte d'étiquette héroïque dont le neveu de Charlemagne a le privilège (le *ralenti* majestueux du récit lui laisse le temps de plaindre ses compagnons déjà tombés, de *regretter* son épée Durendal, de se remémorer ses propres exploits, de choisir l'attitude de sa mort, de tendre son gant vers Dieu) ; Roland meurt en vainqueur, Vivien meurt en vaincu, sans consolation religieuse, sans visitation évangélique, seul avec lui-même et avec sa pensée de Dieu » (*op. cit.*, p. 195-196).

funteine : du latin *fontana*, *funteine/fontaine* désigne en ancien français la source, l'eau vive sortant de terre. À partir du XIVᵉ siècle, par extension, le substantif définit en outre la « construction aménagée pour l'écoulement de l'eau ». Placée au centre du Paradis terrestre, la fontaine est, au Moyen Âge, un lieu de régénération, d'initiation ou de purification. Liée dans les lais et les romans au surgissement de l'aventure féerique, elle symbolise aussi la vie, l'immortalité, le perpétuel rajeunissement (« la fontaine de jouvence »). Voir M.-L. Chênerie, « Le motif de la fontaine dans les romans arthuriens en vers des XIIᵉ et XIIIᵉ siècles », *Mélanges Charles Foulon*, Rennes, 1980, t. I, p. 99-104.

l'eve salee del gué : comme l'explique J. Frappier, « l'eau salée, l'eau d'abomination bue au gué du rivage dans la torture de la soif ne correspond-elle pas au calice d'amertume, épuisé jusqu'à la dernière goutte, dont Jésus parle symboliquement dans les Évangiles, et aussi au vin mêlé de fiel, et à l'éponge imbibée de vinaigre qu'on tendit par dérision aux lèvres du Crucifié ? » (*op. cit.*, p. 194).

graver : dérivé de *grave*, variante de *greve* (du latin vulgaire *grava*), *graver/gravier* désigne un terrain sablonneux au bord de la mer, la « grève », le « rivage », avant de signifier un « ensemble de petits cailloux ».

broine : issu du francique *brunnia* (cuirasse, poitrine), la *broine/broigne* est une tunique de cuir ou de grosse toile, munie d'un capuchon. Afin de la rendre plus résistante, on y cousait des écailles de corne, des plaques et des anneaux métalliques. Au XII⁰ siècle les chevaliers abandonnèrent ce corselet, réservé dès lors aux soldats mercenaires, pour adopter le haubert, cotte de mailles plus solide. Dans le texte, « broigne » et « haubert » semblent synonymes (cf. 856 et 878).

gari : provenant du francique *warjan* (« défendre »), le verbe *garir* (en français moderne *guérir*) signifie principalement « protéger, garantir » ; par restriction sémantique, il peut avoir le sens d'« approvisionner, fournir », et celui de « guérir ». Employé intransitivement, il offre d'autres acceptions : « recouvrer la santé », mais aussi « être préservé », « échapper au danger », « résister », « se sauver ». À partir du XVI⁰ siècle, le verbe s'est spécialisé dans le sens médical.

nafré : le verbe *nafrer/navrer* serait emprunté à l'ancien norrois *nafra* (« percer ») ou résulterait du latin *naufragare* (« faire naufrage », d'où « ruiner, endommager »). Par rapport à d'autres verbes qualifiant l'action de blesser comme *blecier* (« contusionner »), *mehaignier* (« mutiler »), *navrer* signifie blesser grièvement à l'aide d'une arme qui transperce et provoque une effusion de sang. À partir du XVII⁰ siècle, le verbe s'emploie surtout au figuré au sens d'« atteindre moralement », « affliger », puis, par un nouvel affaiblissement sémantique, au sens de « contrarier ».

espee : du latin *spatha*, l'*espee* se compose de deux parties essentielles : la lame d'acier désignée par le terme *brant* (v. 888) avec sa pointe (la *mure* du v. 891) et la poignée (*enheudeure* en ancien français) qui comprend les deux quillons (*heuz/holz* au v. 889) formant la garde, puis la poignée proprement dite ou fusée, enfin le pommeau (*pont* en ancien français), sorte de tête arrondie qui termine la poignée. Il convient de souligner ici l'utilisation dérisoire de cette arme chevaleresque. Voir J. Wathelet-Willem, « L'épée dans les plus anciennes chansons de geste. Étude de vocabulaire », *Mélanges René Crozet*, Poitiers, C.C.M.A., 1966, t. I, p. 435-449.

anguisse : provenant du latin *angustia* (« étroitesse, espace étroit, état de gêne, difficultés »), le terme *anguisse/angoisse* offre plusieurs sens concrets et abstraits : lieu resserré, défilé ; étreinte, oppression ; douleur physique et morale qui serre le cœur et la gorge ; violence, colère, dépit ; embarras, situation critique ; anxiété, tourment. Peu usité au XVII⁰ siècle, le substantif désigne à notre époque un malaise physique et/ou psychique.

l'escu de quartiers : issu du latin *scutum*, l'*escu* est un bouclier oblong, arrondi vers le haut, terminé vers le bas par une pointe permettant de le ficher en terre, et muni, au centre de sa face extérieure, d'une bosse de métal, appelée boucle. Cette arme défensive est formée de planches de bois cintrées dans le sens transversal, recouvertes de cuir assujetti sur le bois par des clous, et reliées par des bandes métalliques. Le chevalier suspend son écu au cou à l'aide d'une courroie nommée la *guiche*, mais, au cours du combat, il « embrasse » le bouclier ; autrement dit, il passe son avant-bras gauche dans deux attaches en cuir, les *enarmes*. L'écu est souvent peint ou orné de fleurs et de figures animales. Lorsqu'il est partagé par deux lignes, l'une horizontale, l'autre verticale se coupant à angle droit et divisant sa surface en quatre parties égales, il est désigné par l'expression : « écu de quartiers ».

merci : venant du latin *mercedem* (« salaire, récompense »), *merci* a pour sens principal « grâce, pitié, miséricorde ». La « dame sans merci » qualifie, dans la poésie et le roman courtois, une femme qui refuse d'accorder à son soupirant la moindre récompense. Outre les acceptions de « faveur, cadeau », « amende, sorte de redevance », le substantif exprime la gratitude pour une faveur déjà accordée ou seulement sollicitée. Depuis le XVIe siècle, les deux valeurs essentielles du mot sont distinguées par le genre : alors que le substantif féminin signifie « grâce », le masculin exprime le remerciement et la politesse. Voir sur ce sujet, M.-L. Chênerie, « Le motif de la merci dans les romans arthuriens des XIIe et XIIIe siècles », *Le Moyen Âge*, t. LXXXIII, 1977, p. 5-52.

9. [La passion de Vivien]

LXIX

Grant fu le chaud cum en mai en esté,
E long le jur, si n'out treis jurz mangé.
840 Grant est la faim, e fort pur deporter,
E la seif male, ne la poet endurer.
Par mi la boche vait le sanc tut cler,
E par la plaie del senestre costé.
Loinz sunt les eves, qu'il nes solt trover ;
845 De quinze liwes n'i ot funteine* ne gué
Fors l'eve salee qui ert al flot de la mer ;
Mais par mi le champ curt un duit troblé
D'une roche ben prof de la mer ;
Sarazins l'orent a lur chevals medlé,
850 De sanc e de cervele fud tut envelupé.
La vint corant Vivien li alosé,
Si s'enclinad a l'eve salee del gué*,
Sin ad beü assez estre son gré.
E cil li lancerent lur espeés adubé,
855 Granz colps li donent al graver* u il ert.
Forte fu la broine*, ne la pourent entamer,
Que li ad gari* tut le gros des costez ;
Mais as jambes e as braz e par el
Plus qu'en vint lius unt le cunte nafré*.
860 Dunc se redresce cum hardi sengler,

9. La passion de Vivien

69

Il faisait très chaud comme en mai, à la belle saison,
la journée était longue et il n'avait pas mangé depuis trois jours.
La faim est terrible et dure à supporter, 840
la soif est cruelle, il ne peut l'endurer.
Le sang tout clair jaillit de sa bouche
et de la plaie de son flanc gauche.
L'eau douce est éloignée, il ne peut en trouver ;
à quinze lieues à la ronde il n'y avait ni source ni gué, 845
rien que l'eau salée des flots de la mer ;
pourtant à travers le champ de bataille, court un ruisseau boueux
qui sourd d'un rocher très proche de la mer ;
les Sarrasins l'avaient troublé avec leurs chevaux
et il était tout souillé de sang et de cervelle. 850
C'est là que se précipita Vivien le renommé,
il se pencha sur l'eau salée du gué,
et en but plus qu'il ne l'aurait souhaité.
Alors les ennemis lui lancèrent des épieux tout prêts
et lui donnèrent de grands coups sur le sable où il était. 855
Sa broigne était solide, ils ne purent l'entamer,
car elle protégea toute la largeur de ses flancs,
mais aux jambes, aux bras et ailleurs,
en plus de vingt endroits ils ont blessé le comte.
Il se redresse alors, tel un hardi sanglier, 860

Si traist s'espee* del senestre costé ;
Dunc se defent Vivïen cum ber.
Il le demeinent cun chiens funt fort sengler.
L'ewe fu salee qu'il out beu de la mer,
865 Fors est issue, ne li pot el cors durer ;
Sailli li est arere de la boche e del niés.
Grant fu l'anguisse*, les oilz li sunt troblez,
Dunc ne sout veie tenir ne esgarder.
Paien le pristrent durement a haster,
870 De plusur parz l'acoillent li guerreier,
Lancent li guivres e trenchanz darz d'ascer ;
Tant en abatent en l'escu de quarters*,
Que nel pout le cunte a sa teste drescer ;
Jus a la terre li chaï a ses pez.
875 Dunc le comencent paien forment a haster,
E sun vasselage durement a lasser.

LXX

Lancent a lui guivres e aguz darz,
Entur le cunte debatent sun halberc ;
Le fort acer detrenche le menu fer,
880 Que tut le piz covrent de claveals.
Jus a la terre li cheent les boels.
Nen est fis que durt longement mes ;
Dunc reclaime Deus qu'il merci* en ait.

LXXI

Vivïen eire a pé par mi le champ,
885 Chet lui sun healme sus le nasel devant,
E entre ses pez ses boals trainant ;
Al braz senestre les vait cuntretenant.
En sa main destre porte d'ascer un brant,
Tut fu vermeil des le holz en avant,
890 L'escalberc plein e de feie e de sanc ;

et tire son épée qu'il porte au côté gauche ;
alors Vivien se défend en vaillant chevalier.
Ils le malmènent comme les chiens harcèlent un puissant sanglier.
L'eau de la mer qu'il avait bue était salée,
il la rejette, ne pouvant la garder ; 865
elle jaillit de son corps par la bouche et par le nez ;
terrible est son angoisse, ses yeux se troublent,
et il ne peut plus tenir son chemin ni même le distinguer.
Les païens se mettent à le presser durement,
de toutes parts les guerriers l'assaillent, 870
lui lançant des javelines et des dards d'acier tranchants ;
ils en plantent tellement sur son écu divisé en quartiers
que le comte ne peut plus le lever jusqu'à sa tête ;
le bouclier tombe à terre, à ses pieds.
Alors les païens commencent à le presser fort, 875
et à épuiser ses forces.

70

Ils lui lancent javelines et dards tranchants,
et mettent en pièces autour du comte son haubert ;
l'acier robuste tranche le fer mince,
de sorte que toute sa poitrine se couvre de mailles. 880
Ses entrailles tombent jusqu'à terre.
Il n'est pas sûr de résister longtemps désormais ;
aussi implore-t-il Dieu d'avoir pitié de lui.

71

Vivien parcourt à pied le champ de bataille,
son heaume tombe sur le nasal, par-devant, 885
et ses entrailles traînent entre ses pieds ;
il les retient de son bras gauche.
Dans sa main droite il tient une lame d'acier,
toute vermeille depuis la garde,
le fourreau est rempli de foie et de sang ; 890

Devers la mure s'en vait apuiant.
La sue mort le vait mult destreignant,
E il se sustent cuntreval de sun brant.
Forment reclaime Jhesu le tut poant
895 Qu'il li tramette Willame le bon franc,
U Lowis, le fort rei cunbatant.

il marche en s'appuyant sur la pointe.
La mort l'oppresse cruellement,
et il se soutient à l'aide de son épée.
Il implore ardemment Jésus le tout-puissant
de lui envoyer Guillaume, le valeureux et noble chevalier, 895
ou bien Louis, le puissant roi guerrier.

LE MONIAGE GUILLAUME II

Il existe deux rédactions du *Moniage Guillaume*, qui datent du XII° siècle : l'une brève, d'environ 930 vers, dite « première rédaction » ou *Moniage Guillaume I*, l'autre de 6 629 décasyllabes assonancés, nommée seconde rédaction ou *Moniage Guillaume II*. Devenu âgé et veuf, Guillaume, qui se repent d'avoir tué tant de gens, décide de devenir moine à l'abbaye d'Aniane. Mais sa stature, sa gloutonnerie et ses colères épouvantent les religieux qui tentent vainement de l'éliminer en l'envoyant dans un bois infesté de brigands. Le comte préfère alors se retirer dans un lieu désertique et sauvage, à Gellone. Il y est fait prisonnier par le païen Synagon qui l'emmène à Palerme où il est délivré par l'armée du roi Louis. À l'appel de ce dernier, il se rend à Paris pour libérer la cité du géant sarrasin Ysoré. Après sa victoire, Guillaume retourne dans son ermitage où il meurt en odeur de sainteté.

La chanson possède plusieurs tonalités amusantes et sérieuses : comique par le contraste entre la vitalité d'un Guillaume vorace, jovial et peu docile, et l'austérité de l'existence conventuelle soumise à des règles strictes ; satirique dans la mesure où le trouvère n'hésite pas à dénoncer la lâcheté, l'envie, la gourmandise, la traîtrise et l'égoïsme des moines. De surcroît il souligne la supériorité de l'érémitisme sur le « moniage » : plus libre, plus actif et plus altruiste, celui-là permet de concilier vie héroïque et vie spirituelle ; par conséquent il assure plus sûrement le salut des vieux guerriers.

Le texte proposé se situe à la fin de la chanson. Après avoir vaincu les infidèles et le géant Ysoré, Guillaume affronte un ultime et terrible adversaire : le diable.

Bibliographie

Les Deux Rédactions en vers du Moniage Guillaume, éd. de W. Cloetta, Paris, SATF, 1906 et 1911, 2 vol. ; *Le Moniage Guillaume*, éd. de la rédaction longue de N. Andrieux-Reix, Paris, Champion, 2003.
Les Chansons de geste du cycle de Guillaume d'Orange, III, *Les Moniages-Guibourc, Hommage à Jean Frappier*, Paris, SEDES, 1983 ; P. Bretel, *Les Ermites et les moines dans la littérature française du Moyen Âge (1150-1250)*, Paris, Champion, 1995.

Notes

Le texte établi est celui du manuscrit 192 de la bibliothèque de Boulogne-sur-Mer (daté du 16 avril 1295) et de l'édition de W. Cloetta.
Bien qu'il soit retiré dans un ermitage, Guillaume d'Orange reste au service des chrétiens les plus démunis. Héros civilisateur, il décide de construire un pont pour rendre moins périlleuse la route des pèlerins les plus pauvres traversant les gorges sauvages du Verdus et de l'Hérault. C'est alors que le diable cherche à le décourager en détruisant chaque nuit l'ouvrage édifié pendant la journée. Mais le comte ne perd pas confiance en Dieu. Implorant le Seigneur à son secours, il n'hésite pas à affronter le démon trop orgueilleux pour se méfier de lui. À l'instar de Jésus repoussant le diable qui le tente dans le désert (voir l'Évangile selon saint Matthieu, 4, 10), Guillaume réplique vertement à son perfide adversaire : « *Va t'ent, dist il, dëables Sathanas !* » (v. 6606), avant de le précipiter dans un abîme infernal.

habitacle : issu du latin *habitaculum* (« demeure »), *habitacle* désigne une cabane, parfois un tabernacle, une châsse ; d'une manière concrète, il représente l'habitation des ermites, alors que le mot *ermitage* offre un sens plutôt abstrait. Sur ce mot, voir G. Gougenheim, « À propos d'*habitacle* chez Robert de Clari », *Études de grammaire et de vocabulaire français*, Paris, Picard, 1970, p. 330-339.

moustier : issu de la forme latine altérée *monsterium*, le substantif désigne un monastère, un couvent, une église, une chapelle où l'ermite prie, médite et célèbre les offices. À notre époque, il ne subsiste plus que dans des toponymes tels que Moustiers-Sainte-Marie et Noirmoutier.

courtil : dérivé de *cort*, le *courtil* désigne une petite cour, un jardin moins étendu qu'un verger. Le jardin permet « à l'ermite d'exercer une activité manuelle équilibrante » en même temps qu'il lui fournit les légumes et les fruits nécessaires à son alimentation. À ce sujet, voir P. Bretel, *op. cit.*, p. 400-422. On se souvient que Guillaume avait dévasté son jardin, arrachant les bonnes plantes et les arbres fruitiers et les remplaçant par des orties et de mauvaises herbes (v. 5007-5032) afin de signifier allégoriquement que le roi a chassé les gentilshommes de son entourage au profit des traîtres (v. 5122-5143).

destroit : issu du latin *districtus*, ce terme est d'abord un adjectif signifiant « resserré » ; très tôt substantivé, il prend le sens concret de « défilé de montagnes, passage étroit », qu'il garde jusqu'au XVIIe siècle, même si son acception maritime de « bras de mer entre deux terres » apparaît dès le XVIe siècle. Au Moyen Âge, il offrait aussi plusieurs sens figurés : « difficulté, obstacle » ; « peine, tourment, détresse ».

soumier : provenant du bas latin *sagmarium* (« bête de somme »), le *sommier* est un cheval de charge qui transporte le mobilier, les tentes, les coffres, les bagages et toutes les pièces de l'équipement d'un seigneur. Placer un chevalier sur un *sommier* est un châtiment déshonorant. Convaincu de la trahison de Ganelon, Charlemagne le met, enchaîné comme un ours, sur une telle monture (*La Chanson de Roland*, v. 1828). En moyen français, le terme désigne en outre une « pièce de charpente », une « poutre », puis un « matelas ». L'acception moderne de « partie basse d'un lit destinée à supporter le matelas » date du XIXe siècle.

nagier : du latin *navigare*, *nagier* s'applique au fait de naviguer, de voyager sur mer ou sur cours d'eau, et plus précisément de ramer, tandis que le verbe *sigler* (devenu aujourd'hui *cingler*), emprunté à l'ancien norrois *sigla* (« voile »), désigne l'action de faire voile. Le sens actuel d'« avancer sur l'eau par des mouvements appropriés », connu à la fin du XIIe siècle, se répand au XIVe siècle, au moment où *nager* remplace *noer/nouer* dérivé du latin *natare*, à cause de son homonymie avec l'autre verbe *nouer* issu de *nodare*.

Saint Gille et *Rochemadoul* : Saint-Gilles-du-Gard et Rocamadour constituaient deux étapes importantes sur les routes conduisant à Saint-Jacques-de-Compostelle. Si la cité gardoise, jadis arrosée par le Petit Rhône, fut de surcroît un port d'embarquement pour la Palestine à l'époque des croisades, la ville du Lot connut son apogée du XIe au XIIIe siècle à cause de son célèbre pèlerinage à la Vierge.

dïables : pour désigner le démon, le trouvère emploie quatre mots différents : *dïables* (du latin chrétien *diabolus*, lui-même emprunté au grec *diabolos*, d'abord adjectif signifiant « qui désunit, qui inspire la haine ou l'envie », puis substantif au sens de « calomniateur, homme médisant ») est un terme générique ; l'adjectif *vif* qui le précède au vers 6578 constitue une sorte d'intensif et confère à l'expression un aspect superlatif ; de son côté, *aversiers* (v. 6569), provenant du latin *adversarius* (« adverse, adversaire »), apporte souvent une nuance supplémentaire de monstruosité et peut aussi qualifier des Sarrasins ; enfin *anemis* (v. 6579), dérivé du latin *inimicus*, offre une valeur plus abstraite : c'est l'ennemi des hommes, du genre humain ; il s'applique au diable en général alors que les autres vocables, et notamment *sathanas* (v. 6590), dérivé d'un mot hébreu signifiant « adversaire, accusateur », représentent un démon particulier agissant dans un contexte précis. Voir C. Brucker, « Mentions et représentations du diable dans la littérature française, épique et romanesque du XIIe et du début du XIIIe siècle : quelques jalons pour une étude évolutive », *Le Diable au Moyen Âge*, Aix-en-Provence, *Senefiance*, n° 6, 1979, p. 37-68.

Li quens se saine : le signe de la croix ainsi que l'eau bénite constituent les moyens les plus efficaces pour mettre les démons en fuite. Sur ce sujet, on consultera P. Bretel, *op. cit.*, p. 246-264.

Glos : du latin *glutto/gluttonem* qui se rattache au substantif *gluttus* (« gosier »), *glos/gloton* (au cas régime) qualifie le « goinfre », le « vorace » puis l'« insolent ». Terme d'insulte, il se traduit le plus souvent par « gredin », « canaille » ou « traître ».

si com lisant trovon : c'est le motif conventionnel de la référence à une source écrite. Toutefois, il peut s'agir ici d'une allusion à la *Vita sancti Wilhelmi* que les moines de Gellone ont rédigée vers 1125 pour glorifier leur saint fondateur.

Saint Guillaume del Desert : on sait que Guillaume de Toulouse, petit-fils de Charles Martel, le prototype historique de Guillaume d'Orange, fonda l'abbaye de Gellone en 806 et s'y éteignit en 812. Pour rejoindre le village de Saint-Guilhem-le-Désert, dans l'Hérault, le visiteur contemporain peut encore passer par le « pont du diable » qui ne fut construit qu'au XIe siècle.

10. [Le pont du diable]

Son habitacle* a fait et redrechiét,
6545 Si a refait belement son moustier*,
Et son courtil* ra mout bien corteillié.
Haus fu li tertres ou il fu herbergiés,
Et par desous ot un destroit* mout fier,
Une iaue i coert qui descent d'un rochier,
6550 Que nus ne puet passer sans encombrier.
Li quens Guillaumes un jour a l'aighe vient,
Voit le passage qui fait a resoignier,
Ou maintes gens estoient perillié.
Or se porpense li gentieus quens proisiés
6555 C'un pont de pierre i volra estachier,
S'i passeront pelerin et soumier*
Et povre gent qui la iront a pié,
Qui n'ont cevaus ne batiaus por nagier*.
Voir, bien s'esproeve Guillaumes li guerriers :
6560 La se voldront pelerin adrechier,
Quant il iront a Saint Gille* proier ;
Par la iront Rochemadoul* poier,
A Nostre Dame qui en la roche siet.
Li quens Guillaumes a le pont comenchié,
6565 Pierres et grés a trait plus d'un millier.
Ains qu'il eüst le premier arc drechié,
Le vaut dïables* souspendre et engignier :
Quanque Guillaumes pot le jour esploitier,
Tout li depeche par nuit li aversiers.
6570 Quant li marcis a l'ovrage revient,

10. Le pont du diable

Guillaume a bien réparé sa demeure,
rebâti solidement sa chapelle 6545
et cultivé de nouveau son jardin avec soin.
Le tertre où il logeait était haut
et dominait un défilé très dangereux
où coulait un torrent, dévalant d'un rocher,
que personne ne pouvait traverser sans encombre. 6550
Un jour le comte Guillaume s'approcha du torrent
et vit le passage redoutable
où maintes gens avaient péri.
Alors le noble comte estimé projette
de construire un pont de pierre 6555
sur lequel passeront les pèlerins, les bêtes de somme,
et les pauvres qui iront à pied,
dépourvus de chevaux et de barques pour traverser.
Assurément Guillaume le guerrier se met à rude épreuve :
c'est par là que les pèlerins voudront passer 6560
en allant prier à Saint-Gilles
ou en montant à Rocamadour,
vers l'église Notre-Dame située sur un rocher.
Le comte Guillaume a commencé le pont,
charriant plus de mille blocs de pierre. 6565
Avant qu'il eût élevé la première arche,
le diable voulut lui tendre un piège maléfique :
tout ce que Guillaume avait réussi à construire dans la journée,
le démon le démolissait dans la nuit.
Quand le marquis revient sur son lieu de travail, 6570

Si troeve tout cheü et depechiét
Et les grans pierres rollees el gravier.
Sifaite vie mena un mois entier :
Ainc tant ne sot ovrer n'edefiier
6575 Que au matin ne trovast tout brisiét.
S'il s'en corouche, nus n'en doit mervillier.
« Dieus, dist Guillaumes, sainte Marie, aidiés !
Quel vif dëable me font cest destorbier ?
C'est anemis qui me veut assaier !
6580 Mais par l'apostle c'on a Rome requiert,
Se j'en devoie jusqu'en un mois veillier,
Si savrai jou, se jou puis, qui cho iert ;
Or le vaurai cascune nuit gaitier. »

CIV

Li quens Guillaumes durement s'aïra
6585 De son ovrage, que on li depecha.
Par une nuit li marchis i gaita :
« Dieus, dist il, Sire qui tout le mont forma,
S'il vous plaist, Sire, l'oeyre que jou i fas,
Veoir me laisse celui qui le m'abat. »
6590 A icest mot i vient li sathanas,
Le pont debrise et fait grant batestal,
De dant Guillaume durement se jaba
Et bien s'afice, ja tant n'i overra
Trestout le jour que la nuit n'abatra.
6595 Mais ne set mie ce que li quens pensa :
Li quens se saine* tantost con veü l'a,
A lui s'en vint, c'onques n'i arresta ;
Et li dïables de lui ne se garda.
Li quens le prent a un poing par le bras :
6600 « Glos*, dist li quens, certes mar i entras,
Mout m'as grevé, mais or le conperras ! »
Trois tours le tourne, au quart le rue aval,
Si l'a geté en l'aighe trestout plat ;
Au caïr ens a rendu mout grant flasc,
6605 Ce sembla bien c'une tours i versast.

il trouve tout l'édifice écroulé et démoli,
les grosses pierres tombées dans le lit du torrent.
Il mena cette vie un mois entier :
tout ce qu'il construisait par son labeur,
il le trouvait totalement brisé le lendemain matin. 6575
Nul ne doit s'étonner s'il en est exaspéré :
« Dieu, dit Guillaume, sainte Marie, aidez-moi !
Quels vrais diables me causent cet embarras ?
C'est l'Ennemi qui veut m'éprouver !
Mais par l'apôtre qu'on implore à Rome, 6580
même si je dois veiller durant tout un mois,
je saurai, si je le peux, qui c'est ;
désormais je veux le guetter chaque nuit. »

104

Le comte Guillaume était furieux
de constater qu'on lui détruisait son ouvrage. 6585
Une nuit le marquis faisait le guet :
« Dieu, dit-il, Seigneur, créateur de l'univers,
s'il vous plaît, Seigneur, laissez-moi voir
celui qui démolit l'œuvre que j'édifie. »
À ces mots Satan survient, 6590
brise le pont en faisant un énorme vacarme,
se moque cruellement de messire Guillaume
et se fait fort d'abattre chaque nuit
l'ouvrage édifié durant toute la journée.
Mais il ne sait pas à quoi pense le comte : 6595
celui-ci se signe dès qu'il a vu le diable,
il s'en approche sans jamais s'arrêter,
tandis que l'autre ne se méfie pas de lui.
Le comte l'empoigne par le bras :
« Canaille, dit-il, c'est pour ton malheur que tu es venu ici, 6600
tu m'as beaucoup nui, mais à présent tu vas le payer ! »
Il lui fait faire trois tours, au quatrième il le précipite en bas,
dans le torrent où il s'aplatit complètement.
Au fort claquement causé par sa chute dans l'eau,
on aurait dit qu'une tour s'y écroulait. 6605

« Va t'ent, dist il, dëables Sathanas !
Diex, dist li quens, qui tout le mont formas,
Ne soufrés, Sire, cis glous reviengne cha,
Par vo voloir remaigne tous tans la ! »
Et Damediéus sa proiere oï a :
Ainc li dïables puis ne s'en remua,
Tous tans i gist et tous tans i girra.
L'aighe i tournoie, ja coie ne sera,
Grans est la fosse et noire contreval.

CV

Quant li dïables fu en l'aighe parfont,
L'aighe i tornoie entor et environ ;
Grans est la fosse, nus n'i puet prendre fons.
Maint pelerin le voient qui la sont,
Et saint Guillaume sovent requis i ont ;
Caillaus et pierres getent el puis parfont.
Tant fist Guillaumes qu'il parfini le pont.
En l'ermitage fu tant puis li sains hom
Qu'il i prist fin, si com lisant trovon*,
Et Dieus mist s'ame lassus en sa maison.
Encor i a gent de religïon,
A Saint Guillaume del Desert* i dit on.
Aprés sa mort ne sai que en canchon ;
Or proion Dieu qu'il nous face pardon,
Si come il fist Guillaume le baron.

« Va-t'en, dit le comte, diable de Satan !
Dieu, créateur de l'univers,
ne permettez pas, Seigneur, que cette canaille revienne ici ;
par votre volonté, qu'il reste toujours là-bas ! »
Et le Seigneur Dieu a exaucé sa prière :   6610
jamais plus le diable ne sortit du torrent,
il y gît toujours et y demeurera pour l'éternité.
L'eau tourbillonne sans jamais se calmer,
Le gouffre est profond et noir, tout en bas.

105

Quand le diable fut englouti dans le torrent,   6615
l'eau tourbillonna en tous sens ;
le gouffre est profond, insondable.
Maints pèlerins le voient en passant,
et souvent implorent saint Guillaume ;
ils jettent des cailloux et des pierres dans l'abîme.   6620
Guillaume finit par terminer le pont.
Le saint homme resta ensuite dans l'ermitage
jusqu'à sa mort, selon le témoignage de ce que nous lisons,
et Dieu a accueilli son âme là-haut en paradis.
Des religieux se trouvent encore   6625
dans ce lieu qu'on appelle Saint-Guilhem-le-Désert.
La mort du comte marque la fin de notre chanson.
À présent prions Dieu qu'il nous absolve
comme il a pardonné à Guillaume, le vaillant chevalier.

RAOUL DE CAMBRAI

Appartenant au cycle des barons révoltés ou de Doon de Mayence, cette chanson de geste anonyme de 8 542 décasyllabes, rimés jusqu'au vers 5373, assonancés par la suite, fut composée vers la fin du XIIe siècle. Elle relate le conflit de deux lignages pour la possession d'un territoire. À la mort de son père, Raoul est privé de son fief par son oncle maternel, le roi Louis, qui l'attribue à Giboin du Mans. Après le décès du comte Herbert, il reçoit à titre de compensation le Vermandois, déshéritant ainsi les quatre fils du défunt parmi lesquels Ybert de Ribemont, le père naturel de Bernier, lui-même écuyer et compagnon d'armes de Raoul. Ce dernier, malgré les avertissements de sa mère Aalais, envahit le Vermandois et incendie le bourg et l'abbaye d'Origny où succombent les religieuses et Marsent, la propre mère de Bernier, lequel quitte alors son seigneur pour rejoindre les hommes de son lignage. Au cours d'une guerre sans merci, Raoul, blessé mortellement par Bernier, est achevé par Ernaut de Douai; l'oncle de Raoul, Guerri, et son neveu Gautier poursuivent la lutte jusqu'à la réconciliation des deux camps qui se liguent contre le souverain tenu pour responsable de tous leurs malheurs, et brûlent la cité de Paris. Bernier épouse la fille de Guerri, Béatrice, qui lui donne deux fils, Julien et Henri, mais au retour d'un pèlerinage à

Saint-Jacques-de-Compostelle, Guerri tue son gendre d'un coup d'étrier ; assiégé dans Arras par ses petits-fils, il choisit l'exil.

Quoique la dernière partie de la chanson se révèle plus romanesque, avec mariages, naissances, herbe magique, enlèvements, séparations, quête et retrouvailles, *Raoul de Cambrai* est une œuvre tragique, marquée par toute une série d'atrocités, de carnages, de meurtres et de sacrilèges, un drame de la haine et de l'amitié, de la violence et du désordre, de la révolte et de la vengeance, dont on n'oublie pas les principaux acteurs : Raoul furieux et démesuré, Guerri obstiné et rancunier, Bernier écartelé entre ses obligations vassaliques et ses devoirs familiaux, le roi Louis, vil et incompétent, sa sœur, l'énergique Aalais, la noble Marsent qui répond avec fierté aux insultes de Raoul, et Béatrice la passionnée.

Le texte choisi se situe juste après l'incendie où les nonnes d'Origny et la mère de Bernier ont péri.

Bibliographie

Raoul de Cambrai, éd. de P. Meyer et A. Longnon, Paris, Didot, 1882 ; *Histoire de Raoul de Cambrai et de Bernier le bon chevalier*, trad. de R. Berger et F. Suard, Troesne, Corps 9 Éditions, 1986 ; *Raoul de Cambrai, chanson de geste du XIIe siècle*, éd. de S. Kay et trad. de W. Kibler, Paris, Le Livre de poche, « Lettres gothiques », 1996.

E. Baumgartner et L. Harf-Lancner, *Raoul de Cambrai : l'impossible révolte*, Paris, Champion, 1999 (« Unichamp », n° 83) ; P. Matarasso, *Recherches historiques et littéraires sur Raoul de Cambrai*, Paris, Nizet, 1962 ; *Raoul de Cambrai*, ouvrage dirigé par J.-Cl. Vallecalle, Paris, Ellipses, 1999.

Notes

Nous reproduisons le texte du manuscrit BN, fonds fr. 2493 et de l'édition de S. Kay.

Le crime odieux commis par Raoul incendiant le monastère d'Origny et brûlant vives les nonnes et la mère de Bernier entraîne ce dernier à rompre publiquement son contrat vassalique. Le coup violent que lui porte son seigneur, au mépris du droit féodal et de l'amitié, scelle le désaccord d'une manière définitive. Ne songeant plus qu'à assouvir sa vengeance, Bernier refuse désormais toute réparation de la part de son ancien compagnon.

pechié : du latin *peccatum*, ce terme offre plusieurs acceptions dans l'ancienne langue ; outre le sens général de « faute », il désigne aussi une mauvaise action, un outrage, un dommage, un malheur, une imprudence aux conséquences fâcheuses, enfin une transgression de la loi divine. Depuis le XVIIe siècle, cette valeur religieuse est prédominante.

arce : dérivé du latin *ardere*, le verbe médiéval *ardoir/ardre* est employé intransitivement au sens de « se consumer », « flamboyer », « être tourmenté du désir de », ou transitivement avec les significations de « brûler », « incendier », « détruire par le feu ». Très usuel jusqu'au XVe siècle, il est ensuite remplacé par *brûler*, attesté dès le XIIe siècle, et devient archaïque malgré les mots *ardeur* (« embrasement » et « passion ») et *ardent* (« brûlant » et « passionné »). Citons ainsi les expressions « le mal des ardents » (maladie infectieuse, sans doute l'érysipèle gangréneux), « le bal des Ardents » (au cours duquel quatre jeunes gens déguisés furent brûlés vifs lors d'un bal offert à la cour en 1393 par la reine Isabeau de Bavière), « des charbons ardents » et « une chapelle ardente » (où le cercueil exposé est entouré de cierges).

Fil a putain : cette insulte très fréquente dans les chansons de geste peut s'appliquer aux Sarrasins, aux méchants, aux traîtres, aux brigands et même aux moines. L'invective préférée de Rainouart se trouve dans *Raoul de Cambrai* presque uniquement sur les lèvres du héros éponyme. [Voir à ce sujet Ph. Ménard, *Le Rire et le sourire dans le roman courtois en France au Moyen Âge (1150-1250)*, Genève, Droz, 1969, p. 137-139.] En injuriant ainsi Bernier, le violent Raoul insiste sur la bâtardise de son compagnon et sur la débauche de sa mère, laquelle a donné naissance à son fils en dehors des liens sacrés du mariage. Au monastère d'Origny (v. 1152-1155), il avait traité Marsent de *putain chanberiere*, de *corsaus* (coureuse), de

maailliere (femme vénale), de *garsoniere* (fille publique) et de *soldoiere* (prostituée).

essillié : dérivé du latin *exilium* (« bannissement, lieu d'exil »), le verbe *essillier* possède plusieurs valeurs. Outre le sens étymologique d'exiler, le seul qu'il ait conservé aujourd'hui, il signifie « ravager, ruiner », « détruire, faire mourir ».

loier : provenant du latin *locarium* (« prix d'un emplacement »), ce substantif signifie « salaire », « récompense », et dès le XIIIe siècle « prix de location », sens qu'il a gardé jusqu'à l'époque moderne.

bastars : Bernier donne une nouvelle définition de la bâtardise. Il ne s'agit plus à ses yeux d'une naissance illégitime, d'une tare sociale, d'une faute morale dont ni lui ni sa mère, prise de force par Ybert de Ribemont, ne sont au demeurant responsables, mais d'un péché contre la foi, d'un reniement de Dieu qui est le Père de tous les hommes. Ayant profané un sanctuaire et fait brûler vives cent religieuses, désirant festoyer pendant le carême et transgressant les lois divines, Raoul est, de ce point de vue, le vrai bâtard de la chanson.

vertu : du latin *virtutem*, ce substantif offre plusieurs significations : 1) force physique, violence ; 2) puissance, efficacité ; 3) propriété ; 4) puissance morale, courage ; 5) puissance divine, miracle ; 6) qualité de l'âme (voir les vertus théologales et cardinales).

duel : du bas latin *dolum*, *duel*/*deuil* (à partir du XVIe siècle) désigne l'affliction, la douleur. Il s'agit d'une souffrance très vive, provoquée par la maladie, la séparation ou la mort d'un être cher. Par spécialisation sémantique, le terme s'applique uniquement au chagrin causé par le décès d'un parent ou d'un ami, puis, par métonymie, aux marques extérieures de cette peine, en particulier les vêtements, et au cortège funèbre.

escuier : en latin le substantif *scutarium*, dérivé de *scutum* (« écu »), dénomme tantôt un fabricant de boucliers, tantôt un soldat de la garde impériale. Pendant le haut Moyen Âge, les écuyers sont peu considérés, assimilés aux *garçons* qui sont de simples valets d'armée, chargés des basses besognes. Dans *La Chanson de Roland*, Charlemagne demande de veiller sur les chevaliers morts à Roncevaux afin que les bêtes sauvages n'y touchent pas, « *Ne n'i adeist esquier ne garçun* » (v. 2437).

Au début du XII siècle, dans les chansons de geste et dans les romans, l'écuyer est un adolescent noble, non encore adoubé, qui, au cours de son apprentissage, assume diverses charges auprès d'un seigneur : toilette, service de table, accueil des hôtes, équipement du chevalier, soin des armes et des chevaux, dressage des chiens de chasse et des faucons, transmission des messages. Voir J. Flori, « Les écuyers dans la littérature française du XII siècle », *Hommage à Jean Dufournet*, Paris, Champion, 1993, p. 579-592, et Cl. Lachet, *Sone de Nansay et le roman d'aventures en vers au XIII siècle*, Paris, Champion, 1992, p. 374-377. Dans les autres textes, l'écuyer désigne un jeune serviteur. À partir du XIV siècle, on assiste à une spécialisation des emplois : écuyer de cuisine, de bouche, écuyer tranchant, écuyer chargé des écuries d'un prince. Cette ultime fonction explique que depuis le XVII siècle l'écuyer, rapproché à tort du mot *equus*, soit réservé au domaine de l'équitation.

congié : venant du latin *commeatum*, ce substantif signifie principalement la « permission de partir ». Selon l'étiquette médiévale, un subordonné ne peut se retirer sans demander congé au seigneur. C'est à ce sens que se rattachent des œuvres lyriques appelées *Congés*, composées au XIII siècle par des trouvères comme Jean Bodel, Baude Fastoul et Adam de La Halle, disant adieu à leurs amis au moment de s'éloigner de leur ville natale. Par la suite le terme s'applique par extension sémantique à toute permission ou se spécialise pour désigner « l'invitation qu'on adresse à un serviteur d'avoir à se retirer » (dès le XIII siècle), une permission militaire (à partir du XV siècle), « l'interruption courte des classes », les vacances (au XVI siècle), d'où les « congés payés », et dans des contextes juridiques « l'autorisation de faire circuler des marchandises » et « la signification faite par un propriétaire à son locataire qu'il doit quitter les lieux ». Aujourd'hui, on prend toujours congé d'un hôte, mais c'est un signe de politesse et non plus de vassalité.

fier : issu du latin *ferum*, cet adjectif est ambivalent. En effet tantôt il signifie « farouche », « vaillant », « audacieux », « magnifique », tantôt « violent », « cruel », « terrible ». À notre époque il garde son double aspect favorable (un cœur fier) et défavorable (avec le sens de « hautain », « arrogant », « prétentieux »).

maltalent : étymologiquement ce terme désigne la mauvaise intention et la mauvaise humeur ; puis, selon les contextes, il peut qualifier l'animosité, la colère, la fureur, le dépit, le ressentiment et la rancune.

anuier : provenant du bas latin *inodiare*, formé sur la locution de latin classique *in odio esse* (« être un objet de haine »), le verbe *anuier/enuier* possède dans l'ancienne langue des sens forts : « tourmenter », « épuiser », et en construction impersonnelle « contrarier », « fâcher », « nuire », « être insupportable ». La valeur affaiblie qu'*ennuyer* revêt à notre époque, « importuner », s'impose au XVIIe siècle. Employé pronominalement le verbe équivaut à « éprouver du dégoût », « se lasser ».

11. [La querelle entre Raoul et Bernier]

LXXXIV

« Sire Raous, tort faites et pechié* :
Ma mere as arce* dont j'a[i] le quer irié.
Dex me laist vivre tant q'en soie vengiés ! »
1520 Raous l'oï, s'a le chief enbronchié.
« Fil a putain*, le clama, renoié,
S'or nel laissoie por Dieu et por pitié,
Ja te seroient tuit li membre tranchié !
Qi me tient ore qe ne t'ai essillié* ? »
1525 Et dist Berniers : « Ci a male amistié !
Je t'ai servi, amé et sozhaucié,
De bel service reçoif malvais loier* !
Se je avoie le brun elme lacié,
Je combatroie a cheval ou a pié
1530 Vers un franc home molt bien aparillié,
Q'il n'est bastars* c'il n'a Dieu renoié ;
Ne vos meïsme qe voi outreqidié
Ne me ferriés por Rains l'arceveschié ! »
Oit le Raous, si a le front haucié.
1535 Il a saisi un grant tronçon d'espié
Qe veneor i avoient laissié ;
Par maltalent l'a contremont drecié,
Fiert Berneçon qant il l'ot aproichié,
Par tel vertu* le chief li a brisié,

11. La querelle entre Raoul et Bernier

84

« Seigneur Raoul, tu commets une très grave faute :
tu as brûlé vive ma mère et j'en ai le cœur rempli de colère.
Que Dieu me laisse vivre assez pour que j'en sois vengé ! »
À ces mots Raoul a baissé la tête. 1520
« Fils de putain, rénégat, appelle-t-il Bernier,
si à présent Dieu miséricordieux ne m'en empêchait pas,
je ne tarderais pas à te trancher tous les membres !
Qui me retient désormais de te massacrer ? »
Et Bernier de rétorquer : « Quelle cruelle amitié ! 1525
Je t'ai servi, aimé, élevé en dignité,
et pour ce loyal service je reçois un salaire détestable !
Si j'avais lacé le heaume bruni,
j'affronterais à cheval ou à pied
n'importe quel adversaire noble, armé de pied en cap, 1530
et je prouverais qu'on n'est pas un bâtard quand on n'a pas renié Dieu ;
et vous-même, malgré votre outrecuidance,
vous ne me frapperiez pas pour tout l'archevêché de Reims ! »
À ces mots Raoul a relevé la tête.
Il a saisi un grand tronçon d'épieu 1535
que des chasseurs avaient abandonné là ;
il le brandit rageusement
et, s'étant approché du jeune Bernier, il le frappe
avec une telle violence qu'il lui brise la tête

LA CHANSON DE GESTE

1540 Sanglant en ot son ermine delgié.
Voit le Berniers, tot a le sens changié.
Par grant irour a Raoul enbracié ;
Ja eüst molt son grant duel* abaissié,
Li chevalier i qeurent eslaissié.
1545 Cil les departent q'il ne ce sont touchié.
Son escuier* a Berneçons huchié :
« Or tost mes armes et mon hauberc doublier,
Ma bonne espee et mon elme vergié !
De ceste cort partirai san congié*. »

LXXXV

1550 Li quens Raous ot le coraige fier* ;
Qant il voit ci Berneçon correcié
Et de sa teste li voit le sanc raier,
Or a tel duel le sens qida changier.
« Baron, dist il, savez moi concellier ?
1555 Par maltalent* en voi aler Bernier. »
Lors li escrient li vaillant chevalier :
« Sire Raous, molt li doit anuier*.
Il t'a servi a l'espee d'acier,
Et tu l'en as rendu malvais loier :
1560 Sa mere as arce la dedens cel mostier,
Et lui meïsme as fait le chiés brisier.
Dex le confonde, qi tot a a jugier,
Qil blasmera se il s'en vieut vengier !
Faites l'en droit s'il le daingne baillier. »
1565 Et dist Raous : « Millor concel ne qier.
Berneçon, frere, por Dieu le droiturier,
Droit t'en ferai voiant maint chevalier.
— Tele acordanse qi porroit otroier ?
Ma mere as arce qe si me tenoit chier,
1570 De moi meïsme as fait le chef brisier !
Mais par celui qui nos devons proier,
Ja enver vos ne me verrés paier
Jusqe li sans qe ci voi rougoier
Puist de son gré en mon chief repairier.

et ensanglante son vêtement de fine hermine.　　　　　　　　1540
Voyant cela, Bernier a perdu toute sa raison.
Avec fureur, il a saisi Raoul à bras-le-corps,
et il aurait bientôt apaisé sa vive douleur,
mais les chevaliers se précipitent vers eux
et les séparent, les empêchant d'échanger des coups.　　　　　1545
Le jeune Bernier a crié à son écuyer :
« Vite mes armes, mon haubert à doubles mailles,
ma bonne épée et mon heaume cannelé !
Je partirai de cette cour sans prendre congé ! »

85

Quand le comte Raoul au cœur farouche　　　　　　　　　　1550
voit la colère du jeune Bernier
et de sa tête jaillir le sang,
il éprouve une telle douleur qu'il manque de perdre la raison.
« Barons, dit il, pouvez-vous me conseiller ?
Je vois Bernier s'en aller furieux. »　　　　　　　　　　　　1555
Alors les vaillants chevaliers s'écrient :
« Seigneur Raoul, il a tout lieu d'être fâché.
Il t'a servi avec son épée d'acier
et tu l'en as mal récompensé :
tu as brûlé vive sa mère dans ce monastère,　　　　　　　　　1560
et tu l'as lui-même grièvement blessé à la tête.
Que Dieu qui doit tout juger anéantisse
celui qui le blâmera de vouloir s'en venger !
Offrez-lui réparation s'il daigne l'accepter. »
Et Raoul reprend : « Je ne cherche pas de meilleur conseil.　1565
Bernier, mon frère, par Dieu le justicier,
je t'en offrirai réparation devant maints chevaliers.
– Qui pourrait accepter un tel accord ?
Tu as brûlé vive ma mère qui m'aimait tant,
tu m'as moi-même grièvement blessé à la tête !　　　　　　　1570
Mais par Celui que nous devons prier,
tu ne me verras jamais faire la paix avec toi
avant que mon sang que je vois couler ici
puisse de lui-même retourner dans ma tête.

1575 Qant gel verai, lor porrai esclairier
La grant vengance qe vers ton cors reqier ;
Je nel laroie por l'or de Monpeslier. »

Quand je verrai cela, je pourrai alors laisser s'apaiser
la terrible vengeance que je veux tirer de toi ;
sinon, je n'y renoncerais pas pour tout l'or de Montpellier. »

HUON DE BORDEAUX

Cette chanson de geste anonyme, composée entre 1260 et 1268, raconte, en 10 553 décasyllabes, les épreuves du héros, victime d'une double trahison. Convoqué à la cour, Huon, que le perfide Amauri accuse injustement de négliger son service vassalique envers Charlemagne, tombe dans une embuscade ; malgré lui, il tue le complice du félon, Charlot, le propre fils de l'empereur, provoquant la haine de ce dernier. Sa victoire contre Amauri dans le duel judiciaire n'empêche pas le cruel suzerain d'obliger son vassal à partir à Babylone pour y accomplir une mission fort dangereuse. Huon la réussit grâce à l'appui d'Auberon, un nain enchanteur, qui lui remet un hanap et un cor magiques. Après de multiples aventures et son mariage avec la fille de l'émir Gaudisse, il revient en France où il subit de nouveaux malheurs causés par la déloyauté de son frère Gérard. Auberon intervient encore pour rétablir la vérité et réconcilier Charlemagne et Huon, qui héritera trois ans plus tard du royaume de Féerie.

La chanson réalise une admirable symbiose entre les éléments épiques (guets-apens, combats singuliers, mêlées, massacres de païens), romanesques (avec les personnages d'Esclarmonde, princesse sarrasine, amoureuse d'un chevalier chrétien, et d'Estrument, ménestrel et harpiste talentueux, ou les motifs du voyage en mer, de l'enlèvement par des pirates, et du passage de ponts périlleux), exotiques (songeons à la traversée de pays tels que la Femenie, une terre désolée, ou le territoire des Commains, et aux automates de Dunostre) et merveilleux (Auberon, roi pieux, qui réunit en lui des traits folkloriques, arthuriens et chrétiens, ainsi que Malabron, sorte de génie marin).

L'œuvre connut un grand succès puisqu'elle fut pourvue, dès le XIIIe siècle, d'un prologue (*Auberon*) et de plusieurs suites comme *Esclarmonde, Huon roi de Féerie, Clarisse et Florent, Ide et Olive*. Ce cycle fut mis en prose au XVe siècle et il a fourni à Shakespeare le célèbre Obéron du *Songe d'une nuit d'été*.

Le texte choisi se situe lors du trajet de Huon et de ses compagnons vers Babylone. Après Brindisi et Jérusalem, la petite troupe doit franchir l'immense forêt où règne Auberon.

Bibliographie

Huon de Bordeaux, éd. de P. Ruelle, Bruxelles-Paris, 1960 ; trad. de F. Suard, Paris, Stock, « Moyen Âge », 1983. *Le Roman d'Auberon*, éd. de J. Subrenat, Genève, Droz, 1973 (« Textes littéraires français », n° 202).

M. Rossi, *Huon de Bordeaux et l'évolution du genre épique au XIIIe siècle*, Paris, Champion, 1975.

Notes

Nous reprenons le texte du manuscrit M de la bibliothèque municipale de Tours, 936, exécuté par un copiste picard vers le milieu du XIIIe siècle.

Auberon est un personnage composite, doué de pouvoirs merveilleux et surnaturels. Ses parents, Jules César, considéré au XIIIe siècle comme un chevalier exemplaire et un chef politique remarquable, et Morgue, la fée des romans arthuriens, le prédisposent à une destinée exceptionnelle, ce que confirme la présence de quatre fées lors de sa naissance. Elles accordent à l'enfant des dons extraordinaires. Si la première fée, d'abord fâchée puis repentante, compense le nanisme d'Auberon en le rendant plus beau qu'un soleil d'été (v. 3522-3532), les autres lui attribuent des aptitudes étonnantes. Semblable à Merlin, il sait sonder les cœurs (v. 3534-3536) ; il peut aussi apparaître dans n'importe quel lieu dès qu'il le désire (v. 3539-3544) et se déplace très rapidement sur de longues distances (v. 3551-3559, dans deux laisses subséquentes liées par enchaînement) ; il est en outre capable de faire surgir instantanément un palais ou de la nourriture (v. 3546-3550) et de subjuguer tous les animaux (v. 3573-3577) ; il connaît les secrets du Paradis et entend chanter les anges (v. 3578-3580) ; quasi immortel, il ne subit pas les atteintes de la vieillesse (v. 3581) et a le privilège de choisir le moment de sa mort (v. 3582) ; enfin, il est assuré de son salut éternel (v. 3583). Par de multiples références divines (v. 3515, 3530, 3542, 3562, 3570, 3580, 3583, 3589), Auberon apporte une dimension religieuse à ses pouvoirs merveilleux et se transforme lui-même en un élu de Dieu.

nori : du latin *nutrire*, le verbe *nor(r)ir*, outre les acceptions étymologiques de alimenter toute créature humaine, animale ou végétale et allaiter un nourrisson, signifie « élever un enfant ou un adolescent, lui procurer tout ce qui est nécessaire au développement de son corps et de son esprit » ainsi que « entretenir un homme adulte, subvenir à ses besoins en échange du service vassalique ». Ces dernières valeurs disparaissent à la fin du Moyen Âge, au profit de sens plus restreints, relatifs à l'alimentation et à la formation.

manderent : du latin *mandare*, le verbe *mander*, qui ressortit à l'acte de communiquer, est très usuel dans l'ancienne langue. Il offre des emplois et des sens divers : 1) *mander que* + subjonctif : « ordonner » ; 2) *mander que* + indicatif : « informer » ; 3) *mander* + substantif (lettres, paroles, saluts, etc.) : « rapporter, déclarer » ; 4) *mander* un messager : « envoyer » ; 5) *mander* le destinataire du message : « convoquer ». Sans doute victime de sa polysémie, le verbe est désormais archaïque et remplacé par des verbes tels que *commander* et *demander*.

Fees i vinrent : les dons des fées-marraines présentes autour du berceau d'un enfant et la défaveur accordée par l'une d'elles, mécontente, constituent un motif folklorique que l'on retrouve notamment dans le *Jeu de la Feuillée* d'Adam de La Halle, la *Chevalerie Ogier*, *Brun de la Montagne* et le conte de *La Belle au bois dormant*.

cruc : il s'agit de la première personne du singulier du passé simple de l'indicatif du verbe *croistre*. Le picard utilise le *c* comme désinence à la première personne du singulier de l'indicatif présent et parfait.

marce : du germanique *marka (frontière), le substantif *marce/marche* désigne « la province frontalière d'un État », et par extension « la région, le pays ».

Sec Arbre : « On croyait qu'il existait près d'Hébron, en Palestine, un arbre qui s'était desséché au moment de la mort du Christ. Des prophéties assuraient qu'un prince chrétien viendrait qui ferait chanter la messe sous l'Arbre Sec. Celui-ci reverdirait alors immédiatement et ce miracle devait entraîner la conversion d'un grand nombre de Sarrasins et de Juifs » (éd. de P. Ruelle, *op. cit.*, p. 405).

ja mar le mesquerrés : l'adverbe *mar*, issu du latin *mala hora*, signifie le plus souvent « pour mon, ton, son... malheur » ou « à tort ». Avec un verbe au futur ou au conditionnel, il équivaut à une forme renforcée de la négation, à un impératif prohibitif. L'expression se traduit donc littéralement par : « malheur à vous si vous ne le croyez pas », donc « n'en doutez pas ».

deviser : provenant du latin vulgaire *devisare, forme altérée de *divisare, elle-même créée sur le supin de *dividere*, le verbe *deviser* possède quatre sens principaux en ancien français : 1) valeur étymologique : « partager, diviser » ; 2) signification dérivée : « ranger, disposer, organiser » ; 3) dans le domaine de la volonté : « commander », « décider », « souhaiter » ; 4) dans le registre de la parole : « exposer, expliquer, raconter, décrire » ; « parler, discourir ». Depuis le XVIe siècle, cette dernière signification est la seule conservée. *Deviser*, c'est s'entretenir familièrement.

Quant m'aparlas, tu fesis que senés : par deux fois le roi de Féerie est apparu devant Huon et ses compagnons ; il a apostrophé les voyageurs et les a conjurés de lui adresser la parole, mais ceux-ci, effarés par le nain, ont préféré s'enfuir (v. 3236-3305 et 3356-3379). À la troisième tentative, le héros éponyme a enfin consenti à saluer courtoisement Auberon (v. 3500).

disner : issu du bas latin *dis(je)junare* (« rompre le jeûne »), *disner*, forme atone, et *desjuner*, forme tonique, désignent l'action de « prendre le premier repas de la journée », d'abord le matin, ensuite vers midi, par opposition à *souper* qui désigne le repas du soir. En ancien français les deux verbes *desjuner* et *disner* signifient en outre « manger » et « nourrir ». Tandis qu'au XVIIᵉ siècle le *déjeuner* s'applique à la collation prise au lever, *disner* au repas de la mi-journée et *souper* à celui du soir, au XIXᵉ siècle, pour le repas du midi, *déjeuner* se substitue à *dîner* qui, de son côté, remplace pour le soir *souper*, lequel dénomme le repas pris dans la nuit, après le spectacle. Le syntagme *petit déjeuner* apparaît alors pour la collation matinale.

viande : provenant du bas latin **vivanda*, altération du latin populaire **vivenda*, le substantif *viande* désigne en ancien français l'ensemble des aliments, la nourriture, les vivres, les provisions. À partir du XVᵉ siècle, le terme se spécialise pour qualifier la chair des animaux dont on se nourrit, se substituant alors au mot *chair*, issu du latin *carnem*.

12. [Les dons merveilleux d'Aubéron]

« Tu ne sés mie quel homme t'as trové ;
Tu le saras, gaires n'ert demoré.
Jules Cesar me nori* bien soué ;
Morge li fee, qui tant ot de biauté,
3515 Che fu ma mere, si me puist Dix salver.
De ces deus fui conçus et engerrés ;
N'orent plus d'oirs en trestout lor aé.
A ma naisence ot grant joie mené :
Tous les barons manderent* du rené,
3520 Fees i vinrent* ma mere revider.
Une en i ot qui n'ot mie son gré ;
Si me donna tel don que vous veés,
Que jou seroie petis nains bocerés.
Et jou si sui, s'en sui au cuer irés ;
3525 Jou ne cruc* puis que j'oi trois ans pasé.
Quant ele vit qu'ensi m'ot atorné,
A se parole me vaut puis amender ;
Si me donna tel don que vous orrés,
Que jou seroie li plus biaus hom carnés
3530 Qui onqes fust en aprés Damedé.
Or sui iteus que vous ichi veés,
Autant sui biaus com solaus en esté.
Et l'autre fee me donna mix asés :
Jou sai de l'omme le cuer et le pensé,
3535 Et si sai dire comment il a ouvré,
Et, en aprés, son peciet creminel.
La tierce fee me donna mix asés,

12. Les dons merveilleux d'Auberon

« Tu ne sais pas quel homme tu as rencontré ;
mais tu vas l'apprendre sans retard.
Jules César a pris grand soin de mon éducation ;
la fée Morgue qui fut la beauté même
était ma mère, j'en prends le Sauveur à témoin. 3515
Ces deux-là m'ont conçu et engendré ;
ils n'eurent pas d'autre enfant de toute leur vie.
Ma naissance fut l'occasion de grandes réjouissances :
tous les barons du royaume y furent conviés
et les fées vinrent rendre visite à ma mère. 3520
L'une d'elles ne fut pas satisfaite ;
elle m'accorda le don que vous pouvez voir :
je serais un petit nain bossu.
Et je le suis en effet, à mon grand désespoir ;
j'ai cessé de grandir depuis que j'ai eu trois ans passés. 3525
Quand elle vit comment elle m'avait arrangé,
elle voulut ensuite me dédommager par sa parole ;
elle m'accorda le don que vous allez entendre :
je serais, après le Seigneur Dieu, le plus bel homme de chair
qui ait jamais existé. 3530
Je suis donc tel que voici,
aussi beau qu'un soleil d'été.
Et la deuxième fée m'accorda un don bien supérieur :
grâce à elle je connais le cœur et la pensée de chacun,
je peux dire comment il a agi, 3535
et je connais même son péché mortel.
La troisième fée me donna plus encore

Por moi mix faire et por moi amender,
Si me donna tel don que vous orrés :
3540 Qu'il n'en a marce* ne païs ne rené
Desc'au Sec Arbre*, ne tant c'on puet aler,
Se jou m'i veul souhaidier en non Dé,
Que jou n'i soie tout a me volenté,
Tout aussi tost con je l'ai devisé,
3545 A tant de gent com je veul demander.
Et quant je veul un palais maçoner
A plusors canbres et a maint grant piler,
Jou l'ai tantost, ja mar le mesquerrés*,
Et tel mengier con je veul deviser*
3550 Et itel boire com je veul demander.
Et si fui certes tot droit a Monmur nés ;
Lonc est de chi, je vous di par vreté,
Quatre cent lieues i puet on bien conter.
Plus tost i sui et venus et alés
3555 Que uns chevaus n'ait arpent mesuré. »

XXVII

Dist Auberons : « Je fui nés a Monmur,
Une cité qui mon ancestre fu ;
Plus tost i sui et alés et venus
C'uns cevax n'ait un petit camp couru.
3560 Hues, biaus frere, tu soies bien venu ;
Tu ne mengas bien a trois jors u plus,
Mais t'en aras, se Damedix m'aiut.
Veus tu mengier emmi ce pré herbu,
U en grant sale u de piere u de fust ?
3565 Car le me di, se t'ame ait ja salu. »
— « Sire, dist Hues, par la vertu Jhesu,
Sor vo voloir n'en estra plais tenus. »
Dist Auberons : « Tu as bien respondu. »

pour m'avantager et me favoriser,
elle m'accorda le don que vous allez entendre :
il n'y a pas de marche, de pays ni de royaume   3540
jusqu'à l'Arbre Sec ou aussi loin qu'on puisse aller,
où, si je souhaite m'y rendre au nom de Dieu,
je ne sois selon mon gré,
aussitôt que j'en ai formulé le désir,
avec autant d'hommes que je veux demander.   3545
Et quand je veux construire un palais
avec de nombreuses chambres et maints grands piliers,
je l'ai aussitôt, n'en doutez pas,
et j'obtiens aussi la nourriture que je souhaite
et la boisson que je veux demander.   3550
Je suis né précisément à Monmur
qui est éloigné d'ici, je vous l'assure,
d'au moins quatre cents lieues, à ce que l'on peut compter.
J'y vais et j'en viens plus vite
qu'un cheval ne parcourt un arpent. »   3555

27

Auberon dit : « Je suis né à Monmur,
une cité qui appartenait à mon ancêtre ;
j'y vais et j'en viens plus vite
qu'un cheval ne parcourt un petit champ.
Huon, cher frère, sois le bienvenu ;   3560
il y a bien trois jours ou plus que tu n'as pas mangé,
mais tu auras de la nourriture, avec l'aide du Seigneur Dieu.
Veux-tu manger dans ce pré herbu
ou dans une grande salle de pierre ou de bois ?
Dis-le-moi, sur le salut de ton âme.   3565
— Seigneur, déclare Huon, par la puissance de Jésus,
je ne contesterai pas votre volonté.
— Tu as bien répondu », reprend Auberon.

XXVIII

Dist Auberons : « Hues, or m'entendés.
3570 Encor n'ai mie, par Dieu, trestot conté
Çou qe les fees me donnerent de gré.
Le quarte fee fist forment a loer,
Si me donna tel don que vous orrés :
Il n'est oisiax ne beste ne sengler,
3575 Tant soit hautains ne de grant cruauté,
Se jou le veul de ma main acener,
C'a moi ne viene volentiers et de gré.
Et aveuc çou me donna encore el :
De paradis sai jou tous les secrés
3580 Et oi les angles la sus u ciel canter ;
Nen viellirai ja mai en mon aé,
Et ens la fin, quant je vaurai finer,
Aveuqes Dieu est mes sieges posés. »
— « Sire, dist Hues, ce fait moult a loer ;
3585 Qui tel don a il le doit bien amer.
— Huelins frere, dist Auberons li ber,
Quant m'aparlas, tu fesis que senés*,
Tu en ouvras com bien endotrinés ;
Car, par Celui qui en crois fu penés,
3590 Mais tant boins jours ne te fu ajournés.
Tu ne mengas bien a trois jors pasé
Que bien n'eüsses mengié a un disner* :
Ore en aras a moult grande plenté,
De tel viande* que vauras demander. »

28

Auberon ajoute : « Huon, écoute-moi.
Par Dieu, je n'ai pas fini de raconter 3570
tout ce que les fées ont bien voulu me donner.
La quatrième fée mérita tous les éloges
car elle m'accorda le don que vous allez entendre :
il n'existe pas d'oiseau, de bête ou de sanglier,
aussi fiers et féroces soient-ils, 3575
qui, si je veux les appeler par un signe de la main,
ne viennent vers moi volontiers et de bon gré.
En plus de cela, elle me donna encore autre chose :
je connais tous les secrets du paradis
et j'entends les anges chanter là-haut dans le ciel ; 3580
je ne vieillirai jamais durant ma vie,
et à la fin, quand je voudrai mourir,
je siègerai auprès de Dieu.
— Seigneur, remarque Huon, cette grâce est digne de louanges ;
qui possède un tel don doit le chérir. 3585
— Frère Huelin, dit le noble Auberon,
lorsque tu m'adressas la parole, tu agis avec sagesse,
comme un homme bien instruit ;
car, par Celui qui fut crucifié,
jamais un si beau jour ne s'est levé pour toi. 3590
Il y a bien trois jours passés que tu n'as pas mangé
ni pris un bon repas :
tu auras aujourd'hui à profusion
toute la nourriture que tu voudras demander. »

III
LE THÉÂTRE

LE JEU D'ADAM

Le Jeu d'Adam, ou *Ordo* [texte] *representacionis Ade* [Adam], est un drame semi-liturgique anglo-normand en vers, composé au milieu du XIIe siècle et conservé par un manuscrit unique du début du XIIIe siècle, corrompu et incomplet, dont la fin a été perdue. Écrit en vers octosyllabiques et en quatrains de décasyllabes monorimes, il comporte trois sujets, trois ensembles (la faute d'Adam et Ève, le crime de Caïn, le défilé des prophètes) traitant des fautes contre Dieu et contre le prochain qui ont appelé la Rédemption.

Si *Le Jeu d'Adam* s'apparente à des drames comme *Le Jeu de Daniel* (Beauvais, XIIe siècle) et le *Sponsus* (Angoumois, fin du XIe siècle), par l'importance du chœur qui chante les leçons liturgiques aussi bien que par les nombreuses didascalies en latin qui indiquent les décors et les costumes et donnent des conseils pour la diction, la physionomie et les gestes des acteurs, en revanche toute la partie parlée est en français.

C'est une esquisse de pièce totale qui ose mettre Dieu en scène sous la forme de *Figura*, reflet lointain du Tout-Puissant. Il offre surtout, pour l'usage du latin et du français, un système précis : les dialogues sont en vers français, les didascalies en prose latine. Le français, qui développe un réalisme profane, à connotations péjoratives, réservant une part importante au diable, s'oppose au latin qui véhicule des paroles authentiques et vraies : le français apparaît comme une « farciture » très développée du fonds liturgique. L'église, espace sacré, est réservée à Dieu, retiré de l'univers terrestre, tandis que sur le parvis, occupé par le diable, s'agitent les humains, entre deux lieux différents et antithétiques, l'enfer d'où sortent les diables et le paradis gardé par l'ange. Le diable, démultiplié en *daemones*, s'approprie le monde des hommes. L'opposition spatiale entre l'intérieur et l'extérieur se double d'une opposition morale en un constat plutôt pessimiste sur la nature humaine. Deux *leitmotive* s'entrelacent : le diable s'acharne à la perte des hommes et veut leur malheur, la faute condamne à l'enfer après la mort ; mais la pitié divine, qui prévaudra sur la force satanique, permet de croire en la Rédemption.

Dans le passage que nous avons choisi, le diable, après avoir échoué auprès d'Adam, entreprend de séduire Ève.

Bibliographie

Éd. de P. Aebischer, Genève, Droz, 1964 ; de L. Sletsjöe, Paris, Klincksieck, 1968 (édition diplomatique et reproduction du manuscrit) ; de W. Noomen, Paris, Champion, 1971 (« Classiques français du Moyen Âge », n° 99) ; trad. de G. Cohen, Paris, Delagrave, 1936.

M. Accarie, « La mise en scène du *Jeu d'Adam* », *Mélanges Pierre Jonin*, Aix-en-Provence, 1979, p. 1-16 ; J.-P. Bordier, « Le fils et le fruit. *Le Jeu d'Adam* entre la théologie et le mythe », *The Theatre in the Middle Ages*, Louvain, 1985, p. 84-102 ; T. Revol, *Représentations du sacré dans les textes dramatiques des XIe-XIIIe siècles en France*, Paris, Champion, 1999.

Notes

Texte établi d'après le manuscrit (unique) de la bibliothèque municipale de Tours n° 927 et l'édition de W. Noomen, Paris, Champion, 1971.

Nous nous sommes efforcé de rester le plus près possible de la lettre du manuscrit. Nous avons corrigé seulement quelques fautes évidentes : dans la première didascalie, *colloquiam* en *colloquia* et *letu* en *leto* ; au v. 213, *orrras* en *orras* ; au v. 219, *ta parole* en *ma parole* ; au v. 231, *culpe* en *cuple* ; dans la deuxième didascalie, *intuitu* en *intuito* ; au v. 275, *dutante* en *dutance*.

dunge : troisième personne du subjonctif présent du verbe *donner*. Sur la désinence en *-ge*, forme du sud-ouest, de l'Anjou, du Perche, de la Bretagne, de la Normandie..., voir P. Fouché, *Morphologie historique du français. Le verbe*, Paris, Klincksieck, 1967, p. 208.

aiez : selon la graphie du manuscrit, *aiez* peut être une deuxième personne du singulier.

curcerai : graphie de *curucerai*, futur de *curucier*.

Celeras m'en : on comprendra : « Me garderas-tu le secret à ce propos ? »

Iert descovert : le sujet est neutre : « cela [le secret] sera révélé ».

pois : deuxième personne du présent de l'indicatif de *povoir*.

dors : graphie de *durs*.

francs : ce mot, qui avait d'abord une valeur ethnique (il s'agit du peuple franc), a pris l'acception de « libre » (voir encore *franc arbitre, corps franc, avoir les coudées franches*) et a désigné les nobles. Puis au sens social s'est ajoutée l'idée de noblesse morale et de noblesse des manières, avec au premier plan l'idée de générosité, puis de franchise au sens moderne.

serf : le serf était bien inférieur au *vilain* ; il était dans une dépendance personnelle et héréditaire, ne pouvant pas entrer dans l'Église, ni prêter serment, ni se marier en dehors du groupe de serfs dépendant du même seigneur que lui (*formariage*), ni léguer son héritage à ses enfants (*main morte*).

prenge : troisième personne du subjonctif présent de *prendre*. Voir v. 208.

em : de vous, de toi et d'Adam.

corrage : cœur, sentiments, intentions.

N'en : on peut voir en *nen* une graphie *en* pour *e* dans les mots atones (*ne, se, me, te, ke, que*) caractéristique de ce texte.

par ver : *por voir*, « vraiment, assurément ». Nous avons adopté le point de vue d'Albert Henry.

quil : sans doute graphie inverse pour *qui* ; voir P. Fouché, *Phonétique historique du français. III. Les Consonnes*, Paris, Klincksieck, 1961, p. 663.

molt : graphie de *mot*.

vertu : du latin *virtutem*, le mot désignait en ancien français : 1) la puissance, la vigueur, en particulier la puissance des plantes, des fruits, des pierres précieuses, ou encore la puissance de Dieu ou de la Vierge ; 2) de là, le sens de « miracle », manifestation de la puissance divine.

deuxième didascalie : *quo diucius intuito* : ablatif absolu se rapportant à *fructum vetitum*.

Ne creire Adam : infinitif en fonction d'impératif, traduisant une défense forte et pressante. Cet emploi, bien attesté dans les textes en vers du XIIe siècle, tend à se raréfier dans la prose du XIIIe siècle.

Le demorer : infinitif substantivé, « le fait de demeurer, de tarder ».

1. [Le diable entreprend de séduire Ève]

Tunc tristis et vultu demisso recedet ab Adam et ibit usque ad portas inferni et colloquia habebit cum aliis demoniis. Post ea vero discursum faciet per populum ; de hinc ex parte Eve accedet ad paradisum et Evam leto vultu blandiens sic alloquitur :

205 Eva, ça sui venuz a toi.

EVA

Di moi, Sathan, et tu pur quoi ?

DIABOLUS

Jo vois querant tun pru, tun honor.

EVA

Ço dunge* Deu !

DIABOLUS
        N'aiez* poür !
Molt a grant tens que jo ai apris
210 Toz les conseils de paraïs.
Une partie t'en dirrai.

EVA

Ore le comence e jo l'orrai !

DIABOLUS

Orras me tu ?

1. Le diable entreprend de séduire Ève

Alors, triste et tête basse, le diable s'éloignera d'Adam et ira jusqu'aux portes de l'enfer, et il s'entretiendra avec les autres démons. Ensuite, il courra parmi le peuple ; de là il se rendra au paradis, du côté d'Ève, et, le visage souriant, voici les propos flatteurs qu'il tient à Ève :

Ève, je suis venu ici te voir. 205

ÈVE
Dis-moi, Satan, pourquoi donc ?

LE DIABLE
Je recherche ton bien, ton honneur.

ÈVE
Que Dieu me les accorde !

LE DIABLE
                 N'aie pas peur !
Il y a bien longtemps que j'ai appris
tous les secrets du paradis. 210
Je t'en dirai une partie.

ÈVE
Commence donc, et j'écouterai.

LE DIABLE
M'écouteras-tu ?

EVA
Si frai bien ;
Ne te curcerai* de rien.

DIABOLUS
215 Celeras m'en* ?

EVA
Oïl, par foi !

DIABOLUS
Iert descovert* !

EVA
Nenil par moi !

DIABOLUS
Or me mettrai en ta creance,
Ne voil de toi altre fiance.

EVA
Bien te pois* creire a ma parole.

DIABOLUS
220 Tu as esté en bone escole !
Jo vi Adam, mais trop est fols.

EVA
Un poi est durs.

DIABOLUS
Il serra mols.
Il est plus dors* que n'est emfers.

EVA
Il est mult francs*.

DIABOLUS
Ainz est mult serf* :
225 Cure nen voelt prendre de soi,

ÈVE

Oui, oui, je le ferai,
je ne te courroucerai en rien.

LE DIABLE

Me garderas-tu le secret ?

ÈVE

Oui, sur ma foi !

LE DIABLE

Il sera révélé !

ÈVE

Pas par moi.

LE DIABLE

Je me fierai donc à ta promesse,
je ne veux pas de toi d'autre assurance.

ÈVE

Tu peux te fier à ma parole.

LE DIABLE

Tu as été à bonne école !
J'ai vu Adam, mais il est trop fou.

ÈVE

Il est un peu rude.

LE DIABLE

Il s'adoucira.
Il est plus dur que l'enfer.

ÈVE

Il est très noble.

LE DIABLE

C'est plutôt une canaille.
Il ne veut prendre soin de lui,

Car la prenge* sevals de toi !
Tu es fieblette e tendre chose,
E es plus fresche que n'est rose.
Tu es plus blanche que cristal,
230 Que neif que chiet sor glace en val.
Mal cuple em* fist li criator :
Tu es trop tendre e il trop dur.
Mais neporquant tu es plus sage,
En grant sens as mis tun corrage*.
235 Por ço fait bon traire a toi.
Parler te voil.

EVA
Ore i ait fai !

DIABOLUS
N'en* sache nuls !

EVA
Ki le deit saver ?

DIABOLUS
Neïs Adam !

EVA
Nenil, par ver* !

DIABOLUS
Or te dirrai, e tu m'ascute !
240 N'a que nus dous en ceste rote,
E Adam la, quil* ne nus ot.

EVA
Parlez en halt, n'en savrat molt*.

DIABOLUS
Jo vus acoint d'un grant engin
Que vus est fait en cest gardin :
245 Le fruit que Deus vus ad doné
Nen a en soi gaires bonté ;

LE JEU D'ADAM   267

qu'il prenne donc au moins soin de toi !
Tu es un petit être faible et tendre,
et tu es plus fraîche que la rose ;
tu es plus blanche que le cristal,
que la neige qui tombe sur la glace ici-bas. 230
Le Créateur a fait de vous un couple mal assorti :
tu es trop tendre et lui trop dur.
Mais néanmoins tu es plus avisée,
ton cœur est plein de sagesse.
C'est pourquoi il fait bon s'adresser à toi. 235
Je veux te parler.

ÈVE

Fais-moi donc confiance !

LE DIABLE

Que personne ne le sache !

ÈVE

Qui peut le savoir ?

LE DIABLE

Pas même Adam !

ÈVE

Non, assurément !

LE DIABLE

Je te parlerai donc, et toi, écoute-moi !
Il n'y a que nous deux en ce chemin, 240
et là-bas Adam qui ne nous entend pas.

ÈVE

Parlez haut, il n'en saura mot.

LE DIABLE

Je vous informe d'une grande tromperie
qui vous est faite en ce jardin :
le fruit que Dieu vous a donné 245
n'est pas bien bon ;

Cil qu'il vus ad tant defendu,
Il ad en soi grant vertu* :
En celui est grace de vie,
De poëste e de seignorie,
De tut saver, bien e mal.

EVA

Quel savor a ?

DIABOLUS

Celestial.
A ton bels cors, a ta figure
Bien covendreit tel aventure
Que tu fusses dame del mond,
Del soverain e del parfont,
E seüsez quanque a estre,
Que de tuit fuissez bone maistre.

EVA

Est tel li fruiz ?

DIABOLUS

Oïl, par voir.
Tunc diligenter intuebitur Eva fructum vetitum, quo diucius intuito* dicens :
Ja me fait bien sol le veer.

DIABOLUS

Si tu le mangues, que feras ?

EVA

E jo que sai ?

DIABOLUS

Ne me crerras !
Primes le pren e a Adam le done :
Del ciel averez sempres corone,
Al creator serrez pareil,
Ne vus purra celer conseil.
Puis que del fruit avrez mangié,

celui qu'il vous a tant défendu
possède en lui une grande vertu :
en celui-ci se trouve la source de la vie,
du pouvoir et de la souveraineté, 250
de la science de tout, du bien et du mal.

ÈVE

Quelle saveur a-t-il ?

LE DIABLE

Une saveur céleste.
À ton beau corps, à ta figure
il conviendrait bien qu'il advînt
que tu fusses la reine du monde, 255
du ciel et de l'enfer,
et que tu connusses tout ce qui doit arriver en sorte
que tu fusses la vraie maîtresse de l'univers.

ÈVE

Le fruit est-il tel ?

LE DIABLE

Oui, assurément.
Alors Ève regardera attentivement le fruit défendu, et, l'ayant contemplé un certain temps, elle dira :
Sa seule vue me fait déjà du bien. 260

LE DIABLE

Si tu le manges, que feras-tu ?

ÈVE

Qu'est-ce que j'en sais ?

LE DIABLE

Tu ne vas pas me croire !
D'abord, prends-le et donne-le à Adam.
Vous aurez aussitôt la couronne du ciel,
vous serez pareil au Créateur, 265
il ne pourra vous cacher aucun secret.
Une fois que vous aurez mangé du fruit,

Sempres vus iert le cuer changié.
O Deus serrez, sanz faillance,
270 De egal bonté, de egal puissance.
Guste del fruit !

EVA

Jo'n ai regard.

DIABOLUS

Ne creire Adam* !

EVA

Jol ferai.

DIABOLUS

Quant ?...

EVA

Suffrez moi
Tant que Adam soit en recoi.

DIABOLUS

275 Manjue le, n'aiez dutance !
Le demorer* serrat emfance.
Tunc recedat Diabolus ab Eva et ibit ad infernum.

aussitôt votre cœur sera transformé.
Vous serez avec Dieu, sans défaillance,
égaux en bonté, égaux en puissance.
Goûte au fruit !

ÈVE

J'hésite à le faire.

LE DIABLE

Ne va pas croire Adam !

ÈVE

Je le goûterai.

LE DIABLE

Quand ?...

ÈVE

Soyez patient avec moi,
jusqu'à ce qu'Adam se repose.

LE DIABLE

Mange-le, ne crains rien !
Ce sera stupide de tarder.

Alors le diable quittera Ève et se rendra en enfer.

Jean Bodel

LE JEU DE SAINT NICOLAS

Jean Bodel, après avoir écrit une chanson de geste, *Les Saisnes* (les Saxons), a été le véritable initiateur du *jeu* dramatique, comme il le fut pour les pastourelles en langue d'oïl, dont l'une est à caractère politique, et pour les *Congés*, où un lépreux dit adieu au monde. Il a exploité toutes les ressources du fabliau (fable, conte paysan, récit édifiant ou égrillard, épopée héroï-comique du jambon). La naissance de la littérature profane, jointe à l'émergence de la civilisation urbaine, engendre le théâtre profane qui, dès son origine, se diversifie en deux branches, l'une sérieuse et religieuse, l'autre comique ; toutes deux se retrouvent dans *Le Jeu de saint Nicolas* écrit par Jean Bodel vers 1200, et qui reprend sans doute un miracle latin dont le poète donne ou résume une traduction dans son prologue. Peut-être avait-il aussi en mémoire une pièce d'Hilarius, *Ludus super iconia sancti Nicolai* (1125).

Bodel a multiplié les dédoublements : le prologue écrit dans le style traditionnel de l'hagiographie s'oppose à la pièce, qui est d'un écrivain au sommet de son art, maniant avec brio l'alexandrin, le décasyllabe et l'octosyllabe, faisant alterner le ton épique de la bataille et le style truculent, argotique, des parties de dés, le drame liturgique et le fabliau, la gravité et l'humour, jouant sur le double sens des mots – *jus* peut désigner à la fois le jeu et le vin. On passe du jour à la nuit, de la cour royale à la taverne, des contrées exotiques à l'univers arrageois, des Sarrasins aux chrétiens, de la terre au ciel, dans un subtil entrelacement d'oppositions entre les personnages surnaturels et les chevaliers, entre ceux-ci et le *prud'homme*, entre les princes païens et l'émir d'Outre l'Arbre sec, entre le dieu sarrasin Tervagan et saint Nicolas, entre sa statue et son apparition. On quitte la réalité pour le rêve. À l'opposition entre le ciel et l'enfer, Bodel a superposé l'espace chevaleresque (camp des croisés chrétiens, cour des Sarrasins) et l'espace urbain de la taverne et des voleurs.

Mais cette bipolarisation se réduit à l'unité dans le *Te Deum* final que tous chantent en chœur. Car les Sarrasins se convertissent non par la contrainte des armes et le succès d'une croisade, mais par l'effet d'une triple action : le martyre des chevaliers qui appellent de leurs vœux une mort qu'ils jugent certaine ; la foi inébranlable du prud'homme, du *grand vilain chenu*, en saint Nicolas ; la conciliation de la foi et de la richesse qu'exprime la multiplication du trésor royal. Jean Bodel joue sur deux tableaux, sur une spiritualité traditionnelle, qui prône le détachement, l'affrontement avec l'Autre, le refus du compromis, et sur une religion plus humaine, mieux adaptée aux aspirations d'une classe et d'une ville qui souhaitent le bonheur.

Dans notre passage, les propos des chrétiens et les interventions de l'Ange exaltent la croisade et la foi militante, en rappelant que la vie chrétienne est un cheminement douloureux.

Bibliographie

Éd. *major* et trad. de A. Henry, Bruxelles, Palais des Académies, 3ᵉ éd., 1981 ; éd. *minor*, Genève, Droz, 1981.
Ch. Foulon, *L'Œuvre de Jehan Bodel*, Paris, PUF, 1958, p. 603-704 ; Ch. Jacob-Hugon, *L'Œuvre jongleresque de Jean Bodel. L'art de séduire un public*, Bruxelles, De Boeck

Université, 1998, p. 153-220 ; H. Rey-Flaud, *Pour une dramaturgie du Moyen Âge*, Paris, PUF, 1980.

Filmographie

La Légende de saint Nicolas, de J. Dewaivre (1941).

Notes

Texte édité d'après le manuscrit unique, Paris, Bibliothèque nationale, fonds fr. 25566, f⁰ˢ 68r° à 83r°, et les éditions de A. Henry. Cette scène se situe sur le champ de bataille : d'un côté, les chevaliers chrétiens et l'Ange ; de l'autre, les émirs sarrasins.

or du bien faire ! : ce tour exclamatif a un effet de sens couramment exhortatif : *Or du monter !* « Montez donc à cheval ! ». Mais ce peut être la constatation de la réalité. Le tour forme une phrase nominale appuyée sur l'adverbe *or*, « maintenant », et constituée d'un complément de propos : « il s'agit de... » (G. Moignet, *Grammaire de l'ancien français*, Paris, Klincksieck, 1973, p. 200).

tous li cuers m'en esclaire ! : M. Roques a expliqué l'expression *esclairier le cuer* (*Mélanges Lot*, 1925) ; ce qui est à la base de *esclairier*, ce n'est pas *clair* « brillant », mais *clair* « pur, net », si bien qu'*esclairier* signifie dans l'expression « débarrasser, soulager le cœur d'une peine, d'un ressentiment »...

par devise : « de compte fait, exactement, certainement », selon A. Henry.

juïse : c'est le jour du jugement, la mort.

coiffe : capuchon de maille qui recouvre la tête et supporte le heaume.

a l'assanler : « lorsque nous en viendrons aux mains ». Infinitif substantivé. Jouant le rôle d'un nom (ici, complément circonstanciel), l'infinitif peut prendre la marque du cas sujet, être précisé par un adjectif et précédé de l'article.

Metés [...] vos cors : mettez en jeu, exposez, risquez... *Cors* semble désigner ici la personne.

eslieus : comme *eslit* et *esleü*, forme du participe passé du verbe *eslire*, « choisir ». Voir P. Fouché, *Morphologie historique du français. Le verbe*, Paris, Klincksieck, 1967, p. 360. *Eslieus* signifie donc « excellent, de choix ».

2. [Un ange réconforte les chrétiens]

LI CRESTÏEN PAROLENT
Sains Sepulcres, aïe !

UNS CRESTÏENS
Segneur, or du bien faire★ !
Sarrasin et paien vienent pour nous fourfaire :
Ves les armes reluire, tous li cuers m'en esclaire★ !
Or le faisons si bien que no proueche i paire :
400 Contre chascun des nos sont bien cent par devise★ !

UNS CRESTÏENS
Segneur, n'en doutés ja, ves chi vostre juïse★ :
Bien sai tout i morrons el Damedieu servîche.
Mais mout bien m'i vendrai, se m'espee ne brise :
Ja n'en garira un ne coiffe★ ne haubers !

UNS CRESTÏENS
405 Segnieur, el Dieu servîche soit hui chascuns offers :
Paradys sera nostres et eus sera ynfers.
Gardés a l'assanler★ qu'il encontrent no fers !

UNS CRESTÏENS, NOUVIAUS CHEVALIERS
Segneur, se je sui jones, ne m'aiés en despit :
On a veü souvent grant cuer en cors petit !
410 Je ferrai cel forcheur, je l'ai piecha eslit :
Sachiés je l'ochirai, s'il anchois ne m'ochist.

2. Un ange réconforte les chrétiens

LES CHRÉTIENS PARLENT
Saint Sépulcre, à l'aide !

UN CHRÉTIEN
Seigneurs, pensons à bien faire !
Sarrasins et païens viennent pour nous faire du mal :
Voyez briller les armes, tout mon cœur s'en réjouit.
Agissons si bien que notre prouesse soit éclatante :
Contre chacun des nôtres, ils sont bien cent au total !   400

UN AUTRE CHRÉTIEN
Seigneurs, n'en doutez pas, voici pour vous le jour du Jugement.
Je sais bien que tous nous mourrons au service de Dieu.
Mais je m'y vendrai très cher, si mon épée ne se brise :
Jamais ni coiffe ni haubert n'en protégeront un seul.

UN TROISIÈME CHRÉTIEN
Seigneurs, que chacun aujourd'hui offre sa vie au service   405
de Dieu !
Le Paradis sera à nous, et à eux l'Enfer.
Veillez, lors du contact, à ce qu'ils rencontrent nos fers !

UN CHRÉTIEN, NOUVEAU CHEVALIER
Seigneurs, si je suis jeune, n'ayez pas pour moi de mépris :
On a souvent vu un grand courage dans un petit corps.
Je frapperai celui-là, le plus fort, je l'ai choisi depuis un   410
bon moment :
Sachez que je le tuerai, s'il ne m'abat avant.

LI ANGELES

Segneur, soiés tout asseür,
N'aiés doutanche ne peür :
Messagiers sui Nostre Segneur,
415 Qui vous metra fors de doleur.
Aiés vos cuers fers et creans
En Dieu, ja pour ches mescreans
Qui chi vous vienent a bandon
N'aiés les cuers se seürs non.
420 Metés* hardiement vos cors
Pour Dieu, car chou est chi li mors
Dont tout li pules morir doit
Qui Dieu aime de cuer et croit.

LI CRESTÏENS

Qui estes vous, biau sire, qui si nous confortés
425 Et si haute parole de Dieu nous aportés ?
Sachiés, se chou est voirs que chi nous recordés,
Asseür rechevrons nos anemis mortés.

LI ANGELES

Angles sui a Dieu, biaus amis,
Pour vo confort m'a chi tramis ;
430 Soiés seür, car ens es chieus
Vous a Dieus fait sieges eslieus*.
Alés, bien avés commenchié ;
Pour Dieu serés tout detrenchié,
Mais le hauté couronne arés.
435 Je m'en vois, a Dieu demourés.

L'ANGE

Seigneurs, soyez pleins de confiance,
N'ayez pas de doute ni de peur :
Je suis un messager de Notre-Seigneur
Qui vous arrachera à la douleur. 415
Que vos cœurs soient fermes et confiants
En Dieu, que jamais ces mécréants
Qui se précipitent sur vous
N'entament en rien votre assurance !
Exposez hardiment vos personnes 420
Pour Dieu, car voici venue la mort
Dont doit mourir tout le peuple
Qui aime Dieu du fond du cœur et croit en lui.

LE CHRÉTIEN

Qui êtes-vous, cher seigneur, qui nous réconfortez si bien
Et qui, de la part de Dieu, nous apportez une si noble 425
parole ?
Sachez-le : si c'est la vérité que vous nous rappelez,
Avec assurance nous recevrons nos ennemis mortels.

L'ANGE

Je suis un ange de Dieu, cher ami,
Pour vous réconforter Il m'a envoyé ici.
Soyez rassurés, car dans les cieux 430
Dieu vous a préparé les meilleurs sièges.
Allez, vous avez bien commencé ;
Pour Dieu vous serez mis en pièces,
Mais vous aurez la couronne des élus.
Je m'en vais, restez avec Dieu. 435

COURTOIS D'ARRAS

Courtois d'Arras est une œuvre qui, mettant en théâtre, dans le premier tiers du XIIIe siècle, la parabole de l'enfant prodigue (Luc 15, 11-32), prend place dans le mouvement de théâtralisation progressive de la littérature médiévale. Si le thème est religieux, le développement l'est de façon moins évidente, et le titre même semble éloigné de la sphère évangélique. Mais la liturgie commune de l'Église réapparaît au dernier vers (*Chantons Te Deum laudamus*), et la pièce garde des liens étroits avec la religion en insistant sur les thèmes du pardon et de la liberté humaine, de la misère de l'homme sans Dieu et de la nécessité de se convertir.

Le texte source est sans doute la parabole de saint Luc, que les clercs connaissaient à travers les exégèses des Pères de l'Église (saint Jérôme, saint Augustin, entre autres) que transmettaient les sermons, et grâce aux vitraux. Toutefois, l'auteur transpose la parabole dans le monde des hommes et lui donne un enracinement terrestre, voire terre à terre, propre à la littérature arrageoise. Mais le modèle du jeu dramatique demeure *Le Jeu de saint Nicolas* de Jean Bodel auxquels ont été empruntés des éléments caractéristiques, d'ailleurs modifiés et enrichis, tels que la taverne et ses attributs comme le couple du patron et du garçon, l'éloge du vin, le vol, ou encore une versification très élaborée, ou le personnage du *prud'homme* profondément transformé. Le texte source modifie le modèle en introduisant au cœur de la pièce les relations du père et du fils rebelle, et l'opposition fondamentale entre la ville, représentée par la taverne, et la campagne. En retour, le modèle pallie les lacunes du texte source, par exemple en donnant une place centrale à la taverne et en étoffant le personnage évangélique de l'habitant qui devient un *prud'homme* et procure du travail à Courtois.

Mais, si l'on tient compte du titre et de l'oxymore du vers 248 (*Vez qu'il fait le cortois vilain*), on découvre la dimension ironique, voire parodique et déceptive du jeu. Derrière sa structure et l'itinéraire du héros, on décèle la présence du *Conte du graal* et de son protagoniste, Perceval. Le roman de Chrétien et la pièce retracent les apprentissages d'un *fol*, d'un *nice*, qui quitte la demeure familiale pour aller chez le roi qui fait les chevaliers (Perceval) et pour connaître le monde et l'aventure (Courtois), avant de se convertir et de regagner la demeure du Père. Entre-temps, l'un et l'autre auront rencontré une demoiselle, une *douce amie*, et un *prud'homme*. Mais, dans *Courtois d'Arras*, la *douce amie* est une fille de petite vertu que le jeune homme rencontre dans la taverne et qui abuse de sa naïveté, tandis que le *prud'homme*, loin de l'initier à la chevalerie, lui donne à garder les porcs.

Ainsi peut-on dire que l'auteur de *Courtois d'Arras* dialogue avec ses trois avant-textes autant qu'avec ses auditeurs.

Dans le texte que nous avons choisi, le héros, après avoir été dépouillé de ses biens et chassé de la taverne, exprime ses premiers regrets.

Bibliographie

Éd. de E. Faral, Paris, Champion, 1961 ; éd. et trad. de G. Macri, Lecce, Adriatica Editrice Salentina, 1977, et de J. Dufournet, Paris, GF-Flammarion, 1995.

J. Dufournet, « *Courtois d'Arras* ou le triple héritage », *Revue des langues romanes*, 1991, p. 75-114.

Notes

Texte établi d'après le manuscrit B ; Bibliothèque nationale, fonds fr. 837, f⁰ˢ 63-66.

La pièce distingue deux temps forts par le jeu des rimes : la crise initiale (v. 1-90), en octosyllabes à rimes embrassées, et la prise de conscience (v. 431-450), c'est-à-dire notre passage, en quatrains monorimes d'alexandrins qui, chers aux écrivains moralistes (*Doctrinal Sauvage*) et satiriques (*Des fames, des dés et de la taverne*), marquent le retour à la parabole après un détour par le fabliau.

v. 431 : les leçons du premier hémistiche varient selon les manuscrits : B, *Hé ! las, com par doi estre...* ; C, *Hé ! las, com par sui ore...* ; A, *Diex, com puis estre...* ; D, *Ha ! Diex, tant par puis...* Le nom de Dieu n'apparaît qu'en A et D. À remarquer : la césure épique, césure sur muette apocopée.

engramis : « chagrin, affligé », formé sur *grain*, du germanique *gram*, « hostile ».

acointié : « annoncé ».

v. 437 : Courtois a le choix entre retourner à la maison de son père et continuer son errance.

matez : « abattu, vaincu », du verbe *mater*, formé sur *mat*.

escrit : « testament ».

molt vaut sens achatez : forme abrégée du proverbe (n° 1286) recueilli par J. Morawski, *Mieux vault sens achatés que sens empruntés*.

serra B ; *sera* AC : quelle que soit la graphie, il s'agit du futur du verbe *seoir*, « asseoir ».

v. 445 : variantes assez divergentes : *mais tant sai a mon cuer et truis a desfensable*, C ; *a tart me rechonois et me tiene desrainable*, A ; [...] *et tieng a desresnable*, D. Nous comprenons *desresnable* de B (du verbe *desraismier*, « défendre, combattre pour ») dans le sens de « défendable ».

v. 446 : utilisation originale d'un proverbe qu'on trouve sous les formes suivantes dans le recueil de J. Morawski : *A tart est l'uis clos quant li chevals en est hors* (n° 149) ; *A tant ferme on l'estable quant li chevaus est perdus* (n° 151) ; *Quant li chevaus est perduz, si fermez l'estable* (n° 1747).

mesestance : « misère ».

v. 449 : faut-il comprendre : « Que Dieu me change en pénitence cette grande perte et me conduise en un lieu où je trouve ma subsistance ! » ?

preudom : le mot désigne un bourgeois qui est en même temps un homme de bien loyal et honnête, pieux et sage.

Les didascalies sont intégrées dans le texte.

3. [Les premiers regrets de Courtois]

COURTOIS

Hé ! las, com par doi estre dolenz et engramis*,
quant vous de moi aidier estes si endormis !
Perdu ai le repere de parenz et d'amis :
bien le m'avoit mon pere acointié* et pramis.

435 Assez me chastïa, mes ainc n'i voil entendre ;
ainc ne soi que mal fu, si le m'estuet aprendre.
De ces deus voies ci ne sai la meillor prendre*,
quar je n'ai point d'argent et si n'ai que despendre.

Bien voi que par mon sens sui vaincuz et matez*.
440 Fors de l'escrit* mon pere sui a toz jors ostez.
Diex ! se c'est por mon bien que vous si me batez,
encor porroie dire : molt vaut sens achatez*.

Quanques me dist mon pere, trestout tenoie a fable :
or avrai sovent fain quant il serra* a table ;
445 mes tant sai en mon cuer et truis a desresnable* :
perdu ai le cheval, si fermerai l'estable*.

Hors sui de mon païs et de ma connoissance,
si me covient souffrir la moie mesestance*.
Diex, iceste grant perte me tort a penitance*
450 et en tel leu me maint ou truise ma chevance !

450a *Atant ez .I. preudom* venu*
450b *qui de par Dieu li rent salu.*

3. Les premiers regrets de Courtois

COURTOIS

Hélas ! j'ai de bonnes raisons d'être triste et affligé,
puisque vous êtes si lent à me venir en aide.
Je ne peux plus me réfugier chez des parents ou des amis :
mon père me l'avait bel et bien annoncé et promis.

Il m'a souvent fait la leçon, mais je n'ai jamais voulu l'écouter. 435
J'ignorais ce qu'était le malheur, maintenant il me faut l'apprendre.
De ces deux routes, je ne sais quelle est la meilleure pour moi,
car je n'ai pas d'argent, ni rien à dépenser.

Je le vois bien, c'est par ma conduite que je suis vaincu et abattu.
Je suis à jamais rayé du testament de mon père. 440
Mon Dieu, si c'est pour mon bien que vous me frappez ainsi,
je pourrai affirmer que sagesse acquise coûte plus cher.

Tout ce que mon père me disait, je le prenais pour des fariboles ;
maintenant j'aurai souvent faim quand il sera à table.
Voici ce que je sais et tiens pour une conduite déraisonnable : 445
j'ai perdu le cheval et vais fermer l'écurie.

Éloigné de mon pays et des gens que je connais,
il me faut supporter ma misère.
Mon Dieu, faites que cette grande perte me serve de pénitence
et me conduise en un endroit où je trouve de quoi subsister ! 450

Voici que survient un homme de bien 450a
qui le salue au nom de Dieu. 450b

Adam de La Halle

LE JEU DE ROBIN ET MARION

Dans *Le Jeu de Robin et Marion* (troisième quart du XIIIe siècle), Adam de La Halle met en théâtre les deux genres lyriques de la pastourelle et de la bergerie. Dans la première, un chevalier tente à l'ordinaire de séduire une bergère, souvent légère ; la seconde est consacrée aux danses, aux chants, aux jeux et aux altercations des bergers. Adam a entrelacé les deux genres avec une grande habileté.

Le Jeu de saint Nicolas demeure à l'arrière-plan de *Robin et Marion* dont l'auteur donne l'impression d'avoir voulu rivaliser avec Jean Bodel en mêlant non seulement deux genres – comme Bodel a entrelacé des scènes de bataille, de cour et de taverne –, mais aussi deux textes, l'un formé de refrains antérieurs au jeu et repris par Adam, et qui comportent des vers de diverses longueurs – de quatre à onze syllabes, et là encore il enchérit sur son modèle –, l'autre écrit par le poète lui-même en octosyllabes à rimes plates ; ces deux textes donnent une image plutôt discordante du monde paysan, la première plus raffinée et littéraire, la seconde plus réaliste et plus comique.

Adam de La Halle, qui connaissait sans doute *Courtois d'Arras*, a voulu, de nouveau, rivaliser avec son auteur en reprenant, dès le début de *Robin et Marion*, le schéma tripartite du *Conte du graal* de Chrétien de Troyes où le jeune Perceval rencontre des chevaliers dans la forêt et interroge leur chef sur trois pièces de son armement (lance, bouclier et cuirasse). Adam, qui a remplacé Perceval par Marion, a utilisé cet avant-texte avec subtilité, puisque nous avons ici trois fois un schéma tripartite. D'autres reprises signalent la volonté d'Adam de La Halle de rendre manifestes les correspondances entre les deux œuvres.

Mais pour apprécier correctement *Le Jeu de Robin et Marion* sans se préoccuper de savoir si cette pièce a précédé ou suivi *Le Jeu de la Feuillée*, sans doute faut-il penser que les deux jeux d'Adam de La Halle forment ensemble un véritable diptyque dont *Robin et Marion* est le volet campagnard et *La Feuillée* le volet urbain autour de la taverne.

Notre extrait reproduit les soixante-deux premiers vers de la pièce qui mettent en scène la première rencontre entre le chevalier et la bergère Marion.

Bibliographie

Éd. de K. Varty, Londres-Toronto-Wellington-Sydney, G.G. Harrap and Co, 1960 ; éd. et trad. de J. Dufournet, Paris, GF-Flammarion, 1989 ; éd. et trad. de P.-Y. Badel, Paris, Le Livre de poche, « Lettres gothiques », 1995.

J. Dufournet, « L'intertextualité du *Jeu de Robin et Marion* », *Plaist vos oïr bone cançon vallant, Mélanges de langue et de littérature médiévales offerts à François Suard*, Lille, 1999, p. 221-229 ; Ch. Mazouer, « Naïveté et naturel dans *Le Jeu de Robin et Marion* », *Romania*, t. XCIII, 1972, p. 378-393 ; K. Varty, « Le mariage, la courtoisie et l'ironie comique dans *Le Jeu de Robin et Marion* », *Mélanges Charles Foulon*, *Marche romane*, t. XXX, 1980, p. 287-292.

Notes

Texte établi d'après le manuscrit P, Bibliothèque nationale, fonds fr. 25566, f⁰ˢ 39-48 (fin du XIIIᵉ siècle ou début du XIVᵉ).

v. 1 : Marion, seule dans un pré, tresse une couronne de fleurs et chante.

v. 1-8 : chanson connue, dont les deux premiers vers sont chantés par la bergère d'une pastourelle de Perrin d'Angicourt et dans une pastourelle anonyme (K. Bartsch, *Altfranzösische Romanzen und Pastourellen*, Leipzig, 1870, p. 295 et 197).

cotele : cotte, sorte de blouse ajustée dans le haut et prenant de l'ampleur à partir des hanches, plus longue chez les femmes que chez les hommes.

escarlate : du flamand *skarlaten*, « drap à retondre », car les draps fins avaient besoin de l'opération de retondage. Comme on appliquait en général au drap le plus cher la teinture la plus vive et la plus solide (le rouge au kermès ou à la graine), peu à peu drap et couleur se confondirent, et finalement *escarlate*, à l'origine « drap fin », ne signifia plus que « drap fin teint en graine ».

Souskanie : c'est notre *souquenille*, variété de cotte, d'origine méridionale, avec un buste ajusté.

Aleuriva ! : ce refrain de chanson ne comporte pas de sens.

v. 9 : le chevalier avance à cheval, un faucon chaperonné sur son poing ganté. Il chante un refrain.

Marote : un des noms diminutifs de Marie, comme Maroie, Marion, Marien, Mariote, Marotele, Marotine...

v. 13 : le chevalier se tourne vers Marion.

panetiere : espèce de sac de cuir, suspendu en forme de fronde, dans lequel les bergers portent leur pain.

houlete : bâton de berger, portant au bout une plaque de fer en forme de gouttière pour lancer des mottes de terre aux moutons qui s'écartent du troupeau et les faire ainsi revenir.

oisel : terme générique qui, pour le chevalier, désigne un rapace de la chasse au vol, et, pour Marion, un passereau.

v. 27 : le manuscrit a la leçon : *Sire, j'en ai veü ne sai kans* (+ 1). Nous avons adopté la correction de A. Henry (*Romania*, t. LXXIII, p. 234).

joliëment : ce terme exprime en ancien français la gaieté, parfois en relation avec la notion d'audace et d'ardeur amoureuse. Voir G. Lavis, *L'Expression de l'affectivité dans la poésie lyrique française du Moyen Âge (XII*-XIII* siècles)*, Paris, Les Belles Lettres, 1973, p. 258-259 et 519-520.

nule ane : ici, le mot signifie « cane » (qu'on a encore dans le mot *bédane*, « bec d'âne »). Mais, ignorant la vie chevaleresque et en particulier la chasse en rivière, Marion pense immédiatement à l'âne.

Hairons : la prononciation paysanne confond les deux mots, *héron* qui désigne une nourriture noble, et *hareng*, nourriture commune de carême. *Herenc*, « hareng », est un mot de forme picarde et normande se fondant sur *hering*.

faucons : utilisé, comme le gerfaut et l'émerillon, pour la chasse de haut vol. C'est le rapace le plus réputé.

ele a de cuir le teste : le faucon est chaperonné : sa tête est couverte d'un chaperon qu'on enlève lorsque apparaît une proie.

de tel maniere : deux interprétations sont possibles : ou il s'agit des habitudes du chasseur, ou bien le chevalier a essayé de l'embrasser.

bruit : Adam joue sur le double sens du mot : « gloire » et « tapage ».

musete : instrument de musique des pastourelles, sorte de cornemuse.

v. 59 : le chevalier s'est approché de Marion.

4. [Première rencontre du chevalier et de la bergère]

*Chi commenche
li gieus de Robin et de Marion
c'Adans fist*

MARIONS

*Robins m'aime, Robins m'a ;
Robins m'a demandee, si m'ara.
Robins m'acata cotele*
D'escarlate* bonne et bele,*
5 *Souskanie* et chainturele.
Aleuriva* !
Robins m'aime, Robins m'a ;
Robins m'a demandee, si m'ara.*

LI CHEVALIERS

Je me repairoie du tournoiement,
10 *Si trouvai Marote* seulete au cors gent.*

MARIONS

*Hé ! Robin, se tu m'aimes,
Par amours maine m'ent !*

LI CHEVALIERS

Bergiere, Diex vous doinst bon jour !

MARIONS

Diex vous gart, sire !

4. Première rencontre du chevalier et de la bergère

*Ici commence
Le Jeu de Robin et Marion
qu'Adam composa.*

MARION

*Robin m'aime, Robin m'a ;
Robin m'a demandée et il m'aura.
Robin m'a acheté petite robe
d'écarlate solide et belle,
long fourreau, jolie ceinture.
Aleuriva !
Robin m'aime, Robin m'a ;
Robin m'a demandée et il m'aura.*

LE CHEVALIER

*Je m'en revenais du tournoi
et trouvai toute seule Marote au corps gracieux.*

MARION

*Hé ! Robin, si tu m'aimes,
par amour, emmène-moi !*

LE CHEVALIER

Bergère, Dieu vous donne un bon jour !

MARION

Dieu vous garde, seigneur !

LI CHEVALIERS

Par amour,
Douche puchele, or me contés
Pour coi ceste canchon cantés
Si volentiers et si souvent :
Hé ! Robin, se tu m'aimes,
Par amours maine m'ent !

MARIONS

Biaus sire, il i a bien pour coi.
J'aim bien Robinet, et il moi,
Et bien m'a moustré qu'il m'a chiere :
Donné m'a ceste panetiere*,
Ceste houlete* et cest coutel.

LI CHEVALIERS

Di moi, veïs tu nul oisel*
Voler par deseure les cans ?

MARIONS

Sire, j'en vi je ne sai kans.
Encore i a en ces buissons
Cardonnereul[e]s et pinçons
Qui mout cantent joliëment*.

LI CHEVALIERS

Si m'aït Dieus, bele au cors gent,
Che n'est point che que je demant ;
Mais veïs tu par chi devant
Vers ceste riviere nule ane* ?

MARIONS

C'est une beste qui recane ?
J'en vi ier trois seur che quemin
Tous quarchiés aler au molin.
Est che chou que vous demandés ?

LI CHEVALIERS

Or sui je mout bien assenés !
Di moi, veïs tu nul hairon ?

LE CHEVALIER

     Par amour,
douce pucelle, dites-moi donc
pourquoi vous chantez cette chanson
si volontiers et si souvent :
*Hé ! Robin, si tu m'aimes,
par amour, emmène-moi !*

MARION

Cher seigneur, il y a bien de quoi.
J'aime bien mon Robin et lui m'aime,
et il m'a bien montré qu'il me chérit :
il m'a donné cette panetière,
cette houlette et ce couteau.

LE CHEVALIER

Dis-moi, as-tu vu un oiseau
voler par-dessus les champs ?

MARION

Seigneur, j'en ai vu des quantités.
Il y a encore dans ces buissons
des chardonnerets et des pinsons
qui chantent très joyeusement.

LE CHEVALIER

Grand Dieu ! Belle au corps gracieux,
ce n'est pas ce que je demande ;
mais as-tu vu dans ce coin-ci
vers cette rivière, quelque cane ?

MARION

C'est bien une bête qui brait ?
J'en ai vu trois hier sur ce chemin,
tout chargés, aller au moulin.
Est-ce ce que vous demandez ?

LE CHEVALIER

Me voici donc bien renseigné !
Dis-moi, as-tu vu un héron ?

MARIONS

Hairons*, sire ? Par me foi, non !
Je n'en vi nes un puis quaresme
Que j'en vi mengier chiés dame Eme,
Me taiien, cui sont ches brebis.

LI CHEVALIERS

45 Par foi, or sui jou esbaubis,
N'ainc mais je ne fui si gabés !

MARIONS

Sire, foi que vous mi devés,
Quele beste est che seur vo main ?

LI CHEVALIERS

C'est uns faucons*.

MARIONS

Mangüe il pain ?

LI CHEVALIERS

50 Non, mais bonne char.

MARIONS

Cele beste ?
Esgar, ele a de cuir le teste* !
Et ou alés vous ?

LI CHEVALIERS

En riviere.

MARIONS

Robins n'est pas de tel maniere*,
En lui a trop plus de deduit :
55 A no vile esmuet tout le bruit*
Quant il joue de se musete*.

LI CHEVALIERS

Or dites, douche bregerete,
Ameriés vous un chevalier ?

MARION

Des harengs, seigneur ? Par ma foi, non !
Je n'en ai pas vu un seul, depuis carême
où j'en vis manger chez dame Emme,
ma grand-mère, qui possède ces brebis.

LE CHEVALIER

Ma foi, me voici tout désarmé :
jamais je ne fus si bien moqué.

MARION

Seigneur, par la foi que vous me devez,
quelle est cette bête sur votre main ?

LE CHEVALIER

C'est un faucon.

MARION

Mange-t-il du pain ?

LE CHEVALIER

Non, mais de la bonne viande.

MARION

Cette bête-là ?
Mais regardez : elle a la tête en cuir !
Et où allez-vous ?

LE CHEVALIER

À la rivière.

MARION

Robin n'a pas ces manières-là !
Il est beaucoup plus amusant :
dans notre village il mène joyeux tapage
quand il joue de sa musette.

LE CHEVALIER

Dites donc, douce bergerette,
aimeriez-vous un chevalier ?

MARIONS

Biaus sire, traiiés vous arrier !
60 Je ne sai que chevalier sont.
Deseur tous les homes du mont
Je n'ameroie que Robin.

MARION

Cher seigneur, écartez-vous !
Je ne sais ce que sont les chevaliers.
De tous les hommes au monde
je ne saurais aimer que Robin.

Adam de La Halle

LE JEU DE LA FEUILLÉE

Quand Adam de La Halle fait représenter à Arras, le 3 juin 1276, *Li jus de la fuellie* (*Le Jeu de la Feuillée*), son œuvre comporte de nombreux poèmes lyriques, des jeux-partis, une chanson de geste inachevée, *Le Roi de Sicile*, les *Congés* à l'occasion d'un prétendu départ d'Arras, et *Le Jeu de Robin et Marion*. Poète reconnu, il est l'un des plus grands musiciens du Moyen Âge.

À lui seul, le titre de la pièce en fait pressentir la complexité. La feuillée, c'est d'abord la branche de feuillage, l'enseigne de la taverne qui symbolise, dans le sillage du *Jeu de saint Nicolas* de Jean Bodel, l'univers déchu de la fraude et de la dispute. La taverne est le lieu de la folie (qui pouvait s'écrire *fuellie*). Le *dervé*, un fou furieux qui se déchaîne contre son père, apparaît comme la face nocturne d'Adam, qui l'attire et lui fait horreur, et comme l'être qu'il peut devenir s'il reste à Arras. Cette folie fait de *La Feuillée* un jeu carnavalesque, proche de la Fête des fous, dont la fin parodie les cérémonies religieuses et où l'impossible devient imaginable, comme la grossesse de la vieille Dame Douce. La bouffonnerie ridiculise tout le monde, les puissants et les fées, mais aussi le père, la femme, les proches d'Adam et l'auteur lui-même, qui se met en scène et tient les rôles de fils, d'époux, d'ami, d'intellectuel et de poète.

La feuillée est aussi la loge de feuillage qui pouvait abriter la reine de Mai, pour célébrer l'amour, et les fées venues du paganisme, aussi bien que la châsse de Notre-Dame qu'on vient prier à la fin de la pièce. N'est-ce pas enfin les feuillets du livre-testament d'Adam de La Halle qui joue avec les traditions populaires (banquet des fées), avec les formes littéraires, avec ses œuvres qu'il récrit comme avec les grands genres littéraires : chanson de geste, roman courtois, poésie lyrique ?

Subtile et ambiguë, cette pièce n'est pas seulement autobiographique, mais elle devient symboliquement le jeu dramatique du poète prisonnier de la ville mesquine dont il ne parvient pas à s'échapper. Elle inaugure le théâtre de la lucidité, le théâtre de la rue, sans salle ni scène, où les acteurs sortent du public pour tenir leur rôle et, leur tirade achevée, rejoignent les spectateurs. C'est un véritable psychodrame où les personnages et l'auteur, jouant des scènes de leur vie quotidienne à Arras, cherchent à exorciser les fantasmes et les inquiétudes d'une société en crise.

Le texte que nous présentons est le portrait de la femme d'Adam, Maroie, hier et aujourd'hui.

Bibliographie

Éd. et trad. de O. Gsell, Würzburg, 1970 ; éd. et trad. de J. Dufournet, Paris, GF-Flammarion, 2ᵉ éd. 1998 ; éd. et trad. de P.-Y. Badel, Paris, Le Livre de poche, « Lettres gothiques », 1995.

N.-R. Cartier, *Le Bossu désenchanté. Étude sur le Jeu de la Feuillée*, Genève, Droz, 1971 ; J. Dufournet, *Adam de La Halle à la recherche de lui-même ou le Jeu dramatique de la Feuillée*, Paris, SEDES, 1974, et *Sur le Jeu de la Feuillée. Études complémentaires*, Paris, SEDES, 1977 ; C. Mauron,

Le Jeu de la Feuillée, étude psychocritique, Paris, José Corti, 1973.

Notes

Texte établi d'après le manuscrit P, Bibliothèque nationale, fonds fr. 25566, f°s 48v°-59v° (fin du XIIIe siècle ou début du XIVe).

À remarquer la versification particulière de ce passage qui souligne son importance : après deux rimes plates (v. 81-82), nous avons une succession de rimes embrassées *abba* et de rimes plates *cc*.

Riquier, Riquece Aurri : un des personnages du *Jeu*, compagnon d'Adam ; clerc arrageois, marié, peut-être marchand.

enoint : sens premier : « enduire d'huile ». A-t-il, dans ce passage, le sens d'« ensorceler » ? C'est plutôt celui de « sacrer » (comme un roi ou une reine), eu égard à la mention de *roîne* au vers 86. Le verbe *enoindre* désigne l'acte essentiel du sacre : l'onction. L'amour sacralise les gens si bien qu'on ne les voit plus avec lucidité et qu'on les pare de grâces imaginaires.

v. 87-152 : sur ce portrait, voir J. Dufournet, *Adam de La Halle à la recherche de lui-même*, op. cit., p. 71-100.

roit : non pas « raide » mais « épais » et « ferme ».

fremïant : du verbe *fremïer* (*fermïer*, *formïer*, *fromïer*), dérivé du nom *formi* et qui signifie, à l'origine, « s'agiter comme des fourmis ».

fenestric : « large et découvert », à rapprocher du verbe *fenestrer*, « ouvrir largement ».

cresté : ridé comme la crête d'un coq.

deliés fauchiaus : ce sont les fines paupières ; mais le sens propre du nom était celui de « petit sac, enveloppe, étui » (du latin *follicellus*). C'était un mot du Nord-Est, selon Ch.-Th. Gossen, « Les noms du terroir chez quelques poètes arrageois du Moyen Âge », *Travaux de linguistique et de littérature*, t. XVI, 1978, p. 183-195.

plocons, plochons : diminutif de *ploich*, « plessis, clôture de branches entrelacées ». Ce sont les petites clôtures que forment les cils.

v. 104 : le sujet d'*ouvrans* est *fauchiaus*. *A dangier* « à volonté ». Voir Sh. Sasaki, « *Dongier*. Mutation de la poésie française au Moyen Âge », *Études de langue et de littérature françaises*, Tokyo, 1974, n° 24, p. 1-30.

foisseles : « fossettes ». Le mot *foissele* désignait au sens premier un petit panier, et plus particulièrement le petit panier dans lequel on fait égoutter le fromage. Ce mot, selon Gossen (*op. cit.*, p. 191), appartient à l'aire wallonne.

Parans : soit le participe présent de *paroir*, « apparaître », soit l'adjectif « remarquable, beau ».

sans fossete : « sans salière ni ride ».

en avalant : « en descendant ». Voir L. Foulet, « Avaler et descendre », *Mélanges Ford*, p. 25-52.

de maniere : « à point, assez, de bonne espèce, excellent ». Voir F. Lecoy, *Mélanges Brunel*, Paris, 1955, t. II, p. 120.

encruquoient : *encruquier* signifie « être crochu, en bec, faire saillie » ; on peut le rapprocher de *croc* et du moyen néerlandais *crueke*, traverse de bois fixée perpendiculairement au-dessus d'un bâton, croix en forme de T, potence (J. Bastin, *Romania*, t. LXVII, p. 393).

Encor estoit tout che du mains : voir J. Orr, *Essais d'étymologie et de philologie romanes*, Paris, Klincksieck, 1963, p. 137-157 : à partir du latin *minimi* ou *minoris est*, « cela est de peu d'importance », « cela est négligeable, inefficace, inutile (à faire ou à dire) », nous avons eu les sens de « peu importe ! », « cela ne fait rien ! », « cela va sans dire », « assurément ».

de point : « comme il convient, à point » (A. Henry).

le fourchele : il existait deux *forceles*, l'une, la clavicule, l'autre, celle de l'estomac « qui peut être l'épigastre, le creux de l'estomac ou les régions adjacentes, car l'anatomie familière n'est pas toujours très précise, comme le montrent les exemples réunis par Godefroy, *s. v.*, FORCELE » (M. Roques, « *Entre les dous furceles*, *Roland*, v. 1284 et 2249, *Mélanges K. Pope*, p. 321-328).

en dar : « en vain », « à rien », « inutilement ». Voir J. Engels, « L'étymologie de it. INDARNO, a. fr. EN DAR(T) », *Neophilologus*, t. XXXII, 1948, p. 103-107 : *en dar* viendrait du latin *in dare.

v. 163-164 : parataxe épique (voir P. Imbs, *Les Propositions temporelles en ancien français*, Strasbourg, Publications de la Faculté des lettres et sciences humaines de l'Université de Strasbourg, 1956) et jeu de mots sur *maistre* et

LE JEU DE LA FEUILLÉE 303

segneur : *maistre*, maître ès arts et maître de soi-même ;
seigneur : mari qui n'a du seigneur que le nom.

saveur : sans doute image culinaire (« sauce », « assaisonnement »).

Vaucheles : ce mot contient sans doute une équivoque : le mot désignerait les petites vallées du corps féminin ; il peut aussi rappeler des scènes de pastourelle où, en un *vaucel*, le séducteur jouit des faveurs d'une bergère.

v. 171 : il est très important pour Adam d'échapper à l'aliénation d'Arras pour redevenir maître de lui-même et de son destin, pour recouvrer sa personnalité et sa véritable vocation.

engroisse : double sens de « grossir » et « tomber enceinte ».

5. [Le portrait de Maroie]

ADANS

Ha ! Riquier*, a che ne tient point ;
Mais Amours si le gent enoint*
Et chascune grasse enlumine
En fame et fait sanler si grande,
85 Si c'on cuide d'une truande
Bien que che soit une roïne.
Si crin sanloient reluisant
D'or, roit* et crespe et fremïant* ;
Or sont keü, noir et pendic.
90 Tout me sanle ore en li mué.
Ele avoit front bien compassé,
Blanc, omni, large, fenestric* ;
Or le voi cresté* et estroit.
Les sourchiex par sanlant avoit
95 Enarcant, soutiex et ligniés,
D'un brun poil pourtrait de pinchel
Pour le resgart faire plus bel ;
Or les voi espars et drechiés
Con s'il voellent voler en l'air.
100 Si noir œil me sanloient vair,
Sec et fendu, prest d'acaintier,
Gros desous deliés fauchiaus*,
A deus petis plocons* jumiaus,
Ouvrans et cloans a dangier*
105 En regars simples, amoureus.
Puis si descendoit entre deus

5. Le portrait de Maroie

ADAM

Non, Riquier, vous n'y êtes pas ;
mais Amour sacralise les gens
et pare d'un vif éclat chacun des charmes
de la femme et les exagère si bien
que notre imagination en une fille de peu 85
découvre une reine.
Ses cheveux rivalisaient
avec l'or, drus, ondulés, frémissants ;
les voici clairsemés, noirs, raides.
Tout maintenant me semble changé en elle. 90
Son front, bien proportionné,
blanc, lisse, large, dégagé,
je le vois maintenant ridé et fuyant.
Ses sourcils, à ce qu'il me semblait,
arqués, fins, dessinaient une ligne régulière 95
de poils bruns, tracés au pinceau
pour embellir son regard.
Aujourd'hui, broussailleux et ébouriffés,
on les dirait prêts à s'envoler.
Ses yeux noirs me semblaient vifs, 100
nets, fendus en amande, engageants,
immenses sous la diaphane enveloppe des paupières,
bordées l'une et l'autre par la fine clôture des cils
qui s'ouvraient et se fermaient à volonté
pour lancer des regards pleins de naïveté et d'amour. 105
Puis descendait entre les deux yeux

Li tuiaus du nés bel et droit,
Qui li donnoit fourme et figure,
Compassé par art de mesure,
110 Et de gaieté souspiroit.
Entour avoit blanche maissele,
Faisans au rire .II. foisseles*
Un peu nuees de vermeil,
Parans* desous le cuevrekief.
115 Ne Diex ne venist mie a chief
De faire un viaire pareil
Que li siens, adont me sanloit.
Li bouche après se poursievoit,
Graille as cors et grosse ou moilon,
120 Fresche, vermeille comme rose ;
Blanque denture, jointe, close.
En après, fourchelé menton,
Dont naissoit li blanche gorgete,
Dusc'as espaules sans fossete*,
125 Omni et gros en avalant* ;
Haterel poursievant derriere,
Sans poil, blanc et gros de maniere*,
Seur le cote un peu reploiant ;
Espaules qui point n'encruquoient*,
130 Dont li lonc brac adevaloient,
Gros et graille ou il afferoit.
Encor estoit tout che du mains*,
Qui resgardoit ches blanches mains
Dont naissoient chil bel lonc doit,
135 A basse jointe, graille en fin,
Couvert d'un bel ongle sangin,
Pres de le char omni et net.
Or verrai au moustrer devant,
De le gorgete en avalant,
140 Et premiers au pis camuset,
Dur et court, haut et de point* bel,
Entrecloant le ruiotel
D'Amours qui chiet en le fourchele* ;
Boutine avant et rains vauties,
145 Que manche d'ivoire entaillies
À ches coutiaus a demoisele.

l'arête du nez fin et droit :
ses harmonieuses proportions
lui donnaient beauté et pureté,
et la joie y mettait un frémissement. 110
De part et d'autre, deux joues immaculées,
où le rire creusait deux fossettes,
délicatement teintées de vermeil,
qui se devinaient sous sa voilette.
Dieu ne parviendrait pas 115
à façonner un visage comparable
au sien, du moins je me l'imaginais alors.
Venait ensuite la bouche,
avec ses fines commissures et ses lèvres charnues,
fraîche, incarnate comme la rose, 120
s'ouvrant sur deux rangées régulières de dents éclatantes.
Et voici le menton, sa gracieuse fossette,
puis la gorge et sa délicate blancheur,
sans ride ni creux jusqu'aux épaules,
lisse, s'arrondissant peu à peu. 125
Par-derrière, la nuque,
bien découverte, blanche, pleine à souhait,
formait un léger pli sur la tunique.
Des épaules qui n'étaient pas pointues,
descendaient de longs bras, 130
ici pleins, là minces, selon les canons de la beauté.
Mais ces appas perdaient tout leur éclat
quand on regardait ses mains blanches
que prolongeaient de beaux doigts, longs,
avec de fines articulations et des extrémités effilées, 135
recouverts de beaux ongles roses,
lisses et nets près de la chair.
Venons-en maintenant au devant du corps,
à partir de la gorge, en descendant :
d'abord, la poitrine rondelette, 140
ferme, menue, haute, d'une beauté idéale,
emprisonnant le ruisselet
d'Amour qui se jette dans le creux de l'estomac.
Puis, le ventre saillant, les reins cambrés,
sculptés comme le manche en ivoire 145
des petits couteaux dont se servent les demoiselles.

Plate hanque, ronde gambete,
Gros braon, basse quevillete,
Pié vautic, haingre, a peu de char.
150 En li avoit itel devise ;
Si quit que desous se chemise
N'aloit pas li seurplus en dar*.
Et ele perchut bien de li
Que je l'amoie miex que mi,
155 Si se tint vers moi fierement,
Et con plus fiere se tenoit,
Plus et plus croistre en mi faisoit
Amour et desir et talent.
Avoec se merla jalousie,
160 Desesperanche et derverie.
Et plus et plus fui en ardeur
Pour s'amour et mains me connui
Tant c'ainc puis aise je ne fui,
Si euc fait d'un maistre un segneur*.
165 Bonnes gens, ensi fui jou pris
Par Amours qui si m'eut souspris,
Car faitures n'ot pas si beles
Comme Amours le me fist sanler,
Et Desirs le me fist gouster
170 A le grant saveur* de Vaucheles*.
S'est drois que je me reconnoisse
Tout avant que me feme engroisse*
Et que li cose plus me coust,
Car mes fains en est apaiés.

LE JEU DE LA FEUILLÉE

Les hanches étroites, les jambes galbées,
les mollets dodus, les chevilles fines et basses,
les pieds cambrés, minces, nerveux :
c'est ainsi que je me la représentais. 150
Et je crois que, sous sa chemise,
le reste ne déparait pas l'ensemble.
Elle se rendit bien compte toute seule
que je l'aimais plus que moi-même ;
aussi devint-elle hautaine à mon égard, 155
et plus elle se montrait hautaine,
plus elle excitait en moi
l'amour, le désir, la convoitise.
S'y ajoutèrent la jalousie,
le désespoir et la folie. 160
Plus la passion attisait mon ardeur,
plus je devenais étranger à moi-même,
si bien qu'ensuite je n'eus de cesse
que je n'eusse fait d'un maître ès arts un maître de maison.
Braves gens, ainsi suis-je devenu le prisonnier 165
d'Amour qui me prit en traître,
car ses traits n'étaient pas aussi beaux
que je le crus sur la foi d'Amour ;
et Désir me fit prendre goût à ses charmes,
les épiçant à la mode de Vaucelles. 170
Aussi est-il juste que je me retrouve,
avant que ma femme ne devienne grosse
et que l'aventure ne me coûte plus cher,
car je n'ai plus faim de ses appas.

Rutebeuf

LE MIRACLE DE THÉOPHILE

Dans cette pièce composée dans les années 1260, Rutebeuf a repris la vieille histoire du clerc Théophile qui, pour recouvrer ses fonctions et dignités, rendit hommage au diable et que la Vierge sauva de la damnation. Il s'est inspiré d'un récit de Gautier de Coinci, long de 2 029 octosyllabes dont il a fait un miracle dramatique de 663 vers de facture différente, à la manière du *Jeu de saint Nicolas* (octosyllabes à rimes plates, octosyllabes suivis d'un quadrisyllabe, alexandrins, hexasyllabes). Élaguant le texte de son devancier, tendant à l'abstraction, éliminant tout pittoresque, toute notation spatiale et temporelle, Rutebeuf alterne moments dynamiques, qui font progresser l'action, et moments statiques, qui permettent à Théophile de délibérer.

Ce travail recréateur fait du *Miracle* une somme de tous les grands thèmes de sa poésie. Dans un univers en ruine, le Mal livre une guerre constante au Bien. Le pauvre, coupable ou non, est abandonné de tous. Dans ce monde à l'envers, instable et déréglé que symbolisent le jeu de dés et la roue de Fortune, on ne peut sortir de l'enfer, l'obscurité triomphe de la lumière, le noir l'emporte sur la clarté. Mais il ne faut pas désespérer : si Dieu est lointain, l'amour de la Vierge est inépuisable. La pièce témoigne du culte marial à son apogée.

Le *Miracle* est surtout l'histoire d'une conversion. Prenant en charge l'humanité dans sa faiblesse et dans sa vocation au salut, il met en scène une situation privilégiée où la présence invisible du divin s'incarne et se révèle. Si l'on tient compte des rencontres entre *Le Miracle de Théophile* et les autres œuvres de Rutebeuf, n'est-il pas possible de penser que ce cheminement spirituel reconstitue sa propre vie, mettant en place les responsabilités de chacun, exorcisant ses contradictions et ses tentations, exprimant ses plus profondes espérances ? Dans cette pièce unique, Rutebeuf, à travers le personnage de Théophile, cherche à se comprendre : il a accepté de vendre son âme, en se masquant, sans que personne en sût rien. Quand il a été dur, était-il inspiré par l'amour de la vérité ou par le diable ?

L'œuvre reste ambiguë : retrace-t-elle à grands traits, de manière symbolique, l'itinéraire du poète, exprime-t-elle ses tentations ou ses espoirs, ou bien présente-t-elle un cas extrême qui atténue les propres fautes de Rutebeuf ?

Dans le passage que nous avons choisi, Théophile, séduit par Salatin, accepte, pour retrouver puissance et gloire, de jurer foi et hommage au diable.

Bibliographie

Éd. de G. Frank, Paris, Champion, 1925 (« Classiques français du Moyen Âge », n° 49) ; éd. de E. Faral et J. Bastin, Paris, Picard, 1959-1960 (t. II, p. 167-203) ; trad. de R. Dubuis, Paris, Champion, 1978 ; éd. et trad. de J. Dufournet, Paris, GF-Flammarion, 1987 ; éd. et trad. de M. Zink, Paris, Bordas, 1989 (« Classiques Bordas »).

J. Dufournet et F. Lascombes, « Rutebeuf et *Le Miracle de Théophile* », dans J. Dufournet, *Du Roman de Renart à Rutebeuf*, Caen, Paradigme, 1993 ; S. Gompertz, « Du dialogue perdu au dialogue retrouvé. Salvation et détour dans *Le Miracle de Théophile* de Rutebeuf », *Romania*, t. C, 1979, p. 519-528.

Notes

Texte établi d'après les manuscrits A, Paris, Bibliothèque nationale, fonds fr. 837, f° 298v°, et C, Paris, Bibliothèque nationale, fonds fr. 1635, f°ˢ 83-84, et d'après l'édition Faral-Bastin.

Vilain qui va a offerande : c'est-à-dire en renâclant, car le vilain passait pour avare.

Vostre sires : l'évêque nouvellement choisi qui a privé Théophile de ses bénéfices.

Il fu chanceliers : le nouvel évêque a-t-il été chancelier ? Impossible de trancher. Peut-être est-ce une manière de dénoncer l'âpreté du personnage, qui serait celle qu'on prêtait aux chanceliers dont une des fonctions était de tenir les comptes.

Or joing / Tes mains : il s'agit de l'hommage féodal, qui comportait un geste, l'*immixtio manuum*, le vassal plaçant ses mains dans celles du seigneur, et une déclaration : *Je deviens votre homme*. Le plus important était le geste, témoin les expressions *manus dare alicui, in manus alicujus venire, aliquem per manus accipere, alicujus manibus junctis fore feodalem hominem*. Voir F.-L. Ganshof, *Qu'est-ce que la féodalité ?*, 4ᵉ éd. Bruxelles, 1968, et J. Dufournet, *Cours sur La Chanson de Roland*, Paris, CDU, 1972, p. 156.

outre reson : on peut hésiter sur le sens de *raison* : 1) discours ; 2) raison.

v. 252 : voir Gautier de Coinci, v. 393 : *Maint crestïen m'ont deceü*.

v. 256-284 : les commandements du diable s'opposent aux dix commandements de Dieu. C'est une synthèse des recommandations que Salatin adressait à Théophile dans le texte de Gautier de Coinci (v. 484-538). On peut lire ce texte dans l'édition bilingue de A. Garnier, Paris, Champion, 1998.

guivre : une des trois sortes de serpents selon le *Bestiaire* de Gervaise, à côté de la couleuvre et du dragon. Sur le mot, voir J. Dufournet, *Cours sur La Chanson de Roland*, Paris, CDU, 1972, p. 99-104.

en la meson Dieu : cet hospice a pris ce nom vers 1258, ce qui permet de penser que la pièce de Rutebeuf n'est pas antérieure à cette date. Voir E. Coyecque, *L'Hôtel-Dieu de Paris au Moyen Âge*, Paris, Champion, 1891, 2 vol., et J. Dufournet, *Nouvelles Recherches sur Villon*, Paris, Champion, 1980, p. 228-231.

fade : ce mot, qui vient du latin populaire *fatidus*, signifiait « faible, languissant, pâle ».

seneschaus : c'était souvent, dans la littérature médiévale, le type même du méchant et du déloyal. Voir l'article de B. Woledge, « Bons vavasseurs et méchants sénéchaux », *Mélanges Rita Lejeune*, Gembloux, Duculot, t. II, p. 1263-1277. Le sénéchal était chargé d'administrer le temporel de l'évêque.

6. [Théophile devient le vassal du diable]

THEOPHILES

Je m'en vois. Diex ne m'i puet nuire
   Ne riens aidier,
Ne je ne puis a lui plaidier.

*Ici va Theophiles au deable, si a trop grant
paor et li Deables li dist :*

230 Venez avant, passez grant pas ;
Gardez que ne resamblez pas
Vilain qui va a offerande*.
Que vous veut ne que vous demande
Vostre sires* ? Il est molt fiers !

THEOPHILES

235 Voire, sire. Il fu chanceliers*,
Si me cuide chacier pain querre.
Or vous vieng proier et requerre
Que vous m'aidiez a cest besoing.

LI DEABLES

Requiers m'en tu ?

THEOPHILES

Oïl.

LI DEABLES

Or joing
240 Tes mains*, et si devien mes hon :
Je t'aiderai outre reson*.

6. Théophile
devient le vassal du diable

THÉOPHILE

Je m'en vais. Dieu ne peut me nuire
ni m'aider en rien,
et moi, je ne puis discuter avec lui.

*Ici Théophile se rend chez le diable. Il a une peur atroce.
Le diable lui dit :*

Avancez, dépêchez-vous ; 230
gardez-vous de faire comme
le vilain qui porte une offrande.
Que vous veut et que vous réclame
votre maître ? Il est bien cruel !

THÉOPHILE

C'est vrai, sire. Il était chancelier, 235
et voici qu'il prétend me réduire à mendier mon pain.
Je viens donc vous prier et supplier
de m'aider en cette nécessité.

LE DIABLE

Tu m'en fais la prière ?

THÉOPHILE

Oui.

LE DIABLE

Joins donc
tes mains, et deviens mon vassal : 240
je t'aiderai plus que de raison.

THEOPHILES

Vez ci que je vous faz hommage,
Més que je raie mon domage,
Biaus sire, dés or en avant.

LI DEABLES

245 Et je te refaz un couvant
Que te ferai si grant seignor
C'on ne te vit onques greignor.
Et puis que ainsinques avient,
Saches de voir qu'il te covient
250 De toi aie lettres pendanz
Bien dites et bien entendanz ;
Quar maintes genz m'en ont sorpris,
Por ce que lor lettres n'en pris ;
Por ce les veuil avoir bien dites.

THEOPHILES

255 Vez les ci : je les ai escrites.

*Or baille Theophiles les lettres au deable, et li
Deables li commande a ouvrer ainsi :*

Theophile, biaus douz amis,
Puis que tu t'es en mes mains mis,
Je te dirai que tu feras.
Ja més povre homme n'ameras.
260 Se povres hom sorpris te proie,
Torne l'oreille, va ta voie.
S'aucuns envers toi s'umelie,
Respon orgueil et felonie.
Se povres demande a ta porte,
265 Si garde qu'aumosne n'en porte.
Douçor, humilitez, pitiez
Et charitez et amistiez,
Jeüne fere, penitance,
Me metent grant duel en la pance.
270 Aumosne fere et Dieu proier
Ce me repuet trop anoier.
Dieu amer et chastement vivre,
Lors me samble serpent et guivre*

THÉOPHILE

Voici, je vous prête hommage,
à condition d'obtenir réparation
dorénavant, cher seigneur.

LE DIABLE

Je te promets en retour 245
de te faire plus grand seigneur
que jamais on ne te vit.
Et puisque les choses vont ainsi,
sache bien qu'il me faut
de toi une lettre scellée, 250
explicite et sans ambiguïté,
car maintes personnes m'ont trompé,
faute d'avoir exigé une lettre ;
c'est pourquoi je veux qu'elle soit explicite.

THÉOPHILE

La voici : je l'ai écrite. 255

Théophile donne alors la lettre au diable, et celui-ci lui commande d'agir ainsi :

Théophile, mon très cher ami,
puisque tu t'es remis entre mes mains,
je te dirai ce que tu feras.
Jamais homme pauvre tu n'aimeras ;
si un pauvre homme en détresse te prie, 260
détourne l'oreille, passe ton chemin.
Si quelqu'un s'humilie devant toi,
réponds-lui avec orgueil et cruauté.
Si un pauvre frappe à ta porte,
garde-toi qu'il emporte une aumône. 265
Douceur, humilité, pitié
et charité et amitié,
la pratique du jeûne, la pénitence
me font grand mal à la panse.
Faire l'aumône et prier Dieu 270
peuvent aussi me causer un grand courroux.
Si l'on aime Dieu et vit chastement,
j'ai l'impression qu'un serpent, qu'une vipère

Me menjue le cuer el ventre.
275 Quant l'en en la meson Dieu* entre
Por regarder aucun malade,
Lors ai le cuer si mort et fade*
Qu'il m'est avis que point n'en sente :
Cil qui fet bien si me tormente.
280 Va t'en, tu seras seneschaus*.
Lai les biens et si fai les maus.
Ne jugier ja bien en ta vie,
Que tu feroies grant folie,
Et si feroies contre moi.

THEOPHILES

285 Je ferai ce que fere doi.
Bien est droiz vostre plesir façe,
Puis que j'en doi ravoir ma grace.

me dévore le cœur au ventre.
Lorsqu'on se rend à l'hôtel-Dieu
pour visiter quelque malade,
j'ai alors au cœur si peu de vie
qu'il me semble perdre le sentiment :
qui fait le bien me met à la torture.
Va-t'en, tu seras sénéchal.
Laisse le bien pour faire le mal.
Ne rends jamais de jugements équitables dans ta vie,
car ce serait là une grande folie,
et contraire à mes intérêts.

THÉOPHILE

Je ferai ce que je dois faire.
Il est bien juste que j'agisse selon votre plaisir,
car ainsi rentrerai-je en grâce.

Arnoul Gréban

LE MYSTÈRE DE LA PASSION

Né vers 1425, Arnoul Gréban est organiste puis maître des enfants de chœur de Notre-Dame de Paris de 1451 à 1456, avant d'enseigner la théologie à l'Université de Paris. Après un long séjour jusqu'en 1473 auprès de Charles d'Anjou, il se rend à Florence où il devient chapelain de San Lorenzo puis s'occupe de la musique à la cour des Médicis jusqu'en 1485. Sa vie s'achève en Flandre quelque dix ans plus tard. Sur la requête des échevins d'Abbeville, il compose *Le Mystère de la Passion*, qui est joué dans cette cité en mai 1455.

Ce drame religieux de 34 429 vers et de 232 personnages se répartit en quatre journées : après un prologue (v. 1-1510) qui présente l'œuvre et rappelle la création du monde et de l'homme, la faute originelle et la mort d'Adam et Ève, la première journée (v. 1511-9943) est consacrée à la Nativité et à l'enfance du Christ (Annonciation, Visitation, naissance à Bethléem, adoration des bergers et des Mages, fuite en Égypte, massacre des Innocents, discussion de Jésus avec les docteurs de la loi), et la deuxième (v. 9944-19905) évoque la vie du Christ, depuis son baptême jusqu'à son arrestation provoquée par la trahison de

Judas. Si la troisième journée (v. 19006-27299) relate la Passion, la quatrième (v. 27300-34429) montre la Résurrection, l'Ascension et la descente de l'Esprit saint sur les apôtres.

Le fatiste sait avec talent varier les tons (sérieux et burlesque, tragique et farcesque, lyrique et réaliste, solennel et grossier) et les tableaux (scènes infernales, pastorale, discussions savantes, lamentations de Notre-Dame, agonie du Supplicié), proposant au public une véritable « somme » théâtrale. Des personnages très divers se côtoient ou se succèdent : par exemple, à côté de Jésus et Marie à laquelle Arnoul Gréban voue une tendre vénération, on remarque quatre bergers qui offrent à l'Enfant un flageolet, un hochet, un calendrier en bois et une sonnette, des personnages comiques tels que les diables, les marchands ou les aveugles, des personnages allégoriques comme Miséricorde et Justice qui s'opposent dans un procès en Paradis. Par *Le Mystère de la Passion*, l'auteur, soucieux d'édifier et de plaire, adresse aux spectateurs un message de foi et d'espérance.

Le texte choisi se situe lors de la quatrième journée. Le Christ profite du sommeil des gardes pour sortir du tombeau.

Bibliographie

Le Mystère de la Passion de A. Gréban, éd. critique de O. Jodogne, Bruxelles, 1965 et 1983, 2 vol. ; trad. de M. de Combarieu du Grès et J. Subrenat, Paris, Gallimard, « Folio », 1987.

M. Accarie, *Le Théâtre sacré de la fin du Moyen Âge. Étude sur le sens moral de la Passion de Jean Michel*, Genève, Droz, 1979 ; J.-P. Bordier, *Le Jeu de la passion. Le message chrétien et le théâtre français (XIIIᵉ-XVIᵉ siècles)*, Paris, Champion, 1997 ; E. Konigson, *L'Espace théâtral médiéval*, Paris, éd. du CNRS, 1975 ; Ch. Mazouer, *Le Théâtre français du Moyen Âge*, Paris, SEDES, 1998 ; G. Runnalls, *Études sur les mystères*, Paris, Champion, 1998 et *Les Mystères français imprimés*, Paris, Champion, 1999.

Notes

Le texte est établi à partir du manuscrit B de la Bibliothèque nationale, fonds fr. 815 (achevé en 1458) et de l'édition critique de O. Jodogne.

Trois personnages occupent la scène : Jésus, qui vient de se lever du sépulcre et choisit d'apparaître en premier à sa mère, Gabriel, l'archange de l'Annonciation, présent tout au long du *Mystère de la Passion* auprès de Marie qu'il protège et réconforte, notamment lors de la mort du Christ, et Marie, déchirée entre son amour pour son fils et son devoir de se conformer à la volonté divine, entre sa douleur d'avoir assisté au martyre et à la mort de Jésus et son espérance en sa Résurrection. Malgré sa profonde affliction, la Vierge garde confiance, attendant que son fils triomphe de la mort pour renaître à la vie éternelle. On sent entre Jésus et Notre-Dame une profonde tendresse (voir les v. 28967, 28975, 29009, 29012-29013, 29028-29029).

Ce passage est d'autre part fondé sur l'opposition entre deux champs lexicaux, celui de la souffrance, avec des termes comme *douloureux, triste angoisse, lamentet, J'ay souffert si dure penance* (v. 28970), *douleur* (v. 28971, 28977, 28984), *ma tres amere desplaisance* (v. 28974), *peine, angoisseuse, passïon, lamentacïon, pressee, extorcïon, exaccïon, angoissee,* et celui de la joie avec des mots tels que *joye* (v. 28995, 29019), *joyeuse* (v. 28968, 29032), *lëesse* (v. 29019).

Arnoul Gréban a particulièrement soigné la versification de cette scène, avec une série de strophes variées ; v. 28965-28984 : quatre quintils (aabba) formés de quatre octosyllabes et d'un tétrasyllabe au troisième vers ; v. 28985-28996 : un douzain (aabaab/bbabba) ; v. 28997, vers de transition rimant avec le dernier vers du douzain, suivi de deux octosyllabes à rimes plates (v. 28998-28999) et d'un autre vers de liaison (v. 29000) qui rime avec le premier vers de la figure suivante ; v. 29001-29008 : un huitain (ababbcbc) ; v. 29009-29032 : quatre sizains (aabaab).

depart : ce déverbal de *departir* (« distribuer, partager, répartir » ; « se séparer », « s'éloigner », « se retirer ») signifie « répartition », « séparation » et « action de partir ». Le sens ancien de « séparation » ne subsiste plus aujourd'hui que dans l'expression : *faire le départ entre...*

LE MYSTÈRE DE LA PASSION 323

penance : dérivé du verbe *pener* (« souffrir », « malmener » et « peiner »), le substantif *penance/penëance* offre les acceptions suivantes : « pénitence », « peine » et « punition ».

habondance : ce terme, qui se rattache au verbe *(h)abonder*, désigne une quantité plus que suffisante, et parfois la générosité. Pour la locution *a telle habondance*, nous adoptons la traduction de O. Jodogne : « si vive » (*Glossaire*, p. 405).

Exsurge, gloria mea : cette expression est empruntée au Psaume 57 (56) de David : « Éveille-toi, ma gloire./Éveille-toi, harpe, cithare, que j'éveille l'aurore ».

desolatam in seculo : « esseulée au monde ».

Exsurgam diluculo : « Je me lèverai au point du jour ».

Ces formules latines apportent une tonalité liturgique au *Mystère de la Passion* dans la mesure où ce psaume était chanté à l'office de laudes.

Hellas : au Moyen Âge, cette interjection n'exprime pas toujours la douleur ni la tristesse.

7. [La Résurrection]

NOSTRE DAME

28965 Depuis le douloureux depart*,
triste angoisse qu'en moy s'espart
 pour toy, mon filz,
chiere joyeuse je ne fis,
fors lamenter tousjours a part.
28970 J'ay souffert si dure penance*
et douleur a telle habondance*,
 sans point cesser,
qu'il n'est huy cueur qui puist pensser
ma tres amere desplaisance.
28975 Mon enffant, quant je te perdis
et que mort en la croix pendis
 en douleur dure,
bien aymas humaine nature
quant pour luy tes braz estendis.
28980 Et ta povre mere piteuse,
voyant ceste peine honteuse
 qu'on te faisoit,
Dieu scet lors qu'elle se taisoit,
voyant douleur tant angoisseuse.
28985 Mais, non obstant ta passïon,
mon dueil, ma lamentacïon
dont je fus et suis fort pressee
pour la cruelle extorcïon
la pitoyable exaccïon
28990 ne m'a pas si fort angoissee

7. La Résurrection

NOTRE-DAME

Depuis notre douloureuse séparation, 28965
une sombre anxiété m'envahit
à cause de toi, mon fils ;
loin de me réjouir,
je ne cesse de me lamenter en secret.
J'ai enduré une peine si dure 28970
et une si vive douleur,
sans aucun répit,
qu'aujourd'hui personne ne peut imaginer
ma cruelle affliction.
Mon enfant, quand je t'ai perdu 28975
et t'ai vu mort, crucifié
dans de terribles souffrances,
tu as bien aimé l'humanité
en étendant tes bras pour elle.
Et ta pauvre et pitoyable mère, 28980
voyant ce supplice honteux
qu'on t'infligeait,
Dieu sait alors si elle se taisait,
à la vue d'une douleur si violente.
Mais malgré ta Passion, 28985
la détresse et les lamentations
dont je fus et suis fort accablée
par suite de tes atroces tortures,
ce sort inique et digne de pitié
ne m'a pas affligée au point 28990

que j'aye en rien ma foi blessee
ne vraye esperance laissee,
mais croy sans variacion
qu'en la journee commancee,
28995 a la joye de ma penssee
verray ta resureccïon.

GABRIEL

Poursuivez ceste intencïon,
ma maistresse tres honnoree ;
vostre ferme foy beneuree
29000 presentement s'adverera.

NOSTRE DAME

Exsurge, gloria mea*,
lieve toy, ma gloire reffaicte,
psalterium et cythara,
ma melodie tres parfaicte,
29005 ne laisse ta mere deffaicte,
desolatam in seculo*,
mais, selon la voix du prophete
dis *Exsurgam diluculo**.

JHESUS

Ma tres chiere mere et lëalle,
29010 la paix du ciel imperïalle
ayez en vostre humilité !

NOSTRE DAME

Mon filz, ma lëesse totalle,
ma seulle gloire et principale,
bien soyez vous ressuscité !
29015 En mes plainctes vous actendoye,
et a vous seul veoir contendoye,
comme du tout a vous ravye.

JHESUS

Si vueil donc que vostre oueil me voye,
car, en lëesse et en grant joye,
29020 suis revenu de mort a vie.

d'ébranler en rien ma foi
et d'abandonner ma sincère espérance,
au contraire je crois fermement
qu'en ce jour qui commence,
la joie au cœur, 28995
je verrai ta Résurrection.

GABRIEL

Persistez dans cette opinion,
ma dame très honorée ;
votre foi ferme et bienheureuse
va maintenant s'accomplir. 29000

NOTRE-DAME

Exsurge, gloria mea,
lève-toi, ma gloire restaurée,
psalterium et cythara,
ma parfaite mélodie,
ne laisse pas ta mère malheureuse, 29005
desolatam in seculo,
mais, selon la parole du prophète,
dis : *Exsurgam diluculo.*

JÉSUS

Ma très chère et fidèle mère,
la paix du royaume des cieux 29010
recevez avec humilité !

NOTRE-DAME

Mon fils, qui êtes toute ma joie,
mon unique et essentielle gloire,
soyez vraiment ressuscité !
Au milieu de mes plaintes, je vous attendais 29015
et je n'aspirais qu'à vous voir,
comme transportée vers vous.

JÉSUS

Je veux donc que vous me voyiez de vos yeux,
car dans la liesse et l'allégresse
je suis revenu de la mort à la vie. 29020

NOSTRE DAME

Hellas*, mon beneuré enffant,
se de mort estes triumphant,
celle mort seule suffira.

JHESUS

Soyez vostre cueur appaisant,
29025 car la mort et son dart pesant
jamais ne me dominera.
　Vivant suis en perhemnité
et, en amoureuse unité,
tousjours avec vous demourray.

NOSTRE DAME

29030 Louee en soit la Trinité
que mon chier filz s'est presenté
a moy ; plus joyeuse en seray.

Icy s'evanouÿst Jhesus d'elle.

NOTRE-DAME

Ah ! Mon bienheureux enfant,
si vous triomphez de la mort,
cette mort à elle seule suffira.

JÉSUS

Apaisez votre cœur,
car le dard cruel de la mort 29025
ne me frappera plus jamais.
Je suis vivant pour l'éternité
et, uni par l'amour,
je demeurerai toujours avec vous.

NOTRE-DAME

Louée en soit la Trinité 29030
car mon cher fils m'est apparu :
j'en serai plus joyeuse.

Alors Jésus disparaît de sa vue.

LE MYSTÈRE DE LA RÉSURRECTION

Le Mystère de la Résurrection de Nostre Seigneur Jhesucrist et de son Ascencion et de la Penthecoste, que l'on a faussement attribué à Jean Michel puis à Jean du Prier, fut représenté à Angers devant le roi René, les trois derniers jours de mai 1456. Cette pièce de 19 895 vers et de 150 personnages comprend trois journées : la première (v. 1-5325) commence par les lamentations de Pierre et de Jacques le Mineur ; elle relate ensuite le conseil des diables rassemblés autour d'Enfer et redoutant la venue de l'âme du Christ qui descend effectivement aux Enfers et libère les âmes emprisonnées, tandis que les Juifs condamnent Joseph d'Arimathie et l'incarcèrent. Si la deuxième journée, la plus longue (v. 5326-14550), est consacrée aux diverses apparitions du Christ, à sa mère, à Marie-Madeleine, aux saintes femmes, à Pierre, à Jacques le Mineur, à Joseph qu'il délivre de sa prison, aux pèlerins d'Emmaüs et à ses disciples, la troisième (v. 14551-19895) retrace plusieurs sermons de Jésus commentant les Dix Commandements, exposant les sacrements de son Église et les principes de la Foi avant son Ascension. Le mystère s'achève à la Pentecôte avec la descente de l'Esprit saint sur les apôtres qui s'en vont prêcher à travers le monde.

S'inspirant à la fois des textes canoniques et apocryphes, notamment de l'Ancien et du Nouveau Testament, des *Actes des Apôtres* et de l'Évangile de Nicodème, le dramaturge compose une œuvre didactique et édifiante, destinée à *l'instruction/Des crestïens jeunes et vieulx* (v. 163-164), où il s'efforce de réunifier la famille apostolique, dispersée dès le début et au sein de laquelle Pierre devient le porte-parole du Christ. « Symboliquement chaque spectateur est à l'image de Pierre : privé de la vision céleste le premier jour, il repartira le troisième avec une Foi affirmée et heureuse. » Cet enseignement théologique est agrémenté de quelques intermèdes plaisants : diablerie, scènes pittoresques (avec le marchand de parfums) ou farcesques (cinq épisodes représentent l'aveugle et son valet).

Bibliographie

Le Mystère de la Résurrection (Angers, 1456), éd. critique de P. Servet, Genève, Droz, 1993, 2 vol.

J.-P. Bordier, *Le Jeu de la passion. Le message chrétien et le théâtre français (XIIIe-XVIe siècles)*, Paris, Champion, 1997 ; Ch. Mazouer, *Le Théâtre français du Moyen Âge*, Paris, SEDES, 1998 ; G. Runnalls, *Études sur les mystères*, Paris, Champion, 1998 ; P. Servet, « Note sur l'attribution à Jean du Prier du *Mystère de la Résurrection d'Angers* », *Romania*, t. CXII, 1991, p. 187-201.

Notes

Le texte est établi à partir du manuscrit en papier du XVe siècle n° 632 de la bibliothèque du musée Condé de Chantilly et de l'édition de P. Servet.

Cette rencontre de Cécus et de Saudret constitue la première des cinq scènes farcesques de l'aveugle et de son valet, destinées à distraire le public, ainsi que le reconnaît le fatiste au cours du prologue de la deuxième journée : *Aussi y sont, par intervales,/D'aucuns esbatemens et galles/D'un aveugle et de son varlet,/Que gueres ne servent au fait,/Si ce n'est pour vous resjouïr/Et vos esperis rafreschir.* Rompant avec la tonalité édifiante et spirituelle du *Mystère*, les deux personnages montrent surtout leurs préoccupations matérielles, comme le révèlent les champs lexicaux du gain, de l'argent et de la nourriture. À Cécus qui cherche un garçon pour le conduire et mendier avec lui, Saudret offre ses services contre une rémunération de cent sous pour une année (v. 4368). Il réussit à être embauché en évoquant son ancien maître qui fut miraculeusement guéri de sa cécité (v. 4351-4353) et en vantant ses mérites (v. 4345-4349, 4360-4361 et 4378-4382).

orbel : comme *orb*, venant du latin *orbus* (« privé de », et spécialement « privé de la vue »), *orbel* qualifie un aveugle. Ce dernier mot, qui pourrait trouver son origine dans l'expression tardive *ab oculis* (« sans yeux »), a remplacé les termes issus du latin tels que *orb*, *orbel* et *cieu* de *caecus*. Sur l'aveugle, voir *Le Garçon et l'aveugle*, éd. de M. Roques, traduit et commenté par J. Dufournet, Paris, Champion, 1989 et les notices de J. Dufournet dans le numéro spécial 12-13 (novembre 1996) de la revue *Voir*, « Figures littéraires de la cécité du Moyen Âge au XXe siècle », p. 10-12, 151-153 et 171-173.

maille : issu du latin médiéval *medalia* (« demi-setier »), forme dissimilée de *medialia, pluriel neutre de *medialis* (« qui est au milieu »), le nom *maille* désigne une petite pièce de monnaie, valant un demi-denier. Le vocable est entré dans deux locutions figées : *sans sou ni maille* (« sans argent ») et *avoir maille à partir* (« avoir une maille à partager », ce qui est impossible, « avoir un différend »).

marmiteux : dérivé de l'adjectif *marmite*, *marmiteux* revêt plusieurs significations : 1) « hypocrite, doucereux » ; 2) « soucieux, préoccupé, affligé » ; 3) « souffreteux », « misérable ». Sur ce mot, voir *Le Roman de Renart*, branche XI, « Les vêpres de Tibert le Chat », trad. de J. Dufournet, Paris, Champion, 1989, p. 66-70.

L'omme qui fut aveugle né : il s'agit de Longin, le centurion romain, aveugle de naissance, qui frappa d'un coup de lance le flanc du Crucifié. Le Sang du Christ ruissela jusque sur les mains du soldat qui recouvra la vue en se frottant les yeux. Voir *Le Couronnement de Louis*, éd. de E. Langlois, Paris, Champion, 1925, v. 768-774 : *Longis i vint, qui fu bien eürez,/Ne vos vit mie, ainz vos oï parler,/Et de la lance vos feri el costé,/Li sans et l'aive li cola al poing clers./Terst a ses uelz, si choisi la clarté,/Bati sa colpe par grant umilité,/Iluec li furent si pechié pardoné.*

papier : du latin *papyrus*, le substantif *papier* définit d'abord un « registre » avant de prendre le sens de « feuille pour écrire, faite d'une pâte de chiffons, de matières végétales fibreuses ». Dans *Le Livre du Voir Dit* (1364), Guillaume de Machaut est sans doute le premier auteur à employer le terme dans son acception moderne : *Pren dou papier, je veuil escrire* (v. 3045).

des chançons : *Le Mystère de la Résurrection* contient deux chansons profanes interprétées par l'aveugle et son valet, la première sur le mariage (première journée, v. 4827-4946), la seconde sur le vin (troisième journée, v. 15280-15443). Cécus et Saudret en vendent plusieurs copies à Nuncius, le messager des Juifs (v. 4961-4994 et 15456-15471). Sur la signification de ces chansons, voir P. Servet, « À propos de deux chansons d'aveugle », *Et c'est la fin pour quoy sommes ensemble. Hommage à Jean Dufournet*, Paris, Champion, 1993, t. III, p. 1271-1282.

solz : l'adjectif latin *solidus* (« solide ») s'est substantivé pour désigner une pièce d'or massif. Au Moyen Âge, le terme *sou* s'applique à une pièce de monnaie, d'abord en or, puis en argent et divers métaux, valant le vingtième de la livre, soit douze deniers. Voir É. Fournial, *Histoire monétaire de l'Occident médiéval*, Paris, Nathan, 1970.

souppe : provenant du bas latin **suppa*, le substantif *soup(p)e* offre les acceptions suivantes : 1) tranche de pain que l'on trempait dans le vin ou le bouillon ou que l'on arrosait de ces liquides ; 2) herbes que l'on mettait dans le bouillon ; 3) dès le XIVe siècle, par métonymie, « bouillon épaissi par des tranches de pain ou des aliments solides », potage.

cuisine : issu du bas latin **cocina*, forme altérée du latin classique *coquina* (« lieu où l'on cuisine » et « art du cuisinier »), le substantif *cuisine* présente diverses significations : 1) endroit où l'on prépare les aliments ; 2) « mets cuisinés », « chair cuite », « nourriture, provision de bouche ».

pinte ou chopine : tandis que la *pinte*, probablement du latin tardif *pincta* (« mesure pourvue d'une marque »), est une mesure de capacité des liquides, équivalant à un litre environ, la *chopine*, terme d'origine germanique, correspond à une demi-pinte de vin ou de bière. Les deux vocables désignent aussi un récipient, un vase.

8. [Le garçon et l'aveugle]

CECUS

Une aumosne a ce povre orbel*
4315 Qui ne voit goute, bonne gent !
Donnez luy ou pain ou argent
Pour l'amour du Dieu de nature,
Car trop est povre crëature,
Qui point conduire ne se voit.
4320 Je vy que mon corps se savoit
Chevir ou temps de ma jeunesse ;
Mais, par maladie et veillesse,
Je suis aveugle devenu
Et si suis [mis] au pain menu
4325 Car je saroye gaigner maille*.
Et, pour Dieu, que aucun se travaille
D'aucun bon varlet me trouver
Pour moy mener et ramener,
Nous pourchacer, tous deux ensemble :
4330 Nous trouvissons, comme il me semble,
Pour Dieu, a boire et a mengier
Et a chauffer et a logier,
Ainsi comme les autres font,
Qui par paÿs viennent et vont
4335 Pour querir leur povre de vie.

SAUDRET

Mon amy, avez vous envie
D'un bon varlet ?

8. Le garçon et l'aveugle

CÉCUS

Une aumône pour ce pauvre aveugle
qui ne voit goutte, bonnes gens ! 4315
Donnez-lui du pain ou de l'argent
pour l'amour du Dieu de Nature,
car c'est une bien pauvre créature,
celui qui ne voit pas pour se diriger.
J'ai constaté que je savais 4320
me tirer d'affaire au temps de ma jeunesse ;
mais par maladie et vieillesse,
je suis devenu aveugle
et réduit ainsi au pain sec;
car je ne saurais gagner la moindre maille. 4325
Et par Dieu, que chacun s'efforce
de me trouver un bon serviteur
pour me mener et me ramener,
afin que nous nous mettions en quête, tous deux ensemble :
nous trouverions, à ce qu'il me semble, 4330
au nom de Dieu, à boire et à manger,
à nous chauffer et à nous loger,
comme font les autres
qui vont et viennent dans le pays
pour mendier leur pauvre vie. 4335

SAUDRET

Mon ami, avez-vous envie
d'un bon serviteur ?

CECUS

Ouÿ, pour voir !

SAUDRET

Se vous en voulez ung avoir,
4340 Je suys content de vous servir.

CECUS

Et je le vueil bien desservir
Sur ce que nous pourrons gaigner.

SAUDRET

A poy parler, bien besongner.
Que me donrrez vous pour ung an ?
4345 Et je vous merray maizouen
De huys en huys et de place en place,
Et feray si bien la grimace
Et le povre et le marmiteux*
Que ceulx seront bien despiteux,
4350 Qui ne nous donrront quelque chose.
J'ay servy de varlet grant pose
L'omme qui fut aveugle né*,
Que Jhesus a enluminé,
Le saint et glorïeux Prophete.
4355 Vostre chose sera bien faicte
Se je m'en mesle, je me vant.

CECUS

Je te demande, mon enfant,
Se tu scetz lire në escripre.

SAUDRET

Ouÿl, en papier* et en cire,
4360 Selon mon estat, sans faillir.

CECUS

Se tu me veulx doncques servir,
Je vueil bien que ton maistre soye
Pour ung an et que je te poye

CÉCUS
Oui, assurément !

SAUDRET
Si vous voulez en avoir un,
je suis content de vous servir. 4340

CÉCUS
Et je veux bien rémunérer vos services
sur ce que nous pourrons gagner.

SAUDRET
Qui parle peu, travaille bien.
Que me donnerez-vous pour un an ?
Et je vous conduirai désormais 4345
de porte en porte et de place en place,
et je grimacerai si bien,
je jouerai si bien le pauvre et la chattemite,
qu'ils seront bien méprisants
ceux qui ne nous donneront pas quelque chose. 4350
J'ai servi longtemps de garçon
à l'homme né aveugle
à qui Jésus a rendu la vue,
le saint et glorieux prophète.
Vos affaires seront bien menées 4355
si je m'en mêle, je le prétends.

CÉCUS
Je te demande, mon enfant,
si tu sais lire et écrire.

SAUDRET
Oui, sur papier et sur cire,
selon ma condition, sans faute. 4360

CÉCUS
Si tu veux donc me servir,
je veux bien être ton maître
pour un an et te payer

Salaire bon et competent ;
4365 Mays ce pendant, mon filz, j'entent
Que tu escripras des chançons*
Qu'entre toy et moy chanterons,
De quoy nous arons de l'argent.
Cent solz* aras.

SAUDRET

4370   J'en suys content,
Mays vous me querrez ma vesteure
Et pareillement ma chausseure
Et si paierez tous mes despens.

CECUS

Se les as comme moy le temps
4375 De ton service, il doit suffire,
Car je ne suy, pour brief te dire,
Pas de mieulx de faire conclus.

SAUDRET

Aussi n'en demanday je plus.
Touchez cy, vous estes mon maistre !
4380 Je saray aussi bien mon estre,
Mon maintien et mon entregent,
Pour truander pain et argent,
De la souppe* et de la cuisine*
Et de bon vin pinte* ou chopine*.

un bon et convenable salaire ;
toutefois, mon fils, je désire 4365
que tu écrives des chansons
que nous chanterons toi et moi,
et qui nous rapporteront de l'argent.
Tu auras cent sous.

SAUDRET

J'en suis satisfait, 4370
mais vous me procurerez mes vêtements
et aussi mes chaussures,
,et vous me paierez toutes mes dépenses.

CÉCUS

Si tu les as comme moi le temps
de ton service, cela doit suffire, 4375
car je ne suis, pour faire bref,
pas décidé à faire davantage.

SAUDRET

C'est pourquoi je n'en demandais pas plus.
Touchez là, vous êtes mon maître !
Je saurai très bien me comporter, 4380
me tenir et me conduire en société,
pour mendier du pain et de l'argent.
de la soupe et de la nourriture,
une pinte ou une chopine de bon vin.

LA FARCE
DE MAÎTRE PIERRE PATHELIN

On ignore qui est l'auteur de cette pièce qui fut créée entre 1456 et 1469 et qui est l'une des premières farces, et à coup sûr le chef-d'œuvre du genre : atypique, sans morale explicite, trois fois plus longue que les autres, on l'a appelée « comédie » dès le XVe siècle, et Étienne Pasquier la préférait à « toutes les comédies grecques, latines et italiennes ».

Si l'auteur a construit l'intrigue sur la ruse de trois filous qui rivalisent de mauvaise foi, l'avocat Pathelin, le drapier Guillaume et le berger Thibaud l'Agnelet, il aime jouer avec les mots au point qu'on peut parler de fête du langage et de langage de la fête, de folie du langage et de langage de la folie. Dans ce texte savant, imprégné de culture populaire, il semble avoir entrepris d'explorer les possibilités du langage autant que du comique. La parole devient un jeu qui traduit à la fois la jouissance phonique d'une réalité chatoyante et un certain malaise sur sa fonction et son rôle dans la société. Le langage perd sa stabilité.

Cette ambiguïté se retrouve dans les personnages. Guillemette, l'épouse du héros, est-elle une ménagère avertie ou une femme peu farouche ? Thibaud l'Agnelet, « le berger des champs », n'est-il pas un faux niais ? Pathelin est-il un vrai avocat, ou un clerc de taverne assez habile pour arranger un procès ? Éblouissant pour mimer la maladie et la possession démoniaque, il connaît la misère et l'échec ; sujet à des défaillances comme Renart, il est une figure du fripon divin dont la finesse s'accompagne de sottise. Aussi, pour en montrer les diverses facettes, était-il nécessaire d'avoir recours à plusieurs aventures et à trois farces en une seule pièce.

On comprend que ce texte génial et inépuisable ait rencontré un succès immédiat au même titre que les *Poésies* de Villon et les *Mémoires* de Commynes. Imprimée dès 1489, pourvue de continuations (*Le Nouveau Pathelin, Le Testament de Pathelin*), la farce est très fréquemment citée et imitée par Rabelais qui semble l'avoir sue par cœur. De notre temps, les hommes de théâtre ont été séduits par la richesse et la liberté de la pièce qui leur permettent de projeter leurs conceptions esthétiques, sociales et politiques. Ainsi, en 1970, Jacques Guimet a donné une vision sombre de l'œuvre où triompheraient le déterminisme social et l'ennui, tandis que Jacques Bellay revenait à la pure farce par une fantaisie débridée, une atmosphère de foire, des maquillages outrés et des sketches de clown.

Notre extrait, qui est la dernière scène de la pièce, marque le triomphe du berger Thibaud sur Pathelin : celui-ci ne reçoit en guise de paiement que le fameux *bée* qu'il lui avait recommandé de répéter devant le tribunal.

Bibliographie

Éd. et trad. de J.-Cl. Aubailly, Paris, SEDES, 1979 ; de J. Dufournet, Paris, GF-Flammarion, 1986, de A. Tissier, Genève, Droz, t. VII, 1993, et de M. Rousse, Paris, Gallimard, « Folio », 1999.

J. Dufournet et M. Rousse, *Sur la farce de Maître Pierre Pathelin*, Paris, Champion, 1986 ; D. Maddox, *Semiotics of Deceit. The Pathelin Era*, Lewisburg-Londres et Toronto, Associated University Presses, 1984.

Notes

Texte établi d'après l'Imprimé de Guillaume Le Roy (Lyon, vers 1485).

Bee ! : Pathelin avait recommandé au berger de répondre *bée !* à toutes les questions du juge. Sur la polyvalence de cette onomatopée, voir J. Dufournet, « Autour du *Bée* de Pathelin. Jeux linguistiques et ambiguïtés », dans J. Dufournet et M. Rousse, *Sur La Farce de Maître Pierre Pathelin*, Paris, Champion, 1986, p. 71-86.

belle estorse : expression imagée, *estorse* signifie « entorse » ; « action de tordre, ou d'assener un coup, ou de s'échapper ».

v. 1559 : certains ponctuent différemment : *Sez tu quoy je te diray ?*

abaier : dire *bée* ou aboyer.

baierie, beerie : le fait de dire *bée*.

Tu fais le rimeur en prose : c'est utiliser des rimes dans un texte en prose ; être extravagant.

a qui vends tu tes coquilles ? : objets sans valeur ; objets imités ; tromperie. *Bailler des coquilles, dresser une coquille* : « organiser une fourberie, tromper ». Voir le rondeau de Charles d'Orléans (LXXVII) : *A qui vendez vous vos coquilles/Entre vous, amans pelerins ?/Vous cuidez bien, par vos engins,/A tous pertuis trouver chevilles*. Beaucoup de pèlerins circulant sur les routes, de faux pèlerins affirmaient revenir de Saint-Jacques-de-Compostelle et vendaient, comme reliques, les coquilles ornant leur pèlerine et qu'ils prétendaient rapporter d'Espagne.

Me fais tu mengier de l'oe ? : tout au long de la pièce, l'auteur joue avec l'expression *manger de l'oie*. Aux vers 300, 500-501, 698-699, l'expression est employée au sens propre de « manger d'une oie rôtie » ; au vers 1577, il s'agit du sens figuré de « tromperie, moquerie » ; aux vers 460 et 701, sans doute l'auteur joue-t-il sur les deux sens. La farce a repris et revivifié l'expression proverbiale *faire manger de l'oie*, « tromper par d'alléchantes promesses », qu'on retrouve dans *Les Feintes du Monde* de G. Alecis (v. 275-276) et *Les Cent Nouvelles Nouvelles* (éd. Sweetser, p. 230).

paillart : terme de mépris ; à l'origine, celui qui couche sur la paille ; propre à rien, coquin, gueux.

v. 1586 : expression proverbiale signifiant « tromper ».

coureux : « marchand ambulant », « vagabond vivant d'expédients ». Le mot se retrouve au vers 13 de l'*Épître à ses amis* de Villon : *Coureux allant francs de faux or, d'aloi.*

ung bergier des champs : pour R. Lejeune, ce ne serait pas un simple berger, mais un berger des Champs, du Pré-aux-Clercs (*ad campos clericorum* ou simplement *ad campos*). Il serait de ces bergers « faisant paître leurs troupeaux sur le vaste domaine rural que l'abbaye de Saint-Germain possédait au XVe siècle sur les bords de la Seine, et qui se composait de terres labourables, de prés, de vignes et de garennes » (« Pour quel public *La Farce de Maître Pierre Pathelin* a-t-elle été rédigée ? », *Romania*, t. LXXXII, 1961, p. 518).

9. [Le berger triomphe de Pathelin]

LE BERGIER

Bee* !

PATHELIN

Vien ça, vien.
Ta besongne est elle bien faicte ?

LE BERGIER

Bee !

PATHELIN

Ta partie [s']est retraicte :
ne dy plus « bee », il n'y a force.
1545 Luy ay je baille(e) belle estorse* ?
T'ay je point conseillé a point ?

LE BERGIER

Bee !

PATHELIN

Hé ! dea, on ne te orra point !
Parle hardiement, ne te chaille.

LE BERGIER

Bee !

9. Le berger triomphe de Pathelin

LE BERGER

Bée !

PATHELIN

Approche, viens.
Ton affaire est-elle bien réglée ?

LE BERGER

Bée !

PATHELIN

La partie adverse s'est retirée :
ne dis plus « bée ! », ce n'est pas la peine.
L'ai-je bien entortillé ? 1545
T'ai-je conseillé comme il faut ?

LE BERGER

Bée !

PATHELIN

Hé ! diable, on ne t'entendra pas !
Parle hardiment, n'aie pas peur.

LE BERGER

Bée !

PATHELIN

Il est temps que je m'en aille,
1550 paye moy.

LE BERGIER

Bee !

PATHELIN

A dire veoir,
tu as tres bien fait ton debvoir
et aussi bonne contenance.
Ce qui(l) luy a baillé l'avance,
c'est que tu t'es tenu de rire.

LE BERGIER

1555 Bee !

PATHELIN

Quel « bee » ? (Il) ne le fault plus dire.
Paye moy bien et doulcement.

LE BERGIER

Bee !

PATHELIN

Quel « bee » ? Parle saigement
et me paye ; si m'en yray.

LE BERGIER

Bee !

PATHELIN

Sez tu quoy ? je te diray*
1560 (Je te pry, sans plus m'abaier*)
que tu penses de moy payer ;
je ne vueil plus de ta baierie*.
Paye tost.

PATHELIN

Il est temps que je m'en aille.
Paie-moi.

LE BERGER

Bée !

PATHELIN

À dire vrai,
tu as très bien joué ton rôle,
tu as fait bonne figure.
Ce qui lui a donné le change,
c'est que tu t'es retenu de rire.

LE BERGER

Bée !

PATHELIN

Quoi « bée ! » ? Il ne faut plus le dire.
Paie-moi bien et gentiment.

LE BERGER

Bée !

PATHELIN

Quoi « bée ! » ? Parle raisonnablement
et paie-moi ; alors je m'en irai.

LE BERGER

Bée !

PATHELIN

Sais-tu quoi ? Je te dirai
(écoute-moi et cesse de brailler)
de songer à me payer.
Je ne veux plus de tes bêlements.
Paie en vitesse !

LE BERGIER

Bee !

PATHELIN

Esse mocquerie ?
Esse quant [que] tu en feras ?
1565 Par mon serment, tu me paieras,
entens tu, se tu ne t'envoles.
Sa, argent !

LE BERGIER

Bee !

PATHELIN

Tu te rigolles !
Comment ? N'en auray je aultre chose ?

LE BERGIER

Bee !

PATHELIN

Tu fais le rimeur en prose★.
1570 Et a qui vends tu tes coquilles★ ?
Scez tu qu'il est ? Ne me babilles
meshuy de ton « bee », et me paye.

LE BERGIER

Bee !

PATHELIN

N'en auray je aultre monnoye ?
A qui te cuides tu jouer ?
1575 Je me devoie tant louer
de toy ! Or fais que je m'en loe.

LE BERGIER

Bee !

LE BERGER

Bée !

PATHELIN

Est-ce que tu te moques de moi ?
Est-ce tout ce que tu feras ?
Je te le jure, tu me paieras, 1565
tu entends, à moins que tu ne t'envoles.
Par ici, l'argent !

LE BERGER

Bée !

PATHELIN

Tu plaisantes !
Comment ? N'en aurai-je rien d'autre ?

LE BERGER

Bée !

PATHELIN

Tu dis des sottises.
À qui donc vends-tu tes salades ? 1570
Sais-tu ce qu'il en est ? Ne me serine plus
aujourd'hui ton « bée ! » et paie-moi.

LE BERGER

Bée !

PATHELIN

N'en aurai-je pas d'autre monnaie ?
De qui crois-tu te moquer ?
Je devais tant me louer 1575
de toi ! Eh bien ! fais que je m'en loue.

LE BERGER

Bée !

PATHELIN

Me fais tu mengier de l'oe* ?
Maugré bieu, ay je tant vescu
que ung bergier, ung mouton vestu,
1580 ung villain paillart* me rigolle ?

LE BERGIER

Bee !

PATHELIN

N'en auray je aultre parolle ?
Se tu le fais pour toy esbatre,
dy le, ne m'en fays plus debatre.
Vien t'en souper a ma maison.

LE BERGIER

1585 Bee !

PATHELIN

Par saint Jehan, tu as raison :
les oisons mainnent les oes paistre*.
Or cuidoye estre sur tous maistre,
de trompeurs d'icy et d'ailleurs,
des fort coureux* et des bailleurs
1590 de parolles en payement
a rendre au jour du jugement,
et ung bergier des champs* me passe !
Par saint Jaques, se je trouvasse
ung (bon) sergent, je te fisse prendre !

LE BERGIER

1595 Bee !

PATHELIN

Heu, « bee » ! L'en me puisse pendre
se je ne vois faire venir
ung bon sergent ! Mesadvenir
luy puisse il s'il ne t'emprisonne !

LE BERGIER

S'il me treuve, je luy pardonne.
EXPLICIT

LA FARCE DE MAÎTRE PIERRE PATHELIN 351

PATHELIN

Me fais-tu manger de l'oie ?
Dieu me maudisse ! Ai-je tant vécu
pour qu'un berger, un mouton en habit,
un sale gueux me rie au nez ? 1580

LE BERGER

Bée !

PATHELIN

N'en tirerai-je pas d'autre mot ?
Si tu le fais pour t'amuser,
dis-le, et ne me fais plus discuter.
Viens-t'en souper à la maison.

LE BERGER

Bée ! 1585

PATHELIN

Par saint Jean, tu as raison :
les oisons mènent paître les oies.
Je me prenais pour le maître de tous
les trompeurs d'ici et d'ailleurs,
des vagabonds et des donneurs
de bonnes paroles à payer 1590
au jour du Jugement dernier,
et un berger des champs me surpasse !
Par saint Jacques, si je trouvais
un sergent, je te ferais prendre !

LE BERGER

Bée ! 1595

PATHELIN

Ah ! oui, bée ! Que l'on puisse me pendre
si je ne vais pas appeler
un bon sergent ! Et qu'il lui arrive
malheur s'il ne t'emprisonne !

LE BERGER

S'il me trouve, je lui pardonne.

FIN

IV
LA POÉSIE

LA CHANSON DE TOILE

Dans *Le Roman de la Rose ou de Guillaume de Dole*, avant que Liénor n'interprète une chanson de toile, sa mère la présente ainsi à son fils Guillaume : « *Biaus filz, ce fu ça en arriers/que les dames et les roïnes/soloient fere lor cortines/et chanter les chançons d'istoire* » (v. 1148-1151). La chanson d'histoire ou de toile est chantée par des femmes qui accompagnent ainsi leurs travaux d'aiguille (filage, broderie ou couture). Elle relate, souvent de manière nostalgique, une « histoire » d'amour triste, voire tragique, mettant en scène une dame ou une demoiselle malheureuse dans son cadre quotidien. À l'inverse du grand chant courtois, la plainte lyrique, au demeurant simple et spontanée, n'émane pas d'un *je* masculin, mais d'un personnage féminin : une femme dont l'ami est mort au tournoi (« Belle Doette »), l'a laissée enceinte (« Belle Aiglentine »), qui est abandonnée (« Belle Doe »), réprimandée par sa mère (« Belle Aude ») ou battue (« Belle Aye »).

La chanson de toile appartient donc au genre lyrico-narratif. Elle est composée d'une suite de strophes de décasyllabes (plus rarement d'octosyllabes) assonancés ou rimés, proches des laisses épiques et suivies d'un refrain comprenant un ou deux vers d'un mètre plus court.

Une vingtaine de chansons de toile sont parvenues jusqu'à nous : sept sont insérées dans des romans en vers du XIIIe siècle, *Le Roman de la Rose ou de Guillaume de Dole* de Jean Renart et *Le Roman de la Violette* de Gerbert de Montreuil, cinq sont signées d'un trouvère du premier tiers du XIIIe siècle, Audefroi le Bastard, qui s'efforce de rénover un genre dont la plupart des pièces semblent antérieures à 1200. Nous avons choisi une chanson de toile anonyme, « Belle Erembour », conservée dans un « chansonnier ».

Bibliographie

Jean Renart, *Le Roman de la Rose ou de Guillaume de Dole*, éd. de F. Lecoy, Paris, Champion, 1970 ; M. Zink, *Les Chansons de toile*, Paris, Champion, 1977 ; *La Lyrique française au Moyen Âge (XIIe-XIIIe siècles)*, éd. de P. Bec, Paris, Picard, 1978, t. II, p. 30-46.

R. Joly, « Les Chansons d'histoire », *Romanische Jahrbuch*, t. XII, 1961, p. 55-66 ; P. Jonin, « Les types féminins dans les chansons de toile », *Romania*, t. XCI, 1970, p. 433-466 ; P. Zumthor, « La Chanson de Bele Aiglentine », *Mélanges Albert Henry*, Strasbourg, *Travaux de littérature et de linguistique*, VIII, 1, 1970, p. 325-337 ; P. Bec, *La Lyrique française au Moyen Âge (XIIe-XIIIe siècles)*, Paris, Picard, 1978, t. I, p. 107-119.

Notes

Le texte est établi d'après le manuscrit U de la Bibliothèque nationale, fonds fr. 20050 et *La Lyrique française au Moyen Âge (XIIe-XIIIe siècles)*, éd. de P. Bec, Paris, Picard, 1978, t. II, p. 35-37.

Cette chanson de toile se compose de six strophes contenant six vers (cinq vers dans la dernière), cinq décasyllabes assonancés et un vers orphelin de cinq syllabes qui sert de refrain. Il est possible que l'ultime strophe soit aussi un sizain. Dans ce cas il manquerait un vers. À la suite d'une conjecture attribuée à H. Suchier, certains éditeurs ont inséré entre les vers 31 et 32 le décasyllabe suivant : *Plorant la vit, dont l'en prist grant tendror*.

La chanson est construite à partir d'un thème conventionnel : le retour du chevalier et les maux qu'a suscités son absence. En effet, Renaud dédaigne son amie Erembour qu'il accuse, par jalousie, d'infidélité. Bien que le récit soit douloureux et pathétique (reproches de Renaud, pleurs d'Erembour), le dénouement se révèle heureux. Après le dialogue qui s'instaure entre les deux personnages, prélude à la réconciliation finale, l'ultime strophe montre les amants réunis.

Quant vient en mai que l'on dit as lons jors : ce premier vers, caractéristique d'une reverdie, rappelle celui d'une célèbre chanson de Jaufré Rudel, le troubadour de l'*amor de lonh* : *Lanquan li jorn son lonc en may...*

Franc de France : l'expression est épique. Voir *La Chanson de Roland*, v. 177 : *Des Francs de France en i ad plus de mil* ; et v. 804 : *Pernez mil Francs de France, nostre tere*. Il s'agit des Francs originaires de la France au sens étroit du toponyme, c'est-à-dire d'un territoire correspondant à l'Île-de-France, par opposition aux Francs du reste de l'Empire carolingien.

roi cort : on observe d'abord l'absence de tout article défini. En outre, contrairement à l'ordre usuel selon lequel le déterminé précède le déterminant (*la cort le roi*), ici, comme en latin, le déterminant est suivi du déterminé. Cette tournure apparaît surtout dans les textes archaïques ou archaïsants (voir la locution *mon pere tor* au vers 14) et dans les formules figées avec *Dieu* et *autrui*.

meis : provenant du latin *mansum*, participe passé de *manere* (« rester, séjourner »), le substantif *meis/mes* offre plusieurs acceptions : « habitation, demeure » ; « maison de campagne, ferme, propriété rurale » ; « jardin ». Il subsiste quelques traces de *mes* avec le mot provençal *mas* et des toponymes ou anthroponymes tels que *Metz*, *Dumetz* et *Dumas*.

Bele Erembors a la fenestre au jor : le premier vers de la deuxième strophe comporte les motifs traditionnels de l'ouverture de la chanson de toile : le nom de l'héroïne précédé de l'adjectif *bele* (cf. *Bele Aiglentine en roial chamberine/Devant sa dame cousoit une chemise* ; *Bele Doette as fenestres se siet*), le décor (souvent la fenêtre, emblématique de l'attente et de l'irruption de la nouveauté), le travail féminin de couture.

passisoiz : il s'agit de la deuxième personne du pluriel de l'imparfait du subjonctif du verbe *passer*.

je m'en escondirai : provenant du bas latin *excondicere*, le verbe *(s')escondire* (devenu au XVᵉ siècle *éconduire* sous l'influence de *conduire*) présente diverses significations en ancien français : « (s')excuser, (se) justifier, se disculper » ; « refuser, dénier » ; « se soustraire à, échapper à » ; « contredire » ; « s'opposer à, combattre » ; puis « se débarrasser de, congédier ».

vostre cors : le substantif *cors*, issu du latin *corpus*, et précédé d'un déterminant possessif, « sert parfois de substitut expressif au pronom personnel, non point parce que *cors* s'est vidé de son sens, mais parce qu'étant le siège de la vie active et de l'affectivité il est l'image charnelle de l'individu » (Ph. Ménard, *Syntaxe de l'ancien français*, Bordeaux, éd. Bière, 1994, p. 75).

l'emmende : déverbal d'*amender*, le terme *emmende/amende* signifie « réparation d'un tort », « punition », « châtiment ». À notre époque, sauf dans des locutions comme *mettre à l'amende* et *faire amende honorable*, par suite d'une restriction sémantique, il ne désigne plus qu'une « peine pécuniaire », une « contravention ». Erembour, par l'aveu de son amour exclusif pour Renaud (v. 22), se lave des accusations portées sur son inconduite.

cuens : le substantif *cuens/comte* (au cas régime) provient du latin *comes/comitem* (« celui qui va avec », « compagnon ou compagne de voyage, associé, personne de l'escorte »). Au Moyen Âge, il qualifie un puissant vassal, titulaire d'un fief. Il faut attendre le XVIIᵉ siècle pour qu'il s'applique à un titre nobiliaire précis (par ordre décroissant : prince, duc, marquis, comte, vicomte, baron, chevalier).

degré : formé à partir du latin *gradus* (« pas, marche, échelle ») et du préfixe *de*, *degré* signifie une marche et, par extension, l'ensemble d'un escalier. Concurrencé au sens concret par *marche*, le substantif s'est alors spécialisé dans les emplois figurés.

Gros par espaules, grêles par lo baudré ;/Blonde ot lo poil, menu recercelé : l'adjectif *blonde* peut servir de forme masculine à côté de *blont*. Le portrait de Renaud correspond aux canons de la beauté du chevalier médiéval : épaules larges, taille mince, cheveux blonds et bouclés, comme Aucassin dans *Aucassin et Nicolette*, II, l. 10-13 : *Biax estoit et gens et grans et bien tailliés de ganbes et de piés et de cors et de bras*.

Il avoit les caviax blons et menus recercelés ; et Lancelot dans *Le Lancelot en prose*, éd. de A. Micha, IXa, 3-6.

bacheler : dans son article « Qu'est-ce qu'un *bacheler* ? Étude historique de vocabulaire dans les chansons de geste du XIIe siècle » (*Romania*, 1975, t. XCVI, p. 289-313), J. Flori stipule que si ce terme désigne des nobles ou des roturiers, des chevaliers ou d'autres personnages (rois, cuisiniers, jongleurs, forestiers, évêques...), des célibataires ou des hommes mariés, des chevaliers fieffés ou non, il dénomme toujours des jeunes gens. Offrant une résonance idéologique particulière, le substantif est employé en bonne part et souvent accompagné d'adjectifs laudatifs. Il souligne les qualités propres à la jeunesse, à savoir l'audace, l'enthousiasme et la générosité. À partir du XIVe siècle, *bacheler/bachelier* définit le titulaire du premier des grades universitaires. Voir aussi Ph. Ménard, « "Je suis encore bacheler de joyent" (*Aimeri de Narbonne*, v. 766) : Les représentations de la jeunesse dans la littérature française aux XIIe et XIIIe siècles. Étude des sensibilités et mentalités médiévales », *Les Âges de la vie au Moyen Âge*, Paris, Presses de l'Université de Paris-Sorbonne, 1992, p. 171-186.

1. Bele Erembors

Quant vient en mai que l'on dit as lons jors*,
Que Franc de France* repairent de roi cort*,
Reynauz repaire devant el premier front ;
Si s'en passa lez lo meis* Arembor,
5 Ainz n'en dengna le chief drecier amont.
      E Raynaut, amis !

Bele Erembors a la fenestre au jor*
Sor ses genolz tient paile de color,
Voit Frans de France qui repairent de cort
10 Et voit Raynaut devant el premier front.
En haut parole, si a dit sa raison :
      E Raynauz, amis !

« Amis Raynauz, j'ai ja veü cel jor
Se passisoiz* selon mon pere tor,
15 Dolanz fussiez se ne parlasse a vos.
– Jal mesfaïstes, fille d'empereor ;
Autrui amastes, si obliastes nos. »
      E Raynauz, amis !

« Sire Raynauz, je m'en escondirai* ;
20 A cent puceles sor sainz vos jurerai,
A trente dames que avuec moi menrai,
C'onques nul home fors vostre cors* n'amai.
Prennez l'emmende* et je vos baiserai. »
      E Raynauz, amis !

1. Belle Erembour

Quand vient mai. appelé le mois aux longs jours,
lorsque les Français de France reviennent de la cour du roi,
Renaud se trouve en tête, au premier rang.
Il passa ainsi devant la maison d'Erembour,
mais il ne daigna pas lever la tête.   5
   Eh ! Renaud, mon ami.

Belle Erembour devant la fenêtre, à la lumière,
tient sur ses genoux une étoffe de soie colorée ;
elle voit les Français de France qui reviennent de la cour,
elle voit Renaud en tête, au premier rang.   10
À haute voix elle s'adresse à lui :
   Eh ! Renaud, mon ami.

« Ami Renaud, jadis j'ai connu des jours
où, si vous passiez auprès de la tour de mon père,
vous auriez été affligé que je ne vous parle pas.   15
— Vous avez mal agi, fille d'empereur ;
vous en avez aimé un autre et nous avez oublié.
   Eh ! Renaud, mon ami.

— Seigneur Renaud, je m'en justifierai :
avec cent jeunes filles je jurerai sur les reliques,   20
et avec trente dames que j'amènerai avec moi,
que jamais je n'ai aimé d'autre homme que vous.
Acceptez cette réparation et je vous donnerai un baiser. »
   Eh ! Renaud, mon ami.

25 Li cuens* Raynauz en monta lo degré*,
Gros par espaules, greles par lo baudré ;
Blonde ot lo poil, menu recercelé*.
En nule terre n'ot si biau bacheler*.
Voit l'Erembors, si comence a plorer.
30   *E Raynauz, amis !*

Li cuens Raynauz est montez en la tor,
Si s'est assis en un lit point a flors ;
Dejoste lui se siet bele Erembors.
Lors recomencent lor premieres amors.
35   *E Raynauz, amis !*

Le comte Renaud gravit l'escalier ;
il avait de larges épaules, la taille mince,
de blonds cheveux, tout bouclés.
En nulle terre il n'y eut si beau jeune homme.
Erembour le voit et se met à pleurer.
            Eh ! Renaud, mon ami.

Le comte Renaud est monté dans la tour,
et s'est assis sur un lit brodé de fleurs.
Auprès de lui s'assied belle Erembour.
Alors recommencent leurs premières amours.
            Eh ! Renaud, mon ami.

LE RONDET DE CAROLE

Comme la *ballette,* l'*estampie* ou le *vireli, le rondet de carole* fait partie des chansons à danser. On se souvient que la *carole* est à l'origine une ronde populaire, liée aux fêtes de mai ; elle regroupe les participants évoluant, au son des voix, en un cercle ou en une chaîne, ouverte ou fermée ; selon Joseph Bédier, elle consiste « en une alternance de trois pas faits en mesure vers la gauche et de mouvements balancés sur place ; un vers ou deux remplissent le temps pendant lequel on fait les trois pas, et un refrain occupe les temps consacrés au mouvement balancé. Cette sorte de branle est conduit par un coryphée (celui ou celle qui chante avant), et les paroles chantées se distribuent entre lui et les autres danseurs ».

Étymologiquement le *rondet* est une chanson destinée à la ronde, à moins d'y voir, à l'instar du théoricien Jean de Grouchy, une poésie cyclique qui s'achève comme elle a commencé. Quoi qu'il en soit, par la simplicité de sa structure, de sa musique et de son contenu sémantique, très typisé, par la brièveté des vers utilisés, le *rondet de carole,* facile à mémoriser, propice à l'improvisation et à la variation, se prête tout à fait à une danse de plein air. Il comprend d'habitude huit ou six vers : (AB) aAabAB. Pierre Bec précise que « le rondet gravite autour d'un refrain de deux vers qui est la cellule de base, soit comme élément intégré, soit comme élément générateur. Ce refrain est précédé d'une strophe de trois vers dans laquelle le premier vers du refrain a été inséré entre le premier et le second vers. La pièce débute directement par la strophe (rondet de six vers) ou par une première actualisation du refrain (rondet de huit vers) ». À cause de « leur fonction lyrico-chorégraphique, les rondets pouvaient s'organiser en *chanson de carole*, faite de rondets enchaînés », d'où l'existence de cycles tels que *Bèle Aeliz* ou *La jus*.

Dès le XIIIe siècle, le *rondet de carole*, archaïsant, perd son caractère chorégraphique pour évoluer avec Adam de La Halle (XIIIe siècle) et Guillaume de Machaut (XIVe siècle) vers un *rondeau* musical, polyphonique à deux, trois ou quatre voix, avant de devenir aux XIVe-XVe siècles le *rondel* uniquement poétique, comprenant onze, voire treize vers chez Christine de Pizan et Charles d'Orléans.

De ces rondets il ne subsiste plus que des fragments qui sont parvenus jusqu'à nous parce que des romanciers en ont inséré à l'intérieur de leurs récits. C'est le cas notamment de Jean Renart, qui en a introduit vingt dans *Le Roman de la Rose ou de Guillaume de Dole*. Nous citons, extraits de cette œuvre, les cinq rondets rattachés au cycle de « Belle Aélis ».

Bibliographie

Fr. Gennrich, *Rondeaux, Virelais und Balladen*, Dresde et Göttingen, Gesellschaft für romanische Literatur, 1921-1927, 2 vol. ; N. Van den Boogaard, *Rondeaux et refrains français du XIIe au début du XIVe siècle*, Paris, Klincksieck, 1969 ; Jean Renart, *Le Roman de la Rose ou de Guillaume de Dole*, éd. de F. Lecoy, Paris, Champion, 1970.

J. Bédier, « Les Fêtes de mai et les commencements de la poésie lyrique du Moyen Âge », *Revue des Deux-Mondes*, 1896, p. 146-172 ; M. Delbouille, « Sur les traces de "Bele Aëlis" », *Mélanges Jean Boutière*, Liège, Soledi, 1971, t. I,

p. 199-218 ; P. Bec, *La Lyrique française au Moyen Âge (XII*-*XIII* siècles)*, Paris, Picard, 1977, t. I, p. 220-228.

Notes

Le texte est établi d'après *Le Roman de la Rose ou de Guillaume de Dole*, éd. de F. Lecoy, v. 310-315, 318-322, 532-537, 542-547 et 1579-1584.
Ces cinq rondets de carole offrent plusieurs analogies :
– le nom du personnage féminin au premier vers ;
– le lever matinal avec la récurrence, dès l'*incipit*, du verbe *se lever* et de l'adverbe *main* ;
– l'insistance sur la toilette de l'héroïne avec la reprise des verbes *se parer* et *se vêtir* qui figurent au troisième vers de chaque strophe ;
– une localisation spatio-temporelle au quatrième vers de chaque rondet ;
– diverses indications sur le cadre naturel et bucolique (v. 4, 10, 15, 21, 23 et 27) ;
– l'omniprésence du *je* du poète (v. 2, 5, 6, 8, 11, 13, 16, 21, 25, 28 et 29) ;
– la tension à l'égard d'autrui (v. 2, 11, 17, 21, 25 et 28).
À partir de ce schéma commun se manifestent quelques variations textuelles : interversion dans l'ordre des mots (v. 1 et 24, v. 14 et 26), changement temporel (v. 1 et 12), amplification (v. 1 et 18 : *bele Aeliz/la bien fete Aeliz*, v. 3 et 20 : *miex se vesti/et plus biau se vesti*) et réduction (v. 1 et 12 : *bele Aeliz/Aeliz*).
On remarque une double inspiration, populaire et aristocratique, avec des motifs folkloriques tels que le lever matinal, l'aspect champêtre, les noms des personnages *Emmelot* et *Robins*, et des traits courtois comme la beauté, l'élégance, l'amour fidèle et exclusif (v. 16-17), le cœur en gage, séparé du corps (v. 28-29).

main : issu du latin *mane*, le terme *main* est tantôt un substantif au sens de « matin », tantôt un adverbe qui signifie « le matin, au matin, de bon matin ».

Mignotement : dérivé de l'adjectif *mignot*, l'adverbe *mignotement* se traduit par « gentiment, joliment, d'une manière gracieuse et caressante ».

LE RONDET DE CAROLE

En mai : les *rondets de carole* étaient chantés lors des réjouissances populaires, notamment lors des fêtes de mai qui célèbrent le retour de la belle saison et la renaissance de la nature et invitent les habitants à la joie et à l'amour. La veille du premier mai, les garçons du village avaient coutume de se rendre en forêt ou dans les jardins des alentours pour y cueillir des fleurs, y prendre des arbustes ou des branches qu'ils disposaient ensuite devant les portes ou aux fenêtres des jeunes filles célibataires. Une manière de les courtiser, voire de les demander en mariage. D'autres plantaient sur la grande place un arbre qu'ils décoraient et autour duquel ils dansaient. Voir *Le Roman de la Rose ou de Guillaume de Dole* de Jean Renart, v. 4151-4176.

ge m'envoiserai : provenant sans doute du latin populaire **invitiare* formé sur *vitium*, le verbe *(s')envoisier* veut dire « se divertir, s'amuser, se livrer au plaisir, s'abandonner à la joie ». Le participe passé *envoisié* qualifie une personne joyeuse, enjouée, de bonne humeur, ou un objet joli et orné.

Robins : *Robin* est le nom d'un personnage populaire, *Robert* en est la forme aristocratique. On peut citer le serviteur fidèle et dévoué du héros dans le roman de Philippe de Rémy, *Jehan et Blonde*, et le paysan, ami de la bergère des pastourelles et de Marion dans *Le Jeu de Robin et Marion* d'Adam de La Halle.

2. Main se leva bele Aeliz

Main* se leva bele Aeliz.
Dormez, jalous, ge vos en pri !
Biau se para, miex se vesti
    Desoz le raim.
5 *Mignotement* la voi venir*
    Cele que j'aim.

Main se leva bele Aeliz ;
Mignotement la voi venir.
Bien se para, miex se vesti
10   En mai*.
Dormez, jalous, et ge m'envoiserai*.

Main se levoit Aeliz,
    J'ai non Emmelot !
Biau se para et vesti
15.   Soz la roche Guion.
Cui lairai ge mes amors
    Amie, s'a vos non ?

Main se leva la bien fete Aeliz ;
Par ci passe li bruns, li biaus Robins*,
20 Biau se para et plus biau se vesti.
Marchiez la foille et ge qieudrai la flor ;
Par ci passe Robins li amourous,
Encor en est li herbages plus douz.

2. Belle Aélis

Au matin se leva belle Aélis.
Dormez, jaloux, je vous en prie !
Bien se para et mieux encore se vêtit
    sous la ramure.
Gracieuse je vois venir   5
    celle que j'aime.

Au matin se leva belle Aélis,
gracieuse je la vois venir.
Bien se para et mieux encore se vêtit
    en mai.   10
Dormez, jaloux, moi, je m'amuserai.

Au matin se levait Aélis ;
    je me nomme Amelot.
Élégamment elle se para et se vêtit
    sous la Roche-Guyon.   15
À qui donnerai-je mon amour,
    amie, sinon à vous ?

Au matin se leva Aélis la bien faite ;
par ici passe le brun, le joli Robin.
Bien se para et mieux encore se vêtit. 20
Foulez la feuille, moi, je cueillerai la fleur ;
par ici passe l'amoureux Robin,
l'herbe en est plus douce encore.

Aaliz main se leva.
25 *Bon jor ait qui mon cuer a !*
Biau se vesti et para
Desoz l'aunoi.
Bon jor ait qui mon cuer a !
N'est pas o moi.

Aélis au matin se leva.
Bonheur à qui possède mon cœur !
Élégamment elle se vêtit et se para
    sous les aulnes.
Bonheur à qui possède mon cœur !
    Il n'est pas avec moi.

LA CHANSON D'AUBE

La chanson d'aube est, selon la définition de Pierre Bec, « une pièce lyrique composée sur le thème de la séparation de deux amants qui, après une furtive et souvent illicite entrevue nocturne, sont réveillés à l'aube par le chant des oiseaux ou le cri du veilleur de nuit et déplorent le jour qui vient trop tôt ». Il s'agit du monologue d'un personnage positif, à l'origine féminin, puis parfois masculin (amant ou guetteur). Il peut arriver que deux voix différentes se fassent entendre à l'intérieur d'un même poème ; dans ce cas, on assiste à la succession de deux monologues plutôt qu'à un véritable dialogue.

L'*aube* se caractérise par la présence de personnages typisés (la dame, son ami, le guetteur favorable aux amants, l'opposant : le mari jaloux ou les médisants) et par des motifs stéréotypés tels que la douceur de la nuit, le rayon de la lune, les étreintes et les baisers, la crainte des fâcheux, l'avertissement du veilleur ou le chant de l'alouette, les adieux douloureux et les plaintes des amants que les premières lueurs du jour contraignent à se séparer : *Or ne hais rien tant com le jour,/Amins, ke me depairt de vos.*

Si dix-huit chansons occitanes, connues sous le nom d'*alba*, sont parvenues jusqu'à nous, il ne demeure que cinq *aubes* en français, composées aux XIIe et XIIIe siècles.

Nous avons choisi la plus célèbre d'entre elles : « Gaite de la tor ».

Bibliographie

La Lyrique française au Moyen Âge (XII-XIII* siècles)*, éd. de P. Bec, Paris, Picard, 1978, t. II, p. 24-30.
A. Jeanroy, *Les Origines de la poésie lyrique en France au Moyen Âge*, Paris, Champion, 3e éd. 1925, p. 61-83 ; P. Bec, *La Lyrique française au Moyen Âge (XII*-XIII* siècles)*, Paris, Picard, 1977, t. I, p. 90-107.

Notes

Le texte est établi d'après le manuscrit U de la Bibliothèque nationale, fonds fr. 20050 et *La Lyrique française au Moyen Âge (XII*-XIII* siècles)*, éd. de P. Bec, Paris, Picard, 1978, t. II, p. 27-30.

Cette pièce comprend sept onzains sur trois rimes identiques ; les cinq derniers vers de chaque strophe constituent un refrain qui varie partiellement.

Pierre Bec suppose que l'auteur a réuni en un seul genre « deux noyaux générateurs : le chant du guetteur (*gaita*), qui tient les cinq premières strophes, et le chant de départie à l'aube (*alba*), qui tient tout le reste de la pièce ». En fait cette chanson est formée de trois monologues successifs : la première strophe est dite par l'amant, les strophes 2 à 5 sont prononcées par le guetteur tandis que les deux dernières sont de nouveau interprétées par l'amant. On distingue de surcroît trois mouvements lyriques : la crainte du jaloux (*poor/paor* v. 15 et 26, *redot[t]eroie* v. 17, *freor* v. 48), la joie d'amour (*joie* v. 33, 44, 50, 55 et 64) et la tristesse de la séparation (*dolor* v. 71 et *pesance* v. 72).

Sur cette œuvre, voir P. Bec, « L'aube française "Gaite de la tor" : pièce de ballet ou poème lyrique ? », *Cahiers de civilisation médiévale*, Poitiers, t. XVI, p. 17-33.

Gaite : issu du francique **wahta* (« le guet »), le substantif *gaite/guette* offre plusieurs significations : « action de guetter » ; « guetteur, sentinelle » ; « espion ».

Gardez : provenant du germanique **wardon*, le verbe *garder* présente diverses acceptions : il signifie non seulement « regarder » comme son étymon, mais surtout « veiller sur », « prendre soin de », « empêcher quelqu'un de faire quelque chose » ; employé seul ou à la forme réfléchie, il veut dire « faire attention », « prendre garde ». Par extension, il a le sens de « protéger », « préserver », « conserver » (d'où l'expression : *garde-robe*).

Je l'ai veü : le pronom personnel *l'* désigne sans doute le mari jaloux de la dame, qualifié de *traïtor* au vers 16 et qu'on n'ose pas nommer au vers 39.

Blancheflor : c'est le nom de l'héroïne de plusieurs romans médiévaux tels que *Le Conte du graal* ou *Floire et Blancheflor*. La sœur de Guillaume d'Orange, épouse du roi Louis, et la reine de Hongrie, mère de Berthe aux grands pieds, s'appellent aussi Blanchefleur.

Compains : dérivé du latin tardif *companio/companionem* (« qui mange son pain avec quelqu'un »), le terme *compaing/s* au cas sujet, *compagnon* au cas régime, désigne « l'ami », plus rarement « l'associé, le complice », ainsi que « l'adversaire dans un combat ». Au pluriel, le mot *compagnons* définit les membres d'une société réunie autour d'un roi ou d'un grand personnage.

error ; ce substantif reprend la plupart des valeurs de son étymon latin : « désir ardent, fureur » ; « incertitude, perplexité, inquiétude » ; « trouble, peine, chagrin » ; « erreur, méprise ». On peut comprendre *en error sui* de cette manière : « je suis dans l'erreur, je me suis trompé ».

a cest tor : la locution se traduit par « maintenant, à cet instant », « cette fois-ci » (v. 60).

plusor : *plu(i)sor(s)/plusieurs* (à partir du XIVe siècle) est dérivé d'un latin vulgaire **plusiores*, altération d'après *plus* du latin *pluriores*. Adjectif, « il marque le grand nombre ou la diversité dans un ensemble multiple » en signifiant « divers, différent » ; pronom, il se traduit par « de nombreux, bien des », alors que précédé de l'article défini il prend le sens de « la plupart, la grande majorité ». Voir Cl. Buridant, *Grammaire nouvelle de l'ancien français*, Paris, SEDES, 2000, p. 172-173.

coie : issu du latin vulgaire **quetus*, déformation du latin classique *quietus*, l'adjectif *coi(e)* s'applique aux personnes et aux choses avec les sens de : « en repos, calme, tranquille, paisible » ; parfois « secret ». Il n'est plus usité aujourd'hui que dans la locution *rester coi*.

pesance : déverbal de *peser*, le vocable *pesance* désigne la peine, le chagrin, l'affliction.

monjoie : du germanique **mund-gawi* (« protection du pays », « hauteur d'où l'on peut faire le guet »), ce nom, que l'on a rapproché par étymologie populaire de « mont de la joie », signifie « colline, monticule de pierres, élévation » ; puis, par extension, « tas, amas, quantité, foule » (voir l'expression *a/en montjoie* : « en masse ») ; « trésor, comble, merveille » ; « point culminant, bonheur, félicité ». C'est aussi le cri de guerre des Français, les chevaliers criant avant le combat pour réclamer l'aide divine, ou après la victoire pour remercier Dieu.

3. Gaite de la tor

[L'AMANT]

Gaite* de la tor,
Gardez* entor
Les murs, se Deus vos voie !
C'or sont a sejor
5 Dame et seignor,
Et larron vont en proie.
Hu et hu et hu et hu !
*Je l'ai veü**
La jus soz la coudroie.
10 *Hu et hu et hu et hu !*
A bien pres l'ocir[r]oie.

[LE GUETTEUR]

D'un douz lai d'amor
De Blancheflor*,
Compains*, vos chanteroie,
15 Ne fust la poor
Del traïtor
Cui je redot[t]eroie.
Hu et hu [et hu et hu !
Je l'ai veü
20 *La jus soz la coudroie.*
Hu et hu et hu et hu !
A bien pres l'ocir[r]oie.]

3. Guetteur de la tour

[L'AMANT]

Guetteur de la tour,
regardez tout autour
des murs, et que Dieu vous protège !
Car à cette heure se reposent
dame et seigneur,
et les voleurs cherchent leur proie.
Hu et hu et hu et hu !
Je l'ai vu
là-bas sous la coudraie.
Hu et hu et hu et hu !
Pour un peu je le tuerais.

[LE GUETTEUR]

D'un doux lai d'amour
sur Blanchefleur,
ami, je vous chanterais,
n'était la peur
du traître
qui est si redoutable.
Hu et hu et hu et hu !
Je l'ai vu
là-bas sous la coudraie.
Hu et hu et hu et hu !
Pour un peu je le tuerais.

Compainz, en error*
Sui, k'a cest tor*
25 Volontiers dormiroie.
N'aiez pas paor :
Voist a loisor
Qui aler vuet par voie.
Hu et hu et hu et hu !
30 *Or soit teü,*
Compainz, a ceste voie.
Hu et hu ! bien ai seü
Que nous en avrons joie.

Ne sont pas plusor*
35 Li robeor,
N'i a c'un que je voie,
Qui gist en la flor
Soz covertor,
Cui nomer n'oseroie.
40 *Hu [et hu et hu et hu !*
Or soit teü,
Compainz, a ceste voie.
Hu et hu ! bien ai seü
Que nous en avrons joie.]

45 Cortois ameor,
Qui a sejor
Gisez en chambre coie*,
N'aiez pas freor,
Que tresq'a jor
50 Poëz demener joie.
Hu [et hu et hu et hu !
Or soit teü,
Compainz, a ceste voie.
Hu et hu ! bien ai seü
55 *Que nous en avrons joie.]*

[L'AMANT]

Gaite de la tor,
Vez mon retor
De la ou vos ooie.

LA CHANSON D'AUBE 379

Ami, je suis inquiet,
moi qui à cet instant
m'endormirais volontiers.   25
N'ayez pas peur !
Qu'il aille à loisir
celui qui veut se promener !
Hu et hu et hu et hu !
Silence   30
maintenant, ami.
Hu et hu ! J'ai toujours su
que nous connaîtrons la joie.

Ils ne sont pas nombreux,
les voleurs ;   35
je n'en vois qu'un seul
couché dans les fleurs,
sous une couverture,
que je n'oserais nommer.
Hu et hu et hu et hu !   40
Silence
maintenant, ami.
Hu et hu ! J'ai toujours su
que nous connaîtrons la joie.

Courtois amants   45
qui reposez
en une chambre tranquille,
n'ayez pas peur,
car jusqu'au jour
vous pouvez vivre dans la joie.   50
Hu et hu et hu et hu !
Silence
maintenant, ami.
Hu et hu ! J'ai toujours su
que nous connaîtrons la joie.   55

[L'AMANT]

Guetteur de la tour,
me voici de retour
de là où je vous entendais.

D'amie et d'amor
60 À cestui tor
Ai ce[u] que plus amoie.
Hu et hu et hu et hu !
Pou ai geü
En la chambre de joie.
65 *Hu et hu ! trop m'a neü*
L'aube qui me guerroie.

Se salve l'onor
Au Criator
Estoit, tot tens voudroie
70 Nuit feïst del jor :
Jamais dolor
Ne pesance* n'avroie.
Hu et hu et hu et hu !
Bien ai veü
75 *De biauté la monjoie*.*
Hu et hu ! c'est bien seü,
Gaite, a Dieu tote voie !

De l'amour de ma mie,
cette fois-ci,
j'ai eu ce que je désirais le plus.
Hu et hu et hu et hu !
J'ai peu dormi
dans la chambre de joie !
Hu et hu ! Quel grand tort m'a causé
l'aube qui me fait la guerre !

Sauf le respect
qu'au Créateur
je dois, toujours je voudrais
que, du jour, il fît la nuit :
jamais je n'aurais
douleur ni chagrin.
Hu et hu et hu et hu !
J'ai bien vu
la reine de beauté.
Hu et hu ! C'est bien sûr,
guetteur, adieu cette fois !

Conon de Béthune

Né vers le milieu du XIIe siècle, Conon de Béthune fut l'élève d'Huon d'Oisy, qui lui reprocha de revenir trop vite de la croisade (*Maugré tous sainz et maugré Dieu aussi/Revient Quenes, et mal soit il vegnans!*). Il fréquenta l'entourage de Gace Brulé et la cour de Marie de Champagne, où l'on critiqua son parler picard. Il participa à la troisième croisade (1189-1193), au cours de laquelle mourut son père Robert V. Il fut surtout au premier plan dans la quatrième croisade, à en juger par le témoignage de Villehardouin. Il prit la croix à la suite de Baudouin de Flandre et de son frère Guillaume l'avoué de Béthune (février 1200). Il fut, avec Villehardouin et quelques autres, partisan de la déviation de Constantinople. Il joua un rôle important d'abord comme porte-parole des barons, *bons chevaliers et sages et bien eloquens* (§ 144), *mult sages et bien emparlez* (§ 213).

Préposé ensuite à la garde de Constantinople et plus tard d'Andrinople, ce vaillant capitaine se porta au secours de Démotika, de Renier de Trith et d'Equise. Enfin, il figure parmi les conseillers de l'empereur Henri et fut chargé de missions délicates auprès des Lombards de Salonique en 1208, de Geoffroy de Villehardouin (le neveu du maréchal) et de Michel-Ange Comnène en 1209. Choisi comme régent à la mort de l'empereur Henri, il mourut le 17 décembre 1219.

Comme l'a écrit Jean Longnon, « il était l'un des derniers de la génération des conquérants et, toujours sur la brèche, il ne semble jamais être retourné en France », pas plus que son ami Geoffroy de Villehardouin.

Cet homme d'action avait été un grand poète. Si son œuvre ne compte que dix chansons, elle est étonnamment variée, puisqu'elle comporte deux chansons de croisade (les numéros IV et V de l'édition d'Axel Wallensköld), un débat très vif entre le poète chevalier et la dame qui s'était montrée trop difficile quand elle était plus jeune (X) et sept chansons d'amour : dans trois (I, II, III), Conon demeure un parfait amant courtois, fidèle et humble ; dans trois autres (VI, VIII et IX), il accuse violemment sa dame de félonie, et la septième participe des deux groupes. Renonçant à la langue abstraite des trouvères classiques, comme le Châtelain de Coucy ou Gace Brulé, Conon de Béthune tend à mélanger les genres, ce qui donne à sa poésie un éclat particulier où des notations réalistes et des effets de réel concourent à l'âpreté du ton.

Nous avons choisi le neuvième de ses poèmes, une chanson d'amour qui est en même temps une réponse à des accusations mensongères.

Bibliographie

Éd. de A. Wallensköld, Paris, Champion, 1968 (1re éd. 1921).
J. Frappier, *La Poésie lyrique en France aux XIIe et XIIIe siècles*, Paris, CDU, 1966, p. 123-140 ; J. Longnon, *Les Compagnons de Villehardouin*, Genève, Droz, 1978, p. 146-149.

Notes

Texte établi d'après le manuscrit T (Paris, Bibliothèque nationale, fonds fr. 12615) et l'édition de A. Wallensköld, Paris, Champion, 1968.

Dans ce poème d'amour, Conon de Béthune reprend à sa manière, qui est vigoureuse, les lieux communs des *losengiers* : la dame trop dure et perfide, la crainte constante de l'amant, la toute-puissance de l'Amour.

a entïent : « sciemment ». À partir de l'ablatif absolu **me sciente* où l'on a fini par voir en *me* une forme atrophiée de l'adjectif *meo*, on a eu *mien* ou *mon escient*, « à mon avis ». Sous l'influence de l'adverbe *scienter*, on a pu avoir *mien* ou *mon escientre*. Comme les tours absolus sans préposition se sont raréfiés, on a introduit les prépositions *par* ou *à* et l'article ; de là *au mien escient* ou *à mon escient*, *par le mien escient*, *par le mien escientre*... : « à mon avis », « je l'affirme ». Devenu nom, *escient* s'est employé avec le verbe *avoir* et les adjectifs *fol, povre*..., et a signifié « intelligence, entendement ». On le retrouve sans l'adjectif possessif dans des locutions comme *a escient*, *d'escient*, « avec certitude », *a bon escient*, « véritablement », « avec discernement », *a mauvais escient*, « sans discernement » La locution *à mon escient*, « en connaissant ce que je fais », est vieillie, cédant la place à *sciemment*. La forme *entïent* s'explique par l'influence d'*entendement, entente*.

servise : pour mériter l'amour, l'amant se met au service de sa dame, sa suzeraine, qu'il appelle son seigneur et dont il se dit l'*homme*, le vassal, son devoir fondamental étant de l'aimer. Le service amoureux se calque sur le service féodal. La dame *retient* l'amant par *l'hommage* qui comporte trois actes comme dans le rite chevaleresque : *mains jointes*, il se déclare, *com fins amis*, tout entier à la disposition de sa *maîtresse* à qui il demande, en gage de réciprocité, le *baiser*, que peut accompagner le don de l'anneau. L'amour vrai implique la *foi*, la fidélité et la loyauté de l'un et de l'autre.

franchise : le mot désigne la noblesse dont la générosité est une composante.

4. [Chanson d'amour]

I

L'autrier un jor aprés la Saint Denise,
Fui a Betune, ou j'ai esté sovent.
La me sosvint de gent de male guise
Ki m'ont mis sus mençoigne a entïent*,
5 Ke j'ai chanté des dames laidement ;
Mais il n'ont pas ma chançon bien aprise :
Je n'en chantai fors d'une solement,
Qui bien forfist ke venjance en fu prise.

II

Si n'est pas drois ke on me desconfise,
10 Et vous dirai bien par raison coment :
Car, se on fait d'un fort larron justise,
Doit il desplaire as loiaus de noient ?
Nenil, par Diu ! qui raison i entent.
Mais la raisons est si arriere mise
15 Ke çou c'on doit loer, blasment la gent
Et loent çou que nus autres ne prise.

III

Dame, lonc tans ai fait vostre servise*,
La merci Deu ! c'or n'en ai mais talant,

4. Chanson d'amour

I

Naguère, le lendemain de la Saint-Denis,
j'étais à Béthune où je me rends souvent.
Là je me souvins de gens pervers
qui m'ont sciemment calomnié :
j'ai (dit-on) insulté les dames dans ma chanson ; 5
mais ils ne l'ont pas bien comprise,
car je n'y parlai que d'une seule,
qui me fit tant de mal que je me suis vengé d'elle.

II

Il n'est donc pas juste qu'on me discrédite,
et je vais vous expliquer pourquoi, 10
car, si l'on punit un fieffé larron,
les êtres loyaux doivent-ils en avoir quelque déplaisir ?
Pas du tout, par Dieu, si l'on juge bien ;
mais la justice est si méprisée
que ce qu'on doit louer, les gens le blâment, 15
et ils louent ce que nul autre ne prise.

III

Dame, longtemps j'ai été à votre service,
Dieu me pardonne ! mais maintenant je n'en ai plus envie,

Que m'est ou cuer une autre amor assise
20 Que me requiert et alume et esprant
Et me semont d'amer si hatement,
C'an li n'en a orgoil ne faintise ;
Et jel ferai, ne puet estre autrement,
Si me metrai dou tout an sa franchise*.

IV

25 A la millor del roiaume de France,
Voire del mont, ai mon cuer atorné,
Et non por quant pavor ai et dotance
Ke sa valors ne me tiegne en vilté,
Car tant redoc orgelleuse beauté.
30 Et Dieus m'en doinst trover bone esperance,
K'en tot le mont n'a orgoill ne fierté
K'Amors ne puist plaissier par sa poissance !

car j'ai au fond du cœur un autre amour
qui me sollicite et m'embrase de sa flamme
et m'invite à aimer une noble dame
où je ne trouve orgueil ni fausseté.
Je vais le faire, il n'en peut être autrement,
et je m'en remettrai à sa générosité.

IV

À la meilleure du royaume de France,
et même du monde, j'ai consacré mon cœur,
et pourtant j'ai peur et je crains
que sa valeur ne me tienne en mépris,
tellement je redoute la beauté orgueilleuse.
Que Dieu me permette d'espérer en elle,
car il n'existe au monde d'orgueil ni de cruauté
qu'Amour ne puisse dompter par sa puissance !

Le châtelain de Coucy

Guy, châtelain de Coucy (Coucy-le-Château, dans l'Aisne), est le fils de Jean de Coucy et d'Adèle de Montmorency. Il détint la châtellenie de Coucy entre 1170 et 1203, date de sa mort. Il prit part aux troisième et quatrième croisades. Geoffroy de Villehardouin parle de Guy en trois endroits de sa chronique : il signale que le châtelain se croisa en même temps que son oncle Mathieu de Montmorency (§ 7) ; qu'il fut de ceux qui, à Corfou, voulurent quitter l'armée pour rejoindre à Brindisi Gautier de Brienne et, de là, aller directement en Terre sainte, sans passer par Constantinople (§ 114) ; enfin, qu'il mourut durant la traversée entre Andros et le Bras Saint-Georges : *Lors avint uns grans domaiges, que uns halz hom de l'ost qui avoit nom Guis li castelains de Coci morut et fu gitez en la mer* (§ 124). Faut-il l'identifier, comme l'a proposé Holger Petersen Dyggve, avec Guy de Ponceaux, l'ami le plus cher du poète Gace Brulé ?

Parmi les trente chansons qui lui ont été attribuées, on peut, selon son éditeur Alain Lerond, en retenir une quinzaine, authentiques ou possibles. Elles relèvent toutes de la chanson d'amour, espace sacré, lieu de la contemplation et de la connaissance, dans lequel le poète s'abstrait de la réalité quotidienne et célèbre sa Dame, incarnation des valeurs courtoises et image de la beauté, maîtresse d'un univers mental réduit à l'amour. Le poète y meurt à lui-même par un sacrifice toujours renouvelé qui crée le monde clos du poème où, tendant à l'extase, on peut sans cesse se dépasser. Les chansons du châtelain de Coucy se distinguent par la mélancolie de leur ton et la sobriété de leur style qui leur confèrent une sorte de pureté tragique.

Guy devint l'objet d'une légende qui donna son nom à un roman, *Le Roman du castelain de Couci et de la dame de Fayel*, écrit par Jakemes, en 1290, sur le thème du « cœur mangé ». Des messagers rapportent à la dame de Fayel, embaumé et enfermé dans un coffret, le cœur du châtelain, son amant, mort en Terre sainte ; mais son mari, jaloux, s'empare du coffret à l'insu de sa femme à qui il fait manger le cœur, avant de lui révéler la vérité. La dame meurt peu après. Ce motif folklorique, très répandu du XIIe au XIVe siècle, explique qu'on ait attribué la même fin au troubadour Guillaume de Cabestaing et au minnesänger Reinmar von Brennenberg.

Nous avons retenu une chanson d'amour qui est aussi une chanson de croisade.

Bibliographie

Éd. de A. Lerond, Paris, PUF, 1963. Quant au *Roman du castelain de Couci et de la dame de Fayel*, voir l'éd. de J.E. Matzke et M. Delbouille, Paris, S.A.T.F., 1936, et la trad. de A. Petit et F. Suard, Troesnes-La Ferté-Milon, Corps-9 Éditions, 1986.

H.P. Dyggve, « Personnages historiques figurant dans la poésie lyrique française des XIIe et XIIIe siècles. L'énigme du "comte" de Couci », *Neuphilologische Mitteilungen*, t. XXXVII, 1936, p. 261-283 ; J. Frappier, *La Poésie lyrique française aux XIIe et XIIIe siècles*, Paris, CDU, 1954, p. 162-172.

Notes

Texte établi d'après le manuscrit M (Paris, Bibliothèque nationale, fonds fr. 844) et l'édition de A. Lerond, Paris, PUF, 1963.

Notre poème est une chanson de croisade, genre assez mal défini qui interfère avec d'autres genres : 1) le *sirventès* qui ou bien dénonce ceux qui renoncent ou renâclent à se croiser, ou bien exhorte les chevaliers à prendre la croix ; 2) le grand chant d'amour courtois ; 3) la chanson de départie, ou de séparation.

Voir P. Bec, *La Lyrique française au Moyen Âge (XII*e*-XIII*e* siècles). Contribution à une typologie des genres poétiques médiévaux*, t. I, Paris, Picard, 1977, p. 150-158 ; J. Dufournet, « Rutebeuf et la croisade », *Rutebeuf, Poèmes de l'infortune et poèmes de la croisade*, Paris, Champion, 1979, p. 92-117.

C'est une pièce savante, composée de six strophes de huit décasyllabes (*a b a b b a a c*), avec une rime refrain (*-ais*) à chaque dernier vers.

losengeour : les *losengiers* sont des personnages essentiels de la lyrique courtoise. Qualifiés de *gent male, fausse, vaine, malparliere, nouveliere, fole, vilaine, pute, felonesse*..., *c'on ne puet trop despire* (mépriser), ces personnages *felon, menteour, tricheour, traïtor, mesdisant, jougleor, mauvais* constituent l'obstacle majeur à la joie de l'amant : joie de contempler la dame, joie d'aimer et d'être aimé, joie de la récompense. Ils font obstacle à un amour réel et empêchent la célébration de la joie. Ils sont souvent assimilés aux faux amants qui arrivent à leurs fins auprès des femmes et lèsent les vrais amants par le biais d'un langage mensonger que rien ne permet de reconnaître comme tel. Ils peuvent devenir les rivaux en écriture du trouvère authentique, récupérant schémas formels et motifs sans les ressourcer à un sentiment vrai. Voir E. Baumgartner, « Trouvères et *losengiers* », *Cahiers de civilisation médiévale*, t. XXV, 1982, p. 171-178 ; M. Faure, « Le *losengier* dans la chanson des trouvères des XII*e* et XIII*e* siècles », *Félonie, trahison, reniements au Moyen Âge*, Les Cahiers du CRISIMA, Montpellier, 1997, p. 189-195.

pelerins : c'est un des noms du croisé. Pour manifester le vœu du croisé, on mettait sur son épaule la croix de tissu qui est l'image du Christ rédempteur par la souffrance, image de la grâce recherchée en Orient par un voyage dangereux. De là le nom de *croisé*. La croisade est aussi un pèlerinage, puissant moyen de salut. Les premières croisades sont autant des pèlerinages que des opérations militaires, où confessions et prêches mettent l'accent sur l'esprit de pénitence et de pauvreté, où l'on acquiert l'indulgence plénière. Croisade et pèlerinage impliquent mise en marche, exil, séparation. La croisade est aussi appelée *voie* (v. 37), *voyage*. Il se produit une identification avec le voyage d'Abraham quittant Ur pour la terre promise, avec celui des Hébreux fuyant l'Égypte : les chrétiens quittent leur pays pour assurer leur salut.

v. 35-40 : le châtelain fait allusion à la promesse des croisés de pardonner à leurs ennemis.

5. [Chanson de départie]

I

A vous, amant, plus k'a nulle autre gent,
Est bien raisons que ma doleur conplaigne,
Quar il m'estuet partir outreement
Et dessevrer de ma loial conpaigne ;
5 Et quant l'i pert, n'est rienz qui me remaigne ;
Et sachiez bien, Amours, seürement,
S'ainc nuls morut pour avoir cuer dolent,
Donc n'iert par moi maiz meüs vers ne laiz.

II

Biauz sire Diex, qu'iert il dont, et conment ?
10 Convenra m'il qu'en la fin congié praigne ?
Oïl, par Dieu, ne puet estre autrement :
Sanz li m'estuet aler en terre estraigne ;
Or ne cuit maiz que granz mauz me soufraigne,
Quant de li n'ai confort n'alegement,
15 Ne de nule autre amour joie n'atent,
Fors que de li – ne sai se c'iert jamaiz.

III

Biauz sire Diex, qu'iert il du consirrer
Du grant soulaz et de la conpaignie

5. Chanson de départie

I

À vous, amants, plus qu'à toute autre personne,
il est bien juste que je me plaigne de ma douleur,
car il me faut absolument partir
et me séparer de ma loyale compagne ;
et puisque je la perds, il ne me reste plus rien.   5
Soyez persuadé, Amour, qu'il est sûr et certain
que si jamais quelqu'un mourut pour avoir le cœur affligé,
alors je ne composerai plus couplet ni lai.

II

Dieu, cher Seigneur, que va-t-il donc se passer ?
Me faudra-t-il, pour finir, prendre congé ?   10
Oui, par Dieu, il ne peut en être autrement :
sans elle, il me faut aller en terre étrangère.
Désormais, je ne crois plus échapper à de grands maux,
puisque d'elle je n'ai ni réconfort ni soulagement,
et que d'aucun autre amour je n'attends de joie,   15
sinon du sien – je ne sais si j'en aurai jamais.

III

Dieu, cher Seigneur, que se passera-t-il, une fois privé
du grand secours et de la compagnie,

Et des douz moz dont seut a moi parler
20 Cele qui m'ert dame, conpaigne, amie ?
Et quant recort sa douce conpaignie
Et les soulaz qu'el me soloit moustrer,
Conment me puet li cuers u cors durer
Qu'il ne s'en part ? Certes il est mauvaiz.

IV

25 Ne me vout pas Diex pour neiant doner
Touz les soulaz qu'ai eüs en ma vie,
Ainz les me fet chierement conparer ;
S'ai grant poour cist loiers ne m'ocie.
Merci, Amours ! S'ainc Diex fist vilenie,
30 Con vilainz fait bone amour dessevrer,
Ne je ne puiz l'amour de moi oster,
Et si m'estuet que je ma dame lais.

V

Or seront lié li faus losengeour*,
Qui tant pesoit des biens qu'avoir soloie ;
35 Maiz ja de ce n'iere pelerins* jour
Que ja vers iauz bone volenté aie ;
Pour tant porrai perdre toute ma voie,
Quar tant m'ont fait de mal li trahitour,
Se Diex voloit qu'il eüssent m'amour,
40 Ne me porroit chargier pluz pesant faiz*.

VI

Je m'en voiz, dame ! A Dieu le Creatour
Conmant vo cors, en quel lieu que je soie ;

et des douces paroles que me répétait
celle qui était ma dame, ma compagne et mon amie ? 20
Et quand je me rappelle sa douce compagnie,
et les réconforts qu'elle me prodiguait,
comment mon cœur peut-il en mon corps rester
sans le quitter ? Assurément, il est lâche.

IV

Dieu n'a pas voulu me donner pour rien 25
tous les plaisirs que j'ai eus en ma vie,
mais il me les fait chèrement payer.
Et j'ai grand-peur que ma mort en soit le prix.
Pitié, Amour ! Si jamais Dieu commit une vilenie,
c'est comme un vilain qu'il brise un loyal amour. 30
Je ne puis de mon cœur arracher cet amour,
et pourtant il me faut laisser ma dame.

V

Désormais, quelle joie pour les hypocrites trompeurs
qui souffraient tant des biens que j'avais en partage !
Mais pas un seul jour je ne serai un assez bon pèlerin 35
pour jamais leur vouloir du bien,
même au risque de perdre les fruits de ma croisade,
car les traîtres m'ont fait tant de mal
que, si Dieu voulait que je les aime,
il ne pourrait me charger d'un plus pesant fardeau. 40

VI

Je m'en vais, madame. À Dieu le créateur
je recommande votre personne, en quelque lieu que je
 sois.

Ne sai se ja verroiz maiz mon retour :
Aventure est que jamaiz vous revoie.
45 Pour Dieu vos pri, en quel lieu que je soie,
Que nos convens tenez, vieigne u demour,
Et je pri Dieu qu'ensi me doint honour
Con je vous ai esté amis verais.

Je ne sais pas si vous verrez jamais mon retour :
il se peut que je vous revoie un jour.
Par Dieu, je vous prie, en quelque lieu que je sois,
de tenir nos engagements, que je revienne ou demeure,
et je prie Dieu de m'accorder autant d'honneur
que j'ai été pour vous un ami sincère.

Gace Brulé

Chevalier champenois, Gace Brulé (dont le surnom proviendrait de son blason, un écu burelé), naquit en 1159 au plus tard et mourut après 1213. Il eut pour protecteurs Marie comtesse de Champagne et son demi-frère, Geoffroy Plantagenêt, comte de Bretagne. Auteur d'environ soixante-dix chansons, il est considéré par ses contemporains comme le plus grand poète lyrique de son époque. Jean Renart dans son *Roman de la Rose ou de Guillaume de Dole* et Gerbert de Montreuil dans son *Roman de la Violette* lui rendent hommage en citant plusieurs de ses couplets, et les *Chroniques de Saint-Denis* soulignent que Thibaut de Champagne et Gace Brulé ont composé *les plus belles chançons et les plus delitables et melodieuses qui oncques fussent oïes en chançon ne en vielle.*

À l'instar de troubadours comme Jaufré Rudel et Bernard de Ventadour, Gace Brulé est le chantre de *la fin'amor*, cet amour raffiné, adultère, secret, tourmenté, fondé sur la suzeraineté de la dame quasi sacralisée et le service du vassal fidèle, attendant de son élue le *guerredon*, la récompense suprême, mais craignant les médisances des envieux *losengiers* et les refus de l'inhumaine sans *merci*. Porte-parole des amants courtois, le trouvère, souvent *pensif* et passif, se complaît dans sa mélancolie et se présente volontiers comme une victime de la fatalité et de l'Amour capricieux, voire tyrannique, un soupirant timide, loyal et soumis à la volonté de sa dame, un martyr oscillant en permanence entre joie et tristesse, entre espoir et désespoir.

Toute la poésie de Gace Brulé, élégante et fluide, reposant sur une versification recherchée et harmonieuse, exprime ses états d'âme, ses désirs, ses souvenirs, sa langueur, son désarroi, sa jalousie, ses souffrances, sa folie et les leurres d'une espérance toujours déçue.

Nous avons choisi l'une de ses chansons les plus célèbres.

Bibliographie

H.P. Dyggve, *Gace Brulé, trouvère champenois. Édition des chansons et étude historique*, Helsinki, Mémoires de la Société néophilologique de Helsinki, 16, 1951.

E. Baumgartner, « Remarques sur la poésie de Gace Brulé », *Revue des langues romanes*, t. LXXXVIII, 1984, p. 1-13 ; J. Frappier, *La Poésie lyrique en France aux XIIe et XIIIe siècles*, Paris, CDU, 1954, p. 141-161 ; G. Lavis et M. Stasse, *Les Chansons de Gace Brulé, concordancier et index*, Liège, Institut de lexicologie française de l'Université de Liège, 1979.

Notes

Le texte est établi d'après l'édition de H.P. Dyggve et les manuscrits U (Paris, BN, fonds fr. 20050) et M (Paris, BN, fonds fr. 844).

Sur le plan formel, cette chanson comporte cinq dizains hétérométriques ; les mêmes rimes (ab'ab'aaaab'a) se répètent dans deux strophes consécutives (*coblas doblas*).

Le chant des oisillons entendus en Bretagne suscite des sentiments contradictoires dans le cœur du poète : d'un côté, il ressent la nostalgie de sa terre natale, la Champagne (v. 4) et la tristesse d'être séparé de sa dame ; de l'autre, par un phénomène de mémoire involontaire, cette agréable audition lui évoque un instant de bonheur passé.

Le souvenir de cet unique baiser accordé par la dame (v. 21 et 31) l'enchante (ne le sent-il pas à tout moment se poser à nouveau sur ses lèvres ?) en même temps qu'il le désespère car il se languit d'attendre (v. 11 et 39) et se meurt de désir (v. 42).

S'il reprend les motifs traditionnels de la lyrique courtoise, tels que les tourments (v. 14), la folie (v. 18, 29 et 46), la pâleur (v. 40), la timidité (v. 45) et la loyauté (v. 20) de l'amant face à la rigueur de la dame sans merci (v. 30), Gace Brulé éprouve aussi une pointe de jalousie à l'égard des faux soupirants qui lui parlent et le desservent auprès d'elle (v. 47-48).

oïs : le verbe *oïr*, issu du latin *audire*, est usuel au Moyen Âge pour désigner la perception des sons et des bruits par l'oreille. Les formes trop brèves de ce verbe, les homophonies gênantes avec celles de l'auxiliaire *avoir* ont entraîné son abandon au profit d'*entendre*. *Ouïr* subsiste toutefois avec l'impératif *oyez* (formule de proclamation du héraut), avec l'expression *par ouï-dire* et avec l'adjectif *inouï*.

destraingne : provenant du latin *distringere* (« retenir », « empêcher »), le verbe *destraindre* offre plusieurs acceptions : « étreindre », « serrer de près, presser », « opprimer, tourmenter ». Il est conventionnel pour exprimer les tortures que l'Amour impérieux inflige au *fin amant*.

ententis : dérivé du verbe *entendre*, issu lui-même du latin *intendere* (« tendre son attention, son énergie vers »), l'adjectif *ententis* a conservé cette valeur étymologique : « celui qui met toute son attention à », « celui qui consacre toute son énergie à », « celui qui s'applique à ». Concurrencé par *attentif*, *ententif* disparaît au XVIIᵉ siècle d'autant plus facilement que le verbe *entendre* perd à cette époque son sens de « s'occuper de ».

guerpi : du francique **werpan*, le verbe *guerpir* ressortit à la notion d'abandon. Fréquent dans les contextes militaire, civil, religieux et juridique, il signifie, selon les cas, « fuir » (le champ de bataille), « quitter » (son pays), « abdiquer », « renier » (sa religion), « renoncer à ses droits de possession ou d'usage sur », « se dessaisir volontairement de ». Dès le XIVᵉ siècle, il est remplacé par le composé *déguerpir* qui, intransitif, veut dire depuis le XVIIᵉ siècle : « abandonner un lieu en se sauvant ».

membre : venant du latin *memorare*, le verbe *membrer* s'emploie en construction impersonnelle (« revenir à la mémoire ») ou réfléchie (« se souvenir »). Le participe *membré* signifie « renommé, illustre », ainsi que « sage, avisé ». Le verbe *membrer* fait partie, comme *remembrer, ramenter, ramentevoir, recorder, resouvenir, remanoir*, du champ lexical de la mémoire et du souvenir, cher à Gace Brulé. Voir A. Planche, « De quelques aveux... À propos de deux trouvères », *Hommage à Jean-Charles Payen, farai chansoneta novele*, Université de Caen, 1989, p. 285-294.

entente : ce substantif qui se rattache à *entendre* présente diverses significations : 1) « préoccupation, attention » ; 2) « application, soin, souci » ; 3) « pensée, désir, intention » ; 4) « projet, but, objectif » ; 5) « intelligence, compréhension » ; 6) « sens, interprétation » ; 7) « concorde ». À partir du XIXe siècle, il s'applique au « fait de s'entendre, de s'accorder ».

6. Les oiselez de mon païs

I

Les oiselez de mon païs
Ai oïs* en Bretaigne.
A lor chant m'est il bien avis
Q'en la douce Champaigne
5 Les oï jadis,
Se n'i ai mespris.
Il m'ont en si dolz panser mis
K'a chançon faire me sui pris
Si que je parataigne
10 Ceu q'Amors m'a toz jors promis.

II

En longe atente me languis
Senz ce que trop me plaigne.
Ce me tout mon jeu et mon ris
Que nuns q'amors destraingne*
15 N'est d'el ententis*.
Mon cors et mon vis
Truis si par eures entrepris
Que fol samblant en ai empris.

6. Les oiselets de mon pays

I

Les oiselets de mon pays,
je les ai entendus en Bretagne.
À écouter leur chant, je crois bien
que dans ma douce Champagne
jadis je les entendis,　　　　　　　　　　　　　　　　5
si je ne me trompe pas.
Ils m'ont plongé en un si doux penser
que j'ai entrepris une chanson
dans l'espoir d'obtenir
ce qu'Amour m'a toujours promis.　　　　　　　　　10

II

En une longue attente, je languis
sans trop me plaindre.
J'y perds le goût du jeu et du rire
car celui qu'Amour torture
n'est attentif à rien d'autre.　　　　　　　　　　　　15
De corps et de visage,
je me trouve si souvent bouleversé
que j'ai l'air d'un fou.

Ki q'en Amors mespraigne,
20 Je sui cil c'ainz rien n'i forfis.

III

  En baisant, mon cuer me toli
  Ma dolce dame gente ;
  Trop fu fols quant il me guerpi*
  Por li qui me tormente.
25 Las ! ainz nel senti,
  Quant de moi parti ;
  Tant dolcement lo me toli
  K'en sospirant lo traist a li ;
  Mon fol cuer atalente,
30 Mais ja n'avra de moi merci.

IV

  D'un baisier, dont me membre* si,
  M'est avis, en m'entente*,
  Il n'est hore, ce m'a trahi,
  Q'a mes levres nel sente.
35 Quant ele soffri,
  Deus ! ce que je di,
  De ma mort que ne me garni !
  Ele seit bien que je m'oci
  En ceste longe atente
40 Dont j'ai lo vis taint et pali.

V

  Por coi me tout rire et juer
  Et fait morir d'envie ;
  Trop souvent me fait comparer

Si d'autres trahissent Amour,
moi, je ne lui ai jamais fait de tort.   20

III

Par un baiser, elle m'a volé mon cœur,
ma douce et noble dame ;
il fut bien fou de m'abandonner
pour celle qui me tourmente.
Hélas ! je n'ai rien senti,   25
quand il m'a quitté ;
elle me l'a volé si doucement
qu'elle l'attira vers elle dans un soupir ;
elle suscite le désir de mon cœur fou,
mais jamais elle n'aura pitié de moi.   30

IV

Ce seul baiser, dont je me souviens tant,
il me semble, en ma pensée,
qu'il n'est pas un instant, ô trahison !,
où je ne le sente sur mes lèvres.
Quand elle permit,   35
Dieu ! ce dont je parle,
que ne m'a-t-elle protégé de la mort !
Elle sait bien que je me tue
dans cette longue attente
qui rend mon visage blême et pâle.   40

V

J'en perds ainsi le goût du rire et du jeu,
et je meurs de désir ;
Amour me fait très souvent

Amors sa compaignie.
45 Las ! n'i os aler,
Que par fol sambler
Me font cil fals proiant damer.
Morz sui quant jes i voi parler,
Que point de trecherie
50 Ne puet nus d'eus en li trover.

payer cher sa compagnie.
Hélas ! je n'ose pas aller près d'elle, 45
car mon air insensé
me fait condamner par les hypocrites soupirants.
Je meurs quand je les vois lui parler,
car aucun d'eux ne peut trouver
en elle une ombre de perfidie. 50

Gautier de Coinci

Appartenant sans doute à une importante famille du Soissonnais, Gautier, né à Coincy près de Château-Thierry (Aisne) en 1177 ou 1178, entra en 1193 à l'abbaye bénédictine de Saint-Médard de Soissons où il étudia le latin et la musique. Il fit probablement un séjour à l'Université de Paris. Revenu à Saint-Médard, il devint en 1214 prieur du monastère de Vic-sur-Aisne qui dépendait de son abbaye et où il partagea son temps entre la dévotion à Notre-Dame et à sainte Léocade et la rédaction de ses recueils de *Miracles*. En 1233, il devint grand prieur de Saint-Médard, où il mourut le 25 septembre 1236.

Outre des chansons pieuses et une *Vie de sainte Christine*, son œuvre comporte essentiellement deux livres de *Miracles de Notre-Dame* : le premier (écrit entre 1218 et 1224) se compose de deux prologues, de sept chansons en l'honneur de la Vierge, de trente-cinq miracles et de trois poèmes à la gloire de sainte Léocade ; le second (1225-1227) comprend un prologue, sept chansons, vingt-trois miracles, deux sermons en vers, des saluts et leur prologue, une chanson et quatre pièces qui ferment leur recueil.

Gautier de Coinci est par excellence le chantre de Notre-Dame, qu'il n'a cessé de célébrer : *troveres ne sui je mie/Fors de ma dame et de m'amie*, tout en dénonçant les turpitudes du monde, des autorités ecclésiastiques, des médecins, des hommes de loi, des marchands et des vilains. Ce qui le distingue des autres poètes, c'est qu'il a voulu, par la puissance et la poésie de son verbe, écrire une œuvre qui fût à la hauteur de son sujet et permît aux lecteurs de dépasser le monde sensible en vibrant aux confins de l'intelligible et du sacré. Grâce à une prodigieuse efflorescence de comparaisons et de métaphores, il introduit dans ses vers le monde quotidien qui l'entoure, empruntant à tous les registres, au bestiaire et au folklore, à la musique et à la liturgie, à la Bible et à la littérature de son temps. Dans ses textes traversés de nombreuses ruptures de tonalité et de dictions sentencieuses, il recourt à l'amplification par l'accumulation des termes et les couples de mots autant que par l'anaphore et les parallélismes. Il joue avec les sonorités et crée un réseau musical, en particulier à la fin des vers où, par une sorte de paraphrase phonique gouvernée par le mouvement de la lecture et de la récurrence, il accumule les rimes contrefaites (du type *parfait/par fait*), équivoques ou dérivatives, et où il pratique souvent l'étymologie littérale, la « dérivoison », liant par exemple *beguin* (faux dévot) à *begon* et *begart* (hérétique, sot) et à *brais* et *boe* (boue, fange). Il se dégage du texte un enthousiasme jubilatoire porté par une alchimie sonore et sémantique.

Tout en reprenant aux intellectuels du Moyen Âge les variations sur le symbolisme des lettres et des nombres, il annonce les Rhétoriqueurs avec une telle force qu'on peut dire de lui qu'il a, comme l'a écrit Julien Gracq dans *Préférences*, « le ton, la voix, le mouvement, aussi inconfondable que la façon de lever le nez ou d'allumer une cigarette, qui fait qu'un écrivain, après des siècles, surgit encore brusquement de la page pour nous signifier : Je suis là », comme c'est le cas dans le poème à la Vierge Marie que nous avons choisi.

Bibliographie

Miracles de Nostre Dame, éd. de V.F. Koenig, Genève, Droz, 1955-1970, 4 vol., et trad. de P. Kunstmann, Paris, UGE, « 10/18 », 1981 ; *Le Miracle de Théophile*, éd. bilingue de A. Garnier, Paris, Champion, 1998 ; *La Vie de sainte Cristine*, éd. de O. Collet, Genève, Droz, 1999.

A. Ducrot-Granderye, *Étude sur les Miracles de Gautier de Coinci*, Helsinki, Annales Academiae Scientiarum Fennica, B-XXV, 1932 ; A. Garnier, *Mutations temporelles et cheminement spirituel. Analyse et commentaire du Miracle de « l'Empeeris » de Gautier de Coinci*, Paris, Champion, 1988 ; *Médiévales*, t. VI : *Gautier de Coinci*, 1982.

Notes

Texte établi d'après le manuscrit L (Paris, Bibliothèque nationale, fonds fr. 22928) et l'édition de V.F. Koenig, Genève, Droz, 1966.

Le XIII° siècle a sans doute été le grand siècle marial parce que la dévotion à la Vierge a gagné toute la chrétienté, devenant une dévotion populaire, qui s'est manifestée dans tous les domaines, dans les arts (architecture, sculpture, peinture, vitrail, poésie, théâtre...) et dans la liturgie. Mais c'est sans conteste saint Bernard qui, au XII° siècle, a écrit les plus beaux textes sur les grandeurs de Marie, sa mission, ses vertus, dont, particulièrement, sa virginité et son humilité. La Vierge est la victorieuse réplique d'Ève, son antithèse. En donnant naissance au Sauveur, elle a étroitement collaboré à notre rédemption, devenue source de miséricorde pour tous. Elle n'a de cesse de nous voir parvenir au port du salut : elle est notre avocate auprès du Juge suprême. La mariologie de Bernard est toute centrée sur la médiation de Marie, son inlassable miséricorde en faveur des humains qui ne doivent pas hésiter à venir à elle, car elle chassera leurs craintes, les fera renaître à l'espérance, malgré leur fragilité et leur misère. Voir J. Dufournet, « Rutebeuf et la Vierge », *Du Roman de Renart à Rutebeuf*, Caen, Paradigme, 1993, p. 265-283.

rotruenge : ce mot, dont l'étymologie est incertaine (vient-il de *rote*, petite harpe portative ?), désigne un genre si peu défini qu'on s'est demandé si c'étaient des chansons françaises d'inspiration non courtoise ou des chansons à refrain d'une certaine longueur. Fr. Gennrich a regroupé sous ce nom trente-quatre pièces très différentes. Pour lui, la principale marque du genre serait d'essence musicale. Voir P. Bec, *La Lyrique française au Moyen Âge*, t. I, Paris, Picard, 1977, p. 183-189.

v. 5-7 : on remarquera la richesse des rimes, en particulier les rimes homonymiques au cœur de chaque strophe : *nom/nom/non ; conduit ; lait ; en mer/amer/amer ; maint/m'aint/maint*.

par fine amor : pour célébrer la Vierge, Gautier reprend le vocabulaire de la *fin' amor* et du service féodal et amoureux, qui s'identifie au service religieux.

conduit : *conductus*. Le conduit n'est pas nécessairement polyphonique, et dans ce cas il est de composition libre sans *cantus firmus*. Les textes, de caractère élevé, souvent religieux, sont rarement tirés de la liturgie, mais librement composés. Au XIIIe siècle, le *conductus* prend volontiers la forme d'un chant à contenu moral ou politique ; ce rôle reviendra au motet à partir du XIVe siècle. Voir *Guide de la musique du Moyen Âge*, sous la direction de F. Ferrand, Paris, Fayard, 1999, p. 174.

Marions nous a la virge Marie : jeu de mots fréquent dans la poésie mariale.

amer : aimer, rime souvent avec *amer* (amertume) dans la poésie et le roman courtois.

7. [Poème à la Vierge Marie]

I

Qui que face rotruenge* novele,
Pastorele, son, sonet ne chançon,
Je chanterai de la sainte pucele
Es cui sains flans li fius Dieu devint hom.
5 Il m'est avis, certes, quant je la nom,
Goutes de miel degoutent de son nom.
Je ne veil mais chanter se de li non ;
D'autre dame ne d'autre damoisele
Ne ferai mais, se Dieu plaist, dit ne son. Amen.

II

10 De tout son cuer et de toute s'entente
Loer la doit chascons et jor et nuit.
Tant con vivrai, chasqu'an li doi de rente,
Par fine amor*, chançonnete ou conduit*.
A seür port toz celz mainne et conduit
15 Qui de bon cuer entrent en son conduit.
En li servir sont tout li grant deduit,
Car c'est et fu la tres savoreuse ente
Qui toz nos paist de son savorous fruit.

7. Poème à la Vierge Marie

I

Peu importe ceux qui composent rotrouenge nouvelle,
pastourelle, chanson, chansonnette ou grand chant,
moi je chanterai la sainte Vierge
qui porta en ses saints flancs le fils de Dieu fait homme.
J'ai vraiment l'impression qu'à la nommer,
des gouttes de miel s'écoulent de son nom.
Je ne veux plus chanter qu'elle seule :
d'une autre dame ou d'une autre demoiselle,
je ne ferai plus, s'il plaît à Dieu, de poème ni de chanson.
  Amen.

II

De tout son cœur et de toute sa ferveur
chacun doit la louer jour et nuit.
Chaque année de ma vie, je lui dois comme rente,
en gage de parfait amour, une chanson ou un conduit.
À bon port elle mène et conduit tous ceux
qui de bonne grâce se mettent sous sa protection.
Son service apporte la félicité,
car c'est et ce fut la très délicieuse greffe
qui nous rassasie tous de son fruit délicieux.

III

Qui bien la sert et qui l'a en memoire
20 Faillir ne puet que grant loier n'en ait.
En ses sainz flanz porta le roi de gloire
Et sel norri de son savoreus lait.
La mere Dieu, voir, endormir ne lait
Nului qui l'aint en ort pechié n'en lait.
25 Quant il i chiet, erranment l'en retrait.
Qui bien la sert jor et nuit sanz recroire
Paradis a desrainié par fin plait.

IV

Marions nous a la virge Marïe*.
Nus ne se puet en li mesmarïer.
30 Sachiez de voir, a li qui se marie
Plus hautement ne se puet marïer.
Asseür est en air, en terre, en mer
Qui bien la sert et bien la vielt amer.
Amons la tuit, en li n'a point d'amer*.
35 Ja ne faura a pardurable vie
Qui de bon cuer la volra reclamer.

V

Cui vielt aidier la roïne celestre,
Nus n'a pooir qui le griet ne mesmaint.
Ele est dou ciel porte, pons et fenestre ;
40 Cui metre i veilt, par defors ne remaint :
Par li i sont entré maintes et maint.
A jointes mains li depri que tant m'aint,
Par sa douceur, qu'a fine fin me maint.
Au jugement tous nous mete a la destre
45 De sen dous fil, ou toute douceurs maint. Amen.

III

Quand on la sert bien et qu'on en garde la mémoire,
on ne peut manquer d'en avoir une grande récompense. 20
En ses saints flancs, elle porta le roi de gloire
et le nourrit de son lait délicieux.
Oui, la mère de Dieu ne laisse personne qui l'aime
s'endormir dans l'ordure et la laideur du péché.
Quand il y tombe, bien vite elle l'en retire. 25
Qui la sert bien jour et nuit sans se lasser,
a gagné le paradis de haute lutte.

IV

Épousons la Vierge Marie.
Avec elle personne ne peut se mésallier.
Soyez sûrs que celui qui l'épouse 30
ne peut faire plus haute alliance.
En toute sécurité dans les airs, sur terre et sur mer,
est celui qui voue sa vie à la servir et à l'aimer.
Aimons-la tous : en elle, point d'amertume.
Jamais la vie éternelle ne fera défaut 35
à qui l'implore avec ferveur.

V

Celui que veut aider la reine céleste,
personne ne peut lui nuire ni le maltraiter.
Du ciel elle est la porte, le pont et la fenêtre.
Celui qu'elle veut y mettre ne reste pas dehors. 40
Grâce à elle, maintes et maints y sont entrés.
Mains jointes, je la supplie de m'aimer tant
que, dans sa douceur, elle me conduise à une belle fin.
Qu'au Jugement dernier, elle nous mette tous à la droite
de son doux fils, qui est la douceur même ! Amen. 45

Thibaut de Champagne

Né le 30 mai 1201, Thibaut IV de Champagne est le fils posthume de Thibaut III et de Blanche de Navarre. Présent à la bataille de Bouvines en 1214, il règne sous la tutelle de sa mère. Il épouse en 1220 Gertrude de Metz (qu'il répudie en 1222 pour cause de stérilité), puis en 1223 Agnès de Beaujeu, cousine germaine du roi de France Louis VIII. En 1224, il prend part aux campagnes de celui-ci contre les Anglais, en particulier au siège de La Rochelle. Il accompagne le roi contre Avignon en 1226, puis l'abandonne. Quand ce dernier meurt le 8 novembre, on accuse Thibaut de l'avoir empoisonné. En 1227, il prend le parti des grands feudataires contre Blanche de Castille ; mais, quand les Anglais débarquent en Normandie en 1228, il vient au secours de la reine. En 1229, il joue le rôle de médiateur entre la monarchie française et Raymond VII de Toulouse. Après la mort de sa femme Agnès (1231), il épouse, en 1232, Marguerite, fille d'Archambault, seigneur de Bourbon. Il devient roi de Navarre à la mort de son oncle maternel, Sanche le Fort. En 1235, année de la naissance de son fils, Thibaut V de Champagne, quand les barons se révoltent à nouveau contre la couronne et la régente, Thibaut IV se joint à eux, mais il se soumet définitivement au roi en 1236. En 1239, il quitte Marseille pour la Terre sainte et débarque à Gaza, où il arrive après la bataille et ne peut que constater le désastre. Il revient en France en 1240 après l'échec de la croisade. En 1242, il participe aux côtés de Saint Louis aux batailles de Taillebourg et de Saintes contre les Anglais. En 1248, Louis IX part pour la quatrième croisade en Égypte, tandis que Thibaut fait un pèlerinage de pénitence à Rome. Il meurt à Pampelune en 1253.

Thibaut de Champagne, qu'on peut considérer comme un disciple de Gace Brulé dont la poésie lui est familière, est l'auteur d'une œuvre importante : plus de 70 compositions lyriques, dont la moitié sont des chansons d'amour ou « grands chants », mais qui touchent à tous les genres, puisqu'il a composé neuf jeux-partis et cinq débats, trois chansons de croisade, cinq chansons en l'honneur de la Vierge, deux pastourelles et un serventois politico-religieux. Il maîtrisa tous les registres, de la ferveur au sourire ironique et du raffinement précieux à la rêverie, multipliant les symboles, les allégories et les métaphores en amoureux de l'écriture tout autant qu'en poète de l'amour. Il fut, de surcroît, un musicien accompli, en sorte qu'on a considéré ce grand seigneur comme le roi du chant et le plus grand des trouvères.

Si Thibaut, qui se veut amant parfait dans l'ascèse du grand chant, prend une certaine distance désinvolte à l'égard des thèmes et des motifs obligés de la lyrique courtoise dont il reprend le plus grand nombre, s'il est souvent mélancolique, ce qui caractérise son œuvre, c'est peut-être, outre une interrogation sur l'amour et le sentiment d'une constante incommunicabilité, un imaginaire de la peur et du mal, hanté par la présence du diable, tentateur perfide, par l'impureté et la souillure, par la mort, comme « pris entre la peur du péché à cause de l'autre et la peur de l'aliénation par l'autre, et finalement par la peur de la destruction de soi dans le monde de la beauté piégée et dans celui du chant, de l'écriture » (Fr. Ferrand, « Thibaut de Champagne, de l'obsession du mal à la mort du chant », in Y. Bellenger, D. Quéruel (dir.), *Thibaut de*

Champagne, prince et poète du XIIIe siècle, Paris, Manufacture, 1987). Mais, tout en dénonçant la culpabilité de son désir et de la parole qui le dit, Thibaut de Champagne reste toujours d'une virtuosité exceptionnelle, d'un raffinement enjoué et d'une préciosité aristocratique qui font le charme de sa poésie.

Pour donner une idée de l'importance de son œuvre, nous avons choisi le poème le plus célèbre, celui de la licorne, un jeu-parti et une pastourelle.

Bibliographie

Éd. de A. Wallensköld, Paris, Picard, 1925, et trad. de A. Micha, Paris, Klincksieck, 1991.

M.-G. Grossel, *Le Milieu littéraire en Champagne sous les Thibaudiens*, Orléans, Paradigme, 1994, t. II, p. 431-466 ; C. Taittinger, *Thibaut le Chansonnier, comte de Champagne*, Paris, Perrin, 1987 ; *Thibaut de Champagne. Prince et poète au XIIIe siècle*, sous la direction de Y. Bellenger et D. Quéruel, Paris, La Manufacture, 1987.

Notes

Je suis comme la licorne

Texte de l'édition de A. Wallensköld.

Ce poème est un des plus beaux exemples de grand chant courtois. Si Thibaut a repris des éléments traditionnels comme les motifs de la mort d'amour et du cœur prisonnier séparé de son corps, de l'appel à la pitié et de la souffrance purificatrice, comme l'oxymore *douce chartre* et les personnifications *Amour*, *Beauté*, *Beau Semblant* et *Danger*, il les a renouvelés, en les chargeant d'une poésie empreinte de mélancolie, par la comparaison avec la licorne dans la première strophe et par la métaphore de la prison amoureuse qui, développée en allégorie, non seulement s'étend sur les strophes 2 et 3, mais imprègne tout le poème, composé de cinq neuvains et d'un tercet d'octosyllabes, et formé de *coblas doblas*.

unicorne : « licorne ». Sur cet animal fabuleux, voir en particulier J.-P. Clébert, *Bestiaire fabuleux*, Paris, Albin Michel, 1971, p. 224-233 ; G. de Tervarent, *Attributs et symboles dans l'art profane. 1450-1600*, Genève, Droz, 1959, p. 235-340. La chasse à la licorne donnait lieu à un rituel qui ne variait guère d'un auteur à l'autre. Pour la capturer vivante, on plaçait sur son passage une fille pucelle dont l'odeur attirait la bête. Le *Bestiaire* de Philippe de Thaon (XIIe siècle) précise que la pucelle doit dégrafer son corsage et laisser à nu un de ses seins. La licorne s'approche alors et pose sa tête dans le giron de la jeune fille, sans lui faire aucun mal ; mais si la fille n'est pas vierge, la licorne s'en aperçoit et la tue. Une fois l'animal couché et endormi aux pieds de la pucelle, les chasseurs peuvent la prendre et la tuer pour s'emparer de sa corne qui servait de panacée. La symbolique de la licorne était très riche : elle pouvait représenter la chasteté, l'incarnation du Christ, l'état de mariage, l'attirance de la femme et ses dangers, voire les puissances infernales, ou bien, ailée comme Pégase, l'inspiration poétique. Thibaut fait de l'allégorie christique une figure de l'amant qui meurt de son amour.

liee : la licorne perd son statut de monstre pour devenir une innocente victime qu'on tue par trahison, comme les deux chasseurs, Amour et la Dame, arrachent son cœur à l'amant.

sanz raençon : sans accepter ni même demander de rançon.

clef : dans *Le Roman de la Rose* de Guillaume de Lorris, Amour ferme à clé le cœur de l'amant. Ce qui signifie qu'il n'est plus disponible pour un autre amour, et que celui qui possède la clé a un pouvoir de décision, d'autorité spirituelle.

Biau Senblant : dans *Le Roman de la Rose*, *Biau Senblant* est le nom d'une des flèches d'Amour, et signifie le bon accueil, la disponibilité.

Biautez : dans *Le Roman de la Rose*, c'est l'un des personnages de la carole dans le verger de Déduit et l'une des flèches d'Amour.

Dangier : personnifie, dans *Le Roman de la Rose*, la résistance à l'amour, le refus de la jeune fille ; il y est aussi qualifié de *vilains* (v. 2825) et de *couvers, cuivert*, « scélérat » (v. 2829).

Cil troi : dans le poème de Thibaut, c'est le cœur de l'amant qui est emprisonné et gardé par trois geôliers : Beau Semblant, Beauté et Danger, alors que, dans *Le Roman de la Rose* c'est Bel Accueil ou la rose, c'est-à-dire la femme aimée, qui est prisonnière du château construit par Jalousie et gardé par Danger, Honte, Peur et Malebouche (*médisance*). On peut remarquer avec Fr. Ferrand (« Thibaut de Champagne, de l'obsession du mal à la mort du chant », *op. cit.*, p. 85) : « La Beauté prend ici une fonction bien énigmatique, elle qui voisine avec la puanteur et se trouve à ses côtés, gardienne de la prison. Reine des cachots malsains, sœur de la reine de la Nuit, contaminée par le mal. Beauté de la jeune fille responsable de la mort de la licorne, beauté renversée en péché et péché renversé en amour. »

gonfanoniers : celui qui porte le *gonfanon*, ou *gonfalon* (du germain *gund*, « combat », et *fano*, « drapeau », c'est-à-dire le drapeau pour le combat). On retrouve, sous-jacente, la métaphore de l'armée d'Amour.

À lire, de M. Faure, « *Aussi com l'unicorne sui*, ou le désir d'amour et le désir de mort dans une chanson de Thibaut de Champagne », *Poètes du XIIIe siècle*, *Revue des langues romanes*, t. LXXXVIII, 1984, p. 15-21.

Jeu-parti

Texte établi d'après le manuscrit K (Paris, Arsenal, 5198) et l'édition de A. Wallensköld, Paris, Picard, 1925.

Le jeu-parti se présente, dans le Midi comme au Nord, comme une pièce lyrique de six strophes, suivies à l'ordinaire de deux envois. Dans le premier couplet, l'un des deux partenaires propose à l'autre une alternative entre deux partis, et, ce dernier ayant fait son choix, lui-même soutient l'autre parti. Dans les deux envois, chacun des participants nomme un juge, mais on ne trouve dans les textes aucune trace d'un jugement qui aurait été prononcé. Dans cette poésie de compétition construite comme un débat judiciaire, discursive plutôt que lyrique, souvent polémique, les auteurs explicitent, en opposant deux modèles, le contredit du grand chant courtois devenu notation extérieure et non plus tension intérieure. L'engouement pour ce genre fut considérable, en particulier dans la seconde moitié du XIIIe siècle, chez les poètes d'Arras, Adam de La Halle et surtout Jean Bretel, signataire de 90 jeux-partis. On le retrouve encore en Lorraine au début du XIVe siècle. Voir A. Långfors, *Recueil général des jeux-partis*, Paris, Picard, 1926 ; M. Gally, *Rhétorique et histoire d'un genre : le jeu-parti à Arras*, thèse de l'université Paris-VII, 1985.

un gieu : indication du genre appelé aussi *gieu parti, parture, tenson* (en occitan, *joc partit* ou *partimen*).

Raoul : c'est le poète Raoul de Soissons, dont il reste six chansons d'amour et un jeu-parti, et qui participa à trois croisades, avec Thibaut de Champagne en 1239 et avec Saint Louis en 1248 et 1270.

v. 13-15 : pour Thibaut, les deux partis sont dommageables, puisque, dans l'un et l'autre cas, l'ami mourra de désirs inassouvis.

v. 17-18 : Thibaut défend ici une opinion contraire à celle qu'il soutient contre Guillaume Le Vinier dans un autre jeu-parti.

si solacier : infinitif substantivé : « ses paroles de réconfort ».

Mere Mellin : il s'agit bien, à nos yeux, de la mère de Merlin ; dans le *Lancelot en prose*, c'est une femme luxurieuse qui ne supporte pas la vue du corps mâle, en sorte que tout se passe dans l'obscurité : *[...] le sentir sans le veoir soufferoit ele legierement et volentiers* (éd. de Sommer, t. III, p. 20-21).

voz ventres gros : allusion à l'embonpoint de Thibaut.

l'adeser : infinitif substantivé. Le mot pouvait désigner les rapports sexuels.

faus pledeors : dénonciation des *losengiers*, faux amants et faux poètes.

potence : il s'agit de la béquille de Raoul qui aurait été blessé lors de la croisade de 1239-1240. Plus loin, il est question du *baston* (v. 47) et du *bordon* (v. 55). *Potence* avait aussi le sens grivois de membre viril.

Rois : comme Raoul donne à Thibaut le titre de *roi*, on estimera que ce jeu-parti a été écrit après son avènement au trône de Navarre en 1234.

le gaignon : c'est le chien de garde, le mâtin hargneux et agressif. Il représente le côté négatif du chien, l'aspect Cerbère, le gardien méchant, envieux, paresseux ou répugnant, tandis que le mot *chien* en représente l'aspect positif incarné par le chien de Macaire, dévoué, utile, fidèle compagnon de l'homme dans sa vie quotidienne, ses loisirs et ses malheurs, ou encore la bête pitoyable : *com pauvre chien tapi en reculet*, écrira Villon.

bordon : c'était le long bâton du pèlerin, surmonté d'un ornement en forme de pomme.

tençon : débat dialogué, comme la *tenso* occitane, dont elle est issue.

tatouiller, tastoillier (du latin **taxitare*) : « caresser doucement », « chatouiller ».

Pastourelle

Texte établi d'après le manuscrit K (Paris, Arsenal, 5198) et l'édition de A. Wallensköld, Paris, Picard, 1925.

Dans la pastourelle, genre lyrico-narratif, un seigneur, qui peut se présenter comme l'auteur du poème, tente de séduire une bergère (*pastoure, pastourelle* ; de là le nom de ce genre), parfois une simple jeune fille. Il peut triompher, que la bergère accepte ses propositions ou qu'il la viole. Mais, d'autres fois, il échoue, renonçant à son projet à cause des refus de la pastoure, ou contraint de fuir devant les bergers qui surviennent et qui le ridiculisent, voire le battent. Sans doute l'origine du genre se trouve-t-elle dans le débat amoureux dont on s'est plu à varier les données, surtout en s'éloignant de l'éthique courtoise : ce sont souvent les vacances de la courtoisie dans un décor agreste où s'exprime la folie du désir charnel.

Ce genre a connu deux grandes époques : de 1210 à 1240, il est cultivé par des poètes de haut rang comme Thibaut de Champagne, Jean de Braine, Thibaut de Blaison ; de 1240 à 1260, il s'épanouit dans le Nord, en Flandre et en Picardie, à Arras, où Jean Erart en est le plus illustre représentant : de forme de plus en plus raffinée, la pastourelle devient plus sensuelle, voire vulgaire.

Elle est à distinguer de la bergerie, qui met en scène les danses, les chants, les jeux et les altercations des bergers, qu'observe le poète sans y participer.

Voir P. Bec, *La Lyrique française au Moyen Âge (XII*-*XIII* siècles)*, Paris, Picard, 1977, t. I, p. 119-136 ; J. Frappier, *La Poésie lyrique française aux XII* et XIII* siècles*, Paris, CDU, 1966, p. 57-73 ; M. Zink, *La Pastourelle. Poésie et folklore au Moyen Âge*, Paris, Bordas, 1972.

tençon : « querelle », « dispute », « bataille ». À mettre en relation avec *tencier* (de **tentiare*) 1) « faire effort » ; 2) « chercher querelle », « se disputer avec » ; 3) « menacer », « injurier », « réprimander » (c'est le sens de notre mot *tancer*).

Robeçon : un des nombreux diminutifs de *Robert/Robin*, dont la pastourelle était friande. Entre autres, *Robertet, Robinet,*

Robineau, Robelin (Roblin), Robelot (Roblot), Robillard (Billard), Robichet, etc.

un blé : le mot a désigné, jusqu'au XIXᵉ siècle (voir Littré), aussi bien le froment ordinaire qu'une pièce, un champ de blé.

Assez fis plus que ne di : « j'agis bien plus que je ne parlai », c'est-à-dire « je ne perdis pas de temps à parler », « je m'empressai de fuir ». Peut-être y a-t-il une équivoque : « je fis bien plus que je ne dis dans ce poème », c'est-à-dire : je la violai avant de fuir.

8. Ausi conme unicorne sui

I

Ausi conme unicorne* sui
Qui s'esbahist en regardant,
Quant la pucele va mirant.
Tant est liee* de son ennui,
5 Pasmee chiet en son giron ;
Lors l'ocit on en traïson.
Et moi ont mort d'autel senblant
Amors et ma dame, por voir :
Mon cuer ont, n'en puis point ravoir.

II

10 Dame, quant je devant vous fui
Et je vous vi premierement,
Mes cuers aloit si tressaillant
Qu'il vous remest, quant je m'en mui.
Lors fu menez sanz raençon*
15 En la douce chartre en prison
Dont li piler sont de talent
Et li huis sont de biau veoir
Et li anel de bon espoir.

8. Je suis comme la licorne

I

Je suis comme la licorne
troublée de contempler
la jeune fille qui l'enchante,
si joyeuse de son supplice
que pâmée elle tombe en son giron, 5
et qu'alors on la tue par trahison.
Moi aussi, m'ont tué, de même façon,
Amour et ma Dame, oui, c'est vrai :
ils ont mon cœur que je ne puis reprendre.

II

Madame, quand devant vous je me trouvai 10
et vous vis pour la première fois,
mon cœur battait si fort
qu'il resta avec vous quand je m'en fus.
Il fut alors emmené sans rançon,
prisonnier de la douce geôle 15
dont les piliers sont de désir,
les portes d'agréables visions
et les chaînes de tendre espoir.

III

De la chartre a la clef* Amors
20 Et si i a mis trois portiers :
Biau Senblant* a non li premiers,
Et Biautez* cele en fet seignors ;
Dangier* a mis a l'uis devant,
Un ort felon vilain puant,
25 Qui mult est maus et pautoniers.
Cil troi* sont et viste et hardi :
Mult ont tost un honme saisi.

IV

Qui pourroit sousfrir les tristors
Et les assauz de ces huissiers ?
30 Onques Rollanz ne Oliviers
Ne vainquirent si granz estors ;
Il vainquirent en conbatant,
Més ceus vaint on humiliant.
Sousfrirs en est gonfanoniers* ;
35 En cest estor dont je vous di
N'a nul secors fors de merci.

V

Dame, je ne dout més riens plus
Que tant que faille a vous amer.
Tant ai apris a endurer
40 Que je sui vostres tout par us ;
Et se il vous en pesoit bien,
Ne m'en puis je partir pour rien
Que je n'aie le remenbrer
Et que mes cuers ne soit adés
45 En la prison et de moi prés.

III

De la geôle Amour a la clef
et il a placé trois gardiens :
Beau Semblant est le nom du premier,
Beauté en est le maître,
il a mis Refus à l'entrée,
traître répugnant, vil et puant,
malfaisant et scélérat.
Ces trois-là, vifs et hardis,
ont tôt fait d'attraper un homme.

IV

Qui pourrait souffrir les affronts
et les attaques de ces portiers ?
Jamais Roland ni Olivier
ne vainquirent en si rudes combats :
ils vainquirent en combattant ;
mais ceux-là, on les vainc en s'humiliant.
Souffrance porte l'étendard ;
en ce combat dont je vous parle,
il n'est de salut qu'en la pitié.

V

Madame, je ne redoute rien tant
que de faillir à votre amour.
J'ai tant appris à souffrir
que je suis vôtre par habitude.
Dussiez-vous en être fâchée,
je ne puis m'en séparer pour rien au monde
sans en garder le souvenir,
sans que mon cœur soit toujours
en prison, en étant près de moi.

Dame, quant je ne sai guiler,
Merciz seroit de seson mès
De soustenir si greveus fès.

9. [Jeu-parti]

I

Sire, loëz moi a choisir
D'un gieu* ! Li quels doit melz valoir :
Ou souvent s'amie sentir,
Besier, acoler, sanz veoir,
5 Sanz parler et sanz plus avoir
A touz jorz més de ses amors,
Ou parler et veoir touz jorz,
Sanz sentir et sanz atouchier ?
Se l'un en couvient a lessier,
10 Dites li quels est mains joianz
Et du quel la joie est plus granz.

II

— Raoul*, je vous di sanz mentir
Que il ne puet nul bien avoir
En prendre ce dont a morir
15 Couvient ami par estouvoir ;
Més, quant il ne puet remanoir,
El veoir a plus de secors
Et el parler qui est d'amors.
Si bel ris et si solacier*
20 Feront ma dolor alegier,
Que je ne vueil estre senblanz
Mere Mellin* ne ses paranz.

Madame, puisque je ne sais feindre,
pitié serait mieux de saison
que de soutenir si lourd fardeau.

9. Jeu-parti

I

Seigneur, aidez-moi à choisir
dans un jeu ! Quel parti vaut mieux :
ou caresser souvent son amie,
la baiser, l'embrasser, sans la voir,
sans lui parler ni avoir jamais   5
d'autres preuves de son amour,
ou lui parler et la voir toujours
sans la caresser ni la toucher ?
S'il faut renoncer à l'un,
dites-moi lequel donne moins de joie   10
et lequel en procure davantage.

II

– Raoul, je vous affirme sans mentir
qu'on ne peut retirer aucun bien
à prendre ce qui forcément
entraîne la mort de l'ami.   15
Mais, si l'on ne peut en rester là,
il est plus réconfortant
de la voir et de parler d'amour.
Ses beaux sourires et ses doux propos
rendront ma douleur plus légère,   20
car je ne veux pas ressembler
à la mère de Merlin ni à ses semblables.

III

– Sire, vous avez mult bien pris
De vostre amie regarder,
25 Que voz ventres gros* et farsis
Ne porroit sousfrir l'adeser*,
Et por ce amez vous le parler
Que vos solaz n'est preus aillors.
Ensi vait des faus pledeors*,
30 Dont li senblant sont mençongier.
Més d'acoler et de besier
Fet bone dame a son ami
Cuer large, loial et hardi.

IV

– Raoul, du regart m'est a vis
35 Q'il doit plus ami conforter
Qu'estre de nuiz lez li pensis
La ou l'en ne puet alumer,
Veoir, oïr, joie mener ;
L'en n'i doit avoir fors que plors.
40 Et s'ele met sa main aillors,
Quant vous cuidera enbracier,
Se la potence* puet baillier,
Plus avra duel, je vous afi,
Que de mon gros ventre farsi.

V

45 – Rois*, vous resenblez le gaignon*
Qui se revenche en abaiant ;
Por ce avez mors en mon baston
De quoi je m'aloie apuiant.
Més pris avez a loi d'enfant ;
50 Car il n'est si granz tenebrors,

III

– Seigneur, vous avez bien raison
d'aimer mieux regarder votre amie,
car votre ventre gros et bouffi
empêcherait tout rapport.
Aussi préférez-vous parler :
vous n'avez pas d'autre plaisir.
Il en est ainsi des beaux parleurs
dont les apparences sont trompeuses.
Mais, par ses embrassades et ses baisers,
une dame généreuse rend le cœur
de son ami large, loyal et hardi.

IV

– Raoul, le regard, à mon avis,
réconforte plus l'ami
que de passer la nuit près d'elle à penser
sans pouvoir allumer pour la voir,
l'entendre et manifester sa joie :
il ne reste plus qu'à pleurer.
Et si elle met sa main ailleurs,
quand, croyant vous embrasser,
elle saisira la béquille,
elle en aura plus de chagrin, je vous le dis,
que de mon gros ventre bouffi.

V

– Roi, vous ressemblez au mâtin
qui se venge en aboyant :
vous avez mordu mon bâton
sur lequel je m'appuyais.
Mais vous avez agi en enfant,
car il n'est pas de ténèbres

Se je pouoie les douçors
De ma douce dame enbracier,
Qui ja me poïst ennuier ;
Et si me puis melz delivrer
55 De mon bordon* que vous d'enfler.

VI

– Raoul, j'aing melz nostre tençon*
A lessier tout cortoisement
Que dire mal, dont li felon
Riroient et vilaine gent,
60 Et nous en serions dolent ;
Més mult vaudroit melz en amors
Veoir et oïr qu'estre aillors,
Rire, parler et solacier
Douz moz, qui font cuer tatouillier*
65 Et resjoïr et saouler
Que en tenebres tastoner.

10. [Pastourelle]

I

J'aloie l'autrier errant
Sanz conpaignon
Seur mon palefroi, pensant
A fere une chançon,
5 Quant j'oï, ne sai conment,
Lez un buisson
La voiz du plus bel enfant
C'onques veïst nus hon ;
Et n'estoit pas enfes si
10 N'eüst quinze anz et demi,
N'onques nule riens ne vi
De si gente façon.

qui puissent me gêner,
si je pouvais embrasser
les doux attraits de ma douce dame,
et je peux mieux me délivrer
de mon bâton que vous de votre enflure.   55

VI

– Raoul, j'aime mieux laisser là
notre débat et rester courtois
que mal parler : les mauvaises langues
et les rustres en riraient,
et nous, nous en serions fâchés.   60
Mais il vaudrait bien mieux en amour
voir et entendre qu'être ailleurs,
rire, parler et échanger
de doux mots qui chatouillent le cœur,
le réjouissent et le rassasient,   65
que de tâtonner dans les ténèbres.

10. Pastourelle

I

Je me promenais l'autre jour
sans compagnon,
sur mon palefroi, occupé
à faire une chanson,
quand j'entendis, je ne sais comment,   5
près d'un buisson,
la voix de la plus belle enfant
que vît jamais un homme ;
mais elle n'était pas si jeune :
elle avait bien quinze ans et demi,   10
et jamais je ne vis créature
qui fût si aimable.

II

Vers li m'en vois maintenant,
Mis l'a reson :
15 « Bele, dites moi conment,
Pour Dieu, vous avez non ! »
Et ele saut maintenant
A son baston :
« Se vous venez plus avant
20 Ja avroiz la tençon*.
Sire, fuiez vous de ci !
N'ai cure de tel ami,
Que j'ai mult plus biau choisi,
Qu'en claime Robeçon*. »

III

25 Quant je la vi esfreer
Si durement
Qu'el ne me daigne esgarder
Ne fere autre senblant,
Lors conmençai a penser
30 Confaitement
Ele me porroit amer
Et changier son talent.
A terre lez li m'assis.
Quant plus regart son cler vis,
35 Tant est plus mes cuers espris,
Qui double mon talent.

IV

Lors li pris a demander
Mult belement
Que me daignast esgarder
40 Et fere autre senblant.

II

Vers elle je m'en vais aussitôt
et lui adresse la parole :
« Belle, dites-moi comment,
Par Dieu, on vous appelle. »
Et elle se précipita
sur son bâton :
« Si vous faites un pas de plus,
vous aurez à vous battre.
Seigneur, fuyez donc d'ici !
Je n'ai que faire d'un tel ami,
car j'en ai choisi un bien plus beau,
qu'on appelle Robichon. »

III

Quand je la vis s'effrayer
si violemment
qu'elle ne daigna pas me regarder
ni faire un autre visage,
alors je commençai à réfléchir
par quel moyen
elle pourrait m'aimer
et changer d'avis.
Je m'assis à terre près d'elle.
Plus je regardais son lumineux visage
et plus mon cœur s'enflammait,
et redoublait mon désir.

IV

Alors je me mis à lui demander
très gentiment
qu'elle daigne me regarder
et faire un autre visage.

Ele conmence a plorer
Et dist itant :
« Je ne vos puis escouter ;
Ne sai qu'alez querant. »
45 Vers li me trais, si li dis :
« Ma bele, pour Dieu merci ! »
Ele rist, si respondi :
« Ne faites pour la gent ! »

V

Devant moi lors la montai
50 De maintenant
Et trestout droit m'en alai
Vers un bois verdoiant.
Aval les prez regardai,
S'oï criant
55 Deus pastors par mi un blé*,
Qui venoient huiant,
Et leverent un grant cri.
Assez fis plus que ne di* :
Je la les, si m'en foï,
60 N'oi cure de tel gent.

Elle commença à pleurer
et dit ces mots :
« Je ne puis vous écouter,
je ne sais ce que vous cherchez. »
Je m'approchai d'elle et lui dis : 45
« Ma belle, par Dieu, pitié ! »
Elle rit et me répondit :
« Chut, à cause des gens ! »

V

Devant moi, alors, je la mis en selle
tout aussitôt, 50
et directement m'en allai
vers un bois verdoyant.
Je regardai vers le bas des prés
et entendis crier
dans un champ de blé deux bergers 55
qui venaient en hurlant
et poussèrent un grand cri.
Je fis bien plus que je ne dis :
je la laissai et m'enfuis,
n'ayant rien à faire de ces gens. 60

Gillebert de Berneville

Gillebert de Berneville, sans doute originaire de Berneville, à environ cinq kilomètres d'Arras, est probablement le *Ghilebert* enregistré dans le nécrologe de la Confrérie des jongleurs et des bourgeois d'Arras parmi les membres décédés pour qui on célébra une messe commémorative lors de la Pentecôte en 1270. Appartenant au cercle des poètes arrageois, il fut associé à la vie du puy d'Arras, des cours d'Henri III de Brabant, de Béatrice de Courtrai et de Charles d'Anjou. On peut situer son activité poétique entre 1245 et 1270 : il envoie une chanson à Érart de Valéry mort en 1277 ; il est le partenaire du duc de Brabant dans un jeu-parti et de Thomas Hérier dans un autre.

Son œuvre écrite mérite de retenir l'attention par une certaine abondance et une réelle diversité : vingt-trois chansons courtoises, quatre jeux-partis, deux chansons satiriques ou parodiques, une chanson de femme, une pastourelle, qu'il vaudrait mieux appeler bergerie, plus quatre pièces d'attribution incertaine. Elle offre un bon échantillonnage de la production lyrique du Moyen Âge, et plus spécialement artésienne. C'est aussi une poésie savante dont témoignent l'abondance des rimes léonines et riches, la préférence du poète pour les *coblas unissonantes* (dont les strophes conservent le même ordre de succession des rimes et les mêmes timbres), l'absence complète de *coblas singulars*, dont les rimes changent de strophe en strophe, l'emploi de *coblas doblas* et *ternas* (avec changement de rimes de deux en deux strophes, ou de trois en trois), schémas qui n'apparaissent que chez les meilleurs poètes.

Quelquefois véhément mais jamais grossier, Gillebert de Berneville, s'il est conservateur dans l'emploi des coupes et des topiques d'exorde, dans l'écriture de la pastourelle, s'écarte des formes les plus communes des jeux-partis, innovant dans le choix d'une allégorie comme partenaire et dans la parodie d'un sujet courtois ; la pièce XXIX, *El besoing voit on l'amin*, est un véritable tour de force, une sorte d'hapax, qui parodie les deux topiques de l'amour-prison et de la composition.

Nous avons retenu la chanson de femme dont la gaieté et l'optimisme contrastent avec la tonalité ordinaire de ces poèmes.

Bibliographie

Éd. de K. Fresco, Genève, Droz, 1988.
R. Dragonetti, *La Technique poétique des trouvères dans la chanson courtoise. Contribution à l'étude de la rhétorique médiévale*, Bruges, De Tempel, 1960.

Notes

Texte établi d'après le manuscrit *a* (Rome, Biblioteca Vaticana, Reg. 1490) et l'édition de K. Fresco, Genève, Droz, 1988.
Sous le nom de *chansons de femme*, on retrouve un corpus varié de genres poétiques en général caractérisés par un monologue lyrique, à connotation douloureuse, placé dans la bouche d'une femme. Les femmes s'adressent soit à une amie, soit à leur mère, soit, plus rarement, à leur amant, présent ou absent. Ces chansons ont un caractère

essentiellement archaïque et popularisant, féminin par leur contenu, leurs motivations sociologiques et leur mode de transmission. La chanson de femme est, selon P. Bec, plutôt un type lyrique, qui regroupe des genres différenciés tels que la chanson de toile, l'aube, la chanson de jeune fille (ou chanson d'ami) et la chanson de malmariée. Voir P. Bec, *La Lyrique française au Moyen Âge (XIIe-XIIIe siècles). Contribution à une typologie des genres poétiques médiévaux*, Paris, Picard, t. I, 1977, p. 57-119.

- *envoisie* : cet adjectif, issu de *envoisier* (du latin *invitiare*), est toujours utilisé, comme *renvoisié*, pour exprimer la gaieté. Leur entourage lexical comporte très fréquemment l'adjectif *joli* ou le verbe *chanter*, comme c'est le cas dans notre poème.
- *me fait esleechïer* : les verbes *leecier, esleecier, resleecier*, issus de *leece*, liesse (latin *laetitia*), expriment un mouvement de l'âme ou du cœur, admettant fréquemment, dans leur emploi transitif, le nom *cuer* comme complément d'objet : *Pour mon cuer resleescier/Vueil une chançon fere* (Moniot de Paris).
- *reqerrai* : futur du verbe *recroire*, forme picarde de *recrerrai*, employé transitivement au sens de « forcer quelqu'un à s'avouer vaincu », « vaincre », « rendre fourbu ».
- *Jou ne donroie un espi* : dans les formules dépréciatives, beaucoup de mots pittoresques servent à renforcer la négation, tels que *bouton, denier, gant, épi...*
- *acolerai* : *acoler*, c'est « embrasser en jetant ses bras autour du cou ».
- *baudour* : de *baud* (du francique *bald*, « hardi ») ; évoque généralement une attitude ou une manière d'être plus qu'un sentiment intérieur. Aussi peut-il mettre l'accent sur l'idée d'animation, voire d'exubérance, doublée parfois d'une idée de « hardiesse ». Le mot a pu traduire à l'occasion l'ambiance joyeuse régnant dans une cité : *Arras plaine de baudour* (Andrieu le Contredit).

11. [Chanson de femme]

I

Cuident donc li losengier
Pour chou se il ont menti,
Que jou me doie eslongier
D'amours ne de mon ami ?
5 En non Dieu, ains amerai
Et bone amour maintenrai
    Nuit et jour,
    Sans penser folour ;
    Et g'ere envoisie*,
10   *Chantans et jolie !*

II

J'ai au cuer un messagier
D'Amour, courtois et joli,
Qi me fait esleechïer*.
Chascun jour parole a mi
15 Et me dist que je vaintrai
Mesdisans et reqerrai*.
    Traïtour
    Morront a dolour,
    Et g'ere envoisie,
20   *Chantans et jolie !*

11. Chanson de femme

I

Les médisants s'imaginent-ils,
parce qu'ils ont menti,
que je doive me détourner
de l'amour et de mon ami ?
Je jure, au contraire, que j'aimerai   5
et garderai ce loyal amour
   nuit et jour,
   sans penser à folie,
et je ne serai que joie,
chansons et gaieté.   10

II

J'ai dans le cœur un messager
d'Amour, courtois et gai,
qui me remplit de bonheur.
Chaque jour il me parle
et me dit que je vaincrai   15
et materai les médisants.
   Les traîtres
   mourront de douleur,
et je ne serai que joie,
chansons et gaieté.   20

III

Ja ne me kier esmaier :
Des mesdisans dirai « Fi ! »,
S'amerai mon ami chier.
Dieus ! c'or fust il ore chi,
25 Li biaus, li dous au cuer vrai !
Ains si courtois n'esgardai :
    J'ai amour ;
    El mont n'a meillour,
    S'en sui envoisie,
30   [*Chantans et jolie*] *!*

IV

Mesdisans, de vo gaitier
Jou ne donroie un espi* !
Or croisent vostre encombrier,
Car j'ai le cuer si hardi,
35 Voiant vous, acolerai*
Mon ami qant le verrai.
    A ches tour
    Kerrés en langour,
    Et g'ere envoisie,
40   *Chantant et jolie !*

V

Petit fait dame a proisier
Qi pour vilain cuer haï
Laist bone amour abaissier.
Je sui qi pas ne l'otri ;
45 Endroit moi, amonterai
Bone amour tant com vivrai.
    Menteour,
    Je vif en baudour*
    Et sui envoisie,
50   *Chantans et jolie !*

III

Je refuse de m'inquiéter :
des médisants je dirai « Fi ! »,
et j'aimerai mon bien-aimé.
Dieu ! Ah ! s'il était maintenant ici,
le beau, le tendre au cœur sincère ! 25
Jamais je ne vis être si courtois :
    je suis amoureuse ;
au monde il n'en est pas de meilleur,
je n'en suis que joie,
chansons et gaieté. 30

IV

Médisants, de votre espionnage
je ne donnerais pas un clou.
Vos ennuis vont augmenter,
car j'ai le cœur si hardi
que, sous vos yeux, j'embrasserai 35
mon ami quand je le verrai.
    Du coup
vous tomberez malades,
et je ne serai que joie,
chansons et gaieté. 40

V

Une dame est peu estimable
quand, pour un haïssable cœur de vilain,
elle laisse rabaisser un loyal amour.
Moi, je ne l'accepte pas :
de mon côté, j'exalterai 45
un loyal amour tant que je vivrai.
    Menteurs,
je vis dans l'allégresse,
et je ne suis que joie,
chansons et gaieté. 50

LES FATRASIES D'ARRAS

Philippe de Rémy, le romancier de *Johan et Blonde* et de *La Manekine*, est sans doute l'inventeur du genre de la fatrasie qui nous introduit dans le non-sens absolu. Il s'agit, au départ, d'un ensemble de 11 strophes de 11 vers. À sa suite, des trouvères artésiens ont amplifié le genre au point que les *Fatrasies d'Arras* comportent 55 strophes, c'est-à-dire 5 fois 11 strophes. Leur composition très rigoureuse empêche d'y voir un genre populaire ou popularisant, c'est plutôt un jeu de clercs capables de deviner et de goûter certaines subtilités.

Chaque fatrasie se distingue par un schéma formel très rigoureux qui contraste avec l'ouverture et la diversité du contenu thématique. C'est une strophe de 11 vers, formée d'un sizain de pentasyllabes et d'un quintil d'heptasyllabes, et dont les rimes sont disposées en aabaabbabab, tandis que les unités semi-discursives se distribuent en trois groupes de 3, 3 et 5 vers. Le choix du onze indique la volonté de marquer l'excès, la démesure, l'outrance, la violence ; il introduit une faille dans l'univers : c'est, selon saint Augustin, « l'armoirie du péché », l'initiative individuelle qui s'exerce sans se soucier de l'harmonie cosmique.

La bipartition de la structure prépare la bipartition du contenu qui brise, au sein de la phrase, les compatibilités sémiques et la continuité sémantique, et qui introduit toutes sortes d'« incompossibilités ».

Ce jeu littéraire, qui permet d'engendrer un nombre quasi infini de combinaisons, est aussi le reflet d'un temps déchiré, contradictoire, traduisant un désir de fuite et de libération.

Bibliographie

H. Suchier, *Philippe de Rémy, sire de Beaumanoir, Œuvres poétiques*, Paris, Société des anciens textes français, 1884-1885, 2 vol. ; L. Porter, *La Fatrasie et le fatras. Essai sur la poésie irrationnelle en France au Moyen Âge*, Genève, Droz, 1960. Pour les fatrasies de Philippe de Rémy, voir J. Dufournet, *Anthologie de la poésie lyrique française des XIIe et XIIIe siècles*, Paris, Gallimard, 1989, p. 230-239.

Outre le livre de L. Porter, voir l'ouvrage de P. Uhl, *La Constellation poétique du non-sens au Moyen Âge (onze études sur la poésie fatrasique et ses environs)*, Paris, Univerité de La Réunion-L'Harmattan, 1999 ; P. Zumthor *et al.*, « Essai d'analyse des procédés fatrasiques », *Romania*, 84, 1963, p. 145-170 ; J. Dufournet, « Philippe de Rémy ou l'expérience de la limite : du double sens au non-sens », *Un roman à découvrir : « Jehan et Blonde » de Philippe de Rémy*, Paris, Champion, 1991, p. 185-206.

Notes

Texte établi d'après le manuscrit unique de la bibliothèque de l'Arsenal, n° 3114, f°s 7v° à 11r°, et l'édition de L. Porter, 1960.

Dui rat : on note dans les *Fatrasies* de nombreux animaux, mais il s'agit d'un bestiaire familier, proche de celui des proverbes, qui devient monstrueux par ses actions, par les jeux du démembrement et du grossissement, tout comme les mots deviennent monstrueux par leur emploi syntaxique.

un descort : parmi les lais d'amour, on distinguait le *lai-descort* signé, d'origine occitane, célébrant la *fin' amor*, comportant un lien étroit entre la mélodie et le texte, et le *lai celtique*, anonyme, traditionnel et archaïque, fait de quatrains isométriques, très libre au point de vue de la mélodie.

Troi faucons lanier : faucon dégénéré, impropre à la chasse ; l'adjectif *lanier* a pris le sens de « paresseux », « couard ». Voir D. Evans, *Lanier. Histoire d'un mot*, Genève, Droz, 1967.

Vers de la Mort : il s'agit soit du poème d'Hélinand de Froidmont, composé entre 1194 et 1197, en douzains octosyllabiques, soit, plus probablement, de celui de Robert Le Clerc, composé à Arras en 1266-1267 et comportant 312 douzains d'octosyllabes, sur le modèle des *Vers de la Mort* d'Hélinand.

lacier : soit le heaume, soit les chausses.

escharbos : bousier (on le retrouve dans *Le Jeu de la Feuillée*, v. 469).

Monloön, Monlaon, Monleon : montagne de Laon.

Vermendois : ancienne province située entre la Picardie et la Thiérache (Aisne-Somme), comté dont Saint-Quentin était le chef-lieu. On remarquera que les noms géographiques, nombreux dans les *Fatrasies*, se situent pour la plupart entre Paris et le Nord, en gros dans le Beauvaisis et la Picardie.

pois : les pois étaient à la fois le symbole et le remède de la folie.

limeçon : ce sont les *Fatrasies d'Arras* qui introduisent dans le genre les mollusques, sans doute sous l'influence du limaçon Tardif du *Roman de Renart*.

Uns chas : on note la présence du chat, animal diabolique au Moyen Âge, symbole d'une contre-création. Voir le dossier de J. Dufournet dans *Les Vêpres de Tibert le chat*, Paris, Champion, 1989.

une verriere : vitrail ou four à verre.

Harpe et Godiere : c'est-à-dire *Help and Good year*, « À l'aide et bonne année ».

12. [Quelques fatrasies]

5

Dui rat* userier
Voloient songier
Por faire un descort* ;
Troi faucons lanier*
5 Ont fait plain panier
Des Vers de la Mort*.
Uns muiaus dit qu'il ont tort,
Por l'ombre d'un viez cuvier
Qui por miex villier s'endort,
10 Qui cria : « Alez lacier*
Por tornoier sans acort. »

6

Formaige de grue
Par nuit esternue
Sor l'abai d'un chien ;
15 Uns coutiaus maçue
Saut et si le hue,
Si ne li dit rien.
Uns escharbos* li dit bien
Qant li dos d'une sansue
20 Qui confessoit un mairien

12. Quelques fatrasies

5

Deux rats usuriers
Voulaient rêver
Pour composer un lai ;
Trois faucons dégénérés
Ont rempli un panier
Des *Vers de la Mort*.
Un muet dit qu'ils ont tort,
Par l'ombre d'un vieux cuvier,
Qui pour mieux veiller s'endort,
Qui cria : « Allez vous équiper
Pour tournoyer sans respect des règles. »

6

Un fromage de grue
La nuit éternue
Sur l'aboiement d'un chien ;
Un couteau-massue
Surgit et le hue,
Sans rien lui dire.
Un bousier lui parle bien
Quand le dos d'une sangsue
Qui confessait une poutre,

Ja chie tant l'ont batue,
Dient cil fusicien.

7

En l'angle d'un con
La vi un taisson
25 Qui tissoit orfrois,
Et uns chapperon
Parmi Monloön★
Menoit Vermendois★.
Je lor dis en escoçois :
30 « Des coilles d'un papillon
Porroit on faire craz pois★,
Et dou vit d'un limeçon★
Faire chastiax et beffrois ? »

8

Uns mortiers de plume
35 But toute l'escume
Qui estoit en mer,
Ne mais une enclume
Qui mout iert enfrume,
Si l'en va blamer.
40 Uns chas★ emprist a plorer
Si que la mer en alume ;
Un juedi aprés souper
La convint il une plume
Quatre truies espouser.

9

45 Je vi une tour
Qui a un seul tour

Chie, tellement ils l'ont battue,
Disent les médecins.

7

Dans le coin d'un con,
Je vis un blaireau
Qui tissait un galon d'or,
Et un capuchon,
À travers Laon,
Menait le Vermandois.
Je leur dis en écossais :
« Des couilles d'un papillon
Pourrait-on faire des pois gras,
Et de la bite d'un limaçon
Faire des châteaux et des beffrois ? »

8

Un mortier de plume
But toute l'écume
Qui était dans la mer,
Hormis une enclume
Qui était toute renfrognée,
Et s'en va la blâmer.
Un chat se prit à pleurer
Si fort qu'il enflamme la mer ;
Un jeudi, après souper,
Là il fallut à une plume
Épouser quatre truies.

9

Je vis une tour
Qui, d'un seul coup,

Vola duqu'a nues,
Si vi demi jour
Entrer en un four
50 Aprés quatre grues ;
Se ne fussent deus maçues
Qui d'une arbaleste a tour
Orent deus nonnains foutues,
Mortes fussent sanz retour
55 Quatre cotes descousues.

10

Je vi une crois
Chevauchier Artois
Sor une chaudiere,
Et une viez sois
60 Menoit Vermendois
Parmi une pierre.
Se ne fust une verriere*,
Dui lymeçons, voire troi,
De Paris duqu'en Bauvere
65 Eüssent fait dix Anglois
Huchier « Harpe et Godiere* ».

LES FATRASIES D'ARRAS

Vola jusqu'aux nues,
Et je vis un demi-jour
Entrer dans un four
Après quatre grues ;
Sans deux massues
Qui, d'une arbalète à tour,
Eurent tringlé deux nonnes,
Quatre cottes décousues
Seraient mortes sans recours.

10

Je vis une croix
Chevaucher l'Artois
Sur une chaudière,
Et une vieille haie
Menait le Vermandois
À travers une pierre.
Sans une verrière,
Deux limaçons, voire trois,
De Paris jusqu'en Bavière,
Eussent fait dix Anglais
Crier : « Help et Good Year ! »

Colin Muset

Colin Muset, dont on a conservé une vingtaine de chansons, a exercé son activité de ménestrel en Champagne et en Lorraine pendant le deuxième tiers du XIIIe siècle. À la fois poète, compositeur, interprète et musicien, il a choisi, pour se désigner, un pseudonyme dont il exploite les possibilités sémantiques : le *muset*, c'est la petite souris qui passe son temps à *muser* (« musarder », « flâner ») et qui *muse*, joue des airs de *musette*, de cornemuse.

Son œuvre ressortit, pour une part, à la chanson courtoise traditionnelle dont il reprend certains motifs, tels que le personnage du *fin amant*, de l'amant martyr, du renouveau printanier, des *losengiers* médisants et calomniateurs, du service amoureux... Il a illustré le genre de la reverdie qui était sans doute à l'origine un chant joyeux destiné à la danse, situé dans un décor champêtre, et qui, au XIIIe siècle, comporte trois éléments (printemps, rencontre amoureuse, description de la jeune fille) auxquels Muset a ajouté le registre de la bonne vie. Ce faisant, il a inauguré une poésie nouvelle, sensible à l'influence du quotidien, au plaisir du jeu, à la beauté des formes et des choses, plus expressionniste qu'allusive, tendant vers la description dont il n'est pas complètement maître, en sorte que son univers est un mélange de fictions morcelées et d'éléments concrets qui frappent par leur éclat réaliste. Cette poésie, composée plus pour la récitation que pour le chant et plus précise dans le maniement de la phrase et du vocabulaire, introduit des sentiments et des réflexions qui étaient réservés jusque-là à la littérature morale et satirique, voire comique.

Nous avons choisi le poème le plus célèbre de Colin Muset, « Seigneur comte, j'ai viellé devant vous en votre maison », qui exprime bien le caractère aléatoire de la condition de jongleur.

Bibliographie

Éd. de J. Bédier, Paris, Champion, 1912, et trad. de J. Dufournet, *Anthologie de la poésie lyrique française des XIIe et XIIIe siècles*, Paris, Gallimard, 1989, p. 216-225.

M. Banit, « Le vocabulaire de Colin Muset : rapprochement sémantique avec celui d'un prince-poète, Thibaud de Champagne », *Romance Philology*, t. XX, 1966, p. 151-167 ; J. Frappier, *La Poésie lyrique française aux XIIe et XIIIe siècles*, Paris, CDU, 1954 (rééd. 1966), p. 196-208 ; M. Tyssens, « Colin Muset et la liberté formelle », *Hommage à Jean-Charles Payen*, Caen, Université de Caen, 1989, p. 403-417.

Notes

Texte établi d'après les éditions de J. Bédier (Paris, Champion, 1912) et de J. Dufournet (*Anthologie de la poésie lyrique française des XIIe et XIIIe siècles*, Paris, Gallimard, 1989, p. 222-224).

Cette poésie nous apprend que Colin Muset était marié, père d'une fille, à la tête d'une *mesnie* composée d'un *garçon* et d'une *pucelle*. Mais il semble avoir souffert de l'avarice de certains maîtres. Car la condition du jongleur, voire du ménestrel, est aléatoire et instable : il est à la merci des humeurs de son protecteur. Mais, selon M. Faure (*Dictionnaire des littératures de langue française*, Paris, Bordas, t. I, 1984, p. 491) : « Tous les aveux de

Colin Muset ne sont probablement que fausses confidences, habituelles chez un jongleur. S'il attaque l'avarice ou s'élève contre un seigneur qui ne lui a pas rendu ses gages, s'il évoque sa "male de vent farsie" et les remontrances de sa femme, c'est que son public d'aristocrates n'est pas toujours gai et qu'il faut le faire rire. »

aumosniere : sac plat qu'on portait attaché à la ceinture et qui servait de bourse, surtout aux grands personnages qui y puisaient de quoi faire l'aumône.

mesnie : c'est l'ensemble des familiers et des serviteurs, la « maison » de personnages plus ou moins importants, tandis que le *lignage* est l'ensemble des ascendants et des descendants.

Trop vous estes deporté : ce vers a été restitué par Gaston Paris.

grise : fourrée de petit-gris. Voir Jean Renart, *L'Escoufle*, v. 4100-4102 : *Une grant plice* [pelisse] *large et lee,/Ne sai s'ele ert grise ou hermine,/A mis en son dos la roïne.*

destrousser : 1) décharger, déballer, de *trousser*, « charger une bête de somme de bagages » ; 2) dépouiller quelqu'un de son bagage.

13. Sire cuens, j'ai vielé

Sire cuens, j'ai vielé
Devant vous en vostre ostel,
Si ne m'avez riens doné
Ne mes gages aquité :
5   C'est vilanie !
Foi que doi sainte Marie,
Ensi ne vous sieurré mie.
M'aumosniere* est mal garnie
Et ma boursse mal farsie.

10 Sire cuens, car conmandez
De moi vostre volenté.
Sire, s'il vous vient a gré,
Un biau don car me donez
        Par courtoisie !
15 Car talent ai, n'en doutez mie,
    De raler a ma mesnie*.
Quant g'i vois boursse desgarnie,
    Ma fame ne me rit mie,

Ainz me dit : « Sire Engelé,
20 En quel terre avez esté,
Qui n'avez riens conquesté ?
[Trop vous estes deporté*]
        Aval la ville.
Vez com vostre male plie !
25 Ele est bien de vent farsie !

13. Seigneur comte, j'ai viellé

Seigneur comte, j'ai viellé
devant vous en votre maison,
et vous ne m'avez rien donné
ni de quoi retirer mes gages :
    c'est une honte ! 5
Par ma foi en sainte Marie,
je ne vous suivrai donc plus.
Mon aumônière est dégarnie
et ma bourse peu rebondie.

Seigneur comte, commandez-moi 10
ce que vous voulez.
Seigneur, si c'est votre plaisir,
faites-moi donc un beau don
    par courtoisie !
Car je désire, n'en doutez pas, 15
    retourner chez les miens.
Quand j'y reviens bourse dégarnie,
    ma femme ne me sourit pas,

Mais elle me dit : « Maître empoté,
en quelle terre avez-vous été 20
pour ne rien rapporter ?
[Vous avez fait la noce]
    à travers la ville.
Voyez comme votre malle plie !
Elle est de vent toute bourrée ! 25

Honiz soit qui a envie
D'estre en vostre compaignie ! »

Quant je vieng a mon ostel
Et ma fame a regardé
30 Derrier moi le sac enflé
Et je, qui sui bien paré
    De robe grise*,
Sachiez qu'ele a tost jus mise
La conoille, sanz faintise :
35 Ele me rit par franchise,
Ses deus braz au col me plie.

Ma fame va destrousser*
Ma male sanz demorer ;
Mon garçon va abuvrer
40 Mon cheval et conreer ;
Ma pucele va tuer
Deus chapons pour deporter
    A la jansse alie ;
Ma fille m'aporte un pigne
45 En sa main par cortoisie.
Lors sui de mon ostel sire
A mult grant joie sanz ire
Plus que nuls ne porroit dire.

Honni soit qui a envie
d'être en votre compagnie ! »

Quand je viens en ma maison
et que ma femme a contemplé
derrière moi le sac enflé,
et que je suis bien habillé
  d'une robe fourrée,
sachez qu'elle a vite posé
sa quenouille, sans rechigner ;
elle me sourit de bon cœur
et au cou me noue ses deux bras.

Ma femme va déballer
ma malle sans s'attarder ;
mon valet va abreuver
et panser mon cheval ;
ma servante va tuer,
pour faire la fête, deux chapons
  saucés d'ail ;
de bonne grâce, ma fille
m'apporte en personne un peigne.
Alors je suis maître chez moi,
et la joie est sans mélange,
plus qu'on ne saurait le dire.

Rutebeuf

POÈMES DE L'INFORTUNE

Rutebeuf est un inconnu, sans doute d'origine champenoise, mais parisien d'adoption, porteur d'un surnom ambigu dont il a fait plusieurs fois l'exégèse en « rude bœuf » et en « *ruiste* [impétueux] bœuf ». Poète de l'actualité, clerc par le savoir et jongleur par le métier, il a cultivé tous les tons et tous les genres. Il attaque les frères mendiants et prône la croisade ; il écrit les vies de sainte Marie l'Égyptienne et de sainte Élisabeth de Hongrie, des poèmes à la Vierge, un miracle sur la déchéance et la rédemption du clerc Théophile qui fit hommage au diable ; il ne dédaigne pas les plaisanteries et l'humour des fabliaux.

Ce sont les éditeurs modernes qui ont regroupé sous le titre *Poèmes de l'infortune* une série de poésies assez disparates, composées entre 1262 et 1270, sur le drame de la pauvreté, sur les déboires et les malheurs du pauvre jongleur, victime de ses vices (paresse, penchant pour le vin, folie, passion pour le jeu) et de toutes sortes d'infortunes qui le font sombrer dans la misère. La série noire a commencé par un sot mariage conclu sous une mauvaise étoile, auquel ont succédé les ennuis de la vie de famille : naissance difficile d'un enfant, exigences de la nourrice et du propriétaire ;

entretien d'une « mesnie » ; répercussions de la vie chère ; perte du cheval. Dans un dénuement et une solitude de plus en plus grands, le poète tombe malade et perd la vue : « Avec mon œil droit qui était le meilleur,/je ne vois pas assez pour me guider/et me diriger./Quel amer et pénible chagrin/que pour cet œil il fasse nuit noire/à midi ! » (*Complainte de Rutebeuf*, v. 23-28). Deux images s'entrecroisent, la porte fermée et le vent hivernal : « Ces amis m'ont maltraité/car jamais, tant que Dieu m'a assailli/de tous côtés, je n'en vis un seul chez moi./Je crois que le vent les a dispersés,/l'amitié est morte ;/ce sont amis que vent emporte/et il ventait devant ma porte » (v. 116-123). Pauvre, le jongleur ne peut plus écrire, et ce serait un des sens à donner au sobriquet de Rutebeuf. La condition du jongleur est déformante. Mais peut-être la vraie poésie commence-t-elle malgré soi, quand tout a disparu en soi, autour de soi : si ce qui est *d'iver* (de l'hiver) est *diver* (« cruel, hostile »), de *l'iver* naissent *li ver*.

La pauvreté de Rutebeuf, qui est une requête au roi, approfondit la misère du poète : le voici à la mort, sans lit pour agoniser ; le langage lui échappe, la foi s'obscurcit.

Bibliographie

Éd. de E. Faral et J. Bastin, Paris, Picard, 1959-1960, 2 vol. ; éd. et trad. de J. Dufournet, Paris, Gallimard, 1986 ; éd. et trad. de M. Zink, Paris, Bordas, 1989, 2 vol.

J. Dufournet, *Rutebeuf et les frères mendiants. Poèmes satiriques*, Paris, Champion, 1991, et *Du Roman de Renart à Rutebeuf*, Caen, Paradigme, 1993 ; N. Regalado, *Poetic Patterns in Rutebeuf : a Study in Noncourtly Poetic Modes of the thirteenth Century*, Newhaven-Londres, Yale University Press, 1970.

Notes

Texte établi d'après le manuscrit C, Bibliothèque nationale, fonds fr. 1635, f° 44v°, et l'édition de Faral et Bastin.

POÈMES DE L'INFORTUNE

frans rois de France : sans doute Philippe III.

de l'autrui chatei : « de la fortune d'autrui », le complément de nom est antéposé selon l'usage ancien. Dans *chatel*, du latin *capitale*, l'*a* initial s'est maintenu par suite d'une dissimilation préventive, lorsque la voyelle de la syllabe suivante était un *e* primaire ou secondaire (P. Fouché, *Phonétique historique du français*, Paris, Klincksieck, 1966, t. II, p. 449). La graphie *ei* est une graphie de l'Est. Le passage à *cheptel* s'explique par une assimilation. Quant au *p* de notre *cheptel*, c'est une réfection étymologique qui date du XVIIᵉ siècle.

fainie : selon A. Thomas (*Romania*, t. LIV, 1915-1917, p. 347), ce serait le participe passé de *faisnier*, « ensorceler, égarer », si bien que *fainie* voudrait dire : « qui a l'esprit dérangé » ; autrement dit, sa famille serait saine de corps et d'esprit, bien portante et par conséquent d'un robuste appétit.

la male gent renoïe : selon l'éd. Faral et Bastin, « désigne plutôt l'Infidèle. En ce cas, les deux voyages seraient les expéditions de 1272 et 1276. Quant aux vers 22-24, ils ajouteraient le souvenir de l'expédition antérieure de Tunis, et le vers 24 gloserait le vers 22 ».

v. 25-36 : sans doute la strophe la plus signifiante par le travail allittératif. Le retour des mêmes sonorités fait résonner le poème comme une sphère vide. Les mots se vident de leur sens au profit de la syllabe *-aill*. Litanie de cris et d'appels, la strophe est chargée d'une forte négativité, organisée autour de la mort du poète. Mais, en même temps, le *je* culmine, retrouve sa réalité juste avant que n'éclate la somptueuse image de la paille qui rayonne avant de se disperser.

v. 31-32 : jeu de mots à la rime entre *sanz liz* et *Sanliz*.

saint Pou : jeu de mots entre *pou*, « peu » et *Pou, Poulz, Pol*, l'apôtre Paul.

notre : *noster*, le second mot de la prière, et idée de possession individuelle et collective.

li credo m'est deveeiz : le jeu de mots – *credo* signifiant « crédit » et « credo » – masque la désespérance du poète, mais il signifie que Rutebeuf ne peut plus emprunter ni prier.

14. C'est de la povretei Rutebuef

Je ne sai par ou je coumance,
Tant ai de matyere abondance
Por parleir de ma povretei.
Por Dieu vos pri, frans rois de France*,
5 Que me doneiz queilque chevance,
Si fereiz trop grant charitei.
J'ai vescu de l'autrui chatei*
Que hon m'a creü et prestei :
Or me faut chacuns de creance,
10 C'om me seit povre et endetei ;
Vos raveiz hors dou reigne estei,
Ou toute avoie m'atendance.

Entre chier tens et ma mainie,
Qui n'est malade ne fainie*,
15 Ne m'ont laissié deniers ne gages.
Gent truis d'escondire arainie
Et de doneir mal enseignie :
Dou sien gardeir est chacuns sages.
Mors me ra fait de granz damages,
20 Et vos, boens rois (en deus voiages
M'aveiz bone gent esloignie)
Et li lontainz pelerinages
De Tunes, qui est leuz sauvages,
Et la male gent renoïe*.

25 Granz rois, s'il avient qu'a vos faille,
A touz ai ge failli sanz faille.

14. La pauvreté de Rutebeuf

Je ne sais par où commencer,
tellement la matière est abondante
quand il est question de ma pauvreté.
Au nom de Dieu, je vous prie, noble roi de France,
de m'accorder quelque moyen de vivre ; 5
ce serait grande charité de votre part.
J'ai vécu du bien d'autrui
que l'on me prêtait à crédit :
maintenant personne ne me fait créance
car on me sait pauvre et endetté. 10
Quant à vous, vous étiez de nouveau loin du royaume,
vous en qui reposait toute mon espérance.

La cherté de la vie et l'entretien d'une famille
qui ne se laisse mourir ni abattre,
ont mis à plat mes finances et tari mes ressources. 15
Je rencontre des gens adroits à refuser
et peu enclins à donner ;
chacun s'entend à conserver son bien.
La mort de son côté s'est acharnée à me nuire,
ainsi que vous, bon roi (en deux expéditions 20
vous avez éloigné de moi les gens de bien)
ainsi que le lointain pèlerinage
de Tunisie, contrée sauvage,
ainsi que la maudite race des infidèles.

Grand roi, s'il m'arrive que vous vous dérobiez, 25
tous à coup sûr se déroberont.

Vivres me faut et est failliz ;
Nuns ne me tent, nuns ne me baille,
Je touz de froit, de fain baaille,
30 Dont je suis mors et maubailliz.
Je suis sanz coutes et sanz liz,
N'a si povre jusqu'a Sanliz★.
Sire, si ne sai quel part aille ;
Mes costeiz connoit le pailliz,
35 Et liz de paille n'est pas liz,
Et en mon lit n'a fors la paille★.

Sire, je vos fais a savoir
Je n'ai de quoi do pain avoir.
A Paris sui entre touz biens,
40 Et n'i a nul qui i soit miens.
Pou i voi et si i preig pou ;
Il m'i souvient plus de saint Pou★
Qu'il ne fait de nul autre apotre.
Bien sai *pater*, ne sai qu'est *notre*★,
45 Que li chiers tenz m'a tot ostei,
Qu'il m'a si vuidié mon hostei
Que li *credo* m'est deveeiz★,
Et je n'ai plus que vos veeiz.

Explicit.

POÈMES DE L'INFORTUNE

Ma vie se dérobe, elle est finie.
Personne ne me tend la main, personne ne me donne rien.
Toussant de froid, bâillant de faim,
je suis à bout de ressources, dans la détresse.
Je n'ai ni couverture ni lit,
il n'est personne de si pauvre, cherchât-on jusqu'à Senlis.
Sire, je ne sais où aller.
Mes côtes ont l'habitude de la paille,
mais un lit de paille n'a rien d'un lit,
et dans mon lit il n'y a que de la paille.

Sire, je vous dis ici
que je n'ai de quoi me procurer du pain.
À Paris, je vis au milieu de toutes les richesses du monde,
et il n'y en a pas une pour moi.
J'en vois bien peu et il m'en échoit bien peu.
Je me souviens plus de Saint Peu
que d'aucun autre apôtre.
Je sais ce qu'est *Pater*, mais *Noster* m'est inconnu,
car la cherté du temps m'a tout ôté
en vidant si bien ma maison
que le *Credo* m'est refusé ;
je n'ai que ce que vous pouvez voir sur moi.

Fin.

LA SOTTE CHANSON

La sotte chanson dont il reste vingt-six pièces constitue un genre mineur et marginal, apparu dans le nord de la France aux XIIIe et XIVe siècles et lié aux puys poétiques d'Amiens et d'Arras. Elle est essentiellement parodique puisqu'elle transpose, inverse ou rabaisse de manière comique tous les éléments traditionnels de la chanson courtoise. Elle est d'autant mieux perçue que l'auteur respecte scrupuleusement les traits formels de son modèle (rimes, mètres, structure strophique).

Autant la chanson courtoise se révèle spirituelle, éthérée, abstraite, autant la sotte chanson est au contraire matérielle, terre à terre et concrète. Si la première s'inscrit dans la tension du désir, la seconde s'écrit dans l'expression de la jouissance. L'une exhale des plaintes et exalte la souffrance, l'autre célèbre le « bas corporel ». Avec réalisme et trivialité, l'auteur insiste sur la nourriture et la sexualité, allant parfois jusqu'à la scatologie et l'obscénité. Prenant le contre-pied burlesque de tous les motifs conventionnels de la lyrique courtoise, il transforme la dame gracieuse et réservée en une hideuse mégère, sale et lubrique. La *fin'amor* n'est plus qu'un simple orgasme.

Bien qu'elle soit dégradante et grossière, la sotte chanson, par son aspect carnavalesque, dénonce les lieux communs et les clichés, les poncifs, les leurres et les illusions d'une courtoisie devenue trop affectée, figée et artificielle.

La sotte chanson choisie est anonyme.

Bibliographie

A. Långfors, *Deux Recueils de sottes chansons*, Bodl. Douce 308 et Bibliothèque nationale, fonds fr. 24432, Helsinki, Annales Academiae Scientiarum Fennica, 1945 ; éd. bilingue de P. Bec, *Burlesque et obscénité chez les troubadours. Le contre-texte au Moyen Âge*, Paris, Stock, « Moyen Âge », 1984.

P. Bec, *La Lyrique française au Moyen Âge (XIIe-XIIIe siècles)*, Paris, Picard, t. I, 1977, p. 158-162 ; P. Uhl, *La Constellation poétique du non-sens au Moyen Âge. Onze études sur la poésie fatrasique et ses environs*, Paris, L'Harmattan-Université de la Réunion, 1999.

Notes

Le texte est établi d'après l'édition de A. Långfors.

De forme traditionnelle avec ses cinq *coblas unissonanz* de huit décasyllabes et son envoi de quatre vers, utilisant un lexique conforme à la rhétorique courtoise (*bone Amour, jolis, j'ain et desir de cuer, joie*), cette sotte chanson comprend les personnages habituels de la chanson courtoise, à savoir la dame dotée de maintes qualités (n'est-elle pas *saige, senee, saichans, douce,* au *gent cors* ?), et le *fin'amant* fidèle (v. 25) et loyal (v. 34), ainsi que des topiques tels que la timidité de l'amant (v. 14-15), les symptômes de l'amour (pâmoison au vers 15 et tremblement au vers 23), la conquête de l'élue par des exploits (v. 29).

La transposition parodique ressortit tout d'abord à une écriture réaliste qui insiste sur tous les aspects matériel, financier (il est question de vendre au vers 1, d'acheter au vers 18, de marché au v. 28), utilitaire avec la mention d'objets relatifs à la vie quotidienne (*estaus, fours, coutiaus, fusiaus*), alimentaire (*char de porc, pance, coree, serviaus, trumiaus, piaus*), sexuel (soit par les confidences obscènes du poète aux vers 21-22, 31-32 et 35-36, soit par des allusions implicites et des termes équivoques à connotation grivoise, comme *filer* et *fusiaus*). L'auteur, par des inversions comiques et carnavalesques, *bestourne* certains motifs conventionnels à tel point que la louange de la dame se transforme en dénonciation de sa saleté (v. 36-40), la discrétion tourne à l'impudeur (v. 10, 19-20) et le désir gêne plus qu'il ne favorise l'inspiration (v. 5-7).

soursamee : l'adjectif qualifie une viande de porc atteinte de ladrerie et par extension gâtée, pourrie, avariée.

pance : on peut songer à un jeu de mots entre le substantif *pance* et le verbe *pense*, qui s'applique d'ordinaire à l'amant courtois absorbé par la pensée de la dame. Dans la sotte chanson, l'amour n'occupe plus l'esprit mais le ventre.

motés : diminutif de *mot*, le substantif *motet* désigne une chanson à plusieurs voix. Si à l'origine le *motet* est pieux et latin, au cours du XIIIe siècle il se compose en français sur des sujets profanes, et devient la forme du chant d'amour polyphonique.

de cuer et de coree : par son association avec le terme *coree* qui signifie « viscères, entrailles », *cuer* perd son sens de « siège des sentiments » pour revêtir celui d'organe central de l'appareil circulatoire.

porciaus : à l'inverse du trouvère de la chanson courtoise qui utilise un bestiaire noble et mélioratif d'animaux symboliques ou mythiques, tels que l'alouette, le rossignol, le phénix ou la licorne, l'auteur de la sotte chanson mentionne des bêtes immondes comme le pourceau. Par sa goinfrerie et son impureté, le cochon représente la gourmandise et la luxure. À ce sujet, voir M. Pastoureau, *Le Cochon, histoire, symbolique et cuisine du porc*, Paris, Sang de la Terre, 1987, et « L'Homme et le porc : une histoire symbolique », dans *Couleurs, images, symboles*, Paris, Le Léopard d'or, s.d., p. 237-282.

Con fait .I. fours : pour A. Långfors, cette comparaison est une absurdité voulue dans la mesure où un four neuf n'est en principe guère susceptible de trembler. Par cette image, le trouvère souligne surtout l'ardeur de son désir.

quaremiaus : le carême est la « période de quarante-six jours d'abstinence et de privation entre le mardi gras et le jour de Pâques » pendant laquelle jeûnent les chrétiens. Ce serment ainsi que celui du vers 34 sont ironiques.

poupee : provenant du latin populaire **puppa*, lui-même dérivé du latin classique *pupa* (« petite fille »), *poupee* désigne un « paquet de lin » et une « petite figure à forme humaine, servant de jouet », sens conservé jusqu'à notre époque.

musiaus : issu de *misellus*, diminutif de *miser*, l'adjectif *mesiaus/musiaus/mesel* signifie « lépreux » comme *ladre*, issu de l'anthroponyme *Lazarus*, ce pauvre rongé d'ulcères gisant à la porte du mauvais riche dans l'Évangile. Voir G. Pichon, *La Représentation médiévale de la lèpre*, thèse de troisième cycle, Université de Paris-III, 1979, et F.-O. Touati, *Maladie et société au Moyen Âge. La lèpre, les lépreux et les léproseries dans la province ecclésiastique de Sens jusqu'au milieu du XIVe siècle*, Bruxelles, De Boeck Université, 1998.

15. Quant voi vendre char de porc soursamee

I

Quant voi vendre char de porc soursamee*
Aus bais estaus au debout des maissiaus,
De bone Amour ai si la pance* enflee
C'ausi jolis suis com arbelestiaus.
5 Dont voil trover chansons, motés*, fabliaus,
Mais dou faire ne me sai tant pener
Ke de chanson puisse .I. soul mot trover.
Bien ait Amor par cui suis ci isniaus.

II

J'ain et desir de cuer et de coree*
10 Une dame qui ait non Ysabiaus,
Ke tant par est saige et bien espansee
Ke cant regart son cors qui moult est biaus,
Si grant joie ai ke mi chiet li serviaus
Et dou delit ke j'ai dou regarder
15 Me fourdout ci qu'il me covient pasmer
Et toëlier ausis com uns porciaus*.

15. Quand je vois vendre
de la viande de porc avariée

I

Quand je vois vendre de la viande de porc avariée
aux bas étals, à l'extrémité des boucheries,
j'ai la panse si gonflée d'Amour loyal
que je suis aussi gai qu'un arbalétrier.
Je veux alors inventer chansons, motets et fabliaux,   5
mais malgré tous mes efforts
je ne peux créer un seul mot de chanson.
Béni soit l'Amour qui me rend si diligent.

II

J'aime et je désire du cœur et des entrailles
une dame nommée Ysabeau,   10
si sage et réfléchie
qu'en contemplant son corps magnifique
j'éprouve une telle joie que j'en perds la cervelle
et je crains tant le plaisir que j'ai à la regarder
que je ne puis que m'évanouir   15
et me souiller comme un pourceau.

III

Et cant ju ai celle joie passee,
Acheter vois moi et li .II. chapiaus.
Lués ke reving, come dame senee
20 Me fait veïr .I. de ces blans trumiaus,
Dont me comance a hiricier li piaus
Dou grant desir k'ai de sor li monter,
Ci qu'il m'estuet per force ausi trambler.
Con fait .I. fours* cant il est fais noviaus.

IV

25 Trante .II. ans l'ai bien de cuer amee,
N'en ruis mentir, vigne li quaremiaus*,
Et de nos .II. fut faite l'asemblee
En .I. merchiet ke siet an coste Miaus,
N'onkes ne sou tant faire de cembiaus
30 Ne moi pener de liement chanter
Que me vosist, sans plus, laissier taster
Con fait il fait par desoz ces draipiaus.

V

Dame saichans, plus coie ke poupee*,
Si voirement que ver vous sus loiaulz
35 Et com mes cuers vuelt vilainne pansee
Ver vos gent cors, voilliés vos vos chaviaus
En mon despit coper ce malz coutiaus,
Car cant me doi lés vos cors reposeir,
Il me font ci mon visaige graiteir
40 C'acunes gens dïent ke suis musiaus*.

III

Et cette joie une fois passée,
je vais acheter pour elle et moi deux couronnes de fleurs.
Dès mon retour, en dame de bon sens,
elle me fait voir l'un de ses jambons blancs, 20
alors ma peau se met à se hérisser,
sous l'effet de l'ardent désir que j'ai de monter sur elle,
au point que de force il me faut trembler
comme un four quand il est neuf.

IV

Je l'ai aimée bien sincèrement trente-deux ans, 25
sans mentir, aussi vrai que je souhaite la venue du
  Carême,
et notre rencontre à tous deux se fit
dans un marché sis à côté de Meaux,
j'eus beau multiplier les joutes
et m'efforcer de chanter gaiement, 30
elle ne voulut pas me laisser tâter, sans plus,
ce qu'il en est sous ses habits.

V

Sage dame, plus calme qu'une poupée,
aussi sûrement que je suis loyal envers vous
et que mon cœur est plein d'ignobles désirs 35
envers votre corps gracieux, veuillez vous couper
les cheveux, malgré que j'en aie, avec ce mauvais couteau,
car, quand je dois me reposer près de votre corps,
ils me grattent tant le visage
que certains disent que je suis lépreux. 40

VI

Dame saichans, plus douce c'uns aigniaus,
Si chier aveis nuit et jor le filer
Ke se voleis ma chanson escouter,
Je vos donrai .I. parti de fusiaus.

VI

Sage dame, plus douce qu'un agneau,
jour et nuit vous aimez tant être enfilée
que si vous voulez écouter ma chanson,
je vous donnerai un coup de fuseau.

Guillaume de Machaut

LE VOIR DIT

Guillaume de Machaut est le plus grand poète et compositeur du XIVᵉ siècle. Né sans doute aux environs de 1300 dans la ville de Machault en Champagne, ce clerc lettré entre, vers 1323, au service de Jean de Luxembourg, roi de Bohême, auquel il reste attaché, en tant qu'aumônier puis secrétaire, plusieurs années, l'accompagnant notamment dans ses voyages et ses expéditions en Allemagne, Autriche, Silésie, Pologne et Lituanie. Ayant obtenu le canonicat de Notre-Dame de Reims en 1337, il n'assiste pas à la mort héroïque de son protecteur à la bataille de Crécy (1346). Il sert ensuite, tour à tour, Bonne, la fille de Jean de Luxembourg, morte de la peste en 1349, Charles, roi de Navarre pour qui il écrit le *Jugement du roi de Navarre* (1349) et le *Confort d'ami* (1357), le duc de Berry auquel il dédie *La Fontaine amoureuse* (1361) ; enfin, la même année, il héberge Charles, le duc de Normandie, à Reims, où il décède en avril 1377.

L'œuvre de Guillaume de Machaut, riche et diverse, comprend non seulement quelque 400 pièces lyriques (235 ballades, 76 rondeaux, 39 virelais, 24 lais, 10 complaintes et 7 chansons royales), la plupart d'inspiration courtoise, dans lesquelles l'auteur se révèle un habile métricien, combinant avec virtuosité les strophes, les mètres et les rimes, mais aussi des textes narratifs en octosyllabes, appelés *dits*, tels que *Le Dit dou vergier*, qui puise dans la tradition du *Roman de la Rose* de Guillaume de Lorris, *Le Jugement du roi de Behaingne*, *Le Remede de Fortune* (1341), *Le Dit dou Lyon* (1342), *Le Dit de l'Alerion ou des quatre oiseaux*, *La Prise d'Alexandrie*, chronique en vers célébrant Pierre Ier de Lusignan, roi de Chypre et de Jérusalem. De surcroît musicien hors pair, maître en *la viez et nouvele forge*, Guillaume de Machaut compose selon les techniques de l'*ars antiqua* et de l'*ars nova*, et introduit la polyphonie en littérature.

Le *Voir Dit* (1364) constitue son chef-d'œuvre : ce récit autobiographique de 9 009 vers dans lequel s'insèrent soixante-quatre pièces lyriques (rondeaux, ballades, chansons balladées, complaintes et lai), ce premier roman épistolaire (on dénombre quarante-six lettres en prose), relate l'histoire d'amour entre le poète vieillissant et une jeune admiratrice. Art d'aimer et art d'écrire, ce texte à deux voix, qui, selon Jacqueline Cerquiglini, illustre une « éthique de la totalisation » et une « esthétique de la rupture », est surtout un hymne à la poésie, la « Toute Belle », le seul vrai objet d'amour de Guillaume de Machaut.

L'extrait proposé se situe, à peu près au centre du livre, au sommet de la phase ascendante de l'amour. Le poète vient prendre congé de sa dame au petit matin, comme elle le lui a demandé la veille ; après l'avoir contemplée nue dans son lit : *N'elle prins nul autre atour n'a/Fors que les euvres de Nature*, (v. 3919-3920), il prie Vénus de le rendre plus hardi.

Bibliographie

Le Livre du Voir Dit de Guillaume de Machaut, éd. et trad. de P. Imbs, Paris, Le Livre de poche, « Lettres gothiques », 1999.

I. Bétemps, *L'Imaginaire dans l'œuvre de Guillaume de Machaut*, Paris, Champion, 1998 ; W. Calin, *A Poet at the Fountain. Essays on the Narrative Verse of Guillaume de Machaut*, Lexington, The University Press of Kentucky, 1974 ; J. Cerquiglini-Toulet, *« Un engin si soutil ». Guillaume de Machaut et l'écriture au XIVe siècle*, Paris, Champion, 1985 ; *La Couleur de la mélancolie. La fréquentation des livres au XIVe siècle, 1300-1415*, Paris, Hatier, 1993 et *Guillaume de Machaut, « Le Livre du Voir Dit ». Un art d'aimer, un art d'écrire*, Paris, SEDES, 2001 ; P. Imbs, *Le Voir-Dit de Guillaume de Machaut. Étude littéraire*, Paris, Klincksieck, 1991 ; D. Poirion, *Le Poète et le Prince. L'évolution du lyrisme courtois de Guillaume de Machaut à Charles d'Orléans*, Paris, PUF, 1965, réimpr. Genève, Slatkine, 1978.

Notes

Le texte est fondé sur le manuscrit F de la BNF, fonds fr. 22545 (daté par F. Avril des années 1390) et sur l'édition critique de P. Imbs.

Ce passage est très ambigu. Quel est le miracle opéré par Vénus ? Quel témoignage d'amour échangent les deux amants ? S'agit-il d'un simple baiser, comme le souhaitait le poète dans la prière adressée à la déesse (v. 3968-3971), ou de l'union charnelle, récompense accordée par la dame à son ami qui, après avoir effleuré les lèvres de Toute Belle sous un cerisier (v. 2433-2436), a réussi, lors de l'épisode de la foire du Lendit (v. 3627-3724), l'épreuve de l'*asag*, ultime étape avant l'acte sexuel ?

La sensualité de la scène, suggérée par des termes tels que *joie* (v. 4000), *desirs* (v. 4001), *desiroie* (v. 4003), *fremy et trembla* (v. 4014), est atténuée par cette *nue* qui voile pudiquement la nudité de la dame. À la vue (v. 4027) se substitue l'odorat (v. 3996-3997). De surcroît Guillaume de Machaut sublime et spiritualise cette union physique par tout un lexique relatif au religieux et au divin : *priere* (v. 3988), *deesse* (v. 3993, 4004, 4007 et 4013), *manne* (v. 3996), *bausme* (v. 3996), *encense* (v. 3996), *miracles* (v. 3998, 4005, 4006, 4008 et 4021). Enfin il n'hésite pas à jouer avec les mots (*nue*, v. 3995, *ciel et couverture*, v. 4023), en particulier à la rime (rimes homonymiques et annominatives) : *fais*

(v. 4006-4007), *loenge/losenge* (v. 4010-4011), *embelist/abelist* (v. 4018-4019), *merveille* (v. 4020-4021), *couverture/couvert/ descouvert* (v. 4023-4025).

De mon fait : ce geste est celui de l'orant puisque le poète s'est mis à genoux pour adresser sa prière à Vénus (v. 3937).

miracles : provenant du latin *miraculum*, dérivé lui-même de *mirari* (« s'étonner »), le substantif *miracle* est « une spécification de la *merveille* ». S'il peut signifier, à l'instar de son étymon, un acte extraordinaire, une chose digne d'admiration, un prodige, le plus souvent il qualifie un événement surnaturel, attribué à une intervention divine. Dans le théâtre médiéval, il désigne aussi un genre dramatique mettant en scène les miracles de la Vierge et des saints. Sur ce mot, voir F. Dubost, *Aspects fantastiques de la littérature narrative médiévale (XII*e*-XIII*e *siècles)*, Paris, Champion, 1991, t. I, p. 85-88, et l'article fondateur de J. Le Goff, « Le merveilleux dans l'Occident médiéval », *L'Imaginaire médiéval*, Paris, Gallimard, 1985, p. 17-39.

appertes : issu du latin *apertum*, l'adjectif *ap(p)ert* offre plusieurs significations : « ouvert » ; « découvert, visible, manifeste, évident » ; « franc » (pour le visage ou le regard) ; « qui possède l'ensemble de toutes les qualités physiques et morales », « excellent » ; enfin *apert a* se traduit par « habile à, capable de, prompt à ».

Ceste chanson qu'est baladee : la *chanson balladée* ou *virelai* évolue au cours du XIVe siècle. Forme lyrico-chorégraphique au XIIIe siècle, elle devient ensuite simplement lyrique. Elle commence par le refrain qui revient après chaque nouvelle strophe. *Le Livre du Voir Dit* comporte neuf chansons balladées, cinq composées par l'amant (v. 969-1014, 1015-1060, 1061-1106, 1838-1875 et 4032-4073) et quatre par la dame (v. 1241-1260, 1704-1737, 1876-1891 et 8453-8486). Celle qu'introduit le vers 4031 : *Onques si bonne journee/Ne fu adjournee* est improvisée à l'instant même où le poète bénéficie du miracle de Vénus. Voir le *Guide de la musique au Moyen Âge*, sous la direction de F. Ferrand, Paris, Fayard, 1999, p. 559-561.

16. [Le miracle de Vénus]

    Quant je os ma priere finee,
    Venus ne s'est pas oubliee,
3990 N'elle aussi pas ne s'oublia,
    Car moult bien souvenu li a
    De mon fait* et de la requeste.
    Si fu tost la deesse preste,
    Car tout en l'eure est descendue,
3995 Couverte d'une obscure nue,
    Plainne de manne et de fin bausme
    Qui la chambre encense et enbausme.
    Et la fist miracles* ouvertes
    Si clerement et si appertes*
4000 Que de joie fui raemplis ;
    Et mes desirs fu acomplis
    – Si bien que plus ne demandoie
    Ne riens plus je ne desiroie,
    Car a la deesse plaisoit –
4005 Par miracles qu'elle faisoit.
    Et quant cilz miracles fu fais,
    Je li dix : « Deesse, tu fais
    Miracles si appertement
    Qu'on le puet vëoir clerement,
4010 Dont je te rend grace et loenge
    Sans flaterie et sans losenge. »

    Toute voie tant vous en di :
    Quant la deesse descendi,
    Li cuers me fremy et trembla ;

16. Le miracle de Vénus

Quand j'eus terminé ma prière,
Vénus ne resta pas inactive
et ma dame ne fut pas non plus inattentive, 3990
car elle s'est fort bien souvenue
de mon geste et de ma requête.
Ainsi la déesse fut vite prête,
car sur l'heure elle est descendue
couverte par une sombre nue, 3995
remplie d'arôme et de fin baume
qui encensa et parfuma la chambre.
Alors elle accomplit des miracles manifestes,
d'une manière si claire et si évidente
que je fus rempli de joie ; 4000
et mon désir fut satisfait
par les miracles qu'elle faisait,
si bien que je n'en demandais pas plus
ni ne désirais rien d'autre,
car tel était le bon plaisir de la déesse. 4005
Et quand ce miracle fut accompli,
je lui dis : « Déesse, tu fais
des miracles d'une manière si évidente
qu'on peut les voir en toute clarté,
je t'en rends grâce et t'en loue 4010
sans flatterie ni fausseté. »

Toutefois, je me borne à vous dire ceci :
quand la déesse descendit,
mon cœur frémit et trembla ;

Et de ma dame il me sembla
Que un petitet fu esmeüe
Et troublee de sa venue,
Car son doulz vis en embelist,
Qui moult durement m'abelist ;
Et ce n'est pas moult grant merveille
D'un miracle s'on s'en merveille,
Si que ainsi de la nue obscure
Eüsmes ciel et couverture,
Et tous deulz en fumes couvert
Si qu'il n'i ot rien descouvert,
Et ce durement me seoit
Que adonc riens goute n'i veoit.
Et si dura longuettement,
Tant que je os fait presentement,
Ains que Venus s'en fust alee,
Ceste chanson qu'est baladee*.

il me sembla que ma dame 4015
était un petit peu émue
et troublée par sa venue,
car son doux visage en embellit,
ce qui me plut beaucoup ;
et il n'est pas très étonnant 4020
qu'un miracle suscite l'admiration,
de sorte que la sombre nue
fut pour nous ciel de lit et couverture,
et tous deux en fûmes couverts
sans rien montrer à découvert, 4025
et il me convenait tout à fait
que nul alors n'y voyait goutte.
Cela dura assez longuement,
si bien que je composai à l'instant,
avant que Vénus s'en fût allée, 4030
cette chanson balladée.

Eustache Deschamps

Eustache Morel, dit Eustache Deschamps, naquit à Vertus, dans la Marne, vers 1340. Après des études à Reims, où il rencontra Guillaume de Machaut, et à Orléans, il entra au service du roi en 1367 et fut attaché à Louis d'Orléans. Il exerça diverses fonctions administratives, dont celles de bailli de Valois, puis de Senlis, de maître des eaux et forêts, de gouverneur du château de Fismes ; il participa à des campagnes militaires ; il fut chargé de missions, inspecteur des forteresses de Picardie (1384) et membre d'une ambassade en Hongrie et Croatie (1384-1385). Il fut anobli en 1389 avec le titre de seigneur de Barbonval. Protégé par Louis d'Orléans, il fut nommé en 1400 auditeur de la Cour amoureuse créée dans l'entourage du roi. Il a été avant tout poète, et poète de cour ; mais les difficultés de sa vie quotidienne trouvent un écho dans son œuvre : veuvage après trois années d'un mariage heureux, ennuis de santé et vieillissement, pillage et incendie de sa maison, intrigues de cour... La date de sa mort est incertaine ; on la situe entre la fin de 1404 et mars 1405.

Son œuvre est considérable : quelque 82 000 vers ; avec *Le Miroir de Mariage*, inachevé, et *L'Art de dictier et de fere chansons, balades, virelais et rondeaux*, qui est un art poétique (1392), elle comporte plus de 1 500 pièces où dominent les ballades, au nombre de

1 032, à l'exemple de Machaut, son maître, qui avait donné au genre ses lettres de noblesse.

On assiste avec Deschamps à un extraordinaire renouvellement du champ (chant) poétique. Il s'adonne, souvent sur commande, au lyrisme courtois, à la poésie formelle, qui parle indirectement, mais qu'il revivifie par la multiplication des images sensibles, par l'influence de la vie concrète, par l'approfondissement de la vie intérieure qui se colore de tristesse, par le développement d'une culture morale plus humaniste. Le renouveau chevaleresque et courtois de son temps entraîne le retour aux traditions poétiques qui mêlent culte de la prouesse et goût des plaisirs amoureux. Mais le jeu courtois, qui devient représentation et déguisement, se plaît à la surprise des mots : la poésie perd sa profondeur sacrée au profit du divertissement et du sérieux. Elle répond de plus en plus à l'appel des circonstances, miroir de la vie sous un regard personnel. Attentive à l'Histoire, elle se fait célébration de la gloire (Du Guesclin). Surtout, par le retour aux données immédiates de l'existence, elle devient conversation, sinon reportage. Le poète, journaliste des événements quotidiens, accompagne son récit de réflexions caustiques. La création émane désormais de la rencontre du poète avec le monde : elle suit la vie, tantôt grave, tantôt frivole ; le familier se mêle au courtois ; la réflexion naît de la situation, et le moi se découvre dans cette confrontation avec la société. Attentif au monde qui l'entoure et intéressé par tous les aspects de sa vie, Deschamps prêche de plus en plus une morale indépendante et prépare le lyrisme personnel de Villon.

Bibliographie

Œuvres complètes d'Eustache Deschamps, éd. de Queux de Saint-Hilaire et G. Raynaud, Paris, Didot (Picard), 1878-1904, 11 vol. ; New York, Johnson Reprints, 1985.

K. Becker, *Eustache Deschamps. L'état actuel de la recherche*, Orléans, Paradigme (à paraître) ; J.-P. Boudet et H. Millet, *Eustache Deschamps en son temps*, Paris, Publications de la Sorbonne, 1997 ; H. Heger, *Die Melancholie bei den französischen Lyrikern des Spätmittelalters*, Bonn, 1967 ; M. Lacassagne, *Eustache Deschamps : discours et société*, Saint-Louis, thèse Washington University, 1994.

Notes

Les deux textes de Deschamps ont été édités d'après le manuscrit de la Bibliothèque nationale, fonds fr. 840, qui est le seul à contenir les œuvres complètes de Deschamps.

Virelai

Le virelai est un poème à forme fixe, comportant une série de strophes, dont la première est précédée d'un refrain qui revient à la fin de chacune (ici, en alternance avec un autre refrain). Dans cet exercice de style, le poète renouvelle avec enjouement un *topos* de la littérature médiévale, le portrait de la beauté féminine, qui devient avec Deschamps celui d'une adolescente de moins de quinze ans. Sur ce portrait, voir J. Dufournet, *Adam de La Halle ou le Jeu dramatique de la Feuillée*, Paris, SEDES, 1974, p. 74-100.

vers yeulx : il s'agit d'yeux *vairs*, d'yeux brillants et vifs dont la couleur change selon l'éclairage.

hault assis : « haut remonté », l'expression est de Proust.

joliette : diminutif de *jolie*. Cet adjectif exprime en ancien français l'idée de gaieté, parfois en liaison avec la notion d'audace et d'ardeur amoureuse. Voir G. Lavis, *L'Expression de l'affectivité dans la poésie lyrique française du Moyen Âge (XIIe-XIIIe siècles)*, Paris, Les Belles Lettres, 1973, p. 258-259, 519-520.

fourrez de gris : on prisait beaucoup au Moyen Âge la fourrure d'une espèce d'écureuil appelé petit-gris, de couleur gorge-de-pigeon par-dessus et blanche par-dessous. C'était une fourrure d'un prix élevé. Le *vair* était donc la fourrure faite avec la peau du ventre, le *gris* la fourrure faite avec la peau du dos.

biaux proffis : nous voyons en *proffis* une forme de *porfils*, « liséré, bordure d'un vêtement ». D'autres y voient le mot *profits*.

gentilz : « noble, généreux ». Évolution sémantique, à partir du latin *gentilis* : 1) « noble, de bonne famille » ; 2) « noble de caractère, généreux » ; 3) « noble de manières, gracieux, joli, aimable ».

Ballade

Je deviens courbes : on retrouve dans cette ballade le motif du vieillissement qu'on a souvent dans l'œuvre de Deschamps.

Desdaing : personnification, héritée de Guillaume de Machaut, dans le sillage du *Roman de la Rose*.

Mes dens sont longs : le mot *dent* a pu être employé jusqu'au XVIᵉ siècle au masculin, qui est le genre du latin.

17. Virelai

Sui je, sui je, sui je belle ?

Il me semble, a mon avis,
Que j'ay beau front et doulz viz
Et la bouche vermeillette ;
5 *Dittes moy se je suis belle.*

J'ay vers yeulx★, petis sourcis,
Le chief blont, le nez traitis,
Ront menton, blanche gorgette ;
Sui je, sui je, sui je belle ?

10 J'ay dur sain et hault assis★,
Lons bras, gresles doys aussis
Et par le faulz sui greslette ;
Dittes moy se je suis belle.

J'ay bonnes rains, ce m'est vis,
15 Bon dos, bon cul de Paris,
Cuisses et gambes bien faictes ;
Sui je, sui je, sui je belle ?

J'ay piez rondés et petiz,
Bien chaussans, et biaux habis,
20 Je sui gaye et joliette★ ;
Dittes moy se je suis belle.

J'ay mantiaux fourrez de gris★,
J'ay chapiaux, j'ay biaux proffis★
Et d'argent mainte espinglette ;
25 *Sui je, sui je, sui je belle ?*

17. Virelai

Suis-je, suis-je, suis-je belle ?

Il me semble, c'est mon avis,
Que j'ai beau front et doux visage
Et la bouche toute vermeille :
Dites-moi si je suis belle.   5

J'ai des yeux vifs, de petits sourcils,
La tête blonde et le nez droit,
Le menton rond et la gorge blanche :
Suis-je, suis-je, suis-je belle ?

J'ai le sein ferme et haut remonté,   10
Les bras longs et tout autant les doigts fluets,
Et j'ai la taille très fine :
Dites-moi si je suis belle.

J'ai de bons reins, à mon avis,
Un bon dos, un bon cul de Paris,   15
Des cuisses et des jambes bien faites :
Suis-je, suis-je, suis-je belle ?

J'ai des pieds dodus et petits,
Bien chaussés, et de beaux habits,
Je suis gaie et enjouée :   20
Dites-moi si je suis belle.

J'ai des manteaux fourrés de petit-gris,
J'ai des chapeaux, j'ai de beaux liserés,
Et mainte broche d'argent :
Suis-je, suis-je, suis-je belle ?   25

J'ay draps de soye et tabis,
J'ay draps d'or et blans et bis,
J'ay mainte bonne chosette ;
Dittes moy se je suis belle.

30 Que .xv. ans n'ay, je vous dis ;
Moult est mes tresors jolys,
S'en garderay la clavette ;
Sui je, sui je, sui je belle ?

Bien devra estre hardis
35 Cilz qui sera mes amis,
Qui ara tel damoiselle ;
Dittes moy se je suis belle.

Et par Dieu je li plevis
Que tresloyal, se je vis,
40 Li seray, si ne chancelle ;
Sui je, sui je, sui je belle ?

Se courtois est et gentilz*,
Vaillans aprés, bien apris,
Il gaignera sa querelle ;
45 *Dittes moy se je suis belle.*

C'est uns mondains paradiz
Que d'avoir dame toudiz
Ainsi fresche, ainsi nouvelle :
Sui je, sui je, sui je belle ?

50 Entre vous acouardiz,
Pensez a ce que je diz :
Cy fine ma chansonnette :
Sui je, sui je, sui je belle ?

18. Ballade

Je deviens courbes* et bossus,
J'oy tres dur, ma vie decline,
Je pers mes cheveulx par dessus,

J'ai des vêtements de soie et de moire,
J'ai des vêtements d'or et blancs et gris ;
J'ai mainte jolie petite chose :
Dites-moi si je suis belle.

Je n'ai que quinze ans, je vous le dis ;　　　　　　　　　　30
Mon trésor est charmant ;
Aussi en garderai-je la clé.
Suis-je, suis-je, suis-je belle ?

Il lui faudra être bien hardi,
Celui qui sera mon ami,　　　　　　　　　　　　　　　　35
Pour obtenir telle demoiselle :
Dites-moi si je suis belle.

Et par Dieu je lui promets
Que je lui serai, si je vis,
Très loyale, s'il ne trébuche pas :　　　　　　　　　　　40
Suis-je, suis-je, suis-je belle ?

S'il est courtois et noble,
Valeureux aussi et bien élevé,
Il gagnera son procès :
Dites-moi si je suis belle.　　　　　　　　　　　　　　　45

C'est le paradis sur terre
Que d'avoir toujours une dame
Si fraîche, si jeunette :
Suis-je, suis-je, suis-je belle ?

Entre vous gens timides,　　　　　　　　　　　　　　　　50
Pensez à ce que je dis.
Ici finit ma chansonnette :
Suis-je, suis-je, suis-je belle ?

18. Ballade

Je deviens courbé et bossu,
J'entends très mal, ma vie décline,
Je perds mes cheveux sur le dessus,

Je flue en chascune narine,
5 J'ay grant doleur en la poitrine,
Mes membres sens ja tous trembler,
Je suis treshastis a parler,
Impaciens, Desdaing* me mort,
Sanz conduit ne sçay més aler :
10 *Ce sont les signes de la mort.*

Couvoiteus suis, blans et chanus,
Eschars, courroceux ; j'adevine
Ce qui n'est pas, et loë plus
Le temps passé que la dotrine
15 Du temps present ; mon corps se mine ;
Je voy envix rire et jouer,
J'ay grant plaisir a grumeler,
Car le temps passé me remort ;
Tousjours vueil jeunesce blamer :
20 *Ce sont les signes de la mort.*

Mes dens sont longs*, foibles, agus,
Jaunes, flairans comme santine ;
Tous mes corps est frois devenus,
Maigres et secs ; par medecine
25 Vivre me fault ; char ne cuisine
Ne puis qu'a grant paine avaler ;
Des jeusnes me fault baler,
Mes corps toudis sommeille ou dort,
Et ne vueil que boire et humer :
30 *Ce sont les signes de la mort.*

l'envoy
Princes, encor vueil cy adjuster
Soixante ans, pour mieulx confermer
Ma viellesce qui me nuit fort,
Quant ceuls qui me doivent amer
35 Me souhaident ja oultre mer.
Ce sont les signes de la mort.

Chacune de mes narines coule,
J'ai des douleurs dans la poitrine,
Je sens déjà mes membres tous tremblants,
Je suis impatient à parler,
Emporté, Dédain me mord,
Sans guide je ne sais plus marcher :
Ce sont les signes de la mort.

Je suis cupide, blanc et chenu,
Avare, coléreux ; j'invente
Ce qui n'est pas, et je loue plus
Le temps passé que l'éducation
Du temps présent ; mon corps se délabre ;
Je vois à contrecœur rire et jouer ;
J'ai grand plaisir à grommeler,
Car le temps passé m'obsède ;
Je veux toujours blâmer la jeunesse :
Ce sont les signes de la mort.

Mes dents sont longues, fragiles, pointues,
Jaunes, puantes comme fosses d'aisance ;
Tout mon corps est devenu froid,
Maigre et sec ; de médecine
Il me faut vivre ; viande et plats cuisinés
Je ne puis avaler qu'à grand-peine ;
Aux jeûnes il me faut prendre plaisir ;
Mon corps toujours sommeille ou dort,
Et je ne veux que boire et humer :
Ce sont les signes de la mort.

Envoi

Princes, je veux encore y ajouter
Soixante ans, pour accentuer
Ma vieillesse qui me nuit tant,
Alors que ceux qui doivent m'aimer
Me souhaitent déjà de l'autre côté.
Ce sont les signes de la mort.

Alain Chartier

Né à Bayeux entre 1385 et 1395, Alain Chartier fut attaché à la maison de Yolande d'Aragon, puis à celle du dauphin Charles, dont il devint le secrétaire et le notaire et qu'il suivit à Bourges en 1418. Il fut chargé de diverses ambassades auprès du roi des Romains Sigismond et de Venise (1425), de Philippe le Bon (1426), en Écosse (1428). Mais il semble qu'ensuite son importance ait diminué : il doute de la paix recherchée par les hommes dans le *Dialogus familiaris* (1426-1427) ; il décrie la vie de cour dans le *Curial* (vers 1427) ; il se plaint de sa pauvreté dans les *Invectives* et le *Livre de l'Espérance* (en 1428-1429), obtenant des titres plus symboliques que réels : il fut chanoine et archidiacre de Paris, chancelier de Bayeux. Il fut ordonné prêtre en 1426 pour devenir chanoine à Tours et curé de Saint-Lambert-des-Levées (diocèse d'Auxerre). Il écrivit en latin sa dernière œuvre, la *Lettre sur Jeanne d'Arc* (août 1429), et mourut en Avignon le 20 mars 1430.

Si l'extraordinaire renommée de Chartier aux XVe et XVIe siècles a surtout exalté le poète courtois, mélancolique et à l'occasion ironique, du *Lai de Plaisance* (1414), du *Livre des Quatre Dames*, de la *Complainte* et surtout de *La Belle Dame sans merci* (1424), qui dénonce les conventions poétiques de l'amour et déjoue les ruses de la courtoisie tout en mobilisant les personnifications issues du *Roman de la Rose*, il semble bien qu'aujourd'hui on célèbre le grand prosateur du *Quadrilogue invectif* (1422) et du *Livre de l'Espérance* (1428), nés de ses souffrances et de sa révolte devant les malheurs de son pays déchiré par la guerre. Chartier, maître d'un art souple et ferme dans le dessin, économe de ses moyens, y utilise les recherches verbales comme un matériau répétitif qui « compasse par juste proportion » la pensée du moraliste pour qui l'homme apparaît sous le double aspect d'un être aveugle qu'une obscure attirance abaisse obstinément vers les ténèbres et d'un voyant aux yeux encore infirmes et fragiles sans le secours de la grâce mais qui cherche déjà la lumière et doit fonder la politique sur la morale.

Mais il ne faut pas négliger le troisième volet de la production littéraire de Chartier, ses œuvres latines, qui le présentent sous le triple aspect du secrétaire de Charles VII (*Discours d'Allemagne*), de l'homme politique (*Dialogus familiaris amici et sodalis*, 1426-1427 ; *Ad Detestationem belli gallici et suasionem pacis* ; *Lettre sur Jeanne d'Arc*) et de l'auteur d'œuvres privées (*Lettre à son frère* ; *Curial*).

Nous avons choisi une ballade et un rondeau qui illustrent bien l'aspect courtois de l'œuvre.

Bibliographie

Alain Chartier, *Le Quadrilogue invectif*, éd. de E. Droz, Paris, Champion, 1923 ; *La Belle Dame sans mercy*, éd. de A. Piaget, Genève, Droz, 1949 ; *Les Œuvres latines d'Alain Chartier*, éd. de P. Bourgain-Hemeryck, Paris, Éd. du CNRS, 1977 ; *Le Livre de l'Espérance*, éd. de F. Rouy, Paris, Champion, 1967, rééd. 1989 ; *Poèmes*, éd. de J. Laidlaw, Paris, 10/18, 1988.

E.J. Hoffman, *Alain Chartier. His Works and Reputation*, New York, 1942 ; F. Rouy, *L'Esthétique du traité moral d'après les œuvres d'Alain Chartier*, Genève, Droz, 1980 ; C.J.H. Walravens, *Alain Chartier : études biographiques, suivies de pièces justificatives, d'une description des éditions et d'une édition des ouvrages inédits*, Amsterdam, 1971.

Notes

Textes établis d'après le recueil de N. Wilkins, *One hundred Ballades, Rondeaux and Virelais from the Late Middle Ages*, Cambridge, Cambridge University Press, 1969.

Rondeau

Triste plaisir : ces oxymores, qui mettent en rapport deux éléments contradictoires, des caractérisés et leurs caractérisants, illustrent bien les contradictions de l'amour et le contraste inhérent à l'objet du discours.

Ris en plourant : c'est déjà le fameux « Je ris en pleurs » de Villon dans la *Ballade du concours de Blois*.

monjoie : ce mot, qui désignait une colline, un tas de pierres, une multitude de choses, un trésor, a pu prendre le sens de « bien le plus recherché », de « bonheur ». C'était le cri de guerre des Français. Sans doute le mot provient-il du germanique **mund-gawi* (« protection du pays, hauteur d'où on peut faire le guet ») ; mais, par étymologie populaire, on y a vu le « mont de la joie ».

Dangier : personnification héritée du *Roman de la Rose*. Il a désigné d'abord la résistance à l'amour, le refus de la jeune fille ; dans la poésie lyrique, il a représenté le gardien, l'espion, le jaloux, le troisième personnage de la *fin' amor*, chargé de surveiller la dame sur l'ordre du mari. Voir Sh. Sasaki, « *Dongier*. Mutation de la poésie française au Moyen Âge », *Études de langue et de littérature françaises*, Tokyo, 1974, p. 1-30.

Ballade

Fortune : cette sombre déesse, inventée par Boèce dans son *De consolatione philosophiae*, a hanté le Moyen Âge, tantôt providence divine, tantôt hasard. Elle apparaît accompagnée de sa roue qu'elle tourne, aveugle, muette, sourde aux accusations et aux supplications, indifférente aux mérites et aux actes des hommes. Voir I. Siciliano, *François Villon et les thèmes poétiques du Moyen Âge*, Paris, Armand Colin, 1934.

murtrit : le verbe *murtrir, mordrir, meurtrir* a d'abord signifié « tuer, commettre un meurtre », puis « contusionner à mort » et « contusionner ».

une prune : le substantif marquant la faible valeur (une prune, un bouton, un œuf pelé...) est employé avec le verbe *comter* (« compter ») tantôt directement, tantôt comme déterminant de *le monte de*, « le montant de... ». Voir R. Bellon, « Le renforcement affectif de la négation... », *Mélanges Pierre Demarolle*, Paris, Champion, 1998, p. 105-118.

jugement : c'est le Jugement dernier qui suit la mort.

la Mort : personnification malgré la présence de l'article.

Rigueur : personnification désignant soit la rigueur de l'amour, soit celle de la justice ou de la mort. Villon a joué sur ce couple de Mort et de Rigueur dans le rondeau *Mort, j'appelle de ta rigueur,/Qui m'as ma maistresse ravie...*

19. Rondel

Triste plaisir* et doulereuse joie,
Aspre doulceur, reconfort ennuyeux,
Ris en plourant*, souvenir oublieux,
M'acompaignent combien que seul je soie.

5 Embuchez sont, afin qu'on ne les voie,
Dedens mon cuer en l'ombre de mes yeulx :
Triste plaisir et doulereuse joie,
Aspre doulceur, reconfort ennuyeux.

C'est mon tresor, ma part et ma monjoie*,
10 De quoy Dangier* est sur moy envieux.
Bien le sera s'il me voit avoir mieulx,
Quant il a dueil de ce qu'Amours m'envoie.

Triste plaisir et doulereuse joie,
Aspre doulceur, reconfort ennuyeux,
15 *Ris en plourant, souvenir oublieux,*
M'acompaignent combien que seul je soie.

20. Ballade

Je ne fu nez fors pour tout mal avoir
Et soustenir les assaulz de Fortune*.
Qu'est ce de bien ? Je ne le puis savoir
N'onques n'en eus ne n'ay joie nesune.

19. Rondeau

Triste plaisir et douloureuse joie,
Âpre douceur, pénible réconfort,
Rire en pleurs, souvenir oublieux
M'accompagnent, bien que je sois seul.

Ils sont embusqués, pour qu'on ne les voie pas, 5
Dans mon cœur à l'ombre de mes yeux,
Triste plaisir et douloureuse joie,
Âpre douceur, pénible réconfort.

C'est mon trésor, ma part et mon bonheur,
Dont Danger se montre envieux de moi. 10
Il aura de quoi l'être s'il me voit obtenir mieux,
Quand il s'afflige de ce qu'Amour m'envoie.

Triste plaisir et douloureuse joie,
Âpre douceur, pénible réconfort,
Rire en pleurs, souvenir oublieux 15
M'accompagnent, bien que je sois seul.

20. Ballade

Je ne suis né que pour avoir tous les maux
Et supporter les assauts de Fortune.
Qu'est-ce qui est bien ? Je ne puis le savoir :
Jamais je n'en eus ni n'ai eu aucune joie.

5 Je fusse mieulz tout mort cent fois contre une
Que de vivre si doulereusement.
Ce que je vueil me vient tout autrement,
Car Fortune a pieça ma mort juree.
Il me desplaist de ma longue duree
10 Ne je n'ay plus de vivre grant envie,
Mais me murtrit* douleur desmesuree
Quant je ne voy ma doulce dame en vie.

J'ay perdu cuer, sentement et savoir.
Plourer a part, c'est mon euvre commune.
15 Plains et regrez sont mon plus riche avoir
Ne je ne comte en ce monde une prune*.
Tout m'ennuye, ciel et soleil et lune,
Et quanqu'i est dessoubz le firmament.
Je desire le jour du jugement*,
20 Quant ma joie est soubz la tombe emmuree
Et que la Mort* m'est rude et aduree
Qui m'a toulu celle que j'ai servie,
Dont j'ay depuis longue peine enduree,
Quant je ne voy ma doulce dame en vie.

25 Je n'attens riens que la mort recevoir.
Mon cuer a pris a ma vie rancune.
La Mort en fait lachement son devoir
Quant el n'occit et chascun et chascune,
Sans espargnier ne beauté ne peccune.
30 Mais, malgré tout lour efforceement,
Je la requier craignant duel et torment
Et elle soit par Rigueur* conjuree !
Elas ! pourquoy m'a elle procuree
Mort a demy sans l'avoir assouvie ?
35 Vie en langueur, telle est ma destinee,
Quant je ne voy ma doulce dame en vie.

ALAIN CHARTIER

Mieux vaudrait être mort cent fois plutôt qu'une 5
Que de vivre si douloureusement.
Ce que je veux survient tout autrement,
Car Fortune a depuis longtemps juré ma mort.
Je suis navré de trop longtemps durer
Et je n'ai plus grande envie de vivre, 10
Mais je me meurs d'une douleur démesurée
Puisque je ne vois plus ma douce dame en vie.

J'ai perdu cœur, sentiment et savoir.
Pleurer tout seul, c'est mon lot habituel.
Plaintes et regrets sont ma plus grande richesse, 15
Et je n'ai plus en ce monde le moindre bien.
Tout m'ennuie, ciel et soleil et lune
Et tout ce qui est sous le firmament.
J'aspire au jour du Jugement.
Puisque ma joie est emmurée sous la tombe 20
Et que la Mort est pour moi rude et terrible :
Elle m'a enlevé celle que j'ai servie,
Me faisant depuis endurer une longue peine,
Puisque je ne vois plus ma douce dame en vie.

Je n'attends rien d'autre que la mort. 25
Mon cœur a pris ma vie en grippe.
La Mort est négligente à faire son devoir
Puisqu'elle ne tue pas chacun et chacune
Sans épargner ni beauté ni fortune.
Mais, malgré tous leurs efforts, 30
Je la requiers, craignant douleur et souffrance,
Et qu'elle soit par Rigueur convoquée !
Hélas ! Pourquoi m'a-t-elle procuré
La mort à moitié sans l'avoir accomplie ?
Une vie languissante, tel est mon destin, 35
Puisque je ne vois plus ma douce dame en vie.

Christine de Pizan

Christine de Pizan, née à Venise vers 1364, vint à Paris en 1368, à la suite de son père Thomas de Pizzano, appelé en France par Charles V pour jouer à ses côtés un rôle important de *physicien* (médecin) et de conseiller. En 1379, elle épousa un secrétaire du roi, Étienne du Castel. Mais bientôt malheurs et ennuis s'abattirent sur elle après la mort du roi en 1380, de son père, entre 1385 et 1390, et de son époux en 1390. Outre ses charges familiales (elle eut à subvenir aux besoins de ses trois enfants, d'une nièce et de sa mère), elle dut affronter de nombreux procès pour défendre ses biens et surmonter de grandes difficultés, étant femme, veuve et étrangère. Aussi fut-elle obligée de vivre de sa plume, écrivant pour les princes, en particulier pour Jean de Berry, Philippe de Bourgogne, Jean sans Peur, Louis d'Orléans, Charles VI, Isabeau de Bavière... Elle fut la première femme à devenir écrivain professionnel, évoquant sa vie difficile dans plusieurs de ses ouvrages et produisant, par nécessité, une œuvre très abondante et diverse, promise à une large diffusion jusqu'au XVIᵉ siècle. Elle mourut vers 1430.

On peut distinguer dans son œuvre trois grands massifs qui, pour l'essentiel, se succèdent chronologiquement. Christine commença, à partir de 1394, par des poèmes lyriques, ressortissant au registre courtois – ballades, virelais, rondeaux, jeux à vendre, complaintes amoureuses... –, auxquels s'ajouteront *Le Débat des deux amants* (1400), *Le Livre des trois jugements*, puis, plus tard, *Le Dit de la pastoure* (mai 1404), *Le Livre du duc des vrais amants* et *Les Cent Ballades d'amant et de dame* (1409-1410), qui chantent d'impossibles amours.

Dans un deuxième temps, elle compose des textes didactiques en vers, qui témoignent déjà d'une riche culture, comme *L'Epistre Othea* (vers 1400-1401), où la sage Othéa fait l'éducation du jeune Hector, *Le Livre de mutacion de Fortune*, de plus de 23 000 octosyllabes (entre 1400 et novembre 1403), dont la première partie se rapporte à la vie de l'auteur, et *Le Livre du chemin de long estude*, de 6 000 vers (entre le 5 octobre 1402 et le 20 mars 1403), voyage en rêve de Christine guidée par la Sibylle de Cumes, à partir de Boèce et de Dante.

Après *Les Epistres sur le Roman de la Rose* (1401-1402) qui inaugurent le débat sur le roman de Jean de Meun dont Christine dénonce la misogynie, elle se tourne vers la prose pour donner des œuvres considérables, fondées sur une vaste documentation en français pour la plus grande partie mais sans doute aussi en latin : *Le Livre des faits et bonnes meurs du sage roy Charles V* (1404), proposé comme modèle pour sa sagesse et sa philosophie, *Le Livre de la Cité des Dames*, inspiré de Boccace (entre le 13 décembre 1404 et avril 1405), *Le Livre des trois vertus ou Trésor de la Cité des Dames*, qui s'adresse aux femmes de toute condition (1405), *Le Livre de l'Advision Cristine* (1405), à la fois songe et pèlerinage allégorique, *Le Livre du corps de Policie*, manuel d'éducation royale (entre novembre 1404 et novembre 1407), et *Le Livre des fais d'armes et de chevalerie* (1410). Elle acheva sa carrière, après des ouvrages de consolation chrétienne face aux malheurs du temps (*Epistre de la prison de vie humaine* en 1418, *Heures de contemplacion*), par *Le Ditié de Jehanne d'Arc* (31 juillet 1429), où elle revint au vers pour célébrer l'héroïne.

Bibliographie

Œuvres poétiques de Christine de Pizan, éd. de M. Roy, Paris, Didot, 1886-1896, 3 vol. ; *Le Livre des fais et bonnes meurs du sage roy Charles V*, éd. de S. Solente, Paris, Champion, 1936-1940, 2 vol. ; trad. de É. Hicks et T. Moreau, Paris, Stock, 1997 ; *Le Livre de la Cité des Dames*, trad. de É. Hicks et T. Moreau, Paris, Stock, 1986 ; *Le Livre des trois Vertus*, éd. de C. Willard et É. Hicks, Paris, Champion, 1989 ; *Cent Ballades d'Amant et de Dame*, éd. de J. Cerquiglini, Paris, UGE, 1982 ; *Le Livre du corps de Policie*, éd. de A. Kennedy, Paris, Champion, 1998 ; *Le Livre de l'Advision Cristine*, éd. de C. Reno et L. Dulac, Paris, Champion, 1999 ; *Ditié de Jehanne d'Arc* éd. de A. Kennedy et K. Varty, Oxford, Society for the Study of Mediaeval Languages and Literature, 1977 ; *Le Chemin de longue étude*, éd. de A. Tarnowski, Paris, Le Livre de poche, « Lettre gothiques », 2000.

A. Kennedy, *Christine de Pizan, a Bibliographical Guide*, Londres, Grant et Cutler, 1984 (*Supplément I*, 1994) ; C. Willard, *Christine de Pizan : her Life and Works*, New York, Persea Books, 1984 ; « *Christine de Pizan*. Études recueillies par L. Dulac et J. Dufournet », *Revue des langues romanes*, t. XCII, II, 1988 ; *Une femme de lettres au Moyen Âge. Études autour de Christine de Pizan*. Études recueillies par L. Dulac et B. Ribémont, Orléans, Paradigme, 1995 ; *Contexts and Continuities. Mélanges L. Dulac*, éd. de A.J. Kennedy *et al.*, Glasgow, University of Glasgow Press, 2002, 3 vol.

Notes

Rondeau

Texte établi d'après l'édition de M. Roy, *Œuvres poétiques de Christine de Pizan*, Paris, Didot, 1886-1896, 3 vol.

Le motif de la solitude de la veuve est récurrent dans l'œuvre de Christine, témoin la célèbre ballade : *Seulete suy et seulete vueil estre,/Seulete m'a mon doulz ami laissiee,/Seulete suy, sans compaignon ne maistre/Seulete suy, dolente et courrouciee,/Seulete suy en languour mesaisiee,/Seulete suy plus que nulle esgaree,/Seulete suy sanz ami demouree.*

Il a sept ans : Étienne du Castel, épousé par Christine vers 1379, mourut en 1390 alors qu'elle avait vingt-cinq ans.

Ballade

Ballade extraite du *Livre de l'Advision Cristine*, texte établi d'après le manuscrit ex-Phillipps 128, qui présente une version corrigée de l'œuvre du vivant de Christine, et d'après l'édition de C. Reno et L. Dulac, *Le Livre de l'Advision Cristine*, Paris, Champion, 1999.

Des officiers : officiers de justice, dignitaires au service d'un grand.

deux maillees : la maille était une petite monnaie qui valait un demi-denier ; donc quelque chose sans valeur.

exploitié : esploitier (du latin *explicitare*, fait sur *explicitum* « facile à exécuter ») signifiait « agir, accomplir quelque chose vite et bien » ; de là les sens : de 1) « agir » ; 2) « réussir, mener à bien, obtenir » ; 3) « agir avec ardeur, se hâter » ; 4) « utiliser, employer, faire valoir ».

voies brouillees : brouiller signifiait « faire des tours de prestidigitation, user de sortilèges », et « débiter des boniments ». Il peut aussi s'agir de « comportements retors », par un emprunt au vocabulaire de la chasse.

apointié/N'est de leur fait : mot à mot « il n'y a pas d'accord pour leur affaire ».

dictié : « œuvre, écrit, poème ». Voir J. Cerquiglini, « Le Dit », *La Littérature française aux XIVe et XVe siècles*, dirigé par D. Poirion, Heidelberg, Carl Winter, 1988, t. I, p. 86-94, et M. Léonard, *Le Dit et sa technique littéraire, des origines à 1340*, Paris, Champion, 1996.

21. Rondel

Com turtre suis sanz per toute seulete
Et com brebis sanz pastour esgaree ;
Car par la mort fus jadis separee
De mon doulz per qu'a toute heure regrette.

5 Il a sept ans* que le perdi, lassette,
Mieulx me vaulsist estre lors enterree !
Com turtre suis sans per toute seulete,
Et com brebis sans pastour esgaree.

Car depuis lors en dueil et en souffrete
10 Et en meschief très grief suis demouree,
Ne n'ay espoir, tant com j'aré duree,
D'avoir soulas qui en joye me mette ;

Com turtre suis sanz per toute seulete
Et com brebis sanz pastour esgaree,
15 Car par la mort fus jadis separee
De mon doulz per qu'a toute heure regrette.

22. Ballade

Helas ! ou donc trouveront reconfort
Povres vesves de leurs biens despouillees,
Puisqu'en France ou sieult estre le port
De leur salut, et ou les exillees

21. Rondeau

Comme la tourterelle sans compagnon je suis toute seule,
Et égarée comme la brebis sans pasteur,
Car par la mort je fus jadis séparée
De mon doux compagnon qu'à toute heure je regrette.

Voilà sept ans que je le perdis, pauvre malheureuse ! 5
Il eût mieux valu que je fusse alors enterrée !
Comme la tourterelle sans compagnon je suis toute seule
Et égarée comme la brebis sans pasteur.

Car depuis lors dans la douleur et la misère
Et dans un malheur sans fond je suis restée, 10
Et je n'ose espérer, tant que j'existerai,
Aucun plaisir qui me rende la joie.

Comme la tourterelle sans compagnon je suis toute seule,
Et égarée comme la brebis sans pasteur,
Car par la mort je fus jadis séparée 15
De mon doux compagnon qu'à toute heure je regrette.

22. Ballade

Hélas ! où donc trouveront du réconfort
Les pauvres veuves dépouillées de leurs biens,
Puisqu'en France qui d'habitude est le havre
De leur salut, et où d'habitude se réfugient

5 Seulent fuir et les desconseillees,
Mais or n'y ont mais amistié ?
Les nobles gens n'en ont nulle pitié,
Aussi n'ont clers li greigneur ne li mendre,
Ne les princes ne les daignent entendre.

10 Des chevaliers elles n'ont nesun port,
Par les prelas ne sont bien conseillees,
Ne les juges ne les gardent de tort.
Des officiers* n'aroient deux maillees*
De bon respons ; des puissans traveillees
15 Sont en maint cas, n'a la moitié
Devers les grans n'aroient exploitié*
Jamais nul jour – ailleurs ont a entendre –
Ne les princes ne les daignent entendre.

Ou pourront mais fouir, puisque ressort
20 N'ont en France, la ou leur sont baillees
Esperances vaines, conseil de mort ?
Voies d'enfer leur sont appareillees
Se elles veullent croire voies brouillees*
Et faulx consaulx, ou apointié
25 N'est de leur fait* ; nul n'ont si accointié
Qui leur aide sans a aucun mal tendre,
Ne les princes ne les daignent entendre.

Bons et vaillans, or soient esveillees
Vos grans bontez, ou vesves sont taillees
30 D'avoir mains maulx ; de cuer haitié,
Secourez les et croiez mon dictié*,
Car nul ne voy qui vers elles soit tendre,
Ne les princes ne les daignent entendre.

Les exilées et les désespérées,
Désormais elles n'ont plus d'amitié ?
Les nobles gens n'en ont nulle pitié,
Pas plus que les clercs, les plus grands et les plus petits,
Et les princes ne daignent pas les entendre.

Des chevaliers elles n'ont aucun secours,
Par les prélats elles ne sont pas bien conseillées,
Et les juges ne les préservent pas de l'injustice.
Des officiers elles n'obtiendraient pas pour deux sous
De bonne réponse ; des puissants elles sont tourmentées
En mainte affaire, et pas même à moitié
Du côté des grands elles n'auraient réussi
De toute leur vie : ils ont d'autres chats à fouetter ;
Et les princes ne daignent pas les entendre.

Où pourront-elles fuir, puisqu'elles n'ont pas
De recours en France où leur sont donnés
De vaines espérances et des conseils mortels ?
Les routes de l'enfer leur sont préparées
Si elles veulent croire aux sortilèges
Et aux conseils fallacieux qui ne règlent pas
Leur affaire ; elles n'ont personne d'assez proche
Pour les aider sans vouloir faire le mal,
Et les princes ne daignent pas les entendre.

Bons et vaillants, que se réveillent donc
Vos grandes bontés, sinon les veuves sont condamnées
À subir maints malheurs ; de cœur allègre
Secourez-les et fiez-vous à mon poème,
Car je ne vois personne qui soit tendre envers elles,
Et les princes ne daignent pas les entendre.

Charles d'Orléans

Né le 14 novembre 1394, Charles est le fils de Louis d'Orléans, frère du roi Charles VI, et apparaît comme un des animateurs du renouveau chevaleresque et courtois et le champion de l'aristocratie ambitieuse. Très jeune, Charles connaît une vie dramatique : assassinat de son père par des sbires bourguignons en 1407, mort de sa mère Valentine de Milan en 1408 et de sa première femme Isabelle de France, en 1409. En 1410, il épouse Bonne d'Armagnac et lutte contre les Bourguignons. Fait prisonnier à Azincourt en 1415, il est emmené en Angleterre où il restera jusqu'en 1440, menant une vie assez austère (sauf chez les Suffolk), s'adonnant à des intrigues amoureuses auxquelles il renonce en 1437, à la mort d'Alice Chaucer, pour adopter une attitude de *nonchaloir*. Libéré grâce à Philippe le Bon qui lui fait épouser Marie de Clèves, il tente en vain de recouvrer l'héritage de sa mère à Asti (1448). Résigné, il vieillit au milieu d'amis, de gens de plume et de poètes de passage avec qui il échange rondeaux et ballades qui font état de sa vie intérieure. À sa cour s'élabore un nouveau style poétique, fait de politesse et de familiarité, d'aisance et de désinvolture, jeu subtil avec les mots et les métaphores. De Marie de Clèves il eut trois enfants, dont le futur roi Louis XII. Poète jusqu'à son dernier souffle, il mourut le 4 janvier 1465.

Charles d'Orléans prit soin d'établir lui-même la collection de ses poèmes (ballades, chansons et complaintes, puis, à partir de 1443, rondeaux) qu'il tenait à jour, relisant et corrigeant certaines pièces, dont beaucoup sont autographes dans le manuscrit O qui, selon Pierre Champion, témoigne du fonds primitif.

Charles, s'il est unique, représente un milieu très raffiné, resté fidèle aux valeurs essentielles de l'aristocratie et gardant un certain équilibre entre la courtoisie du Midi et l'humanisme italien, méprisant la banalité et faisant effort pour atteindre le meilleur de soi-même dans la contemplation de la beauté. Cette poésie de l'être se caractérise par la concision, l'allusion, la métaphore et l'allégorie, par le choix de devises qui, en une sorte de cristallisation, permet de ressaisir l'attitude essentielle et de rendre compte de l'existence individuelle : *Je suis celui au cœur vêtu de noir* ; ou encore : *j'ai été poursuivant d'Amour, mais maintenant je suis héraut* ; il se dit aussi *le sujet de Fortune* et *l'écolier de Mélancolie*. C'est un jeu qui se joue à plusieurs à partir de formules heureuses (*En la forêt de Longue Attente*, ou *Je meurs de soif auprès de la fontaine*) et qui donne à la vie la légèreté du divertissement. La poésie devient de moins en moins mystique ; elle est soumise à l'appel des circonstances et chargée de confirmer la solennité des événements, de conserver l'image de la beauté fugitive. Mais elle n'est pas simple reflet de la vie superficielle : elle est réflexion et miroir de la pensée.

Si elle célèbre la gloire et les rites de cour (comme la Saint-Valentin), de la convention littéraire et de la tradition sociale sortent une attention plus vive à la vie personnelle et une plus subtile sincérité dans l'analyse du sentiment. À suivre l'actualité au jour le jour, elle tend à devenir conversation, reportage et commentaire. Le moi se découvre dans la rencontre avec le monde et la confrontation avec la société. À mi-chemin entre tradition courtoise, qui demeure quête amoureuse, et préciosité, la poésie suit la vie, tantôt frivole et tantôt sérieuse.

Avec Charles d'Orléans, la courtoisie prend donc une nouvelle forme par la rencontre d'une fine sensibilité, d'une expérience réfléchie (comme celle de la prison) et de la vie réelle. Bien plus, autour du prince-poète, à la cour de Blois, « rendez-vous d'artistes et magasin d'images » (D. Poirion), à partir des circonstances de la vie se noue une collaboration intime qui dépasse le social vers le spirituel à la faveur des relations écrites.

Pour représenter ce très grand poète, nous avons choisi une ballade de l'exil et un rondeau de la vie quotidienne.

Bibliographie

Éd. de P. Champion, Paris, Champion, 1923-1927, 2 vol. (rééd. 1981 et 1983), de J.-C. Mühlethaler, Paris, Le Livre de poche, « Lettres gothiques », 1992, et de G. Gros, Paris, Gallimard, « Poésies », 2001.

E. Bourassin, *Charles d'Orléans, prince des poètes*, Paris, Le Rocher, 1999 ; P. Champion, *Vie de Charles d'Orléans*, Paris, Champion, 1911 ; C. Galderisi, *Le Lexique de Charles d'Orléans dans les rondeaux*, Genève, Droz, 1993 ; D.H. Nelson, *Charles d'Orléans, an Analytical Bibliography*, Londres, Grant and Cutler, 1990 ; A. Planche, *Charles d'Orléans ou la Recherche d'un langage*, Paris, Champion, 1975 ; D. Poirion, *Le Poète et le Prince. L'Évolution du lyrisme courtois de Guillaume de Machaut à Charles d'Orléans*, Paris, PUF, 1965 (rééd. Genève, Slatkine, 1978), et *Le Lexique de Charles d'Orléans dans les Ballades*, Genève, Droz, 1967 ; S. Sasaki, *Sur le thème de Nonchaloir dans la poésie de Charles d'Orléans*, Paris, Nizet, 1974.

Notes

Textes établis d'après le manuscrit O (Paris, Bibliothèque nationale, fonds fr. 25458) et l'édition de P. Champion, Paris, Champion, 1923-1927, 2 vol.

Rondeau

Dans ce rondeau, Charles d'Orléans esquisse le portrait d'un amuseur qui n'a plus aucune dignité et qui a atteint une certaine sérénité, indifférent au monde. Alice Planche a bien vu en lui « une sorte de bouffon accueillant avec plus d'indifférence que de cynisme les quolibets que son passage dans la rue suffit à faire fuser, riant lui-même des moqueries qu'il suscite et que rien ne peut plus atteindre » (*Charles d'Orléans ou la Recherche d'un langage*, Paris, Champion, 1975, p. 138). Mais il n'est pas sûr que ce rondeau ait désigné Villon, bien que ce dernier ait repris ce vers au début du *Testament* (v. 2). Il s'agit plutôt d'un personnage de la rue ou de la cour de Blois. Tout au plus peut-on dire que Villon l'a pris à son compte, tout comme dans les jeux poétiques de Blois, on utilisait, pour écrire de nouveaux poèmes, titres et rimes de ballades et rondels : qu'on se rappelle les cycles organisés autour de *Je meurs de soif auprès de la fontaine* ou de *En la forest de Longue Actente*.

a chiere lie : *chiere* (de *kara* « tête »), « visage ». Le mot évoque en général quelque chose de plus matériel et de plus physiologique que *vis* ou *face*. Aussi est-il naturel qu'il indique l'expression du visage. *Faire chiere lie* (de *laeta*), c'était donc montrer un visage joyeux ; ensuite, comme chez La Fontaine, l'expression a signifié « faire bonne chère et mener une vie joyeuse ».

Sur le rondel (ou rondeau), voir l'article essentiel de O. Jodogne, « Le rondeau du XVᵉ siècle mal compris. Du dit et de l'écrit », *Mélanges offerts à Pierre Le Gentil*, Paris, SEDES, 1973, p. 399-408, et J. Mazaleyrat et G. Molinié, *Vocabulaire de la stylistique*, Paris, PUF, 1989, p. 311-313.

Ballade

Au XVᵉ siècle, beaucoup de poètes ont connu la prison, qui provoque rupture et isolement, favorisant le silence et le secret, poussant à la méditation et à la réflexion. C'est le cas non seulement de Charles d'Orléans, mais aussi de Jean de Garencières, de Jean d'Angoulême, de Jean Régnier, du *Prisonnier desconforté*, de Villon… La poésie, devenue jeu salutaire, conduit à une nouvelle sagesse qui, faite de morale chrétienne et d'humanisme antique à la Boèce, implique une distance à l'égard du monde et un retour sur soi. Le moi se reflète au miroir de la poésie avec ses rêves, ses idées, ses images. Le poète, qui n'est plus diverti par les jeux de la vie de cour et de son milieu social habituel, est face à sa vérité, même s'il l'exprime par le biais des allégories.

Sur la ballade, voir J. Mazaleyrat et G. Molinié, *op. cit.*, p. 40-42.

a Dovre : en mai 1433, les ducs d'Orléans et de Bourbon séjournèrent un mois à Douvres, munis de sauf-conduits, prêts à passer à Calais où se tenaient de grands dignitaires anglais. Charles jura alors de remettre entre les mains des Anglais une partie de son héritage.

confort : selon D. Poirion (*Le Lexique de Charles d'Orléans*, Genève, Droz, 1967), « cette notion (de *réconfort*) a pris de l'importance dans la perspective pessimiste d'une humanité souffrante et triste qui vit dans l'attente d'une consolation » (p. 58).

penser : ici, « esprit » en tant que siège de la pensée. Il est souvent difficile de distinguer chez Charles d'Orléans les personnifications des emplois abstraits, car le langage du poète est toujours plus ou moins imagé.

Esperance : selon D. Poirion, « il ne faut pas négliger le pouvoir mystique du mot : Charles d'Orléans joue peut-être avec ce pouvoir sous le couvert de la personnification et de l'allégorie » (*op. cit.*, p. 76).

v. 17 : ce vers a été écrit dans la marge du manuscrit, de la main de Charles d'Orléans.

23. Rondel

I

Qui a toutes ses hontes beues,
Il ne lui chault que l'en lui die,
Il laisse passer mocquerie
Devant ses yeulx comme les nues.

II

5 S'on le hue par my les rues,
La teste hoche a chiere lie* :
Qui a toutes ses hontes beues,
Il ne lui chault que l'en lui die.

III

Truffes sont vers lui bien venues ;
10 Quant gens rient, il fault qu'il rie.
Rougir on ne le feroit mie :
Contenances n'a point perdues.

23. Rondeau

I

Celui qui a toutes hontes bues,
peu lui importe ce qu'on peut lui dire :
il laisse passer la moquerie
devant ses yeux comme les nuages.

II

Si on le hue parmi les rues, 5
il hoche la tête en souriant :
celui qui a toutes hontes bues,
peu lui importe ce qu'on peut lui dire.

III

Les blagues sont pour lui les bienvenues ;
quand les gens rient, il ne peut que rire. 10
On ne le ferait pas rougir :
il n'a pas perdu contenance.

IV

Qui a toutes ses hontes beues,
Il ne lui chault que l'en lui die,
15 Il laisse passer mocquerie
Devant ses yeulx comme les nues.

24. [Ballade du pays de France]

I

En regardant vers le païs de France,
Un jour m'avint a Dovre* sur la mer
Qu'il me souvint de la doulce plaisance
Que souloye oudit paÿs trouver ;
5 Si commençay de cueur a souspirer,
Combien certes que grant bien me faisoit
De voir France que mon cueur amer doit.

II

Je m'avisay que c'estoit non savance
De telz souspirs dedens mon cueur garder,
10 Veu que je voy que la voye commence
De bonne paix qui tous biens peut donner ;
Pour ce tournay en confort* mon penser*.
Mais non pourtant mon cueur ne se lassoit
De voir France que mon cueur amer doit.

III

15 Alors chargay en la nef d'Esperance*
Tous mes souhaitz, en leur priant d'aler

IV

Celui qui a toutes hontes bues,
peu lui importe ce qu'on peut lui dire :
il laisse passer la moquerie   15
devant ses yeux comme les nuages.

24. Ballade du pays de France

I

Comme je regardais vers le pays de France,
il m'arriva un jour à Douvres, au bord de la mer,
de me souvenir du doux plaisir
que j'avais l'habitude de trouver en ce pays.
Aussi commençai-je à soupirer de tout mon cœur,   5
bien qu'assurément, ce fût pour moi un grand bien
de voir la France que mon cœur doit aimer.

II

Je découvris que c'était une folie
de garder en mon cœur de tels soupirs,
puisque je vois que s'ouvre le chemin   10
d'une bonne paix qui peut apporter tous les biens.
C'est pourquoi j'apaisai mon esprit.
Mais pourtant mon cœur ne se lassait pas
de voir la France que mon cœur doit aimer.

III

Alors je chargeai sur la nef d'Espérance   15
tous mes souhaits, en les priant d'aller

Oultre la mer, sans faire demourance*,
Et a France de me recommander.
Or nous doint Dieu bonne paix sans tarder !
20 Adonc auray loisir, mais qu'ainsi soit,
De voir France que mon cueur amer doit.

Envoi

Paix est tresor qu'on ne peut trop loer.
Je hé guerre, point ne la doy prisier :
Destourbé m'a long temps, soit tort ou droit,
25 De voir France que mon cueur amer doit.

par-delà la mer, sans s'attarder,
et de me recommander à la France.
Que Dieu nous donne donc une bonne paix sans tarder !
Alors j'aurai la liberté, pourvu qu'il en soit ainsi,   20
de voir la France que mon cœur doit aimer.

Envoi

La paix est un trésor qu'on ne saurait trop louer.
Je hais la guerre, je ne dois pas l'estimer :
longtemps elle m'a détourné, à tort ou à raison,
de voir la France que mon cœur doit aimer.   25

François Villon

Villon est un enfant de Paris : par sa naissance en 1431 ou 1432, par son éducation et ses études à Saint-Benoît-le-Bétourné et à la faculté des arts, par ses relations, par ses méfaits eux-mêmes (du moins ceux que nous connaissons) – meurtre du prêtre Philippe Sermoise en juin 1455, cambriolage du Collège de Navarre le soir de Noël 1456, rixe en 1462 avec le notaire pontifical Ferrebouc, ce qui lui valut d'être condamné à la pendaison, puis, sa peine commuée, au bannissement pour dix ans loin de Paris. Il avait connu en 1461 la rude prison de Meung-sur-Loire. Villon représente le monde des clercs déchus qui, n'obtenant pas de prébendes, tombaient dans le crime et la délinquance. Il devint même le poète du gang de la Coquille. On ne sait où ni quand il mourut.

Il nous reste de lui le *Lais*, dit poétique, de 320 vers sous forme de testament facétieux, à la manière d'Eustache Deschamps (1456) ; un ensemble de seize poèmes divers, dont *La Ballade des pendus* et *La Ballade du Concours de Blois* (« Je meurs de soif auprès de la fontaine »), composés entre 1456 et 1463 ; six ballades en jargon, appelé aussi jobelin ou argot, écrites vers 1460 ; et surtout son chef-d'œuvre, *Le Testament*, autoréécriture, en 1461-1462, du *Lais*, à la lumière du *Roman de la Rose*.

Si Villon a cherché, dans *Le Testament*, à se justifier et à se présenter sous le meilleur jour possible, à se créer ou à se recréer des appuis qui le défendent contre les séquelles d'un passé douteux, à retrouver sa place dans la communauté de Saint-Benoît, il vise surtout à prouver aux autres, comme à lui-même, qu'il n'est pas inférieur au poète qu'il a été et qui a été apprécié des grands et des lettrés. Aussi reprend-il le schéma même du *Lais* pour montrer comment il a renouvelé et approfondi son univers poétique et son art qu'il a enrichis de l'insertion, dans la trame des huitains octosyllabiques, de ballades et de rondeaux antérieurs à 1461-1462 ou contemporains, manifestant, par une extraordinaire diversité, toutes les facettes de son génie.

Ressortit à ce profond renouvellement, outre un art affiné du croquis et de la disparate, la recherche presque constante de l'ambiguïté, sous toutes ses formes (phonique, syntaxique, symbolique, sémantique) ; elle insinue dans l'œuvre, sur plusieurs niveaux de signification, un aspect carnavalesque qui, par l'animalisation et la métamorphose des personnages, transforme la succession des légataires en un défilé de mardi gras, et tend à désacraliser les puissants, les institutions, voire la mort. De là un sentiment d'incertitude et d'obscurité qui se retrouve dans les œuvres de la même génération (*Cent Nouvelles Nouvelles*, *Farce de Maître Pierre Pathelin*, *Mémoires* de Commynes, etc.) et qui révèle l'attitude profonde d'auteurs en face d'un monde instable, ambivalent, difficile, aux apparences trompeuses. Villon lui-même n'a-t-il pas écrit dans *La Ballade du Concours de Blois* : « Rien ne m'est sûr que la chose incertaine,/Obscur fors ce qui est tout évident ;/Doute ne fais fors en chose certaine » ?

Le Testament appelle donc la mise à jour de richesses toujours renouvelées, la prise de conscience de son inachèvement. C'est un texte qui interroge, se dérobe, assigne aux lecteurs un travail de fouilles toujours plus minutieux et plus profond.

Nous avons retenu de l'œuvre deux ballades très connues et trois autres textes.

Bibliographie

Éd. de J. Rychner et A. Henry, Genève, Droz, 1974-1977, 4 vol. ; éd. de C. Thiry, Paris, Le Livre de poche, « Lettres gothiques », 1991 ; éd. et trad. de A. Lanly, Paris, Champion, 2ᵉ éd. 1991, et de J. Dufournet, Paris, Imprimerie nationale, 1984, et GF-Flammarion, 1992.

E. Baumgartner, *Poésies de François Villon*, Paris, Gallimard, « Foliothèque », 1998 ; A. Burger, *Lexique complet de la langue de Villon*, Genève, Droz, 1957 ; P. Champion, *François Villon sa vie et son temps*, réed. Paris, Champion, 1984 ; P. Demarolle, *L'Esprit de Villon*, Paris, Nizet, 1968, et *Villon, un testament ambigu*, Paris, Larousse, 1973 ; J. Dufournet, *Villon et sa fortune littéraire*, Saint-Médard-en-Jalles, Ducros, 1970, *Recherches sur le Testament de François Villon*, 2ᵉ éd. Paris, SEDES, 1971 et 1973, 2 vol., *Nouvelles Recherches sur Villon*, Paris, Champion, 1980, et *Villon : ambiguïté et carnaval*, Paris, Champion, 1992 ; J. Favier, *François Villon*, Paris, Fayard, 1982 ; M. Freeman, *François Villon in his Works : the Villain's Tale*, Amsterdam Atlanta, Rodopi, 2000 ; D. Kuhn, *La Poétique de François Villon*, Paris, Armand Colin, 1967 (réimpr. sous le nom de Mus, Seyssel, Champvallon, 1992) ; P. Le Gentil, *Villon*, Paris, Hatier, 1967 ; R. Peckham, *François Villon. A Bibliography*, New York-Londres, Garland, 1990 ; G. Pinkernell, *François Villon et Charles d'Orléans (1457-1461)*, Heidelberg, C. Winter, 1992 ; I. Siciliano, *François Villon et les thèmes poétiques du Moyen Âge*, réed. Paris, Nizet, 1992 ; J. Taylor, *The Poetry of François Villon. Text and Context*, Cambridge, University Press, 2001 ; *Villon, hier et aujourd'hui* (actes du colloque du 15 au 17 décembre 1989), Paris, Bibliothèque historique de la Ville de Paris, 1993 ; *Villon at Oxford. The Drama of the Text*, Amsterdam, Rodopi, 1999.

Filmographie

If I were king de J.G. Edwards (1910) ; *François Villon*, de L. Feuillade (1915), et de A. Zwoboda (1945) ; *Vagabond King (Le Roi des vagabonds)* de M. Curtiz (1956).

Notes

Textes établis d'après le manuscrit C (Paris, Bibliothèque nationale, manuscrit français 20041) et l'édition de J. Dufournet, Paris, GF-Flammarion, 1992.

Ballade des dames du temps jadis

Dans les manuscrits, le titre est : *Ballade* ; c'est Marot qui a proposé celui que nous utilisons.

C'est la première ballade d'un triptyque qui suit, dans *Le Testament*, l'évocation de la danse macabre et de l'agonie et qui est construit sur le modèle archiconnu de l'*Ubi sunt* (Où sont les grands personnages... ?). C'est un lieu commun remontant très loin jusqu'au livre de la *Sagesse* et courant à travers la *Patrologie* et la poésie médiévale tant latine que française. Dans la ballade de Villon, l'horreur du réel est subtilisée par la métaphore. Comme l'a montré L. Spitzer dans un merveilleux commentaire (« Étude ahistorique d'un texte : *Ballade des dames du temps jadis* », *Modern Language Quaterly*, 1940, p. 7-22), tous les moyens poétiques contribuent à la sublimation du réel : les personnages mythologiques et antiques, aux limites du rêve, se mêlent à des personnages plus proches, comme Héloïse et Abélard, la reine et Buridan, Jeanne d'Arc, saisis la plupart sous leur jour le plus éclatant : *Flora la belle Romaine*, Écho *qui beauté ot trop plus qu'umaine*, la très sage Héloïse, la reine *Blanche comme liz/Qui chantoit a voix de seraine*, Jeanne *la bonne Lorraine*. Rythme et sonorités en *i* et *è* se combinent aux images et aux allusions (l'écho sur l'étang, le lis, la sirène) pour créer un climat de douceur et d'apaisement qui culmine avec le refrain qui, à quatre reprises, ramène l'évocation de la blancheur, de la pureté, de la grâce fragile et du silence dans l'alternance naturelle des saisons. Voir aussi J. Frappier, « Les trois ballades du temps jadis dans *Le Testament* de Villon », *Bulletin de l'Académie royale de Belgique (Classe des Lettres)*, 1971, p. 316-341, et D. Kada-Benoît, « Le phénomène de désagrégation dans les trois ballades du temps jadis de Villon », *Le Moyen Âge*, t. LXXX, 1974, p. 301-318.

Flora : nom de plusieurs courtisanes romaines.

Archipïadés : Alcibiade, qu'on a pris pour une femme au Moyen Âge.

Thaÿs : courtisane grecque du IVe siècle avant J.-C. C'était aussi le nom d'une comédienne et courtisane égyptienne qui, convertie par l'abbé Paphnuce, vécut trois ans dans une minuscule cellule à la porte scellée.

sa cousine germaine : sa proche parente par la beauté.

Echo : nymphe des bois et des sources, devenue à sa mort une voix qui répète les dernières syllabes des mots prononcés.

les neiges d'anten : les neiges de l'année dernière. Le mot n'avait pas au XVe siècle la couleur archaïque et poétique qu'il comporte aujourd'hui.

Esloÿs : Héloïse, disciple, puis amante et femme du philosophe et théologien Pierre Abélard, qui fut mutilé par les sbires de Fulbert, l'oncle d'Héloïse. Voir É. Gilson, *Héloïse et Abélard*, 2e éd. Paris, 1953.

la royne : on a cru au Moyen Âge que c'était Jeanne de Navarre, l'épouse de Philippe IV le Bel ; mais Buridan (1295-1360) n'avait que neuf ans à la mort de la reine, vers 1304. Sans doute est-ce un écho des débordements des brus de Philippe le Bel, à en croire une légende postérieure au XIVe siècle qui rapporte aussi que Buridan fut précipité de la tour de Nesle et qu'il tomba dans un bateau chargé de foin. Pierre Buridan fut recteur de l'Université de Paris (1347) et un philosophe réputé.

La Royne Blanche comme liz : est-ce Blanche de Castille (1185-1252) ? On peut en discuter, car *blanche* peut être un adjectif qui désignerait une femme de nature féerique.

Berte au plat pié, Bietrix, Aliz : personnages du folklore passé dans le domaine littéraire, en particulier épique. *Berte au plat pié* rappelle la légende d'une Berthe fileuse dont un pied était devenu plat et plus long que l'autre à force d'appuyer sur la pédale du rouet.

Haranburgis : sans doute nom latinisé d'Erembourg, comtesse du Maine, morte en 1126.

Et Jehanne : dans cette mention de Jeanne d'Arc, voir l'influence de Saint-Benoît-le-Bétourné, où fut élevé Villon, et dont l'un des chanoines produisit un mémoire pour la réhabilitation de la Pucelle.

Qu'a ce reffraing ne vous remaine : on a aussi proposé de comprendre : « de peur que le refrain ne vous ramène à cette question ».

Les trois pauvres orphelins

Dans ce groupe de huitains, Villon attaque trois brasseurs d'affaires, Colin Laurens, Girard Gossouin et Jean Marceau, qui avaient en commun d'être âgés, riches, détestés, en particulier pour avoir spéculé sur le sel, prêté sur gages et collaboré avec les Anglais, et dont il fait, par antiphrase, trois petits écoliers. Voir J. Dufournet, *Recherches sur le Testament de François Villon*, t. II, Paris, SEDES, 1973, p. 434-438.

Villon désigne nommément ses trois victimes dans *Le Lais*, mais pas dans *Le Testament*, pour nous amener à recourir au *Lais* et à comparer les deux œuvres. Ainsi constate-t-on qu'il reprend certains éléments qu'il utilise différemment, qu'il développe un des aspects, celui des jeunes garçons suivis dans leur vie quotidienne, et qu'il élimine les deux thèmes de la pauvreté et de la mort imminente qu'il réserve pour les huitains qui suivent (CXXXI-CXXXIV).

Villon recourt à l'antiphrase et à la polyvalence sémantique pour faire, simultanément, le portrait de trois vieillards rapaces et bornés et pour décrire de petits enfants dans leur vie d'écoliers.

ce voyaige : pendant que je voyageais loin de Paris.

et deviennent en aage : ils sont en fait très vieux.

Et n'ont pas testes de belins : ce ne sont pas des moutons sans cervelle. C'est, pour Villon, à la fois vrai et faux.

Salins : Villon a choisi ce nom de ville parce qu'il était lié au trafic du sel (reproché aux trois légataires) dans la réalité et dans son nom même.

leur tour d'escolle : leur leçon.

Mathelins : déformation de Mathurins, qui désignait un ordre institué par Innocent III pour racheter les esclaves des mains des infidèles. Ce nom, rencontrant le mot *matto*, « fou », entra dans des locutions où *Mathurin* est lié à la folie : *devoir une chandelle à saint Mathurin*, « être frappé de folie », *envoyer à Saint-Mathurin*, « faire passer pour fou », « envoyer à l'asile d'aliénés ».

maistre Pierre Richier : grand professeur de théologie ; mais aussi, par jeu de mots, le maître qui est riche et qui apprend à s'enrichir.

Le Donat : c'est à la fois un traité élémentaire de grammaire (*De octo partibus orationis*, d'Aelius Donatus, pédagogue du IVᵉ siècle) et le fait de donner (*donat* est l'indicatif présent du verbe latin *donare*, ou le passé simple de notre *donner*). C'est une plaisanterie de clerc, déjà utilisée par Rutebeuf dans *L'État du monde* : *chacun a perdu son donet*.

Ave salus, tiby decus : salutation à Marie en latin. *Decus* rime avec *dessus*. Villon rend hommage à la Vierge qui a contribué au salut du genre humain, mais aussi et surtout au salut, à la pièce d'or, qui apporte l'honneur (*decus* en latin), attire l'argent (*d'écus*) et procure le plaisir charnel (*des culs*).

Tousjours n'ont pas clercs l'au dessus : le vers contient plusieurs allusions : Marceau s'était, en vain, prévalu de l'état de clerc pour échapper à la justice civile ; Fernand de Cordoue, en 1443, avait triomphé des plus grands clercs parisiens dans des débats demeurés célèbres. Peut-être aveu du poète : les clercs savants et cultivés sont souvent dupés par les commerçants.

la grant credo : c'est à la fois le symbole de Nicée et le crédit à long terme. Même jeu de mots dans *La Pauvreté Rutebeuf* : *Le credo m'est deveeiz* (interdit).

Mon grant tabart : Villon joue le personnage de saint Martin qui partagea son manteau avec un pauvre ; mais il a déjà donné son propre manteau à Jean Le Loup, au vers 1116.

des flans : les flans sont à la fois des pâtisseries et des fragments de métal préparés pour recevoir l'empreinte des coins au cours de la fabrication de la monnaie (voir É. Fournial, *Histoire monétaire de l'Occident médiéval*, Paris, Nathan, 1970, p. 9-12). Avec un tel don, les trois orphelins pourront s'enrichir indéfiniment.

v. 1300-1301 : petit croquis faisant penser à la fois à des enfants en train d'écouter une leçon, le chapeau bien planté sur la tête, les pouces sur la ceinture en signe de soumission, et à des avares, les pouces sur la ceinture pour préserver leur bourse des solliciteurs et des voleurs.

Humbles a toute créature : si Villon souhaite que les petits écoliers soient humbles et polis, les trois légataires sont orgueilleux, ne reconnaissant la supériorité de personne. Sur tout ce passage, voir J. Dufournet, *op. cit.*, t. II, p. 428-452.

Ballade de merci

Cette ballade n'a pas de titre dans le manuscrit C. Marot l'a intitulée *Ballade par laquelle Villon crye mercy a chascun*.

La *Ballade de merci*, de type énumératif, est un cortège de mardi gras ; c'est un microcosme de l'œuvre avec ses frères mendiants et ses badauds, ses filles de joie et ses godelureaux, ses mauvais garçons et ses montreurs de marmottes, ses fous et ses sots agitant des marottes et des vessies garnies de pois. La troisième strophe contient une ultime attaque contre les persécuteurs de Villon, l'évêque Thibaud d'Aussigny et ses séides, qui sortent du genre humain pour devenir des *traîtres chiens mâtins*.

Chartreux : les chartreux, fondés par saint Bruno en 1082, obtinrent de Saint Louis, en mai 1259, un terrain et une maison à Vauvert.

Célestins : créés par le pape Célestin V en 1251, ils furent introduits en France par Philippe IV le Bel et protégés surtout par Charles V, qui les établit à Paris. Ils portaient une robe blanche, un capuchon, un scapulaire et un manteau noir.

Mendians : frères mendiants, à savoir carmes, dominicains (ou jacobins), franciscains (ou frères mineurs, ou frères menus ou cordeliers), augustins, dénoncés par Jean de Meun et Rutebeuf. Voir J. Dufournet, *op. cit.*, t. II, p. 360-363.

Dévoctes : communautés féminines, en pleine décadence morale au temps de Villon.

clacque patins : jeunes élégants qui, lorsqu'ils voulaient attirer l'attention de leur dame, faisaient sonner sur le pavé le talon de leurs chaussures. Les patins étaient enfilés sous les diverses formes de chaussures pour les préserver de la boue et de l'humidité : c'étaient d'épaisses semelles de bois effilées en poulaine, parfois pourvues de deux talons.

servans : servants d'amour plutôt que serviteurs.

seurcoz : surcots, composés d'un corsage très découpé, sans manches, et d'une ample jupe traînante.

justes coctes : cottes bien ajustées, moulantes ; robes de dessous ou d'intérieur, à manches étroites et longues, fendues dans le dos du col aux reins et fermées par un laçage.

cuidereaux : snobs, gandins.

fauves boctes : bottines à lacet qu'on chaussait fièrement pour proclamer sa qualité d'amoureux et d'homme à la mode.

mermoctes : guenons, singes.

six a six : nombre habituel des troupes d'acteurs au temps de Villon.

vecyes et marioctes : attributs traditionnels des fous et des sots qui portaient des vessies remplies de petits pois et des marottes tintinnabulantes. Les marottes étaient des sceptres surmontés d'une tête coiffée d'un capuchon bigarré et garnie de grelots.

traitres chiens matins : ce sont les geôliers et les bourreaux de Villon à la prison de Meung-sur-Loire.

plombees : massues plombées ou boules de plomb attachées à un bâton.

Ballade finale

Le manuscrit C ne comporte pas de titre.

C'est l'enterrement burlesque du poète, martyr d'amour, Christ dérisoire, Christ goliard sur la croix d'une passion impossible, vêtu d'un haillon, piqué d'un aiguillon (comme Jésus de la lance), assoiffé, qui quitte la terre de son plein gré et que ses compagnons devront accompagner, dans le tintamarre des cloches, *vêtus rouge comme vermillon*, à la gloire du sexe, de l'amour physique et du vin, puisque le dernier geste de Villon est de boire un verre de vin rouge. L'ordre du *Testament* est parfaitement concerté : l'angoisse et la tristesse qui éclatent au début de l'œuvre et qui remontent sans cesse à la surface, Villon finit par les maîtriser par le jeu et la folie de la fête. Cette ballade octosyllabique a été construite sur les rimes d'un rondeau de Charles d'Orléans : *Quant je fus prins ou pavillon/De ma dame tres gente et belle,/Je me brulé a la chandelle/Ainsi que fait le papillon.// Je rougiz comme vermillon,/Aussi flambant qu'une estincelle,/Quant je fus prins ou pavillon/De ma dame tres gente et belle.// Se j'eusse esté esmerillon/Ou que j'eusse eu aussi bonne aile,/Je me feusse gardé de celle/Qui me bailla de l'aiguillon.*

le carrillon : la clochette du *semeneor de cors* qui allait de porte en porte annoncer les enterrements.

Ce jura il sur son coullon : sans doute Villon rappelle-t-il la plaisanterie sur le latin *testis* : 1) témoin ; 2) testicule, dans *unus testis, nullus testis*.

soullon : valet de cuisine, au bas de l'échelle sociale.

Roussillon : ville du Dauphiné. Villon a choisi ce nom, d'une part parce qu'il procurait une rime riche en *-illon*, sur laquelle est construite la ballade, d'autre part parce qu'il renouvelle les formules toutes faites comme *d'ici à Rome*, *d'ici à Babylone...* et qu'il introduit des équivoques sur *sillon* (avec un sens érotique) et *roux*, qui symbolisait la fausseté (voir Renart et Judas).

brossillon : mot sans doute créé par Villon.

cotillon : sorte de blouse.

ranguillon : ardillon, pointe de métal qui fait partie d'une boucle et s'engage dans le trou d'une ceinture, d'une courroie.

esmerillon : émerillon, sorte de faucon, le plus petit et le plus docile des oiseaux de proie, utilisé pour chasser la caille, la perdrix ; symbole de noblesse et d'élégance. S'agit-il de Charles d'Orléans ? Villon, dans cette ballade, a voulu rivaliser avec le rondeau de Charles dont il a repris certaines rimes (*vermillon, esmerillon, esguillon*), mais il a multiplié les rimes en *-illon* (*Villon, carrillon, Roussillon, brossillon, ranguillon*) tout en y glissant des mots et des réalités vulgaires (*coullon, soullon, haillon, vin morillon*).

vin morillon : sorte de pinot de piètre qualité. Mais le mot *morillon* prête à diverses équivoques. C'est d'abord un diminutif de *mor(t)* avec le suffixe *-illon* : manière de ridiculiser et d'escamoter la mort. C'était ensuite un nom propre : Hervé Morillon, abbé de Saint-Germain-des-Prés, connu pour ses démêlés avec l'Université de Paris, était mort le 25 février 1460. Villon boit donc à son tour le vin bu par Morillon, façon imagée de marquer le terme de la vie.

Ballade des pendus

Pas de titre dans les manuscrits C et P. Ailleurs, on a : *L'Epitaphe Villon* (F), *Epitaphe dudit Villon* (I, R), *Autre balade* (J), *Maistre Francoys Willon* (T), *Epitaphe de Villon en forme de ballade* (Marot).

Cette ballade exprime les angoisses et la peur viscérale de Villon que nous retrouvons dans le *Quatrain* burlesque (*Je suis François, dont il me poise,/Né de Paris emprés Pontoise,/Et de la corde d'une toise/Saura mon col que mon cul poise*) et le refrain de la deuxième ballade en jargon, *Dont l'ambooureux luy rompt le suc* : « Pour finir, le bourreau lui rompit la nuque. » Faut-il parler de réalisme ? C. Martineau-Genieys le nie (*Le Thème de la mort dans la poésie française de 1450 à 1550*, Paris, Champion, 1978, p. 171-173). Dans le *Testament*, cette hantise apparaît à la faveur d'allusions et de doubles sens.

Freres humains : Villon, qui s'imagine pendu au gibet de Montfaucon, parle aux humains au nom de tous les pendus.

mercis : Villon a ajouté un *s* pour faciliter la rime. Sur *merci*, « grâce, miséricorde », voir N. Andrieux-Reix, *Fiches de vocabulaire*, Paris, PUF, 1987, p. 100-103.

attachez, cinq, six : voir le vers 4 de la première ballade en jargon : les naïfs *Sont greffiz et prins cinq ou six*, « agrippés et saisis à cinq ou six ».

devoree : « mise en pièces, détruite » ; mais on peut garder le sens de « dévorée » (par les oiseaux). À remarquer l'image composite des pendus dont les uns sont encore attachés au gibet et les autres réduits en poussière.

nourrie... pourrie... pouldre : ce jeu de rimes se retrouve dans le huitain CLXIV du *Testament*.

Par justice : par une décision de justice, par une juste décision.

l'infernale fouldre : expression propre à Villon, semble-t-il.

harie : *harier*, « tourmenter par des insultes et des moqueries ».

debuez, ou *esbuez* : « lessivés ». Le préfixe a une valeur intensive.

deseichez et noircis : voir *Le Testament*, v. 1722-1723 : *Gardez vous tous de ce mau halle/Qui noircist les gens quant sont mors*. Après l'évocation du pendu réduit en cendre, nous passons à la momie noire.

Plus becquetez : l'image se retrouve dans un autre texte de l'époque : *Tout picoté comme est un day* [dé] *pour coudre/D'ung tas de vers desquelz seras repas*.

qui sur tous a maistrie : à remarquer que, après un relatif complétant un vocatif, l'ancien et le moyen français utilisent la deuxième ou la troisième personne. Voir *Le Testament*, v. 325 : *Corps femenin, qui tant est tendre*.

souldre : « débattre avec quelqu'un » ou « payer ». Sur cette ballade, voir G.A. Brunelli, *François Villon. Commenti e contributi*, Messine, Peloritana, 1975, p. 151-178.

25. Ballade des dames du temps jadis

    Dictes moy ou n'en quel pays
330 Est Flora★ la belle Romaine,
    Archipïadés★ ne Thaÿs★,
    Qui fut sa cousine germaine★,
    Echo★ parlant quant bruyt on maine
    Dessus riviere ou sur estan,
335 Qui beaulté ot trop plus qu'umaine.
    Mais ou sont les neiges d'anten★ ?

    Ou est la tres saige Esloÿs★,
    Pour qui chastré fut et puis moyne
    Pierre Esbaillart a Saint Denys ?
340 Pour son amour eust ceste essoyne.
    Semblablement, ou est la royne★
    Qui commanda que Buriden
    Fust gecté en ung sac en Saine ?
    Mais ou sont les neiges d'anten ?

345 La Royne Blanche comme liz★
    Qui chantoit a voix de seraine,
    Berte au plat pié, Bietrix, Aliz★,
    Haranburgis★ qui tint le Maine,
    Et Jehanne★ la bonne Lorraine
350 Qu'Engloys brulerent a Rouen,
    Ou sont ilz, ou, Vierge souveraine ?
    Mais ou sont les neiges d'anten ?

25. Ballade des dames du temps jadis

Dites-moi où et en quel pays
est Flora la belle Romaine,
Archipiadès et Thaïs
qui fut sa cousine germaine,
Écho parlant quand un bruit s'élève
sur une rivière ou sur un étang,
et qui eut une beauté surhumaine.
Mais où sont les neiges d'antan ?

Où est la très sage Héloïse,
pour qui fut châtré, puis fait moine
Perre Abélard à Saint-Denis ?
Pour l'amour d'elle il subit ce malheur.
Semblablement, où est la reine
qui commanda que Buridan
fût jeté en un sac en Seine ?
Mais où sont les neiges d'antan ?

La reine Blanche comme lis
qui chantait d'une voix de sirène,
Berthe au pied plat, Biétris, Alis,
Haremburgis qui tint le Maine,
et Jeanne la bonne Lorraine
que les Anglais brûlèrent à Rouen,
où sont-elles, où, Vierge souveraine ?
Mais où sont les neiges d'antan ?

Prince, n'enquerrez de sepmaine
Ou elles sont ne de cest an
355 Qu'a ce reffraing ne vous remaine★ :
Mais ou sont les neiges d'anten ?

26. [Les trois pauvres orphelins]

CXXVII

Item, et j'ay sceu, ce voyaige★,
1275 Que mes troys povres orphelins
Sont creuz et deviennent en aage★
Et n'ont pas testes de belins★,
Et qu'enffans d'icy a Salins★
N'a mieulx saichant leur tour d'escolle★.
1280 Or, par l'ordre des Mathelins★,
Telle jeunesse n'est pas folle.

CXXVIII

Sy vueil qu'ilz voisent a l'estude ;
Ou ? sur maistre Pierre Richier★.
Le *Donat*★ est pour eulx trop rude,
1285 Ja ne les y vueil empescher ;
Ilz sauront, je l'ayme plus cher,
Ave salus, tiby decus★,
Sans plus grans lettres enserchier :
Tousjours n'ont pas clercs l'au dessus★.

CXXIX

1290 Cecy estudient, et ho !
Plus proceder je leur deffens.

Prince, vous ne saurez chercher de toute la semaine,
ni de toute cette année, où elles sont,
sans qu'à ce refrain je vous ramène : 355
mais où sont les neiges d'antan ?

26. Les trois pauvres orphelins

CXXVII

Item, j'ai su, durant ce voyage,
que mes trois pauvres orphelins 1275
ont grandi et sont devenus majeurs,
et qu'ils n'ont pas des têtes de moutons,
et que d'ici jusqu'à Salins
nul enfant ne sait mieux sa leçon.
Or, par l'ordre des Mathelins, 1280
telle jeunesse n'est pas folle.

CXXVIII

Je veux donc qu'ils aillent à l'école.
Où ? Chez maître Pierre Richer.
Le *Donat* est pour eux trop rude :
je ne veux pas qu'ils s'y empêtrent. 1285
Ils sauront, j'y tiens davantage,
Ave salus, tibi decus,
sans chercher à avoir plus de lettres :
les clercs n'ont pas toujours le dernier mot.

CXXIX

Qu'ils étudient cela, et halte ! 1290
je leur défends d'aller plus loin.

Quant d'entendre la grant credo*,
Trop forte elle est pour telz enffans.
Mon grant tabart* en long je fens,
1295 Sy vueil que la moictié s'en vende
Pour eulx en achecter des flans*,
Car jeunesse est ung peu frïande.

CXXX

Sy vueil qu'ilz soient informez
En meurs, quoy que couste basture.
1300 Chapperons aront enformez
Et les poulces sur la sainture*,
Humbles a toute creature*,
Disans : « Han ? Quoy ? Il n'en est rien ! »
Sy diront gens par adventure :
1305 « Vecy enffans de lieu de bien ! »

27. [Ballade de merci]

A Chartreux* et a Celestins*,
A Mendïans* et a Devoctes*,
1970 A musars et clacque patins*,
A servans* et filles mignoctes
Portans seurcoz* et justes coctes*,
A cuidereaux* d'amours transsiz
Chauçans sans mehain fauves boctes*,
1975 Je crye a toutes gens mercys.

A fillectes moustrans tetins
Pour avoir plus largement hostes,
A ribleurs, meuveurs de hutins,
A batelleurs trayans mermoctes*,
1980 A folz, folles, a sotz, a soctes,

Quant à comprendre le grand *Credo*,
il est trop difficile pour de tels enfants.
Je fends en long mon grand manteau
et veux qu'on en vende la moitié   1295
pour qu'ils en achètent des flans,
car la jeunesse en est un peu friande.

CXXX

Pourtant je veux qu'ils soient formés
aux bonnes mœurs, quoi qu'il en coûte de les battre.
Ils auront leurs chapeaux bien enfoncés   1300
et les pouces sur la ceinture,
humbles devant toute créature,
disant : « Hein ? Quoi ? Il n'en est rien ! »
Ainsi les gens diront peut-être :
« Voici des enfants de bonne famille ! »   1305

27. Ballade de merci

À Chartreux et à Célestins,
à Mendiants et à Dévotes,
à flâneurs et claqueurs de patins,   1970
à valets et filles de joie
portant tuniques et cottes moulantes,
à blancs-becs se mourant d'amour,
qui chaussent sans gémir des bottes fauves,
je crie à toutes gens merci.   1975

À filles montrant leurs tétons
pour avoir plus de clients,
à voleurs, à fauteurs de tapage,
à bateleurs montrant des güenons,
à fous et folles, à sots et sottes,   1980

Qui s'en vont cyfflant six a six*
A vecyes et marïoctes*,
Je crye a toutes gens mercys,

Synon aux traitres chiens matins*
1985 Qui m'ont fait ronger dures crostes,
Macher mains soirs et mains matins,
Que ores je ne crains troys croctes.
Je feisse pour eulx pez et roctes,
Je ne puis, car je suis assiz.
1990 Auffort, pour esviter rïoctes,
Je crye a toutes gens mercys.

C'on leur froisse les quinze costes
De groz mailletz, fors et massiz,
De plombees* et telz peloctes !
1995 Je crye a toutes gens mercys.

28. [Ballade finale]

Icy se clost le testament
Et finist du povre Villon.
Venez a son enterrement,
Quant vous orez le carrillon*,
2000 Vestuz rouge com vermeillon,
Car en amours mourut martir ;
Ce jura il sur son coullon*,
Quant de ce monde voult partir.

Et je croy bien que pas n'en ment,
2005 Car chassié fut comme ung soullon*
De ses amours, hayneusement,
Tant que d'icy a Roussillon*
Brosses n'y a ne brossillon*
Qui n'eust, ce dit il sans mentir,
2010 Ung lambeau de son cotillon*,
Quant de ce monde voult partir.

qui s'en vont sifflant six par six
avec des vessies et des marottes,
je crie à toutes gens merci,

sauf aux traîtres chiens mâtins
qui m'ont fait ronger de dures croûtes,
mâcher maints soirs et maints matins,
aujourd'hui je les crains moins que trois crottes.
Je ferais bien pour eux des pets et des rots ;
je ne puis, car je suis assis.
Bref, pour éviter des querelles,
je crie à toutes gens merci.

Qu'on leur brise leurs quinze côtes
avec de gros maillets robustes et massifs,
avec des massues plombées et des boules de même
  sorte !
Je crie à toutes gens merci.

28. Ballade finale

Ici se clôt et s'achève
le testament du pauvre Villon.
Venez à son enterrement,
quant vous entendrez le carillon,
vêtus de rouge vermillon,
car il mourut martyr d'amour :
c'est ce qu'il jura sur ses couilles
quand il voulut quitter ce monde.

Et je crois bien qu'il ne ment pas,
car il fut chassé comme un laquais
par son amour haineusement,
tant que d'ici jusqu'à Roussillon,
il n'y a broussailles ni buisson
qui n'aient eu, il le dit sans mentir,
un lambeau de son cotillon,
quand il voulut quitter ce monde.

Il est ainsi et tellement :
Quant mourut, n'avoit qu'un haillon ;
Qui plus, en mourant, mallement
2015 L'espoignoit d'Amours l'esguillon :
Plus agu que le ranguillon*
D'un baudrier lui faisoit sentir
(C'est de quoy nous esmerveillon)
Quant de ce monde voult partir.

2020 Prince gent comme esmerillon*,
Saichiez qu'il fist au departir :
Ung traict but de vin morillon*,
Quant de ce monde voult partir.

29. [Ballade des pendus]

Freres humains* qui aprés nous vivez,
N'ayez les cueurs contre nous endurcis,
Car se pitié de nous povres avez,
Dieu en aura plus tost de vous mercis*.
5 Vous nous voiez cy attachez, cinq, six* :
Quant de la chair que trop avons nourrie,
El est pieça devoree* et pourrie,
Et nous, les os, devenons cendre et pouldre*.
De nostre mal personne ne s'en rie.
10 Mais priez Dieu que tous nous vueille absouldre.

Se freres vous clamons, pas n'en devez
Avoir desdaing, quoy que fusmes occis
Par justice*. Touteffois vous sçavez
Que tous hommes n'ont pas bon sens rassis.
15 Excusez nous, puisque sommes transis,
Envers le filz de la Vierge Marie,
Que sa grace ne soit pour nous tarie,
Nous preservant de l'infernale fouldre*.
Nous sommes mors, ame ne nous harie*,
20 Mais priez Dieu que tous nous vueille absouldre.

Il en est ainsi exactement :
quand il mourut, il n'avait plus qu'un haillon ;
qui plus est, au moment de mourir, cruellement
le poignait l'aiguillon d'Amour, 2015
qui lui faisait sentir une douleur plus vive
que l'ardillon d'un baudrier
(c'est de quoi nous nous émerveillons)
quand il voulut quitter ce monde.

Prince élégant comme émerillon, 2020
sachez ce qu'il fit en s'en allant :
il but un coup de gros vin rouge,
quand il voulut quitter ce monde.

29. Ballade des pendus

Frères humains qui après nous vivez,
n'ayez pas les cœurs contre nous endurcis,
car, si vous avez pitié de nous, pauvres malheureux,
Dieu en aura plus tôt de vous miséricorde.
Vous nous voyez ici attachés, cinq, six : 5
quant à la chair que nous avons trop nourrie,
elle est depuis longtemps détruite et pourrie,
et nous, les os, devenons cendre et poussière.
Que de notre malheur personne ne se rie,
mais priez Dieu qu'il nous veuille tous absoudre. 10

Si nous vous appelons frères, vous ne devez pas
en avoir du dépit, quoiqu'on nous ait tués
par justice. Toutefois, vous savez
que tous les hommes n'ont pas ferme raison.
Excusez-nous, puisque nous sommes trépassés, 15
auprès du fils de la Vierge Marie,
afin que sa grâce ne soit pas pour nous tarie,
nous préservant de la foudre de l'Enfer.
Nous sommes morts, que nul ne nous tourmente,
mais priez Dieu qu'il nous veuille tous absoudre. 20

La pluye nous a debuez* et lavez
Et le soleil deseichez et noircis*.
Pies, corbeaulx nous ont les yeulx cavez
Et arraché la barbe et les sourcilz.
25 Jamais nul temps nous ne sommes assis :
Puis ça, puis la, comme le vent varie,
A son plaisir sans cesser nous charie,
Plus becquetez* d'oyseaulx que dez a coudre.
Ne soiez donc de nostre confrairie,
30 Mais priez Dieu que tous nous vueille absouldre.

Prince Jesus qui sur tous a maistrie*,
Garde qu'Enfer n'ait de nous seigneurie :
A luy n'ayons que faire ne que souldre* !
Humains, icy n'a point de mocquerie,
35 Mais priez Dieu que tous nous vueille absouldre.

La pluie nous a lessivés et lavés,
et le soleil desséchés et noircis.
Pies et corbeaux nous ont creusé les yeux
et arraché la barbe et les sourcils.
Jamais, à nul moment, nous ne sommes en repos : 25
de ci, de là, comme le vent varie,
à son gré, sans cesse, il nous charrie,
plus becquetés par les oiseaux que dés à coudre.
Ne soyez donc pas de notre confrérie,
mais priez Dieu qu'il nous veuille tous absoudre. 30

Prince Jésus qui as sur tous puissance,
empêche que l'Enfer ne soit notre seigneur :
n'ayons rien à faire ni à solder avec lui.
Hommes, ici point de plaisanterie,
mais priez Dieu qu'il nous veuille tous absoudre. 35

Jean Molinet

Jean Molinet, né à Desvres, dans le Pas-de-Calais, en 1435, mourut à Valenciennes en 1507. Après des études à Paris, il passe au service de la maison de Bourgogne qu'il célèbre dans *La Complainte de Grèce* (début 1464) et dans *Le Dictier des quatre vins franchois* (après octobre 1465), allégorie sur la bataille de Montlhéry. Proche de Georges Chastelain dont il devient l'assistant et le disciple, il chante le duc à sa mort dans l'*Epitaphe du duc Philippe de Bourgogne* et *Le Trosne d'Honneur* (après le 15 juin 1467). Armé chevalier, il succède à son maître Chastelain comme *indiciaire* (chroniqueur) de la cour de Bourgogne, et il le sera sous les différents princes qui seront à la tête du duché : Charles le Téméraire, Marie de Bourgogne et Maximilien d'Autriche, Philippe le Beau. Devenu veuf, il est fait chanoine de Notre-Dame de La Salle-le-Comte à Valenciennes.

Comme Chastelain, Molinet a mené de front une œuvre importante de chroniqueur (sur les années 1474-1507) et de poète qui, outre des ballades, des rondeaux, des chants royaux, des lais, des fatras et autres poèmes à forme fixe, a écrit de puissants prosimètres, où alternent « rhétorique prosaïque » (ou « première ») et « rhétorique versifiée » (ou « seconde »), pour évoquer les graves problèmes de l'État bourguignon, tels que *Le Naufrage de la Pucelle* (entre la fin avril et le 18 août 1477), *Le Chappelet des Dames* (après le 11 juillet 1478), *La Ressource du petit peuple* (printemps 1481) et *L'Arbre de Bourgonne sus la mort du duc Charles* (après le 9 avril 1486). On lui doit aussi un *Mystère de saint Quentin*, une adaptation du *Roman de la Rose* et surtout *L'Art de rhétorique vulgaire*, le plus riche de tous ces arts poétiques, exposant en détail les rimes et les genres honorés par les poètes du temps, dont Molinet lui-même.

Il est sans doute, après l'initiateur Georges Chastelain, le plus important des Grands Rhétoriqueurs, qui constituent une sorte de communauté, aux côtés de Jean Meschinot, Jean Robertet, Octavien de Saint-Gelays, Jean Lemaire de Belges, Guillaume Cretin, Jean Bouchet et Jean Marot. Paul Zumthor n'a pas eu tort de souligner la situation paradoxale de ces poètes de cour, le plus souvent enfermés dans le rôle de panégyristes cultivant la louange et l'hyperbole, et trouvant, dans la manipulation langagière des sons, des mots, des rythmes et des rimes, un dérivatif à leur aliénation, et même la conquête d'un savoir nouveau, qui leur permet de se réapproprier le discours et de repersonnaliser leur rapport à l'écriture, en travaillant à la déconstruction de la parole poétique traditionnelle en une sorte de carnaval textuel qui suggère de nouvelles relations, voire une contre-nature. C'est ainsi qu'ils ne sont pas de simples poètes courtisans.

Toutefois, il ne faut pas négliger pour autant l'idéologie et la pensée politique de ces poètes, ni les réduire à des « jongleurs de syllabes ». C'est ainsi qu'un idéal de paix très sincère parcourt l'œuvre de Molinet qui a écrit sur le sujet des textes importants comme *Le Temple de Mars* (après le 13 septembre 1475) et *Le Testament de la Guerre* (difficile à dater). Sa condamnation de la guerre, dont il fait un portrait épouvantable à la manière des sottes chansons et des ballades imprécatoires, est d'ordre moral et religieux, et elle se fait par l'accumulation stylistique, par des références bibliques et évangéliques, et des comparaisons. D'autre part, son discours est en conformité avec l'idéologie défendue par les tenants du pouvoir impérial : le principe unitaire gouvernant l'Univers, subordonné à Dieu, l'Être unique par essence, cautionne la théorie de l'*imperium mundi* dont Dante et Marsile de Padoue se firent les défenseurs.

Pour illustrer l'importance et la diversité de cette œuvre, nous avons choisi une ballade politique dirigée contre Louis XI et un petit poème, plus proprement caractéristique des Rhétoriqueurs.

Bibliographie

Les Faictz et Dictz de Jean Molinet, éd. de N. Dupire, Paris, Picard, 1937-1939, 3 vol. ; *Chroniques de Jean Molinet*, éd. de G. Doutrepont et O. Jodogne, Bruxelles, Palais des Académies, 1935-1937, 3 vol. ; *Anthologie des Grands Rhétoriqueurs*, par P. Zumthor, Paris, UGE, « 10/18 », 1978.
N. Dupire, *Jean Molinet. La vie, les œuvres*, Paris, Droz, 1932 ; P. Zumthor, *Le Masque et la lumière. La poétique des grands rhétoriqueurs*, Paris, Le Seuil, 1978 ; J. Devaux, *Jean Molinet, indiciaire bourguignon*, Paris, Champion, 1996.

Notes

Ballade

Texte établi d'après le manuscrit R (Paris, Bibliothèque nationale, manuscrit fr. 12490) et l'édition de N. Dupire, *Faitz et Dictz de Jean Molinet*, Paris, Picard, 1937-1939, 3 vol.

À la mort de Philippe le Bon, duc de Bourgogne, survenue le 15 juin 1467, Georges Chastelain composa une ballade, *Lion rempant en croppe de montaigne*, où le lion, emblème héraldique de la maison de Bourgogne, symbolise le duc Philippe. S'inspirant de cet éloge dont il a repris le premier vers comme refrain de son poème, Jean Molinet, vers la fin de 1467, en développa l'aspect politique dans sa ballade *Souffle, Trithon, en ta buse argentine*, où il emprunta à son maître Chastelain, qui avait comparé

Philippe le Bon à un *triacre* (thériaque) *contre airaigne* (araignée), l'idée de faire de Louis XI une « universelle araignée ». La ballade de Molinet eut un très grand retentissement en Occident et suscita les réponses de cinq poètes qui prirent la défense du roi de France, *le doulz cerf de voulenté benigne*. Voir la publication des sept ballades de cette série par H. Kondo, qui a donné les variantes des différents manuscrits, dans *Revue des Amis de Ronsard* (Société des amis de Ronsard du Japon), t. VII, 1994, p. 1-28.

Trithon : dieu marin qui apparaît dans plusieurs légendes. Ce nom est souvent appliqué à toute une série d'êtres appartenant au cortège de Poséidon. Ils ont le haut du corps semblable à celui d'un homme, et le bas en forme de poisson. Ils sont ordinairement représentés en train de souffler dans des coquillages qui leur servent de trompe.

buse : « trompette », sans doute à l'origine de la *busine* ou *buisine*.

musette, ou *muse* : « cornemuse ». Voir *Guide de la musique au Moyen Âge*, sous la direction de F. Ferrand, Paris, Fayard, 1999, p. 769-771.

vergier : sans doute allusion au verger du *Roman de la Rose* dont Jean Molinet a donné une version moralisée.

noisette : le mot peut avoir un double sens et comporter l'idée de *noise*, « querelle, bruit, bagarre ».

Lyon rampant : appartient au vocabulaire de l'héraldique et désigne un lion dressé, qui se tient debout.

Le cerf vollant : il était devenu l'emblème du roi de France, comme l'attestent écrits politiques et tapisseries. Charles VI l'avait introduit dans sa devise à la suite d'une chasse singulière en 1381 dans la forêt de Senlis, selon Jouvenel des Ursins : « Et de la s'en alla a Senlis pour chasser et fut trouvé un cerf qui avoit au col une chaisne de cuivre doré, et defendit qu'on ne le prist que au las sans le tuer, et ainsi fut fait, et trouva on qu'il avoit au col lad. chaisne qui avoit escrit : *Caesar hoc mihi donavit*. Et dés lors le roy, de son mouvement, porta en devise le cerf volant couronné d'or au col, et partout ou on mettoit les armes, y avoit deux cerfs tenant ses armes d'un costé et d'autre » (chap. VI).

Fut recuelly : Louis XI se réfugia à la cour de Bourgogne de 1456 à 1461 pour fuir la colère de son père Charles VII.

avoir victoire : allusion à la bataille de Montlhéry en 1465.

aubette : « aube de la vie, premières années ».

Ay extirpé la venimeuse herbette : allusion à l'expédition punitive de Charles le Téméraire contre Dinant en 1466.

barbette : du verbe *barbeter*, *barboter*, « grommeler, marmotter, murmurer ».

roy, ne roc, ne pions : termes du jeu d'échecs.

Liegeois : Charles de Bourgogne triompha des Liégeois le 28 octobre 1467 à la bataille de Brusthem, et la ville se rendit le 11 novembre 1467. On peut penser que cette ballade a été composée au moment où se préparait l'expédition punitive contre Liège.

Un présent fait à l'empereur

Texte établi d'après l'édition de N. Dupire.

Comme le dit la rubrique du manuscrit A, f° 159r°, ce poème, écrit avant le 19 août 1493, est « Ung present faict a l'empereur par ledict Molinet soubz figures d'oiseaux ». Ce mot *d'oiseaux* avait sans doute un sens plus étendu qu'aujourd'hui, puisqu'il englobe le papillon et la mouche. Voir aussi, de J. Le Fèvre, le vers 2556 du *Respit de la Mort* : *L'oysel qu'on nomme salemandre*, et de Villon les vers 1439-1440 du *Testament* : *Regnes, crappaulx et bestes dangereuses,/Serpens, laissars et telz nobles oiseaux*.

Chaque vers du poème commence par un nom d'oiseau, aigle, roitelet, grand-duc, autruche, phénix, colombe, coq, merle, oie, papillon, pélican, griffon, alouette, grue, faisan ; de même, à la fin de chaque vers, on reconnaît un nom d'oiseau : cygne, oison, anette (*cane*), mouche, pie, paon, butor, geai (tous ces mots se trouvent deux fois à la rime) et papegai (*perroquet*).

Aigle imperant : il s'agit de l'empereur Frédéric III (1415-1493), empereur germanique de 1440 à 1493. Il était aussi roi des Romains, duc de Styrie, de Carinthie, de Carniole et d'Autriche.

thoison : c'est la Toison d'or, ordre chevaleresque fondé par le duc Philippe le Bon en 1429 et devenu autrichien en 1477 avec Maximilien d'Autriche, fils de Frédéric III.

Austrice : jeu de mots sur *austrice*, qui désigne aussi bien l'Autriche que l'autruche, qui passe pour digérer tout ce qu'elle absorbe.

planette : dans ce mot, il faut isoler *anette*, répété au vers suivant, diminutif d'*ane* (d'*anate*), « canard, cane ».

Mets le : peut se lire *melle*, qui est une forme de *merle*.
cheval et pie : sans doute faut-il lire et comprendre *chevalet*, « petit cheval, petite monture », et *pie*, « pieux ». L'armée est comparée à une monture docile.
Pou veillons : peut se lire en un seul mot comme une forme picarde de *pauwellons*, « papillons », qu'on trouve dans les *Chansons et dits artésiens*, X, 41 et XV, 56.
Pellican : le pélican symbolisait le Christ et son sacrifice pour sauver l'humanité.
Griffon : cette bête du bestiaire fantastique avait en général un corps de lion avec des ailes et une tête d'aigle. C'est en fait une des bêtes les plus instables de la faune médiévale : parfois simple lion ailé, mais s'achevant en serpent, ou encore variété de dragon ; tantôt quadrupède avec un bec et deux ailerons, et tantôt véritable oiseau. C'était dans la symbolique chrétienne l'image du démon. Voir V.-H. Debidour, *Le Bestiaire sculpté en France*, Paris, Arthaud, 1961.
butor : pour les chrétiens, symbole de l'avarice et de la rudesse, parce qu'il vit caché dans les roseaux et ne chasse que la nuit.
Midas qui but or : roi de Phrygie, Midas avait, selon Ovide, obtenu de Silène que tout ce qu'il toucherait se transformât en or. Aussi, à l'heure du déjeuner, le pain devint-il de l'or, et le vin du métal. Affamé, mourant de soif, il implora Dionysos d'annuler ce don pernicieux. Le dieu acquiesça et lui dit de laver sa tête et ses mains dans la source du Pactole. Ce que fit Midas : le don le quitta, mais les eaux du Pactole restèrent chargées de paillettes d'or.
dictiers : « poème », « composition littéraire ». Voir M. Léonard, *Le Dit et sa technique littéraire des origines à 1340*, Paris, Champion, 1996.
papegay, papegaut : « perroquet », messager et conseiller d'amour ; voir *Las Novas del Papagay*, d'Arnaut de Carcassès (éd. bilingue de J.-C. Huchet, *Nouvelles occitanes du Moyen Âge*, Paris, GF-Flammarion, 1992). De surcroît, la dernière syllabe du mot, *gay*, évoque le geai, présent sous la forme *j'ay* à la fin du vers précédent.

30. [Ballade]

Souffle, Trithon*, en ta buse* argentine,
Muse en musant en ta doulce musette*,
Donne louenge et gloire celestine
Au dieu Phebus a la barbe roussette,
5 Car ou vergier* ou croist mainte noisette*,
Ou fleurs de lys issent par millions,
Accompaigné de mes petis lyons,
Ay combatu l'universel yraigne,
Qui m'a trouvé, par ses rebellions,
10 Lyon rampant* en croppe de montaigne.

Le cerf vollant*, qui m'a fait ceste attine,
Fut recuelly* en nostre maisonnette,
Souef nourry sans poison serpentine ;
Par nous porte sa noble couronnette,
15 Mais maintenant nous point de sa cornette :
Ce sont povres remuneracions.
Mais Dieu, voiant mes operations,
M'a faict avoir victoire* en la champaigne,
Et veult que soye, sans point d'oppressions,
20 Lyon rampant en croppe de montaigne.

Louenge a toy, glorieuse virgine,
Dame Pallas, qui regis mon aubette*,
Quant ou vergier, ou j'ay prins origine,
Ay extirpé la venimeuse herbette*,
25 Tant qu'il n'y a homme qui plus barbette*,
Sans excepter roy, ne roc, ne pions*.

30. Ballade

Souffle, Triton, en ta trompette d'argent,
joue en t'amusant de ta douce cornemuse,
chante les louanges et la gloire céleste
du dieu Phébus à la barbe rousse,
car, dans le verger où pousse mainte noisette   5
et où sortent par millions des fleurs de lis,
j'ai, accompagné de mes petits lions,
combattu l'universelle araignée
qui a trouvé en moi, à cause de ses rébellions,
un lion dressé sur la croupe de la montagne.   10

Le cerf volant, qui m'a fait cette querelle,
fut recueilli en notre maison,
tendrement entretenu sans poison venimeux ;
c'est grâce à nous qu'il porte sa noble couronne.
Mais maintenant il nous pique de sa corne :   15
ce sont de piètres remerciements.
Mais Dieu, voyant mes bonnes actions,
m'a fait triompher sur le champ de bataille
et veut que je sois, sans rencontrer d'obstacle,
un lion dressé sur la croupe de la montagne.   20

Louange à toi, glorieuse vierge,
dame Pallas, qui gouvernes ma jeunesse,
puisque, dans le verger où j'ai pris naissance,
j'ai extirpé l'herbe vénéneuse,
si bien qu'il n'est personne qui grommelle encore, 25
sans excepter roi, ni tour ni pion.

Comme ung Hector ou ung des Scipïons
Ou comme Arthus en la grande Bretaigne,
Suis demeuré, entre mes champions,
30 Lyon rampant en croppe de montaigne.

Tremblez doncques, Liegeois*, par legions,
Car vous verrez, se je vueil ou je daigne,
Comme je suis, en franches mansions,
Lyon rampant en croppe de montaigne.

31. Ung present fait a l'empereur

Aigle imperant* sur mondaine ma*cyne*,
Roy triumphant, de proesse ra*cyne*,
Duc, d'archiduc pere et chief du th*oison**,
*Austrice** usant de fer a grant f*oison*,
5 *Phenix* sans per, né sur bonne pl*anette**,
Coulomb benin qui la pensee *a nette*,
Cocq bien chantant, se le Turcq t'escar*mouche*,
*Mets le** aux abbais, comme ung chien qui s'es*mouche* ;
Oie ta voix ton ost, cheval et *pie** !
10 *Pou veillons** sur celluy qui nous es*pie*,
*Pellican** vif, qui sur nous sang es*pans*,
*Griffon** hideux, ennemis agri*pant*.
A *loer* est ton sens, point n'es *butor**,
Grue, corbaux, ne Midas qui *but or** ;
15 *Faisant* dictiers*, te donne ce que *j'ay*,
Divers oiseaux en lieu de pape*gay**.

Comme un Hector ou l'un des Scipions
ou comme Arthur en Grande-Bretagne,
je suis demeuré, parmi les champions,
un lion dressé sur la croupe de la montagne.   30

Tremblez donc, Liégeois, vous et vos légions,
car vous verrez, si je veux ou daigne l'être,
comment je suis, dans les nobles demeures,
un lion dressé sur la croupe de la montagne.

31. Un présent fait à l'empereur

Aigle commandant à la machine du monde,
roi triomphant, source de prouesse,
duc, père d'archiduc et chef de la Toison d'or,
autruche consommant du fer en quantité,
phénix sans égal, né sur une bonne planète,   5
colombe douce à la pensée nette,
coq au beau chant, si le Turc t'attaque,
réduits-le aux abois, comme chien qui se secoue.
Que ton armée, en son ensemble, entende ta voix !
Nous surveillons peu celui qui nous épie,   10
pélican de vie qui sur nous répands son sang,
agrippant le griffon hideux et les ennemis.
Digne de louange est ta sagesse, tu n'es pas un butor,
ni une grue ni un corbeau, ni Midas qui but de l'or.
En faisant ce dit, je te donne ce que j'ai,   15
divers oiseaux plutôt qu'un perroquet.

CHRONOLOGIE

Vers 1050 : *Vie de saint Alexis*. Mort de Raoul Glaber, auteur des *Histoires*.
1060 : Philippe Ier, roi de France.
1066 : conquête de l'Angleterre par les Normands.
1071 : prise de Bari par les Normands.
1077 : rencontre à Canossa de Grégoire VII et Henri IV.
Entre 1087 et 1095 : naissance de *La Chanson de Roland*.
1090 : conquête de la Sicile par les Normands.
1094 : consécration de Saint-Marc à Venise.
1095-1096 : première croisade.
1096-1132 : Vézelay, église de la Madeleine.
Vers 1097 : tapisserie de Bayeux, dite Tapisserie de la reine Mathilde.
1098 : fondation de Cîteaux par Robert de Molesme.
1099 : prise de Jérusalem par les croisés.
1100 : Henri Ier Beauclerc, roi d'Angleterre.
Vers 1100 : diffusion des doctrines cathares. Sculptures de Moissac. Poésies latines d'Hildebert de Lavardin. *Livre des Sentences* d'Anselme de Laon. *Elucidarium* d'Honorius Augustodunensis.
Entre 1100 et 1127 : chansons de Guillaume IX de Poitiers.
Après 1104 : Guibert de Nogent, *Histoire de la première croisade* (*Gesta Dei per Francos*), *Autobiographie* (*De vita sua*), traité critique sur les reliques (*De pignoribus sanctorum*).
1108 : Louis VI le Gros, roi de France. Fondation de l'abbaye Saint-Victor à Paris.
Vers 1110 : *Voyage de saint Brendan* de Benedeit.

1112 : révolution communale à Laon, où l'évêque est tué. Saint Bernard entre à Cîteaux.
1118-1122 : Héloïse et Abélard.
1119 : fondation de l'ordre des Templiers.
1120 : fondation de l'ordre de Prémontré par saint Norbert.
1120-1154 : enseignement à Chartres de Guillaume de Conches.
1121-1128 : traduction latine de la *Nouvelle Logique* d'Aristote.
1124-1126 : grande famine en Occident.
Vers 1125 : *De Sacramentis*, de Hugues de Saint-Victor.
Vers 1127 : les villes flamandes obtiennent des chartes de franchise. *Histoire de Jérusalem* de Foulques de Chartres.
1130 : on commence à édifier la cathédrale de Tournai et l'abbaye cistercienne de Fontenay.
Saint Bernard, *Éloge de l'ordre du Temple*. Philippe de Thaon, *Bestiaire*.
1132-1144 : reconstruction de Saint-Denis par Suger : début du gothique.
Vers 1134 : Geoffroy de Monmouth, *Prophetiae Merlini*.
Vers 1135 : Hugues de Saint-Victor, *Didascalicon*. Wace, *Vie de sainte Marguerite*.
1136 : Abélard, *Sic et non*.
1137 : Louis VII, roi de France, épouse Aliénor d'Aquitaine.
Vers cette date, *Chanson de Guillaume*.
1138 : début des rivalités entre Guelfes et Gibelins en Italie. Geoffroy de Monmouth, *Historia Regum Britanniae*.
Vers 1139 : *Guide du pèlerin de Saint-Jacques-de-Compostelle*.
1140 : au concile de Laon, saint Bernard fait condamner Abélard. *Décret de Gratien*, fondement du corpus du droit canon.
1140-1150 : nef de la cathédrale de Sens.
Hildegarde de Bingen, *Liber Scivias*. Poésies de Jaufré Rudel et de Bernard de Ventadour.
Le Couronnement de Louis, *Le Charroi de Nîmes*.
1141 : Pierre le Vénérable fait traduire le Coran en latin.
1142 : Orderic Vital, *Histoire ecclésiastique* (*Historia Ecclesiastica*).
1144 : Geoffroy Plantagenêt, duc de Normandie.
1144-1146 : grande famine en Occident.
1145 : saint Bernard prêche contre le catharisme à Albi ; il prêche la deuxième croisade à Vézelay.
Guillaume de Saint-Thierry, *Lettre d'or*. *Cantar de mio Cid*.

1146 : avènement de Nouraddin à Alep.
1148 : échec de la deuxième croisade devant Damas.
Bernard Silvestre, *Cosmographie*.
Vers 1150 : première organisation de l'Université de Paris. Fondation de Moscou.
1150-1174 : nef de la cathédrale du Mans.
Naissance de Geoffroy de Villehardouin. *Dies Irae*. Wace, *Roman de Brut*, d'après l'*Historia Regum Britanniae* de Geoffroy de Monmouth, et *Vie de saint Nicolas*. *Le Roman de Thèbes*, roman d'Antiquité d'après *La Thébaïde* de Stace. *Isengrimus*, l'une des principales sources du *Roman de Renart*.
1151 : grande famine en Allemagne.
1152 : Aliénor d'Aquitaine, que Louis VII a répudiée, épouse Henri Plantagenêt.
À cette époque, Pierre Lombard : les *Sentences*, « somme de toutes les connaissances théologiques rassemblées selon un ordre logique pour former un exposé doctrinal complet ». De la même époque, *Le Jeu d'Adam* et le *Policraticus* de Jean de Salisbury, traité d'économie politique. Chansons de Raimbaut d'Orange.
1153 : mort de saint Bernard. Début du règne d'Henri II Plantagenêt et de la construction des cathédrales de Noyon et de Senlis.
1155 : Frédéric Barberousse empereur. Adrien VI proclame le droit des serfs à se marier librement.
1157 : rupture de l'empereur avec la chrétienté.
1158 : début de l'essor de Lübeck.
1159 : Alexandre III pape.
1160 : début de l'exploitation des mines de fer en Dauphiné.
1160-1207 : cathédrale gothique de Laon.
Vers 1160 : *Le Roman d'Énéas*, qui suit la trame de l'*Énéide* de Virgile. Les *Niebelungen*. *Floire et Blancheflor*. Averroès entreprend son commentaire d'Aristote. De cette décennie datent les *Lais* de Marie de France (selon Jean Rychner) et les poèmes de l'Archipoète, le plus grand des goliards.
1163-1268 : Notre-Dame de Paris.
1164 : création de l'archevêché d'Uppsala en Suède.
1165 : canonisation de Charlemagne. Prise de Rome par Frédéric Barberousse.
Vers 1165 : *Le Roman de Troie* de Benoît de Sainte-Maure, non d'après Homère, mais d'après des œuvres attribuées à Darès (VIe siècle apr. J.-C.) et Dictys (IVe siècle). Pre-

mières œuvres de Chrétien de Troyes (*Philomena*, deux chansons d'amour et peut-être *Guillaume d'Angleterre*). *Vie de saint Édouard le Confesseur* par la religieuse de Barking.

1167 : concile cathare à Saint-Félix-de-Caraman.

1170 : assassinat de Thomas Becket. Le commerçant lyonnais P. Valdès se convertit à une vie pauvre et évangélique ; de là le mouvement vaudois.

Érec et Énide de Chrétien de Troyes. Guillaume de Tyr, historien de la deuxième croisade et archevêque de Tyr, rédige son *Historia rerum in partibus transmarinis gestarum* ou *Historia Hierosolymitana*. Mathieu de Vendôme, *Ars versificatoria*. De la même époque, le *Livre des manières* d'Étienne de Fougères, tableau critique des états du monde. Guillaume de Berneville, *Vie de saint Gilles*.

1170-1180 : achèvement de Saint-Trophime d'Arles.

1171 : émeutes à Constantinople contre les Vénitiens.

1174 : Baudouin IV le Lépreux, roi de Jérusalem. Privilège du pape Clément III aux maîtres et étudiants de Paris. Canonisation de saint Bernard. Campanile de Pise. Création par le comte de Champagne de gardes de foire pour en assurer le bon fonctionnement. Pèlerinage d'Henri II sur le tombeau de Thomas Becket.

Guernes de Pont-Sainte-Maxence, *Vie de saint Thomas Becket*.

Entre 1174 et 1179 : les branches les plus anciennes du *Roman de Renart* (II, Va, III, IV, XIV, V, XV, I).

1175 : cathédrale de Cantorbéry.

1176 : l'Asie Mineure tombe sous la domination turque. Les villes lombardes l'emportent sur l'empereur à Legnano.

Vers cette date, Chrétien de Troyes, *Cligès*. Gautier d'Arras, *Éracle* et *Ille et Galeron*. Hue de Rotelande, *Ipomédon*.

1177 : Raymond V de Toulouse écrit à l'ordre de Cîteaux pour exposer le péril cathare.

Entre 1177 et 1181 : Chrétien de Troyes compose simultanément *Le Chevalier au lion* (Yvain) et *Le Chevalier de la charrette* (Lancelot). Selon A. Fourrier, de 1172-1175 date le *Tristan* de Thomas.

1180 : Philippe Auguste roi de France. Les Vaudois sont condamnés par l'Église. Apparition du moulin à vent en Normandie et en Angleterre.

Branche X du *Roman de Renart*. Lambert le Tort, *Le Roman d'Alexandre* (version d'Alexandre de Paris).

Vers 1182 : Chrétien de Troyes, *Le Conte du graal* (Perceval). Durant ces années, chansons de Conon de Béthune, de Blondel de Nesle, du Châtelain de Couci, de Gace Brulé. *Partonopeus de Blois. Raoul de Cambrai. Jaufré.* Marie de France, *Fables.*

1183 : Frédéric Barberousse reconnaît la liberté des villes lombardes. Porche gothique de la Gloire à Saint-Jacques-de-Compostelle.

1184 : le pont d'Avignon. Inquisition épiscopale.

Vers 1185 : André Le Chapelain expose l'art d'aimer courtois dans son *De amore*. Hue de Rotelande, *Protheselaüs*.

1187 : Saladin reprend Jérusalem. Troisième croisade.

1188 : Aimon de Varennes, *Florimont*.

1189 : Richard Cœur de Lion roi d'Angleterre.

1190 : Henri VI empereur. Fondation des Chevaliers teutoniques. Branches VI, VIII et XII du *Roman de Renart*. Entre 1190 et 1195, branche Ia et Ib du même roman. Marie de France, *Espurgatoire saint Patrice*. Ambroise, *Histoire de la troisième croisade*. Hélinand, les *Vers de la Mort*. Joachim de Flore, *Expositio in Apocalypsim*. Selon J. Frappier, les *Tristan* d'Eilhart d'Oberg et de Béroul, les *Folies Tristan* de Berne et d'Oxford datent du troisième tiers du XIIe siècle. Denis Piramus, *Vie de saint Edmond*.

1191 : les croisés s'emparent de Saint-Jean-d'Acre.

La boussole apparaît en Occident. En France et en Allemagne, on rédige les premiers traités de droit féodal. On entreprend la construction des cathédrales de Bourges et de Chartres.

Entre 1195 et 1200 : branches VII et XI du *Roman de Renart*. *La Prise d'Orange. Fierabras. Garin le Lorrain.* Jean Bodel, *La Chanson des Saisnes* (Saxons). De la fin du siècle, *Aucassin et Nicolette* (?). Renaut de Beaujeu, *Le Bel Inconnu*. Jean Bodel, *Fabliaux*. Simon de Freine, *Vie de saint Georges*.

1196-1197 : effroyable famine en Occident. Les grands vassaux rédigent les premières chartes d'hommage à Philippe Auguste.

1197 : avènement de Gengis Khan.

1198 : mort d'Averroès. Innocent III, pape.

1199 : Jean sans Terre roi d'Angleterre. Le 28 novembre, Thibaud de Champagne, Louis de Blois et Villehardouin prennent la croix : ce sera la quatrième croisade.

1200 : fondation de Riga. Ruine de la civilisation maya. Robert de Boron, *Joseph* et *Merlin* en prose, *Roman de* *l'Estoire dou Graal*. Chansons de geste : *Les Quatre Fils Aymon, Ami et Amile, Girart de Vienne, Girart de Roussillon. L'Escoufle* et *Le Lai de l'Ombre*, de Jean Renart. *Enfances Gauvain. Roman de Renart*, IX.

Le Jeu de saint Nicolas, de Jean Bodel.

1202 : Philippe Auguste confisque les fiefs français de Jean sans Terre. Quatrième croisade. Début de la construction de la cathédrale de Rouen. *Congés*, de Jean Bodel.

Poèmes du vidame de Chartres. Mort de Joachim de Flore. *Roman de Renart*, XVI.

1204 : seconde prise de Constantinople par les croisés. Fondation de l'empire latin de Constantinople. Unification de la Mongolie par Gengis Khan. Mort d'Aliénor d'Aquitaine.

1205 : Baudouin Ier de Constantinople est capturé par les Bulgares (bataille d'Andrinople).

Bible de Guiot de Provins. Poèmes de Peire Cardenal.

1207 : mission de saint Dominique en pays albigeois.

1209 : le concile d'Avignon interdit danses et jeux dans les églises. Début de la croisade contre les Albigeois. Première communauté franciscaine. Gengis Khan attaque la Chine.

Histoire ancienne jusqu'à César.

1210 : interdiction aux maîtres parisiens d'enseigner la métaphysique d'Aristote.

1211 : début de la construction de la cathédrale de Reims.

1212 : enceinte de Philippe Auguste autour de Paris.

1213 : Simon de Montfort écrase les Albigeois à Muret.

Le Roman de la Rose ou de Guillaume de Dole, de Jean Renart. *Chroniques*, de Robert de Clari et de Villehardouin. *Chanson de la croisade albigeoise* (première partie). *Meraugis de Portlesguez* et *Vengeance Raguidel*, de Raoul de Houdenc. *Les Narbonnais. Athis et Prophilias*.

1214 : victoire française de Bouvines. Premiers privilèges accordés à Oxford.

Les Faits des Romains.

1215 : grande charte en Angleterre. Statuts de l'Université de Paris. Quatrième concile de Latran. Prise de Pékin par les Mongols.

Bible d'Hugues de Berzé. *Durmart le Galois*.

1216 : Frédéric II roi des Romains. Henri III roi d'Angleterre. Honorius III pape. Approbation papale de l'ordre des Frères prêcheurs.

Galeran de Bretagne. Guillaume de Ferrers, *Vie de saint Eustache*. Guillaume, *Vie de sainte Marie-Madeleine*.

1217 : famine en Europe centrale et orientale. Chœur de la cathédrale du Mans.

1218-1222 : cinquième croisade.

1220 : Frédéric II empereur. Vitraux de Chartres. Album de l'architecte Villard de Honnecourt. *Pratique de la géométrie*, de Léonard Fibonacci.

Miracles de Notre-Dame, de Gautier de Coinci. *Huon de Bordeaux*.

1221 : raid mongol en Russie.

Blancandin et l'Orgueilleuse d'Amour.

1223 : Louis VIII roi de France. Approbation par Honorius III de la règle franciscaine.

Poèmes de Huon de Saint-Quentin.

1224 : stigmates de saint François d'Assise. Famine en Occident (jusqu'en 1226).

Lancelot en prose. *Perlesvaus*. *Jaufré*. *Le Besant de Dieu*, de Guillaume le Clerc.

1226 : Louis IX (le futur Saint Louis) roi de France. Régence de Blanche de Castille. Mort de saint François d'Assise.

Cantique du Soleil. Début de la construction de la cathédrale de Burgos.

Vie de Guillaume le Maréchal.

1227 : concile de Trèves. Grégoire IX pape. Début de la construction des cathédrales de Trèves et de Tolède. Mort de Gengis Khan.

1228 : canonisation de saint François d'Assise. Sixième croisade.

1228-1240 : Jacques de Vitry, *Sermones vulgares*.

1229 : annexion du Languedoc au domaine royal. Grève de l'Université de Paris (jusqu'en 1231).

Le Roman de la Rose, de Guillaume de Lorris. À cette époque, poésies de Thibaut IV de Champagne, de Moniot d'Arras, de Guillaume le Vinier, de Guiot de Dijon, de Thibaut de Blaison.

1230 : les *Commentaires* d'Averroès sur Aristote pénètrent en Occident.

1231 : le pape Grégoire IX confie l'Inquisition aux frères mendiants.

Quête du Saint Graal. *La Mort le roi Artu*. *Tristan* en prose. *Roman de la Violette* et *Continuations de Perceval*, de Gerbert de Montreuil. *Continuation de Perceval*, de Manessier.

1232 : invasion mongole en Europe orientale (jusqu'en 1242).

1234 : canonisation de saint Dominique. Majorité de Louis IX. *Décrétales*, traité de droit canon de Raymond de Penafort.

La Manekine, puis *Jehan et Blonde* de Philippe de Rémy (entre 1230 et 1240). Matthieu Paris, *Vie de saint Alban*.

1235 : sculptures de la cathédrale de Reims.

1236 : papier-monnaie en Chine.

1238 : prise de Valence par les Aragonais.

1239 : rappel du Parlement en Angleterre. Tentative de reprise de la croisade, jusqu'à Gaza.

Le Tournoiement de l'Antéchrist, de Huon de Méry. *Gui de Warewic*. Matthieu Paris, *La Estoire de saint Aedward le Rei*.

1240 : destruction de Kiev par les Mongols. Révolte des Prussiens contre les Chevaliers teutoniques. Traduction de l'*Éthique* d'Aristote par Robert Grossetête.

1241 : Villard de Honnecourt en Hongrie. Destruction de Cracovie par les Mongols.

1242 : victoires de Saint Louis à Taillebourg et Saintes.

1243 : Innocent IV pape. Écrasement des Seldjoukides par les Mongols. Début de la construction de la Sainte-Chapelle.

Poèmes de Philippe de Nanteuil, de Robert de Memberolles. *Guiron le Courtois. L'Estoire Merlin. L'Estoire del Saint Graal. Fergus* de Guillaume le Clerc.

1244 : perte définitive de Jérusalem par les chrétiens.

1245 : enseignement à Paris de Roger Bacon et d'Albert le Grand. Début de la construction de l'abbaye de Westminster.

1246 : Charles d'Anjou (le frère de Saint Louis) comte de Provence.

1247 : cathédrale de Beauvais.

1248 : septième croisade : Saint Louis en Égypte. Prise de Séville par les Castillans. Début de la construction de la cathédrale de Cologne.

L'Image du monde, de Gossuin de Metz.

1250 : constitution du Parlement de Paris. Nouveaux affranchissements de serfs. Saint Louis est vaincu à Mansourah. La mort de Frédéric II ouvre dans l'Empire une crise qui durera jusqu'en 1273.

Chansons de Colin Muset, de Garnier d'Arches, de Jean Érart. *Roman de la Poire*, de Tibaut. *Historia Tartarorum*, de Simon de Saint-Quentin. *Grand Coutumier* de Normandie. *Li Remedes d'Amours*, de Jacques d'Amiens. *Speculum majus*, encyclopédie de Vincent de Beauvais.

1251 : le *Paradisus magnus* transporte deux cents passagers de Gênes à Venise.

1252 : la monnaie d'or apparaît à Gênes et à Florence. Innocent IV autorise l'Inquisition à utiliser la torture. Mort de Blanche de Castille.

Saint Thomas d'Aquin enseigne à Paris, jusqu'en 1259, tentant de concilier le christianisme et la pensée aristotélicienne.

1253 : le plus ancien exemple d'escompte connu. Condamnation des clercs bigames à Arras. Guillaume de Rubrouk chez les Mongols.

Mort du prince-poète Thibaud IV de Champagne. Église supérieure d'Assise.

1254 : Saint Louis ordonne une enquête sur la gestion des baillis. Emploi des chiffres arabes et du zéro en Italie. Conflit entre les réguliers et les séculiers à l'Université de Paris : Guillaume de Saint-Amour pourfend les ordres mendiants dans le *De periculis novissimorum temporum*. Rutebeuf attaque les frères mendiants dans *La Discorde de l'Université et des Jacobins*.

1255 : *La Légende dorée* de Jacques de Voragine : c'est la grande encyclopédie hagiographique du Moyen Âge. Matthieu Paris, *Chronica majora*. *Armorial Bigot*, début du langage héraldique.

1257 : Robert de Sorbon fonde à Paris la Sorbonne, à l'origine collège pour les théologiens. Miniatures du psautier de Saint Louis.

Rutebeuf continue à écrire contre les frères mendiants : *Le Pharisien* et *Le Dit de Guillaume de Saint-Amour*.

1258 : prise de Bagdad par les Mongols. Michel VIII Paléologue, empereur byzantin.

Rutebeuf, *Complainte de Guillaume de Saint-Amour*.

1259 : traité de Paris entre la France et l'Angleterre. Saint Bonaventure, *Itinéraire de l'esprit vers Dieu*. Rutebeuf, *Les Règles des moines*, *Le Dit de sainte Église* et *La Bataille des vices contre les vertus*.

1260 : Saint Louis interdit la guerre privée, le duel judiciaire, le port d'armes. Le moulin à vent se répand en Occident. Portail de la Vierge à Notre-Dame de Paris. Nicola Pisano, chaire du baptistère de Pise.

Récits du Ménestrel de Reims. *Méditations* du Pseudo-Bonaventure sur les aspects humains de Jésus. Rutebeuf, *Les Ordres de Paris*.

1261 : fin de l'empire latin de Constantinople. Louis IX interdit sa cour aux jongleurs. Rutebeuf, *Les Métamorphoses de Renart* et *Le Dit d'Hypocrisie*.

1262-1266 : Saint-Urbain de Troyes : gothique flamboyant. Rutebeuf, *Complainte de Constantinople*, fabliau de *Frère Denise*, puis, sans doute, *Poèmes de l'infortune*, poèmes religieux (*Vie de sainte Marie l'Égyptienne* et *La Voie de Paradis*), et peut-être *Miracle de Théophile*. Robert de Blois, *L'Enseignement des princes*. Alard de Cambrai, *Le Livre de Philosophie*.

1263 : écu d'or en France. Famine en Bohême, en Autriche et en Hongrie. Émeute anticléricale à Cologne.

1263-1278 : Jean de Capoue, dans le *Directorium vitae humanae*, donne une traduction latine du *Kalila et Dimna* (traduction arabe du *Pantchatantra*).

1264 : institution de la Fête-Dieu pour toute l'Église latine.

Le Livre du Trésor, encyclopédie d'un Florentin exilé en France, Brunetto Latini, rédigée en français.

1265-1268 : Charles d'Anjou conquiert le royaume de Sicile. Clément V établit le droit des papes à s'attribuer tous les bénéfices ecclésiastiques.

Roger Bacon, dans ses *Opera*, s'efforce de concilier raison et expérience. Rutebeuf écrit des chansons de croisade : *La Chanson de Pouille*, *La Complainte d'outremer*, *La Croisade de Tunis*, *Le Débat du croisé et du décroisé*.

1266-1274 : saint Thomas d'Aquin, *Somme théologique* (*Summa theologiae*).

1267 : naissance de Giotto.

1268 : découverte par Peregrinus de l'attraction entre deux pôles magnétiques. Moulins à papier à Fabriano, en Italie. Début de la seconde querelle de la pauvreté à Paris. Nicola Pisano, chaire de la cathédrale de Sienne.

1269 : Pierre de Maricourt, *Lettre sur l'aimant*.

1270 : Saint Louis meurt à Tunis lors de la huitième et dernière croisade. Règne de Philippe III. Première condamnation de l'averroïsme et de Siger de Brabant.

Au tympan de la cathédrale de Bourges, *Le Jugement dernier*. Huon de Cambrai, *Vie de saint Quentin* ; poésies de Baudouin de Condé.

1271 : après la mort d'Alphonse de Poitiers, rattachement de la France d'oc à la France d'oïl.

1271-1295 : grand voyage et séjour de Marco Polo en Chine et dans l'Asie du Sud-Est.
1272 : Édouard Ier, roi d'Angleterre.
Mort de Baude Fastoul (*Les Congés*) et de Robert le Clerc (*Les Vers de la Mort*). Cimabue, *Portrait de saint François d'Assise*. Œuvres d'Adenet le Roi.
1274 : concile de Lyon : tentative d'union des Églises. Mort de saint Thomas et de saint Bonaventure.
Grandes Chroniques de Saint-Denis.
1275 : vers cette date, on brûle des sorcières à Toulouse. Seconde partie du *Roman de la Rose*, de Jean de Meun ; *Speculum judiciale*, encyclopédie juridique, de G. Durand, et *Chirurgia* de Guillaume de Saliceto de Bologne ; Raymond Lulle, *Le Livre de Contemplation* et *Le Livre du Gentil et des trois sages*.
1276 : les Mongols dominent la Chine.
Raymond Lulle fonde un collège pour apprendre l'arabe aux missionnaires, et écrit *L'Art de démonstration*. Adam de la Halle, *Le Jeu de la Feuillée*.
1277 : les doctrines thomistes et averroïstes sont condamnées par l'évêque de Paris, Étienne Tempier, ainsi que *L'Art d'aimer* d'André le Chapelain.
Rutebeuf, *Nouvelle Complainte d'outremer*. *Tabula exemplorum secundum ordinem alphabeti*.
1278 : disgrâce et pendaison de Pierre de la Brosse ; de là des poèmes sur la toute-puissance de Fortune. *Dit de Fortune*, de Moniot d'Arras.
1279 : construction d'un observatoire à Pékin.
À cette époque, activité d'Albert le Grand. *Somme le Roi*, de frère Laurent, encyclopédie morale.
1280 : un peu partout, à Bruges, Douai, Tournai, Provins, Rouen, Béziers, Caen, Orléans, des grèves et des émeutes urbaines. L'échevin de Douai, Jean Boinebroke, réprime la grève des tisserands.
Achèvement de Saint-Denis. *Flamenca*, roman en langue d'oc, *Joufroi de Poitiers*. Diffusion du *Zohar*, somme de la cabale théosophique, et des *Carmina burana*, anthologie des poèmes écrits en latin aux XIIe et XIIIe siècles par les goliards. Raymond Lulle, *Le Livre de l'ordre de Chevalerie*. Girard d'Amiens, *Escanor*. *Sone de Nansay*.
1282 : les Vêpres siciliennes chassent les Français de Sicile ; les Aragonais les remplacent. Andronic II, empereur de Constantinople.
Cathédrale d'Albi.

1283 : les chevaliers teutoniques achèvent la conquête de la Prusse.

Philippe de Beaumanoir, *Les Coutumes du Beauvaisis*. De 1275 à 1283, Lulle compose à Montpellier *Le Livre d'Evast et de Blanquerne*.

1284 : croisade d'Aragon. Les foires de Champagne passent sous le contrôle du roi de France. Effondrement des voûtes de la cathédrale de Beauvais.

1285 : Philippe le Bel devient roi. Édouard Ier soumet le pays de Galles. Pluies torrentielles.

La victime d'une épidémie est disséquée à Crémone.

La Châtelaine de Vergy. Madame Rucellai, de Duccio à Sienne (préciosité).

1288 : les artisans se révoltent à Toulouse. Cologne devient ville libre en se libérant de la domination de son archevêque.

Départ pour la Chine du frère franciscain Jean de Montecorvino. Début de la construction du palais communal de Sienne.

Raymond Lulle, *Le Livre des Merveilles*, qui comprend *Le Livre des bêtes*.

1289 : Lulle refond à Montpellier *L'Art de démonstration*, écrit *L'Art de philosophie désiré, L'Art d'aimer le bien. Renart le Nouvel*, de Jacquemart Gielée.

1290 : Édouard Ier expulse les Juifs d'Angleterre. Le rouet apparaît. L'Angleterre exporte 30 000 sacs de laine. À Amiens, *La Vierge dorée*. Duns Scot écrit ses œuvres.

Jakemes, *Roman du Châtelain de Coucy*. Concours poétique de Rodez avec Guiraut Riquier. Raymond Lulle, *Le Livre de Notre-Dame*. Drouart la Vache, *Le Livre d'Amours*. Adenet le Roi, *Cléomadès*.

1291 : naissance de la Confédération helvétique. Chute de Saint-Jean-d'Acre : fin de la Syrie franque.

Début de la construction de la cathédrale d'York.

1292 : Paris compte 130 métiers organisés. Raymond Lulle tertiaire franciscain.

1294 : guerre franco-anglaise pour la Guyenne. Philippe le Bel dévalue la monnaie. Élection du pape Boniface VIII.

Début de la construction de Santa Croce à Florence.

1295 : Édouard Ier appelle des représentants de la bourgeoisie au Parlement anglais.

Vita nuova de Dante. Mort de Guiraut Riquier. Raymond Lulle, *L'Art de science*.

1296-1304 : Giotto peint à Assise *La Vie de saint François d'Assise*.
1297 : Édouard Ier reconnaît les prérogatives financières du Parlement anglais. L'aristocratie de Venise n'admet plus en son sein les hommes nouveaux.
1298 : liaisons régulières par mer entre Gênes, la Flandre et l'Angleterre.
1298-1301 : Marco Polo, *Le Livre des merveilles*, encyclopédie de l'Asie. Lulle à Paris (*Arbre de Philosophie d'Amour*), puis à Majorque et à Chypre.
1300 : il est certain qu'à cette date on porte des lunettes. La lettre de change se répand en Italie. À cette époque, cesse le commerce des esclaves, sauf en Espagne.
Lamentationes Mattheoli. Eckhart le mystique à Cologne. Baudouin de Condé, *Voie de Paradis*. Nicolas de Margival, *La Panthère d'Amour*. *Passion du Palatinus*.
1302 : première réunion des états généraux à Paris. Les milices flamandes battent les chevaliers français à Courtrai.
1303 : attentat d'Anagni. Mort de Boniface VIII.
Dante commence *La Divine Comédie*.
1304-1306 : Giotto peint les fresques de la chapelle Scrovegni à Padoue. Nicole Bozon, *Le Char d'Orgueil*.
1304-1308 : Duns Scot à Paris.
1304-1309 : Joinville, *Vie de Saint Louis*.
1306 : Piero de Crescenzi, *Ruralia Commoda*, somme de la science agricole.
1308-1314 : procès et condamnation des Templiers.
1309 : la papauté s'installe en Avignon.
1310 : première représentation de la Passion sur le parvis de la cathédrale de Rouen. Statue de la Vierge d'Écouis.
Premier livre de *Fauvel*.
1310-1315 : Occam à Paris.
Vers 1313 : Dante termine *La Divine Comédie* par *Le Paradis*.
1312 : Jacques de Longuyon, *Les Vœux du Paon*.
1314 : Louis X roi de France.
Second livre de *Fauvel*. Traduction de la *Chirurgia* d'Henri de Mondeville.
1315 : Raymond Lulle meurt lapidé en Afrique du Nord.
1315-1317 : grande famine en Occident.
1316 : construction du palais des Papes en Avignon.
Jean Maillart, *Le Roman du comte d'Anjou*. Jean de Condé, œuvres poétiques.
1317 : Philippe V le Long roi de France.

Dante, *De monarchia*.
Vers 1320 : *Roman de Perceforest*. Jean de Vignay traduit le *De re militari* de Végèce. Miniatures de Jean Pucelle.
1321 : mort de Dante.
1322 : Charles IV le Bel roi de France.
1324 : Marsile de Padoue, le *Defensor Pacis*.
1328 : Philippe VI roi de France. Victoire de Cassel sur les Flamands.
Ovide moralisé. Poèmes de Watriquet de Couvin. *Petites Heures de Jeanne d'Évreux*.
1330 : Nicole Bozon, *Contes moralisés*. Jean de Ruysbroek, les *Noces spirituelles*.
1331 : Guillaume de Digulleville, *Le Pèlerinage de Vie humaine*.
1332 : Jean Acart, *La Prise amoureuse*.
1335 : Philippe de Vitry, *Chapel des Trois Fleurs de lis*. Giotto, campanile de Florence.
1337 : mort de Giotto. Naissance de Froissart. Rupture de Philippe VI et d'Édouard III. Condamnation d'Occam par Paris. Université d'Angers.
1337-1340 : A. Lorenzetti, *Le Bon et le Mauvais gouvernement*.
Vers 1338 : Jean Dupin, *Livre de Mandevie* et *Mélancolies*.
1339 : débarquement anglais.
De 1339 à 1382 : *Miracles de Notre-Dame par personnages*.
1340 : bataille de l'Écluse. Naissance de Chaucer et de Claus Sluter ; Jean de Le Mote, *Le Parfait du Paon*.
1341 : Pétrarque couronné prince des poètes à Rome.
Guillaume de Machaut, *Le Remède de Fortune* et *Le Jugement dou roy de Behaingne*.
1342 : avènement du pape Clément VI. Guerre de Bretagne.
Fin de la seconde rédaction de *Renart le Contrefait*. Poèmes de Jean de Le Mote.
1346 : bataille de Crécy. Naissance d'Eustache Deschamps.
1347 : reddition de Calais le 3 août. Fondation de l'Université de Prague.
1348 : Jean Buridan recteur de l'Université de Paris.
1348-1349 : la Peste noire.
1349 : mort de Guillaume d'Occam.
Guillaume de Machaut, *Jugement dou roy de Navarre*. Boccace, *Décaméron*.
1350 : Jean II le Bon roi de France.
Baudouin de Sebourc.
1352-1356 : début de la *Chronique* de Jean le Bel.

CHRONOLOGIE 579

1356 : le Prince noir envahit le Poitou. Bataille de Poitiers et captivité de Jean le Bon. Étienne Marcel : réunion des états généraux.

Jean de Mandeville, *Voyages*. Traduction de Tite-Live par Bresuire.

1357 : Pétrarque, *I trionfi*. Guillaume de Digulleville, *Le Pèlerinage de l'âme*. Guillaume de Machaut, *Confort d'Ami*. *Tristan de Nanteuil*.

1358 : révolte et mort d'Étienne Marcel. Jacqueries. Guillaume de Digulleville, *Le Pèlerinage de Jésus-Christ*.

1360 : traité de Brétigny-Calais. Prise d'Andrinople par les Turcs.

1361 : Guillaume de Machaut, la *Fontaine amoureuse*. Jean Froissart, *Le Paradis d'Amour*.

1362 : Philippe le Hardi duc de Bourgogne. Froissart en Angleterre.

1363 : Gui de Chauliac, *La Grande Chirurgie*.

1364 : Charles V roi de France. Du Guesclin vainqueur à Cocherel. Fondation de l'Université de Cracovie.

Nicole Oresme, le *Livre de Divinacions* et le *Traité de la sphère*. Guillaume de Machaut, le *Voir Dit*.

1366 : Du Guesclin à la tête des routiers en Espagne.

1367 : Urbain V quitte Avignon pour Rome.

1369 : reprise de la guerre franco-anglaise. Froissart en Hainaut.

Après 1369 : Guillaume de Machaut, *La Prise d'Alexandrie*. Froissart, *L'Espinette amoureuse* et rédaction du livre I des *Chroniques* (1369-1377).

1370 : Du Guesclin connétable : il reconquiert le Limousin, puis le Poitou et la Saintonge.

1370-1374 : Nicole Oresme traduit et commente l'*Éthique*, la *Politique* et l'*Économique* d'Aristote.

1373 : Boccace, *De genealogiis deorum gentilium*.

1374 : mort de Pétrarque.

1375 : mort de Boccace.

1376 : Jean Le Fèvre, *Le Respit de la Mort*.

1377 : Richard II roi d'Angleterre. Grégoire XI à Rome. Mort de Guillaume de Machaut.

Nicole Oresme achève *Le Livre du Ciel et du Monde*.

1377-1381 : *Apocalypse* d'Angers.

1378 : révolte des *ciompi* à Florence, troubles à Rome. Élection d'Urbain VI et de Clément VII : début du grand schisme en Occident.

1379 : révolte de la Flandre : Philippe Van Artevelde. Clément VII, vaincu en Italie, s'installe en Avignon et s'allie à Louis d'Anjou.

Wyclif, *Speculum ecclesiae*.

1380 : mort de Du Guesclin et de Charles V. Charles VI roi de France.

Wyclif : *De eucharistia*. *Voie de Paradis*. Gaston Phébus, *Livre des oraisons*. Seconde rédaction du *Méliador* de Froissart.

1380-1385 : André Beauneveu enlumine le *Psautier de Bourges*.

1381 : révolte des Maillotins à Paris.

1382 : victoire de Charles VI à Roosebeke.

1384 : tapisserie des *Preux et des Preuses*.

1385 : mariage de Charles VI avec Isabeau de Bavière.

Claus Sluter : portail de la chartreuse de Champmol.

1386 : fondation de l'Université de Heidelberg.

1387 : mariage de Louis d'Orléans avec Valentine Visconti. Sigismond roi de Hongrie.

Début de la construction de la cathédrale de Milan.

Chaucer, *Canterbury Tales*. Froissart, second livre des *Chroniques*. Gaston Phébus, *Livre de la Chasse*.

De la même époque datent, de Philippe de Mézières, le *Livre de la vertu du sacrement de mariage et du réconfort des dames mariées* (exemplum de *Griseldis*) et le *Songe du viel Pèlerin*, et, d'Honoré Bovet, *L'Arbre des batailles*.

1389 : en mai, fêtes de Saint-Denis. Pierre d'Ailly chancelier de l'Université de Paris.

Livre des cent ballades. Jacques d'Ableiges, *Le Grand Coutumier de France*.

De 1390 à 1392 : livre III des *Chroniques* de Froissart.

1391 : Gerson demande à Charles VI de mettre fin au grand schisme.

1392 : folie de Charles VI.

Jean d'Arras, *Mélusine*.

1393 : Eustache Deschamps, *Art de dictier*, premier art poétique.

Le Mesnagier de Paris, manuel d'économie domestique.

1394 : naissance d'Henri le Navigateur.

1394-1395 : Richard II soumet l'Irlande.

1395 : naissance de Jacques Cœur. Gerson chancelier de l'Université de Paris. Tamerlan atteint le Caucase.

1395-1396 : Claus Sluter, *Le Puits de Moïse*.

1396 : défaite des croisés chrétiens à Nicopolis. Début du conflit entre les ducs de Bourgogne et d'Orléans.

1398 : Honoré Bovet, *Apparicion maistre Jehan de Meun*. *Estoire de Griseldis*, pièce dramatique.
Entre 1398 et 1400 : livre IV des *Chroniques* de Froissart.
1399 : déposition de Richard II d'Angleterre.
Christine de Pizan, *Epistre au Dieu d'Amour*.
1400 : Tamerlan ravage la Syrie. Début de la construction de la chartreuse de Pavie.
Laurent de Premierfait, traduction du *De Casibus* de Boccace. Simon de Hesdin et Nicole de Gonesse, traduction des *Facta et dicta memorabilia* de Valère Maxime.
1401 : guerre entre la Pologne et les Chevaliers teutoniques. Fondation de la *Taula de canvi* de Barcelone, première banque publique de l'histoire. Naissance de Nicolas de Cues et de Masaccio. Cour amoureuse de Charles VI.
Christine de Pizan, *Epistre Othea*. Jacques Legrand, *Archiloge Sophie*.
1401-1402 : querelle du *Roman de la Rose*.
1402 : Jean Hus recteur de l'Université de Prague.
Christine de Pizan, *Le Livre de Mutacion de Fortune* et *Le Livre du chemin de long estude*.
1403 : Benoît XIII fuit Avignon. Ghiberti exécute les bas-reliefs du baptistère de Florence.
1404 : mort de Philippe le Hardi. Jean sans Peur duc de Bourgogne.
Venise occupe Padoue, Vérone et Vicence.
Christine de Pizan, *Livre des fais et bonnes meurs du sage roy Charles V*. Première rédaction du *Livre des bonnes meurs* de Jacques Legrand. Jean de Werchin, *Songe de la barge*.
1404-1405 : Christine de Pizan, *Le Livre de la Cité des Dames*.
1405 : Christine de Pizan, *Le Livre de la Prod'ommie, Epistre à la reine Isabeau, Le Livre des trois vertus, L'Advision Christine*. Laurent de Premierfait, traduction du *De Senectute* de Cicéron.
1406 : les Florentins occupent Pise.
1407 : assassinat du duc Louis d'Orléans par Jean sans Peur. Christine de Pizan, *Le Livre du corps de Policie*.
1409 : les deux papes sont déchus au concile de Pise : élection d'Alexandre V.
Livre des fais du bon messire Jehan Le Meingre dit Bouciquaut. Christine de Pizan, *Cent Ballades d'amant et de dame*.
1410 : Jagellon écrase les Chevaliers teutoniques à Tannenberg. Révolte populaire en faveur de Jean Hus.
Christine de Pizan, *Le Livre des fais d'armes et de chevalerie*.

1410-1416 : les frères de Limbourg commencent les *Très Riches Heures du duc de Berry*.
1412 : Christine de Pizan, *Le Livre de la paix*.
1413 : avènement de Henry de Lancastre.
1414 : Laurent de Premierfait, traduction du *Décaméron* de Boccace.
1415 : bataille d'Azincourt. Captivité de Charles d'Orléans. Supplice de Jean Hus.
1416 : Alain Chartier, *Le Livre des quatre dames*. Laurent de Premierfait, traduction du *De amicitia* de Cicéron.
1417 : déposition du pape Benoît XIII ; élection de Martin V.
1418 : prise de Paris par les Bourguignons ; massacre des Armagnacs.
1419 : Henry V maître de la Normandie. Assassinat de Jean sans Peur. Philippe le Bon duc de Bourgogne : il s'allie avec Henry V.
1420 : traité de Troyes.
Passions de Semur et d'Arras.
1421 : Leonardo Bruni, traduction du *Phèdre* de Platon. *Imitation de Jésus-Christ*.
1422 : mort de Charles VI et de Henry V. Charles VII roi de France.
Alain Chartier, *Le Quadrilogue invectif*.
1424 : défaite de Charles VII à Verneuil.
Alain Chartier, *La Belle Dame sans merci*.
1425 : fondation de l'Université de Louvain.
Baudet Hérenc, *Parlement d'Amour*.
1428 : Alain Chartier, *Le Livre de l'Espérance*.
1429 : Jeanne d'Arc délivre Orléans. Sacre de Charles VII à Reims. Échec devant Paris.
Christine de Pizan, *Le Ditié de Jehanne d'Arc*.
1430 : Jeanne d'Arc prisonnière.
1431 : procès et supplice de Jeanne d'Arc. Convocation du concile de Bâle. Eugène IV pape.
Lorenzo Valla, *De voluptate*.
1432 : Van Eyck, *L'Agneau mystique*. Baudet Hérenc, *Doctrinal de la seconde rhétorique*.
1433 : exil de Côme de Médicis. Jacques Cœur à Damas. Conférence de Prague avec les Hussites.
1434 : soulèvement de la Normandie contre les Anglais. Côme de Médicis prend le pouvoir à Florence.
Van Eyck, *Arnolfini et sa femme*.

1435 : traité d'Arras entre Charles VII et Philippe le Bon. Charles VII reconquiert l'Île-de-France. Jacques Cœur maître des monnaies de Charles VII.

Van der Weyden, *Descente de croix*.

1436 : Charles VII prend Paris. Scission du concile sur la réforme du Saint-Siège.

Van Eyck, *Vierge au chanoine Van den Paele*.

1437 : construction de Saint-Maclou à Rouen.

1439 : la Serbie devient une province turque.

1440 : retour de Charles d'Orléans en France. Révolte féodale de la Praguerie. Procès de Gilles de Rais. Jacques Cœur argentier royal.

Nicolas de Cues, *De docta ignorantia*. Brunelleschi commence la construction du palais Pitti à Florence. Donatello, *David*.

1441 : *Le Mystère du siège d'Orléans*. Michault le Caron, dit Taillevent, *Le Passe-temps*.

1442 : Alphonse V prend Naples. Jacques Cœur membre du Conseil du roi.

Martin Le Franc : le *Champion des dames*. Charles d'Orléans, poésies. Alberti, *Della tranquillitate dell'anima*. *Annonciation* d'Aix-en-Provence.

1443 : fondation du parlement de Toulouse. Hôtel Jacques Cœur à Bourges.

1444 : L. Valla, *Elegantiae linguae latinae*. Antoine de La Sale, *La Salade*. Pierre Chastellain, *Le Temps perdu*.

1445 : Charles VII crée les Compagnies d'Ordonnance. Jean Fouquet, *Portrait de Charles VII*.

1447 : le dauphin Louis se retire en Dauphiné.

1448 : institution des Francs Archers.

Martin Le Franc, *L'Estrif de Fortune et de Vertu*. Jean Miélot, *Miroir de l'humaine salvation*.

1449 : Charles VII reconquiert la Normandie. Abdication de Félix V. Fin du concile de Bâle.

Journal d'un bourgeois de Paris.

1450 : bataille de Formigny. Gutenberg ouvre un atelier d'imprimerie à Mayence. Construction du chœur du Mont-Saint-Michel. Van der Weyden, le *Jugement dernier*. J. Fouquet, *Livre d'heures d'Étienne Chevalier*. Jacques Milet, *Istoire de la destruction de Troye la Grant*. Louis de Beauvau, *Roman de Troyle et Criseida*.

1451 : Antoine de La Sale, *La Sale*. Pierre Chastellain, *Le Temps recouvré*. Arnoul Gréban, *Mystère de la Passion*. Jean Miélot, traduction du *Miroir de l'âme pécheresse*.

Chœur du Mont-Saint-Michel.
1452 : réforme de l'Université de Paris. Procès de Jacques Cœur.
1453 : prise de Constantinople par les Turcs.
Georges Chastelain, *Les Princes*. Nicolas de Cues, *De pacis fide*.
Donatello travaille à Florence : statue du Gattamelata.
1454 : fondation de la Communauté des Minimes par saint François de Paule. *Le Banquet du Faisan*.
René d'Anjou, *Le Mortifiement de Vaine Plaisance*.
1455 : début de la guerre des Deux Roses en Grande-Bretagne. Calixte III pape.
Gutenberg imprime la Bible.
J. Le Prieur, *Le Mystère du Roy Advenir*. *Farce du Nouveau Marié*.
1456 : les Portugais atteignent le golfe de Guinée.
Réhabilitation de Jeanne d'Arc ; le dauphin Louis se réfugie chez le duc de Bourgogne.
Villon, *Le Lais*. Antoine de La Sale, *Le Petit Jehan de Saintré*. Marsile Ficin, *Institutiones platonicae*. *Roman des seigneurs de Gavre*. *Mystère de la Résurrection d'Angers*.
Paolo Uccello peint *Les Batailles de San Romano*.
1457 : René d'Anjou, *Le Cœur d'amour épris*.
Donatello, *Saint Jean-Baptiste*.
1458 : les Turcs occupent Athènes. Pie II pape.
David Aubert, *Les Conquêtes de Charlemagne*. E. Marcadé, *La Vengeance Jésus-Christ*.
1459 : Jean Milet, *La Forêt de Tristesse*.
Jean Fouquet peint Jean Juvénal des Ursins ; entre 1459 et 1463, Benozzo Gozzoli fait les peintures de la chapelle des Médicis.
1460 : mort d'Antoine de La Sale.
Filippo Lippi achève les fresques du dôme de Prato.
Danse macabre de La Chaise-Dieu.
1461 : mort de Charles VII ; Louis XI roi. Chute de l'Empire grec de Trébizonde.
Villon, *Le Testament*. *Sottie des Menus Propos*.
Entre 1461 et 1465 : Jean Meschinot, *Les Lunettes des princes*.
1462 : Ivan III, grand-duc de Moscou.
Van der Weyden peint *Le Triptyque des Rois Mages*.
1463 : naissance de Pic de la Mirandole. Jean Miélot traduit Roberto della Porta. Marsile Ficin commence sa traduction de Platon.
1464 : ligue du Bien Public dirigée contre Louis XI.

Raoul Lefèvre, recueil des *Troyennes Histoires*.
1465 : mort de Charles d'Orléans. Bataille de Montlhéry.
Impression de *L'Ars moriendi* à Cologne.
Henri Baude, *Testament de la Mule Barbeau*.
1466 : naissance d'Érasme. Chaire de grec à l'Université de Paris.
Jean de Bueil, *Le Jouvencel*. Entre 1456 et 1467, *Les Cent Nouvelles Nouvelles*. *Le Livre de Maistre Regnart*, de Jean Tennesax. *Le Roman de Jean d'Avesnes*.
1467 : Charles le Téméraire devient duc de Bourgogne à la mort de son père Philippe le Bon. Révolte de Liège.
Naissance de Guillaume Budé.
Filippo Lippi, *Couronnement de la Vierge*.
1468 : entrevue de Péronne.
Monologue du Franc Archer de Bagnolet.
1469 : avènement de Laurent de Médicis. Isabelle de Castille épouse Ferdinand d'Aragon.
Naissance de Machiavel.
1470 : Guillaume Fichet installe une imprimerie à la Sorbonne.
Livre des faits de Jacques de Lalain. Farce du pâté et de la tarte. Traduction de Xénophon en français par Vasque de Lucène. Olivier de La Marche commence ses *Mémoires*.
Fouquet peint les *Antiquités judaïques* et Botticelli *Judith*.
1471 : naissance d'Albert Dürer.
Mystère de la Passion d'Autun.
1472 : Philippe de Commynes passe au service de Louis XI.
Martial d'Auvergne, *Les Vigiles de Charles VII*. Traduction des *Commentaires* de César.
1473 : naissance de Copernic.
Theseus de Cologne.
Botticelli, *Saint Sébastien*, Martin Schongauer, *La Vierge au buisson de roses*.
1474 : naissance de l'Arioste.
Marsile Ficin, *De christiana religione*.
Commencement de la chapelle Sixtine.
1475 : fin de la guerre de Cent Ans, entrevue de Picquigny entre Louis XI et Édouard IV d'Angleterre. Naissance de Michel-Ange et de Grünewald.
Sixte IV ouvre au public la Bibliothèque vaticane.
Miracles de sainte Geneviève. *Les Évangiles des Quenouilles*.
Verrocchio : *David*. Molinet : *Le Temple de Mars* ; il commence ses *Chroniques*.
1476 : victoires des Suisses sur Charles le Téméraire.

Nicolas Froment, *Le Buisson ardent*.

1477 : défaite et mort de Charles le Téméraire sous les murs de Nancy. Maximilien d'Autriche épouse Marie de Bourgogne. Impression du premier livre en français.

Fin des *Mémoires* de Jean de Haynin. Jean Molinet, *Le Naufrage de la Pucelle*.

1478 : conspiration des Pazzi. Sixte IV excommunie Laurent de Médicis et lui déclare la guerre. Sixte IV met Florence en interdit. Botticelli, *Le Printemps*.

Jean Molinet, *Le Chappellet des Dames*.

1479 : avènement de Ferdinand le Catholique. Ludovic le More prend le pouvoir à Milan.

Jean Molinet, *Le Testament de la guerre*. Memling, *Mariage mystique de sainte Catherine*.

1480 : mort du roi René. Louis XI occupe le Barrois et l'Anjou.

1481 : institution de l'Inquisition en Espagne : Torquemada. Jean II roi de Portugal. Les Turcs sont chassés d'Otrante. Mort de Jean Fouquet.

Jean Molinet, *Ressource du petit peuple*.

1482 : saint François de Paule en France. Rattachement de la Provence à la France. Botticelli, troisième version de *L'Adoration des Mages*.

Henri Baude, *Dictz moraulx pour faire tapisserie*.

1483 : mort de Louis XI. Charles VIII roi. Régence des Beaujeu.

Mort d'Édouard IV. Richard III roi d'Angleterre. Naissance de Luther, de Guichardin et de Raphaël.

Olivier de La Marche, *Le Chevalier délibéré*.

1489-1498 : Philippe de Commynes compose ses *Mémoires*.

1492 : découverte de l'Amérique par Christophe Colomb.

BIBLIOGRAPHIE

I. Ouvrages bibliographiques

BOSSUAT, R., *Manuel bibliographique de la littérature française du Moyen Âge*, Melun, Librairie d'Argences, 1951. Supplément (1949-1953), Paris, Librairie d'Argences, 1955. Deuxième supplément (1954-1960), Paris, Librairie d'Argences, 1961. Troisième supplément (1960-1980) par F. Vieillard et J. Monfrin, Paris, CNRS, t. I, 1986, t. II, 1991.
Bulletin bibliographique de la Société internationale arthurienne.
Bulletin bibliographique de la Société internationale Rencesvals.
Cahiers de Civilisation médiévale (tables bibliographiques).
Encomia, Bulletin de la Société internationale d'études courtoises.
KLAPP, O., *Bibliographie der französischen Literaturwissenschaft*, Frankfurt, Klostermann, depuis 1956.
RANCŒUR, R., *Bibliographie de la littérature française du Moyen Âge à nos jours*, Paris, Armand Colin, depuis 1966.
WOLEDGE, B., *Bibliographie des romans et nouvelles en prose française antérieurs à 1500*, Genève, Droz, 1954. *Supplément*, Genève, Droz, 1975.
Zeitschrift für romanische Philologie (tables bibliographiques).

II. Dictionnaires, tables et index

DI STEFANO, G., *Dictionnaire des locutions en moyen français*, Montréal, CERES, 1991.

DUBUIS, R., *Lexique des Cent Nouvelles Nouvelles*, Paris, Klincksieck, 1996.

FLUTRE, L.-F., *Table des noms propres avec toutes leurs variantes figurant dans les romans du Moyen Âge écrits en français ou en provençal et actuellement publiés ou analysés*, Poitiers, CESCM, 1962.

GODEFROY, F., *Dictionnaire de l'ancienne langue française et de tous ses dialectes du IXe au XVe siècle*, 10 vol., Paris, Vieweg, 1891-1902, réimpr. Genève-Paris, Slatkine, 1982.

GUERREAU-JALABERT, A., *Index des motifs narratifs dans les romans arthuriens en vers (XIIe-XIIIe siècles)*, Genève, Droz, 1992.

LALANDE, D., *Lexique des chroniqueurs français* (XIVe siècle, début du XVe siècle), Paris, Klincksieck, 1995.

LANGLOIS, E., *Table des noms propres de toute nature compris dans les chansons de geste imprimées*, Paris, 1904.

MOISAN, A., *Répertoire des noms propres de personnes et de lieux cités dans les chansons de geste françaises et les œuvres étrangères dérivées*, Genève, Droz, 5 vol., 1986.

TOBLER, A. et LOMMATZSCH, E., *Altfranzösisches Wörterburg*, 10 vol. parus de *a* à *vïaire*, Wiesbaden, Steiner, depuis 1925.

WARTBURG, W. von, *Französisches etymologisches Wörterburch*, Tübingen et Basel, depuis 1922 (25 vol. parus).

III. OUVRAGES DE LANGUE

ANDRIEUX-REIX, N., *Ancien Français. Fiches de vocabulaire*, Paris, PUF, 1987.

BAUMGARTNER, E., MÉNARD, Ph., *Dictionnaire étymologique de la langue française*, Le Livre de poche, Paris, 1996.

BLOCH, O., WARTBURG, W. VON, *Dictionnaire étymologique de la langue française*, Paris, PUF, 1968.

BURGESS, G.S., *Contribution à l'étude du vocabulaire précourtois*, Genève, Droz, 1970.

BURIDANT, C., *Grammaire nouvelle de l'ancien français*, Paris, SEDES, 2000.

FOULET, L., *Glossary of the First Continuation*, Philadelphie, The American Philosophical Society, 1955.

GOUGENHEIM, G., *Les Mots français dans l'histoire et dans la vie*, Paris, Picard, 1968-1975, 3 vol.

BIBLIOGRAPHIE

GRISAY, A., DUBOIS, M., LAVIS, G., *Les Dénominations de la femme dans les anciens textes littéraires français*, Gembloux, Duculot, 1969.

HOLLYMAN, K.J., *Le Développement du vocabulaire féodal en France pendant le haut Moyen Âge (Étude sémantique)*, Genève, Droz – Paris, Minard, 1957.

KLEIBER, G., *Le Mot « ire » en ancien français (XIe-XIIIe siècles). Essai d'analyse sémantique*, Paris, Klincksieck, 1978.

MARCHELLO-NIZIA, Ch., *Histoire de la langue française aux XIVe et XVe siècles*, Paris, Bordas, 1979.

MARTIN, R., WILMET, M., *Syntaxe du moyen français*, Bordeaux, Sobodi, 1980.

MATORÉ, G., *Le Vocabulaire et la société médiévale*, Paris, PUF, 1985.

MÉNARD, Ph., *Syntaxe de l'ancien français*, 4e éd. revue, corrigée et augmentée, Bordeaux, Éditions Bière, 1994.

MOIGNET, G., *Grammaire de l'ancien français*, Paris, Klincksieck, 1979.

PERRET, M., *Le Signe et la mention : adverbes embrayeurs ci, ça, la, illuec en moyen français*, Genève, Droz, 1988.

PICOCHE, J., MARCHELLO-NIZIA, Ch., *Histoire de la langue française*, Paris, Nathan, 1989.

REY, A., *Dictionnaire historique de la langue française*, Paris, Le Robert, 1992, 2 vol.

WAGNER, R.-L., *Les Vocabulaires français*, Paris, Didier, 1967, 2 t.

WAGNER, R.-L., *L'Ancien Français*, Paris, Larousse, 1974.

IV. LITTÉRATURE DU MOYEN ÂGE

1. *Ouvrages généraux*

BADEL, P.-Y., *Introduction à la vie littéraire du Moyen Âge*, Paris, Bordas, 1969, éd. revue, 1984.

BAUMGARTNER, E., *Histoire de la littérature française, Moyen Âge (1050-1486)*, Paris, Bordas, 1987.

BÉDIER, J., HAZARD, P., *Littérature française*, nouv. éd. revue et augmentée sous la direction de P. Martino. *Première partie : Le Moyen Âge*, Paris, Larousse, 1948.

BERTHELOT, A., *Histoire de la littérature française du Moyen Âge*, Paris, Nathan, 1989.

BOUTET, D., *Histoire de la littératue française du Moyen Âge*, Paris, Champion, 2003.

Dictionnaire des Lettres françaises, sous la direction du cardinal G. Grente, I, *Le Moyen Âge*, éd. révisée et mise à jour sous la direction de G. Hasenohr et M. Zink, Paris, Le Livre de poche, 1992.

GALLY, M., MARCHELLO-NIZIA, Ch., *Littératures de l'Europe médiévale*, Paris, Magnard, 1985.

Grundriss der romanischen Literaturen des Mittelalters, Heidelberg, Carl Winter Verlag, depuis 1972 (13 vol. sont prévus).

LE GENTIL, P., *La Littérature française du Moyen Âge*, 4ᵉ éd., Paris, Armand Colin, 1972.

PAYEN, J.-Ch., *Littérature française. Le Moyen Âge. I. Des origines à 1300*, Paris, Arthaud, 1970 ; 2ᵉ éd. Paris, GF-Flammarion, 1990.

POIRION, D., *Littérature française. Le Moyen Âge. II. 1300-1480*, Paris, Arthaud, 1971 ; *Précis de littérature française du Moyen Âge*, Paris, PUF, 1983.

ZINK, M., *Littérature française du Moyen Âge*, Paris, PUF, 1992.

ZUMTHOR, P., *Histoire littéraire de la France médiévale, VIᵉ-XIVᵉ siècles*, Paris, PUF, 1954.

2. Études

BEZZOLA, R.R., *Les Origines et la formation de la littérature courtoise en Occident (500-1200)*, Paris, Champion, 1944-1967, « Bibliothèque de l'École des hautes études », n° 286, 5 vol.

BOUTET, D., STRUBEL, A., *Littérature, politique et société dans la France du Moyen Âge*, Paris, PUF, 1979.

BOUTET, D., *Charlemagne et Arthur ou le Roi imaginaire*, Paris, Champion, 1992.

BRETEL, P., *Les Ermites et les moines dans la littérature française du Moyen Âge (1150-1250)*, Paris, Champion, 1995.

CERQUIGLINI, B., *La Parole médiévale*, Paris, Éditions de Minuit, 1981.

CURTIUS, E.R., *La Littérature européenne et le Moyen Âge latin*, Paris, PUF, 1956.

DUBOST, F., *Aspects fantastiques de la littérature narrative médiévale (XIIᵉ-XIIIᵉ siècles). L'Autre, l'Ailleurs, l'Autrefois*, Paris, Champion, 1991, 2 vol.

FRAPPIER, J., *Amour courtois et Table Ronde*, Genève, Droz, 1973.

FRAPPIER, J., *Histoire, mythes et symboles*, Genève, Droz, 1976.

HARF-LANCNER, L., *Les Fées au Moyen Âge. Morgane et Mélusine*, Paris, Champion, 1984.

JONIN, P., *L'Europe en vers au Moyen Âge. Essai de thématique*, Paris, Champion, 1996.

LAZAR, M., *Amour courtois et fin'amors dans la littérature du XIIe siècle*, Paris, Klincksieck, 1964.

MÉNARD, Ph., *Le Rire et le sourire dans le roman courtois en France au Moyen Âge (1150-1250)*, Genève, Droz, 1969.

MICHA, A., *De la chanson de geste au roman*, Genève, Droz, 1976.

PAYEN, J.-Ch., *Le Motif du repentir dans la littérature française médiévale (des origines à 1230)*, Genève, Droz, 1968.

POIRION, D., *Le Merveilleux dans la littérature française du Moyen Âge*, Paris, PUF, 1982.

POMEL, F., *Les Voies de l'au-delà et l'essor de l'allégorie au Moyen Âge*, Paris, Champion, 2001.

REY-FLAUD, H., *Le Charivari. Les rituels fondamentaux de la sexualité*, Paris, Payot, 1985.

RIBARD, J., *Le Moyen Âge. Littérature et symbolisme*, Paris, Champion, 1984.

RIBARD, J., *Du mythique au mystique. La littérature médiévale et ses symboles*, Paris, Champion, 1995.

RIBARD, J., *Symbolisme et christianisme dans la littérature médiévale*, Paris, Champion, 2001.

RIDOUX, Ch., *Évolution des études médiévales en France de 1860 à 1914*, Paris, Champion, 2000.

RYCHNER, J., *La Narration des sentiments, des pensées et des discours dans quelques œuvres des XIIe et XIIIe siècles*, Genève, Droz, 1990.

STRUBEL, A., *La Rose, Renart et le Graal. La littérature allégorique en France au XIIIe siècle*, Paris, Champion, 1989.

VINAVER, E., *À la recherche d'une poétique médiévale*, Paris, Nizet, 1970.

VINCENSINI, J.-J., *Pensée mythique et narrations médiévales*, Paris, Champion, 1996.

VINCENSINI, J.-J., *Motifs et thèmes du récit médiéval*, Paris, Nathan, 2000.

ZINK, M., *La Subjectivité littéraire : autour du siècle de Saint Louis*, Paris, PUF, 1985.

ZUMTHOR, P., *La Lettre et la voix. De la littérature médiévale*, Paris, Le Seuil, 1987.

V. Les genres littéraires

1. *Les récits brefs*

AUBAILLY, J.-Cl., *La Fée et le chevalier. Essai de mythanalyse de quelques lais des XIIe et XIIIe siècles*, Paris, Champion, 1986.

DUBUIS, R., *Les Cent Nouvelles Nouvelles et la tradition de la nouvelle en France au Moyen Âge*, Presses universitaires de Grenoble, 1973.

GALLAIS, P., *La Fée à la fontaine et à l'arbre. Un archétype du conte merveilleux et du récit courtois*, Amsterdam, Rodopi, 1992.

JODOGNE, O., PAYEN, J.-Ch., *Le Fabliau et le lai narratif*, Turnhout, Brepols, 1975 (« Typologie des sources du Moyen Âge occidental », fasc. 13).

LÉONARD, M., *Le Dit et sa technique littéraire des origines à 1340*, Paris, Champion, 1996.

2. *La chanson de geste*

BANCOURT, P., *Les Musulmans dans les chansons de geste du Cycle du roi*, Aix-en-Provence, 1982, 2 vol.

BÉDIER, J., *Les Légendes épiques. Recherches sur la formation des chansons de geste*, Paris, Champion, 1908-1913 (3e éd., 1926-1929), 4 vol.

BOUTET, D., *La Chanson de geste*, Paris, PUF, 1993.

COMBARIEU DU GRÈS, M. de, *L'Idéal humain et l'expérience morale chez les héros des chansons de geste des origines à 1250*, Aix-en Provence, Université de Provence, 1979, 2 vol.

FRAPPIER, J., *Les Chansons du cycle de Guillaume d'Orange*, Paris, SEDES, 1955-1965, 2 vol.

GRISWARD, J., *Archéologie de l'épopée médiévale*, Paris, Payot, 1981.

GUIDOT, B., *Recherches sur la chanson de geste au treizième siècle d'après certaines œuvres du Cycle de Guillaume d'Orange*, Aix-en-Provence, Université de Provence, 1986, 2 vol.

HEINEMANN, E.A., *L'Art métrique de la chanson de geste*, Genève, Droz, 1993.

MADÉLÉNAT, D., *L'Épopée*, Paris, PUF, 1986.

MARTIN, J.-P., *Les Motifs dans la chanson de geste*, Lille, Université de Lille III, 1992.

RIQUER, M. de, *Les Chansons de geste françaises*, Paris, Nizet, 1968 (2ᵉ éd. refondue).
ROSSI, M., *Huon de Bordeaux et l'évolution du genre épique au XIIIᵉ siècle*, Paris, Champion, 1975.
ROUSSEL, C., *Conter de geste au XIVᵉ siècle. Inspiration folklorique et écriture épique dans la Belle Hélène de Constantinople*, Genève, Droz, 1998.
RYCHNER, J., *La Chanson de geste. Essai sur l'art épique des jongleurs*, Genève, Droz, 1955.
SUARD, F., *La Chanson de geste*, Paris, PUF, 1993.
La Technique littéraire des chansons de geste, Actes du Colloque de Liège, Paris, Les Belles Lettres, 1959.
VICTORIO, J. (dir.), *L'Épopée*, Turnhout, Brepols, 1988 («Typologie des Sources du Moyen Âge Occidental», fasc. 49).

3. *Le théâtre*

ACCARIE, M., *Le Théâtre sacré de la fin du Moyen Âge. Étude sur le sens moral de la Passion de Jean Michel*, Genève, Droz, 1979.
AUBAILLY, J.-Cl., *Le Théâtre médiéval profane et comique. La naissance d'un art*, Paris, Larousse, 1975.
AUBAILLY, J.-Cl., *Le Monologue, le dialogue et la sottie. Essai sur quelques genres dramatiques à la fin du Moyen Âge et au début du XVIᵉ siècle*, Paris, Champion, 1976.
BORDIER, J.-P., *Le Jeu de la passion. Le message chrétien et le théâtre français (XIIIᵉ-XVIᵉ siècle)*, Paris, Champion, 1997.
COHEN, G., *Le Théâtre en France au Moyen Âge*, nouvelle édition, Paris, PUF, 1948.
COHEN, G., *Histoire de la mise en scène dans le théâtre religieux français du Moyen Âge*, nouvelle éd. revue et augmentée, Paris, Champion, 1951.
LEWICKA, H., *Études sur l'ancienne farce française*, Paris, Klincksieck, 1974.
MAZOUER, Ch., *Le Théâtre français du Moyen Âge*, Paris, SEDES, 1998.
RÉVOL, Th., *Représentations du sacré dans les textes dramatiques des XIᵉ-XIIᵉ siècles en France*, Paris, Champion, 1999.
REY-FLAUD, B., *La Farce ou la Machine à rire. Théorie d'un genre dramatique (1450-1550)*, Genève, Droz, 1984.
REY-FLAUD, H., *Le Cercle magique, essai sur le théâtre en rond à la fin du Moyen Âge*, Paris, Gallimard, 1973.

REY-FLAUD, H., *Pour une dramaturgie du Moyen Âge*, Paris, PUF, 1980.
RUNNALLS, G., *Études sur les mystères*, Paris, Champion, 1998.

4. *La poésie*

BEC, P., *La Lyrique française au Moyen Âge (XIIe-XIIIe siècles)*, Paris, Picard, 1977-1978, 2 vol.
CAMPROUX, Ch., *Le Joy d'amour des troubadours*, Montpellier, Causse et Castelnau, 1965.
DRAGONETTI, R., *La Technique poétique des trouvères dans la chanson courtoise. Contribution à l'étude de la rhétorique médiévale*, Bruges, De Tempel, 1960 ; Slatkine Reprints, 1979.
DRAGONETTI, R., *La Musique et les lettres. Études de littérature médiévale*, Genève, Droz, 1986.
FARAL, E., *Les Arts poétiques du XIIe et du XIIIe siècles*, Paris, Champion, 1925 ; dernière éd., 1962.
FERRAND, F. (dir), *Guide de la musique du Moyen Âge*, Paris, Fayard, 1999.
GROS, G., et FRAGONARD, M.-M., *Les Formes poétiques du Moyen Âge à la Renaissance*, Paris, Nathan, 1995.
JEANROY, A., *Les Origines de la poésie lyrique en France au Moyen Âge. Études de littérature française et comparée suivies de textes inédits*, Paris, Champion, 3e éd. 1925.
LOTE, G., *Histoire du vers français. Le Moyen Âge*, Paris, Hatier, 1949-1951 et 1955, 3 vol.
MARROU, H.-I., *Troubadours et trouvères au Moyen Âge*, Paris, Le Seuil, 1971.
MARTINEAU-GÉNIEYS, Ch., *Le Thème de la mort dans la poésie française de 1450 à 1550*, Paris, Champion, 1978.
NELLI, R., *L'Érotique des troubadours*, Toulouse, Privat, 1963.
POIRION, D., *Le Poète et le prince. L'évolution du lyrisme courtois de Guillaume de Machaut à Charles d'Orléans*, Paris, PUF, 1965.
SICILIANO, I., *François Villon et les thèmes poétiques du Moyen Âge*, 2e éd., Paris, Nizet, 1967.
TOURY, M.-N., *Mort et fin'amor dans la poésie d'oc et d'oïl aux XIIe et XIIIe siècles*, Paris, Champion, 2001.
ZUMTHOR, P., *Langue et techniques poétiques à l'époque romane (XIe-XIIIe siècle)*, Paris, Klincksieck, 1963.

ZUMTHOR, P., *Essai de poétique médiévale*, Paris, Le Seuil, 1972.

ZUMTHOR, P., *Le Masque et la lumière. La poétique des Grands Rhétoriqueurs*, Paris, Le Seuil, 1978.

VI. CIVILISATION ET MENTALITÉS MÉDIÉVALES

BLOCH, M., *La Société féodale*, Paris, Albin Michel, 1939-1940, 2 vol.

CONTAMINE, Ph., *La Vie quotidienne pendant la guerre de Cent Ans en France et en Angleterre*, Paris, Hachette, 1976.

CONTAMINE, Ph., *La Guerre au Moyen Âge*, Paris, PUF, 1980.

Dictionnaire du Moyen Âge, GAUVARD, C., DE LIBÉRA, A. et ZINK, M., dir., Paris, PUF, 2002.

DUBY, G., *L'Europe des cathédrales*, Paris, Skira, 1966 ; *Le Dimanche de Bouvines*, Paris, Gallimard, 1973 ; *Les Trois Ordres ou l'Imaginaire du féodalisme*, Paris, Gallimard, 1978 ; *Le Chevalier, la femme et le prêtre. Le mariage dans la France féodale*, Paris, Hachette, 1981 ; *Le Moyen Âge de Hugues Capet à Jeanne d'Arc (987-1460)*, Paris, Hachette, 1987 ; *Mâle Moyen Âge*, Paris, Flammarion, 1988.

FARAL, E., *La Vie quotidienne au temps de Saint Louis*, Paris, Hachette, 1938.

FAVIER, J., *Dictionnaire de la France médiévale*, Paris, Fayard, 1993.

FLORI, J., *L'Idéologie du glaive. Préhistoire de la chevalerie*, Genève, Droz, 1984 ; *L'Essor de la chevalerie (XIe-XIIe siècles)*, Genève, Droz, 1986 ; *Chevaliers et chevalerie*, Paris, Hachette, 1998.

FOURNIAL, É., *Histoire monétaire de l'Occident médiéval*, Paris, Nathan, 1970.

GANSHOF, F.L., *Qu'est-ce que la féodalité ?*, 2e éd., Bruxelles, 1947.

GONTHIER, N., *Éducation et cultures dans l'Europe occidentale chrétienne (du XIIe au milieu du XVe siècle)*, Paris, Ellipses, 1998.

HEERS, J., *Fêtes des fous et carnavals*, Paris, Fayard, 1983.

HUIZINGA, J., *L'Automne du Moyen Âge*, Paris, Payot, 1977.

LE GOFF, J., *Les Intellectuels au Moyen Âge*, Paris, Le Seuil, 1957 ; *La Civilisation de l'Occident médiéval*, Paris,

Arthaud, 1964 ; *Pour un autre Moyen Âge*, Paris, Gallimard, 1977 ; *L'Imaginaire médiéval*, Paris, Gallimard, 1985 ; (dir.) *L'Homme médiéval*, Paris, Le Seuil, 1989 ; *Dictionnaire raisonné de l'Occident médiéval*, Paris, Fayard, 1999.

LEMARIGNIER, J.-F., *La France médiévale, institutions et société*, Paris, Armand Colin, 1970.

LORCIN, M.-T., *La France au XIIIe siècle, économie et société*, Paris, Nathan, 1975.

LOT, F., FAWTIER, R., *Histoire des institutions françaises au Moyen Âge*, Paris, 1957-1962, 3 vol.

PASTOUREAU, M., *La Vie quotidienne en France et en Angleterre au temps des chevaliers de la Table ronde (XIIe-XIIIe siècles)*, Paris, Hachette, 1976 ; *Figures et couleurs. Études sur la symbolique et la sensibilité médiévales*, Paris, Le Léopard d'or, 1986.

INDEX

Pour le premier index des termes étudiés, le premier chiffre en romain indique le volume (soit t. I : *Littérature française du Moyen Âge. Romans & Chroniques* ; t. II : *Littérature française du Moyen Âge. Théâtre & Poésie*). Le deuxième chiffre en arabe indique la page où le mot est traité.

Pour les deux autres index, le premier chiffre en romain indique le volume, le deuxième chiffre en romain précise la section. Enfin, le troisième chiffre en arabe désigne l'extrait où figure le mot cité.

INDEX
DES TERMES ÉTUDIÉS

La forme moderne du mot peut figurer entre parenthèses.
Pour les formes verbales, l'infinitif est indiqué.

abaier, II, 342.
abitacle (voir habitacle), I, 51.
ac(c)oler, II, 443.
acener (assener), II, 57.
achoison, II, 71.
acointié, II, 282.
acoler, II, 443.
aquinter/acointier, I, 157.
adanz, I, 100.
adeser, II, 423.
af(f)aire, I, 443.
aigre, II, 48.
aigue, II, 36.
ainz, II, 37.
amirals, I, 251.
anemis, II, 224.
angoisié (angoissé), II, 171.
anguisse (angoisse), II, 212.
anuier (ennuyer), II, 237.
apenser, I, 352.
ap(p)areillier, II, 185.
appertes, II, 487.
araisnier/ar(r)aison(n)er, I, 483.
arce (ardoir), II, 234.
arer, I, 521.
ar(r)iver, I, 68.
art, I, 189.

assanler (a l'), II, 275.
atalanter, I, 188.
aubette, II, 558.
aumaire (armoire), I, 270.
aumosniere (aumônière), II, 461.
aurés, I, 378.
avaler, I, 118 ; II, 302.
avanture (aventure), I, 200, 384.
aversiers, II, 224.
aveugle, II, 332.
aviser, I, 502.
bacheler (bachelier), II, 359.
baiesse/baiasse, I, 414.
baillie, I, 281.
baillerai (baill(i)er), II, 25.
bani (ban(n)ir), II, 11.
bannière, I, 547.
barat, I, 240 ; II, 113.
barbette (barbeter/barboter), II, 558.
bargaine, I, 156.
barges, I, 513.
barnage, I, 361.
barnez, I, 361.
barons, I, 513.

bastars (bâtard), II, 235.
batel (bateau), I, 513.
baudour, II, 443.
baudrai (bailler) (voir baillerai), II, 72.
besant, I, 118.
besoin(g), I, 292.
bestornez, I, 377.
bevre, I, 145.
blé, II, 425.
boate, I, 331.
bo(s)cage, I, 50; II, 99.
bo(u)rdon, II, 423.
bourg(e)ois, I, 536.
bouter, I, 331.
braies, II, 172.
brochait (brachet), II, 171.
broine, II, 211.
brouiller, II, 513.
bruit, II, 289.
buer, I, 241.
bureau, I, 503.
buse, II, 557.
calengage, II, 72.
canpel, II, 58.
carere (charriere), II, 111.
carole, I, 361.
carrillon, II, 539.
cerf, I, 78.
c(h)ambre, I, 261 ; II, 136.
char (chair), I, 342.
charrete, I, 204.
chastelaine (châtelaine), II, 89.
chastier/chastoier (châtier), I, 202.
c(h)atel (cheptel), I, 241 ; II, 469.
chetis (chétif), I, 293.
chevalerie, I, 177.
chevaliers, I, 330.
chevaucheurs, I, 547.
chief (chef), I, 261 ; II, 184.
chienet, II, 88.
chiere (chère), I, 502 ; II, 71, 522.
choisir, I, 118.

chopine, II, 333.
citoual, I, 250.
clacque patins, II, 538.
clers (clerc), I, 320.
cochet a vent, I, 472.
coe, I, 214.
coie, II, 374.
coiffe, II, 275.
çoine (seignier), I, 131.
cointe, I, 395.
colee, I, 331.
compains (copain), II, 374.
conceper, I, 415.
conchient (conchier), I, 414.
conduit, II, 413.
confort, I, 144 ; II, 523.
cong(i)é, II, 236.
conseil, II, 89.
consoillier (conseiller), I, 203.
convers, II, 48.
converser, I, 50.
coquilles, II, 342.
coree, II, 476.
cors (corps), II, 358.
cors (le), II, 72.
cotele, II, 288.
cotillon, II, 540.
co(u)rage, I, 109, 377 ; II, 260.
coureux, II, 343.
courous (courroux), I, 537.
cour(t), I, 310.
courtil, II, 223.
co(u)rtois, I, 87.
co(u)vent, II, 163.
couvert, I, 413.
credo, II, 469, 537.
cresté, II, 301.
croi (croire), I, 293.
crokiés (crokier), I, 433.
cruc (croistre), II, 248.
cuens/comte, II, 358.
cuevrecief (couvrechef), I, 385.
cuidereaux, II, 538.
cuidier, I, 377 ; II, 172.
cuisine, II, 333.

INDEX DES TERMES ÉTUDIÉS

cuivers/culvert, I, 202.
cure, II, 35.
dais, I, 156.
damoisele (demoiselle), I, 310.
dang(i)er, II, 71.
dant, II, 72.
danzeus (damoiseau), I, 108.
dar (en), II, 302.
dau(l)phin, I, 502.
deboneretė (débonnaireté), I, 301.
debuez, II, 541.
decevans, I, 368.
deduire, I, 43 ; II, 172.
deduit, I, 190.
degré, II, 358.
delit, I, 178 ; II, 88.
denier, I, 360 ; II, 185.
depart, II, 322.
departir, I, 310.
deport, II, 89.
deporter, II, 172.
dervé, II, 58.
descors/descort, I, 165.
descouvert, II, 310.
desertine, I, 50.
desjuner (déjeuner), II, 248.
despense (dépense), II, 34.
despoille (dépouille), II, 24.
desrei/desroi, II, 48, 89.
destraingne (destraindre), II, 402.
destrier, I, 176.
destroit (détroit), II, 223.
destrousser (détrousser), II, 461.
desverie, I, 99.
deüst (devoir), I, 100.
devier, I, 342.
devin, I, 321.
devise (par), II, 275.
deviser, II, 248.
devoree, II, 550.
diables, II, 224.
dictié, II, 513.
dift (devoir), I, 38.

disner (dîner), II, 248.
donat (donner), I, 38.
donne, I, 493.
donoiier, I, 176.
douter, I, 330.
doutance, I, 330.
dragon, I, 68.
dra(p)s, I, 100.
droit(e), I, 537.
drue, I, 176.
druerie, II, 25.
duel (deuil), II, 235.
duital/duitel/doitel, I, 50.
dunge, II, 260.
durement, II, 58.
egre, voir aigre.
el/al, I, 414.
emmende (amende), II, 358.
en, II, 59.
encruquier, II, 302.
eneslepas, I, 270.
enfanc(h)e, I, 433.
engi(e)n, II, 34, 111.
enginner /engignier, II, 35.
engramis, II, 282.
engroissė, II, 303.
ennee, I, 77.
ennui, II, 37.
enoindre, II, 301.
enor (honneur), I, 100.
ensaigne (enseigne), I, 118.
ensei(n)gn(i)er, I, 88.
entente, II, 403.
ententis, II, 402.
entient (voir escient), II, 385.
entre, II, 57.
entresait, I, 443.
envoisie, II, 443.
envoisier (s'), II, 367.
erre, I, 131.
errer, I, 58.
error, II, 374.
esbaudir, II, 58.
escarlate (écarlate), II, 288.
escharbos (escarbot), II, 451.
escient/essïent, I, 250.

esclarbocles (escarboucle), I, 270.
escondire (éconduire), II, 358.
escouter (écouter), II, 24.
escrit (écrit), II, 282.
escu (écu), II, 213.
escuier (écuyer), I, 384 ; II, 235.
ese (aise), I, 352.
esleechïer, II, 443.
eslieus, II, 275.
esmaier, II, 36.
esmerillon (émerillon), II, 540.
espee (épée), II, 212.
esperitel, I, 341.
espisses, I, 250.
esploitier (exploiter), II, 513.
essart, I, 214.
essil (exil), I, 473.
essillié (exilé), II, 235.
estendart (étendard), I, 547.
estorse, II, 342.
estoussir, I, 453.
estuet (estovoir), I, 143.
estragne/estrange (étrange), II, 57.
evous, I, 462.
example, II, 71.
fablel (fabliau), II, 73.
fade, II, 313.
fainie, II, 469.
faire, I, 503.
fauchiaus, II, 301.
faucons, II, 289.
faudestuel (fauteuil), I, 108.
faurai (faillir), I, 281.
fauves boctes (bottes), II, 538.
fazet (faire), I, 38.
fel/felon, I, 215.
fenestric, II, 301.
fenis, I, 368.
ferge (ferir), II, 162.
fier, II, 236.
fil a putain, II, 234.
fis, I, 281.
flans, II, 537.
foisseles, II, 302.
forestier, I, 130.
fourchele, II, 302.
foursenerie, I, 282.
fradre (frère), I, 38.
franchise, II, 385.
francs, I, 144 ; II, 260.
fremïant, II, 301.
froais, I, 462.
funteine (fontaine), II, 211.
gabber, II, 162.
gaignon, II, 423.
gaite/guete, II, 99, 373.
galie, I, 513.
galiofle, I, 493.
garçoniers, I, 189.
garder, II, 374.
garingal/garingaus, I, 369.
garir (guérir), II, 212.
garison (guérison), I, 50.
garnemenz (garnement), I, 100.
garou(s), I, 282.
gastine, I, 50.
gaudine, I, 214.
gaut, I, 214.
gent, I, 88.
gentilz (gentil), II, 495.
gesir, I, 178 ; II, 57.
geste, I, 251.
gieu (jeu), II, 423.
giez, I, 453.
glaive, I, 69, 331.
glos (glouton), II, 224.
gonfanoniers, II, 422.
g(o)upil, II, 34.
graal, I, 227.
graine (en), I, 361.
graver/gravier, II, 211.
grever, I, 330.
grignier, I, 537.
grief, I, 472.
gris, I, 369 ; II, 461, 494.
guerpir, II, 402.
guerredons, I, 301.

INDEX DES TERMES ÉTUDIÉS

guivre, II, 312.
gupil, II, 34.
guydon, I, 547.
habitacle (voir abitacle), II, 223.
habondance, II, 323.
haire, I, 463.
harier, II, 541.
haubert, II, 155.
heaume, II, 155.
hel(l)as, II, 323.
henuit, voir ennui.
herbergier (héberger), II, 25.
hermitage, I, 50.
heut, I, 353.
hideus (hideux), II, 184.
hiraus (héraut), I, 430.
houlet(t)e, II, 288.
huis, I, 309; 394.
huissiers, I, 513.
ignales (isnel), II, 37.
ire (yre), I, 471.
issir, I, 443.
jante, I, 229.
jarle/gerle, II, 71.
joie, I, 188.
joindre, I, 229.
joliëment, II, 288.
joliette, II, 494.
jolye (jolie), I, 502.
joster (jouter), I, 177.
jo(u)rnees, I, 320.
juïse, II, 275.
jurent (gesir), I, 178.
kex, II, 71.
labour, I, 493.
lai, I, 165.
laidure, II, 37.
lait, I, 69.
lance, I, 226.
lanier, II, 451.
lariz, II, 134.
lecherie, I, 88 ; II, 73.
leece (liesse), II, 89.
liçon, I, 43.
l(i)edement, I, 43.
lieue, I, 547.

liier, I, 229.
limier, II, 171.
linage (lignage), I, 43.
linges, I, 493.
livieres, I, 377.
livres, I, 108.
livrier (lévrier), II, 171.
loge, I, 51, 131.
loier (loyer), II, 235.
losenge, II, 35.
loutrier, louivier, I, 453.
maille, II, 332, 513.
main, II, 366.
maintenant, I, 164.
maisnede/mesnie, I, 43.
maltalent, I, 377 ; II, 237.
manderent (mander), II, 247.
mangoniaus, I, 513.
maniere (de), II, 302.
mar, I, 178 ; II, 248.
marc(h)e, I, 493 ; II, 248.
marmiteux, II, 332.
mars/marc, II, 130.
mat, II, 111.
mater, II, 111, 282.
maür/maior, I, 143.
maufés, I, 261.
meis/mes, II, 357.
mel, I, 69.
membrer, II, 403.
menestreus (ménestrel), I, 442.
meon uol, I, 38.
merci, II, 213, 541.
mermoctes, II, 538.
mers, II, 48.
merveille, I, 87.
merveillier (se), I, 384.
meschine, II, 12.
mesestance, II, 283.
mesnie, II, 461.
messages, I, 513.
messire, I, 203.
mestier (métier), I, 353.
mestre (maître), I, 189 ; II, 71.
mignotement, II, 366.
mine, I, 361.

miracles, II, 487.
mireor, I, 395.
monjoie, II, 375, 504.
motet, II, 476.
moustier, II, 223.
mui, I, 118.
murtrir (meurtrir), II, 505.
musardie, I, 241.
musart, II, 112.
muser, I, 229 ; II, 112.
muse(tte), II, 289, 557.
musgode, I, 43.
musiaus, II, 477.
nafrer (navrer), I, 229 ; II, 212.
nag(i)er, II, 223.
ne(i)f, I, 513 ; II, 171.
nis/neïs, II, 88.
nobles, I, 537.
noisette, II, 557.
nori (no(u)rrir), II, 247.
notes, I, 164.
notonier, I, 118.
oie, I, 241.
oïl, I, 241.
oïr, II, 402.
oisel, II, 288.
oiseuses, I, 368.
oissor, I, 251.
ole, I, 215.
olifant, II, 162.
olivier, II, 24.
ombrages (ombrageux), II, 99.
orb, II, 332.
orbel, II, 332.
orfrois, I, 395.
oriol, I, 377.
ort, I, 250.
ost, I, 88.
ostel (hôtel), I, 300.
o(u)blier (s'), I, 229, 271.
paillart, II, 342.
palefroi, II, 25.
palés (palais), I, 341.
palie/paile (poêle), I, 144.
pance (panse), II, 476.
panetiere, II, 288.

pansis (pensif), I, 213.
papegay/papegaut, II, 559.
papier, II, 333.
parage, I, 43.
parans, II, 302.
parçoniers, I, 189.
pautonier, II, 172.
partir, I, 310.
pechié (péché), I, 301 ; II, 234.
penance, II, 323.
pendans, II, 72.
penser/panser, I, 432 ; II, 523.
perruns (perrons), II, 135.
pesance, II, 323, 375.
phisiciens (physiciens), I, 415.
piece, I, 88.
pierres, I, 368.
pilier, I, 58.
pinte, II, 333.
pitance, I, 413.
plaid(i)er, II, 185.
ploc(h)ons, II, 301.
plombees, II, 539.
plusor (plusieurs), II, 374.
poignant, I, 203.
point (de), II, 302.
poisons, I, 190.
port, II, 134.
porte, I, 309, 394.
porveü (porvëoir), I, 261.
poupee, II, 477.
pourpenser/porpanser, I, 432 ; II, 111.
pratiquoit (pratiquer), I, 546.
prison, I, 292.
prodome (prud'homme), I, 300 ; II, 283.
pros (preux), I, 101.
provost (prévôt), II, 72.
pucel(l)e, I, 251.
pui, II, 135.
quanses, I, 261.
que que, I, 226.
quinçon, I, 377.

INDEX DES TERMES ÉTUDIÉS

raison, II, 312.
ramentevoir, I, 443.
ranguillon, II, 540.
rate de temps (à), I, 493.
recet, II, 48.
recroire, I, 177 ; II, 163.
recuiz, II, 111.
regarder, II, 111.
religion, I, 413.
rentiers, I, 189.
repairier, II, 185.
repost (repondre), I, 352.
reqerrai (recroire), II, 443.
resver (rêver), I, 282.
retret (retraire), II, 24.
rien(s), I, 164.
robes, I, 176.
roé, I, 144.
roit, II, 301.
rotr(o)uenges, I, 165 ; II, 412.
ro(u)te, I, 229 ; II, 99.
rubiz, I, 368.
saisine, I, 157.
saisir, II, 136.
samblance, II, 36.
samit, I, 144.
sanblant (semblant), I, 177.
sauvage, I, 377.
saveur, II, 303.
saÿmes/seine/senne, I, 414.
segré, I, 342.
sendra, I, 39.
seignor, I, 39.
sejorner, I, 177.
serf, II, 260.
sergant (sergent), I, 156, 414.
serpant, I, 214.
servans, II, 538.
se(s)tier, I, 118.
seurcoz (surcots), II, 538.
si/se Deu/Diex t'aït, I, 157.
siecle, I, 292, 413.
sieur, I, 39.
siglant (sigler), I, 261.
sire, I, 39.
sis, I, 69.
soi tiers, I, 118.

solz (sou), II, 333.
song(i)er, I, 385.
soulas, I, 164.
souldre, II, 541.
soullon (souillon), II, 539.
soumier (sommier), II, 223.
soup(p)e, II, 333.
soursamee, II, 476.
souskanie, II, 288.
suschad, I, 51.
tabarie, I, 271.
tables, I, 360.
tailleor (tailloir), I, 228.
talant (talent), I, 190.
tastoillier/tatouiller, II, 424.
tastonner (tâtonner), II, 192.
teises (toise), II, 163.
tencier/tancer, I, 385.
tençon, II, 424.
tenser, I, 385.
terrier, II, 185.
tertre, II, 99.
teste (tête), II, 184.
tienget (tenir), II, 136.
tireres, II, 136.
tolget (toldre), I, 69.
tor (a cest), II, 374.
tornoiier (tournoyer), I, 177.
tostee, I, 360.
tracer, I, 413.
traient (traire), II, 172.
tramaus/tramail/trémail, I, 414.
travail, I, 463.
travaillait (travailler), I, 545.
treceor, I, 395.
tref, I, 361.
trenchier, I, 384.
tresalés, I, 385.
tro(u)ver, I, 377.
tumer, I, 384.
un(e), I, 87.
unicorne, II, 47, 421.
vair, II, 494.
vaissel, I, 117, 292.
vallés (valet), I, 240.
vassal, I, 431.
vasselage, II, 134.

vee (voie), I, 77.
veissel, I, 294.
veneison (venaison), I, 69.
veneor (veneur), II, 48.
venget (venir), II, 134.
verriere, II, 451.
vertu, II, 235, 261.
vetre (vautre), II, 171.
vezïé, II, 112.
vials, I, 101.

viande, II, 249.
vilains, I, 377.
voie (en), I, 282.
voiers (voyer), I, 118.
voi(s) (aller), I, 377.
waumonnés, II, 58.
wivre (guivre), I, 270.
ymage (image), I, 77 ; II, 71.
ymagination (imagination), I, 547.

INDEX
DES THÈMES ET NOTIONS

adultère, I, II, 10, 21, 23 ; II, I, 7.
allégorie, I, II, 11, 12, 31, 33, 34, 37 ; II, IV, 8, 18, 24.
allitération, I, II, 11 ; II, IV, 14, 19.
amour, I, II, 1, 5, 6, 7, 8, 9, 11, 14, 16, 17, 19, 21, 29, 30, 32, 42 ; II, II, 8 ; III, 1, 2, 9 ; IV, 1, 5, 6, 7, 8, 11, 16, 19, 28.
animaux, I, I, 3, 6 ; II, 4, 12, 14, 16, 18, 28, 29, 38, 39 ; III, 2 ; II, I, 2, 3, 4, 5, 9, 10, 11, 12 ; II, 5, 12 ; III, 4, 6 ; IV 6, 8, 9, 12, 15, 21, 26, 27, 28, 29, 30, 31.
antithèse, I, II, 8, 9, 20, 21, 38 ; II, III, 7.
aspic, I, II, 39.
aube, II, IV, 3.
ballade, II, IV, 18, 20, 22, 25, 27, 28, 29, 30.
barbe, II, II, 2.
biche, I, I, 3.
butor, II, IV, 31.
carnaval, II, I, 6 ; IV, 15, 27.
cerf, I, I, 6 ; II, 35, 38 ; II, I, 4 ; II, 5 ; IV, 30.

chanson balladée, II, IV, 16, 17.
chapel de roses, I, II, 31.
charivari, II, II, 5.
charrette, I, II, 11.
chasse, I, II, 14, 38, 39 ; II, I, 2, 4, 5.
chat, II, I, 11 ; IV, 12.
chevalerie, I, II, 9, 11, 24.
chien, II, I, 4, 9 ; II, 5 ; IV, 9, 27.
colère, I, II, 39 ; II, II, 7.
combat, I, II, 11, 35 ; III, 1, 6 ; II, II, 2, 3.
comique, I, II, 23, 38, 40, 42 ; II, I, 7, 8 ; II, 4, 7 ; III, 7, 9 ; IV, 15, 28.
conversion, I, I, 6 ; II, II, 3.
cor, II, II, 1, 4.
coudrier, II, I, 1.
couleurs, I, II, 13, 14, 16, 35.
courtoisie, I, II, 1, 9, 21, 24, 27, 31, 35.
couvade, II, I, 6.
danse, II, IV, 2.
description, I, I, 5 ; II, 3, 13, 14, 16, 18, 19, 28 ; III, 2.
diable, I, I, 6 ; II, 17, 21 ; II, II, 6, 10 ; III, 1, 6.
didactique, I, II, 21, 24, 36.

didascalies, II, III, 1, 3.
discours (formes du), II, I, 1.
divertissements, I, II, 27.
eau salée, II, II, 9.
épée, I, II, 2, 5, 24, 26 ; II, II, 2.
épices, I, II, 16.
ermitage, I, I, 3 ; II, 21 ; II, II, 10.
essart, I, II, 12.
éthique, I, II, 21, 36 ; II, II, 6 ; IV, 24.
fées, I, II, 17, 38, 39 ; II, I, 2 ; II, 12.
folie, I, II, 7, 19 ; II, IV, 12, 27.
fontaine, I, II, 16, 32 ; II, I, 2, 4 ; II, 9.
forestier, I, II, 5.
forêt, I, I, 3 ; II, 5, 38 ; II, I, 2, 10.
fuite du temps, II, IV, 25.
futur, I, I, 1 ; II, I, 6.
gant, I, II, 5, 31 ; II, II, 2.
graal, I, II, 13, 20, 21, 22, 25.
griffon, II, IV, 31.
humour, I, II, 41 ; III, 6 ; II, II, 7.
idole, I, I, 6.
inversion, I, II, 38 ; II, I, 6 ; IV, 15.
jeu de mots, I, II, 38 ; II, IV, 4, 5, 7, 14, 15, 16, 26.
lac, I, II, 26, 38.
laideur, II, II, 6.
laisse composite, II, II, 7.
laisses parallèles, II, II, 4.
laisses similaires, I, II, 4 ; II, II, 5.
lance, II, II, 13, 22, 24, 25.
largesse, I, II, 9.
licorne, I, II, 39 ; II, I, 5 ; IV, 8.
lieue, I, III, 6.
lignage, I, I, 1, 2 ; II, II, 6, 8 ; IV, 30.
lion, I, II, 12 ; II, IV, 30.
locus amœnus, I, I, 3, 5 ; II, 16.

lors veïssiez, I, III, 1 ; II, I, 8.
losengiers, II, IV, 4, 5, 9, 11.
loup-garou, I, II, 19.
lumière, I, II, 13, 18.
mai, II, IV, 2.
manteau, I, II, 5, 6.
martyre, I, I, 4.
massue, I, II, 7, 34.
médecins, I, II, 34.
mendïans, II, IV, 27.
ménestrel, I, II, 36 ; II, IV, 13.
mer, I, II, 4, 17.
merveilleux, I, II, 3, 13, 15, 16, 17, 18, 26, 28 ; II, I, 2 ; II, 12.
miroir, I, II, 31.
mort, I, I, 4, 8, 27 ; II, 2, 6, 25, 32, 34 ; II, III, 2, 7 ; IV, 18, 20, 27, 28, 29.
musique, I, II, 3 ; II, IV, 30.
nain, I, II, 11 ; II, II, 12.
navires, I, III, 1.
négation, II, IV, 20.
obsession, I, II, 8.
oiseaux, I, II, 14, 16, 28 ; II, I, 3 ; II, 12 ; III, 4 ; IV, 6, 12, 21, 28, 29, 31.
olivier, II, I, 2.
oubli, I, II, 8, 9.
oxymore, II, IV, 19.
palefroi, II, I, 10.
pardon, I, II, 2, 21 ; III, 3.
parodie, I, II, 38 ; II, I, 6 ; IV, 15.
pathétique, I, II, 2, 5 ; III, 4 ; II, I, 9 ; II, 9 ; IV, 1, 29.
pauvreté, I, I, 2 ; II, 15, 33 ; II, III, 6 ; IV, 14, 26.
paysan, II, I, 8, 12 ; III, 4, 9 ; IV, 10.
péché, I, II, 20, 21 ; III, 3.
pèlerin, I, II, 37 ; II, IV, 5.
pélican, II, IV, 31.
personnification, I, II, 11, 12 ; II, IV, 20.
peur, II, I, 10 ; II, 38 ; IV, 3, 4, 29.

INDEX DES THÈMES ET NOTIONS

philtre, I, II, 6, 10.
phœnix, I, II, 28, 34.
pierres précieuses, I, II, 14, 15, 28.
pin, I, II, 32 ; II, II, 2.
portrait, I, II, 31, 33, 37 ; III, 5 ; II, II, 6 ; III, 5 ; IV, 1, 17, 26.
pourceau, II, IV, 15.
prédiction, I, II, 11, 23.
prière, I, II, 32 ; II, II, 2 ; IV, 16.
prison, I, II, 20 ; II, II, 20 ; IV, 8, 24.
prologue, II, II, 7.
prouesse, I, II, 18 ; III, 1 ; II, II, 1.
querelle, II, II, 8, 11.
regret, I, II, 6, 11 ; III, 3 ; II, I, 9 ; II, 2.
religieux, I, II, 17, 21, 23, 25, 33, 37 ; II, I, 7, 12 ; IV, 22.
reliques, I, III, 3 ; II, II, 2, 3.
remords, II, II, 7.
renard, II, I, 3, 11, 12.
rencontre, I, II, 12, 37, 40 ; II, I, 1, 2 ; III, 4.
renversement, II, I, 3, 4, 6.
reprise initiale, I, I, 4 ; II, II, 8.
rêve, I, III, 3.
reverdie, II, II, 7 ; IV, 1, 2.
rime, I, II, 6, 15, 35 ; II, III, 3, 5, 7 ; IV, 3, 5, 6, 7, 16, 29.
rire, I, II, 23 ; III, 3 ; II, II, 7 ; IV, 23.

ris en pleurs, II, IV, 19.
rondet de carole, I, II, 27, 35 ; II, IV, 2.
rubis, I, II, 28.
rubrique, I, II, 39.
ruse, I, II, 4, 41, 42 ; II, I, 3, 7, 8, 11, 12 ; III, 9.
sagesse, I, II, 15 ; III, 5.
saint, I, I, 2, 3, 6.
sénéchal, I, II, 15 ; II, III, 6.
sept, I, II, 22.
serment, I, I, 1 ; II, 10.
signe de la croix, II, II, 10.
signes, I, II, 5.
solitude, II, IV, 21, 24.
source écrite, I, II, 3 ; III, 3 ; II, II, 10.
souvenir, II, I, 12 ; IV, 5, 6.
subjonctif, I, II, 5, 6.
symétrie, I, II, 8, 23.
taverne, I, II, 35.
transgression, I, II, 17, 39 ; II, I, 2.
variation proportionnelle, I, II, 21.
vassalité, I, II, 5, 12 ; II, II, 1, 2, 11 ; III, 6 ; IV, 4.
vengeance, II, II, 6, 11.
vers de conclusion, II, II, 8.
vers d'intonation, II, II, 8.
vers orphelin, II, I, 6 ; IV, 1.
vers similaires, I, II, 4.
vieillesse, II, III, 5 ; IV, 18.
vin morillon, II, IV, 28.

INDEX
DES NOMS

Alcibiade, II, IV, 25.
Alexandre, I, II, 4.
Alexis, I, III, 1.
Anfelise, I, II, 28.
Arthur, I, II, 26.
Auberon, II, II, 12.
Aucassin, II, I, 6.
Avicenne, I, II, 34.
Berthe, II, IV, 25.
Biau Senblant, II, IV, 8.
Biautez, II, IV, 8.
Blakie, I, III, 2.
Blanchefleur, I, II, 14 ; II, IV, 3.
Brenguein (Brangien), II, I, 1.
Caresme (Carême), II, IV, 15.
Célestins, II, IV, 27.
Charlemagne, II, II, 1, 2, 4.
Chartreux, II, IV, 27.
Cherubin, II, II, 2.
Chevillon, I, III, 3.
Chèvrefeuille, II, I, 1.
Chief d'Oire, I, II, 17.
Commains, I, III, 2.
comte d'Aubours, I, II, 27.
Constantin, I, II, 34.
Corsolt, II, II, 6, 7.
David, I, II, 3.
Dangier (Danger), II, IV, 8, 19.

Deduit, I, II, 31.
Denis (saint), I, I, 4.
Desdaing (dédain), II, IV, 18.
Dévotes, II, IV, 27.
Didon, I, II, 2.
Digon (Dijon), I, II, 19.
Dovre (Douvres), II, IV, 24.
Dragon, I, II, 12, 18.
Durendal, II, II, 1, 2.
Écho, I, II, 32 ; II, IV, 25.
Edouard Grim, I, I, 4.
Elenches, I, II, 33.
Escalibur, I, II, 26.
Esperance, II, IV, 24.
Ève, I, II, 20 ; II, III, 1.
Faux Semblant, I, II, 33.
Fierabras, II, II, 3.
Flora, II, IV, 25.
Fortune, I, II, 39 ; II, IV, 20.
France, II, II, 1 ; IV, 1, 22, 24.
Frise, I, II, 28.
Gabriel (saint), II, II, 2, 28 ; III, 7.
Galaad, I, II, 25.
Galien, I, II, 34.
Gautiers de Manni, I, III, 4.
Gilles (saint), I, I, 3.
Girflet, I, II, 26.
Gornemant de Gort, I, II, 13.

Guillaume d'Orange, II, II, 4, 5, 7, 8, 10.
Guillaume de Tracy, I, I, 4.
Halape (Alep), I, II, 19.
Haranburgis, II, IV, 25.
Héloïse, II, IV, 25.
Hue (Hugues) de Morevil(l)e, I, I, 4.
Hue (Hugues) Malclerc, I, I, 4.
Hugues (roi), II, II, 4.
Jean de Salisbury, I, I, 4.
Jeanne d'Arc, II, IV, 25.
Jehans (Johannitza), I, III, 2.
Jésus-Christ, I, II, 11, 12, 20 ; II, I, 5 ; II, 6 ; III, 7 ; IV, 28.
Joseph d'Arimathie, I, II, 20, 25.
Joséphé, I, II, 25.
Kahédin, I, II, 8.
Lancelot, I, II, 11, 21, 24, 25.
Liégeois, II, IV, 30.
Longin, I, II, 21 ; II, III, 7.
Louis XI, I, III, 5 ; II, IV, 30.
Mahomet, II, II, 5.
Marc, I, II, 5, 7.
Marie, I, III, 7.
Marote, I, III, 4.
Martin (saint), II, IV, 26.
Mathelins, II, IV, 26.
Merlin, I, II, 23 ; II, IV, 9.
Mescheans d'amour, I, II, 36.
Michel (saint), II, II, 2.
Midas, II, IV, 31.
Monseigneur de La Roche, I, II, 41.
Mont Estrait, I, II, 36.
Montloön, II, IV, 12.
Morho(l)t, I, II, 5.
Narcisse, I, II, 32 ; II, I, 4.
Nature, I, II, 34.
Oedes de Ronqueroles, I, II, 27.
Oiseuse, I, II, 31.
Olivier, II, II, 1, 3, 4.
Orable, II, II, 5, 8.

Orgueil, I, II, 32, 33 ; II, IV, 26.
Panpalïon/Pantalïon, II, I, 12.
Paradis, I, I, 5 ; II, 16 ; II, III, 2.
Paresse, I, II, 37.
Paris, II, II, 7.
Perceval, I, II, 13, 14, 22.
Petit Pont, II, II, 7.
Pilate, I, II, 20.
Provins, II, I, 8.
Raoul de Soissons, II, IV, 9.
Rasis, I, II, 34.
Reinalz (Renaud Fils-Ours), I, I, 4.
Renaut de Brabant, I, II, 35.
Richier, II, IV, 26.
Rigueur, II, IV, 20.
Riquier, II, III, 5.
Robeçon, II, IV, 10.
Robin, II, III, 4 ; IV, 2.
Rochemadoul (Rocamadour), II, II, 10.
Roland, II, II, 1, 2, 4.
Roussillon, II, IV, 28.
Saigremor, II, II, 38.
Saint-Gilles-du-Gard, II, II, 10.
Saint Guillaume del Desert, II, II, 10.
Saintré, I, II, 40.
Salins, II, IV, 26.
Sarrasins, I, II, 16 ; II, II, 1, 2, 3, 4, 5, 6, 9 ; III, 2.
Sec Arbre, II, II, 12.
Tantris/Trantris, I, II, 7.
Tervagan, II, II, 5.
Thaïs, II, IV, 25.
Tibert, I, II, 33.
Tintagel, II, I, 1.
Toison d'or, II, IV, 31.
Torelore, II, I, 6.
Tristan, I, II, 5, 6, 7 ; II, I, 1.
Trithon/Triton, II, IV, 30.
Turpin, II, II, 4.
Vaucheles, II, III, 5.
Vénus, II, IV, 16.

INDEX DES NOMS

Vermendois, II, IV, 12.
Vierge, I, II, 25 ; II, I, 5 ; III, 7 ; IV, 7.
Vivien, II, II, 9.
Yde (bielle), I, II, 35.
Ypocras (Hippocrate), I, II, 34.
Yseut, I, II, 5, 6, 7, 8, 10 ; II, I, 1.
Yvain, I, II, 12.

TABLE

I. RÉCITS BREFS

Les Lais (Marie de France)	9
1. Le Chèvrefeuille..................................	15
Les Lais féeriques..	22
2. La fée de la fontaine..............................	27
Les Fables..	32
3. Le Corbeau et le Renard (Marie de France)	39
4. Le Cerf mécontent de ses jambes (*Isopet de Lyon*)...	41
Le Bestiaire divin (Guillaume le Clerc de Normandie)...	45
5. De la licorne..	51
Aucassin et Nicolette	54
6. Aucassin au royaume de Turelure	61
Les Fabliaux	68
7. Le prêtre crucifié	75
8. Boivin de Provins	79
La Châtelaine de Vergy	86
9. Les plaintes mortelles de la châtelaine	91

Le Vair Palefroi (Huon le Roi) 97
   10. La marche dans la forêt 101

Le Roman de Renart 107
   11. À malin malin et demi (Branche II, Renart et Tibert) 115
   12. Renart se vante de ses exploits (Branche IX) 123

II. LA CHANSON DE GESTE

La Chanson de Roland 131
   1. Roland refuse de sonner du cor 139
   2. La mort de Roland 143

Fierabras 153
   3. La conversion de Fierabras 157

Le Voyage de Charlemagne à Jérusalem et à Constantinople 160
   4. Les gabs 165

Les Enfances Guillaume 169
   5. Les jeux d'Orange 175

Le Couronnement de Louis 182
   6. Corsolt défie Dieu 187

Le Charroi de Nîmes 190
   7. Une entrée fracassante 195

La Prise d'Orange 200
   8. Guillaume au cœur tendre 205

La Chanson de Guillaume 209
   9. La passion de Vivien 215

Le Moniage Guillaume II 221
   10. Le pont du diable 227

| TABLE | 617 |

Raoul de Cambrai	232
11. La querelle entre Raoul et Bernier	239
Huon de Bordeaux	245
12. Les dons merveilleux d'Auberon	251

III. LE THÉÂTRE

Le Jeu d'Adam	258
1. Le diable entreprend de séduire Ève	263
Le Jeu de saint Nicolas (Jean Bodel)	273
2. Un ange réconforte les chrétiens	277
Courtois d'Arras	280
3. Les premiers regrets de Courtois	285
Le Jeu de Robin et Marion (Adam de La Halle)	286
4. Première rencontre du chevalier et de la bergère	291
Le Jeu de la Feuillée (Adam de La Halle)	299
5. Le portrait de Maroie	305
Le Miracle de Théophile (Rutebeuf)	310
6. Théophile devient le vassal du diable	315
Le Mystère de la Passion (Arnoul Gréban)	320
7. La Résurrection	325
Le Mystère de la Résurrection	330
8. Le garçon et l'aveugle	335
La Farce de Maître Pierre Pathelin	340
9. Le berger triomphe de Pathelin	345

IV. LA POÉSIE

La chanson de toile...	355
1. Belle Erembour...	361
Le rondet de carole...	364
2. Belle Aélis..	369
La chanson d'aube...	372
3. Guetteur de la tour.......................................	377
Conon de Béthune...	383
4. Chanson d'amour...	387
Le châtelain de Coucy.......................................	390
5. Chanson de départie.....................................	395
Gace Brulé..	400
6. Les oiselets de mon pays..............................	405
Gautier de Coinci...	410
7. Poème à la Vierge Marie...............................	415
Thibaut de Champagne......................................	418
8. Je suis comme la licorne..............................	427
9. Jeu-parti...	431
10. Pastourelle...	435
Gillebert de Berneville......................................	441
11. Chanson de femme.....................................	445
Les Fatrasies d'Arras...	449
12. Quelques fatrasies......................................	453
Colin Muset..	459
13. Seigneur comte, j'ai viellé...........................	463
Poèmes de l'infortune (Rutebeuf)....................	467
14. La pauvreté de Rutebeuf.............................	471

TABLE

La sotte chanson	474
15. Quand je vois vendre de la viande de porc avariée	479
Le Voir Dit (Guillaume de Machaut)	484
16. Le miracle de Vénus	489
Eustache Deschamps	492
17. Virelai : « Suis-je, suis-je, suis-je belle ? »	497
18. Ballade : « Je deviens courbé et bossu »	499
Alain Chartier	502
19. Rondeau : « Triste plaisir et douloureuse joie »	507
20. Ballade : « Je ne suis né que pour avoir tous les maux »	507
Christine de Pizan	510
21. Rondeau : « Comme la tourterelle sans compagnon... »	515
22. Ballade : « Hélas ! où donc trouveront du réconfort »	515
Charles d'Orléans	519
23. Rondeau : « Celui qui a toutes hontes bues »	525
24. Ballade du pays de France	527
François Villon	531
25. Ballade des dames du temps jadis	543
26. Les trois pauvres orphelins	545
27. Ballade de merci	547
28. Ballade finale	549
29. Ballade des pendus	551
Jean Molinet	554
30. Ballade : « Souffle, Triton, en ta trompette d'argent »	561
31. Un présent fait à l'empereur	563

Chronologie 565

Bibliographie 587

Index 597
   des termes étudiés 599
   des thèmes et notions 607
   des noms 611

DERNIÈRES PARUTIONS

ARISTOTE
Petits Traités d'histoire naturelle (979)
Physique (887)

AVERROÈS
L'Intelligence et la pensée (974)
L'Islam et la raison (1132)

BERKELEY
Trois Dialogues entre Hylas et Philonous (990)

CHÉNIER (Marie-Joseph)
Théâtre (1128)

COMMYNES
Mémoires sur Charles VIII et l'Italie, livres VII et VIII (bilingue) (1093)

DÉMOSTHÈNE
Philippiques, suivi de ESCHINE, Contre Ctésiphon (1061)

DESCARTES
Discours de la méthode (1091)

DIDEROT
Le Rêve de d'Alembert (1134)

DUJARDIN
Les lauriers sont coupés (1092)

ESCHYLE
L'Orestie (1125)

GOLDONI
Le Café. Les Amoureux (bilingue) (1109)

HEGEL
Principes de la philosophie du droit (664)

HÉRACLITE
Fragments (1097)

HIPPOCRATE
L'Art de la médecine (838)

HOFMANNSTHAL
Électre, Le Chevalier à la rose. Ariane à Naxos (bilingue) (868)

HUME
Essais esthétiques (1096)

IDRÎSÎ
La Première Géographie de l'Occident (1069)

JAMES
Daisy Miller (bilingue) (1146)
Les Papiers d'Aspern (bilingue) (1159)

KANT
Critique de la faculté de juger (1088)
Critique de la raison pure (1142)

LEIBNIZ
Discours de métaphysique (1028)

LONG & SEDLEY
Les Philosophes hellénistiques (641 à 643), 3 vol. sous coffret (1147)

LORRIS
Le Roman de la Rose (bilingue) (1003)

MEYRINK
Le Golem (1098)

NIETZSCHE
Par-delà bien et mal (1057)

L'ORIENT AU TEMPS DES CROISADES (1121)

PLATON
Alcibiade (988)
Apologie de Socrate. Criton (848)
Le Banquet (987)
Philèbe (705)
Politique (1156)
La République (653)

PLINE LE JEUNE
Lettres, livres I à X (1129)

PLOTIN
Traités I à VI (1155)
Traités VII à XXI (1164)

POUCHKINE
Boris Godounov. Théâtre complet (1055)

RAZI
La Médecine spirituelle (1136)

RIVAS
Don Alvaro ou la Force du destin (bilingue) (1130)

RODENBACH
Bruges-la-Morte (1011)

ROUSSEAU
Les Confessions (1019 et 1020)
Dialogues. Le Lévite d'Éphraïm (1021)
Du contrat social (1058)

SAND
Histoire de ma vie (1139 et 1140)

SENANCOUR
Oberman (1137)

SÉNÈQUE
De la providence (1089)

MME DE STAËL
Delphine (1099 et 1100)

THOMAS D'AQUIN
Somme contre les Gentils (1045 à 1048), 4 vol. sous coffret (1049)

TRAKL
Poèmes I et II (bilingue) (1104 et 1105)

WILDE
Le Portrait de Mr. W.H. (1007)

GF-DOSSIER

ALLAIS
  À se tordre (1149)
BALZAC
  Eugénie Grandet (1110)
BEAUMARCHAIS
  Le Barbier de Séville (1138)
  Le Mariage de Figaro (977)
CHATEAUBRIAND
  Mémoires d'outre-tombe, livres I à V (906)
COLLODI
  Les Aventures de Pinocchio (bilingue) (1087)
CORNEILLE
  Le Cid (1079)
  Horace (1117)
  L'Illusion comique (951)
  La Place Royale (1116)
  Trois Discours sur le poème dramatique (1025)
DIDEROT
  Jacques le Fataliste (904)
  Lettre sur les aveugles. Lettre sur les sourds et muets (1081)
  Paradoxe sur le comédien (1131)
ESCHYLE
  Les Perses (1127)
FLAUBERT
  Bouvard et Pécuchet (1063)
  L'Éducation sentimentale (1103)
  Salammbô (1112)
FONTENELLE
  Entretiens sur la pluralité des mondes (1024)
FURETIÈRE
  Le Roman bourgeois (1073)
GOGOL
  Nouvelles de Pétersbourg (1018)
HUGO
  Les Châtiments (1017)
  Hernani (968)
  Quatrevingt-treize (1160)
  Ruy Blas (908)
JAMES
  Le Tour d'écrou (bilingue) (1034)
LAFORGUE
  Moralités légendaires (1108)
LERMONTOV
  Un héros de notre temps (bilingue) (1077)
LESAGE
  Turcaret (982)
LORRAIN
  Monsieur de Phocas (1111)

MARIVAUX
  La Double Inconstance (952)
  Les Fausses Confidences (978)
  L'Île des esclaves (1064)
  Le Jeu de l'amour et du hasard (976)
MAUPASSANT
  Bel-Ami (1071)
MOLIÈRE
  Dom Juan (903)
  Le Misanthrope (981)
  Tartuffe (995)
MONTAIGNE
  Sans commencement et sans fin. Extraits des *Essais* (980)
MUSSET
  Les Caprices de Marianne (971)
  Lorenzaccio (1026)
  On ne badine pas avec l'amour (907)
PLAUTE
  Amphitryon (bilingue) (1015)
PROUST
  Un amour de Swann (1113)
RACINE
  Bérénice (902)
  Iphigénie (1022)
  Phèdre (1027)
  Les Plaideurs (999)
ROTROU
  Le Véritable Saint Genest (1052)
ROUSSEAU
  Les Rêveries du promeneur solitaire (905)
SAINT-SIMON
  Mémoires (extraits) (1075)
SOPHOCLE
  Antigone (1023)
STENDHAL
  La Chartreuse de Parme (1119)
TRISTAN L'HERMITE
  La Mariane (1144)
VALINCOUR
  Lettres à Madame la marquise *** sur *La Princesse de Clèves* (1114)
WILDE
  L'Importance d'être constant (bilingue) (1074)
ZOLA
  L'Assommoir (1085)
  Au Bonheur des Dames (1086)
  Germinal (1072)
  Nana (1106)

N° d'édition : L.01EHPNFG1172.A006
Dépôt légal : septembre 2003
Imprimé en Espagne par Novoprint (Barcelone)